# ÉTAT DE TERREUR

"Actes noirs"

DES MÊMES AUTEURES

Louise Penny
*NATURE MORTE*, Actes Sud, 2011 ; Babel noir n° 64.
*SOUS LA GLACE*, Actes Sud, 2011 ; Babel noir n° 90.
*LE MOIS LE PLUS CRUEL*, Actes Sud, 2012 ; Babel noir n° 112.
*DÉFENSE DE TUER*, Actes Sud, 2013 ; Babel noir n° 138.
*RÉVÉLATION BRUTALE*, Actes Sud, 2014 ; Babel noir n° 161.
*ENTERREZ VOS MORTS*, Actes Sud, 2015 ; Babel noir n° 193.
*UNE ILLUSION D'OPTIQUE*, Actes Sud, 2016 ; Babel noir n° 211.
*LE BEAU MYSTÈRE*, Actes Sud, 2017 ; Babel noir n° 233.
*LA FAILLE EN TOUTE CHOSE*, Actes Sud, 2018 ; Babel noir n° 244.
*UN LONG RETOUR*, Actes Sud, 2019 ; Babel noir n° 263.
*LA NATURE DE LA BÊTE*, Actes Sud, 2020.
*UN OUTRAGE MORTEL*, Actes Sud, 2021.

Hillary Rodham Clinton
*ÇA S'EST PASSÉ COMME ÇA*, vol. 1, Fayard, 2017.
*LE TEMPS DES DÉCISIONS – 2008-2013*, Fayard, 2014 ; Le Livre de Poche n° 34010.
*MON HISTOIRE*, Fayard, 2003 ; J'ai lu n° 7434.
*CIVILISER LA DÉMOCRATIE*, Desclée De Brouwer, 1998.
*IL FAUT TOUT UN VILLAGE POUR ÉLEVER UN ENFANT*, Denoël, 1996.

Œuvres citées :
– Extrait de “Au champ d'honneur”, ministère des Anciens combattants, adaptation signée Jean Pariseau.
– Extrait de *Poèmes choisis*, de John Donne, traduction, introduction et notes par Pierre Legouis, Paris, Aubier (Éditions Montaigne), collection bilingue des classiques étrangers, 1955.
– Extrait de *La Tempête*, de William Shakespeare, traduit par François-Victor Hugo, Pagnerre, 1865.
– Extrait de *Henri V*, de William Shakespeare, traduit par François Guizot, *Œuvres complètes de Shakespeare*, Didier, 1862.

Ceci est une œuvre de fiction. Tous les personnages et événements décrits dans ce roman sont fictifs.

Titre original :
*State of Terror*
Éditeur original :
publié conjointement par Simon & Schuster et St. Martin's Press

ISBN 978-2-330-15565-0

HILLARY RODHAM CLINTON
ET LOUISE PENNY

# État de terreur

roman traduit de l'anglais
par Lori Saint-Martin et Paul Gagné

*ACTES SUD*

*Aux femmes et aux hommes courageux qui nous protègent de la terreur et résistent à la violence, à la haine et à l'extrémisme, d'où qu'ils viennent. Votre exemple nous incite chaque jour à être plus courageux, à être meilleurs.*

*Le phénomène le plus extraordinaire à s'être produit de mon vivant, ce n'est ni la présence d'un homme sur la Lune ni les 2,8 milliards de personnes actives sur Facebook chaque mois. C'est que, depuis Nagasaki, soixante-quinze ans, sept mois et treize jours se sont écoulés sans qu'on ait eu recours à une bombe nucléaire.*

Tom Peters

# 1

— Madame la secrétaire d'État, fit Charles Boynton en se hâtant à la suite de sa patronne qui, dans Mahogany Row, fonçait vers son bureau au département d'État. Vous avez huit minutes pour vous rendre au Capitole.

— C'est à dix minutes, répondit Ellen Adams en se mettant au pas de course. Et je dois encore prendre une douche et me changer. À moins que…

Elle s'arrêta et se tourna vers son chef de cabinet.

— Je peux y aller comme ça ?

Elle écarta les bras pour lui permettre de bien la regarder. Impossible de ne pas noter le regard suppliant d'Ellen, son ton angoissé et le fait qu'elle semblait avoir été traînée dans le sillage d'une machine agricole rouillée.

Boynton esquissa un sourire crispé, presque douloureux.

À un peu moins de soixante ans, Ellen Adams était de taille moyenne, mince et élégante. Ses vêtements bien choisis et sa gaine en *spandex* lui permettaient de dissimuler son faible pour les éclairs au chocolat. Son maquillage subtil mettait en valeur ses yeux bleus intelligents, sans pour autant chercher à cacher son âge. Elle n'avait pas besoin de se rajeunir, mais elle ne tenait pas non plus à paraître plus vieille qu'elle l'était.

Sa coiffeuse, chaque fois qu'elle lui appliquait sa coloration spécialement formulée, la qualifiait d'"éminence blonde".

— Avec tout le respect que je vous dois, madame la secrétaire, vous avez l'air d'une clocharde.

— Encore heureux qu'il te respecte, chuchota Betsy Jameson, meilleure amie et conseillère d'Ellen.

La journée de vingt-deux heures avait débuté par le déjeuner diplomatique que la secrétaire d'État avait donné à l'ambassade des États-Unis à Séoul, suivi d'entretiens de haut niveau sur la sécurité régionale et d'efforts visant à sauver un accord commercial vital qui, contre toute attente, battait de l'aile. Dernier arrêt de l'interminable journée : visite d'une fabrique d'engrais dans la province de Gangwon, prétexte à un passage éclair dans la zone démilitarisée.

Enfin, Ellen avait pu gagner l'avion. Aussitôt dans les airs, elle avait retiré sa gaine et s'était servi un grand verre de chardonnay.

Elle avait consacré quelques heures à l'envoi de rapports à ses adjoints et au président, puis s'était attaquée à la lecture de notes de service. Malgré de vaillantes tentatives, elle s'était endormie sur un rapport du département d'État consacré à des problèmes de dotation à l'ambassade en Islande.

Elle se réveilla en sursaut quand son adjointe lui toucha l'épaule.

— Nous allons atterrir, madame la secrétaire.

— Où ça ?

— À Washington.

— L'État ?

Se redressant, elle passa la main dans ses cheveux, qui se dressèrent sur sa tête, comme si elle avait eu une grosse frayeur ou une idée de génie.

Elle espérait une escale à Seattle. Pour ravitailler, prendre des provisions ou répondre à une urgence mécanique fortuite. En même temps, elle se doutait que l'urgence, s'il y en avait bel et bien une, n'avait rien à voir avec l'avion.

L'urgence, c'est qu'elle s'était endormie, qu'elle n'avait pas pris sa douche et…

— À D.C.

— Mon Dieu, Ginny. Vous n'auriez pas pu me réveiller plus tôt ?

— J'ai essayé, mais vous avez seulement grogné avant de vous rendormir.

Ellen gardait un vague souvenir de l'épisode, qu'elle avait pris pour un rêve.

— Merci pour la tentative. J'ai le temps de me brosser les dents ?

Un tintement annonça que le capitaine avait allumé la consigne des ceintures.

— Je crains que non.

Ellen jeta un coup d'œil par le hublot de son avion gouvernemental, qu'elle surnommait en blaguant Air Force 3. Elle aperçut le dôme du Capitole, l'immeuble dans lequel elle prendrait bientôt place.

Elle vit aussi son reflet. Ses cheveux étaient en bataille, son mascara avait coulé, ses vêtements étaient en désordre. À cause de ses verres de contact, ses yeux injectés de sang brûlaient. Elle vit des rides d'inquiétude et de stress, absentes seulement un mois plus tôt, au moment de l'inauguration. Cette journée radieuse où tout était nouveau, où tout semblait possible.

Comme elle aimait ce pays. Phare glorieux, détraqué.

Après avoir consacré des années à la création et à la consolidation d'un empire médiatique international comprenant désormais des réseaux de télévision, une chaîne d'information en continu, des sites Web et des journaux, elle avait passé le flambeau à la génération suivante. Sa fille, Katherine.

Après avoir vu son pays bien-aimé s'agiter presque à mort pendant quatre ans, elle était maintenant en mesure de l'aider à guérir.

Depuis la mort de son Quinn adoré, Ellen s'était sentie non seulement vide, mais aussi inaccomplie. Avec le temps, cette sensation, au lieu de diminuer, s'était accentuée. Le gouffre s'était approfondi. Elle avait senti le besoin d'en faire plus. D'aider davantage. De soulager la souffrance plutôt que de simplement en rendre compte. De donner le meilleur d'elle-même.

L'occasion était venue de la source la plus improbable. Le président élu, Douglas Williams. Le monde changeait parfois rapidement. Pour le pire, certes, mais aussi pour le mieux.

Et voilà qu'Ellen se trouvait à bord d'Air Force 3. À titre de nouvelle secrétaire d'État du nouveau président.

Elle était bien positionnée pour rétablir les ponts avec les alliés des États-Unis après l'incompétence quasi criminelle de l'administration précédente. Elle pouvait renouer des relations vitales et rappeler à l'ordre des nations hostiles. Celles qui avaient des projets sinistres et les moyens de les mener à bien.

Ellen Adams pouvait non seulement parler du changement, mais aussi le provoquer. Changer des ennemis en amis, repousser le chaos et la terreur.

Et pourtant…

Le visage qui lui rendait son regard n'affichait plus la même confiance. Elle avait sous les yeux une inconnue. Une femme fatiguée, débraillée, vidée. Vieillie prématurément. Peut-être un peu plus sage, toutefois. Ou plus cynique ? Elle espérait que non. Mais pourquoi était-il désormais si difficile de distinguer la sagesse du cynisme ?

Avec un mouchoir mouillé d'un peu de salive, elle effaça le mascara. Puis, après avoir retouché sa coiffure, elle sourit à son reflet.

Le visage qu'elle donnait à voir. Et que le public avait appris à connaître. La presse, ses collègues, les chefs d'État étrangers. Celui de la secrétaire d'État confiante, affable et sûre d'elle-même, représentante de la nation la plus puissante du monde.

Simple façade. Ellen Adams nota autre chose sur son visage spectral. Un aspect horrible qu'elle avait grand soin de cacher, y compris à elle-même. Mais qui, à cause de l'épuisement, avait eu raison de ses défenses.

Elle vit la peur. Et son proche parent, le doute.

Réel ou contrefait ? Un ennemi tout proche qui lui murmurait à l'oreille qu'elle n'était pas à la hauteur. Qu'elle manquait d'envergure. Qu'elle allait tout gâcher et mettre en péril des milliers, voire des millions de vies.

Elle repoussa ces idées, consciente qu'elles ne servaient à rien. Mais la petite voix, en s'estompant, signala que ses affirmations n'étaient pas fausses pour autant.

Aussitôt l'avion posé à la base aérienne d'Andrews, Ellen fut entraînée dans un véhicule blindé, où elle lut d'autres notes de service, rapports et courriels. La ville défilait sans qu'Ellen, occupée à se mettre à jour, voie quoi que ce soit.

Depuis le garage souterrain de l'immeuble Harry S. Truman, sorte de monolithe que les plus anciens occupants continuaient d'appeler Foggy Bottom, certains même avec affection, une phalange monta avec elle dans l'ascenseur et la conduisit à toute vitesse jusqu'à son bureau au septième étage.

Son chef de cabinet, Charles Boynton, l'accueillit à sa sortie de l'ascenseur. C'était l'un des membres du personnel que la cheffe de cabinet du président avait affectés à la nouvelle secrétaire d'État. Grand et dégingandé, il devait sa minceur à un surcroît d'énergie nerveuse plutôt qu'à l'exercice ou à de saines habitudes alimentaires. Ses cheveux et son tonus musculaire semblaient engagés dans une course à finir : lequel des deux abandonnerait le navire en premier ?

Boynton, qui, depuis vingt-six ans, s'élevait dans la hiérarchie politique, avait fini par décrocher un poste clé de stratégiste à l'occasion de la campagne présidentielle victorieuse de Douglas Williams. Laquelle s'était révélée particulièrement brutale.

Enfin admis dans le Saint des Saints, Charles Boynton était résolu à y rester. Sa récompense pour avoir suivi les ordres. Et misé sur le bon cheval.

Boynton avait édicté des règles ayant pour but de discipliner les secrétaires de cabinet indociles. À ses yeux, il s'agissait de nominations politiques provisoires. Qui ne devaient rien changer à la structure qu'il avait mise en place.

En route vers le bureau de la secrétaire d'État, Ellen et son chef de cabinet parcoururent le couloir aux murs lambrissés de Mahogany Row, suivis de conseillers, d'adjoints et d'agents de la Sécurité diplomatique.

— Ne t'en fais pas, dit Betsy en se hâtant à leur suite. On t'attend pour le discours sur l'état de l'Union. Rien ne presse.

— Non, non, s'exclama Boynton, dont la voix monta d'une octave. Ça urge, au contraire. Le président est dans tous ses états. Soit dit en passant, ce n'est pas officiellement un discours sur l'état de l'Union.

— S'il vous plaît, Charles. Ne soyez pas si pédant.

Ellen faillit causer un carambolage en freinant brusquement. Elle se débarrassa de ses chaussures à talons hauts, couvertes de boue séchée, et courut sur l'épaisse moquette. Accéléra encore.

— Le président est toujours dans tous ses états, état de l'Union ou pas, lança Betsy dans leur sillage. Oh, vous voulez dire qu'il est fâché ? Il est toujours fâché contre Ellen.

Boynton toisa Betsy.

Il n'aimait pas Elizabeth Jameson. Betsy. Une non-initiée qui devait son entrée dans le cénacle à l'amitié qui la liait depuis toujours à la secrétaire d'État. Boynton savait que la secrétaire avait le droit de choisir une confidente, une conseillère. Règle qu'il n'approuvait pas. La présence d'une "outsider" introduisait toujours un élément d'imprévisibilité.

En plus, Betsy lui déplaisait. En privé, il la surnommait "Mme Cleaver" à cause de sa ressemblance avec Barbara Billingsley, la mère de Beaver dans la série télévisée. Une épouse modèle des années 1950.

Sûre. Stable. Docile.

Sauf que Betsy s'était révélée moins monolithique. En cours de route, elle semblait s'être transformée en Bette "Que ceux qui n'ont pas le sens de l'humour aillent se faire foutre" Midler. Boynton n'avait rien contre la Divine Miss M., mais il ne voulait pas d'elle comme conseillère de la secrétaire d'État.

Tout de même, Charles Boynton dut admettre que Betsy avait dit vrai. Douglas Williams ne portait pas la secrétaire d'État dans son cœur. Et le sentiment était pour le moins réciproque.

Le président élu avait causé une énorme surprise en confiant ce poste stratégique et prestigieux à une adversaire politique, une femme qui avait utilisé les vastes ressources dont elle disposait pour soutenir le rival de Williams dans la course à l'investiture du parti.

Ellen avait causé un choc encore plus grand en cédant les rênes de son empire médiatique à sa fille pour accepter la nomination.

Politicards, commentateurs et collègues avaient bu la nouvelle comme du petit-lait et l'avaient recrachée sous forme de rumeurs. Des spéculations qui avaient nourri les émissions d'affaires publiques pendant des semaines.

La nomination d'Ellen Adams avait été au cœur de toutes les conversations dans les soirées données à Washington. À l'Off the Record, le bar souterrain de l'hôtel Hay-Adams, il n'avait été question que d'elle.

Pourquoi avait-elle accepté ?

Mais il y avait une question beaucoup plus importante et intéressante. Pourquoi le président élu avait-il proposé un poste au sein de son cabinet à la plus virulente et à la plus hargneuse de ses adversaires ? Le département d'État, rien de moins.

La rumeur la plus persistante voulait que Douglas Williams ait imité Abraham Lincoln en constituant une équipe de rivaux. Plus vraisemblablement, il s'était inspiré de Sun Tzu, le stratège militaire de l'Antiquité, et avait décidé de garder ses amis tout près de lui et ses ennemis encore plus près.

En l'occurrence, les deux théories s'étaient révélées fausses.

Pour sa part, Charles Boynton, Charles pour les intimes, ne se souciait de sa patronne que dans la mesure où les échecs d'Ellen Adams le faisaient mal paraître, lui. Et il n'avait pas l'intention de rester accroché aux basques de cette femme pendant qu'elle coulait.

Après le voyage en Corée du Sud, la destinée d'Ellen, et par voie de conséquence celle de Boynton, s'était considérablement assombrie. Et voilà qu'ils retardaient le foutu non-discours sur l'état de la foutue Union.

— Allez, allez. On se dépêche.

— Ça suffit, dit Ellen en s'immobilisant d'un coup. Je ne vais pas me laisser bousculer. Tant pis. Ils me prendront comme je suis.

— Impossible, dit Boynton, le regard paniqué. Vous avez l'air d…

— Vous l'avez déjà dit, répliqua-t-elle en se tournant vers son amie. Betsy ?

Il y eut une pause, et tout le monde entendit Boynton grogner.

— Tu es très bien, répondit calmement Betsy. Un peu de rouge à lèvres, peut-être.

Betsy en sortit un tube de son sac, y puisa aussi une brosse et un petit miroir.

— Vite, vite, fit Boynton en couinant presque.

À la vue des yeux injectés de sang d'Ellen, Betsy murmura :

— Un oxymoron entre dans un bar…

Ellen réfléchit, puis sourit.

— Et le silence est assourdissant…

Betsy sourit largement.

— Parfait.

Elle vit son amie prendre une profonde inspiration, confier son sac de voyage à son adjointe et se tourner vers Boynton.

— On y va ?

Malgré le calme qu'affichait la secrétaire d'État Adams, son cœur cognait fort dans sa poitrine lorsqu'elle s'engagea en sens inverse dans Mahogany Row, une chaussure crasseuse au bout de chaque main. Et monta dans l'ascenseur.

— Vite, vite, dit Amir en faisant signe à sa femme de se dépêcher. Ils sont là.

Ils entendaient les coups martelés sur la porte de la maison et les hommes crier avec autorité. Leur accent était prononcé, mais on ne pouvait pas se méprendre sur leurs intentions.

— Sortez de là, Bukhari. Tout de suite.

— Va, fit Amir en poussant Nasrin dans la ruelle. Cours.

— Et toi ? demanda-t-elle en serrant la sacoche contre sa poitrine.

Ils entendirent se fracasser la porte de leur maison de Kahuta, dans les environs d'Islamabad.

— Je ne compte pas. C'est toi qu'ils doivent intercepter. Je vais les distraire. File.

Au moment où elle allait se retourner, il l'agrippa par le bras et la serra contre lui.

— Je t'aime, dit-il. Et je suis fier de toi.

Il l'embrassa, si fort que leurs dents s'entrechoquèrent. Elle sentit le goût du sang qui s'échappait de sa lèvre fendue. Quand même, elle se cramponna à lui. Et lui à elle. De nouveaux cris retentirent, plus rapprochés, et ils se séparèrent enfin.

Il faillit lui demander de le prévenir quand elle serait en sécurité à destination. Il s'en abstint. Conscient qu'elle ne pourrait pas communiquer avec lui.

Conscient aussi, comme elle, qu'il ne survivrait pas à cette nuit.

## 2

Des murmures accueillirent l'annonce, par le sergent d'armes adjoint, de l'arrivée de la secrétaire d'État. Il était vingt et une heures dix, et les autres membres du cabinet étaient déjà assis.

Si Ellen Adams était absente, avaient spéculé certains, c'était parce qu'elle était la survivante désignée, même si la plupart croyaient que le président Williams lui aurait préféré une vieille chaussette.

En entrant, Ellen fit mine de ne pas remarquer le silence assourdissant.

*Un oxymoron entre dans un bar…*

Tête haute, elle suivit son escorte en saluant les représentants réunis de chaque côté, comme si tout allait pour le mieux.

— Vous êtes en retard, siffla le secrétaire à la Défense quand elle s'installa dans la première rangée, entre lui et le directeur du renseignement national. On a retardé le discours pour vous. Le président est furieux. Il pense que vous l'avez fait exprès afin que les réseaux se concentrent sur vous plutôt que sur lui.

— Le président se trompe, dit le DRN. Vous n'auriez jamais fait ça.

— Merci, Tim, dit Ellen.

C'était une rare manifestation de soutien de la part d'un des loyaux partisans de Williams.

— Après le fiasco sud-coréen, poursuivit Tim Beecham, je doute que vous ayez voulu attirer l'attention sur vous.

— Et qu'est-ce que vous portez, au nom du ciel ? demanda le secrétaire à la Défense. Vous vous êtes encore battue dans la boue ?

Il grimaça en plissant le nez.

— Non, monsieur le secrétaire. J'ai fait mon travail. Il faut parfois se salir, déclara Ellen en le toisant. Je constate que vous êtes comme toujours impeccable.

De l'autre côté, le DRN rit. Puis ils se levèrent.

— Monsieur le président de la Chambre des représentants, le président des États-Unis, lança le sergent d'armes.

Nasrin Bukhari courut dans les ruelles familières en louvoyant au milieu des cageots et des boîtes de conserve qui jonchaient le sol. Si elle heurtait un de ces objets du pied, le bruit alerterait ses poursuivants.

Elle n'hésita pas. Ne regarda pas derrière. Même quand les coups de feu retentirent.

Elle décida que l'homme avec qui elle était mariée depuis vingt-huit ans s'était enfui. Avait survécu. Avait échappé à ceux qui tentaient de les arrêter. De l'arrêter, elle.

Il n'avait pas été tué ni, pire, fait prisonnier. Dans l'attente d'être torturé jusqu'à ce qu'il révèle tout ce qu'il savait.

La fusillade s'interrompit, et Nasrin y vit la preuve qu'Amir avait réussi à se mettre en sécurité. Comme elle-même devait le faire à présent.

C'était capital.

À un demi-pâté de maisons de l'arrêt d'autobus, elle ralentit, reprit son souffle et, d'un pas calme, mesuré, alla prendre sa place dans la queue. Le cœur battant, mais le visage impassible.

Anahita Dahir était à son poste au Bureau des affaires de l'Asie du Sud et centrale du département d'État.

S'interrompant pour regarder le discours du président, elle se dirigea vers le téléviseur accroché au mur du fond.

Il était vingt et une heures quinze. Selon les analystes, le discours avait été retardé en raison de l'absence de la secrétaire d'État, la nouvelle patronne d'Anahita.

La caméra suivit le président nouvellement élu qui entrait dans la salle somptueuse sous les applaudissements délirants de ses partisans et ceux, nettement plus mesurés, des membres de l'opposition, qui digéraient encore mal leur défaite. Comme le président avait été assermenté à peine quelques semaines plus tôt, il était difficile de croire qu'il avait une idée juste de l'état de l'Union et que, dans le cas contraire, il serait prêt à l'admettre publiquement.

Le discours serait, selon les commentateurs, un numéro d'équilibriste : condamner à mots couverts l'administration précédente pour le gâchis qu'elle avait laissé derrière elle tout en affichant un optimisme prudent.

Il s'agissait de modérer les folles attentes nées de l'élection et de s'exonérer de tout blâme.

L'apparition du président Williams devant le Congrès était un numéro de music-hall, une sorte de kabuki. Les apparences comptaient plus que les mots. Et Douglas Williams savait indiscutablement se donner des airs présidentiels.

Et pourtant, tandis qu'il traversait la chambre en souriant et en saluant avec effusion ses amis et ses ennemis politiques, la caméra revenait sans cesse vers la secrétaire d'État.

Là résidait la tension dramatique. Là se trouvait la véritable histoire de la soirée.

Les analystes s'étourdissaient de spéculations. Que ferait le président Williams en arrivant devant sa secrétaire d'État ? Ellen Adams, répétaient-ils jusqu'à plus soif, rentrait à l'instant d'un désastreux premier voyage au cours duquel elle avait réussi à s'aliéner un allié essentiel et à déstabiliser une région à l'équilibre déjà fragile.

Le moment de leur rencontre, ici, dans la chambre, serait vu par des centaines de millions de personnes dans le monde et inlassablement repris dans les médias sociaux.

L'impatience était palpable.

Les analystes se penchèrent pour mieux décoder le message du président.

La jeune agente du Service extérieur était seule dans le service, hormis son supérieur, retranché dans son bureau. Elle se rapprocha de l'écran, curieuse d'assister à l'échange entre son nouveau président et sa nouvelle patronne. Elle était si captivée qu'elle n'entendit pas le timbre sonore de son ordinateur annonçant la réception d'un message.

Pendant que le président s'avançait, s'arrêtait pour dire quelques mots et saluer de la main, les analystes politiques discutaient des cheveux d'Ellen Adams, de son maquillage et de ses vêtements, tachés de ce qu'ils espéraient n'être que de la boue.

— On dirait qu'elle sort d'un rodéo.

— Et qu'elle entre dans un abattoir.

Nouveaux rires.

Enfin, un des analystes souligna que la secrétaire d'État n'avait certainement pas eu le projet de se montrer dans cette tenue. Il fallait plutôt y voir la preuve du travail acharné qu'elle accomplissait.

— Elle descend à peine de l'avion de Séoul, rappela-t-il.

— Où, paraît-il, les pourparlers sont rompus.

— J'ai dit qu'elle travaillait fort. Pas efficacement.

Ensuite, ils évoquèrent sur un ton grave les conséquences potentiellement désastreuses de l'échec sud-coréen. Pour la secrétaire d'État comme pour la toute nouvelle administration. Pour les relations qu'elle entretenait avec cette région du monde.

C'était aussi du théâtre, comprit la jeune agente. Une seule rencontre, même catastrophique, ne risquait pas de causer des dommages irréparables. Mais, en observant sa nouvelle patronne, elle comprit aussi qu'il y avait eu des dégâts.

Bien que relativement novice, Anahita Dahir était assez perspicace pour savoir que, à Washington, les apparences ont souvent plus de poids que la réalité. Au point de s'y substituer parfois.

La caméra s'attarda sur la secrétaire d'État, tandis que les analystes s'employaient à la démolir.

Contrairement aux commentateurs, Anahita Dahir voyait une femme de l'âge de sa mère, le dos droit, la tête haute. Attentive. Respectueuse. Elle la regarda se tourner vers l'homme qui s'avançait. Attendre calmement son sort.

Aux yeux d'Anahita, la tenue débraillée de cette femme ajoutait à sa dignité.

Jusque-là, la jeune agente du Service extérieur s'était contentée de faire sien le jugement des commentateurs et de ses collègues analystes : la nomination d'Ellen Adams était un geste politique cynique fait par un président habile.

Pendant que le président s'approchait et que la secrétaire d'État se blindait en prévision de l'assaut, Anahita ne fut plus si sûre de partager ce point de vue.

Elle mit le téléviseur en sourdine. Inutile d'écouter la suite.

En retournant à son poste de travail, elle remarqua enfin qu'elle avait reçu un message. En l'ouvrant, elle constata que des lettres en ordre aléatoire occupaient l'espace où aurait dû figurer le nom de l'expéditeur. Et que le message lui-même se composait uniquement d'une série de chiffres et de symboles.

Ellen crut que le président allait l'ignorer.

— Monsieur le président, dit-elle.

Il s'immobilisa, regarda derrière elle, à travers elle, en hochant la tête et en souriant aux personnes campées à gauche et à droite d'Ellen. Puis il se pencha sur elle, au risque de lui heurter le visage du coude, pour serrer la main de la personne qui se trouvait derrière. Ce n'est qu'à ce moment que, lentement, très lentement, il laissa son regard croiser celui d'Ellen. L'animosité était si palpable que le secrétaire à la Défense et le directeur du renseignement national reculèrent d'un pas.

"Dans tous ses états" ne donnait pas une idée juste de la fureur du président, et ces hommes n'avaient aucune envie de se faire éclabousser au passage.

Devant les caméras et des millions de téléspectateurs, le beau visage de l'homme, sévère, dénotait plus de déception que de colère. C'était celui d'un parent attristé par le comportement d'une enfant bien intentionnée mais rebelle.

— Madame la secrétaire d'État. *Incompétente de merde.*

— Monsieur le président. *Arrogant trou du cul.*

— Vous voulez bien passer me voir au Bureau ovale avant la réunion du cabinet, demain matin ?

— Avec plaisir, monsieur.

Il s'éloigna, et elle le suivit du regard en prenant un air chaleureux. À titre de membre loyale de son cabinet.

Une fois assise, elle écouta poliment le président Williams commencer son discours. Plus il avançait, cependant, et plus elle se sentait transportée. Non pas par la rhétorique, mais bien par une dimension plus profonde que les mots.

La solennité, l'histoire, la tradition. Elle se laissa soulever par la majesté, la force, la grandeur tranquille et la grâce de l'occasion. Par le symbolisme, sinon par le contenu.

On adressait aux amis comme aux ennemis du pays un message d'une grande force. Message de continuité, de puissance, de résolution et de responsabilité. Les torts causés par l'administration précédente seraient réparés. Les États-Unis étaient de retour.

Ellen Adams fut si émue qu'elle en oublia son antipathie pour Douglas Williams. Sa méfiance et ses soupçons aussi, aussitôt remplacés par la fierté. La stupéfaction. À l'idée que la vie l'ait conduite jusque-là. Lui ait offert la possibilité de servir son pays.

Elle avait beau avoir l'air d'une clocharde et puer l'engrais, elle était la secrétaire d'État. Elle aimait son pays et ferait l'impossible pour le protéger.

Nasrin Bukhari prit place au fond de l'autobus et s'obligea à regarder droit devant elle. Ni vers la vitre, ni vers la sacoche posée sur ses genoux, qu'elle serrait de toutes ses forces.

Ni vers les autres passagers. Elle devait à tout prix éviter les contacts visuels.

Elle s'efforça d'adopter une expression neutre, ennuyée.

L'autobus s'ébranla et entreprit en brinquebalant le trajet jusqu'à la frontière. En principe, elle devait prendre l'avion, mais, sans en parler à personne, même pas à Amir, elle avait modifié ses projets. Les individus chargés de l'intercepter la croiraient pressée de quitter le pays. Ils l'attendraient à l'aéroport. Au besoin, ils mettraient des agents à bord de tous les vols. Ils ne reculeraient devant rien pour l'empêcher d'arriver à destination.

S'il était capturé et torturé, Amir révélerait le projet de Nasrin. Elle avait donc dû en changer.

Nasrin Bukhari aimait son pays et ferait l'impossible pour le protéger.

Y compris laisser derrière elle ceux qu'elle aimait.

Anahita Dahir regardait fixement l'écran de son ordinateur. Les sourcils noués, elle en vint rapidement à la conclusion qu'il s'agissait d'un pourriel. C'était plus fréquent qu'on aurait pu le croire.

Tout de même, elle jugea prudent de faire confirmer son impression. Après avoir frappé, elle se pencha dans l'entrebâillement de la porte de son superviseur. Il écoutait le discours en secouant la tête.

— Quoi ?

— Un message. Un pourriel, je crois.

— Fais voir.

Elle s'exécuta.

— Tu es sûre qu'il ne vient pas d'une de nos sources ?

— Certaine, monsieur.

— Bien. Alors efface-le.

Elle obéit. Mais pas avant de l'avoir noté sur un bout de papier. Au cas où.

*19/0717, 38/1536, 119/1848.*

# 3

— Félicitations, monsieur le président, dit Barbara Stenhauser. Tout s'est bien passé.

Doug Williams rit.

— Très bien, même. Mieux que je l'espérais.

Il dénoua sa cravate et posa les pieds sur le bureau.

Ils étaient de retour dans le Bureau ovale. On avait installé un bar et prévu des bouchées pour les proches, les amis et les riches partisans invités à célébrer la première allocution du président devant le Congrès.

Williams, cependant, réclama d'abord un tête-à-tête avec sa cheffe de cabinet. Question de décompresser. Le discours avait dépassé ses espérances. Mais ce n'était pas la seule raison de l'ivresse qu'il ressentait.

Il se balança d'avant en arrière, les doigts noués derrière la tête, tandis qu'un majordome lui apportait un scotch ainsi qu'une petite assiette de pétoncles enroulés dans du bacon et de crevettes frites.

Il invita Barb à se joindre à lui, remercia le majordome et le congédia d'un geste.

Barb Stenhauser s'assit et prit une longue gorgée de vin rouge.

— Elle peut s'en remettre ? demanda-t-il.

— J'en doute. Nous allons laisser les médias la tailler en pièces. D'après ce que j'ai entendu avant votre discours, la curée a déjà commencé. Elle sera foutue avant même de rentrer chez elle. Pour ne rien laisser au hasard, je me suis arrangée pour que, dans le sillage du fiasco sud-coréen, certains de nos sénateurs expriment à mots couverts des doutes sur sa compétence.

— Bien. Où va-t-elle ensuite ?

— Je lui ai organisé une visite au Canada.

— Oh mon Dieu. On sera en guerre avant la fin de la semaine.

Barb rit.

— C'est à espérer. J'ai toujours rêvé de posséder une maison au Québec. Les rapports préliminaires sur votre discours sont extrêmement positifs, monsieur. On mentionne votre ton digne, la main tendue à l'opposition. Mais, monsieur le président, la nomination d'Ellen Adams fait jaser : on y voit un geste courageux, mais aussi une bévue, surtout au lendemain de la débâcle sud-coréenne.

— C'était à prévoir. L'important, c'est que ce soit surtout elle qui écope. Et ça occupera nos critiques pendant que nous nous mettrons à la tâche.

Stenhauser sourit. Rarement avait-elle rencontré un politicien aussi accompli. Disposé à encaisser des coups pour éliminer un adversaire.

Dans le cas présent, se dit-elle, le coup serait rude.

Douglas Williams lui donnait de l'urticaire, bien sûr, mais c'était un petit prix à payer pour obtenir enfin la mise en place d'un programme auquel elle croyait de tout cœur. Elle se pencha sur le bureau.

— J'ai préparé une brève déclaration de soutien à la secrétaire Adams.

Il la lut et la lui rendit.

— C'est parfait. Digne et évasif.

— Un éreintement sous forme d'éloge.

Il rit, puis poussa un soupir de soulagement.

— Allumez la télévision. Voyons voir ce qu'on raconte.

Penché vers l'avant, il s'accouda sur le bureau pendant que l'écran géant s'illuminait. Il faillit se vanter devant sa cheffe de cabinet de sa propre habileté. Mais il n'osa pas tout lui révéler.

— Tenez.

Katherine Adams tendit à sa mère et à sa marraine de généreux verres de chardonnay ; puis, saisissant la bouteille par le goulot, elle agrippa son verre et s'assit entre elles sur l'imposant canapé. Trois paires de pieds chaussés de pantoufles se posèrent sur la table basse.

Katherine chercha la télécommande.

— Attends, dit Ellen en mettant la main sur le poignet de sa fille. Imaginons pendant un moment encore qu'on célèbre mon triomphe sud-coréen.

— Et qu'on porte aux nues ta nouvelle coiffure et ton élégance vestimentaire, dit Betsy.

— Sans parler de ton parfum, ajouta Katherine.

Ellen rit.

Aussitôt rentrée, elle avait pris une douche et enfilé un survêtement. À présent, les trois femmes étaient assises côte à côte dans le confortable séjour. Les murs étaient tapissés d'étagères chargées de livres et de photos encadrées des enfants d'Ellen, de la vie qu'elle avait menée avec son défunt mari.

C'était un espace intime, un sanctuaire réservé aux membres de la famille et aux amis les plus proches.

Portant désormais ses lunettes, Ellen lisait un dossier en secouant la tête.

— Quoi ? demanda Betsy.

— Les pourparlers… Ils n'auraient pas dû achopper. L'équipe préparatoire avait bien travaillé.

Elle brandit les documents.

— Nous étions prêts. Les Sud-Coréens étaient prêts. Je m'étais entretenue avec mon homologue. En principe, c'était une simple formalité.

— Qu'est-ce qui s'est passé alors ? demanda Katherine.

Sa mère soupira.

— Je ne sais pas. J'essaie de comprendre. Quelle heure est-il ?

— Vingt-trois heures trente-cinq.

— Midi trente-cinq à Séoul. Je suis tentée de téléphoner, mais je vais attendre. J'ai besoin de plus d'informations.

Elle jeta un coup d'œil à Betsy, qui parcourait les messages.

— Et alors ?

— Des courriels et des textos de soutien de la part de proches et d'amis, répondit Betsy.

Ellen continua de la fixer, mais Betsy secoua la tête, sachant ce qu'Ellen demandait sans le dire.

— Je peux lui écrire, proposa Katherine.

— Non. Il est au courant. S'il voulait me parler, il me ferait signe.

— Tu sais qu'il est très occupé, maman.

Ellen désigna la télécommande.

— Mets plutôt les nouvelles. Qu'on en finisse.

La télévision, savaient Betsy et Katherine, servirait de contre-irritant et détournerait l'attention d'Ellen du message qui n'apparaissait pas sur son téléphone.

Ellen Adams continua de lire les rapports dans l'espoir de comprendre ce qui s'était passé à Séoul. N'écoutait que d'une oreille distraite les prétendus spécialistes.

Elle était déjà au courant, de toute façon. Même les organes de presse de son entreprise, sans oublier la chaîne internationale d'information en continu, les journaux et les sites Web, s'acharnaient sur leur ancienne propriétaire.

Afin d'affirmer leur indépendance, ils seraient en fait les premiers à cogner. À cogner dur. Ellen pressentait déjà la teneur des textes d'opinion.

Avant d'accepter le poste de secrétaire d'État, Ellen s'était départie de ses actifs en faveur de sa fille, à une condition expresse et dûment notariée : Katherine Adams ne devrait jamais intervenir personnellement dans la couverture de l'administration Williams en général ni dans les dossiers traités par la secrétaire d'État Adams en particulier.

Sa fille n'avait éprouvé aucune difficulté à respecter cet engagement. Après tout, elle n'était pas la journaliste de la famille. Son diplôme, ses compétences et ses intérêts visaient le volet "affaires" de l'entreprise. Sur ce plan, elle était la digne fille de sa mère.

Betsy toucha le bras d'Ellen et désigna le téléviseur.

Levant les yeux, celle-ci regarda l'écran un moment et se redressa légèrement.

— Merde, fit Doug Williams. C'est une blague ou quoi ?

Il foudroya du regard sa cheffe de cabinet, comme pour la sommer de faire quelque chose.

Barb Stenhauser changea de chaîne. Une fois. Deux fois. Mais, entre le discours sur l'état de l'Union du président Williams et son deuxième verre de scotch, quelque chose avait changé.

Katherine éclata de rire, le regard pétillant.

— Oh mon Dieu. C'est pareil sur toutes les chaînes.

Elle les fit défiler une à une, ne s'arrêtant que le temps d'entendre les commentateurs et les fauteurs de troubles féliciter la secrétaire d'État Adams de son travail acharné. De s'être rendue au Capitole sans prendre le temps de retoucher sa mise et d'avoir montré à la face du monde qu'on ne peut faire le travail de fond sans se salir.

Bien sûr, le voyage avait, contre toute attente, été un désastre, mais le message implicite, c'était qu'Ellen Adams et, par extension, les États-Unis ne céderaient devant personne. Qu'ils étaient prêts à descendre dans les tranchées. Qu'ils répondraient présents. Qu'ils tenteraient à tout le moins de réparer les pots cassés au terme de quatre années de chaos.

On imputait l'échec des pourparlers au gâchis laissé par l'inepte président sortant et son propre secrétaire d'État.

Katherine s'esclaffa.

— Regardez ! fit-elle en brandissant son téléphone.

Sur les réseaux sociaux, un mème était devenu viral.

Après avoir été présentée, la secrétaire d'État Adams s'avançait vers son fauteuil pour entendre le discours, et la caméra surprenait un sénateur rival qui, l'ayant regardée avec dédain, murmurait :

— Sale femme.

— C'est quoi, ça ? s'exclama Doug Williams en lançant une crevette sur son assiette, si fort qu'elle heurta le bureau Resolute avant de rebondir et de s'échouer sur la moquette. Merde !

Dans son lit, Anahita Dahir eut une pensée.

Et si le mystérieux message venait de Gil ?

Oui, c'était possible. Gil cherchait à reprendre le contact. Le contact charnel.

Anahita sentait encore sa peau moite de sueur pendant les chauds, les très chauds et humides après-midi d'Islamabad. En douce, ils se retrouvaient dans la petite chambre d'Anahita, presque à mi-chemin entre le bureau de Gil à l'agence de presse et son bureau à elle à l'ambassade.

Anahita était si nouvelle que personne ne remarquait ses absences. Et Gil Bahar était un journaliste si respecté qu'il ne serait venu à l'idée de personne de poser des questions à son sujet. On supposait qu'il était sorti vérifier une information.

Dans le monde étroit, très étroit et étouffant de la capitale pakistanaise, des rendez-vous clandestins avaient lieu à toute heure du jour et de la nuit. Entre des espions et des agents. Des informateurs et des trafiquants d'informations. Des revendeurs et des consommateurs de drogues, d'armes et de mort.

Des employées d'ambassade et des journalistes.

C'était un lieu où tout pouvait arriver à tout moment. Les jeunes journalistes et les humanitaires, les médecins et les infirmières, les membres du personnel des ambassades et les informateurs frayaient dans des bars clandestins, de minuscules appartements. Des soirées. Ils se frottaient les uns aux autres. Parfois au sens propre.

Autour d'eux, la vie était précieuse et précaire. Et ils étaient immortels.

Dans son lit de D.C., le corps d'Anahita bougeait en rythme. Elle sentait le corps ferme de Gil contre le sien. Le sentait en elle.

Quelques minutes plus tard, Anahita se leva. Sûre d'aller audevant de graves ennuis, elle saisit malgré tout son téléphone.

*Tu as essayé de me texter ?*

Se réveillant à quelques reprises au milieu de la nuit, elle consulta l'appareil. Pas de réponse.

"Quelle idiote", marmonna-t-elle. Elle huma en pensée l'odeur musquée de Gil, sentit la peau blanche et nue de son amant contre sa peau foncée et moite. Lumineuses l'une et l'autre dans le soleil de l'après-midi.

Le poids de l'homme sur son corps. Comprimant son cœur.

Nasrin Bukhari était assise dans l'aire des départs.

Un douanier fatigué avait contrôlé son passeport sans remarquer qu'il s'agissait d'un faux. Peut-être aussi avait-il cessé de s'en faire pour si peu.

Il avait consulté le document et regardé Nasrin dans les yeux. Il avait vu une femme d'âge mûr complètement épuisée. Une femme dont le hijab traditionnel, là où il épousait son visage, était décoloré et élimé.

Elle, une menace ? Sûrement pas. Il était passé au voyageur suivant, pressé lui aussi de franchir la frontière qui séparait la menace et un fragile espoir.

Nasrin Bukhari transportait l'espoir dans sa sacoche. Et la menace dans sa tête.

Elle était arrivée à l'aéroport avec trois heures d'avance. Peut-être un peu trop tôt, comprenait-elle à présent.

Elle se positionna de manière à mieux voir du coin de l'œil l'homme affalé contre le mur, au fond du couloir. Il était à la sécurité lorsqu'elle s'était enregistrée. Il l'avait suivie, elle en était presque certaine.

Elle attendait un Pakistanais. Un Indien. Un Iranien. Un type de la région, sûrement. Jamais elle n'aurait imaginé qu'on recourrait à un homme blanc. Le camouflage de l'homme, c'était qu'il détonnait dans le décor. Nasrin Bukhari n'aurait pas cru ses ennemis capables d'un tel trait de génie.

Mais c'était peut-être son imagination qui lui jouait des tours. Le surmenage, la faim et la peur engendraient la paranoïa. Elle sentait sa raison basculer. Étourdie par le manque de sommeil, elle éprouvait par moments la sensation de flotter au-dessus de son corps.

Pour Mme Bukhari, intellectuelle et scientifique, cette expérience était terrifiante. Elle ne pouvait plus se fier à son esprit. Elle ne pouvait plus se fier à ses émotions.

Elle partait à la dérive.

"Non, se dit-elle. Pas ça." Elle avait un but précis. Une destination précise. Ne restait qu'à l'atteindre.

Nasrin Bukhari jeta un nouveau coup d'œil à l'antique horloge de la salle d'attente crasseuse. Plus que deux heures cinquante-trois minutes avant le départ de son vol pour Francfort.

Dans sa vision périphérique, elle vit l'homme sortir son téléphone.

Le texto arriva à une heure trente du matin.

*N'ai pas écrit mais contenu que tu l'aies fait. Tu peux peut-être m'aider. Ai babouin d'information sur une scientifique.*

Ana ferma l'écran. Il ne s'était même pas donné la peine de corriger le message avant de l'envoyer.

Elle avait foncé tête baissée dans le piège, sachant ou soupçonnant qu'elle n'était pour lui qu'une source. Rien de plus. Depuis le début, sans doute. Pour Gil, elle n'avait eu de valeur qu'à titre de membre du personnel de l'ambassade et, désormais, du département d'État. Sa source au sein du Bureau des affaires de l'Asie du Sud et centrale du département d'État.

Anahita se demanda ce qu'elle savait vraiment de Gil Bahar. Journaliste respecté travaillant pour Reuters. Mais il y avait eu des rumeurs. Des bruits.

Seulement, Islamabad carburait aux rumeurs et aux bruits. Même les vieux de la vieille avaient du mal à distinguer la vérité de la fiction. La réalité de la paranoïa. Dans le creuset, les deux se fondaient. Se confondaient.

Ce qu'elle savait, c'était que, quelques années plus tôt, Gil Bahar avait été enlevé en Afghanistan par les Pathans et qu'il avait été retenu prisonnier pendant huit mois avant de s'évader. Pathans, ou "famille", était le nom de guerre des terroristes les plus extrémistes et les plus brutaux de la zone tribale à la frontière du Pakistan et de l'Afghanistan. Alignés sur Al-Qaïda, ils étaient craints même par les autres groupes de talibans.

Des journalistes avaient été torturés, puis exécutés. Décapités. Gil Bahar, lui, était sorti indemne de la captivité.

Pourquoi ? Telle était la question qu'on posait à voix basse. Comment avait-il échappé aux Pathans ?

Anahita avait choisi d'ignorer les vilaines insinuations. Désormais, allongée dans son lit, elle se permit de s'interroger sur Gil.

Il avait contacté Anahita pour la dernière fois peu après la mutation de celle-ci à D.C. Il l'avait jointe à son numéro personnel. Après un échange de politesses, il lui avait demandé des informations.

Elle ne lui avait rien donné, évidemment, mais, trois jours plus tard, il y avait eu un assassinat. La victime : la personne sur qui Gil avait réclamé des renseignements.

Et voilà qu'il revenait à la charge. Au sujet d'une scientifique.

## 4

— Oui ? fit Ellen en émergeant d'un profond sommeil. Qu'est-ce qui se passe ?

Elle nota l'heure. Deux heures trente-cinq.

— Madame la secrétaire ? fit la voix de Charles Boynton. Grave, sombre.

— Il y a eu une explosion.

Se redressant, elle tendit la main vers ses lunettes.

— Où ?

— Londres.

Elle poussa un soupir de soulagement, se sentit coupable. "Pas en sol américain, au moins", se dit-elle. Mais quand même. Elle posa les pieds par terre et alluma.

— Racontez.

Moins de quarante-cinq minutes plus tard, la secrétaire Adams était dans la salle de crise de la Maison-Blanche.

Pour éviter la confusion et le bruit inutile, on n'avait réuni que le noyau central du Conseil de sécurité nationale. Autour de la table se trouvaient le président, la vice-présidente, la secrétaire d'État et les secrétaires de la Défense et de la Sécurité intérieure. Le directeur du renseignement national et le chef d'État-Major des armées étaient aussi présents.

Des conseillers et la cheffe de cabinet de la Maison-Blanche étaient assis contre le mur.

Les mines étaient sombres, mais pas paniquées. Le chef d'État-Major était passé par là, mais la situation était nouvelle pour le président et les membres de son cabinet.

Les médias commençaient tout juste à rendre compte de ce qui s'était passé, de ce qui se passait encore.

Un plan de Londres occupait tout le mur du fond. Un point rouge, semblable à une tache de sang, montrait l'emplacement de l'explosion.

Le long de Piccadilly. À côté de Fortnum & Mason, remarqua Ellen, en passant en revue ses connaissances de Londres. Le Ritz au bout de la rue. Hatchards, la plus vieille librairie de la ville, était sous le point rouge.

— Une bombe ? fit le président Williams. Aucun doute à ce sujet ?

— Aucun, monsieur le président, répondit Tim Beecham, le directeur du renseignement national. Nous sommes en liaison avec le MI5 et le MI6. Ils s'efforcent encore de comprendre, mais, étant donné l'étendue de la destruction, il n'y a pas d'autre explication.

— Poursuivez, dit le président Williams en se penchant vers l'avant.

— À première vue, la bombe a explosé dans un autobus, dit le général Albert "Bert" Whitehead, chef d'État-Major.

Son uniforme était mal boutonné. Dans sa hâte, il avait passé sa cravate autour de son cou, mais sans la nouer. Un nœud coulant inachevé.

Sa voix, cependant, était forte, et son regard, clair. Sa concentration, totale.

— À première vue ? fit Williams.

— Les dommages sont trop importants pour qu'on se fasse une idée précise. C'était peut-être une voiture ou un camion piégé qui a croisé un autobus au moment d'exploser. Comme vous pouvez le voir, il y a des décombres partout.

Le général Whitehead pianota sur son ordinateur sécurisé, et une photo remplaça le plan de la ville. C'était une image satellite. D'une clarté étonnante pour une photo prise depuis l'espace. À des kilomètres des lieux.

Ils se penchèrent tous vers elle.

On voyait un cratère au centre de la célèbre rue, et des morceaux de métal tordu jonchaient les environs. De la fumée montait des véhicules ; les façades d'immeubles centenaires ayant survécu au Blitz avaient été soufflées.

Mais pas de cadavres, nota Ellen. Les victimes avaient sans doute été pulvérisées. Réduites en fragments qui n'avaient plus rien d'humain.

La zone de l'explosion avait été circonscrite par les immeubles qui se dressaient de part et d'autre. Qui sait jusqu'où elle se serait étendue sans eux ?

— Mon Dieu, murmura le secrétaire à la Défense. Qu'est-ce qui a pu causer une destruction pareille ?

— Nous venons de recevoir une vidéo, monsieur le président, dit Barbara Stenhauser.

D'un geste, il lui fit signe de la faire jouer. Elle provenait de l'une des dizaines de milliers de caméras de surveillance disséminées dans la ville de Londres. L'image était horodatée dans le coin inférieur droit.

*7 : 17 : 04.*

— À quelle heure la bombe a-t-elle explosé ? demanda le président Williams.

— À sept heures dix-sept minutes quarante-trois secondes, heure de Greenwich, monsieur, répondit le général Whitehead.

Observant la scène, Ellen Adams porta la main à sa bouche. C'était le début de l'heure de pointe. Le soleil s'efforçait de percer le ciel d'un matin gris de mars.

*7 : 17 : 20.*

Des hommes et des femmes s'avançaient sur le trottoir. Des voitures, des camions de livraison et des taxis attendaient au feu rouge.

Pendant que les secondes s'égrenaient.

*7 : 17 : 32.*

— Courez, courez, murmura le secrétaire à la Sécurité intérieure, assis à côté d'Ellen. Mais courez donc.

Les gens n'en firent rien, évidemment.

Un autobus à impériale rouge vif s'immobilisa devant un arrêt.

*7 : 17 : 39.*

Une jeune femme s'écarta pour laisser passer un vieillard. Il se retourna pour la remercier.

*7 : 17 : 43.*

Ils visionnèrent la scène à répétition, sous divers angles, à mesure que de nouvelles vidéos étaient projetées sur l'écran au fond de la salle de crise.

Dans la deuxième, ils virent plus clairement l'autobus s'arrêter. L'angle leur permettait de distinguer des visages. Y compris celui d'une petite fille dans la première rangée, à l'étage. La meilleure place. Celle vers laquelle fonçaient tous les enfants, comme l'avaient fait ceux d'Ellen.

Elle eut beau essayer, elle fut incapable de détacher les yeux de la petite fille.

*Cours, cours.*

Mais, naturellement, dans toutes les vidéos, quel que soit l'angle de caméra, la petite fille restait là. Puis elle disparaissait.

La confirmation, lorsqu'elle arriva du Royaume-Uni, fut de pure forme. Manifestement, on avait affaire à une bombe. Placée dans un autobus. Réglée pour exploser au pire moment, au pire endroit.

À l'heure de pointe, en plein cœur de Londres.

— L'attentat a été revendiqué ? demanda le président Williams.

— Pas encore, répondit le DRN en vérifiant et en contre-vérifiant ses rapports.

Désormais, les informations affluaient. La clé, ils le comprenaient tous, c'était de les gérer. De ne pas se laisser déborder.

— Pas de rumeurs non plus ? demanda le président Williams.

Il balaya des yeux la longue table lustrée, vit chacun secouer la tête. Il s'arrêta sur Ellen.

— Rien, confirma-t-elle.

Il continua de la regarder fixement, comme si elle seule était responsable d'un tel échec.

Une vérité toute simple s'imposa à elle.

"Il ne me fait pas confiance", se dit-elle. Elle aurait sans doute dû s'en rendre compte plus tôt, mais, occupée à se familiariser avec son nouveau poste, elle n'avait pas pris le temps de réfléchir à cette question.

Mue par l'orgueil, Ellen Adams avait cru que, si le président élu l'avait désignée comme secrétaire d'État malgré leur antagonisme, c'était parce qu'il la croyait à la hauteur.

La vérité, c'est que, non content de ne pas l'aimer, il se méfiait d'elle.

Pourquoi donc avait-il nommé à un poste aussi névralgique une personne en qui il n'avait visiblement aucune confiance ?

À présent, une partie de la réponse sautait aux yeux.

Le président Douglas Williams n'avait jamais imaginé qu'une crise internationale surviendrait si tôt, tout au début de son mandat et de celui d'Ellen. Et qu'il devrait lui faire confiance.

À quoi s'attendait-il donc ?

Ces révélations vinrent à Ellen d'un coup, mais elle n'eut pas le temps de s'y attarder. Ils avaient des préoccupations autrement plus pressantes.

— N'est-ce pas inhabituel ? demanda le président. De ne pas avoir de nouvelles ?

— Pas nécessairement, dit Tim Beecham. Pas s'il s'agit d'un acte isolé. D'un loup solitaire qui se fait exploser.

— Quand même, fit Ellen, les terroristes ne tiennent-ils pas à ce que le monde entier sache ce qu'ils ont fait ? N'ont-ils pas l'habitude de verser une déclaration ou une vidéo dans les médias sociaux ?

— Si personne n'a…, commença le général Whitehead.

Il fut interrompu par la cheffe de cabinet du président.

— J'ai le Premier ministre britannique au bout du fil, monsieur, dit Barb Stenhauser.

Comme les autres, elle s'était habillée en vitesse. Son visage sans maquillage trahissait son inquiétude. Il aurait fallu des couches et des couches de fard pour la cacher.

Sur l'écran, le carnage fut remplacé par le visage sévère du Premier ministre Bellington, les cheveux en bataille comme à son habitude.

— Monsieur le Premier ministre, au nom du peuple américain, je…

— Ouais, ouais. Passons. Vous voulez savoir ce qui s'est passé. Moi aussi. Franchement, je n'ai rien à vous communiquer.

Quittant la caméra des yeux, il se tourna vers des représentants du MI5 et du MI6, supposèrent les Américains. Fleurons du renseignement britannique.

— Une cible en particulier ? demanda Williams.

— Il est trop tôt pour le dire. Nous venons seulement de confirmer que la bombe était dans l'autobus. Nous ne savons pas qui était à bord ou dans les environs. Les passagers et les piétons ont été réduits en poussière. Je vous envoie la vidéo.

— Pas la peine, dit Williams. Nous l'avons.

Bellington haussa les sourcils. Difficile de savoir s'il était impressionné ou contrarié. Il choisit de ne pas relever.

Le Premier ministre, dans la troisième année d'un premier mandat, jouissait d'une immense popularité auprès de l'aile droite de son parti et de l'électorat conservateur parce qu'il avait promis la sécurité et l'autonomie nationale. Cette explosion n'allait pas favoriser sa campagne de réélection.

— Il faudra du temps pour procéder aux identifications, dit Bellington. Nous analysons les bandes vidéo dans l'espoir que la reconnaissance faciale désignera quelqu'un. Un terroriste ou une cible. Nous vous saurons gré de l'aide que vous pourrez nous apporter.

— Se pourrait-il que la cible ait été un immeuble et non une personne ? demanda le DRN. Comme lors des attentats du 11 septembre ?

— Possible, admit le Premier ministre. Mais il y a des cibles plus évidentes que Fortnum & Mason.

— Quelqu'un qui trouve scandaleux de payer cent livres pour le thé de l'après-midi, par exemple ? demanda le secrétaire à la Défense en cherchant des sourires appréciatifs autour de la table.

Il n'en vit pas

— C'est aussi là que se trouve la Royal Academy of Arts, dit Ellen.

— Les arts, madame la secrétaire d'État ? fit le Premier ministre Bellington. Vous pensez que quelqu'un a créé un tel carnage pour empêcher la tenue d'une exposition ?

Ellen s'efforça d'ignorer le ton condescendant de l'homme. Elle aurait volontiers admis que, à son oreille américaine, tous les accents britanniques semblaient condescendants. Chaque fois qu'un Britannique ouvrait la bouche, elle entendait un "crétine" implicite.

Y compris dans le cas présent. Mais l'homme, sous pression, s'était simplement défoulé sur elle. Elle décida de laisser passer. Pour l'instant.

À vrai dire, le Premier ministre Bellington avait longtemps été une des cibles de prédilection des organes de presse d'Ellen, qui le dépeignaient comme un type grossièrement inadéquat. Un homme creux, un abruti issu de l'aristocratie chez qui le courage était remplacé par la certitude du bon droit et les locutions latines utilisées à tort et à travers.

Pas étonnant qu'il l'ait traitée de haut. En fait, concéda Ellen, il avait manifesté une retenue surprenante.

— Les arts, mais pas seulement, monsieur le Premier ministre, dit-elle. C'est aussi le siège de la Société de géologie.

— C'est exact.

Les yeux de l'homme étaient plus inquisiteurs, plus perçants, beaucoup plus intelligents qu'elle l'aurait cru possible.

— Vous connaissez bien Londres.

— Londres est une de mes villes préférées. Ce qui arrive est tragique, absolument tragique.

C'était la vérité. Et les conséquences risquaient d'aller bien au-delà des pertes de vie et de la destruction du riche patrimoine historique de ce quartier de la ville.

— La géologie ? fit le secrétaire à la Défense. Pourquoi faire sauter une institution qui étudie les pierres ?

Ellen Adams ne répondit pas. Elle regarda plutôt l'écran, où son regard croisa celui, réfléchi, du Premier ministre britannique.

— La géologie ne se limite pas aux pierres, dit-il. Elle s'intéresse aussi au pétrole. Au charbon. À l'or. Aux diamants.

Bellington marqua une pause et, soutenant le regard d'Ellen, l'invita à compléter.

— À l'uranium, dit-elle.

Il hocha la tête.

— Qu'on peut transformer en bombe atomique. *Factum fieri infectum non potest.* Ce qui est fait est fait, traduisit Bellington. Mais peut-être pouvons-nous prévenir un autre attentat.

— Vous pensez qu'il y en aura un autre, monsieur le Premier ministre ? demanda le président Williams.

— Oui, monsieur.
— Mais où ? murmura le DRN.

Une fois la réunion terminée, Ellen manœuvra pour se trouver aux côtés du général Whitehead.

— Vous alliez expliquer pourquoi personne n'avait encore revendiqué l'attentat, n'est-ce pas ?

Il hocha la tête.

Le chef d'État-Major des armées ressemblait davantage à un bibliothécaire qu'à un guerrier.

Fait intéressant, le bibliothécaire de la Library of Congress avait l'air d'un guerrier.

Le général Whitehead avait le visage aimable, la voix douce. Il regarda Ellen à travers les verres de ses lunettes, qui lui faisaient des yeux de hibou.

Mais, elle le savait, il avait fait ses preuves sur le champ de bataille. C'était un Ranger. Il avait gravi les échelons depuis la ligne de front et gagné le respect, certes, mais aussi la loyauté des hommes et des femmes sous ses ordres.

Le général Whitehead s'arrêta, laissa passer les autres et étudia Ellen. Son regard était pénétrant mais dénué d'hostilité.

— Pourquoi, général ?

— Les auteurs de l'attentat ne l'ont pas revendiqué, madame la secrétaire d'État, parce que c'est inutile. Leur but était et demeure différent. Il va bien au-delà de la terreur.

Elle sentit son sang quitter son visage, s'accumuler dans son ventre, son cœur.

— C'est-à-dire ? demanda-t-elle, surprise et soulagée de constater que sa voix semblait calme.

— Un assassinat, peut-être. Une frappe chirurgicale visant une personne ou un groupe particulier. Inutile de crier son but sur tous les toits. Les auteurs de l'attentat ont peut-être compris que leur silence mobiliserait nos ressources plus efficacement qu'une revendication en bonne et due forme.

— J'ai du mal à considérer comme "chirurgical" ce qui s'est passé à Londres.

— Vous avez raison. Je voulais parler de l'objectif poursuivi. Un but restreint, bien défini. Là où nous voyons des centaines de victimes, ils n'en voient peut-être qu'une seule. Là où nous voyons une horrible destruction, ils ne voient peut-être que la disparition d'un immeuble. Tout est affaire de perception.

La main du général se porta sur sa cravate, qu'il sembla surpris de trouver dénouée.

— Ce que je peux vous dire, madame la secrétaire d'État, c'est que, d'après mon expérience, plus grand est le silence, plus grand est l'objectif poursuivi.

— Vous êtes donc d'accord avec le Premier ministre ? Il y aura un autre attentat ?

— Je ne sais pas.

Il soutint le regard d'Ellen, ouvrit la bouche, la referma.

— Vous pouvez tout me dire, général.

Il esquissa un faible sourire.

— Tout ce que je sais, c'est que, d'un point de vue stratégique, nous avons affaire à un grand silence.

Le sourire du militaire avait cédé la place à une expression très grave.

Le prédateur était là. Quelque part. Caché dans un vaste silence.

L'attente fut brève.

Il était presque dix heures quand Ellen Adams regagna son bureau au département d'État.

L'activité y était frénétique. Avant même d'atteindre l'ascenseur, elle fut happée par des attachés de presse lui réclamant des informations à fournir aux médias affamés. Dès sa sortie de la cabine, elle fut entraînée vers son bureau. Des employés couraient dans le couloir, entraient dans des bureaux, en sortaient en trombe. Ne se fiaient ni aux messages texte ni même aux coups de fil. On criait des questions, des requêtes, et des conseillers adjoints poursuivaient les moindres indices.

— Nous sommes en discussion avec toutes nos sources, dit Boynton en marchant d'un pas vif à côté d'elle. Les services de renseignement du monde entier sont sur le qui-vive. Nous avons aussi pris contact avec des groupes de réflexion sur le contre-terrorisme. Les départements d'études stratégiques.

— Et ?

— Rien pour l'instant, mais quelqu'un sait forcément quelque chose.

À son bureau, Ellen passa en revue sa liste de contacts.

— J'ai quelques noms pour vous. Des gens que j'ai rencontrés dans mes voyages. Des journalistes. Des mouches du coche qui ne parlent pas beaucoup, mais qui entendent tout.

Elle lui fit suivre une série de fiches.

— Utilisez mon nom. Présentez des excuses et expliquez ce qu'on cherche.

— Entendu. Nous devons nous installer dans la salle de vidéoconférence sécurisée. On nous attend.

Sur place, des visages apparurent à l'écran.

— Soyez la bienvenue, madame la secrétaire d'État.

La réunion du Groupe des cinq avait débuté.

Anahita Dahir était à son bureau au département d'État.

Les agents du Service extérieur du monde entier avaient reçu l'ordre de transmettre tous les renseignements pertinents. Les lieux bourdonnaient d'une activité effrénée. Des messages étaient envoyés et reçus. Codés et décodés.

Anahita filtrait les messages arrivés à son poste durant la nuit tout en suivant le fil d'information à la télévision.

De plus en plus, on avait l'impression que les journalistes avaient de meilleurs réseaux que la CIA ou la NSA. Ou même que le département d'État.

Anahita songea à Gil et fut de nouveau tentée de communiquer avec lui. Au cas où il saurait quelque chose. En même temps, elle se rendait compte que cette idée venait non pas de son cerveau mais de beaucoup plus bas. Et le moment était particulièrement mal choisi.

Toute nouvelle agente de l'antenne pakistanaise du Service extérieur, elle n'avait pas accès aux communications privilégiées. Les renseignements les plus banals, envoyés par les informateurs les plus insignifiants, transitaient par elle. Où les ministres de divers gouvernements avaient dîné et avec qui, par exemple. Et ce qu'ils avaient mangé.

Même ces messages-là devaient être lus plus attentivement, désormais.

Le Groupe des cinq – Five Eyes en anglais – est une alliance des services de renseignement de l'Australie, de la Nouvelle-Zélande, du Canada, du Royaume-Uni et des États-Unis. Avant son entrée en fonction, Ellen n'avait jamais entendu parler de cette organisation réunissant des alliés anglophones.

En raison de leurs positionnements stratégiques respectifs, ces pays couvraient en gros l'ensemble de la planète. Mais personne n'avait rien entendu. Pas de rumeur préalable. Pas de déclarations triomphales dans les heures ayant suivi l'explosion.

La secrétaire d'État Adams fut bientôt rejointe par ses homologues et leurs chefs du renseignement. Succinctement, en rafale, cinq espions et cinq secrétaires d'État firent le point, partagèrent les informations recueillies jusque-là. Ce que leurs réseaux avaient glané. Rien, en l'occurrence.

— Rien ? s'étonna le secrétaire d'État aux Affaires étrangères du Royaume-Uni. Comment est-ce possible ? Des centaines de morts. Un grand nombre de blessés. Le centre de Londres rappelle le lendemain du Blitz. On ne parle pas d'un pétard : c'était une bombe massive, une putain de grosse bombe de merde.

— Désolé, Votre Seigneurie, dit le ministre des Affaires étrangères de l'Australie en insistant lourdement sur le dernier mot. Il n'y a rien. Nous avons passé en revue les renseignements en provenance de la Russie, du Moyen-Orient, de l'Asie. Nous continuons de creuser, mais, jusque-là, c'est le silence radio.

"Un grand silence", songea Ellen en se rappelant les propos du général.

— C'est forcément l'œuvre d'un fou qui a un grief et des aptitudes techniques, déclara le ministre des Affaires étrangères de la Nouvelle-Zélande.

— Je suis d'accord, dit le directeur de la CIA, l'"œil" des États-Unis. S'il s'agit d'une organisation terroriste internationale comme Al-Qaïda, Daech…

— Al-Shabaab, ajouta l'œil de la Nouvelle-Zélande.

— Les Pathans…, commença l'œil australien.

— Vous avez l'intention de les énumérer tous ? demanda le secrétaire d'État aux Affaires étrangères du Royaume-Uni. Le temps ne joue pas en notre faveur, vous savez.

— L'idée…, poursuivit l'œil australien.

— Oui, fit le Britannique. C'est quoi, l'idée ?

— Bon, bon, fit l'œil canadien. Ça suffit. Évitons de nous disputer entre nous. L'idée, nous la connaissons. Si c'était une des centaines d'organisations terroristes connues qui avait fait sauter la bombe, l'attentat aurait déjà été revendiqué.

— Et celles qu'on ne connaît pas ? fit l'œil américain. Supposons qu'une nouvelle ait vu le jour.

— Elles ne poussent quand même pas spontanément, non ? fit l'œil néo-zélandais.

La femme se tourna vers son collègue australien dans l'espoir d'obtenir son appui.

— Une nouvelle organisation capable de réaliser un coup pareil ne resterait pas longtemps inconnue, dit l'œil australien. Elle claironnerait immédiatement sa réussite.

— Se pourrait-il, fit la secrétaire Adams, que l'attentat n'ait pas été revendiqué parce que ce n'est pas la peine ?

Tous les yeux se tournèrent vers elle, comme si, à la surprise générale, une chaise vide avait parlé. Le secrétaire d'État aux Affaires étrangères du Royaume-Uni piaffa d'un air exaspéré. De quel droit la nouvelle secrétaire d'État des États-Unis leur faisait-elle perdre leur temps ? Se croyait-elle capable de dire quelque chose de pertinent ?

L'œil américain semblait gêné.

Sans se laisser démonter, Ellen poursuivit, rapporta les propos du général Whitehead. Venue du chef d'État-Major, l'idée avait plus de crédibilité que si c'était Ellen qui l'avait formulée. Elle s'en moquait. Elle avait besoin de leur attention, et non de leur approbation ou de leur respect.

— Madame la secrétaire, dit le Britannique, un attentat

terroriste a justement pour but de répandre la terreur. Se taire ne fait pas partie du manuel de stratégie.

— Merci, je suis au courant, répondit Ellen.

— Les auteurs de l'attentat sont peut-être des fans d'Alfred Hitchcock, dit l'œil canadien.

— Oui, oui, fit le Britannique. Et des Monty Python aussi. Poursuivons.

— Où voulez-vous en venir ? demanda Ellen à la Canadienne.

— Hitchcock avait compris qu'une porte fermée est beaucoup plus angoissante qu'une porte ouverte. Rappelez-vous la nuit, quand vous étiez enfant. Vous regardiez fixement la porte du placard en vous demandant ce qu'il y avait vraiment à l'intérieur. Notre imagination comble le vide. Jamais nous n'imaginions une bonne fée marraine avec un chiot ou un dessert appétissant.

Elle s'interrompit, et Ellen eut l'impression que la femme la regardait droit dans les yeux.

— Ceux qui ont les intentions les plus sinistres ne nous laissent jamais ouvrir cette porte. Elle ne s'ouvre que quand eux le décident. Votre général a raison, madame la secrétaire d'État. Le vrai visage de la terreur, c'est l'inconnu. La terreur véritable se nourrit du silence.

Ellen se pétrifia. Puis le silence fut fracassé. Elle sursauta quand tous les téléphones encryptés sonnèrent en même temps.

Sur l'écran britannique, ils virent un adjoint dire quelques mots à l'oreille du secrétaire d'État.

— Nom de Dieu, murmura-t-il avant de se tourner vers l'écran.

Au même moment, Boynton se pencha sur Ellen Adams.

— Il y a eu une explosion à Paris, madame la secrétaire d'État.

# 5

L'avion se posa à Francfort avec dix minutes de retard, mais largement assez tôt pour lui permettre d'attraper son autobus.

Pendant que l'appareil roulait vers l'aérogare, Nasrin Bukhari consulta sa montre et la régla à 16 h 03. Elle n'avait pas de téléphone, même pas un appareil prépayé. Elle ne pouvait pas courir le risque.

Les physiciens nucléaires, avait-elle souvent répété à son mari instituteur, sont par nature allergiques au risque. Il riait et soulignait qu'elle faisait le travail le plus dangereux du monde.

Pour la même raison, elle était en ce moment si éloignée de sa zone de confort qu'elle aurait tout aussi bien pu se trouver sur une autre planète.

Ou à Francfort.

Autour d'elle, dans l'avion, des passagers penchés sur leur téléphone avaient murmuré, gémi, pleuré. Il était arrivé quelque chose.

Craignant d'adresser la parole à qui que ce soit, Mme Bukhari attendit d'être dans l'aérogare pour jeter un coup d'œil à un écran de télé. Une foule s'était formée, et elle aurait été trop loin pour entendre ce qu'on racontait, même à supposer qu'elle ait compris la langue.

Mais elle pouvait voir les images. Et lire le texte qui défilait au bas de l'écran.

Londres. Paris. Des scènes de destruction presque apocalyptique. Elle regardait fixement, médusée. Elle aurait donné n'importe quoi pour qu'Amir soit avec elle. Non pas pour qu'il lui dise quoi faire, mais pour qu'il glisse sa main dans la sienne. Pour ne pas être seule.

C'était, elle en était sûre, une coïncidence. Tout cela ne la concernait pas. C'était impossible.

Et pourtant, en reculant, elle croisa le regard du jeune homme qui était descendu de l'avion avec elle et se tenait à présent tout près.

Il ne regardait pas l'écran. Il ne regardait pas les scènes de carnage. Il la dévisageait, elle, comme s'il savait qui elle était. Et qu'il la méprisait.

— Asseyez-vous, ordonna le président Williams en levant brièvement les yeux de ses notes.

Ellen Adams prit place dans le fauteuil posé face à celui du président dans le Bureau ovale. Encore tiède après le passage de la tête, ou du postérieur, du DRN.

Derrière elle, sur les moniteurs qui recevaient des chaînes différentes, on voyait des commentateurs en gros plan ou des images des atrocités.

Dans la voiture qui l'avait déposée à la Maison-Blanche, au milieu des sirènes hurlantes de l'escorte diplomatique, elle avait lu les messages d'une brutale concision envoyés par les services de renseignement des quatre coins du monde. Et qui, au lieu de fournir des renseignements, en demandaient.

— Le cabinet se réunit dans vingt minutes, dit Williams en retirant ses lunettes pour foudroyer Ellen du regard. Je dois avoir une idée claire de la situation et savoir si nous sommes à risque. Alors ?

— Je ne sais pas, monsieur le président.

Les lèvres de l'homme se pincèrent et, de l'autre côté du bureau Resolute, elle l'entendit prendre une profonde inspiration. S'efforçant, soupçonna-t-elle, de ravaler sa colère.

Trop tard. Elle explosa dans un nuage de postillons et de fureur.

— Comment, vous ne savez pas ? Meeerde !

Les mots avaient jailli. Le dernier mot en particulier. Ellen l'avait déjà entendu, bien sûr, mais jamais encore il ne lui avait été craché au visage de façon aussi violente. Et injuste.

Mais ce n'était pas le moment d'ergoter sur ce qui était juste ou non.

Le cri du président avait été motivé par la peur, elle le savait. Mais elle dut déployer des efforts surhumains pour ne pas essuyer les gouttes de salive sur son visage.

Elle avait peur, elle aussi. Mais la peur du président était amplifiée par une certitude : s'il ne se montrait pas assez prudent, rapide et futé, les prochaines images risquaient de venir de New York ou de Washington. De Chicago ou de Los Angeles.

Il était en poste depuis seulement quelques semaines, il se perdait encore en revenant de l'allée de quilles de la Maison-Blanche, et voilà qu'il était déjà mis à l'épreuve. Pire, il devrait affronter cette épreuve avec une administration toute nouvelle. Des femmes et des hommes brillants, certes, mais qui, dans ce domaine, en étaient à leurs premières armes.

Pire que tout, il avait hérité d'une bureaucratie envahie et grippée par les incompétents de l'administration précédente.

Il avait plus que peur, en fait. Le président des États-Unis avait été propulsé dans un état de terreur de tous les instants. Et il n'était pas le seul.

— Je veux vous rapporter ce que nous savons, monsieur le président. Des faits et non des spéculations.

Il posa sur elle un regard mauvais. Sa nomination la plus politique. Le maillon le plus faible d'une chaîne fragile.

Ellen ouvrit le dossier posé en équilibre précaire sur ses genoux. Après avoir ajusté ses lunettes, elle lut.

— L'explosion de Paris s'est produite à quinze heures trente-six, heure locale. Dans un autobus qui roulait en direction du Faubourg Saint-Denis dans le 10e…

— Je suis au courant. Tout le monde est au courant, dit-il en désignant les écrans de télévision. Dites-moi quelque chose de nouveau. D'utile.

La deuxième explosion datait de moins de vingt minutes. On n'avait pas eu le temps de recueillir des informations, aurait-elle voulu lui dire. Cela aussi, il le savait.

Elle retira ses lunettes, se frotta les yeux et regarda le président en face.

— Je n'ai rien.

On aurait dit que la fureur de l'homme crépitait.

— Rien ? répéta-t-il d'une voix rauque.

— Vous préféreriez que je vous mente ?

— Ce que j'aimerais, c'est que vous fassiez preuve d'un minimum de compétence.

Ellen prit une profonde inspiration et chercha dans sa tête une information qui n'aurait pas pour effet d'attiser la fureur de l'homme. De gaspiller un temps précieux.

— Tous les services de renseignement alliés épluchent les messages et les publications sur les réseaux sociaux. Ils écument le Web clandestin à la recherche de sites cachés. Nous étudions les vidéos dans l'espoir d'identifier le poseur de la bombe ou une cible possible. Nous en avons cerné une à Londres.

— Laquelle ?

— La Société de géologie.

En prononçant ces mots, elle revit en pensée le visage de la fillette. Plaqué contre la vitre à l'étage. Contemplant Piccadilly. Tourné vers un avenir qui serait aussitôt confisqué.

Le président Williams était sur le point de répliquer. De dire quelque chose de dédaigneux. Mais il se ravisa. Hocha simplement la tête.

— Et Paris ?

— Paris est un cas intéressant. On se serait attendu à ce que la bombe explose près d'un site connu. Le Louvre. Notre-Dame. L'Élysée.

Williams se pencha vers l'avant. Intéressé.

— Mais l'autobus 38 était loin de toute cible probable. Il roulait dans une large avenue. Il n'y avait pas grand monde dans les parages. Ce n'était pas l'heure de pointe. On ne voit pas pourquoi les terroristes auraient choisi cet endroit. Et pourtant…

— La bombe aurait-elle pu exploser par erreur ? demanda-t-il. Trop tôt ou trop tard ?

— C'est possible. Mais nous étudions une autre théorie. L'autobus 38 dessert des gares ferroviaires. En fait, il roulait vers la gare du Nord quand il a explosé.

— La gare du Nord. Où s'arrête l'Eurostar en provenance de Londres.

Douglas Williams se révélait plus rapide qu'Ellen l'avait cru. Ou alors il avait beaucoup voyagé.

— Exactement.

— Vous pensez qu'il y avait à bord de cet autobus une personne qui se rendait à Londres ?

— C'est une possibilité. Nous examinons les vidéos prises à chacun des arrêts, mais il y a beaucoup moins de caméras de surveillance à Paris qu'à Londres.

— Pourtant, après les attentats de 2015..., dit Williams. Autre chose sur Londres ?

— Pas encore. On n'a pas identifié de cible possible. Et malheureusement, presque tous les passagers sont montés avec un paquet, un sac à dos ou autre chose ayant pu contenir un explosif. En plus de nos canaux habituels, j'ai demandé à mes anciens collègues des agences de presse de nous faire part des rumeurs qu'entendront leurs journalistes.

Le président hésita. Juste assez longtemps pour permettre à Barbara Stenhauser de jeter un coup d'œil depuis le canapé, d'où elle suivait la conversation. Et le déluge d'informations.

— Y compris votre fils ? demanda Williams. Si mes souvenirs sont exacts, il a de nombreux contacts.

L'air entre eux devint glacial. La fragile entente s'était fissurée avant de voler en éclats.

— Je pense, monsieur le président, que vous auriez intérêt à éviter de parler de mon fils.

— Et moi, madame la secrétaire d'État, je pense que vous auriez intérêt à répondre à une question directe de votre commandant en chef.

— Il ne travaille pour aucun de mes anciens organes de presse.

— Là n'est pas la question, répliqua sèchement Williams. C'est votre fils. Il a des contacts. Étant donné ce qui s'est passé il y a quelques années, il sait peut-être des choses.

— Je me souviens des événements, monsieur le président.

Si le ton du président était cassant, celui d'Ellen était carrément glacial.

— Inutile de me les rappeler.

Ils se fusillèrent réciproquement du regard. Barb Stenhauser se dit qu'elle devrait sans doute intervenir. Rétablir un semblant de civilité dans la conversation. En tirer quelque chose d'utile et de constructif.

Elle s'abstint. Curieuse du dénouement. À défaut d'être constructif, l'échange serait peut-être éclairant.

— S'il savait quelque chose à propos des bombes, il m'aurait prévenue.

— Vous en êtes sûre ?

La blessure entre eux avait ouvert un gouffre. Après avoir vacillé au bord de l'abîme, ils y basculèrent.

Si le président détestait Ellen Adams, avait supposé Barb Stenhauser, c'était parce qu'elle avait utilisé son redoutable pouvoir médiatique pour soutenir son rival à l'investiture du parti. Elle n'avait raté aucune occasion d'humilier Douglas Williams. De le rabaisser, de le présenter comme un type incompétent, manipulateur. Mal préparé.

Lâche.

Elle avait même organisé un concours dans lequel elle invitait les lecteurs à proposer des anagrammes de son nom.

Douglas Williams était ainsi devenu "Aglow Dim Luis". (Luis l'illuminé bas de plafond.) Et après sa défaite au caucus de l'Iowa, "Glum Iowa Slid". (Morose glissade en Iowa.)

Les anagrammes, reprises à voix basse par ses ennemis politiques, avaient poursuivi le président Williams. Ellen Adams était au nombre de ses ennemis. Et tout laissait croire que sa nomination au poste de secrétaire d'État n'avait rien changé.

"Al Go Mud Swill." (Al patauge dans la boue.)

Barb Stenhauser se rendit compte qu'elle avait été si obnubilée par son patron qu'elle ne s'était pas interrogée sur les causes de l'antipathie profonde d'Adams pour Williams.

En les observant, elle constata qu'elle avait sous-estimé les sentiments de l'un et l'autre. C'était plus que de l'antipathie. Ce qui saturait l'atmosphère du Bureau ovale, ce n'était pas même de la colère. C'était une haine si violente que la cheffe de cabinet n'aurait pas été étonnée de voir sauter toutes les vitres du Bureau ovale.

Elle se demanda ce que ces deux-là se remémoraient. Que s'était-il passé quelques années plus tôt ?

— Contactez-le, grogna presque le président Williams. Maintenant. Sinon, vous êtes congédiée.

— Je n'ai pas ses coordonnées.

Les joues cuisantes, Ellen passa aux aveux.

— Je ne sais pas où le trouver.

— Débrouillez-vous.

Demandant au chef de son escorte diplomatique, resté près de la porte, de lui apporter son téléphone, Ellen envoya un message à Betsy. La priant de communiquer avec son fils pour voir s'il avait des informations sur les explosions.

La réponse ne tarda pas.

— Laissez-moi voir, fit Williams en tendant la main.

Elle hésita, obéit.

Les sourcils de l'homme se nouèrent.

— Qu'est-ce que ça signifie ?

Ce fut au tour d'Ellen de réclamer l'appareil d'un geste.

— C'est un code entre ma conseillère et moi. Nous l'utilisons depuis l'enfance pour être sûres que nous sommes bien celles que nous disons être.

Sur l'écran était écrit : *Un coq-à-l'âne entre dans un bar…*

Il lui rendit l'appareil.

— Foutaise d'intellos, bredouilla-t-il.

"Crétin d'ignorant", songea Ellen en tapant : *Par vent fort, même les dindes peuvent voler.* Puis elle posa le téléphone sur le bureau.

— Ça risque de prendre du temps. Je ne sais pas où il est. Il pourrait être n'importe où.

— À Paris, par exemple, dit Williams.

— Voulez-vous insinuer que…

— C'est l'heure de la réunion du cabinet, monsieur le président, dit Stenhauser.

De temps en temps, Anahita levait les yeux et regardait les images, mais surtout les petits caractères qui défilaient au bas de l'écran du téléviseur fixé au mur du vaste bureau à aire ouverte. Elle cherchait à déterminer si les journalistes en savaient plus qu'elle, ce qui, franchement, n'aurait pas été difficile.

La première bombe, celle de Londres, avait explosé à 2 h 17 ; la seconde, celle de Paris, à 9 h 36.

En regardant les deux explosions en boucle, Anahita se rendit compte que c'était insensé. À Londres, il faisait clair ; ce n'était donc pas le milieu de la nuit. Et, à Paris, ce n'était visiblement pas l'heure de pointe.

Puis, se rendant compte de son erreur, elle secoua la tête en s'adressant des reproches à voix basse. Les réseaux américains utilisaient l'heure de l'Est aux États-Unis. En Europe, il était donc…

Elle effectua de rapides calculs, ajouta les heures nécessaires et se pétrifia. Regarda droit devant elle.

Et alors, avec horreur, Anahita comprit ce qui aurait dû lui sauter aux yeux dès le début.

Elle se mit à fouiller parmi les papiers qui jonchaient son bureau.

— Quelque chose ne va pas ? demanda l'agente assise à côté d'elle.

Anahita, cependant, n'écoutait pas.

— S'il vous plaît, s'il vous plaît, bredouillait-elle pour elle-même.

Elle trouva le bout de papier.

Le serra. Cependant, ses mains tremblaient si fort qu'elle dut le poser pour pouvoir le lire.

C'était le message codé de la veille. Elle courut jusqu'au bureau de son superviseur, mais il n'était pas là.

— En réunion, précisa son adjointe.

— Où ça ? Il faut que je le voie. C'est urgent.

L'adjointe, qui connaissait bien les recrues du Service extérieur, ne cacha pas son scepticisme. Elle montra le ciel ou ce qui s'en rapprochait le plus : les bureaux de Mahogany Row, au septième étage.

— Vous êtes au courant de la situation. Pas question que je le dérange pendant une réunion avec le chef de cabinet.

— Il le faut. C'est à propos d'un message reçu la nuit dernière. S'il vous plaît.

L'adjointe hésita, puis, constatant l'état de quasi-panique de la jeune femme, passa un coup de fil.

— Excusez-moi, monsieur, mais Anahita Dahir est ici. Oui, l'agente débutante du bureau pakistanais. À propos d'un message reçu la nuit dernière.

L'adjointe écouta, puis se tourna vers Anahita.

— C'est le message que vous avez montré à votre superviseur ?

— Oui, oui.

— Oui, monsieur.

Elle écouta et confirma qu'elle comprenait avant de raccrocher.

— Il viendra vous voir à son retour.

— Quand ?

— Aucune idée.

— Non, non, non. C'est urgent.

— Dans ce cas, laissez-le-moi. Je le lui montrerai à son retour.

Anahita serra la feuille contre sa poitrine.

— Non. Je le ferai moi-même.

De retour à son bureau, elle se pencha de nouveau sur le message.

*19/0717, 38/1536.*

Le numéro des autobus et l'heure précise des explosions.

Ce n'était pas un code : c'était un avertissement.

Et il y en avait un troisième.

*119/1848.*

Un autobus portant le numéro 119 allait exploser à dix-huit heures quarante-huit. Si c'était aux États-Unis, ce serait dans huit heures.

En Europe… Elle se tourna vers la rangée d'horloges qui indiquaient l'heure dans diverses régions du monde.

Dans une grande partie de l'Europe, il était déjà seize heures trente. Il leur restait un peu plus de deux heures.

L'obéissance avait fait partie de l'éducation d'Anahita. En bonne petite Libanaise, elle suivait les règles. Depuis toujours. Chez elle, c'était plus qu'une habitude : une seconde nature.

Elle hésita. Elle pourrait attendre. Elle devrait attendre. Comme elle en avait reçu l'ordre. Non, impossible. Les autres ne savaient pas ce qu'elle savait. Un ordre fondé sur l'ignorance n'est pas légitime. Non ?

Elle prit une photo des chiffres, se rassit pour les examiner. Un instant passa. Un autre.

Sur les horloges murales indiquant l'heure dans tous les fuseaux horaires du monde, les trotteuses faisaient *tic-tac*, *tic-tac.* Comptaient les secondes de la planète.

*Tic-tac.*

Lui reprochaient son indécision. *Tss-tss.*

Anahita se leva si brusquement que sa chaise se renversa. Dans la grande salle, le brouhaha était tel que seule sa voisine s'en rendit compte.

— Ça va, Ana ?

Anahita fonçait déjà vers la porte.

## 6

Nasrin Bukhari vit s'approcher l'autobus 61 qui faisait la navette entre l'aéroport et le centre-ville de Francfort.

Plus de doute possible : l'homme la suivait. Mais que faire ? Elle doutait de pouvoir le semer. Tout ce qu'elle pouvait espérer, c'était que les autres, à destination, sauraient quoi faire.

Elle touchait au but. Contre toute attente, elle avait fait un bon bout de chemin. Comme elle aurait voulu téléphoner à Amir ! Entendre sa voix. Le rassurer, l'entendre lui dire qu'il était en sécurité, lui aussi.

Elle s'assit et s'autorisa un coup d'œil derrière elle. L'homme était là, quelques rangées plus loin.

Nasrin était si obnubilée par cet homme, désormais familier, qu'elle ne remarqua pas l'autre.

Anahita attendait devant les ascenseurs. Un seul montait jusqu'à Mahogany Row. Lambrissé, naturellement, en bois d'acajou. Il fallait une clé pour y entrer.

Il n'y avait pas d'autre accès, et Anahita, bien sûr, n'avait ni la clé ni l'autorisation de monter.

Mais la femme qui attendait l'ascenseur l'avait presque certainement. Penchée sur son téléphone, elle tapait rapidement, l'air fébrile. Tout le monde semblait stressé, des gardiens de sécurité jusqu'aux hauts fonctionnaires.

Anahita retourna son insigne pour cacher son nom et s'avança d'un pas rapide, résolu. Elle s'arrêta et, levant les yeux sur la porte, laissa entendre un soupir impatient en se parlant à voix basse.

Puis elle sortit son propre téléphone et le scruta en affectant une mine concentrée. Tête baissée. Absorbée.

— Excusez-moi…, commença l'autre femme.

Visiblement, elle se demandait qui était l'inconnue. Et pourquoi elle voulait monter au septième.

Levant les yeux, Anahita brandit la main. *Un moment.* Puis elle poursuivit son message d'une importance vitale.

Pour parfaire sa couverture, elle tapa : *Où es-tu ? Tu as entendu la nouvelle ?*

L'ascenseur arriva, et l'autre femme, les yeux de nouveau rivés sur son appareil, y monta, Anahita sur ses talons.

*C'est la folie ici*, poursuivit-elle, tandis que les portes se refermaient. *Des idées ?*

On les emmena vite au septième étage.

Le téléphone de Gil Bahar vibra, annonçant la réception d'un message.

Il rectifia sa position dans le fauteuil, le lut ; puis, irrité, il ferma l'écran sans répondre. Il n'avait pas le temps.

Quelques minutes plus tard, dès que l'autobus quitta l'aérogare et qu'il put sans risque détacher les yeux de la cible, il ralluma et répondit laconiquement.

*À bord d'un bus à Francfort. Je te reviens.*

Betsy fit suivre la réponse, sans commentaire, au moment où Ellen se dirigeait vers la réunion du cabinet.

Elle la lut, puis confia son appareil à l'agent du Service secret, qui le rangea avec les autres dans un casier.

En voyant la secrétaire Adams entrer, quelques-uns de ses collègues du cabinet la regardèrent et dirent :

— Sale femme.

La plaisanterie la fit sourire. Certains, savait-elle, riaient par complicité, tandis que d'autres se moquaient d'elle.

L'expression était devenue virale, et les mots "Sale femme" avaient rapidement été adoptés par des groupes de femmes, qui en avaient fait un cri de ralliement contre la masculinité toxique.

Ellen balaya la table des yeux. Aucun de ses collègues ne lui donnait l'impression d'être particulièrement toxique.

Ils formaient, elle le savait, un aréopage de quelques-uns des plus fins esprits du pays. Dans les domaines de la finance, de l'éducation, de la santé. Et de la sécurité nationale.

Aucun n'était souillé par l'absurdité des quatre années précédentes. La contrepartie, c'était qu'ils n'avaient pas évolué dans les plus hautes sphères de l'administration publique. Ils étaient intelligents, brillants pour certains, engagés, travailleurs, remplis de bonnes intentions. Mais ils n'avaient pas encore pu mettre leurs connaissances en commun et ils manquaient de mémoire organisationnelle. Il leur restait à établir des contacts et des liens indispensables. La nouvelle administration devait encore gagner la confiance du monde extérieur.

Et même celle des gens de l'intérieur, pour l'amour du ciel.

Dans une véritable purge, l'administration précédente s'était débarrassée de tous ceux qui critiquaient ses politiques. Elle avait puni les dissidents. Elle avait réduit au silence tous ses opposants, des secrétaires aux chefs de cabinet en passant par les concierges.

On avait exigé de tous une loyauté absolue envers les décisions du président Dunn, si égocentriques, malavisées et carrément dangereuses aient-elles été.

Comme condition d'emploi, une administration de plus en plus délirante avait remplacé la compétence par l'obéissance aveugle.

À son arrivée au département d'État, la secrétaire Adams avait vite compris que l'État profond n'existait pas. En fait, il n'avait rien de "profond". Rien de caché. Les fonctionnaires de carrière et les personnes nommées par le parti au pouvoir arpentaient les mêmes couloirs, partageaient les mêmes toilettes et les mêmes tables à la cafétéria.

Les personnes larguées par l'administration Dunn avaient le regard hébété des combattants enfin libérés de l'horreur. De l'horreur qu'ils avaient eux-mêmes créée.

Et voilà que, un mois plus tard, on était en pleine crise.

— Nous vous écoutons, Ellen, dit le président Williams en se tournant vers sa secrétaire d'État, assise sur sa gauche.

L’air suffisant qu’arborait son patron en lui lançant cette grenade lui rappela que les coups bas ne venaient pas toujours de l’opposition.

Et que tout le monde n’avait pas à cœur de guérir les blessures anciennes.

Anahita laissa la femme sortir en premier en tendant la main avec déférence et assurance à la fois.

— Je vous en prie.

*S’il vous plaît. S’il vous plaît.*

Elle s’arrêta ostensiblement devant l’ascenseur pour lire un message d’une extrême importance, mais en réalité c’était pour donner à la femme le temps de disparaître dans un bureau.

Puis elle balaya le long couloir du regard.

*Tic-tac. Tic-tac.*

Mahogany Row. Le légendaire couloir d’acajou. Elle eut la sensation d’avoir atterri dans un club pour hommes de New York ou de Londres. Les murs du large corridor au lambris foncé étaient tapissés de photos des anciens secrétaires d’État. Anahita croyait presque détecter l’odeur des cigares.

Ce qu’elle sentait, c’était plutôt le parfum légèrement écœurant des lis orientaux qui dominaient l’exubérant bouquet posé sur une console scintillante, à mi-distance.

Mahogany Row était magnifique. À dessein. Les lieux avaient pour but d’impressionner les visiteurs, d’ici et d’ailleurs. Ils respiraient la puissance et la permanence.

Deux agents de la Sécurité diplomatique montaient la garde devant une porte à deux battants, au milieu du couloir. Le bureau de la secrétaire d’État, supposa Anahita.

Ce n’était pas ce qu’elle cherchait. Son objectif, c’était la salle de conférences. Où était-elle ? Anahita ne pouvait tout de même pas ouvrir toutes les portes.

Les agents se tournèrent vers elle.

Anahita prit une décision. Ce n’était pas le moment d’être la fille de sa mère. Ni celle de son père. C’était le moment de se transformer.

Elle décida de s'inspirer de Linda Matar, son héroïne.

Elle éteignit son téléphone, le confia à la Sécurité et se dirigea d'un pas résolu vers les agents.

— Je suis agente à l'antenne pakistanaise. On m'a chargée de livrer un message à mon superviseur. Où est la salle de conférences ?

— Votre insigne, madame ?

Madame ?

Elle le retourna.

— Vous ne devriez pas être ici.

— Oui, je sais. Mais on m'a dit d'apporter un message. Fouillez-moi, ne me quittez pas d'une semelle, faites ce que vous voulez, il faut que je transmette ce message. Tout de suite.

*Tic-tac. Tic-tac.*

Les agents se consultèrent du regard. Sur un signe du plus vieux, la femme palpa rapidement la jeune agente et l'entraîna vers une porte sans plaque ni numéro.

Anahita frappa. Une fois. Deux fois. Plus fort.

*Linda Matar. Respire. Linda Matar. Respire.*

La porte s'ouvrit.

— Oui ? fit un jeune homme mince au visage de furet.

— Je dois parler à Daniel Holden. Je m'appelle Anahita Dahir. Je travaille pour lui. J'ai un message à lui faire.

— Nous sommes en pleine réunion. Il ne peut pas être déran...

*Linda Matar.*

Anahita le contourna.

— Hé ! cria le jeune homme.

Tous les visages se tournèrent vers Anahita. Elle s'immobilisa et leva les bras en signe de capitulation. Sa façon de montrer qu'elle n'avait pas de mauvaises intentions. Elle balaya des yeux les visages.

— Qu'est-ce que tu fous ici ? demanda Daniel Holden.

Il se leva en la foudroyant du regard.

— Le message.

Les agents de sécurité s'approchèrent.

— C'est bon, je la connais, dit son supérieur.

Il revint vers Anahita.

— Je sais que tu crois ce message important. Aujourd'hui,

tout est important, y compris, et surtout, les questions que nous traitons ici. Va-t'en. On en parlera plus tard.

Son ton était pondéré mais ferme.

Linda Matar ne tolérerait pas de se faire parler de haut.

Anahita, cependant, n'était pas Linda Matar. Elle hocha la tête, le visage cramoisi, et recula d'un pas.

— Excusez-moi.

Mais alors, faisant fi de sa mère, de son père et de son désir de plaire, elle se retourna, lui prit la main et y mit le bout de papier froissé.

— Lisez-le. Pour l'amour du ciel, lisez-le. Il va y avoir un autre attentat.

Il vit les agents entraîner Anahita vers la porte et fut tenté de la rappeler. Puis, baissant les yeux sur le message, il vit des chiffres et des symboles. Aucune mention d'un attentat. L'agente n'était qu'une de ces jeunettes qui ont la panique facile et se donnent de grands airs. Il avait mieux à faire.

Mettant le papier dans sa poche, il décida de l'examiner plus tard, se rassit et demanda pardon pour l'interruption.

*Tic-tac. Tic-tac.*

Les agents escortèrent Anahita jusqu'à l'ascenseur et s'assurèrent qu'elle descendait bel et bien.

Anahita regagna son bureau, quelques étages plus bas, consciente d'avoir échoué.

Son superviseur, elle l'avait vu sur son visage, ne lirait pas le message. Pas à temps, en tout cas.

Au moins, elle aurait essayé. Elle avait fait de son mieux.

Elle regarda sur les écrans les images en provenance de Paris et de Londres. Des blessés couverts de cendres, de poussière et de sang. Des passants qui tentaient d'étancher des blessures mortelles. Qui tenaient la main d'agonisants. Les yeux levés. Implorant des secours.

C'étaient d'horribles scènes de destruction, de carnage. Des images de femmes et d'hommes, captées par des caméras de surveillance et présentées en boucle. Des victimes qui, tel Prométhée, étaient assassinées à répétition.

À en croire le message, l'avertissement, il ne restait que deux heures avant la prochaine explosion.

Il y avait un ultime recours, savait Anahita. Quelqu'un qu'elle répugnait à joindre, mais elle n'avait plus le choix.

Sur Facebook, elle retrouva un de ses anciens camarades de classe. Et, par son entremise, une autre, puis, grâce à celle-ci, encore un autre.

Jusqu'à ce que, vingt précieuses minutes plus tard, elle retrouve celle dont elle avait besoin. Celle qu'elle abhorrait.

La secrétaire d'État Adams quitta prématurément la réunion du cabinet et se fit conduire, pour la énième fois depuis son réveil à deux heures trente-cinq, de la Maison-Blanche à Foggy Bottom.

Sur les lieux, elle monta directement à sa salle de conférences privée, où la retrouvèrent Charles Boynton, son chef de cabinet, et d'autres conseillers.

On passa des coups de fil à des contacts, des homologues, des analystes de la sécurité.

Étant donné la rareté des informations, le cabinet, mû par son esprit de ruche, en était venu à la conclusion qu'il n'y aurait pas d'autres attentats. Et que, dans le cas contraire, ils ne se produiraient sans doute pas en sol américain.

Les événements, bien que tragiques, n'avaient donc pas trait à la sécurité nationale. On soutiendrait les alliés du mieux possible, mais on devait surtout donner aux Américains l'assurance qu'eux-mêmes ne risquaient rien.

Pressé par Ellen, le chef du Bureau du renseignement et de la recherche du département d'État avoua ne pas avoir d'élément qui lui permette de trancher la question, mais, comme aucun groupe n'avait revendiqué les attentats, il était raisonnable de croire que les deux explosions étaient l'œuvre de loups solitaires aux actions coordonnées.

— Comment est-ce possible ? demanda Ellen. Par définition, les loups solitaires ne se concertent pas, non ?

— Une petite meute, peut-être ?

— Ahhh, fit Ellen, décidée à utiliser autrement son temps et sa salive.

Dans sa salle de conférences privée, où on lui faisait des rapports dépourvus d'informations nouvelles, elle se demanda si elle avait commis une erreur grave en quittant la réunion du cabinet.

Dans les hautes sphères, savait Ellen, on fait partie des convives ; sinon, on est au menu.

Que les autres se déchaînent. La table où elle devait être, c'était celle-ci.

— Appelez le directeur du renseignement national, dit-elle. J'ai des questions à lui poser.

# 7

La première bombe avait explosé seulement quelques heures plus tôt, et déjà les comptables étaient dans le bureau de Katherine Adams pour la mettre en garde contre la crise interne qui s'annonçait.

— On ne peut pas envoyer de l'argent à nos bureaux à l'étranger à tout hasard, déclara le chef comptable de l'International Media Corp. Il nous faut des justificatifs. Au train où vont les choses, on aura viré un million de dollars avant midi.

— À tout hasard ? fit le chef de la division des nouvelles de Katherine. Si tu réussissais à sortir la tête de ton cul assez longtemps pour remarquer ce qui…

Il désigna les moniteurs silencieux, où défilaient les images atroces diffusées par les chaînes de l'IMC, au pays et à l'étranger.

— Ça ne suffit pas, comme justificatif ? Mes journalistes ont besoin de soutien, et ce soutien prend la forme d'espèces sonnantes et trébuchantes. Et vite !

— Si nous pouvions avoir des reçus…, commença un des comptables.

— Signés avec du sang, peut-être ? hurla l'autre.

Exaspérés, ils se tournèrent vers Katherine.

PDG depuis deux mois à peine, elle était mise à l'épreuve pour la première fois. Mais elle avait grandi dans une famille médiatique, avait vu sa mère naviguer entre des écueils journalistiques et politiques. Des questions d'équité. L'avait vue composer avec des personnalités et des ego, surdimensionnés chez les journalistes comme chez les politiciens. Assez gros pour occulter le soleil. Et la raison.

Ces questions avaient été abordées à la table familiale. Sa vie durant. Bref, elle était, depuis toujours, une sorte d'apprentie.

Si son demi-frère, le journaliste de la famille, tenait de son père à lui, elle, l'administratrice, avait hérité des qualités de sa mère.

Rien, cependant, ne l'avait préparée à gérer une telle crise. Elle avait appris à donner l'impression d'être sûre d'elle-même, alors qu'elle n'avait qu'une seule envie : se cacher sous le bureau et laisser à d'autres le soin de prendre les décisions.

— Nous devons rester rationnels, plaida le chef comptable. Si nos livres sont vérifiés et que nous sommes incapables de produire des documents montrant où l'argent est allé…

— Quoi ? rétorqua le journaliste en chef. On va te faire voler en éclats, toi ? Manifestement, tu ne comprends rien. Les journalistes sont sur la ligne de front. Pour recueillir des informations sur ces explosions, ils sont plus rapides que les services de renseignement. Et comment font-ils ? Ils demandent poliment la permission ? Ils disent s'il vous plaît et merci ? Ils offrent du lait et des…

— Ça va, j'ai compris, mais je te saurais gré de rappeler à tes journalistes que ce n'est pas leur argent qu'ils dépensent. Ils doivent faire montre de maturité et…

Il se tourna vers Katherine Adams.

"Dis quelque chose, se sermonna Katherine. Prends les choses en main. Pour l'amour du ciel, dis quelque chose."

— De maturité ? As-tu la moindre idée de ce que c'est que de couvrir des guerres, des insurrections ? demanda le journaliste en chef. D'entretenir pendant des années des contacts au sein d'organisations terroristes, sans parler des services de renseignement, souvent encore plus terrifiants ? Il faut deux choses. Du courage et de l'argent. Eux fournissent le courage dont tu es dépourvu. Tu peux au moins verser l'argent. Ça urge.

Visiblement frustré, il se tourna vers Katherine.

— Expliquez-lui. Moi, j'ai autre chose à faire.

Il sortit en claquant la porte, si fort que la pièce en fut secouée. Les comptables se tournèrent vers Katherine et attendirent. Attendirent encore.

— Envoyez l'argent.

— Mais on va se saigner à blanc, Katherine.

Par-dessus son épaule, elle jeta un coup d'œil aux écrans. Aux scènes filmées à Londres et à Paris. Elle revint vers le chef comptable. Ami de longue date de la famille.

— Faites ce que je vous dis.

Dès qu'il fut sorti, Katherine jeta un coup d'œil au courriel de sa mère. Elle lui avait acheminé la demande faite au directeur de l'information de communiquer au département d'État les renseignements potentiellement utiles glanés par ses journalistes.

Avant de les diffuser à l'antenne.

Katherine n'avait pas demandé au directeur de l'information s'il comptait obtempérer. Lui-même n'avait rien dit à ce sujet.

Mieux valait qu'elle ne donne pas l'impression d'imposer son influence. Pas plus que celle d'être influencée.

Visiblement, sa mère ratissait large, allait à la pêche aux renseignements. Selon une rumeur rapportée par leur chaîne d'information en continu, la secrétaire Adams s'était même adressée à ses prédécesseurs immédiats dans l'espoir d'en savoir plus long.

Les commentateurs y voyaient ou bien une initiative audacieuse de la part d'une dirigeante capable de mettre son ego et ses intérêts partisans de côté pour mieux servir le pays ou, au contraire, le geste d'une femme aux abois, incompétente et complètement dépassée par les événements, responsable d'une vaste et stupide perte de temps.

On frappa, et la porte s'ouvrit sur l'adjointe de Katherine et une activité bourdonnante.

— Vous devriez prendre connaissance de ce message. Envoyé à votre ancienne adresse électronique.

Elle tendit le téléphone à sa patronne.

— Il paraît que vous vous êtes connues à l'école.

— Je n'ai pas le temps de…

— Elle travaille au département d'État.

— Très bien. Merci.

Après le départ de l'adjointe, Katherine jeta un coup d'œil. Le message était concis. Voire sec.

*Nous étions au secondaire ensemble. Il faut que je te parle. Anahita Dahir, agente du Service extérieur, Bureau des affaires de l'Asie du Sud et centrale, département d'État.*

Katherine se rassit. Elle se souvenait d'Ana Dab-quelque chose. Une gamine effacée qui dénonçait quiconque fumait une cigarette ou un joint, arrivait en retard ou trichait aux examens.

Une chouchoute que même les profs méprisaient.

Au basket, les élèves prenaient plaisir à lancer le ballon sur elle plutôt que vers elle. Au foot, à la faire trébucher. Au hockey sur gazon, à lui taper sur les tibias.

C'était moins de l'intimidation que de la vengeance. Des conséquences, se disait la jeune Katherine Adams, et non des châtiments. Ana Dab-quelque chose méritait son sort.

Quinze ans plus tard, Katherine Adams savait que la vérité était autre : les élèves avaient fait preuve de cruauté.

Que pouvait lui vouloir cette femme ? Ce jour-là en particulier.

Elle appuya sur la touche "Répondre" et demanda le numéro d'Ana. Il apparut aussitôt. Katherine le composa, et l'on décrocha immédiatement.

— Ana ?

— Katie ?

— Écoute, Ana, j'aurais dû te faire signe, mais… Excuse-moi.

— Tais-toi et écoute, répliqua Ana.

Katherine fronça les sourcils. Ce n'était pas l'Ana Dab-quelque chose dont elle conservait le souvenir.

— Il faut que je parle à ta mère.

— Quoi ? Où es-tu ? Dans les toilettes ?

Anahita y était.

Tout de suite après avoir reçu l'adresse électronique de Katherine, elle avait quitté son bureau et s'était rendue dans les toilettes pour femmes. Dans une cabine, elle chassait l'eau pour ne pas être entendue.

— Je t'en supplie. Tu peux me mettre en communication avec elle ?

— Pourquoi ? C'est à quel sujet ? Les explosions ?

Anahita savait que l'autre lui poserait la question et que Katie, désormais Katherine Adams, avait succédé à sa mère à la tête de la gigantesque et toute-puissante entreprise médiatique.

La dernière chose que voulait Anahita, c'était que sa découverte filtre dans les médias.

— Je ne peux pas t'en parler.

— Tu n'as pas vraiment le choix, répliqua Katherine. Je ne suis même pas certaine de pouvoir la voir. Pourquoi est-ce que je te ferais entrer, toi ?

— Parce que tu as une dette envers moi.

— Quoi ? Je te dois des excuses, à la rigueur. J'ai tenté de t'en faire. Et je suis désolée. Mais ce que tu me demandes…

— S'il te plaît, s'il te plaît. Je dois lui montrer quelque chose.

— Quoi ?

*Flouch.*

— Je ne vais rien…

*Flouch.*

— … te dire !

*Flouch.*

— Oh mon Dieu. Tu vas finir par vider le Potomac. Bon, c'est d'accord. Retrouve-moi devant l'immeuble du département d'État. L'entrée de 21st Street, coin nord-est.

— Fais vite.

— Ouais. Sauf que tu m'as donné envie d'aller aux toilettes.

*Tic-tac. Tic-tac.*

Anahita consulta son téléphone. Elle avait réglé une alarme pour 12 h 48. 18 h 48 en Europe. L'heure à laquelle la bombe exploserait.

L'appareil indiquait 12 h 01. Ils avaient quarante-sept minutes.

— Ana ?

En se retournant, Anahita découvrit une femme vaguement familière qui traversait la rue en courant. Elle portait un chic manteau en tweed et des bottes d'équitation. Elle avait de longs cheveux châtains et des yeux brun foncé.

La version adulte de la fille qui, lors de leur dernière journée à l'école, lui avait tourné le dos.

Katherine reconnut la fille qu'elle avait vue pour la dernière fois quinze ans plus tôt, ou presque. Celle qui, en ce dernier jour, avait léché les bottes de la directrice. Sans motivation particulière. Juste comme ça.

Elle était plus jolie que dans les souvenirs de Katherine. De longs cheveux noir de jais, une belle peau fauve. Des yeux bruns plus intenses que jamais. Dotés d'une assurance, d'une détermination nouvelles.

— Katie ? Merci d'être venue.

— Qu'est-ce que c'est ?

Anahita hésita.

— Je ne peux rien dire. Fais-moi confiance, s'il te plaît.

— Je ne peux pas te faire monter juste comme ça. As-tu une idée des difficultés auxquelles ma mère fait face en ce moment ? L'interrompre est…

— Je sais parfaitement à quoi la secrétaire Adams fait face en ce moment. Mieux qu'elle, même. J'ai de l'information.

Anahita se rendit compte que Katie la regardait non seulement avec scepticisme, mais aussi avec appréhension, comme si elle craignait d'avoir affaire à une folle, ou pire.

— Tu m'as connue autrement que droite ? demanda Anahita. Trop droite, par moments ? Je ne mens jamais. Je ne triche jamais. Je suis toujours les règles. J'ai essayé de montrer cette information à mon superviseur, mais il ne la prend pas au sérieux. S'il te plaît.

Katherine étudia le visage devant elle. La peur était réelle. Elle inspira à fond, vida ses poumons, sortit son téléphone, envoya un message.

Un instant plus tard, on entendit un tintement.

— Viens. On peut monter au septième, mais je ne te promets pas que ma mère va te recevoir.

Ana se hâta à la suite de Katherine, ses jambes plus courtes devant faire deux pas pour chacune des grandes enjambées de l'autre.

*Tic-tac. Tic-tac.*

Une femme d'âge mûr les accueillit dans le couloir. Elle ressemblait à Mme Cleaver dans les reprises de *Leave It to Beaver* qu'Anahita regardait, tard le soir, quand elle était incapable de dormir.

— Je te présente la meilleure amie de ma mère et désormais sa conseillère, dit Katherine. Betsy Jameson. Betsy, je te présente Ana Dab… euh…

— Dahir.

— J'ai vos laissez-passer, fit Betsy. Mais c'est quoi, ce bordel ?

On est dans la merde et le moment est mal choisi pour une petite visite.

Anahita haussa les sourcils. Décidément, Mme Cleaver ne jouait plus dans la même série.

— Je ne sais pas, admit Katherine, tandis que Betsy les entraînait vers la cabine d'ascenseur lambrissée d'acajou qui les attendait. Elle refuse de m'en parler.

Lorsque les portes se refermèrent et qu'il n'y eut plus de retour en arrière possible, Anahita se souvint des deux agents de sécurité et pria pour qu'ils aient été relevés.

Elle jeta un coup d'œil à son téléphone.

Plus que quarante et une minutes.

Gil faisait la queue à la gare d'autobus. Il ne se donnait même plus la peine de se cacher. En fait, il voulait que la femme le voie. Qu'elle sache. Qu'elle sente son souffle dans son cou.

À présent, elle était sûre qu'il la filait. Il savait aussi qu'elle devait suivre son plan à la lettre. Et lui, le sien.

Nasrin laissa passer deux autobus, monta dans le troisième. Elle huma l'odeur musquée de la vieille sacoche d'Amir, serrée contre sa poitrine.

Le sac en cuir, elle devait se l'avouer, était sans doute la seule chose qui lui restait de lui, désormais. Ils avaient tout risqué pour les faire sortir, la sacoche et elle.

Elle avait tout perdu. Lui, encore davantage.

Cette nouvelle donne s'accompagnait toutefois d'une liberté et d'un calme inattendus. Le pire était déjà arrivé. Elle n'avait plus peur.

Nasrin s'assit dans un coin, au fond. De cette façon, c'était elle qui épiait l'homme, et non le contraire. Gil prit place du côté opposé, une rangée devant.

L'autre homme, sans qu'elle se doute de rien, s'assit devant Nasrin.

Et l'autobus 119 s'ébranla.

— Stop !

Anahita obéit.

— Qu'est-ce qui vous prend ? fit Betsy. Elle est mon invitée. Laissez-la passer.

— Vous connaissez cette femme ? demanda l'agente, la main sur la crosse de son arme.

— Bien sûr, mentit Mme Cleaver. Et elle, vous la connaissez ?

Elle montra Katherine.

Les agents hochèrent la tête.

— Parfait. Alors poussez-vous.

Le cœur d'Anahita cognait si fort que ses battements, se dit-elle, devaient se voir sous son lourd manteau d'hiver.

L'agente la foudroya du regard et s'écarta en hochant sèchement la tête.

— Merci, dit Anahita.

Politesse qui sembla exacerber la fureur de l'agente.

Elles entrèrent dans l'antichambre. Ce n'était pas du tout ce qu'Anahita avait imaginé. Elle s'attendait à d'autres panneaux sombres. D'amples fauteuils en cuir. Une moquette épaisse, impressionnante, à condition de ne pas y regarder de trop près.

Comme tant d'autres choses au gouvernement, c'était magnifique, mais seulement de loin. Chaque jour, elle en apprenait davantage.

Or l'antichambre de la secrétaire Adams n'était pas du tout ainsi. Elle était bien pire.

Il y avait des échafaudages. Des bâches. Le sol en bois usé et rapiécé, mis à nu, était couvert de poussière de plâtre. C'était un vaste chantier. La secrétaire Adams transformait le bureau du département d'État. À tous les points de vue.

— Attendez ici, ordonna Betsy. Toi, fit-elle à l'intention de Katherine, suis-moi.

— Faites vite, s'il vous plaît, implora Anahita.

Betsy s'immobilisa, se retourna. Anahita s'attendait à une rebuffade bien sentie. Elle vit plutôt un visage fatigué, inquiet et rempli de compassion.

— Détendez-vous. Vous y êtes. La secrétaire Adams sera avec vous dans un instant.

Anahita vit Betsy et Katherine disparaître dans la pièce voisine.

Elle ne se détendit pas. Les intentions de Mme Cleaver étaient bonnes, mais elle ne savait pas ce qu'Anahita savait.

Elle consulta son téléphone.

Plus que trente-huit minutes.

L'autobus roulait en périphérie de Francfort, s'arrêtait pour laisser descendre des hommes, des femmes et des enfants.

Pour laisser monter des hommes, des femmes et des enfants.

# 8

Ellen Adams apparut, son chef de cabinet sur les talons.

Involontairement, Anahita écarquilla les yeux. Jusque-là, elle n'avait vu la secrétaire d'État que de loin ou à la télévision. Elle était plus grande qu'Anahita l'aurait cru. Mais tout aussi intense.

— Vous avez de l'information ? demanda la secrétaire d'État en venant droit vers elle.

— Tenez.

Anahita brandit son téléphone sous le nez de la secrétaire d'État, qui le tendit à Boynton après avoir consulté l'écran.

— Qu'est-ce que c'est ? demanda Ellen avec autorité.

— La photographie d'un message que j'ai reçu à mon poste, la nuit dernière. Je suis agente au bureau…

— À l'antenne pakistanaise. Oui, je sais.

— C'est une perte de temps, madame la secrétaire d'État, dit Boynton en prenant le téléphone à témoin. C'est une débutante. Des agents du renseignement chevronnés nous attendent à côté. Comment voulez-vous qu'elle…

Il montra Anahita en gesticulant.

— … sache des choses que notre service du renseignement ignore ?

Ellen s'en prit aussitôt à lui.

— C'est-à-dire rien du tout, si je me fie à ce que j'ai entendu jusqu'ici. Cette jeune femme peut difficilement faire pire.

Elle se tourna de nouveau vers l'agente.

— Expliquez-vous.

Anahita prit le téléphone des mains de Boynton, se positionna à côté de la secrétaire d'État et se pencha vers elle. Leurs épaules se touchaient.

— Examinez bien les chiffres, madame la secrétaire d'État.

— C'est ce que je fais…, commença Ellen.

Elle sombra dans le silence au moment où les chiffres, se dissociant et se regroupant, produisaient un effet terrifiant.

La chose dans le placard. La chose sous le lit. La chose dans la ruelle sombre qu'on ne peut faire fuir en chantant.

Ces chiffres cristallisaient des horreurs inimaginables.

— Le numéro des trajets d'autobus et l'heure précise des deux explosions, dit Ellen. Et il y a une troisième série de chiffres.

Elle murmurait, comme si sa voix risquait de déclencher l'explosion.

— On vous a envoyé ce message hier soir ?

— Oui.

— Quoi ? fit Boynton en s'approchant.

Betsy et Katherine s'avancèrent à leur tour.

Puis Boynton, Betsy et Katherine se mirent à parler en même temps. Ellen, d'un geste, réclama le silence.

— Où ? demanda-t-elle.

— Je ne sais pas.

— Qui a envoyé ce message ?

— Je ne sais pas.

— Bravo, fit Boynton.

Personne ne l'écoutait. Du moins à première vue.

La secrétaire d'État rangea la remarque dans le compartiment de son cerveau où s'accumulaient les autres gestes du chef de cabinet.

— Si je devais deviner la prochaine cible, dit Anahita, je miserais encore sur l'Europe.

Ellen hocha la tête d'un air décisif.

— Je suis d'accord. Puisqu'il faut circonscrire le territoire visé, l'hypothèse semble raisonnable. Dans ce cas…

Elle regarda l'heure, se livra à quelques calculs.

— Oh mon Dieu, fit-elle en se tournant vers Betsy. Plus que vingt-quatre minutes.

Betsy, abasourdie, blêmit.

— Venez, ordonna Ellen.

Ils la suivirent jusqu'à sa salle de conférences privée. Où toutes les chaises étaient occupées et où tous les yeux se tournèrent vers eux.

Succinctement, la secrétaire Adams expliqua ce qu'ils savaient et ce qui allait arriver.

— Je veux que ce code soit envoyé à tous les services de renseignement de nos alliés. Et je veux une liste de toutes les métropoles européennes avec un trajet d'autobus portant le numéro 119. Oubliez Londres et Paris. Vous avez cinq minutes.

Il y eut un moment de flottement, comme si tous étaient en suspens, puis ils se mirent frénétiquement au travail.

— Trouvez-moi le chef du renseignement de l'Union européenne, dit Ellen à Boynton en se dirigeant vers son bureau.

Sur le point de s'asseoir, elle trouva son chef de cabinet debout près de la porte.

— Quoi ? fit-elle.

Il jeta un coup d'œil derrière lui. La salle de conférences s'était transformée en véritable ruche. Il entra, ferma la porte.

— Vous ne lui avez pas demandé pourquoi.

— Je ne vous suis pas.

— La jeune agente. Pourquoi est-ce elle qui a reçu l'avertissement ?

Ellen allait répondre que c'était sans importance, mais elle se ravisa. C'était sans doute important.

— Passez-moi le directeur du renseignement de l'UE. Puis trouvez tout ce que vous pouvez sur Anahita Dahir.

En s'asseyant, elle prit son téléphone et envoya un message à son fils. *Contacte-moi, s'il te plaît.*

Le doigt d'Ellen s'attarda sur l'émoticône en forme de cœur avant d'appuyer plutôt sur la flèche.

Elle attendit. Attendit encore.

*Tic-tac. Tic-tac.*

Pas de réponse.

— Ça y est, fit l'analyste principal du renseignement en entrant précipitamment dans le bureau d'Ellen.

Elle venait de faire part de leur découverte au directeur du renseignement de l'UE.

L'analyste posa la liste devant elle. Les autres, rangés derrière lui, la regardèrent lire. Ce fut très bref. La liste était étonnamment courte.

On pouvait écarter Londres et Paris. Il ne restait que Rome, Madrid et Francfort.

— Il y a une cible plus probable que les autres ? demanda-t-elle.

Il restait seulement six minutes.

— Pas à notre connaissance, madame la secrétaire d'État. Nous avons téléphoné au service des transports de ces villes, mais il est passé dix-huit heures, et les bureaux sont fermés.

Les yeux exorbités, ils la regardaient. Elle se tourna vers Boynton.

— Appelez Interpol. Qu'on alerte les services de police de ces villes. Katherine !

— Oui ? répondit sa fille en se matérialisant dans l'embrasure de la porte, le téléphone à l'oreille.

— Rome, Madrid, Francfort. Fais circuler.

— Entendu.

— Que se passe-t-il ? demanda Anahita en voyant un groupe d'analystes chevronnés foncer vers le bureau de la secrétaire d'État.

— On a la liste des villes avec un trajet 119, répondit un adjoint.

— C'est-à-dire ?

L'adjoint poussa la liste sur la table.

Ana la parcourut et ses sourcils se nouèrent. Et se dénouèrent quand elle écarquilla les yeux.

— Mon Dieu, Francfort, marmotta-t-elle en sortant son téléphone.

Plus que quatre minutes et demie.

Elle tapa, les mains tremblantes. Tomba sur le mauvais message. Recommença. Et le message envoyé par Gil dans la matinée apparut.

*En route vers Francfort.*

Elle tapa : *Tu es à Francfort ? Dans un autobus ? Maintenant ?*
Elle appuya sur le bouton “Urgent”.

*Oui*, répondit Gil en prenant ses aises sur le banc. Les vingt-six dernières heures avaient été pénibles, mais il touchait au but.

*Pourquoi ?* demanda Anahita.

*Sur une piste.*

*Quelle liste ?* Anahita, les doigts tremblants, envoya le message avant de se rendre compte de la faute de frappe. Elle faisait la correction lorsqu'il répondit.

*Secret.*

*Où es-tu à F ?*

Elle attendit. Les yeux rivés sur l'écran. *S'il te plaît. S'il te plaît.*

Trois minutes vingt secondes…

*À bord d'un bus.*

*Lequel ?*

*Quelle importance ?*

*!!!!!*

*119.*

Gil rempocha l'appareil et se cala sur le banc en regardant les enfants qui se bousculaient devant lui. En face, une femme plutôt âgée les observait en se félicitant sans doute de n'être ni leur mère ni leur grand-mère.

L'autobus était bondé, et Gil se demanda s'il devrait céder sa place. Seulement, il ne pouvait pas quitter Mme Bukhari des yeux. Il fallait qu'il sache où elle descendrait. Et si son informateur avait raison.

*Descends ! Bombe !!*

Le message resta sans réponse.

Anahita fixait l'écran. *Allez. Allez.*

Rien.

Elle essaya de téléphoner.

Rien.

Elle courut vers le bureau de la secrétaire d'État. Un agent de sécurité tenta de lui bloquer le passage, mais, fidèle à sa nouvelle manière, elle le contourna.

— Un ami ! cria-t-elle. Un ami à moi est à bord du bus 119 à Francfort ! Il suit une piste. Je lui ai dit qu'il y avait une bombe à bord, mais il ne répond pas !

— Une piste ? fit Betsy. Il est journaliste ?

— Oui.

Betsy se tourna vers Ellen.

La secrétaire Adams sortit son téléphone, tandis que Betsy revenait vers Anahita.

— Son nom ?

Elle découvrit le message personnel qu'elle avait reçu. De son fils.

*À bord d'un bus à Francfort. Je te reviens.*

— Gil, répondit Anahita. Gil Bahar.

Son regard passa du visage atterré de Betsy à celui d'Ellen. Bouche ouverte, yeux exorbités.

Ellen, tremblante, choisit la fonction "Téléphone" et soutint le regard de Betsy.

— Qu'est-ce qu'il y a ? fit Anahita.

— Gil Bahar est le fils de la secrétaire d'État, répondit Charles Boynton.

Dans la pièce, l'air avait été aspiré d'un coup.

Il restait trois minutes cinq secondes.

Tous les yeux se tournèrent vers Ellen.

Katherine entra, s'immobilisa.

— Qu'est-ce qui se passe ?

Betsy s'avança vers elle.

— Gil est à bord du bus 119 à Francfort. Ta mère essaie de le joindre.

— Oh mon Dieu, dit Katherine, incapable d'ajouter autre chose.

L'autobus s'immobilisa. Les enfants assis à l'avant, constatant où ils étaient, bondirent et sortirent. L'homme assis devant Nasrin descendit aussi.

Mais il laissa quelque chose derrière lui.

Quelques familles montèrent. Des adolescents. Un vieux couple.

Gil sentit son téléphone vibrer, mais il l'ignora. Il devait se concentrer sur Mme Bukhari à chacun des arrêts, s'assurer qu'elle ne descendrait pas au dernier instant.

L'autobus se remit en route, et il sortit son téléphone.

— Merde, fit-il en appuyant sur la touche rouge.

— Il a refusé l'appel, dit Ellen.

— Essaie avec mon appareil, proposa Katherine.

Elle composa et tendit son téléphone à sa mère.

Il restait une minute dix secondes.

Une fois de plus, le téléphone de Gil vibra.

Il le sortit de sa poche, sûr de voir la photo de sa mère.

C'était plutôt celle de sa demi-sœur, Katherine.

— Allô ? Katie…

— Écoute-moi bien, dit sa mère.

— Merde, s'exclama Gil en faisant le geste de couper la communication.

— Il y a une bombe, dit Ellen d'une voix de plus en plus aiguë.

— Quoi ?

— Il y a une bombe à bord de ton autobus.

Le calme fut fracassé. Elle criait presque.

— Il te reste une minute ! Vite !

Il mit une fraction de seconde à comprendre les mots, la panique, la signification.

— Arrêtez l'autobus ! cria-t-il. Il y a une bombe à bord !

Les autres passagers le dévisagèrent, effrayés par l'Américain dément.

Il agrippa Nasrin, l'entraîna par le bras.

— Debout ! Sortez !

Elle le repoussa, le frappa avec la sacoche d'Amir. Lui tapa dessus en appelant à l'aide.

"C'est donc comme ça qu'ils comptent m'éliminer", songea-t-elle, soulevée par une décharge d'adrénaline, l'esprit affolé.

La laissant en plan, Gil courut vers l'avant en interpellant le chauffeur.

— Stop ! Sortez, tous !

En se retournant, il balaya des yeux la longue allée, les visages levés vers lui. Les hommes, les femmes, les enfants. Terrifiés. Non pas par la bombe, mais par lui.

— S'il vous plaît, supplia-t-il.

*Tic-tac. Tic-tac.*

Ils fixaient les horloges qui, sur le mur du magnifique bureau, comptaient les secondes. En arrière-plan, ils entendaient la voix étouffée de Gil qui criait, implorait.

Dix-neuf.

Dix-huit.

— Gil ! cria sa mère. Sors de là !

L'autobus s'immobilisa enfin. La porte s'ouvrit et le chauffeur se leva.

— Merci, commença Gil.

Puis il sentit les mains du chauffeur agripper son veston.

Et le projeter hors du véhicule.

Dix.

Neuf.

Effrayés, ils retenaient leur souffle.

— Huit, murmura Anahita.

Atterrissant sur l'asphalte, à bout de souffle et contusionné, Gil vit l'autobus s'éloigner. Se relevant avec peine, il courut à sa suite. Puis, ayant compris qu'il ne le rattraperait pas, il se tourna vers les piétons.

Trois.
Deux.

— Poussez-vous, baissez-vous ! C'est…

*Tic-tac. Tic-tac.*

Lorsque l'alarme d'Anahita sonna, le visage d'Ellen devint tout blanc.

# 9

Le téléphone d'Ellen tomba par terre.

Prise de vertige, elle tendit la main derrière elle dans l'espoir de conserver l'équilibre.

Des photos encadrées, des souvenirs et une lampe s'écrasèrent sur le sol.

Puis, paniquée, elle se pencha pour ramasser l'appareil.

— Gil ? cria-t-elle. Gil !

La communication était coupée.

— Gil ? fit-elle tout bas dans le monstrueux silence.

— Maman ? fit Katherine en s'avançant.

— L'autobus a explosé, bredouilla-t-elle en regardant tour à tour Betsy et sa fille, affolée.

Puis, brusquement, ce fut le chaos : toutes les personnes présentes se mirent à lancer des ordres à gauche et à droite.

— Stop !

Ils obéirent. Se tournèrent vers la secrétaire d'État. Betsy d'un côté d'elle, Katherine de l'autre.

Dix secondes s'étaient écoulées depuis l'explosion.

— Connaît-on l'emplacement exact de l'autobus ? demanda Ellen.

— Oui, répondit Boynton. On n'a qu'à utiliser la connexion téléphonique.

Il agrippa le téléphone, appuya sur quelques touches et hocha la tête.

— Je l'ai.

— Communiquez les coordonnées aux Allemands, ordonna la secrétaire Adams. Et prévenez les services d'urgence à Francfort. Tout de suite !

— Oui, madame.

Des adjoints furent chargés d'informer tous les services de renseignement du dernier développement et de prévenir le consulat américain à Francfort afin qu'il dépêche des gens sur les lieux.

— Et dites-leur de trouver Gil, lança Ellen à leur suite. Gil Bahar.

Elle épela le nom, les lettres poursuivant les adjoints qui se hâtaient dans le couloir.

Elle se tourna vers Katherine, qui tentait de joindre Gil. Celle-ci secoua la tête. Toutes deux regardèrent Anahita, qui tentait elle aussi de l'avoir au téléphone.

Elle avait les yeux grands ouverts, l'appareil plaqué contre l'oreille. Rien.

— J'appelle le bureau de Francfort, dit Katherine en pianotant sur son appareil. Il enverra vite une équipe. Toi, ajouta-t-elle à l'intention d'Anahita, continue d'essayer d'avoir mon frère au téléphone.

Ana hocha la tête.

Des téléphones sonnaient, tintaient, bourdonnaient.

Se tournant vers les moniteurs, Betsy vit Dr Phil interviewer une femme dont le mari se métamorphosait en femme et qui avait elle-même dû lui avouer qu'elle était en voie de devenir un homme.

*Clic.*

La juge Judy entendait une affaire : un voisin passait son temps à voler un torchon sur la corde à linge.

*Clic. Clic.*

Toujours rien. Une minute environ s'était écoulée.

*Clic.*

— J'ai prévenu la chancelière allemande et envoyé les coordonnées aux services de renseignement et d'urgence, madame la secrétaire d'État, rapporta Boynton. Devrions-nous prévenir le président ?

— Le président ? fit-elle.

— Des États-Unis.

— Oh mon Dieu, oui. Je m'en charge.

Elle se laissa lourdement choir dans son fauteuil et s'enfouit le visage dans les mains, pétrit la peau de son crâne. Quand elle releva la tête, elle avait les yeux rougis, mais rien d'autre ne laissait voir qu'elle venait d'apprendre que son fils avait peut-être été assassiné.

— Mettez-moi en communication avec le président, s'il vous plaît.

Les rapports continuaient d'affluer, les adjoints transmettaient les informations au fur et à mesure.

— Monsieur le président, il y a eu une autre explosion.

— Un instant.

Doug Williams indiqua à sa cheffe de cabinet que le moment était venu de mettre un terme à la réunion avec les représentants de la Small Business Administration et de libérer le Bureau ovale.

Lorsqu'il fut seul, Williams se tourna et contempla la pelouse.

— Où ?

— Francfort. Un autre autobus.

— Merde.

"Au moins, ce n'est pas ici", pensa-t-il malgré lui.

S'asseyant à son bureau, il mit le téléphone en mains libres et tapa dans le moteur de recherche sécurisé de son ordinateur portable.

— Je ne vois rien en ligne.

Barb Stenhauser était de retour, son langage corporel traduisant la question qu'elle se posait. Elle n'eut droit qu'à un geste qu'elle interpréta, à juste titre, comme une invitation à faire défiler les chaînes sur les écrans.

— Une autre explosion, lança-t-il. Francfort.

— Merde.

Après avoir choisi CNN, elle saisit son téléphone.

— Quand ? demanda le président à Ellen.

Consultant l'horloge, elle fut surprise de constater que seulement une minute et demie s'était écoulée depuis l'explosion.

— Il y a quatre-vingt-dix secondes.

Autant dire une éternité.

— Nous avons prévenu le gouvernement allemand et le

milieu international du renseignement, dit la secrétaire Adams. Nous avons lancé des alertes sur des canaux sécurisés.

— Attendez. C'est vous qui avez prévenu les Allemands ? Et non le contraire ? Comment se fait-il que vous l'ayez su si vite ?

Ellen marqua une pause. Elle aurait préféré ne rien lui dire. Mais elle n'avait pas le choix.

— Mon fils était à bord de l'autobus.

La déclaration fut accueillie par un silence.

— Je suis désolé, dit-il d'un air presque sincère.

— Il a peut-être réussi à descendre, dit-elle en se ressaisissant. C'est… possible.

— Vous lui parliez ? En temps réel ?

— Je peux passer vous voir, monsieur le président ? Et vous expliquer la chaîne des événements ?

— Je pense que ça vaut mieux.

Quand Ellen arriva à la Maison-Blanche, où elle refusa de céder son téléphone au Service secret, au cas où Gil téléphonerait, le directeur du renseignement national, le directeur de la CIA et le général Whitehead, chef d'État-Major des armées, étaient déjà réunis dans le Bureau ovale.

— La Sécurité intérieure et la Défense seront bientôt là, expliqua le président Williams, mais nous n'allons pas les attendre.

Au grand soulagement d'Ellen, il ne mentionna pas Gil. Pour l'épargner, elle ? Sans doute pas, se dit-elle. C'était plus vraisemblablement de la lâcheté émotionnelle de sa part. Ou alors il avait oublié.

Ellen résuma succinctement les derniers événements. Déjà, le monde entier était au courant. Les images de l'explosion étaient partout dans les médias. Anxieux et surexcités, les commentateurs frôlaient l'hystérie. Sur place, les journalistes avaient envahi les lieux de l'attentat. Pourtant connue pour son efficacité, la police allemande avait du mal à reprendre le secteur en main. Des ambulances et des camions de pompier tentaient de se frayer un passage.

— Vous dites qu'une agente débutante du Service extérieur a reçu un avertissement ? demanda Tim Beecham, le DRN. Dans le monde entier, personne, aucun agent de notre réseau de renseignement ultraperfectionné, n'a rien détecté. Et on lui a envoyé un message à elle ?

— Oui, dit Ellen, qui venait d'employer les mêmes mots.

— Qui ? demanda le président.

— Nous ne savons pas. Elle a effacé le message.

— Effacé ?

— C'est la procédure. Elle a cru que c'était un pourriel.

— Il venait d'un prince nigérian ? demanda le secrétaire à la Sécurité intérieure, arrivé sur ces entrefaites.

Personne ne rit.

— Pourquoi elle ? demanda le président. Cette Ana…

— Anahita Dahir. Je ne sais pas…

— Anahita Dahir, bredouilla le directeur de la CIA en se tournant vers celui du renseignement national.

— Je n'ai pas eu le temps de lui poser la question, dit la secrétaire Adams. Je lui sais seulement gré d'avoir réagi.

— Trop tard, constata le secrétaire à la Défense. Les trois bombes ont explosé.

Ellen ne dit rien. Après tout, c'était la plus stricte vérité.

Le directeur du renseignement national s'excusa, revint une minute plus tard.

Le général Whitehead observait les échanges, la tête légèrement inclinée. Il lança un regard de côté à la secrétaire Adams et la gratifia d'un petit sourire qu'il voulait rassurant, mais qui eut l'effet contraire.

À présent, c'était au tour d'Ellen d'étudier Tim Beecham.

— Tout va bien ? demanda Doug Williams.

— Très bien, monsieur le président. Des subalternes à alerter, rien de plus.

Ellen Adams se demanda pourquoi cette brève absence avait inquiété le chef d'État-Major. Elle crut comprendre.

Rien n'obligeait Tim Beecham à quitter la pièce pour passer un coup de fil. Il l'avait fait uniquement pour éviter qu'on ne l'entende.

Pourquoi ?

Ellen se tourna de nouveau vers le général Whitehead, mais celui-ci concentrait à présent son attention sur le président.

La secrétaire Adams répondit à leurs questions, tandis que la mère de Gil tournait le dos aux moniteurs. N'osant pas y jeter un coup d'œil. De crainte que…

Ce fut le général Whitehead qui finit par poser la question.

— Votre fils ?

— Toujours rien, répondit-elle d'une voix dure, cassante.

Des yeux, elle l'implora de ne pas insister.

Il hocha sèchement la tête et obtempéra.

— Toujours pas de revendication ? demanda le président.

— Non. De toute évidence, nous n'avons pas affaire à un loup solitaire, monsieur, dit le secrétaire à la Défense. C'est l'œuvre d'une meute.

— J'ai besoin de réponses. Épargnez-moi les clichés.

Le président Williams balaya des yeux les visages neutres de ses conseillers.

Le moment s'étira.

— Rien ? cria-t-il presque. Rien du tout ? Vous vous foutez de moi ? Nous formons la plus grande nation du monde ! Nous avons le meilleur matériel de surveillance, le meilleur réseau de renseignement, et vous n'avez rien à me dire ?

— Soit dit en tout respect, monsieur le président…, commença le directeur de la CIA.

— Respect, mon cul ! Parlez franchement.

Le directeur de la CIA chercha des appuis autour de lui. Ses yeux se posèrent sur la secrétaire d'État. Elle soupira.

Comme elle était déjà à couteaux tirés avec le président, elle avait moins à perdre. D'ailleurs, Ellen se moquait à présent de ces jeux de coulisse.

— Vous avez quatre années de retard, Doug.

L'emploi du prénom lui avait échappé.

— C'est-à-dire ?

— Vous êtes parfaitement au courant, répondit-elle sèchement en jetant un coup d'œil à Barb Stenhauser, la cheffe de cabinet du président. Et vous aussi. Je n'ai pas une minute à perdre, alors je vous brosse un portrait concis. L'ancienne administration a détruit tout ce qu'elle a touché. Elle a empoisonné le puits, empoisonné toutes nos relations. Nous sommes les leaders du monde libre ? De nom seulement. L'extraordinaire réseau de renseignement dont vous êtes si fier n'existe plus. Nos alliés se méfient de nous. Nos ennemis rôdent. Et nous les laissons faire. Nous leur ouvrons la porte. La Russie. La Chine. L'illuminé de la Corée du Nord. Et ici, au sein même de l'administration, dans les postes d'influence ? Et même chez les subalternes ? Peut-on vraiment compter sur ces gens-là ?

— L'État profond, dit le directeur du renseignement national.

Ellen le prit à partie.

— Oubliez la profondeur. Ce qui nous manque, c'est l'étendue. On en voit partout des preuves. Pendant quatre ans, on a embauché, promu et récompensé des personnes prêtes à toutes les bassesses pour soutenir un président délirant. Nous sommes vulnérables.

Elle jeta un coup d'œil à son téléphone. Toujours rien.

— Il n'y a pas que des incompétents, et ceux qui le sont n'ont pas forcément de mauvaises intentions. Ils ne cherchent pas à nous nuire. Seulement, ils ne savent pas faire leur travail correctement. Je suis issue du secteur privé. Je sais reconnaître des employés motivés, inspirés. Nous avons hérité de milliers de travailleurs qui ont vécu quatre années de peur. Tout ce qu'ils veulent, c'est passer inaperçus. Ça vaut pour mon département. Et aussi pour la Maison-Blanche, ajouta-t-elle en posant un regard entendu sur Barb Stenhauser.

— Pour moi aussi ? demanda le général Whitehead. J'ai travaillé pour l'ancienne administration.

— Et d'après ce que je comprends, vous avez passé quatre ans à vous jeter sur des grenades, répliqua Ellen. À tenter d'annuler les décisions militaires et stratégiques les plus insensées, ou à tout le moins de limiter les dégâts.

— Avec un succès mitigé, admit le chef d'État-Major. J'ai imploré le président de ne pas encourager la mise au point de nouvelles armes nucléaires. Vous savez ce qu'il m'a répondu ?

N'osant pas spéculer, Ellen se réfugia dans le silence.

— Il a dit : "À quoi servent les bombes atomiques si on ne peut pas les utiliser ?"

Whitehead avait blêmi en rapportant les propos de l'ex-président.

— Si je m'étais montré plus décisif…

— Au moins, vous avez essayé, dit Ellen.

Whitehead laissa entendre un petit grognement.

— Ce sera sur ma pierre tombale : *Au moins, il a essayé…*

— Ça compte. La plupart n'ont rien fait. Je regrette, monsieur le président, mais il faut que je file au département d'État. En fait, je dois me rendre en Allemagne. Vous avez besoin d'autre chose ?

— Non, Ellen.

Le président Williams hésita.

— Le voyage en Allemagne… C'est personnel ?

Elle le dévisagea. La remarque et ses implications la laissèrent sans voix.

Le général Whitehead intervint.

— Si vous voulez, je vous réserve une place à bord d'un avion de transport de troupes. Un départ est prévu d'Andrews dans moins d'une heure.

— Non, fit le président Williams. C'est bon. Vous pouvez prendre l'avion gouvernemental, même si ce n'est pas pour une visite officielle. Comme c'est un voyage de dernière minute, je suis sûr que la chancelière allemande ne se formalisera pas d'une entorse au protocole.

— Elle sait faire preuve d'humanité, dit Ellen en regardant Williams d'un air mauvais. Vous auriez intérêt à suivre son exemple.

# 10

— Toujours rien ? fit Ellen en entrant précipitamment dans son bureau.

Si Gil avait donné signe de vie, on l'aurait prévenue. Mais comment s'empêcher de poser la question ?

— Rien, répondit Boynton.

Quand Ellen franchit la porte de la salle de conférences, Betsy et Katherine étaient parties faire leurs valises en prévision du voyage à Francfort. Elle avait repoussé les questions pressantes de ses homologues des autres pays, et voilà qu'elle faisait face à son chef de cabinet, à ses conseillers et à ses analystes.

— Je vous écoute.

— Les Allemands affirment que le même groupe est responsable des trois explosions, dit un conseiller supérieur. Mais ils ne savent pas lequel.

— Al-Qaïda, peut-être, dit un analyste. Daech.

— L'État islamique.

— Ça suffit, fit Ellen en levant la main. Les explosions se sont produites à quelques heures d'intervalle. Si l'objectif était de semer la terreur, elles auraient eu lieu plus ou moins en simultané. Comme les attentats du 11 septembre.

Elle promena son regard sur les cerveaux réunis autour de la table.

— Non ?

Haussements d'épaules. Silence.

— La vérité, madame la secrétaire d'État, c'est que nous ne savons pas quel était… quel est le but de ces explosions, admit un analyste principal.

— Est ? fit-elle. Parce que ce n'est pas terminé ?

Ellen sentait l'hystérie monter en elle. Un désir frivole et presque irrésistible de rire. De sortir de la salle en agitant les bras, de courir dans le couloir en hurlant. De gagner la rue et de ne s'arrêter qu'une fois dans l'avion.

Ils se regardaient, comme pour se mettre mutuellement au défi d'ouvrir la bouche.

— Racontez, je veux savoir, fit-elle.

Nouveau silence. Ellen ne savait pas encore interpréter les réactions de ces gens. On leur avait enseigné à cacher leurs sentiments et, à plus forte raison, le fond de leur pensée. Conséquence de leur formation dans les domaines de la diplomatie et du renseignement, mais aussi des leçons des quatre années précédentes, au cours desquelles on les avait punis pour avoir évoqué le moindre fait et plus encore pour avoir dit la vérité.

— Nous pensons que les auteurs des attentats visent un objectif plus vaste, dit une femme.

Peut-être avait-elle tiré la courte paille.

— Ces bombes ne sont peut-être qu'un avertissement.

La femme plissa les yeux et détourna légèrement la tête. Comme pour se blinder. Sûre de se faire descendre en flammes en tant que porteuse de mauvaises nouvelles.

La secrétaire Adams accueillit plutôt la déclaration par un hochement de tête.

— Merci, dit-elle en balayant la table du regard. Quel est donc cet avertissement ?

— Quelque chose de plus gros se prépare. Ces gens n'ont donné qu'un avant-goût de ce dont ils sont capables, répondit un analyste, encouragé par la réaction de sa patronne.

— Ils ont montré qu'ils peuvent frapper où ils veulent et qu'ils ne s'en priveront pas, ajouta un autre. Où et quand ça leur plaira.

— Qu'ils sont prêts à tuer des innocents, partout dans le monde, renchérit un autre.

— Qu'ils sont des professionnels, conclut encore un autre.

Ellen commençait à regretter de les avoir encouragés à se montrer honnêtes.

— On n'a pas affaire à des débutants qui cachent des explosifs dans leurs sous-vêtements ou dans leurs chaussures. Qui se font sauter avec un sac à dos bourré de clous. Ceux qu'on cherche sont d'un tout autre calibre.

— Quoi qu'ils tentent, madame la secrétaire d'État, ils réussiront, affirma un autre.

— C'est tout ? demanda Ellen.

Ils se regardèrent de nouveau et l'un d'eux poussa un long soupir. Laissa fuser des années de frustration. Et, en même temps, une litanie d'inquiétudes.

— Que savons-nous à propos du message reçu par Mme Dahir ? demanda la secrétaire d'État.

— Nous l'avons repéré sur le serveur, répondit un agent du renseignement. Pas d'adresse IP. Aucun indice sur son origine. On creuse.

— Bien. Au fait, où est Mme Dahir ? demanda la secrétaire Adams. Je pars pour l'Allemagne dans trente-cinq minutes et je tiens à lui parler avant.

Ils se consultèrent du regard, comme s'ils s'attendaient à ce qu'Anahita se matérialise d'un coup.

— Eh bien ? insista Ellen.

— Je ne l'ai pas vue depuis un moment, dit Boynton. Elle est probablement retournée à son bureau. Je vais l'appeler.

Une minute plus tard, il rapporta qu'elle n'était pas là.

Ellen sentit un courant glacé partir de sa nuque et descendre le long de son dos.

— Trouvez-la.

S'était-elle éclipsée volontairement ? L'avait-on fait disparaître ? Deux éventualités aussi mauvaises l'une que l'autre.

Ellen se souvint d'avoir entendu les mots "Anahita Dahir" prononcés à voix basse, revit le regard qu'avaient échangé le directeur de la CIA et Tim Beecham, le DRN.

Elle connaissait bien ce regard. Celui qu'on pose sur quiconque ne s'appelle pas Jane ou Debbie, Billy ou Ted. Il l'avait irritée, sur le coup, mais voilà qu'elle se surprenait à penser de la même façon.

Anahita Dahir. D'où venait-elle ? Quels étaient ses antécédents ?

Dans quel camp était-elle ?

*Où est-elle ?*

Et Ellen entendit dans sa tête cette vérité toute simple. Malgré l'alerte donnée longtemps d'avance, les bombes avaient explosé. Parce qu'Anahita Dahir leur avait apporté le message trop tard.

Son téléphone sonna. Sa ligne privée. Katherine.

— Il est vivant !

Sa voix débordait de joie.

— Oh mon Dieu, dit Ellen en se penchant jusqu'à ce que sa tête touche la table.

— Quoi ? fit Boynton, dont les yeux écarquillés trahissaient l'inquiétude. Votre fils ?

Relevant la tête, Ellen croisa un regard qui, contrairement à celui du président, dénotait une préoccupation sincère. À ce moment, elle aima Charles Boynton.

Elle aimait le monde entier.

— Il est vivant.

Dans le micro, elle demanda à Katherine :

— Comment va-t-il ? Où est-il ?

— Il est blessé, mais son état n'est pas critique. Il va se rétablir. Il est à… *zum heiligen… Geist…*

— Peu importe. On sera bientôt sur place. Retrouve-moi à Andrews.

Après avoir raccroché, la mère de Gil ferma les yeux et prit une profonde inspiration. La secrétaire d'État Adams les rouvrit et regarda ses conseillers, qui souriaient.

— Il va bien. Il va guérir. Je me rends sur les lieux. Vous m'accompagnez, dit-elle à son chef de cabinet. Autre chose ? demanda-t-elle.

Ils secouèrent la tête.

— Des hypothèses ?

— On a visiblement affaire à des attentats terroristes concertés, madame la secrétaire d'État, dit un des analystes. Quant à savoir qui en est responsable… Il peut s'agir d'un groupe d'extrême droite comme d'une nouvelle cellule de Daech. Par chance, à en croire le message reçu par l'agente du Service extérieur, cette explosion était probablement la dernière.

— Pour le moment, dit un conseiller. Ce que je ne comprends pas, c'est pourquoi on nous a prévenus. Pourquoi un message ?

— On ne nous a pas vraiment prévenus, répliqua l'analyste. Les auteurs des attentats étaient décidés à passer à l'acte.

— Alors qui a envoyé le message ? demanda Ellen.

Devant le silence de ses collaborateurs, elle ajouta :

— Si vous deviez hasarder une réponse ?

— Un groupe rival ? fit l'analyste principal du renseignement. Une taupe au sein de l'organisation ? Quelqu'un qui ne partage pas l'idéologie du groupe et a voulu prévenir les explosions ? Nous travaillons en aveugles.

— Vous débitez des réponses prévisibles. Utilisez plutôt votre imagination. Les organisations qui possèdent les connaissances et les ressources humaines nécessaires pour monter un coup pareil ne sont pas légion. Je veux une liste.

Elle se leva.

— On doit découvrir qui est derrière ces attentats et y mettre un terme.

— On ne sait toujours pas pourquoi on a ciblé ces autobus-là ? demanda Boynton. Ces villes-là ? C'était purement aléatoire ?

Une fois de plus, les têtes, comme celles des chiens miniatures sur un tableau de bord de voiture, se secouèrent.

Ellen se leva, aussitôt imitée par les autres.

— Je veux parler à Mme Dahir avant mon départ. Trouvez-la.

Dans l'embrasure de la porte, elle s'immobilisa. Se souvint d'un regard. Celui qu'avaient échangé le directeur de la CIA et Tim Beecham.

— Mettez-moi en communication avec le directeur du renseignement national, ordonna-t-elle à Charles Boynton.

Lorsqu'elle arriva à son bureau, il était déjà au téléphone.

— Tim.

— Madame la secrétaire d'État.

— Vous avez mon agente du Service extérieur ?

— Pourquoi est-ce que je l'aurais ?

— Ne jouez pas au plus fin avec moi. Vous avez des rapports

de renseignement, mais moi, j'ai des ambassades tout entières à mon service.

— En principe…

— Oui ou non ?

— Oui, madame la secrétaire d'État. Nous l'avons.

Anahita n'aurait jamais cru une telle chose possible. Pas ici. Dans un pays civilisé.

Dans son pays.

Elle était assise à une table en métal, face à deux hommes en uniforme, mais sans insigne ni badge. Renseignement militaire. Deux autres, encore plus massifs, montaient la garde devant la porte. Au cas où elle aurait l'idée de fuir.

Mais où irait-elle, à supposer qu'elle parvienne à franchir ce mur de chair ?

Elle retournerait d'où elle venait, soupçonnaient-ils, ainsi qu'elle l'avait vite compris. Comme si elle n'était pas née à Cleveland.

Leur façon de répéter son prénom ne laissait aucun doute à ce sujet. Anahita.

Ils le prononçaient comme s'il traduisait quelque chose d'ignoble. Terroriste. Étrangère. Ennemie. Traîtresse.

Anahita, disaient-ils d'un ton méprisant. Anahita Dahir.

— Je suis née à Cleveland, expliqua-t-elle. Vous pouvez vérifier.

— On a vérifié, répliqua le plus jeune des deux officiers. Mais des papiers, ça se falsifie.

— Ah bon ?

L'intention d'Anahita n'était pas de passer pour une ignorante. Sa réaction, comprit-elle, n'avait fait que nourrir leurs soupçons. D'après leur expérience, personne n'était naïf à ce point. Personne n'était innocent.

Encore moins avec un nom comme Anahita Dahir.

"Dahir". De *dabir*, mot arabe signifiant "tuteur", "instituteur".

Et "Anahita", du perse pour "guérisseur". Pour "sagesse".

Inutile d'insister. Ils auraient cessé d'écouter après "perse".

Qui se traduisait par "iranien". Et donc ennemi.

Non, mieux valait qu'elle se taise. Même si, secrètement, elle se demanda s'ils n'avaient pas raison, au fond. Se pouvait-il qu'ils ne soient effectivement pas dans le même camp, eux et elle ? Elle avait du mal à croire qu'elle puisse être l'alliée de types pareils.

— Vos origines ethniques ?

— Mes parents viennent de Beyrouth. Au Liban. Ils ont fui la guerre civile et ont été accueillis ici comme réfugiés. Je suis une Américaine de première génération.

— Musulmane ?

— Chrétienne.

— Vos parents ?

— Mon père est musulman. Ma mère est chrétienne. C'est d'ailleurs une des raisons de leur départ. Les chrétiens étaient pris pour cibles.

— Qui vous a envoyé le message codé ?

— Aucune idée.

— Dites-le-nous.

— Je vous ai tout dit. Franchement, je ne sais pas. Dès que je l'ai reçu, je l'ai fait voir à mon superviseur. Vous pouvez vérifier.

— Ne nous dites pas comment faire notre travail. Contentez-vous de répondre aux questions.

— J'ess…

— Vous avez compris ce qu'il signifiait, votre superviseur ou vous ?

— Non, je ne…

— Pourquoi ?

— Parce que je n'ai p…

— Vous avez laissé les deux premières bombes sauter, puis il a été trop tard pour empêcher la troisième explosion.

— Non, non !

Se sentant glisser dans la confusion, Anahita s'efforça de recouvrer son équilibre.

— Puis vous avez effacé le message.

— J'ai cru que c'était un pourriel.

— Un pourriel ? fit l'aîné des deux agents d'une voix plus raisonnable.

Et beaucoup plus effrayante.

— Expliquez-vous, s'il vous plaît.

— On en reçoit parfois. Des robots utilisant des séries d'adresses différentes envoient des messages au hasard. La plupart sont bloqués par le pare-feu du département d'État, mais quelques-uns arrivent à se faufiler…

Elle regretta aussitôt l'emploi du mot "faufiler", mais elle poursuivit malgré tout.

— Une fois par semaine, environ.

Elle allait ajouter : "Vous n'avez qu'à demander à un autre agent du Service extérieur", mais elle se retint juste à temps. Elle apprenait.

— Parfois, ceux qui passent à travers les mailles du filet n'ont ni queue ni tête. Celui-là, par exemple. Quand je ne comprends pas, je demande conseil.

— Vous rejetez la faute sur votre superviseur ? demanda le plus jeune des agents.

— Non, bien sûr que non, fit-elle sèchement. Je réponds à vos questions, c'est tout.

En elle, la colère l'emportait à présent sur la peur. Elle se tourna vers l'officier supérieur.

— Quand nous recevons un pourriel, nous l'effaçons ou nous le montrons à notre supérieur pour avoir son opinion avant de le supprimer. C'est ce que j'ai fait.

L'officier supérieur marqua un temps d'arrêt, puis se pencha vers l'avant.

— Mais vous avez fait autre chose. Vous avez noté les chiffres. Pourquoi ?

Anahita se tut. Se pétrifia.

Comment s'expliquer ?

— Le message m'a paru bizarre.

La déclaration tomba avec un bruit sourd dans la pièce exiguë, étouffante. Le jeune agent secoua la tête en se calant sur sa chaise. Le plus vieux continua d'épier l'agente.

— Je me rends bien compte que c'est mince comme explication, mais c'est la vérité, dit-elle en s'adressant au plus vieux des deux. Je ne sais pas très bien pourquoi je l'ai fait.

C'était pire. En effet, l'officier supérieur ne réagit pas. Rien. Pour ce qu'en voyait Anahita, il ne respirait même pas.

Du vacarme retentit alors derrière la porte.

L'officier resta impassible. Les gardiens feraient leur travail comme lui faisait le sien. C'est-à-dire, en ce moment, foudroyer Anahita du regard.

— Écartez-vous.

L'officier supérieur se retourna en même temps qu'Anahita. Elle reconnut la voix. Un instant plus tard, Charles Boynton fit irruption dans la pièce, la secrétaire d'État sur ses talons.

Tous se levèrent, mais l'agent supérieur plus lentement que les autres.

— Madame la secrétaire d'État, dit-il.

Quand Anahita voulut parler, il lui intima le silence d'un geste.

— Vous avez mon agente, dit Ellen en jetant un coup d'œil à Anahita pour s'assurer qu'elle allait bien.

La jeune femme semblait anxieuse mais indemne.

— Oui. Nous avons des questions à lui poser.

— Moi aussi. Votre nom, je vous prie.

Il hésita une fraction de seconde.

— Colonel Jeffrey Rosen, Agence du renseignement de la défense.

Ellen tendit la main.

— Ellen Adams. Secrétaire d'État, États-Unis d'Amérique.

Le colonel Rosen la serra en esquissant un mince sourire.

— Un mot, colonel ? En privé, je vous prie.

Il fit signe à son cadet, qui entraîna Anahita à l'extérieur, mais celle-ci eut le temps de poser une question.

— Madame la secrétaire d'État, Gil ? Il est… ?

— À l'hôpital. Il va se rétablir.

Anahita hocha la tête, et ses épaules s'affaissèrent, laissant s'échapper des heures d'angoisse.

— Vous savez, je n'ai pas… Je ne suis pour rien dans tout ça.

Ignorant ces propos, Ellen fit signe aux autres de la laisser seule avec le colonel. Seul Charles Boynton resta campé près de la porte.

— Que vous a-t-elle dit ?

— Rien que vous ne sachiez déjà, j'imagine.

Le colonel récapitula la séquence des événements qui s'étaient produits entre l'apparition du message dans la boîte aux lettres de l'agente et l'explosion de la bombe.

— Ce que nous ne savons pas, c'est…

— Pourquoi elle a noté les chiffres, compléta Ellen.

Elle s'efforça de ne pas prendre comme une insulte le haussement de sourcils de l'officier. Ellen Adams avait l'habitude d'être sous-estimée. Les femmes d'âge mûr aguerries sont souvent rabaissées par des hommes petits. "Mais le colonel Rosen n'est sans doute pas de ceux-là", se dit-elle.

Il aurait été tout aussi surpris de voir le général Whitehead trouver la réponse si vite.

— Et ? demanda-t-elle.

— Elle ne peut pas expliquer son geste.

— Si elle était une agente étrangère, elle aurait eu soin de fournir une explication, vous ne pensez pas, colonel ?

Surpris, il retourna la question dans sa tête.

— Elle donne l'impression d'être innocente.

— Et ça la rend coupable ? Vous auriez été dans votre élément à l'époque de la chasse aux sorcières.

Elle se dirigea vers la porte.

— Je pars pour l'Allemagne.

Il la suivit.

— J'espère que vous trouverez des réponses, madame la secrétaire d'État. Je me réjouis pour votre fils. C'est un homme courageux.

Ellen s'arrêta. Elle considéra ce colonel qui travaillait dans le renseignement militaire et se demanda s'il avait une vraie idée du courage dont son fils avait fait preuve. Ce jour-là, mais aussi pendant ces horribles journées en Afghanistan. Le visage de Rosen, pareil à un message chiffré, ne laissait rien voir.

— Nous allons poursuivre le travail de notre côté. Anahita Dahir sait quelque chose.

— Dans ce cas, j'espère qu'elle nous en parlera durant le vol.

Ellen se dit qu'elle n'aurait pas dû tirer un si malin plaisir de la stupéfaction qui se peignit sur le visage du colonel Rosen. Elle ne s'en priva quand même pas.

— Ce serait une erreur.

Pas de "madame la secrétaire d'État", cette fois. Qu'une affirmation nue, catégorique.

— Mme Dahir est impliquée dans cette affaire. Je ne sais pas comment, mais j'en suis sûr. Ça devrait être évident. Même pour vous.

— Même pour moi ?

Les yeux d'Ellen étaient aussi durs que son ton.

— Je suis votre secrétaire d'État. Vous avez le droit de ne pas être d'accord avec moi. C'est manifestement le cas. Mais vous devez respecter la fonction que j'exerce.

— Je vous prie de m'excuser.

Il marqua une pause, mais refusa de battre en retraite.

— Je pense que vous commettez une erreur, madame la secrétaire d'État.

Elle le toisa longuement. Il avait dit le fond de sa pensée. Sa vérité. C'était déjà une amélioration par rapport au vide sidéral qu'on observait dans les plus hautes sphères de l'appareil gouvernemental.

— Laissez-moi vous dire autre chose, madame la secrétaire d'État. On ne peut pas faire confiance à Anahita Dahir.

— Oui, vous vous êtes exprimé clairement sur ce point, colonel. Et croyez-moi, je prends bonne note de votre opinion. Mais Mme Dahir m'accompagne.

Ce que le colonel n'avait pas vu, c'est l'expression de la jeune agente du Service extérieur quand elle avait tenté de convaincre la secrétaire d'État de l'imminence d'un troisième attentat.

La panique à l'état pur. Celle d'une jeune femme tentant désespérément d'empêcher l'explosion.

Ellen savait aussi que, sans Anahita, Gil serait mort. Elle lui en était redevable. Lui faisait-elle confiance pour autant ?

Pas entièrement. L'expression de la jeune femme qui implorait Ellen de la croire, d'agir, était peut-être un numéro d'actrice, une ruse au moyen de laquelle elle espérait se faire admettre au sein du cercle restreint de la secrétaire d'État. Afin de la manipuler pendant qu'un attentat beaucoup plus meurtrier se préparait.

Ellen se rendait bien compte que le colonel Rosen la jugeait plus naïve qu'elle ne l'était en réalité. Pour l'heure et jusqu'au moment où elle saurait distinguer ses alliés de ses ennemis, cette situation l'arrangeait.

D'ailleurs, si Anahita Dahir était impliquée, Ellen préférait la garder près d'elle. La surveiller. Et peut-être la forcer à commettre une erreur.

“À moins, songea-t-elle en précédant la petite délégation vers la limousine qui les emmènerait à la base d'Andrews, que ce soit moi qui m'égare.”

Dans l'avion, Anahita tenta de s'approcher de la secrétaire d'État pour la remercier de l'avoir sauvée. De lui faire confiance. De l'emmener avec elle en Allemagne. Où elle pourrait voir Gil.

Elle aurait voulu lui expliquer qu'elle ne savait rien, ne cachait rien.

Sauf que, ce faisant, elle aurait menti.

# 11

L'aube s'annonçait lorsque Gil Bahar reprit conscience. Ses membres lui semblaient lourds, entravés. Comme s'il était ligoté.

Des souvenirs flous lui remontèrent en mémoire.

Puis, portés par un élan de panique, ils se précisèrent. Gil sentit les cordes crasseuses lui entamer les poignets et les chevilles. Sentit la puanteur de la merde, de l'urine, d'aliments et de chair en putréfaction.

À plat ventre, il respirait la poussière du sol.

La soif. La soif. Et la terreur.

Gil se réveilla en sursaut. Remontant rapidement à la surface, il tenta de se mettre en position assise. En proie à un effroi soudain, irrésistible.

— Tout va bien, dit la voix familière, accompagnée d'un parfum lui aussi familier, à la fois réconfortant et troublant. Tu n'as rien à craindre.

Tant bien que mal, il émergea enfin des brumes du brouillard.

— Maman ?

*Qu'est-ce que tu fais ici ? Ils t'ont enlevée, toi aussi ?*

— Tout va bien, répéta-t-elle avec douceur.

Le visage de sa mère était tout près, mais pas trop.

— Tu es à l'hôpital. Les médecins disent que tu seras sur pied dans quelques jours.

Tout lui revint d'un coup. Son esprit meurtri à nouveau en marche. Le saut dans le vide, les culbutes. Francfort. Les passants, les piétons. L'autobus. Les visages des passagers qui le regardaient, médusés. Les enfants.

La femme avec la sacoche. Comment s'appelait-elle ? Son nom.

— *Wie heißen sie ?*

On lui braqua une lumière vive dans les yeux. Une main se posa sur sa tête, l'immobilisa, le cloua sur place. Maintint ses paupières ouvertes.

— Quoi ? fit Gil en se débattant.

La femme médecin recula d'un pas.

— Excusez-moi. Votre nom. Comment vous appelez-vous, *bitte* ?

Il dut réfléchir un instant.

— Gil.

— Pour Gilbert, *ja* ?

Il hésita une fraction de seconde avant d'acquiescer. Incapable de regarder sa mère dans les yeux.

— Votre nom de famille ?

La voix du médecin était douce mais ferme, avec un lourd accent allemand.

Cette fois, Gil mit plus de temps à répondre. Pourquoi ne parvenait-il pas à se rappeler ?

— Bukhari, lança-t-il. Nasrin Bukhari.

Le médecin le considéra et se tourna vers sa mère. Les deux femmes semblaient préoccupées.

— Non, non, fit-il en essayant de se relever dans le lit. Je m'appelle Gil Bahar. Elle s'appelle Nasrin Bukhari, docteure en physique.

— Je suis la docteure Gerhardt.

— Je ne parle pas de vous. La femme de l'autobus.

Il regarda sa mère, campée derrière la docteure.

— Je la suivais.

Ellen se tenait un peu à l'écart. Elle avait demandé aux autres de rester dans le couloir. Quand Gil s'était agité, elle avait appuyé sur le bouton pour appeler à l'aide.

Ellen s'avança.

— Laisse la docteure t'examiner. On discutera ensuite.

Elle soutint le regard de Gil. Sa façon de lui dire qu'il valait mieux en révéler le moins possible devant témoin.

Il acquiesça. D'ailleurs, ce court répit lui donnerait le temps de mettre de l'ordre dans ses idées. De faire remonter des détails à la surface. Pourquoi le nom de Nasrin Bukhari lui donnait-il des sueurs froides ?

Qui était-elle ?

La Dre Gerhardt termina son examen et sembla satisfaite. Elle apprit à Gil qu'il avait subi une commotion cérébrale, qu'il avait des côtes fracturées, des ecchymoses.

— Et une profonde entaille à la cuisse. Vous avez eu de la chance. Si des passants n'avaient pas rapidement appliqué de la pression sur la blessure, vous seriez peut-être mort. Nous avons fait des points de suture, mais vous devrez rester au repos pendant quelques jours.

Le temps que la docteure se retire, Gil avait sa réponse.

Ce qui l'effrayait, c'était non pas Mme Bukhari, mais bien la personne qui, derrière elle, se tapissait dans l'ombre.

Ellen vit la lourde porte se refermer, puis elle se tourna vers son fils. Elle voulut lui prendre la main, mais il se déroba. Sans brusquerie, comme d'instinct.

C'était pire.

— Je suis désolée, commença-t-elle.

D'un geste, il la fit taire et l'invita à se pencher. Pendant une fraction de seconde, elle crut qu'il allait l'embrasser sur la joue.

— Bashir Shah, murmura-t-il plutôt.

Tournant la tête, elle le considéra. Ellen Adams n'avait pas entendu ce nom depuis des années. Pas depuis ces interminables réunions avec les avocats de l'entreprise, qui avaient tenté de la dissuader de diffuser le documentaire sur le trafiquant d'armes pakistanais.

Leur journaliste avait mené l'enquête pendant plus d'un an. Sa famille avait fait l'objet de menaces. Plus d'une de ses sources avait disparu.

Pas question, dans un tel contexte, de reculer.

Shah avait plus ou moins ignoré les accusations que contenait le film. Il s'était contenté d'émettre un communiqué dans lequel il dénonçait les attaques lancées contre un citoyen pakistanais irréprochable. Le même genre d'accusations sans fondement dont avaient fait l'objet la plupart de ses prédécesseurs et de ses mentors, les brillants physiciens nucléaires pakistanais qui leur avaient courageusement montré la voie. A. Q. Khan, par exemple.

Shah expliqua que le Pakistan était l'allié de l'Occident dans la lutte contre le terrorisme.

Or, ainsi que le montrait le documentaire, il était lui-même la source de la terreur. Son tiède démenti masquait une vérité plus profonde.

Bashir Shah tenait à ce que le monde sache qu'il était un marchand de mort.

Avec horreur, Ellen s'était rendu compte que, par inadvertance et au prix de nombreuses vies, elle avait fait de la publicité à cet homme. Grâce au documentaire, bientôt récompensé par un Oscar, les terroristes savaient désormais où se procurer leurs armes biologiques. Leur chlore. Leur sarin, cet agent innervant. Leurs armes de poing et leurs lance-missiles.

Et pire encore.

— Il était dans l'autobus ? demanda-t-elle, incrédule.

— Non, mais il est derrière tout ça.

— Les bombes ?

Gil secoua la tête.

— Non, pas les bombes dans les autobus. Autre chose. Je ne sais pas qui est responsable des explosions.

— Tu as dit que tu suivais une femme. Nasrin…

Elle essaya de se rappeler le nom de famille.

— Bukhari, dit Gil. Une source m'a confié que Shah avait recruté trois physiciens nucléaires pakistanais. Dont Mme Bukhari. J'ai voulu voir où elle allait. Ce que mijotait Shah. Trouver où il était passé.

— Mais on sait où il est, dit Ellen. En résidence surveillée à Islamabad. Depuis quatre ans.

Les Pakistanais avaient même pris la précaution de priver Shah de tout accès à Internet. Contrairement à d'autres trafiquants d'armes, Bashir Shah était à la fois un homme d'affaires et un idéologue. Il était né à Islamabad, mais il avait grandi en Angleterre. Quinquagénaire à présent, il s'était radicalisé pendant ses études de physique à Cambridge. Par la suite, il avait été profondément influencé par les sites Internet des djihadistes.

Admirateur de la génération précédente de physiciens nucléaires pakistanais, il en était venu enfin à la conclusion qu'ils n'étaient pas allés assez loin. Il corrigerait cette erreur.

Rien n'arrêterait Bashir Shah.

— Les Pakistanais l'ont libéré l'année dernière, dit Gil.

— Ils n'auraient pas fait ça, répliqua Ellen.

Devant le regard réprobateur de son fils, elle se rendit compte qu'elle avait parlé trop fort.

— Ils n'auraient pas fait ça, murmura-t-elle d'une voix à peine audible. Nous serions au courant. Ils n'auraient pas agi derrière notre dos. Ce sont des agents américains qui l'ont capturé.

— Ils n'ont pas agi derrière le dos des États-Unis. L'administration précédente a donné son accord à la libération de Shah.

Ellen se redressa en regardant fixement son fils. Dans l'espoir de comprendre. Elle s'était demandé pourquoi ils chuchotaient. À présent, elle comprenait.

Si Gil disait vrai…

Elle balaya des yeux la chambre privée, comme si elle s'attendait à voir Bashir Shah qui les observait, tapi dans un coin.

L'esprit d'Ellen s'emballa, tenta de réunir des pièces disparates. De remplir les fissures, les blancs.

Ayant lu les documents d'information du département d'État, Ellen Adams se rendait bien compte que les mauvais sujets étaient légion. Des femmes et des hommes qui, dans la poursuite de leurs objectifs, ne se souciaient de rien ni de personne.

Assad en Syrie. Al-Qurashi de l'État islamique. Kim Jong-un en Corée du Nord.

La diplomatie lui interdisait de l'affirmer officiellement, mais Ellen Adams, en privé, aurait ajouté à la liste le Russe Ivanov.

Bashir Shah était toutefois sans pareil. Il n'était pas seulement mauvais ou méchant, comme l'aurait peut-être dit la grand-mère d'Ellen. Bashir Shah était l'incarnation du mal. Son but était de faire de la terre un enfer.

— Comment as-tu appris pour Shah et les physiciens, Gil ?

— Je ne peux pas te le dire.

— Il le faut.

— C'est venu d'une source. Je ne peux pas.

Il se tut, ignorant la colère dans les yeux de sa mère.
— Combien ?
Ellen comprit.
— On n'a pas encore de chiffre définitif. Jusque-là, on compte vingt-trois morts à bord de l'autobus et cinq dans la rue.
Au souvenir des visages, des larmes jaillirent des yeux de Gil. Il se demanda s'il aurait pu faire davantage. S'il aurait pu à tout le moins arracher cet enfant des bras de sa mère et…
— Tu as essayé, dit Ellen.
"Mais est-ce suffisant ? se demanda-t-il. Cette idée réconfortante n'est-elle qu'un pavé sur la route de l'enfer ?"

Katherine prit la place de sa mère au chevet de Gil, tint compagnie à son demi-frère qui dormait par intermittence.
Anahita était entrée le saluer. Il lui avait souri et tendu la main.
— Il paraît que c'est toi qui m'as sauvé.
— J'aurais voulu sauver plus de gens.
Elle serra dans la sienne la main familière. Cette main qui, mieux qu'elle-même sans doute, connaissait les moindres replis de son corps.
Ils parlèrent un moment, puis les paupières de Gil s'alourdirent, et elle le laissa. Elle faillit se pencher pour l'embrasser sur la joue, se ravisa. Non seulement parce que Katherine était là, mais aussi parce que le geste aurait été inapproprié.
Ils n'en étaient plus "là".
À sa sortie de la chambre, Boynton lui fit signe.
— Venez avec nous.

— Conduisez-nous sur les lieux de l'explosion, s'il vous plaît, dit la secrétaire d'État Adams au chauffeur de la Sécurité diplomatique, tandis que Boynton, Anahita, Betsy et elle montaient dans le véhicule. Puis au consulat américain.
Des adjoints et des conseillers s'entassèrent dans une autre voiture, et le cortège se mit en route, escorté par des voitures de police allemandes.

— J'ai prévenu le consul que vous seriez là dans moins d'une heure, dit Boynton. Lui et son équipe s'affairent à recueillir un maximum d'informations. Vous avez rendez-vous avec lui, puis avec les plus hauts responsables américains du renseignement et de la sécurité en Allemagne. Ensuite, vous avez un appel conférence avec vos homologues des autres pays. Voici la liste des participants proposée par la France.

Ellen révisa la liste, raya quelques noms et pays, en ajouta un. On fonctionnerait en cercle restreint.

Elle rendit la liste à Boynton.

— Ce véhicule est-il sécurisé ? demanda-t-elle.

— Sécurisé ?

— A-t-il été balayé ?

— Balayé ?

— Cessez de répéter mes questions et répondez.

— Le véhicule est sécurisé, madame la secrétaire d'État, dit Steve Kowalski, chef de l'escorte de la Sécurité diplomatique, assis à l'avant.

Boynton étudia Ellen.

— Pourquoi ?

— Que pouvez-vous me dire sur Bashir Shah ?

Malgré les garanties, elle avait parlé à voix basse.

— Shah ? demanda Betsy.

Quand son empire avait grandi au-delà de ses espérances les plus folles, Ellen avait proposé à Betsy de quitter son poste d'institutrice et de se joindre à elle. Dans ce monde débordant de testostérone, elle avait senti le besoin d'une alliée et d'une confidente dotée d'une intelligence et d'une loyauté redoutables.

Betsy s'était occupée du documentaire sur le trafiquant d'armes.

— Il n'est quand même pas derrière tout ça ? fit-elle. Dis-moi que non.

Ellen se rendit compte que, plus que surprise, Betsy était incrédule. Et, tandis que la voiture parcourait Francfort, son expression passa du doute à l'inquiétude avant de se fixer sur quelque chose comme de l'horreur.

— Qui ? demanda Charles Boynton.

— Bashir Shah, répéta Ellen. Que savez-vous de lui ?

— Rien. Je n'ai jamais entendu parler de cet homme.

Quittant des yeux la secrétaire Adams, il se tourna vers Betsy, puis de nouveau vers Ellen. Il ne se donna pas la peine de regarder du côté d'Anahita Dahir. Ellen le fit, elle. Et elle lut sur le visage de la jeune femme une expression similaire à celle de Betsy.

Similaire, mais pas identique. À la mention de Bashir, Anahita avait été non seulement effrayée, mais carrément terrifiée.

Ce que Charles Boynton nota, cependant, c'est le regard que sa patronne posa sur lui. Il ne l'avait encore jamais vue si en colère. Il est vrai qu'il ne la connaissait que depuis un mois.

— Vous mentez.

— Pardon ? fit-il.

Il n'en croyait pas ses oreilles.

— Vous connaissez sûrement Shah, dit Betsy. Il est…

Ellen la fit taire en posant la main sur sa cuisse.

— Non. Ne dis plus rien.

— C'est ridicule ! s'écria Boynton. Madame la secrétaire d'État, s'empressa-t-il d'ajouter. Je ne vois franchement pas de qui vous voulez parler. Je suis nouveau au département d'État, moi aussi.

C'était la vérité. Barb Stenhauser, avec l'approbation du président, avait désigné Charles Boynton comme chef de cabinet d'Ellen.

Ils avaient été surpris tous les deux. Au lieu de laisser Ellen choisir son propre chef de cabinet ou du moins de désigner quelqu'un de l'intérieur du département, ils avaient nommé l'un des principaux conseillers de la campagne présidentielle à ce prestigieux poste administratif.

L'initiative, avait supposé Ellen, faisait partie des efforts déployés par le président Williams pour l'affaiblir, elle. Elle s'interrogeait à présent sur l'existence d'un objectif plus sinistre. Se pouvait-il que Charles Boynton soit aussi ignorant ? Comment pouvait-il ne pas connaître Bashir Shah ? Certes, c'était un personnage de l'ombre. Mais leur travail ne consistait-il pas justement à voir ce qui était caché ?

— Nous y sommes, madame la secrétaire d'État, fit Kowalski depuis la banquette avant.

Refoulées derrière des barrières en bois, des centaines de personnes s'étaient réunies sur les lieux de l'explosion. Elles se retournèrent pour regarder Ellen descendre de la voiture. Il se fit un silence surnaturel, seulement rompu par le déclic des portières qui se refermaient.

Elle fut accueillie par l'agent de police responsable et le numéro un du renseignement américain en Allemagne, Scott Cargill, chef de poste de la CIA.

— On ne peut pas s'approcher davantage, expliqua l'Américain.

Presque douze heures s'étaient écoulées depuis l'explosion. Le soleil se levait à peine sur ce qui s'annonçait comme une autre journée de mars froide, grise et humide. À la fois maussade et inhospitalière. Francfort, ville industrielle, était plus laide que jamais. Elle qui, même dans ses meilleurs moments, était peu attrayante.

Durant la guerre, le centre-ville historique avait été en grande partie détruit par les bombardements. L'importance économique de Francfort en faisait une ville "alpha", dépourvue toutefois du charme de nombreuses villes plus petites ainsi que de l'animation et de l'énergie juvénile de Berlin.

Ellen jeta un coup d'œil aux personnes silencieuses massées près des barrières, derrière elle.

— Surtout des proches des disparus, expliqua le policier allemand.

Déjà, les lieux étaient tapissés de fleurs. D'ours en peluche. De ballons. Comme si ces objets sauraient réconforter les morts.

Et, pour ce qu'en savait Ellen, ils en avaient peut-être le pouvoir.

Elle balaya la destruction des yeux. Des bouts de métal tordu. Des briques et du verre. Des couvertures rouges étendues sur le sol. Presque à plat.

Ellen avait conscience de la présence des journalistes, qui épiaient ses moindres réactions. Elle continua malgré tout à observer le vaste champ de couvertures, dont les coins étaient légèrement soulevés par la brise. C'était presque joli. Presque paisible.

— Madame la secrétaire d'État ? fit Scott Cargill.

Ellen regardait toujours.

Gil aurait pu se trouver sous l'une de ces couvertures.

Sous chacune d'elles gisait l'enfant, la mère, le père, le mari ou la femme de quelqu'un. Des amis, des amies.

Le calme, le silence régnait. On n'entendait que le déclic familier des appareils photos. Braqués sur Ellen.

"Nous sommes morts, songea-t-elle, Nous qui songions la veille encor' / À nos parents, à nos amis / Nous aimions et étions aimés…"

Ellen Adams regarda derrière elle, vit les proches qui l'observaient. Puis elle revint vers les couvertures rouges, qui faisaient comme un champ de coquelicots.

— Ellen ? fit tout bas Betsy en s'interposant entre elle et les journalistes.

Ellen croisa le regard de son amie et hocha la tête. Ravalant sa bile, repoussant l'horreur, elle se blinda, transforma sa révulsion en résolution.

— Que pouvez-vous me dire ? demanda-t-elle au policier allemand.

— Peu de choses, madame. L'explosion a été violente, comme vous pouvez le constater. L'auteur de cet attentat n'a reculé devant rien pour atteindre son but.

— Lequel ?

L'homme secoua la tête. Moins fatigué, même s'il était sans doute en poste depuis presque vingt-quatre heures d'affilée, que vidé.

— La même chose que pour les deux autres, je suppose. Londres et Paris.

Il parcourut les environs du regard, revint vers Ellen.

— Si vous avez des idées, je vous saurais gré de m'en faire part.

Il étudia la secrétaire d'État. Comme le silence s'étirait, il dit :

— À notre connaissance, il n'y a pas ici d'objectif stratégique.

Ellen prit une profonde inspiration et le remercia.

Elle avait dû poser la question sur l'objectif, même si elle connaissait déjà une partie de la réponse. Elle ne pouvait pas leur parler de Nasrin Bukhari. De la physicienne nucléaire pakistanaise qui était à bord de l'autobus. Pas encore. Pas avant d'en savoir davantage.

Et elle voulait garder Bashir Shah pour elle-même, du moins jusqu'à son entretien avec ses homologues.

Avant de remonter dans la voiture, Ellen jeta encore un long coup d'œil au carnage. Avait-il eu pour objectif de supprimer une seule personne ?

Comme le policier allemand l'avait exprimé de façon succincte, le but était sans doute le même qu'à Londres et à Paris. Ce qui signifiait que…

— Nous devons nous rendre au consulat, dit-elle à Boynton.

Elle prit quand même un moment pour s'entretenir avec des proches des victimes. Regarder les photos qu'ils avaient apportées. De fils et de filles, de mères et de pères, de femmes et de maris. Volatilisés.

"Acceptez le défi, sinon / Les coquelicots se faneront / Au champ d'honneur…"

Ellen Adams ne voulait laisser tomber personne. Même si, tandis que la voiture roulait à vive allure dans l'aube de Francfort, elle considéra Charles Boynton et Anahita Dahir en se demandant si, sans le vouloir, elle ne l'avait pas déjà fait.

# 12

Lorsque la réunion débuta, ils avaient déjà la réponse.

Sur son écran, Ellen voyait les ministres des Affaires étrangères d'une poignée de pays triés sur le volet ainsi que leurs principaux responsables et conseillers dans le domaine du renseignement.

— Vos informations sont exactes, madame la secrétaire d'État, confirma le secrétaire d'État aux Affaires étrangères du Royaume-Uni d'un ton moins condescendant que la dernière fois. M. Ahmed Iqbal était parmi les passagers de l'autobus londonien. C'est un ressortissant pakistanais qui vivait à Cambridge et enseignait au laboratoire Cavendish, rattaché au département de physique de l'université.

— Un physicien nucléaire ? demanda Heinrich von Baier, le ministre des Affaires étrangères allemand.

— Oui.

— Monsieur Peugeot ? demanda Ellen en se tournant vers le ministre français, dans le coin supérieur droit de l'écran.

La disposition en rangées lui donnait toujours le sentiment d'assister à un épisode d'*Hollywood Squares*, même s'il ne s'agissait assurément pas d'un jeu.

— Oui. Nous en sommes encore au stade préliminaire, et nous devrons encore vérifier et contrevérifier, mais tout indique que monsieur Édouard Monpetit était à bord de l'autobus parisien. Âgé de…, continua le ministre en consultant ses notes, trente-sept ans. Marié. Un enfant.

— Il n'était pas pakistanais ? demanda la Canadienne Jocelyne Tardif.

— Mère pakistanaise et père franco-algérien, expliqua Peugeot. Il résidait à Lahore et est arrivé à Paris il y a deux jours.

— Et où allait-il ensuite ? demanda Ellen.

— Nous ne le savons pas encore, admit le ministre français. Nous avons envoyé des agents interroger des membres de sa famille.

— Vous avez identifié les scientifiques grâce à la reconnaissance faciale ? fit le ministre allemand.

— Nous, oui, confirma le Britannique. Sur des caméras de surveillance, on voit M. Iqbal monter dans l'autobus à la station de métro Knightsbridge.

— Dans ce cas, pourquoi n'a-t-il pas été repéré plus tôt ? demanda l'Allemand. Au stade de la recherche des suspects et des cibles ?

Ellen se pencha. C'était une bonne question.

— *Hm*, fit le Royaume-Uni. Nos algorithmes de renseignement n'ont pas reconnu en lui une cible éventuelle.

— Pareil à Paris, dit la France. Au premier passage, notre programme de reconnaissance faciale a exclu M. Monpetit.

— Pourquoi ? demanda l'Italie. Tout physicien nucléaire est une cible naturelle, non ? Il aurait dû à tout le moins être rangé dans la courte liste des cibles possibles.

— M. Monpetit est considéré comme un tâcheron de la physique nucléaire, expliqua la France. Il travaillait au programme nucléaire pakistanais, mais au bas de l'échelle. Dans le conditionnement, surtout.

— La livraison ? demanda l'Allemagne.

— Non. Seulement le conditionnement.

— Et M. Iqbal ? demanda l'Italie.

— Pour ce que nous en savons, M. Iqbal n'était pas associé au programme nucléaire pakistanais, répondit le Royaume-Uni. Ni à aucun autre.

— Mais c'était un physicien nucléaire, dit le Canada en insistant lourdement sur le mot pertinent.

La ministre canadienne avait le plus déplorable sens vestimentaire du monde. Ou encore, plus vraisemblablement, elle portait une robe de chambre en flanelle. Ornée d'orignaux et d'ours.

Ses cheveux gris étaient tirés vers l'arrière et elle ne portait pas de maquillage.

Après tout, il était deux heures du matin à Ottawa, où elle avait été tirée d'un profond sommeil.

Si sa mise semblait improvisée, son expression ne laissait aucun doute sur son état de préparation. Elle était alerte, posée, concentrée. Et sombre.

— M. Iqbal était un universitaire, poursuivit le Royaume-Uni. Un théoricien. Pas spécialement accompli. Une première recension sommaire, ajouta-t-il en se tournant vers un de ses conseillers, qui lui transmit un document, fait état d'une douzaine de publications à peine. Toujours à titre d'auteur secondaire.

Le secrétaire d'État du Royaume-Uni retira ses lunettes. Puis un de ses adjoints se pencha pour lui dire quelques mots à l'oreille.

— Oui, oui, je sais, fit-il sèchement avant de se tourner vers la caméra. Nous fouillons son appartement de Cambridge en ce moment même et nous allons interroger son superviseur. Nous n'avons pas encore pris contact avec les Pakistanais.

— Nous non plus, dit la France. Mieux vaut attendre.

Le secrétaire d'État du Royaume-Uni se hérissa. Il ne prenait de leçons de personne. Et surtout pas de la France. De l'Allemagne. De l'Italie. Du Canada. Ni de ses propres conseillers. "Ni, sans doute, de sa mère", songea Ellen.

Elle comprit que cette alliance précaire risquait de se rompre à tout moment. Si elle tenait, c'était en raison non pas du respect mutuel, mais bien du besoin commun.

Au bout du compte, l'image était moins celle d'*Hollywood Squares* que d'un radeau de sauvetage. En déclarant la guerre à un autre passager, on risquait de faire chavirer tout le monde.

— Du nouveau sur Nasrin Bukhari ? demanda le Canada.

— Tout ce que nous savons, c'est qu'elle a travaillé pendant un moment à la centrale nucléaire de Karachi. Nous ignorons si elle y était encore, dit l'Allemagne. Le Canada a contribué à la mise en service de cette centrale, non ?

C'était au tour de l'Allemagne de faire montre d'une fausse candeur.

— C'était il y a des décennies, répliqua le Canada avec raideur. Et nous avons retiré notre soutien dès que nous avons pris conscience des véritables intentions du gouvernement pakistanais.

— Un peu tard…, dit l'Allemagne.

La ministre canadienne des Affaires étrangères ouvrit la bouche, la referma. Ellen inclina la tête et se dit qu'elle aimerait bien prendre un verre de chardonnay avec cette femme. Quelle maîtrise d'elle-même !

— La centrale de Karachi produit de l'énergie, se contenta de dire la Canadienne. Rien à voir avec la fabrication d'armes nucléaires.

— *Hm*, fit l'Allemagne. C'est ce que nous pensons. Et ce que nous espérons. Mais le ciblage de Mme Bukhari laisse entrevoir autre chose.

— Merde, murmura la France.

— Nous avons beaucoup de pain sur la planche, dit le Royaume-Uni. Nous devons d'abord déterminer pourquoi ces trois personnes ont été tuées. Que mijotaient-elles ? Qui avait intérêt à les arrêter ?

— Israël, répondirent les autres à l'unisson.

La réponse fusait chaque fois qu'on avait affaire à un assassinat.

— Le président Williams va s'entretenir avec le Premier ministre israélien, précisa Ellen. Nous en aurons bientôt le cœur net. Cela dit, le Mossad, s'il lui arrive de cibler des scientifiques, ne fait pas sauter des autobus bondés pour parvenir à ses fins.

— C'est exact, acquiesça le Royaume-Uni.

— Les nouvelles ne sont pas toutes mauvaises, fit l'Italie. Le projet de ces trois-là est mort avec eux. Non ?

— Nous ne savons pas ce qu'ils projetaient, dit la France. Ils avaient peut-être découvert quelque chose et venaient nous en informer.

— Tous les trois ? s'étonna le Canada. En même temps ? Sacrée coïncidence.

Ellen se tortilla sur sa chaise. Elle n'avait encore rien dit à propos de Bashir Shah. N'avait pas révélé qu'il avait recruté ces trois scientifiques.

— Je ne crois pas qu'ils avaient l'intention de nous prévenir, dit-elle.

Le ministre allemand des Affaires étrangères la dévisagea.

— Vous savez quelque chose, Ellen ? Nous avons tous joué cartes sur table. Pas vous. Vous avez dit à notre chancelière qu'une bombe allait exploser à Francfort. Vous connaissiez le trajet exact et le moment précis de l'explosion. Comment ?

— Et, ajouta la France, comment avez-vous su pour Nasrin Bukhari ? Et qu'est-ce qui vous a permis de supposer qu'il y avait des physiciens nucléaires pakistanais à bord des autres autobus ? Je pense que nous méritons des réponses.

Aux oreilles d'Ellen, les questions ressemblaient à des accusations. De quoi pouvait-on l'accuser, au juste ?

"Non, réfléchit-elle. Ces critiques ne me visent pas personnellement. Elles visent les États-Unis." La secrétaire d'État Adams se dit que ces gens étaient portés à faire confiance à son pays – qu'ils voulaient lui faire confiance, peut-être désespérément, vu l'importance des enjeux –, mais qu'ils se méfiaient.

Ils n'avaient plus confiance. Après la débâcle des quatre années précédentes.

Une de ses tâches les plus importantes à titre de secrétaire d'État consisterait à rétablir cette confiance. Elle se souvint de sa mère qui, en la laissant devant la porte de l'école pour la toute première fois, s'était penchée et lui avait dit :

— Si tu veux te faire une amie, Ellen, sois-en une.

Elle avait rencontré Betsy ce jour-là. Betsy qui, à cinq ans, ressemblait déjà à June Cleaver, même si elle s'exprimait comme un matelot de la marine marchande en format miniature.

Cinquante ans plus tard, Ellen Adams, secrétaire d'État américaine, avait désespérément besoin d'amis.

Après avoir parcouru des yeux les visages inquiets et circonspects de ses collègues, elle sut quelle conduite tenir. Elle dirait la vérité. À propos du message reçu par la jeune agente du Service extérieur. Des révélations de Gil. De Bashir Shah.

Ils avaient le droit de savoir.

Mais peut-être pas tout de suite.

En arrivant au consulat américain de Francfort, vingt minutes plus tôt, elle avait foncé vers la salle sécurisée, d'où elle avait contacté le chef d'État-Major des armées à Washington.

Le général Whitehead avait répondu après la première sonnerie.

— Oui ?

— Ellen Adams à l'appareil. Je vous réveille ?

En arrière-plan, elle entendit la femme du général lui demander d'un air groggy qui pouvait bien téléphoner à deux heures du matin.

— C'est la secrétaire Adams, dit-il, sa voix étouffée par la main qu'il avait posée sur le micro. Aucun problème, madame la secrétaire d'État.

Il semblait encore endormi, mais, à chacun de ses mots, sa voix prenait de l'assurance.

— Comment se porte votre fils ?

La question que pose un homme qui a déjà perdu trop de jeunes hommes et femmes.

— Il se rétablit, merci. J'ai une question pour vous. À titre strictement confidentiel.

— La ligne est sécurisée. Je vous écoute.

De toute évidence, il était à présent dans son bureau.

Par les épaisses fenêtres renforcées du consulat, Ellen considéra le parc qui s'étendait de l'autre côté de Gießener Straße. Cependant, le soleil matinal révéla qu'il ne s'agissait pas d'un parc. Le lieu en avait seulement l'air.

Quant à la résidence des diplomates américains, elle ressemblait à un stalag.

On ne doit jamais se fier aux apparences.

Non, ce n'était pas un parc. Un esprit éclairé avait jugé bon d'établir le consulat des États-Unis en face d'un immense cimetière.

— Que pouvez-vous me dire sur Bashir Shah ?

Bert Whitehead se laissa tomber dans un fauteuil avec un bruit sourd et regarda les photos accrochées au mur du fond.

C'était, il le savait, sa dernière campagne. Il n'avait ni le cœur ni l'envie de poursuivre.

Bashir Shah. Ellen Adams avait-elle vraiment prononcé ce nom ?

— Je pense que vous en savez autant que moi, madame la secrétaire d'État.

— Permettez-moi d'en douter, général, dit-elle d'une voix étonnamment nette, compte tenu de la distance.

— J'ai vu le documentaire que votre journaliste a consacré à Bashir Shah.

— C'était il y a longtemps.

— En effet. J'ai aussi lu le dossier que le Service du renseignement a préparé pour votre confirmation. Je suis au courant pour les messages.

Ellen laissa fuser un petit rire sans joie.

— Évidemment.

— Vous avez eu raison de les signaler tout de suite.

Les messages en question avaient commencé à arriver peu après la diffusion du documentaire. Chaque année, elle recevait une carte par la poste. En anglais et en ourdou, l'auteur de la carte anonyme lui souhaitait un joyeux anniversaire. Et longue vie.

Ellen avait remis la première au FBI, puis elle n'y avait plus pensé. Jusqu'au jour où une autre carte était arrivée pour l'anniversaire de Gil. Puis pour celui de Katherine.

Quand Quinn, second mari d'Ellen et père de Katherine, était mort subitement d'un infarctus, elle avait reçu une autre carte. Quelques heures seulement après le décès. Avant l'annonce officielle. Un message de condoléances. En anglais et en ourdou.

Livré en personne, celui-là.

Ellen n'avait aucune preuve et l'enquête du FBI n'avait abouti à rien, mais elle savait. Tenant la carte entre ses doigts, glacés à cause du sang qui avait reflué vers son cœur brisé, elle avait tout de suite su.

Bashir Shah.

On avait réalisé des tests toxicologiques, mais tout laissait croire à une mort naturelle. Tragique, mais naturelle.

Ellen préférait croire que Shah avait profité de la tragédie pour semer le doute dans son esprit. Décupler sa souffrance. Jouer au chat et à la souris.

Ellen Adams, cependant, n'avait rien d'une souris frissonnante. Elle regardait la vérité en face.

Bashir Shah avait tué son mari. Et il y avait une autre vérité tout aussi terrible. Il l'avait fait pour se venger du documentaire qu'elle avait diffusé. On en avait parlé dans les journaux, l'administration américaine avait exercé des pressions sur le gouvernement pakistanais, puis Shah avait été arrêté et jugé.

Et voilà que Shah était de nouveau dans la mire d'Ellen. Il lui fallait toutefois des informations. Beaucoup d'informations.

— Faites comme si je ne savais rien, proposa-t-elle.

— Puis-je vous demander pourquoi vous vous intéressez à Bashir Shah ?

— Dites-moi ce que vous savez, s'il vous plaît. J'ai été tentée de téléphoner à Tim Beecham, mais j'ai décidé de miser sur vous.

De nouveau, la même hésitation.

— Je pense que vous avez bien fait, madame la secrétaire d'État.

Ellen Adams eut sa réponse. Elle comprit l'inquiétude affichée par le général dans le Bureau ovale au moment où, des siècles plus tôt, le directeur du renseignement national était sorti passer un coup de fil. Le chef d'État-Major l'avait regardé agir en fronçant les sourcils.

— Bashir Shah est un physicien nucléaire pakistanais, commença le général Whitehead.

Lentement, il ouvrit la porte du placard, révéla ce qui s'y cachait.

— C'est un des fils du programme nucléaire légué par la génération précédente, la première. Ses armes à lui sont beaucoup plus puissantes, beaucoup plus perfectionnées. C'est un homme brillant. Un génie, indiscutablement. Il a créé son propre institut, les Laboratoires de recherche pakistanais. Façade qui ne visait qu'à cacher les efforts déployés par le pays pour mettre au point des armes nucléaires capables de concurrencer celles de l'Inde.

— Ils y ont réussi, d'ailleurs, dit Ellen.

— Oui. Nous savons que le Pakistan s'emploie à accroître son arsenal. D'après nos estimations, le pays aurait en main cent soixante ogives nucléaires.

— Jésus pleura.

— Et bientôt, il va sangloter. D'ici 2025, selon nos sources, le pays disposera de deux cent cinquante ogives.

— Mon Dieu, soupira Ellen.

— Dans une région instable, cet arsenal représente un danger extrême. Et les Pakistanais sont bien décidés à continuer sur leur lancée.

— Israël a aussi des armes nucléaires, non ? demanda Ellen.

Son interlocuteur laissa entendre un petit rire.

— Si vous réussissez à le faire admettre par les Israéliens, madame la secrétaire d'État, les Yankees vont vous engager comme lanceuse. Ce sera la preuve que vous pouvez accomplir des miracles.

— Je suis fan des Pirates.

— Tiens, oui, j'oubliais que vous êtes de Pittsburgh.

— Soit dit entre nous, général, l'État d'Israël possède-t-il des armes nucléaires ?

— Oui, madame la secrétaire d'État. Même que c'est le seul secret que les Israéliens sont heureux de voir révélé au grand jour. Mais c'est ainsi que les Pakistanais justifient leur programme nucléaire : en affirmant qu'il est l'équivalent de celui d'Israël. Et ils veulent instaurer un équilibre de la terreur avec leur voisin indien.

— Charmant tableau.

Ellen Adams connaissait bien ce concept, né à l'époque de la guerre froide entre les États-Unis et l'URSS : aucun des deux n'oserait appuyer sur le bouton puisque les représailles entraîneraient l'annihilation de la race humaine.

Ainsi, chaque adversaire devait se comporter à peu près correctement. En théorie.

Dans les faits, on instituait non pas un équilibre de la terreur, mais bien un état de terreur perpétuel.

— Et le programme nucléaire iranien ? demanda Ellen.

Elle entendit presque le militaire secouer la tête.

— Nous avons des soupçons, mais pas de confirmation.

Oui, madame la secrétaire d'État, nous devons supposer que l'Iran a ou aura sous peu ses propres armes nucléaires.

— Tout cela est de notoriété publique, dit Ellen. Que pouvez-vous me dire au sujet des transactions personnelles de Shah ? Il a fini par se lancer en affaires.

— C'est exact. Il a commencé par trafiquer de l'uranium et du plutonium de qualité nucléaire. Mais il ne s'est pas arrêté là. D'autres, en particulier la mafia russe, occupent ce marché. Si Shah est tellement dangereux, c'est qu'il a créé un magasin qui vend de tout, une sorte de Walmart des armements, où on peut se procurer non seulement le matériel, mais aussi la technologie. L'équipement, l'expertise, les vecteurs.

— Les ressources humaines.

— Oui. Chez lui, les clients peuvent, en une seule transaction, acheter tout ce qu'il faut pour mettre au point des bombes nucléaires. De A à Z.

— Par "clients", vous entendez d'autres pays ?

— Dans certains cas, oui. Nous pensons qu'il a fourni aux Nord-Coréens les éléments de base de leur programme d'armement nucléaire.

— Le gouvernement du Pakistan était au courant ?

— Oui. Shah n'aurait pas pu aller très loin sans que les autorités donnent leur accord plus ou moins tacite ou, du moins, qu'elles ferment les yeux. On a toléré ses tractations. Pourquoi ? Parce que ses objectifs correspondaient à ceux du gouvernement.

— Lesquels ?

— Déstabiliser la région, dominer l'Inde et affaiblir l'Occident. Shah a gagné des milliards en fournissant tout et n'importe quoi à quiconque est prêt à y mettre le prix. De la technologie nucléaire, bien sûr, mais aussi des armes lourdes, des agents chimiques et biologiques. Des armes plus conventionnelles. Vous vous souciez des pays qui transigent avec lui. Mais ce n'est pas le plus dangereux. Nous exerçons au moins un certain contrôle sur les gouvernements. Le véritable danger, c'est que des armes nucléaires tombent aux mains d'organisations criminelles et terroristes. Le plus surprenant, franchement, c'est que ce ne soit pas encore arrivé.

Ellen prit un moment pour digérer ces informations, son esprit se projetant déjà dans l'avenir.

— Et Shah ? Qui le fournit ? D'où viennent les armes, les composants ? Il ne les fabrique quand même pas.

— Non. Il sert seulement d'intermédiaire. Il y a de nombreux joueurs, mais tout laisse croire que la mafia russe est un de ses principaux fournisseurs.

— Et le Pakistan laisse faire ?

À ce sujet, Ellen devait être absolument certaine. Le Pakistan était un allié.

— Les Pakistanais jouent un jeu dangereux. Pendant notre longue présence en Afghanistan, le gouvernement nous a permis d'exploiter des bases aériennes dans le nord, tout en abritant Ben Laden, Al-Qaïda, les Pathans, les talibans. Leur frontière avec l'Afghanistan est poreuse. Le pays grouille d'extrémistes et de terroristes soutenus et protégés par le gouvernement.

— Et équipés par Shah.

— Oui, même si, à le voir, on ne se douterait de rien. Il a l'air de votre frère, de votre meilleur ami. Le type intello. Inoffensif.

— Mais les apparences sont trompeuses.

— Souvent, oui, concéda le général Whitehead. J'ai assisté à des réunions avec l'armée pakistanaise. Mais j'ai aussi été dans les grottes. J'y ai vu des caches d'armes fournies par Shah. Si un de ces groupes parvenait à se procurer des armes nucléaires…

— Pourquoi n'est-ce pas arrivé ? Après tout, il en vend depuis des décennies.

— Deux raisons, répondit Bert Whitehead. La plupart de ces groupes sont des cannibales. Ils se font la guerre. Ils s'entretuent. Sans trop d'organisation ou de continuité. La fabrication d'une bombe exige des années et de la stabilité. Et ça ne se fait pas dans une grotte à flanc de montagne. L'autre raison, c'est que les services de renseignement occidentaux font tout pour leur mettre des bâtons dans les roues. Depuis l'effondrement de l'URSS, nos réseaux de renseignement et de police ont empêché des dizaines de ventes et d'achats de matériaux et de déchets nucléaires. Mais n'oubliez pas qu'il en faut très peu pour construire une bombe sale.

La secrétaire d'État Adams était au courant. Cette idée n'était jamais très loin de son esprit.

— Comme vous le savez, poursuivit le général, l'avant-dernière administration américaine a exercé des pressions sur le Pakistan pour qu'il arrête Shah. En partie grâce à votre documentaire. On espérait une peine de prison ; on a dû se contenter d'une résidence surveillée. Quand même, c'était mieux que rien. Son influence est limitée.

— Elle l'était, dit Ellen.

— Que voulez-vous dire ?

— Vous ne saviez pas ? Il est sorti. Les Pakistanais l'ont libéré l'année dernière.

— Nom de Dieu… Je vous prie de m'excuser, madame la secrétaire d'État.

Le général Whitehead soupira.

— Bashir Shah au large… C'est un problème.

— Plus encore que vous le pensez. Il paraît qu'il a été remis en liberté avec notre bénédiction.

— "Notre" bénédiction ?

— Celle de l'administration précédente.

— C'est impossible. Qui serait assez stupide pour… Mettons que je n'ai rien dit.

L'ex-président Eric Dunn, voilà qui. Même ses plus proches associés – eux surtout, peut-être – le surnommaient "Eric the Dumb". Et de bête, il était vite devenu détraqué.

— Juste après les élections, dit Adams.

— Après les élections ? Celles qu'il a perdues ? s'étonna le général Whitehead. Mais pourquoi ? Au fait, d'où tenez-vous cette information ?

— De mon fils. Il suivait une physicienne nucléaire du nom de Nasrin Bukhari. Elle était à la solde de Shah.

Elle expliqua au militaire ce qu'elle savait. Il l'écouta en silence, absorba chacun des mots. Leur sens profond.

— Mais pourquoi Shah tue-t-il ses propres employés ? demanda-t-il enfin.

— Ce n'est pas lui.

— Alors qui ?

— Je comptais sur vous pour me l'apprendre.

La secrétaire d'État n'eut droit qu'à un grand silence.

# 13

— Le Premier ministre israélien nie toute implication de son pays dans les explosions, chuchota Charles Boynton à l'oreille d'Ellen, une demi-heure plus tard, pendant la rencontre virtuelle de la secrétaire d'État avec d'autres ministres, chefs du renseignement et conseillers.

— Merci, dit-elle en se tournant vers ses collègues pour leur communiquer l'information.

L'interruption de Boynton tombait à point nommé. Elle dispensa Ellen d'expliquer comment elle avait découvert l'heure précise de l'explosion, le lieu et la cible.

Et lui donna le temps de réfléchir à sa réponse.

— Doit-on croire le Premier ministre israélien ? demanda la France.

— Les Israéliens nous auraient-ils déjà menti ? demanda l'Italie.

La remarque fut accueillie par des rires.

Israël ne leur disait pas toujours la vérité, ils le savaient, mais le Premier ministre ne mentirait sans doute pas au président des États-Unis. C'était un ami dont Israël ne pouvait pas se passer. Mentir au début d'une nouvelle relation n'était sans doute pas l'idée du siècle.

— D'ailleurs, ajouta le secrétaire d'État aux Affaires étrangères du Royaume-Uni, le Mossad se serait fait un plaisir d'éliminer des physiciens nucléaires pakistanais, mais pas de manière aussi sanglante et brutale. Le service s'enorgueillit de travailler proprement. Avec précision. Là, c'est tout le contraire.

Il semblait avoir oublié qu'Ellen avait tenu les mêmes propos quelques minutes plus tôt.

— Madame la secrétaire d'État, fit la Canadienne, vous n'avez pas répondu à notre question. Comment avez-vous su pour l'attentat de Francfort et Mme Bukhari ?

Ellen songea que la Canadienne et elle ne deviendraient peut-être pas bonnes amies, en fin de compte.

— Et que les cibles à bord des autres autobus étaient probablement des physiciens nucléaires pakistanais ? ajouta l'Italie.

— Comme vous le savez, mon fils était dans l'autobus de Francfort. Il est journaliste. Une de ses sources lui a fait part d'un complot auquel seraient mêlés des physiciens nucléaires pakistanais. On lui a fourni le nom de Nasrin Bukhari. Il la suivait. Il n'a pas été difficile de comprendre la suite.

— Qui est sa source ? demanda la Canadienne.

"Franchement, se dit Ellen, elle commence à m'énerver, celle-là, avec ses orignaux et ses ours."

— Il refuse de dévoiler son identité.

— À sa propre mère ? s'étonna l'Allemand.

— À la secrétaire d'État.

Le ton d'Ellen dissuada les autres d'insister sur la nature de ses relations avec son fils.

— Quel est donc ce complot ? Qu'est-ce qu'on vise ? demanda le Français en se penchant vers l'écran.

Du coup, son nez parut énorme et on en voyait distinctement chaque pore.

— Mon fils ne sait pas.

La France semblait sceptique.

— Votre fils a été enlevé par les Pathans il y a quelques années, rappela le ministre des Affaires étrangères de l'Allemagne.

— En effet, acquiesça la France.

— Prudence, dit la Canadienne.

Mais la France écoutait rarement le Canada.

— D'autres journalistes, y compris trois Français, ont été exécutés, mais lui a réussi à s'évader…, insista la France.

— Clément, ça suffit ! lança sèchement le Canada.

Et pourtant…

— Et je crois comprendre que votre fils s'est converti à l'islam. Qu'il est musulman.

— Clément ! répéta la Canadienne. Assez !

Mais il était beaucoup trop tard et l'homme en avait beaucoup trop dit.

— Où voulez-vous en venir ?

Le ton d'Ellen était en soi une mise en garde.

Elle savait parfaitement ce qu'insinuait le Français. Ce que d'autres avaient laissé entendre, mais toujours derrière son dos.

— Il ne veut rien dire du tout, fit l'Italie. Notre collègue est bouleversé. Paris vient de subir un terrible attentat. Laissez tomber, madame la secrétaire d'État.

À présent, le visage du Français était collé à l'écran de son appareil.

— Qui vous dit que votre fils n'est pas impliqué dans ce complot ? Et qui nous dit que ce n'est pas lui qui a posé la bombe dans l'autobus ?

Le chat était sorti du sac.

— De quel droit ? riposta Ellen. De quel droit osez-vous laisser entendre que mon fils a été mêlé à cet attentat ? Il est intervenu pour sauver des gens, au risque de sa vie. Il a failli mourir.

— "Failli", dit l'Allemand d'une voix tellement calme et raisonnable que c'en était exaspérant. Il s'en est tiré. Il a survécu. De la même façon qu'il a survécu à son enlèvement.

Ellen se tourna vers lui. Elle n'en croyait pas ses oreilles.

— Non mais je rêve !

Elle les considéra tour à tour. Même la Canadienne, dans sa ridicule robe de chambre ornée d'ours et d'orignaux, attendait sa réponse.

Comment Gil Bahar avait-il pu échapper à ses ravisseurs, alors que tous les autres otages avaient été exécutés ?

Elle-même avait interrogé son fils à ce sujet lorsqu'elle l'avait retrouvé à Stockholm, peu après son évasion. Sans arrière-pensée aucune. Gil, cependant, y avait détecté une accusation. Comme toujours.

Par la suite, leur relation, déjà tendue, s'était détériorée, la question laissée sans réponse ne cessant de suppurer.

À présent, c'est à peine s'ils s'adressaient la parole. Ellen avait tenté maintes fois de se rapprocher de lui, par l'intermédiaire de Betsy et de Katherine. Elle lui avait téléphoné, lui avait écrit. Lui avait expliqué qu'elle l'aimait. Qu'elle avait confiance en lui.

Elle lui avait posé la question simplement au cas où il aurait eu envie de parler de son épreuve.

L'enlèvement de Gil était également au cœur du conflit qui avait opposé Ellen au sénateur Doug Williams, devenu président.

Cette relation s'était elle aussi infectée.

Elle regarda ses collègues. Tous stressés, effrayés. Impossible de leur parler du message codé. Pas avant d'avoir une meilleure idée de son origine et du rôle possible d'Anahita Dahir.

Elle devait tout de même leur donner quelque chose. Une idée lui vint.

— Sa source lui a dit qui est derrière les attentats. Il me l'a confié ce matin, sur son lit d'hôpital.

Et vlan. Gil ne s'en était pas tiré indemne, merci quand même.

— Et ? fit l'Allemagne.

— Bashir Shah.

On aurait dit qu'un trou noir s'était déchiré et avait avalé toute la vie, toute la lumière et tous les sons des pièces qu'ils occupaient. Les laissant abasourdis.

Shah.

Puis ils se mirent tous à parler en même temps. À hurler des questions.

Toujours la même, posée de multiples manières.

— Comment est-ce possible ? Shah est à Islamabad, en résidence surveillée. Depuis des années.

Elle répéta à ses interlocuteurs médusés ce qu'elle avait appris au général Whitehead.

— *Shit.*

— Merde.

— *Scheiße.*

— *Merda.*

— Maudit calvaire, dit la Canadienne.

Ellen se ravisa. Peut-être qu'une bouteille de chardonnay avec cette femme, une fois tout terminé…

— Vous voulez dire que nous n'avons aucune idée de l'endroit où est Shah ? demanda la France.

— Exactement.

Sondant leurs visages, elle en vint à la conclusion qu'ils étaient aussi ignorants qu'elle. Aussi indignés. Aussi furieux.

Contre elle.

— Et vous avez laissé faire ça ? s'écria l'Allemagne. Vous avez laissé le plus dangereux trafiquant d'armes du monde s'échapper… *Nein.* Pas s'échapper. Sortir par la porte de devant ?

— Il est probablement sorti par-derrière, dit l'Italie. Pour que personne ne le voie…

— Quelle importance ? lança sèchement l'Allemagne. L'essentiel, c'est qu'il est libre, avec la bénédiction des États-Unis.

— Pas avec celle de mon administration et certainement pas avec la mienne, répliqua Ellen. Je le hais autant que vous, peut-être plus.

La vérité, c'est qu'Ellen soupçonnait fortement Shah d'avoir tué Quinn. Un homme qu'elle aimait de tout son cœur. Pour se venger du documentaire. Seulement parce qu'il en avait les moyens.

Et il continuait de la narguer en lui envoyant ces jolies cartes de bons vœux.

Et voilà qu'il avait été libéré, qu'il allait et venait à sa guise, avec la protection de quelques représentants du gouvernement pakistanais et la bénédiction d'un président américain délirant et des "singes volants" de son cabinet.

Y compris, soupçonnait désormais Ellen Adams, Tim Beecham, leur propre directeur du renseignement national par intérim.

D'où la méfiance du général Whitehead envers lui.

Tim Beecham était un rescapé de l'ancienne administration, l'une des innombrables nominations politiques soumises au Sénat dans les derniers jours de la présidence de Dunn. Le Sénat n'avait pas statué sur son sort, et le président Williams l'avait laissé en poste en attendant de prendre une décision à son sujet. Ancien sénateur lui-même, Williams ne savait de

Beecham qu'une chose : il était un professionnel du renseignement appartenant à la mouvance conservatrice de droite.

Tout ce que pouvait espérer le président, c'était que le directeur du renseignement national se montrerait loyal. Il l'était assurément. Mais envers qui ?

— Que mijote Shah ? demanda la Canadienne. Trois physiciens nucléaires… Ça sent mauvais.

— Trois physiciens nucléaires morts, rappela l'Italie. Quelqu'un nous a fait une faveur, non ?

Ellen revit en pensée les photos que tenaient les membres des familles. Les ours en peluche, les ballons et les fleurs qui se fanaient sur le trottoir. Sacrée faveur.

Et pourtant, l'Italien tenait peut-être un filon.

— Ce que je ne comprends pas, c'est pourquoi il recrute des scientifiques nucléaires de deuxième ordre, dit le Canada. Il devrait pourtant avoir l'embarras du choix.

Cette question tourmentait aussi Ellen.

— Vous devez faire pression sur votre fils, madame la secrétaire d'État, dit l'Italie. Il faut qu'il révèle l'identité de sa source. Nous devons savoir ce que prépare Shah.

À la demande d'Ellen, Betsy rentra à D.C.

Assise dans son fauteuil côté hublot à bord d'un vol commercial au départ de Francfort, Betsy ouvrit la lettre qu'Ellen lui avait remise. Elle avait aussitôt reconnu le griffonnage de son amie.

Ellen lui avait remis la lettre elle-même, glissée dans un numéro du magazine *People*, et sa main d'écriture était inimitable. Et pourtant, elle avait débuté par ces mots : *Une métaphore incohérente entre dans un bar…*

Le voyant demandant aux passagers d'attacher leur ceinture s'alluma, et on les invita à régler leur téléphone en mode "Avion". Ce que fit Betsy, mais pas avant d'avoir envoyé un rapide texto à Ellen.

*… où elle aperçoit le message dans la bouteille, mais espère le tuer dans l'œuf.*

Se calant dans son fauteuil, elle lut le reste du mot, tandis que, sur sa droite, derrière elle, un jeune homme à l'apparence banale, installé au milieu de la cabine de la classe affaires, lisait le journal.

Il s'imaginait probablement qu'elle ne l'avait pas remarqué.

Sa lecture terminée, Betsy glissa le mot dans la poche de son tailleur-pantalon. Elle risquait moins d'être déculottée que de se faire voler son sac.

La lettre serait en sécurité.

Au-dessus de l'Atlantique, tandis que les autres passagers mangeaient ou dormaient dans leur lit à plat, Betsy Jameson regarda par le hublot en réfléchissant au moyen de mener à bien la mission qu'Ellen lui avait confiée.

— Je vais la recevoir maintenant, dit Ellen.

Dans le bureau mis à sa disposition par le consul général américain, elle vit Charles Boynton sortir et revenir avec Anahita Dahir.

— Merci, Charles. Vous pouvez nous laisser.

Il hésita près de la porte.

— Je vous apporte quelque chose à boire ou à manger, madame la secrétaire d'État ?

— Non, merci. Madame Dahir ?

Anahita secoua la tête pour dire non, même si elle mourait de faim. Elle n'allait tout de même pas manger un sandwich aux œufs devant la secrétaire d'État.

Boynton ferma, l'air inquiet. On l'excluait froidement, et il devrait trouver un moyen d'être réadmis dans le cercle rapproché de sa patronne.

Ellen attendit le déclic de la porte, puis elle fit signe à Anahita de s'asseoir dans le fauteuil face au sien.

— Qui êtes-vous ?

— Pardon, madame la secrétaire d'État ?

— Vous m'avez entendue. Nous n'avons pas de temps à perdre. Il y a eu des morts et tout porte à croire que le pire est à venir. Vous êtes impliquée. Alors répondez-moi. Qui êtes-vous ?

Sous le regard d'Anahita, Ellen posa lentement une main aux doigts écartés sur la chemise fermée qu'elle tenait sur ses genoux. C'était, savait Ana, une note de renseignement.

Semblable à celle dont disposaient les hommes qui l'avaient interrogée dans le sous-sol du département d'État.

Elle leva les yeux sur la secrétaire d'État.

— Je m'appelle Anahita Dahir, et je suis agente du Service extérieur. Demandez à qui vous voulez. Katherine me connaît. Gil me connaît. Je suis exactement celle que je dis être.

— Ce n'est pas tout à fait vrai, n'est-ce pas ? fit Ellen. C'est votre nom et votre travail, mais je pense qu'il y a autre chose. Ce message vous a été adressé à vous. En particulier. Nous savons qu'il y a un lien avec le Pakistan. Les trois physiciens nucléaires étaient originaires de ce pays. Vous avez passé deux années à l'ambassade d'Islamabad. Vous êtes affectée à l'antenne pakistanaise. Qui vous a envoyé ce message ?

— Je ne sais pas.

— Si, vous savez ! fit Ellen d'un ton sec. Je vous ai soustraite à l'interrogatoire. À tort, probablement, mais ce qui est fait est fait. Puis je vous ai emmenée ici pour assurer votre sécurité. Là encore, j'ai sans doute eu tort. Vous avez sauvé la vie de mon fils et je vous en suis reconnaissante. Mais il y a des limites. Nous les avons atteintes. Des agents de la sécurité attendent derrière cette porte.

Elle ne se donna pas la peine d'indiquer l'endroit.

— Si vous ne me répondez pas tout de suite, je les appelle et ils vous emmènent.

— Je ne sais pas, dit Anahita d'une voix suraiguë, la gorge serrée. Vous devez me croire.

— Non. Ce que je dois faire, c'est découvrir la vérité. Vous avez copié le message avant de l'effacer. C'est ce que vous faites normalement ?

Anahita secoua la tête.

— Pourquoi l'avoir fait dans ce cas-là ?

À la vue du visage malheureux de l'agente, Ellen comprit qu'elle la tenait. À défaut de la réponse, elle tenait au moins la question.

La réponse ne fut pas celle qu'Ellen attendait.

— Je viens d'une famille libanaise. Aimante, mais très stricte. Traditionnelle. Une bonne fille libanaise vit chez ses parents jusqu'à son mariage. Mes parents m'ont accordé beaucoup plus de liberté que mes amies en ont eu. J'ai été autorisée à quitter la maison – et même les États-Unis – pour mon travail. Je servais mon pays au département d'État, et ils en étaient fiers. Mais ils comptaient sur moi pour ne pas franchir certaines limites.

Ellen écoutait attentivement. Puis son esprit emballé freina brusquement.

— Gil.

Anahita hocha la tête.

— Oui. J'ai vraiment cru que le message était un pourriel. Au début. C'est pour cette raison que je l'ai montré à mon superviseur. Et que je l'ai effacé. Mais, juste avant, je me suis dit qu'il venait peut-être de Gil.

— Pourquoi ?

Anahita hésita, et Ellen vit une femme adulte rougir.

— Nous nous retrouvions toujours dans mon petit appartement d'Islamabad. Quand il voulait me voir, il m'envoyait un message avec l'heure. Rien d'autre. Seulement l'heure.

— Charmant, fit Ellen, qui vit Anahita esquisser un sourire.

— En effet. Ça peut sembler manquer de romantisme, mais c'est pour me protéger qu'il le faisait. Je tenais à garder le secret sur notre relation, à cause de mes parents. Et c'était…

Amusant. Excitant. Grisant. Entretenir une relation clandestine dans une ville d'intrigues, d'illusions. Les nuits, les jours torrides et sensuels d'Islamabad. Ils étaient tous si jeunes, si débordants de vie, si vigoureux, si sûrs d'eux-mêmes. La Vie fourmillait autour d'eux, tandis que la Mort rôdait dans les environs du marché.

Leur travail semblait compter. Ils étaient traducteurs, responsables de la sécurité, journalistes. Espions. Ils se sentaient importants. Immortels dans un lieu où la violence et la mort trouvaient d'autres cibles. Jamais eux.

Et ces messages. *1945*. *1330*. Et son favori, *0615*. Se réveiller ainsi. Avec l'arrivée de Gil.

En observant la réaction très physique d'Anahita à l'évocation de ces souvenirs, Ellen dut réprimer un sourire. Elle avait éprouvé les mêmes sensations avec le père de Gil. Cal avait été son premier amour. Mais pas son âme sœur. Elle avait trouvé cette rencontre des esprits auprès de Quinn, le père de Katherine.

Mais ce que Cal Bahar avait été amusant… Et vigoureux.

Encore maintenant, au souvenir de cet homme…

Elle s'interrompit. Difficile d'imaginer un moment moins indiqué pour nourrir de tels fantasmes.

Ellen se racla la gorge, Anahita rougit de nouveau et revint dans la pièce froide, grise et anonyme de Francfort.

— J'espérais que Gil me ferait signe. J'ai noté le message avant de le supprimer. Plus tard dans la soirée, je lui ai écrit pour lui demander s'il en était l'auteur.

— Vous saviez où il était ?

— Non. Nous ne nous sommes pas parlé. Pas depuis mon retour à D.C.

Ellen hocha la tête et se dit que si Anahita leur avait dit tout cela, les types de la sécurité ne l'auraient pas crue. Ils n'auraient pas compris l'ardeur, le désir d'une jeune femme pour son premier amour. Désir qui l'avait poussée à surinterpréter, à mal interpréter, à relire et à réinterpréter un message.

L'espoir, Ellen le savait, avait la faculté d'aveugler même les plus brillants esprits.

Pour elle, tout cela était parfaitement sensé. Elle avait elle-même été éblouie par le père de Gil. Au point de ne pas voir ce qui sautait aux yeux des autres. Ce que Betsy avait perçu et tenté, avec délicatesse, de lui faire comprendre. Toutes les raisons pour lesquelles Cal et elle n'étaient pas faits l'un pour l'autre.

— C'est de cette façon que vous avez appris qu'il était à Francfort ?

— Oui.

— Mais si ce message n'est pas de Gil, qui l'a envoyé ?

— Je ne sais pas. Mais je ne crois pas que l'expéditeur me le destinait personnellement. Il l'a envoyé à quiconque serait en poste à ce moment-là.

— Que savez-vous de Bashir Shah ?

Ellen vit le visage de l'agente se figer.

— Vous savez quelque chose. J'ai noté votre réaction dans la voiture. Vous étiez terrorisée.

Il y eut un long silence. Anahita se tortillait dans son fauteuil.

— À Islamabad, je me suis intéressée à la prolifération des armes nucléaires, et certains de mes contacts pakistanais m'ont parlé de lui. Avec crainte et une certaine admiration. C'était un être mythique. D'horrible manière. Un seigneur de guerre. C'est lui qui est derrière tout ça ?

Au lieu de répondre, Ellen se leva.

— Vous avez autre chose à me dire ?

Anahita se leva à son tour en secouant la tête.

— Non, madame la secrétaire d'État. C'est tout.

Ellen se dirigea vers la porte.

— Je retourne à l'hôpital. Je veux voir Gil avant notre départ. Vous m'accompagnez ?

Anahita hésita, leva le menton et carra les épaules.

— Non, merci.

En refermant la porte, Ellen se demanda si Gil avait une idée de ce qu'il avait perdu.

Dans le couloir, Anahita se demanda jusqu'où elle pourrait se rendre si elle filait sans s'arrêter. Combien de temps mettrait-on à constater sa disparition ?

À se rendre compte qu'elle avait menti. Une fois de plus.

## 14

En attendant son taxi dans la queue à Dulles, Betsy Jameson se demanda si elle devrait proposer au gentil jeune homme de partager une voiture.

Il la suivait d'une manière si évidente que c'en était presque attachant. Elle espérait de tout cœur qu'il n'était pas espion, car alors sa carrière risquait d'être courte. Et peut-être aussi sa vie puisqu'elle avait vite noté son manège, malgré son manque d'expérience en la matière. Cependant, Betsy se dit qu'il était sans doute chargé de la protéger plus que de la prendre en filature.

Ellen aurait tenu à assurer la sécurité de son amie.

C'était à la fois réconfortant et déconcertant. Betsy n'avait pas compris que la mission qu'elle était sur le point d'entreprendre se révélerait peut-être dangereuse. Difficile, elle le savait déjà, mais peut-être aussi dangereuse.

Betsy Jameson avait l'habitude de la difficulté. Élevée dans un quartier populaire de Pittsburgh, elle avait appris tôt à se battre. Le problème, c'est qu'elle avait grandi avec la conviction que la vie était une lutte de tous les instants, que les humains étaient pourris et qu'on ne pouvait se fier à personne. Sa famille était violente, les hommes, des violeurs, les femmes, des salopes. Les chats étaient sournois. Les chiens étaient OK. Sauf les petits qui jappaient pour rien. Et qu'on ne lui parle surtout pas des oiseaux.

Selon son expérience, les monstres ne sortent pas du placard ; ils entrent par la porte de devant. Parce que quelqu'un les y a invités.

À cinq ans, Betsy Jameson, sur le terrain de jeu de sa nouvelle école, avait déjà compris qu'il ne fallait laisser entrer personne.

Elle avait trouvé refuge dans sa propre grotte, sur le flanc d'une montagne affective. Où rien ni personne ne la trouverait. Ne lui ferait de mal.

Pendant les parties de Red Rover, elle n'invitait jamais personne de son côté, et les autres enfants, en courant vers son équipe alignée, savaient qu'il ne fallait jamais tenter d'obliger Betsy à lâcher prise.

Mais en cette première journée d'école, Betsy, assise dos au mur, avait vu entrer dans le terrain de jeu une petite fille blonde avec des genoux cagneux, d'énormes lunettes aux verres épais et un chandail trop chaud pour la saison. Se penchant, sa mère lui avait dit quelques mots à l'oreille. La petite fille l'avait regardée d'un air grave, puis elle avait hoché la tête. Ensuite, elles s'étaient embrassées.

Betsy ne se souvenait pas de la dernière fois qu'on l'avait embrassée. Pas de cette manière, en tout cas. Fugacement, sur la joue. Avec douceur. Avec tendresse.

Puis la petite fille blonde à l'aspect si fragile avait franchi le seuil et, contre toute attente, elle était entrée, irrévocablement, dans la grotte. Celle où Betsy Jameson gardait son cœur.

À compter de ce jour, Ellen et Betsy avaient été presque inséparables. Ellen avait prouvé à Betsy l'existence de la bonté, et Betsy avait appris à Ellen à frapper ses agresseurs dans les parties.

Ellen et Betsy étaient allées à l'université ensemble. Ellen avait fait des études de droit et de sciences politiques ; Betsy avait décroché un diplôme de littérature anglaise et était devenue institutrice.

Exploit qu'on n'avait pas célébré dans sa famille, mais Betsy ne s'en fit pas. Elle avait laissé sa grotte derrière et elle était entrée dans un monde où le danger existait, mais la bonté aussi.

À l'aéroport de D.C., par cette froide journée de mars, elle se souvint du long câlin que lui avait fait Ellen Adams dans l'entrée du consulat américain de Francfort.

— Fais attention à toi, lui avait-elle chuchoté à l'oreille.

En cet instant, Betsy n'avait pas encore ouvert la lettre. Celle qui se trouvait toujours dans la poche de son pantalon.

Lui demandant de faire enquête discrètement, secrètement, sur Tim Beecham.

Pour le moment, c'était le directeur du renseignement national par intérim du président Williams. Et il avait été, au moins officiellement, l'un des principaux conseillers de l'administration précédente en matière de sécurité. Mais qu'avait-il fait en réalité ? Ellen voulait, devait le savoir. Et vite.

À première vue, le mandat était relativement simple. Mais ce qui intéressait les amies, ce n'était justement pas ce qui sautait aux yeux.

Betsy jeta un coup d'œil au jeune homme, le nez plongé dans le journal qu'il avait lu pendant les huit heures de vol. Pour un peu, elle aurait eu pitié de lui. Elle l'humilierait en lui proposant de le déposer quelque part, se dit-elle. D'ailleurs, elle voulait mettre à profit le trajet jusqu'à Foggy Bottom pour réfléchir.

Le prochain taxi serait le sien.

Aussitôt que le chauffeur accéléra, Betsy vit le jeune agent sauter par-dessus la barrière et monter dans une voiture qui, dans la zone interdite, attendait déjà au bord du trottoir. Seules les voitures du gouvernement étaient autorisées à s'arrêter à cet endroit.

Betsy se cala sur la banquette et songea à la suite.

— Tu as mangé ?

— Pas encore, répondit Katherine.

— Vas-y, proposa Ellen. Je reste avec lui.

Ils s'envoleraient pour Islamabad dans moins d'une heure. Ellen avait reçu l'aval du président et de ses homologues. Il y avait eu des objections. Mais on avait vite conclu que, si le Royaume-Uni, la France et l'Allemagne avaient été la cible des attentats, c'étaient les États-Unis qui avaient les meilleures chances d'obtenir des réponses de la part des Pakistanais.

Il fut également convenu que personne, y compris les autorités d'Islamabad, ne serait informé de l'arrivée prochaine de la secrétaire d'État américaine. Pas avant que son avion soit dans les airs.

La respiration de Gil s'altéra. Il se tortilla sur son lit d'hôpital en gémissant légèrement et commença à se réveiller. Ellen prit sa main, à la fois familière et étrangère. Il y avait longtemps qu'elle ne l'avait pas tenue ainsi.

Elle observa le beau visage contusionné de son fils, qui émergeait tant bien que mal des brumes des analgésiques.

Ouvrant les yeux, il vit sa mère et sourit. Mais dès qu'il eut recouvré sa lucidité, son sourire s'effaça.

— Comment te sens-tu ? chuchota-t-elle en se penchant pour l'embrasser sur la joue.

Il se déroba. Subtilement. Mais elle comprit.

— Ça va.

Au souvenir des événements, il fronça les sourcils.

— Et les autres ?

Dix-sept passants étaient hospitalisés. La secrétaire d'État s'était brièvement entretenue avec certains d'entre eux. Ceux dont les blessures étaient les plus superficielles. Les médecins lui avaient déconseillé de déranger les autres, dont plusieurs étaient sous sédation. Nombre d'entre eux luttaient pour leur vie, entourés de leurs proches.

Alors qu'ils marchaient ou qu'ils roulaient en voiture ou à vélo, dans une rue qu'ils empruntaient chaque jour, tout, en une fraction de seconde, avait basculé.

Ils avaient perdu des membres ou la vue. Subi des lésions cérébrales irréversibles. Été mutilés, paralysés.

Subi des blessures, visibles et invisibles, qui ne disparaîtraient jamais.

La porte de la chambre s'ouvrit et Charles Boynton jeta un coup d'œil à l'intérieur.

— On vous demande, madame la secrétaire d'État.

— Merci, Charles. J'arrive tout de suite.

Le chef de cabinet hésita un instant avant de se retirer.

Ellen se tourna vers Gil.

— Je pars pour Islamabad.

— Les Pakistanais collaborent-ils ?

— C'est la raison de mon voyage. Je tiens à m'en assurer. Je les soupçonne de savoir où se trouve Shah.

— Moi aussi.

— Gil, il faut que j'insiste, dit-elle en soutenant son regard. Le nom de ta source ?

Il sourit.

— Et moi qui croyais que ma mère était venue prendre de mes nouvelles. Je n'avais pas compris que j'avais plutôt affaire à la secrétaire d'État.

Ellen refoula les mots qui lui montèrent aux lèvres, prêts à jaillir.

C'était un coup bas, et Gil en était parfaitement conscient.

— Je ne peux pas te le dire, fit-il plus doucement. Tu le sais. Tu as dirigé un empire médiatique. Tu es allée devant les tribunaux pour défendre des journalistes qui refusaient de révéler leurs sources. Et tu voudrais maintenant que je trahisse la mienne ?

— Des vies sont en…

— Ne me dis pas que des vies sont en jeu, lança-t-il sèchement.

Dans l'esprit de Gil, certains souvenirs persistaient, toujours aussi vivaces. Par les nuits les plus sombres et les journées les plus ensoleillées, des images remontaient à la surface sans crier gare. Alors qu'il marchait, mangeait ou prenait sa douche. Aux moments les plus banals, elles surgissaient.

La décapitation de son ami, le journaliste français. Les ravisseurs de Gil s'étaient arrangés pour qu'il voie tout, lui avaient dit qu'il serait le prochain. Au moment où le bourreau mettait la lame sur sa gorge, Jean-Jacques avait regardé Gil droit dans les yeux.

Au Texas, où il couvrait une manifestation, cette jeune femme noire à l'instant où le camion conduit par un extrémiste de droite avait fauché des militants pacifiques. Le dernier instant de sa vie.

D'autres images le hantaient aussi, mais ces deux-là étaient les visiteuses les plus fréquentes. Des invitées importunes. Des fantômes dérangeants.

Et voilà qu'une autre image prenait place au milieu des horreurs. Les rangées de passagers de l'autobus qui le regardaient, le visage levé vers lui. Effrayés. Ils allaient mourir, et il n'avait rien pu faire pour eux.

— Notre seule chance d'éviter d'autres morts, c'est la confiance que ma source a placée en moi. Si je te donne son nom, c'est terminé. Non, Ellen. Impossible.

L'emploi de son prénom de préférence à "maman" ou même à "mère" la blessait chaque fois. C'est pour cette raison que Gil s'en était servi, soupçonnait-elle. Pour lui faire de la peine, mais aussi pour la mettre en garde.

*N'insiste pas.*

Tout de même, sa relation avec son fils était moins importante que les vies de dizaines de milliers de fils et de filles. De mères et de pères. Tant pis si cette affaire portait le coup de grâce à sa famille. Ce serait moins horrible que le sort qu'avaient subi de nombreuses personnes au cours des dernières heures.

— Nous avons besoin de renseignements. Que ton informateur possède sans doute. Il ne saura pas nécessairement que c'est toi qui nous les as donnés.

— Tu veux rire ? fit Gil en la foudroyant du regard. Il le saura quand ils le tueront.

— "Ils" ?

— Shah et ses sbires.

— Il travaille pour Shah ?

— Écoute. Je veux bien t'aider. Je veux que Shah soit découvert. Arrêté. Mais je ne peux pas t'en dire plus.

Ellen prit une profonde inspiration. Chercha à se calmer. À se ressaisir. Fit une nouvelle tentative.

— Tu crois que ta source sait ce que Shah prépare ?

— Je lui ai posé la question, bien sûr. Il dit que non.

— Tu le crois ?

Le père de Gil, Cal Bahar, avait inculqué à son fils l'idée selon laquelle les journalistes, les grands reporters et les correspondants de guerre sont des héros. Le quatrième pouvoir exerçait de la pression sur la démocratie.

Très jeune, Gil Bahar avait su que c'était ce qu'il voulait faire de sa vie, que c'était sa destinée. Il ne rêvait pas de prendre part à des conflits : il voulait les couvrir. En Afghanistan ou à Washington.

Témoigner. Rendre compte. Pourquoi ? Comment ? Qui ?

Dire la vérité, si hideuse, si dangereuse soit-elle.

Sa mère, en revanche, était une femme d'affaires. La bureaucrate au gouvernail de l'empire. Un être rationnel qui ne quittait jamais le bilan financier des yeux.

Le père de Gil la surnommait la "gratte-papier", parfois même avec affection. "J'aime bien le papier", lançait-il dans un grand éclat de rire.

Enfant déjà, Gil, journaliste en herbe, entrevoyait la vérité derrière la plaisanterie.

"Mais maintenant, se dit-il, quelque chose a changé." Ou bien son père s'était trompé et connaissait moins bien sa mère qu'il le croyait, ou bien elle avait appris à demander aux gens ce qu'ils savaient, mais aussi – aspect plus important – ce qu'ils croyaient.

Et voilà qu'elle lui demandait enfin ce qu'il croyait.

— Je pense qu'il est peut-être au courant des projets de Shah, dit Gil. Mais j'ai eu toutes les peines du monde à lui soutirer ce nom. Il était terrorisé, non sans raison. Il regrette probablement de m'avoir parlé.

— S'il ne veut pas te faire part des intentions de Shah, tu crois qu'il pourrait au moins te dire si la mort des trois physiciens a mis fin à sa campagne ou si elle se poursuit ?

Gil se redressa en grimaçant légèrement et scruta sa mère. La secrétaire d'État.

— Tu épies mes messages ?

Elle hésita.

— Non. Je compte sur toi pour me prévenir si tu tombes sur quelque chose d'important. Mais d'autres…

Il hocha la tête.

— Dans ce cas, je ne peux pas communiquer avec ma source.

Il avait parlé à voix haute, sur un ton qui manquait de naturel.

— Mais il y a peut-être un autre moyen, ajouta-t-il tout bas.

— On vous réclame, madame la secrétaire d'État.

Ellen aperçut Boynton, debout dans l'embrasure de la porte, et se demanda ce qu'il avait entendu.

— L'avion attendra, dit-elle.

— Ana est là ? demanda Gil en jetant un coup d'œil du côté de la porte.

Pendant un moment, il donna à Ellen l'impression d'être redevenu son petit garçon. Craignant de poser une question difficile, mais, comme tout bon journaliste dans une zone de conflit, décidant que le besoin de savoir devait l'emporter sur la peur.

— Non. Je lui ai proposé de venir, mais…

Il hocha la tête. Il avait eu sa dose de vérité.

— Madame la secrétaire d'État, dit Boynton d'une voix tendue. Il ne s'agit pas de l'avion.

En sortant de sa limousine devant le consulat américain à Francfort, Ellen fut accueillie par un homme d'âge mûr, celui à qui elle avait parlé sur les lieux de l'explosion. Le chef du renseignement américain en Allemagne.

— Scott Cargill, madame la secrétaire d'État.

— Je me souviens de vous, monsieur Cargill.

Pendant qu'on l'entraînait avec précipitation dans l'immeuble, elle se tourna vers la femme légèrement plus jeune qui l'accompagnait.

— Je vous présente Frau Fischer, du Service du renseignement allemand, expliqua Cargill au moment où des Marines ouvraient les portes.

— Nous avons un suspect, dit la femme dans un excellent anglais.

Leurs pas résonnant sur le sol de marbre, ils traversèrent le hall en direction des ascenseurs, dont l'un était retenu à leur intention.

— Vous l'avez appréhendé ? demanda Ellen.

— Pas encore, répondit Frau Fischer pendant que les portes se refermaient. Tout ce que nous avons, ce sont des images prises par des caméras de surveillance installées le long du trajet et dans l'autobus.

On fit entrer Ellen et Boynton dans une salle sans fenêtres aux allures de bunker. Ellen eut la surprise d'y trouver le ministre allemand des Affaires étrangères, venu de Berlin.

— Ellen, fit-il en tendant la main.

— Heinrich.

Il indiqua un fauteuil confortable près de lui.

— Vous devez voir la vidéo que nous avons trouvée.

En s'asseyant, elle sourit légèrement à l'idée de ce "nous". Heinrich von Baier avait sans doute autant de mérite que sa tasse de café.

Sur un signe de sa part, une vidéo fut projetée sur l'écran, à l'avant de la salle.

L'autobus 119 s'arrêtait à un arrêt et un homme en descendait. Puis, sur un clic, l'image se figea.

— C'était deux arrêts avant l'explosion, expliqua Scott Cargill.

— Notre poseur de bombe, dit von Baier.

Ellen sourit de nouveau, cette fois en raison du "notre". Elle se demanda combien de temps ce jeu d'appropriation tiendrait si la piste se révélait fausse.

À l'écran, elle vit un jeune homme vêtu d'un jean, d'un veston et d'un keffieh à carreaux autour du cou.

Elle se tourna vers Cargill.

— Qu'est-ce qui vous fait croire que c'est lui ? On frôle le profilage racial, non ?

— Nous avons deux autres éléments de preuve, dit Cargill.

La vidéo reprit. Cette fois, on voyait l'intérieur de l'autobus.

Une fois de plus, l'image se figea.

Ellen aperçut Gil au fond. Il semblait parfaitement détendu.

— Là, fit Frau Fischer en montrant la femme assise derrière Gil, sur sa gauche, c'est Nasrin Bukhari.

— La physicienne ?

— *Ja*, madame la secrétaire d'État. Vous reconnaissez votre fils, évidemment. Et là, ajouta-t-elle en désignant le passager assis devant Mme Bukhari, c'est notre suspect. Observez bien la suite.

La vidéo reprit et l'on vit l'homme se pencher jusqu'à être caché de la femme par le siège de devant. Puis il se redressa, se leva et s'avança jusqu'à l'avant. La séquence suivante était celle qu'ils avaient déjà visionnée, filmée au moment où il descendait.

Nouvel arrêt sur image. Frau Fischer agrandit le visage de l'homme. La peau foncée, le visage glabre, il donna l'impression de regarder droit dans la caméra.

— Le schéma de l'explosion confirme que la bombe était placée du côté gauche de l'autobus, au fond, poursuivit Fischer. Là où cet homme était assis.

Ellen étudia le visage de l'homme.

À quoi pensait-il en descendant du véhicule ? En abandonnant tous ces gens ? Des enfants qui se trémoussaient sur leur siège. Des adolescents penchés sur leur téléphone. Des travailleurs exténués qui rentraient chez eux. Qu'avait-il ressenti à l'idée que…

Que ressentait un terroriste à l'idée que des innocents allaient mourir ?

Bien sûr, des militaires américains, sur l'ordre de leur commandant, avaient appuyé sur un bouton et envoyé des missiles qui, bien que destinés à des ennemis, avaient tué des civils innocents. Ellen le savait bien.

En se penchant, elle considéra le jeune homme.

— Pourquoi est-il en vie ?

— Eh bien, parce qu'il est descendu de l'autobus, madame la secrétaire d'État, répondit von Baier.

— Oui, j'ai vu. Mais on n'a pas recours à des kamikazes, en général ?

La question fut accueillie par un silence. Cargill répondit enfin.

— Souvent, mais pas toujours.

— Quand y a-t-on recours ? demanda Ellen.

— Quand les auteurs sont radicalisés. Des fanatiques religieux. Et quand leurs officiers traitants, ceux qui les ont préparés, veulent être absolument certains que l'engin va exploser.

— Quand on a affaire à une bombe rudimentaire, vous voulez dire ? insista Ellen en regardant les deux agents du renseignement. Des bombes maison fabriquées par des amateurs, qui risquent de ne pas exploser si on ne les déclenche pas manuellement ?

— *Ja.*

— Et dans le cas contraire ? Quand ils se contentent de déposer la bombe, comme dans ce cas-ci ? demanda-t-elle en désignant l'homme d'un geste.

Les agents hochaient la tête, réfléchissaient. Évaluaient la situation.

— Ils sont sûrs que l'engin va exploser, dit l'Allemande.

— Et ce ne sont pas des fanatiques, ajouta l'Américain.

— Continuez, les encouragea Ellen.

— Dans certains cas aussi, on a affaire à un agent trop précieux pour le sacrifier dans un acte d'autodestruction complètement insensé.

— Il arrive aussi que l'agent décide qu'il ne veut pas mourir.

Tous se tournèrent vers le visage à l'écran. Celui du tueur. Qui, toujours vivant, rôdait quelque part.

— Nous allons faire circuler ces images dans le réseau international du renseignement, dit le ministre allemand. Puisqu'il a été recruté et formé, il est sûrement fiché quelque part.

— Mais le système de reconnaissance faciale n'a pas permis de l'identifier, dit Ellen.

— C'est vrai, admit Cargill. On a peut-être affaire à un agent gardé en réserve. Nous allons alerter les aéroports et les gares ferroviaires. Les gares routières et les agences de location de voitures.

— Et avoir recours aux médias sociaux et aux réseaux de télévision, ajouta Frau Fischer. Même si nous ne parvenons pas à l'identifier, la publicité entravera ses déplacements. Quelqu'un va peut-être le reconnaître et le dénoncer.

Cargill fit signe à un agent, qui sortit rapidement.

— Il y a un autre détail un peu… euh…

Ellen et von Baier attendirent que l'agent du renseignement trouve le bon mot.

— … inhabituel.

— Génial, marmotta Ellen.

À côté d'elle, le très digne von Baier bredouilla :

— *Scheiße.*

— Et pas qu'un peu, dit Fischer. Regardez.

Elle montra l'écran et l'image qu'ils avaient sous les yeux depuis quelques minutes.

— Quoi ? demanda Ellen.

— Il n'a pas de chapeau.

Ellen se tourna vers l'agente allemande, puis vers von Baier, aussi perplexe qu'elle. Cette jeune femme ne craignait tout de même pas que le terroriste s'enrhume par une froide journée du début de mars parce qu'il était sorti sans…

Elle comprit en même temps que von Baier.

Au-dessus de ses yeux bleus écarquillés, ses sourcils se soulevèrent.

— Il ne cherche pas à se cacher, dit Ellen.

— Exactement, confirma Fischer. Il s'est pratiquement arrêté pour bien se laisser voir.

Ellen ne disait rien. Regardait le visage de l'homme. L'examinait à fond. Était-ce son imagination qui lui jouait des tours ? Y avait-il de la tristesse dans ses yeux ? Voire un appel muet ? Demandait-il qu'on le comprenne ? Qu'on lui vienne en aide ? Non, impossible. Quand on provoque une explosion et la mort de tant d'innocents, on ne s'attend pas à être compris.

— Des théories ? demanda von Baier.

— C'est peut-être bon signe, répondit Cargill. Il est peut-être arrogant. Trop sûr de lui. Il pense que nous ne comprendrons pas que c'est lui qui a posé la bombe ou encore il tient à ce que nous le sachions.

— Pourquoi ? insista von Baier.

— Nous ne savons pas, admit Cargill. Ego surdimensionné ? Effronterie ?

— Regardez son expression, dit Ellen.

Était-elle donc la seule à s'en rendre compte ?

— Il regrette.

— Allons donc, madame la secrétaire d'État, se récria von Baier. Vous plaisantez ? Il est sur le point d'assassiner des innocents. Il ne regrette rien du tout.

Ellen se tourna vers Cargill, manifestement d'accord avec le ministre allemand. Son regard se posa ensuite sur Frau Fischer qui, les sourcils noués, scrutait également le visage de l'homme.

Elle se tourna vers Ellen. Secoua la tête.

— Je pense qu'il a peur, dit Frau Fischer.

Ellen étudia le visage juvénile et acquiesça.

— Je crois que vous avez raison.

— Bien sûr qu'il a peur, fit von Baier. Peur de sauter avec sa propre bombe et de se retrouver auprès d'un créateur qui risque de ne pas être enchanté par son geste.

— Non, c'est autre chose, dit Ellen, dont le visage s'éclaira d'un coup. Il ne devait pas survivre.

— C'est peut-être pour cette raison que son officier traitant ne l'a pas obligé à cacher son identité, dit Frau Fischer. C'était sans importance.

L'esprit d'Ellen s'emballa.

— Il faut empêcher la diffusion de ces images.

— Pourquoi ? demanda Cargill.

Il mit une fraction de seconde à comprendre.

— Merde.

Si le poseur de la bombe devait mourir, mieux valait que ses commanditaires le croient mort en effet.

— *Verdammt !* s'écria Fischer. Il faut qu'on le localise avant eux. Et vite.

— Trouvez-moi Thompson ! cria Cargill dans le micro du téléphone. Dites-lui de tout arrêter. Ne diffusez pas la photo du suspect…

Cargill se laissa choir avec un bruit sourd.

— Bon. Limitez la diffusion, alors.

Il raccrocha.

— Trop tard. C'est fait. On réussira peut-être à arrêter certaines publications.

— *Nein*, dit Frau Fischer. Le mal est fait. Utilisons la situation à notre avantage. Diffusons l'image le plus largement possible. Quelqu'un sait qui il est. Je vais contacter les chefs du renseignement d'autres pays, au cas où il passerait la frontière.

Elle se dirigea vers la porte.

— Nous allons le trouver.

Ellen fit le geste de se lever.

— Si vous n'avez plus besoin de moi, je dois informer le président, puis…

— Nous voulons vous montrer une dernière vidéo, Ellen, dit Heinrich von Baier.

Elle se rassit et regarda l'écran au moment où réapparaissait l'intérieur de l'autobus.

Le poseur de la bombe était déjà descendu. Son siège était vide. Ellen vit Gil répondre au téléphone, écouter, puis se lever et se mettre à crier.

Les poings serrés, elle vit son fils tenter de toutes ses forces d'arrêter l'autobus. De faire descendre les passagers. Il pleurait presque de panique et de frustration. Agrippait des gens, essayait de les obliger à se lever. Y compris Nasrin Bukhari, qui le repoussa d'un coup de sacoche.

Les muscles de son corps tendus à se rompre, Ellen vit l'autobus s'immobiliser enfin, le chauffeur se lever et pousser Gil hors du véhicule.

L'image vacilla et ils virent Gil s'écraser violemment sur le trottoir, au moment où l'autobus s'ébranlait de nouveau.

Ellen se pencha et, la main plaquée sur la bouche, vit son fils se relever et courir derrière le véhicule. On n'entendait rien, mais il criait. Hurlait. Enfin, il s'arrêta, se retourna et tenta d'éloigner les passants.

Et puis, l'explosion.

Ellen ferma les yeux.

— Madame la secrétaire d'État…

S'étant levé, Heinrich von Baier se tourna vers elle. Grave, soudain cérémonieux.

— Je vous dois des excuses. J'ai eu tort de laisser entendre que votre fils était peut-être impliqué. Il a fait tout ce qu'il pouvait pour sauver des vies et il serait mort sans l'intervention du chauffeur.

Reconnaissant son erreur, il inclina légèrement la tête.

Dans son for intérieur, Ellen reconnut celle qu'elle avait elle-même commise en doutant de l'intégrité de cet homme. Qui savait assumer ses fautes.

— *Danke*, dit-elle.

Se levant, elle tendit les mains au diplomate. Il les serra doucement dans les siennes.

— C'était tout naturel. J'aurais probablement réagi de la même façon.

— Merci, dit-il.

Ils se doutaient tous deux que ce n'était pas tout à fait exact.

Von Baier baissa la voix et dit à Ellen :

— Bonne chance à Islamabad. Soyez prudente. Shah sera aux aguets.

— Oui.

Elle se tourna vers Boynton, qui avait tranquillement observé la scène.

— Je téléphonerai au président depuis Air Force 3.
— Vous oubliez votre réunion.
— Ce n'était pas celle-là ?
— Non, madame la secrétaire d'État. Une autre vous attend.

# 15

— Vous pouvez me répéter ça, s'il vous plaît ? dit Ellen.

Boynton l'avait entraînée dans une autre pièce anonyme, sombre et sans fenêtres. Une sorte de sous-sol. Pour y parvenir, ils avaient dû franchir une série de points de contrôle et de portes blindées.

Lorsqu'ils furent à l'intérieur, un technicien tapa sur un clavier et dit :

— Vous pouvez entrer votre code de sécurité, madame la secrétaire d'État ?

— Celui de mon chef de cabinet ne suffit pas ?

— J'ai bien peur que non. Dans un cas comme celui-ci, la plus haute cote de sécurité est requise.

Sans trop comprendre de quel "cas" il s'agissait, Ellen saisit une séquence de chiffres et attendit.

Un grand écran s'alluma, et le directeur du renseignement national, Tim Beecham, apparut.

Après les salutations d'usage, dénuées de chaleur, Beecham s'expliqua. Dès qu'elle comprit de quoi il retournait, Ellen se tourna vers Boynton.

— Allez chercher Scott Cargill. Il faut qu'il sache.

— Madame la secrétaire d'État, moins il y a…, commença Beecham.

D'un regard, elle lui intima le silence.

— Oui, bien sûr, dit Boynton.

Il revint quelques minutes plus tard avec Cargill, qui s'assit près de la secrétaire d'État.

Pas de présentations. Le directeur du renseignement national connaissait bien le chef de poste de la CIA en Allemagne.

— Du nouveau ? chuchota Ellen.

Cargill secoua la tête.

À la demande d'Ellen, Beecham répéta ce qu'il venait de dire.

— Nous avons examiné le message reçu par Mme Dahir. Celui qu'elle dit avoir effacé.

La formulation n'échappa pas à Ellen.

— S'il était dans la corbeille, c'est qu'elle l'avait bel et bien effacé, non ? C'est là que vous l'avez trouvé ?

— Oui.

— Assorti d'un code temporel indiquant le moment où il a été supprimé ?

— Oui.

— Conforme à la chronologie qu'elle nous a soumise ?

— Oui.

— Anahita Dahir a donc dit la vérité.

"Mieux vaut établir les faits et les liens hiérarchiques d'entrée de jeu, se dit Ellen. Sans ambiguïté."

Elle n'aimait pas cet homme rusé. Le général Whitehead ne l'aimait pas non plus, soupçonnait-elle. Et en voyant Beecham se tortiller sur sa chaise, Ellen songea à la mission qu'elle avait confiée à son amie de se renseigner sur lui.

Elle était sans nouvelles de Betsy depuis le court message que celle-ci lui avait envoyé pour confirmer qu'elle était arrivée à D.C. et qu'elle se dirigeait vers le département d'État.

— Alors, cette grande nouvelle, Tim ?

— Nous savons d'où le message est venu.

— Et ?

Ellen se rapprocha de l'écran, tellement qu'elle sentit sur son visage la chaleur qui s'en dégageait.

— De l'Iran.

Ellen recula brusquement, comme si elle s'était brûlée, inspira à fond, vida ses poumons.

— *Oumpf*, fit Cargill à côté d'elle.

Le grognement d'un homme frappé en plein plexus solaire.

L'Iran. L'Iran.

L'esprit d'Ellen s'emballa. L'Iran.

Si Shah vendait des secrets ainsi que les services de physiciens nucléaires, l'Iran ferait l'impossible pour l'arrêter. Ce pays avait son propre programme nucléaire, réalité que les Iraniens niaient tout en s'arrangeant pour que les autres puissances, régionales ou non, soient au courant.

La lumière se fit dans l'esprit d'Ellen. La sanglante traînée d'explosions et d'assassinats laissée dans tout le Moyen-Orient. L'Iran qui cherchait à empêcher les autres pays de la région de se doter d'une capacité nucléaire.

— L'Iran aurait voulu à tout prix empêcher les physiciens de Shah d'arriver à destination.

— C'est vrai, concéda Beecham, mais…

— Ce n'est pas l'auteur du message envoyé à votre agente qui a posé les bombes, dit Cargill. Au contraire, il a tenté de prévenir les explosions.

Ellen ouvrit les yeux encore plus grands. C'était exact. Se détournant de Cargill, elle revint vers Beecham à l'écran. Ce dernier, encore plus contrarié qu'avant, puisqu'on l'avait privé du privilège de faire cette grande révélation, semblait également troublé.

— C'est justement ce que nous n'arrivons pas à comprendre, dit Beecham. Pourquoi les Iraniens auraient-ils tenté de prévenir les explosions ? De sauver les physiciens de Shah ? Nous nous sommes demandé s'ils avaient eux-mêmes acheté ces physiciens, mais nous avons rejeté cette possibilité.

— Jamais le gouvernement iranien n'aurait fait confiance à des Pakistanais, acquiesça Cargill. Et encore moins retenu leurs services. Et il ne transigerait pas avec Bashir Shah. Shah est trop proche des Saoudiens et d'autres pays arabes sunnites.

— Et Shah refuserait de transiger avec les Iraniens, non ? demanda Ellen.

— Très probablement, en effet, dit Beecham. D'ailleurs, l'Iran a ses propres physiciens nucléaires de haut niveau et un programme bien établi. Non, ça ne tient pas la route.

— Alors où en est-on ? demanda Ellen.

Silence.

— Vous êtes sûr que le message est venu d'Iran ? poursuivit-elle. Les messages peuvent être redirigés, non ? Vers une tour ou un fournisseur IP différent ? Le responsable de ces explosions est sûrement capable de cacher l'endroit où il se trouve.

Elle marqua une pause.

— Bon sang. Je n'arrête pas de faire la même erreur. Parce que l'hypothèse la plus logique, c'est que les Iraniens sont responsables des explosions. Et non qu'ils ont tenté de les prévenir.

— Le message est venu d'Iran, aucun doute possible, confirma Beecham. Mais il semble avoir été envoyé dans l'urgence ; sinon, son auteur aurait fait plus d'efforts pour cacher sa provenance. Et il y a autre chose.

Il prit une tête d'enterrement. Ellen sentit quelque chose grimper le long de son dos. Comme si une araignée géante montait vers sa tête.

— On vous écoute.

— Nous savons d'où le message est venu.

— Oui, vous nous l'avez déjà dit. De l'Iran.

— Nous avons quelque chose de plus précis. Nous avons remonté jusqu'à un ordinateur de Téhéran appartenant…

Il consulta ses notes.

— … au professeur Behnam Ahmadi.

— Vous voulez rire ? demanda Cargill.

Question purement rhétorique. Comme les autres, il savait que le directeur du renseignement national était loin de plaisanter.

— Vous le connaissez ? demanda Ellen à Cargill.

Il hocha la tête, prit un instant pour mettre de l'ordre dans ses idées.

— C'est un physicien nucléaire.

— Se pourrait-il qu'il ait voulu sauver les autres parce qu'il les connaissait ? demanda-t-elle.

— Possible, fit Beecham, mais peu probable.

— Pourquoi ?

— M. Ahmadi est un des architectes du programme nucléaire iranien, expliqua Cargill. En tout cas, c'est ce que nous pensons. Difficile d'obtenir des renseignements sur un programme dont les responsables nient l'existence.

— Nous savons qu'ils en ont un, dit Beecham. Ce que nous ignorons, c'est s'ils ont réussi à mettre au point une bombe.

— Qu'est-ce à dire ?

Ellen interrogea tour à tour le visage des deux hommes.

— Pourquoi M. Ahmadi aurait-il voulu prévenir l'assassinat de ces physiciens ?

— Nous nous sommes dit qu'il était peut-être un agent étranger à la solde d'un autre pays, répondit Beecham. Les Saoudiens, par exemple, qui tentent désespérément de mettre au point leurs propres armes nucléaires. Ils paieraient bien. Peut-être même les Israéliens. Ils ont déjà éliminé des scientifiques iraniens travaillant au programme nucléaire de l'Iran.

— Mais M. Ahmadi aurait-il accepté de travailler pour les Israéliens ? demanda Ellen.

— Tout dépend des sommes en jeu et de la situation plus ou moins désespérée dans laquelle il se trouve. On ne peut écarter aucune possibilité.

Cargill secouait la tête.

— Je n'y crois pas. Jamais Ahmadi n'accepterait de collaborer avec un autre pays.

— Qu'est-ce qui vous le fait croire ? répliqua Ellen. Qui est donc ce professeur Ahmadi ?

— Vous vous souvenez de l'occupation de l'ambassade américaine à Téhéran par des étudiants qui avaient pris des Américains en otage ? C'était en 1979.

Ellen posa sur lui un regard mauvais.

— Oui, il me semble en avoir entendu parler.

— Behnam Ahmadi était un de ces étudiants. Nous avons des photos de lui qui braque un revolver sur la tête d'un diplomate américain.

— J'aimerais les voir.

— Je vous les enverrai, madame la secrétaire d'État, dit Beecham. Behnam est un fervent croyant. Un disciple de Khomeini et un partisan du clerc radical Mohammad Yazdi.

— Morts l'un et l'autre, dit Ellen.

— C'est vrai. Mais ça donne une idée des allégeances et des croyances d'Ahmadi, répondit Beecham. À l'heure actuelle, il est aligné sur le grand ayatollah Khosravi.

— Khosravi ne vient-il pas de décréter une fatwa contre tout programme de fabrication d'armes nucléaires ? demanda Ellen.

Elle nota que Beecham fut surpris de la découvrir si bien renseignée.

— Oui, confirma Cargill. Mais nous pensons qu'il n'était pas sincère. Tant et aussi longtemps que le pays a adhéré au Plan d'action global commun et qu'il a autorisé la présence d'inspecteurs de l'ONU sur son territoire, nous avons été relativement sûrs que le programme était à l'arrêt. Mais depuis que l'administration Dunn a rejeté l'accord…

— L'Iran a la voie libre, dit Ellen.

— Il est devenu beaucoup plus difficile de faire des vérifications, fit Beecham.

La question demeurait donc.

— Pourquoi un Iranien partisan de la ligne dure aurait-il cherché à sauver la vie de trois physiciens nucléaires pakistanais dont les travaux risquaient de nuire à son pays ? demanda Ellen.

Silence. De toute évidence, ils n'en avaient pas la moindre idée. Pendant un moment, elle crut que l'écran s'était figé.

— J'ai une dernière information, madame la secrétaire d'État, dit le DRN. Elle risque de ne pas vous plaire.

— Rien de ce que j'ai appris au cours des vingt-quatre dernières heures ne m'a plu, dit-elle. Je vous écoute, Tim.

— Après votre départ de D.C. avec l'agente du Service extérieur, nous avons enquêté sur les antécédents d'Anahita Dahir.

L'araignée avait atteint la base du crâne d'Ellen.

— Elle nous a dit que ses parents étaient libanais et qu'ils avaient été accueillis aux États-Unis comme réfugiés après avoir fui Beyrouth. Nous avons vérifié, et c'est ce qu'indique leur demande du statut de réfugiés.

"Mais, songea Ellen. Mais…"

— À l'époque, pendant que la guerre faisait rage là-bas, on n'a pas pu procéder à toutes les vérifications d'usage. C'est différent, à présent. Nous avons creusé. La mère de Mme Dahir est une chrétienne maronite de Beyrouth. Professeure d'histoire.

"Mais, songea Ellen. Mais…"

— Mais son père n'est pas libanais, dit Beecham. C'est un économiste. D'origine iranienne.

— Vous êtes sûr ?

— Dans le cas contraire, je ne vous en parlerais pas.

Ellen se dit que c'était sans doute vrai.

— C'est l'agente qui a fait le voyage avec vous ? demanda Cargill. À quel genre d'accès a-t-elle eu droit ?

Ellen se tourna vers Charles Boynton, qui était resté silencieux et pratiquement invisible pendant tout l'échange. Il possédait, avait-elle remarqué, une faculté rare : disparaître tout en restant présent. Avantage négligeable en société, mais considérable pour qui espère découvrir des secrets d'État.

— L'agente n'a ni habilitation "très secret" ni codes d'accès, répondit Boynton.

— Mais elle a des oreilles et un cerveau, dit Ellen. Elle a réussi à se faire admettre dans ma réunion d'hier. Trouvez-la. Emmenez-la-moi.

Une fois Boynton sorti, Ellen se tourna vers l'écran à temps pour voir une conseillère chuchoter à l'oreille de Beecham et lui montrer quelque chose. Il avait coupé le microphone, mais elle constata qu'il était à la fois intrigué et contrarié.

Se tournant vers elle, il rétablit le son.

— Quand comptiez-vous me dire que vous aviez identifié un suspect pour l'attentat de Francfort ?

— J'y venais justement.

— Pas la peine. Une conseillère subalterne vient de me mettre au courant. Elle a pris l'information sur CNN.

Le visage de l'homme avait pris une teinte violacée.

— Vous nous excusez, s'il vous plaît ? demanda Ellen à Cargill.

La suite, savait-elle, ne serait pas jolie.

Dès que Cargill fut sorti, Beecham la prit à partie.

— Vous vous rendez compte que le président a appris la nouvelle à la télévision et non de nous ?

— Ça suffit, Tim, fit-elle, une main levée. Je comprends votre frustration. La vérité, c'est que nous venons nous-mêmes de l'apprendre et que j'ai aussitôt foncé ici. Vous ne m'avez pas laissée placer un mot.

C'était sans doute injuste. En fait, elle n'était pas pressée de dire quoi que ce soit à cet homme.

Au cas… Au cas où le DRN serait l'épouvantail.

Elle se demanda une fois de plus où en était Betsy dans ses recherches et si elle avait commis une erreur en chargeant une institutrice à la retraite d'enquêter sur un traître éventuel.

Elle se demanda aussi pourquoi elle était toujours sans nouvelles de Betsy. Mais alors elle se rappela que son téléphone était avec l'agent du Service diplomatique campé devant la porte. Betsy avait peut-être tenté de la joindre.

— Racontez-moi, lança sèchement Tim Beecham.

Elle s'exécuta et finit sur ces mots :

— Nous pensons qu'il s'agissait vraisemblablement d'un attentat suicide. Londres et Paris revoient leurs enregistrements. Ils croient avoir identifié les terroristes à l'aide des caméras présentes dans les autobus. Les deux sont morts dans l'explosion.

— Alors pourquoi pas celui-ci ?

— Nous pensons qu'il a défié les ordres.

— Ce qui en fait un témoin très précieux pour nous, dit Beecham. Et très dangereux pour le responsable des explosions.

— Oui.

Ellen vit une conseillère glisser une feuille sous les yeux de Beecham, qui la lut avec une expression de sincère perplexité.

— Nous venons de découvrir autre chose à propos de l'agente et de sa famille, dit-il en tapotant le bout de papier devant lui. En arrivant à Beyrouth depuis l'Iran, au lendemain de la révolution, son père a adopté Dahir comme nom. Auparavant, il s'appelait Ahmadi.

Ce fut au tour d'Ellen de se pétrifier.

— Ahmadi ? Comme dans Behnam Ahmadi ?

— C'est son frère.

L'oncle d'Anahita Dahir pilotait le programme nucléaire iranien.

# 16

— Scott ?

Cargill leva les yeux des messages qui affluaient. Il devenait de plus en plus difficile de gérer le déluge d'informations. De séparer l'important du banal. Les faits des faussetés.

Le poseur de la bombe avait été aperçu dans toute l'Europe et jusqu'en Russie.

— Oui ? Qu'est-ce que c'est ?

— Bad Kötzting.

— Vous êtes sûre ?

— Certain. C'est là qu'il vit. La police locale l'a reconnu. Elle m'a fait suivre sa carte d'identité.

L'adjointe la montra à son chef de poste.

C'était bien lui. Aram Wani. Vingt-sept ans. Et son adresse dans la petite ville de Bavière.

— Marié et père d'un enfant.

— Il est là-bas en ce moment ?

— Nous ne savons pas. J'ai demandé qu'on envoie chez lui des Spezialeinsatzkommandos. Comme ils partent de Nuremberg, ils en ont pour un moment. Entre-temps, j'ai donné aux policiers locaux l'ordre d'aller jeter un coup d'œil discret.

— Bien. Il faut s'y rendre tout de suite.

— J'ai un hélicoptère en attente.

— *Ja ?*

La jeune femme entrouvrit la porte.

— Frau Wani ?

— *Ja.*

Un enfant dans les bras, la femme semblait méfiante, mais pas effrayée.

La policière en civil avait l'âge d'être la mère de Frau Wani. Presque sa grand-mère.

— Bien. Vous ne m'en voudrez pas d'être passée sans prévenir, j'espère ?

— Non, mais qui êtes-vous ?

La porte s'ouvrit plus grand.

— Je m'appelle Naomi. Il fait froid aujourd'hui, non ?

L'agente simula un frisson en rentrant les épaules et les coudes. La porte s'ouvrit toute grande, et la policière fut invitée à entrer.

— *Danke.*

— *Bitte.*

— En fait, c'est surtout l'humidité qui nous glace, non ?

Naomi sourit largement et regarda autour d'elle. L'appartement était petit mais immaculé. La petite fille de dix-huit mois, avec le teint brun pâle et les yeux bleus d'un enfant né d'une mère allemande et d'un père iranien, était d'une beauté presque insoutenable.

Ayant fait une courte recherche avant de débarquer, la policière savait que Frau Wani était née et avait grandi en Allemagne, au sein d'une famille européenne.

— Votre mari ne vous a pas prévenue ? demanda-t-elle.

— Non.

La policière secoua la tête. *Les hommes…*

— Comme vous le savez, on a créé une loterie régionale pour accélérer l'octroi de la citoyenneté à des immigrants. Parce que votre mari a épousé une Allemande et qu'il a un enfant, dit la policière en souriant encore plus largement, son nom figure sur la liste des personnes admissibles.

Elle marqua une pause, l'air soudain préoccupé.

— Il s'agit bien d'Aram Wani, n'est-ce pas ?

— Oh oui, fit Frau Wani en se fendant à son tour d'un large sourire.

Elle contourna la visiteuse, referma et invita cette dernière dans la cuisine.

— Je n'ai jamais entendu parler de cette loterie. Ça existe vraiment ?

— Absolument. Mais j'ai quelques questions à lui poser. Il est là ?

Aram Wani était avachi au fond de l'autocar.

S'il était sensible à l'ironie de la situation, il gardait ses sentiments pour lui. En fait, il ne montrait rien. Rien du tout. Parce que, en laissant échapper quoi que ce soit, il risquait de se faire descendre en flammes.

Il devait rentrer chez lui, auprès de sa femme et de sa fille. Les sortir de là. Traverser la frontière et gagner la République tchèque. Il avait espéré le faire avant que quiconque sache qu'il était encore vivant. À la gare, cependant, il avait vu son visage sur tous les écrans.

Ils savaient. La police, certes, mais aussi Shah et les Russes.

Il avait songé à se rendre. Il aurait alors au moins une chance de survivre. Il pourrait supplier les autorités allemandes de protéger sa famille. Mais le temps lui manquait. Il devait arriver le premier.

Betsy Jameson s'engagea dans Mahogany Row avec, à la main, un sac contenant un croissant fourré de salade de poulet. Accessoire ayant pour but de donner l'impression que tout était normal.

Quelques membres du personnel vinrent vite l'accueillir et lui demander si elle avait des nouvelles de la secrétaire Adams. Et pourquoi elle-même était de retour.

— La secrétaire tient à ce que je sois là, au cas où il se passerait quelque chose, répondit-elle.

Par chance, les employés du département d'État étaient beaucoup trop occupés pour se soucier de ses vagues réponses. Et la plupart d'entre eux savaient qu'il valait mieux ne pas poser trop de questions.

L'activité était à son comble. Soulevant l'espoir d'une percée imminente, la nouvelle concernant la photo du terroriste s'était répandue dans tous les bureaux.

Le département d'État, établi à Washington, D.C., avait l'habitude des crises. Tous les jours, au moins une partie du monde était dans la merde, et il fallait réagir. Cette fois, cependant, c'était différent : non seulement les attentats terroristes avaient été une spectaculaire réussite, mais aucun spécialiste du renseignement n'avait entendu la moindre rumeur.

Rien du tout.

Et puisqu'ils n'avaient rien su de ces attentats, risquait-il d'y en avoir d'autres ? Tel était le cauchemar dans lequel vivaient tous ces gens.

Le Système national d'alerte terroriste avait publié un bulletin pour prévenir les citoyens de la possibilité d'un nouvel attentat, cette fois en sol américain.

Dans tous les bureaux, à tous les étages, les hommes et les femmes du département d'État contactaient collègues et informateurs. Analysaient des informations. Creusaient. Et chaque fois qu'ils mettaient la main sur une pépite, ils s'efforçaient de distinguer l'or de la pyrite.

Betsy, sa carte d'accès à la main, entendit un bruit sourd, celui des verrous de la lourde porte qui donnait accès aux bureaux occupés par la secrétaire d'État, et la vit s'entrouvrir.

— Madame Jameson ? fit une voix avant qu'elle ait eu le temps d'entrer.

En se retournant, elle aperçut une femme portant l'uniforme vert foncé et l'insigne d'une capitaine des Rangers de l'armée. Forces spéciales.

— Oui ?

— C'est le général Whitehead qui m'envoie. Il a appris que vous étiez de retour. Il vous demande de me contacter si vous avez besoin de quoi que ce soit. Je m'appelle Denise Phelan.

Betsy sentit l'autre glisser un objet dans la poche de son veston.

— N'hésitez surtout pas.

La capitaine lui sourit d'un air engageant et se dirigea vers les ascenseurs, laissant Betsy à ses interrogations. Pourquoi aurait-elle besoin d'une Ranger ?

Dans les bureaux d'Ellen, elle fut accueillie par le personnel qui soutenait la secrétaire d'État dans sa tâche. Tout le monde connaissait la conseillère de la secrétaire Adams. Un poste honorifique, croyaient-ils. Elle servait de soutien moral à la secrétaire, mais elle n'effectuait pas de vrai travail.

Betsy avait droit à un traitement courtois et amical, mais vaguement dédaigneux.

Elle bavarda, parla de la pluie et du beau temps, se percha même sur le coin d'un bureau. Donna l'impression de se préparer à une longue causette.

Ayant enseigné pendant des années à l'école secondaire, Betsy savait décoder le langage corporel. En particulier celui des personnes qui ont perdu tout intérêt.

Lorsqu'elle fut relativement certaine d'avoir ennuyé tout le monde à périr, elle entra dans le bureau privé d'Ellen et ferma la porte. Sûre que les autres se feraient couper la main plutôt que de continuer à subir le papotage inepte d'une femme incapable de comprendre qu'on était en pleine crise.

Betsy Jameson savait qu'on ne la dérangerait pas.

Assise sur le petit canapé du bureau d'Ellen, elle sortit le croissant du sac et le posa sur des papiers, puis elle prit son téléphone et joua une partie et demie de *Candy Crush*. Ensuite, elle éteignit le mode "Économiseur d'écran" pour que le jeu reste affiché.

Une personne qui entrerait dans le bureau malgré tout se dirait que Betsy n'avait rien de mieux à faire que de jouer et de manger. Jamais on ne se douterait qu'elle recueillait des informations sur le directeur du renseignement national.

Elle entra ensuite dans le bureau de Charles Boynton, adjacent à celui d'Ellen. Allumant l'ordinateur, elle saisit le mot de passe du chef de cabinet. Si l'on s'intéressait à son activité, la piste remonterait jusqu'à Boynton, ce furet. Et non jusqu'à Ellen. Ni à elle.

En s'asseyant dans le fauteuil, Betsy sentit un objet dur et rectangulaire dans sa poche.

Avant même de le regarder, elle sut ce que c'était. Un téléphone prépayé. Déposé là par la capitaine Phelan.

Elle l'alluma, constata que la batterie était chargée au maximum et qu'on y avait préprogrammé un seul numéro. Betsy rempocha l'appareil et se concentra sur l'écran de Boynton. Prenant une profonde inspiration, elle se mit au travail.

Quiconque sous-estimait une enseignante le faisait à ses risques et périls.

— Bon, mon salaud, marmotta-t-elle en tapant. À nous deux, maintenant.

Elle appuya sur la touche "Retour" et les renseignements confidentiels de Timothy T. Beecham apparurent.

Anahita Dahir prit la chaise qu'on lui indiquait dans le bureau semblable à un bunker du sous-sol du consulat de Francfort.

La secrétaire Adams et elle étaient en compagnie de Charles Boynton. Tim Beecham, le DRN, et les deux agents qui avaient déjà interrogé l'agente étaient à l'écran depuis D.C.

L'agent supérieur prit la parole, mais la secrétaire d'État, poliment mais avec fermeté, le fit taire.

— Avec votre permission, c'est moi qui vais diriger cette interview. Quand j'aurai terminé, vous pourrez poser vos questions.

Elle avait délibérément préféré "interview" à "interrogatoire". Dans le but de mettre Anahita Dahir à l'aise. Avec succès, constata-t-elle.

Comme c'était la secrétaire d'État qui l'interrogerait, l'agente semblait déjà moins stressée.

*Elle me prend pour une amie. Elle se trompe.*

Anahita s'obligea à se détendre. Ordonna à son corps de se détendre.

Juste assez pour donner l'impression qu'elle était dupe. Elle ne l'était pas.

Plus que jamais, l'agente du Service extérieur était sur ses gardes. Mais sans doute pas assez, soupçonnait-elle. Peut-être était-il trop tard.

Ils savaient.

Ce qu'ignorait Anahita Dahir, c'était quelles informations ils avaient découvertes. De toute évidence, ils avaient remué ciel et terre, mais jusqu'où avaient-ils réussi à s'immiscer dans sa vie ?

La main de Betsy s'arrêta à quelques centimètres du clavier de Boynton.

Un bruit dans l'antichambre.

Elle jeta un coup d'œil à la porte. Fermée mais pas verrouillée.

Se maudissant, Betsy se rendit compte qu'elle n'avait pas le temps de déconnecter et d'éteindre. Tendant la main derrière elle, elle tira sans ménagement sur le cordon d'alimentation.

Elle n'attendit pas que l'écran se ferme. Ramassant ses notes, elle franchit d'un bond la porte du bureau d'Ellen et s'assit sur le canapé au moment même où Barb Stenhauser entrait.

La cheffe de cabinet de la Maison-Blanche s'immobilisa et regarda Betsy.

— Madame Jameson. Je vous croyais à Francfort avec la secrétaire d'État.

— Ah. Oui, fit Betsy en posant son sandwich. J'y étais, mais…

— Oui ?

*Mais quoi ? Quoi ?* Betsy se creusa les méninges. Elle ne s'était pas attendue à tomber sur Barb Stenhauser. La présence de la cheffe de cabinet à Foggy Bottom était un événement extrêmement rare.

Stenhauser attendait.

— Eh bien, c'est un peu embarrassant…

"Pour l'amour du ciel, dit Betsy à son cerveau, tu jettes de l'huile sur le feu. Qu'est-ce qui peut être embarrassant ? Trouve quelque chose."

— Nous nous sommes disputées, lâcha-t-elle.

— Tiens, c'est dommage. Du sérieux, je présume. C'était à quel sujet ?

"Pour l'amour du ciel, se dit Betsy. À propos de quoi ???"

— Son fils, Gil.

— Ah bon ? Qu'est-ce qu'il a ?

Était-ce l'esprit enfiévré de Betsy qui lui jouait des tours ? Le ton de Stenhauser était-il passé de la surprise légère à la méfiance ?

— Pardon ?

— La dispute ?

— Eh bien, c'est personnel.

— Quand même, dit la cheffe de cabinet en s'avançant d'un pas, j'aimerais en savoir plus. Vous pouvez me faire confiance.

— Vous vous en doutez probablement, dit Betsy.

*Allez, aidez-moi. Dites quelque chose.*

Barb Stenhauser la dévisageait, et Betsy se rendit compte, non sans surprise, qu'elle tentait effectivement de deviner. La cheffe de cabinet tenait toujours à tout savoir. Sa monnaie d'échange, c'était l'information. Et son talon d'Achille, son refus d'admettre qu'elle ne savait pas.

— L'enlèvement.

Stenhauser s'était exprimée avec une autorité telle que Betsy elle-même faillit y croire.

Barb Stenhauser avait mis le doigt sur le seul et unique sujet capable de fracturer l'amitié entre Betsy et Ellen.

L'enlèvement de Gil Bahar, survenu trois années plus tôt.

Et alors Betsy prononça les mots que Stenhauser rêvait constamment d'entendre. Les mots capables de libérer la flèche. La seule chose capable d'atteindre la cheffe de cabinet.

— Vous avez raison.

Elle vit Stenhauser se détendre. Telle une junkie après l'injection.

Elle faisait fausse route, évidemment, mais Betsy savait désormais comment enchaîner.

— J'ai dit à Ellen que le sénateur Williams avait eu raison de refuser de négocier la libération de Gil.

— Ah bon ?

Stenhauser s'approcha et jeta un coup d'œil à la partie de *Candy Crush* sur le téléphone. Betsy éteignit l'appareil, feignant la gêne.

— Vous étiez d'accord avec le sénateur ? s'étonna la cheffe de cabinet.

— Oui. Il a fait montre de courage.

— C'était mon idée, vous savez.

— Ahhh, j'aurais dû m'en douter.

À sa grande surprise, Betsy réussit à dissimuler sa répulsion.

Ces longues semaines… Celles où Gil avait disparu en Afghanistan. Puis cette photo de lui. Crasseux, débraillé. Les cheveux et la barbe en désordre. Presque méconnaissable. Sauf pour une mère. Et une marraine.

Ces yeux hantés. Presque vides.

Gil, brillant, dynamique, troublé. À genoux, deux combattants pathans derrière lui. Une AK-47 leur barrait la poitrine, comme s'ils étaient des chasseurs, et Gil, un cerf.

— Le sénateur Williams était prêt à entamer des négociations, mais je lui ai rappelé que, si nous voulions accéder à la Maison-Blanche, nous devions faire montre de force et de détermination.

Betsy esquissa un sourire forcé en essayant de regarder un point situé loin devant elle plutôt que ce tas de merde.

— La voie de la sagesse.

Quel cauchemar.

Aux nouvelles, tous les soirs, y compris sur les chaînes d'Ellen, on montrait des scènes de décapitation. Et la photo de Gil Bahar, célèbre journaliste. Le seul et prestigieux otage américain.

Chaque jour, on menaçait de l'exécuter.

Ellen avait supplié le sénateur, s'était littéralement mise à genoux devant lui pour qu'il ait recours à la diplomatie parallèle afin d'obtenir la libération de son fils. Officiellement, le gouvernement des États-Unis ne pouvait pas donner l'impression de négocier avec des terroristes et certainement pas avec les Pathans, la faction la plus brutale des talibans. Dans la coulisse, cependant, on négociait tout le temps.

Parfois même avec succès.

Mais cette fois, malgré les supplications d'Ellen, le sénateur Williams, président du Comité du Sénat sur le renseignement, avait refusé.

Ellen ne s'était jamais tout à fait remise de ces moments de terreur. Et elle ne pardonnerait jamais à Williams. Jamais.

Betsy Jameson non plus.

Et Doug Williams ne pardonnerait jamais à Ellen Adams la campagne impitoyable que son empire médiatique avait menée pour l'empêcher d'obtenir l'investiture de son parti aux élections présidentielles.

— À l'époque, Ellen traitait Williams de fou arrogant, grisé par le pouvoir, et je lui disais que j'étais d'accord.

Dans l'intention de réaliser une décapitation politique, Ellen avait mobilisé contre lui toutes les ressources à sa disposition.

Malheureusement, sa tentative avait échoué, et l'adversaire d'Ellen, son ennemi juré, était devenu président. Puis, à la stupéfaction générale, il avait choisi Ellen Adams comme secrétaire d'État.

Mais Ellen savait pourquoi. Et Betsy savait pourquoi. Le président Williams planifiait une exécution de son cru.

D'abord, il avait descendu Ellen de son perchoir médiatique et l'avait installée dans son cabinet, où la secrétaire d'État Adams serait son otage. Il n'aurait plus qu'à lui trancher la gorge d'un coup d'épée.

Si Ellen ou Betsy avaient eu des doutes sur les motivations du président, le voyage en Corée du Sud les avait dissipés une bonne fois pour toutes. Cet échec avait été fabriqué de toutes pièces. On avait assisté à une exécution publique, orchestrée par le président des États-Unis, visiblement prêt à tout pour détruire sa secrétaire d'État.

— En route vers Francfort, confia Betsy à la cheffe de cabinet de la Maison-Blanche, j'avais un peu trop bu. J'ai dit à Ellen que le président n'est pas un trou du cul complètement idiot avec de la merde à la place du cerveau. Un crétin qui a réussi à s'échapper d'un sac rempli d'idiots. Ou un égoïste bête comme la lune qui a trouvé son diplôme de droit dans une boîte de Cap'n Crunch.

Betsy s'amusait comme une folle. Il y avait longtemps qu'elle n'avait pas laissé la bride sur le cou à cette coquine de Mme Cleaver.

Mais le moment était venu de passer à autre chose.

Au risque de s'étouffer en prononçant les mots qu'elle avait conscience de devoir dire ensuite, Betsy regarda Barb Stenhauser dans les yeux et mentit.

— Je lui ai dit qu'il avait eu raison de ne pas secourir Gil. Il ne pouvait pas faire autrement.

— Et elle vous a renvoyée à la maison ?

— J'ai eu de la chance qu'elle ne m'expulse pas d'Air Force 3 en plein vol. Et donc, je suis là à manger mon sandwich et à jouer à *Candy Crush* en essayant de trouver le courage de l'appeler pour lui présenter mes excuses. Même si je crois sincèrement que Doug Williams est une tête de linotte narcissique.

*OK. La déclaration lui avait fait du bien.*

— Est ou n'est pas ?

— Pardon ?

— Vous avez dit qu'il est un je-ne-sais-quoi.

— Quoi ?

— Laissez tomber.

— Au fait, pourquoi êtes-vous ici ? demanda Betsy. Je peux vous être utile ?

— Le président m'a envoyée voir si la secrétaire d'État ou son chef de cabinet avaient laissé des notes après leur réunion. Dans la précipitation, il semble que le sténographe ait omis quelques détails.

— Bonne chance. Comme vous le voyez, le bureau d'Ellen est une décharge publique et celui de l'autre est si ordonné qu'on est en droit de se demander s'il travaille quelquefois.

Betsy hésita.

— Vous avez déjà collaboré, n'est-ce pas ? Boynton et vous ?

— Brièvement.

— Au Comité sur le renseignement, du temps où il était présidé par le sénateur Williams.

— Oui. Et pendant la campagne.

Pures spéculations de la part de Betsy, mais la conclusion était logique dans la mesure où Stenhauser elle-même avait choisi Boynton comme chef de cabinet d'Ellen. En voyant Stenhauser entrer dans le bureau de Boynton et fermer la porte, Betsy se demanda combien d'idiots contenait le sac qu'elle avait évoqué. Et qui d'autre s'en était échappé.

Betsy envoya un court message à Ellen pour lui dire qu'elle était arrivée au département d'État et la remercier pour le jeune agent qu'elle avait chargé de la protéger.

*Le subjonctif serait entré dans le bar…*

Vingt minutes plus tard, elle essaya la porte du bureau de Boynton. Elle était déverrouillée, le bureau vide.

Barb Stenhauser était repartie.

Assise dans le fauteuil de l'homme, Betsy chercha derrière elle le cordon d'alimentation. Son cœur s'arrêta.

L'ordinateur de Charles Boynton avait déjà été rebranché.

Scott Cargill boucla sa ceinture et fit signe au pilote de décoller.

Son adjointe lui tendit un téléphone. Il parcourut rapidement le message, le visage impassible.

— Les autres ?

— On vérifie. On devrait avoir des réponses dans quelques minutes.

Cargill hocha sèchement la tête et envoya un message à la secrétaire d'État, puis il contempla Francfort au moment où l'appareil mettait le cap sur l'est. Vers la Bavière et le charmant village de Bad Kötzting où un terroriste avait élu domicile.

L'agent du Service diplomatique rendit son téléphone à Ellen. Elle avait reçu de Scott Cargill un message portant la mention "Urgent".

*Mari de Nasrin Bukhari trouvé assassiné. Vérifications auprès d'autres proches en cours. Suspect aperçu en Bavière. En route.*

Cargill consulta la réponse. *Bonne chance. Tenez-moi au courant.*

Ellen rendit son appareil à l'agent et se tourna vers Anahita.

— Nous n'avons pas beaucoup de temps, madame Dahir, dit la secrétaire d'État d'une voix brusque, officielle. Vous nous avez menti à répétition. Le moment est venu de dire la vérité.

Anahita se carra sur la chaise et hocha la tête.

— Quel rôle avez-vous joué dans les explosions ?

La surprise d'Anahita fut évidente.

— Madame la secrétaire d'État ?

— Ça suffit, maintenant. Nous savons pour votre père.

— Qu'est-ce qu'il a, mon père ? fit Anahita d'une voix égale.

Il était ridicule de ne rien dire. Manifestement, ils savaient déjà. Nier ne ferait qu'aggraver la situation.

Et pourtant, Anahita Dahir se trouvait dans l'impossibilité de leur dire la vérité. C'était la seule chose que lui avaient demandée ses parents. Le secret qu'elle avait promis de ne révéler à personne.

"Je te défends d'en parler à âme qui vive", avait dit sa mère, qui croyait aux âmes.

Son père, qui n'y croyait pas, l'avait prise sur ses genoux et lui avait dit de ne pas avoir peur. Que tout irait bien, à condition qu'elle garde ce seul secret. Puis il lui avait dit qu'il l'aimait plus que la vie elle-même.

Et il croyait dans la vie, dans le caractère sacré de la vie.

Quand elle fut assez vieille pour comprendre, il lui expliqua pourquoi leur secret ne devait jamais sortir des murs de leur maison dans la banlieue de Washington.

D'une voix calme, il lui raconta que tous les membres de leur famille avaient été assassinés pendant la révolution. Victimes de la frénésie sanglante des Iraniens radicaux, ils avaient été exterminés jusqu'au dernier parce que sa famille à lui, et donc sa famille à elle, se composait d'intellectuels dont, apparemment, il fallait se méfier.

Parce que l'éducation soulevait des questions, lesquelles conduisaient à la réflexion indépendante. Laquelle conduisait au désir de liberté. Désir que les ayatollahs ne pouvaient contrôler.

— Je suis le seul rescapé.

La voix de son père était forte et presque neutre, mais ses yeux trahissaient sa tristesse.

— Tu as peur que les Iraniens te fassent du mal ? avait-elle demandé.

— Non. J'ai peur que ce ne soit pas nécessaire. Si les Américains découvrent que j'ai menti dans ma demande du statut de réfugié et que, en réalité, je suis iranien…

— Ils vont te renvoyer là-bas ?

À l'époque, elle était déjà assez grande pour comprendre les implications.

— Je ne dirai jamais rien, avait-elle promis.

Et elle avait tenu sa promesse. Continuerait de la tenir.

— C'est ridicule, dit Beecham. Vous voyez bien qu'elle ne va pas coopérer. On sait pour qui elle travaille, et ce n'est pas pour nous. Faites-la arrêter. Faites-la inculper.

L'agent de sécurité s'avança vers Anahita.

— Pour quel motif ? demanda Ellen en arrêtant l'agent d'un geste de la main.

— Sédition, tuerie de masse, terrorisme. Conspiration, ajouta Beecham. Si ça ne vous suffit pas, j'ai d'autres suggestions.

— Vous oubliez un détail, lança sèchement Ellen. Le message venu d'Iran avait pour but d'empêcher les explosions. Si ça se trouve, on nous a rendu service.

— Le message est venu d'Iran ? fit Anahita.

— Bon, dit Ellen, à bout de patience. La comédie a assez duré. Nous savons que votre père est iranien et qu'il a menti dans sa demande du statut de réfugié. Nous savons qu'il s'appelle Ahmadi…

— Pourquoi votre oncle a-t-il envoyé ce message ? lança Beecham.

Anahita promena son regard de l'un à l'autre.

— Quoi ?

Ellen tapa sur la table, si fort que le bruit fit sursauter Anahita et même Beecham, pourtant à un océan de distance.

La secrétaire Adams se pencha, son visage touchant presque celui d'Anahita.

— Assez. Le temps presse. Nous avons besoin de réponses.

— Vous faites erreur. Je n'ai pas d'oncle.

— Bien sûr que si, répliqua sèchement Beecham. Il vit à Téhéran. Il s'appelle Behnam Ahmadi et il est physicien nucléaire. Il a contribué à la mise au point du programme d'armement nucléaire de l'Iran.

— C'est impossible. Tous les membres de ma famille ont été éliminés pendant la révolution. Seul mon père a réussi à…

Elle s'interrompit, mais il était trop tard. Elle avait craché le morceau.

Anahita attendit. Attendit. Que le monstre, l'Azhi Dahaka, se rue sur elle. La promesse qu'elle avait faite à ses parents était si profondément ancrée en elle que, même devenue une adulte rationnelle, elle croyait dur comme fer qu'elle provoquerait un désastre en éventant le secret.

Elle attendit, les yeux exorbités, la respiration heurtée.

Rien. Mais Anahita n'était pas dupe. Le monstre avait été libéré et il était en route. Fondait sur la modeste maison de sa famille à Bethesda.

Elle devait téléphoner à ses parents. Les alerter. Les implorer de… Fuir ? Courir ? Se cacher ? Où ?

— Ana ? fit une voix venue de très loin. Ana ?

Anahita revint à elle dans la salle semblable à un bunker, en plein sous-sol du consulat américain à Francfort.

— Dites-nous tout, fit la secrétaire d'État d'une voix douce.

— Je ne comprends pas.

— Dites-nous ce que vous savez.

— On m'a répété qu'ils étaient morts. Tous les membres de la famille de mon père. Tués par les extrémistes. Qu'il ne me restait plus de famille.

Elle soutint le regard d'Ellen.

— Foutaise, dit l'agent principal du renseignement depuis D.C. Le message est arrivé à son poste. Son oncle savait où et comment la joindre. Elle le connaît forcément.

— Non, non, dit-elle en le regardant.

— Dans ce cas, vous devez téléphoner à votre père, dit Ellen d'un ton tranchant, décisif.

— Vous croyez vraiment que c'est une bonne idée, madame la secrétaire d'État ? demanda l'agent principal.

— C'est une idée de merde, fit Beecham. Pourquoi ne pas simplement admettre les terroristes dans notre groupe ? Entrez donc, ne vous gênez pas.

Il agita les bras.

— Laissez-nous vous montrer ce que nous savons et ne savons pas.

Il regarda Ellen d'un air mauvais. Elle ne détourna pas les yeux.

— Ils sont en route, dit le jeune agent du renseignement en levant les yeux de son téléphone. Ils seront à Bethesda d'une minute à l'autre.

— Qui ça ? demanda Anahita, en proie à une panique grandissante.

Mais elle connaissait déjà la réponse.

Le monstre. Celui qu'elle avait libéré.

— Bien, dit Beecham en se levant. J'y vais aussi.

Dans le bureau de Charles Boynton, au département d'État, Betsy Jameson regardait fixement l'écran. Elle avait les yeux grands ouverts, la main sur la bouche.

— Flûte.

Des années plus tôt, les amis et les proches de Betsy avaient noté que, dans les moments difficiles, elle proférait des mots obscènes. Mais quand la situation était carrément désastreuse, son ton redevenait poli.

— Mince alors, murmura Betsy à travers ses doigts écartés.

Barb Stenhauser savait à quoi s'était employée Betsy. Sa recherche dans les dossiers de Timothy T. Beecham figurait en haut de l'écran.

Des dossiers curieusement tronqués.

Puis Betsy pouffa.

Ce que savait Stenhauser, c'est que Charles Boynton avait fait des recherches sur le directeur du renseignement national. Et non Betsy Jameson, occupée à jouer à *Candy Crush* et à manger ses émotions.

Elle se cala dans le fauteuil et prit une profonde inspiration pour se calmer.

Puis elle se pencha vers l'avant et se remit au travail. De toute évidence, elle devrait creuser.

Une heure plus tard, Betsy retira ses lunettes, se frotta les yeux et regarda fixement l'écran. Elle n'arrivait à rien. Chaque fois qu'elle trouvait un filon prometteur, il conduisait à une impasse. Elle avait l'impression d'avoir abouti dans un dédale. Le vrai Tim Beecham se trouvait au centre, mais pas moyen d'arriver jusqu'à lui.

Il y avait forcément une issue. Seulement, elle ne parvenait pas à la trouver.

Elle avait essayé la filière universitaire. Elle savait qu'il avait étudié le droit à Harvard, mais ses démarches n'avaient rien donné. Seulement qu'il comptait bien au nombre des diplômés.

Son dossier militaire avait été pareillement expurgé.

Marié, père de deux enfants. Il avait quarante-sept ans. Il venait d'une famille républicaine de l'Utah.

Impossible de garder le secret à ce sujet.

Betsy se dit qu'il serait plus facile de trouver de l'information sur son facteur que sur le DRN. Elle n'était même pas parvenue à déterminer ce que représentait le *T* de "Timothy T. Beecham".

Ce qu'il lui fallait, ce n'était pas la clé du labyrinthe. C'était une scie à chaîne.

Elle enfila son manteau et sortit faire un tour. S'aérer les esprits. Réfléchir. Réfléchir.

Assise sur un banc, elle vit passer quelques joggers intrépides et aperçut le jeune homme de l'avion. Son garde du corps. Discret, il se tenait à l'ombre d'une petite remise.

Betsy sortit son téléphone et trouva la réponse d'Ellen.

Le message débutait par ces mots : *Le subjonctif serait entré dans le bar… à condition qu'il fût ouvert.*

*Ici, on avance, poursuivait Ellen. Heureuse de te savoir bien rentrée.*

*P.-S. Quel garde du corps ?*

Betsy réunit ses affaires et, sans un coup d'œil du côté de la remise, s'éloigna d'un air insouciant. Courant devant elle, son cœur affolé réussit presque à rattraper son esprit emballé.

Marchant nonchalamment dans le froid de plus en plus mordant, elle sentait des yeux dans son dos.

L'autocar s'immobilisa devant la petite gare de Bad Kötzting.

— Vous descendez ? demanda le chauffeur d'une voix irritée.

Aram avait attendu que presque tous les autres passagers soient sortis. Et un peu plus longtemps, au cas où des individus rôderaient dans les environs de la gare.

Il ne vit personne.

— *Das tut mir Leid*, dit-il.

En passant devant le chauffeur, il enfonça sur sa tête le bonnet de laine qu'il avait acheté à Francfort.

— Désolé. Je dormais.

Le chauffeur s'en moquait. Il n'avait qu'une idée en tête : prendre un repas chaud et une bière tiède à la taverne.

— Un autre message, monsieur, cria l'adjointe de Cargill dans le tumulte des rotors.

Elle brandit le téléphone et il parcourut le court texte.

Les épouses, les enfants et les parents des autres poseurs de bombe et physiciens avaient tous été assassinés.

— Mon Dieu, chuchota-t-il. Shah fait le ménage.

Se penchant vers l'avant, il lança au pilote :

— Plus vite. Il faut aller plus vite. On doit arriver avant eux.

À son adjointe, il cria :

— Prévenez la police de Bad Kötzting.

La porte s'ouvrit.

— C'est sûrement Aram.

Frau Wani se leva au moment où Naomi sortait l'arme cachée derrière son dos.

## 17

Irfan Dahir décrocha, le sourire aux lèvres.

— *Dorood, Anahita. Chetori ?*

Il y eut une pause, mais il savait que sa fille était à Francfort. Les communications outre-mer étaient souvent sujettes à un léger décalage.

Le mot *farsi*, écrit par le traducteur, surgit au bas de l'écran d'Ellen dans le bunker de Francfort.

Puis, rapidement, d'autres mots apparurent. *Allô, Anahita. Comment vas-tu ?*

Ellen regarda Anahita et hocha la tête. Elle devrait répondre. La jeune femme, cependant, semblait affligée. Paralysée.

— Ana ?

On entendit la voix grave et chaleureuse de l'homme, où perçait une légère note d'inquiétude.

— *Halet khubah ?*

*Ça va ?* tapa le traducteur.

Ellen fit signe à Anahita de dire quelque chose. N'importe quoi.

— *Salam*, fit-elle enfin.

*Bonjour.*

Irfan sentit son cœur cesser de battre, puis se ruer contre sa cage thoracique comme s'il voulait s'échapper.

*Salam.* Mot tout simple qu'il avait appris à sa fille dès qu'elle avait été assez vieille pour comprendre.

*Bonjour*, mais en arabe. Ce serait, avait-il expliqué à la petite fille solennelle, leur code secret. En cas de pépin, si, par exemple, on découvrait la vérité, elle devrait employer le mot arabe pour "bonjour". Et non le mot farsi.

Il se tourna vers la fenêtre du salon, qui s'ouvrait sur la rue paisible.

Une voiture noire banalisée se garait dans l'allée, tandis qu'une autre se rangeait le long du trottoir.

— Irfan ? fit sa femme.

Elle sortit de la cuisine en emportant dans son sillage les parfums de menthe, de coriandre et de cumin des keftas qu'elle préparait.

— Il y a des hommes dans la cour.

Il laissa s'échapper l'air qu'il retenait dans ses poumons depuis des décennies.

Rapprochant le combiné de son oreille, il dit en anglais, avec un léger accent :

— Je comprends. Est-ce que tu vas bien, Anahita ?

— Papa, dit-elle, le menton plissé. Je suis désolée.

— Ne t'en fais pas. Je t'aime. Et tout ira très bien. J'en suis sûr.

À entendre cet homme digne et à voir cette fille anéantie, Ellen éprouva un pincement de honte. Mais alors elle se souvint des couvertures rouges agitées par la brise, des photographies que des fils et des filles, des maris, des femmes et des enfants tenaient d'une main tremblante.

Et la honte céda la place à l'indignation. Ellen Adams ne faillirait pas à ses devoirs envers les morts.

Dans le haut-parleur, ils entendirent le *ding dong* lointain d'une sonnette.

Irfan Dahir fit signe à sa femme, pétrifiée au milieu du salon, de rester là où elle était.

La porte, aussitôt qu'il l'eut déverrouillée et entrouverte, fut violemment poussée. Irfan eut un mouvement de recul, et des hommes lourdement armés se saisirent de lui, puis le projetèrent sur le sol.

— Irfan ! cria sa femme.

Paniquée, Anahita avait les yeux exorbités.

— Papa ? Maman ? cria-t-elle dans le combiné. Qu'est-ce qui se passe ?

Avec une ultime secousse, le genou qui s'enfonçait dans le dos d'Irfan lui coupa le souffle, puis se souleva.

Ensuite, Irfan, telle une poupée de chiffon, fut remis debout. Il chancelait.

— Irfan Dahir ?

Il se tourna vers l'homme plus âgé, habillé en civil. Rasé de près, cheveux gris coupés ras, complet, cravate. Dans son état de légère confusion, Irfan songea qu'il ressemblait à un directeur d'école.

— Oui, répondit-il d'une voix rauque.

— Vous êtes en état d'arrestation.

— Pour quel motif ?

— Meurtre.

— Quoi ?

La stupéfaction de Dahir s'engouffra dans la ligne téléphonique, traversa l'Atlantique et atterrit dans le consulat américain de Francfort, où elle trouva les oreilles de sa fille. Et celles de la secrétaire d'État américaine.

Betsy Jameson posa son double expresso sur la table ronde du bistro. Elle avait acheté un muffin aussi. De quoi justifier l'occupation d'une table, même si l'endroit était presque vide.

C'était un lieu public, au moins.

Le jeune homme ne faisait même plus semblant. Il était clair qu'il la suivait.

Elle sentit le téléphone, toujours dans sa poche. Le sortant, elle considéra le numéro. Celui, presque certainement, de la capitaine Phelan, Ranger envoyée par le général Whitehead.

Son index plana au-dessus du bouton.

“N'hésitez surtout pas”, avait dit Denise Phelan, le regard intense.

Betsy, pourtant, hésitait. Qui lui disait que la Ranger était bel et bien mandatée par le chef d'État-Major des armées ? Elle n'avait que la parole de Phelan. Dans les circonstances présentes, ce n'était pas suffisant.

Elle prit sa décision. Rempochant l'appareil, elle sortit son propre téléphone. Après avoir franchi un nombre incalculable de barrières, elle entendit une voix grave.

— Madame Jameson ?

— Oui, désolée de vous déranger, général.

— Que puis-je faire pour vous ?

— Nous ne nous sommes jamais ren…

— Non, en effet. Mais je sais qui vous êtes. Vous avez reçu mon colis ?

Betsy exhala. Soulagée, mais aussi épuisée.

— C'est effectivement vous qui l'avez envoyé.

— Oui. Mais vous avez bien fait de vérifier. Un problème ?

— Euh…

Elle se sentit gênée. Puis elle jeta un coup d'œil à l'homme qui l'observait, assis au fond du café, et son embarras se dissipa aussitôt.

— Je me demandais si vous accepteriez de prendre un verre avec moi.

— Avec plaisir. Où et quand ?

Son empressement la rassura et la troubla en même temps. Manifestement, l'homme était inquiet.

Elle répondit à ses questions et, sautant dans un taxi, elle donna l'adresse d'un hôtel choisi au hasard, y entra, se dirigea vers une porte latérale, héla un autre taxi. Un truc pour déjouer une “filature” qu'elle avait vu à la télé. Et qu'elle n'avait jamais utilisé.

À sa grande stupéfaction, la manœuvre sembla donner le résultat attendu.

Quelques minutes plus tard, elle entra à l'Off the Record. Le bar souterrain de l'hôtel Hay-Adams, avec son éclairage tamisé et ses somptueux fauteuils en velours rouge, était un repaire familier pour les élus de Washington.

C'est là, juste en face de la Maison-Blanche, que les journalistes et les conseillers politiques parlaient à voix basse dans des coins sombres. Là que des confidences étaient échangées, des accords conclus.

À l'intérieur de la Beltway, le bar était considéré comme un territoire neutre.

Betsy choisit une des banquettes discrètes en forme de demi-lune et, attendant le général ou le type qui la suivait, épia la porte.

Elle mit un instant à reconnaître le général Whitehead. Il faut dire qu'il lui fournit un bon indice en s'asseyant sur la banquette et en se présentant.

Si Betsy ressemblait à June Cleaver, Whitehead faisait penser à Fred MacMurray dans *Mes trois fils.* Grand, maigre et bienveillant. Un type plus à l'aise en cardigan qu'en uniforme.

Betsy l'avait souvent vu à la télévision et en personne, mais de loin. Ils ne s'étaient jamais rencontrés. Elle n'en avait jamais éprouvé l'envie, jusque-là.

Betsy Jameson se méfiait des hauts gradés des armées parce qu'elle croyait qu'ils étaient tous, au fond d'eux-mêmes, des va-t-en-guerre. À plus forte raison le chef d'État-Major.

Et personne n'était plus digne de sa méfiance que le général Albert Whitehead, qui avait servi sous les ordres du président Dunn.

Mais Ellen avait confiance en lui. Et Betsy avait confiance en Ellen.

Par ailleurs, elle ne savait pas vers qui d'autre se tourner.

L'hélicoptère se posa, et Cargill courut jusqu'à la voiture qui l'attendait.

Il envoya un rapide message à la secrétaire d'État.

*À Bad Kötzting. En route vers la maison. Vous tiens au courant.*

On avait installé une caméra, et Anahita, depuis Francfort, voyait ses parents, assis côte à côte, à la table de la salle à manger familiale à Bethesda.

Elle connaissait bien cette pièce. On y célébrait les anniversaires. On y partageait les repas de fête avec des amis. Elle y avait fait ses devoirs tous les jours pendant quinze ans.

Elle avait gravé sur cette table les initiales d'un garçon qui lui plaisait.

Sa mère lui avait passé un de ces savons.

Et voilà que s'y déroulait une scène qu'elle n'aurait pas crue possible. Le directeur du renseignement national des États-Unis avait rejoint ses parents autour de la modeste table. Mais ce n'était pas pour une occasion mondaine.

Tim Beecham, comme Ellen Adams, étudiait les Dahir. Leurs visages étaient délavés par la lumière crue de la caméra. Mais une chose se voyait clairement.

Ils étaient terrifiés. Autant que s'ils s'étaient trouvés face à la police secrète iranienne.

Ellen s'efforça de chasser la comparaison de son esprit, mais elle y revenait sans cesse, portée par Abou Ghraib, Guantánamo et les nombreuses prisons secrètes dont elle découvrait à peine l'existence.

— Dites-nous ce que vous savez sur les explosions, lança Tim Beecham.

— En Europe ? demanda Maya Dahir.

— Il y en a eu d'autres ? répliqua sèchement le DRN.

Mme Dahir semblait déboussolée.

— Non. Je n'en sais rien, je veux dire.

— Cent douze morts et le décompte se poursuit, dit Beecham en se tournant vers Irfan. Des centaines de blessés. La piste remonte jusqu'à vous.

— À moi ? fit Irfan, l'air sincèrement stupéfait. Je n'ai rien eu à voir là-dedans. Rien du tout.

Il prit Maya à témoin. Celle-ci semblait tout aussi abasourdie et effrayée.

— Mais votre frère, Behnam, en sait long là-dessus, dit Beecham. Vous devriez peut-être lui poser la question.

Irfan ferma les yeux et baissa la tête.

— Qu'est-ce que tu as fait, Behn ? murmura-t-il.

À Francfort, Anahita, assise à côté de la secrétaire d'État, regardait l'écran.

Elle n'en croyait pas ses yeux.

— Parlez-nous de votre famille à Téhéran, monsieur Dahir.

Après avoir pris une minute pour se ressaisir, Irfan parla. Prononça les mots verrouillés au fond de lui depuis des décennies.

— J'ai un frère et une sœur qui habitent toujours à Téhéran.

— Papa ? fit Anahita.

— Ma sœur est médecin, poursuivit Irfan, incapable de regarder sa fille en face. Mon frère cadet est physicien nucléaire. Fidèles au régime, l'une et l'autre.

— Pas seulement fidèles, fit Beecham. Nous avons des photos montrant votre frère qui braque une arme sur la tête d'un haut diplomate américain pendant la crise des otages.

— C'était il y a longtemps. Et nous étions très différents, lui et moi.

Beecham se pencha vers l'avant.

— Peut-être pas autant que vous le dites. Vous reconnaissez ceci ?

Il brandit une photo de journal granuleuse à la légende à peine lisible.

*Des étudiants détiennent un otage américain à Téhéran.*

— Eh bien, monsieur Dahir ?

Si Irfan Dahir avait été capable de dire "Je suis foutu", il l'aurait fait. Car il l'était.

Tim Beecham s'en chargea.

— Vous êtes foutu, monsieur Dahir. C'est bien vous sur la photo, non ? À côté de votre frère ?

Les épaules affaissées, Irfan regardait la photo, dont il ignorait jusqu'à l'existence. Il avait même réussi à oublier que ce jeune homme brandissant une carabine en signe de triomphe avait existé. Autrefois.

— Oui, c'est moi.

Il prit quelques rapides inspirations, comme s'il venait de terminer une course beaucoup trop longue. Et qu'il s'était rendu beaucoup trop loin.

— Selon nos dossiers, vous avez quitté le pays seulement deux ans plus tard. On n'a pas vraiment l'impression d'un homme qui fuit pour échapper à la mort.

Après un moment de réflexion, Irfan dit doucement :

— Connaissez-vous le problème de la secrétaire, monsieur Beecham ?

# 18

Leurs consommations servies – un soda au gingembre pour Betsy, une bière pour Whitehead –, le général se tourna vers elle.

Si elle ne l'avait pas reconnu tout de suite, c'est parce qu'il n'était pas en uniforme. Bert Whitehead avait pris le temps d'enfiler une tenue de ville.

— Par souci de discrétion, expliqua-t-il en souriant.

Betsy lui en sut gré. Rien de mieux pour se faire remarquer qu'un uniforme de général quatre étoiles bardé d'insignes et de médailles. Ainsi vêtu, il rappelait un peu l'Homme de fer-blanc dans *Le Magicien d'Oz*. "Qui se cherche un cœur", songea Betsy.

Idée terrifiante. Un arsenal à sa disposition, mais pas de cœur. Cet homme était-il sans cœur, lui aussi ?

En civil, Bert Whitehead ressemblait aux milliers de bureaucrates du gouvernement. Si le gouvernement avait employé des sosies de Fred MacMurray.

Et pourtant, le général dégageait une sorte d'autorité tranquille. Betsy comprenait pourquoi des hommes et des femmes acceptaient de lui obéir. Sans poser de questions.

— En quoi puis-je vous être utile, madame Jameson ?

— On me suit.

Il leva la tête d'un air étonné, mais ne regarda pas autour de lui. Son attention, cependant, s'était décuplée.

— Cette personne est ici ?

— Oui. L'homme est arrivé juste avant vous. Je croyais l'avoir semé, mais non. Il est juste derrière vous. Près de la porte.

— Décrivez-le-moi.

Pendant que Betsy s'exécutait, Bert Whitehead s'excusa et fonça droit vers l'homme.

Se penchant, il lui dit quelques mots à l'oreille, puis Betsy les vit sortir ensemble, Whitehead une main sur le bras de l'homme. Geste à première vue amical, mais qui, savait Betsy, ne l'était pas.

Une éternité plus tard, bien que, selon le téléphone de Betsy, seulement deux minutes se soient écoulées, Bert Whitehead était de retour.

— Il ne vous importunera plus.

— Qui est-ce ? Qui l'a envoyé ?

Comme Whitehead ne disait rien, Betsy répondit à sa place.

— Timothy T. Beecham.

Il la considéra un instant.

— La secrétaire Adams vous a parlé ?

— Elle m'a renvoyée ici. Je dois me documenter sur Beecham. Tenter de comprendre s'il mijote quelque chose.

— Je lui ai pourtant conseillé de ne rien faire.

— On voit bien que vous ne connaissez pas Ellen Adams.

Il sourit.

— Disons que j'apprends à la connaître.

— Que pouvez-vous me dire sur Beecham ? Je ne trouve rien dans les dossiers. Tout a été déplacé.

— Ou effacé.

— Pourquoi ?

— Pour préserver le secret, je suppose.

— Mais quoi ?

— Je ne sais pas.

— Mais vous savez quelque chose.

Bert Whitehead semblait mécontent. Voire contrarié à l'idée de se trouver dans cette situation. Puis il se détendit légèrement.

— Tout ce que je sais, c'est que l'administration Dunn, faisant fi de tous les conseils des spécialistes et de mes propres arguments, s'est retirée de l'accord sur le nucléaire conclu avec l'Iran. Terrible erreur. L'Iran a aussitôt fermé ses portes aux inspecteurs et depuis, sans surveillance, le pays travaille à la fabrication d'armes nucléaires.

— Quel est le rapport avec Beecham ?

— Il est de ceux qui ont poussé le président Dunn à prendre cette décision.

— Pourquoi ?

— Demandez-vous plutôt à qui la décision a profité.

— Bon, très bien. Mettons que j'aie posé la question.

Le général sourit. Brièvement.

— Aux Russes, pour commencer. Nous partis, ils ont eu les mains libres en Iran. Maintenant, c'est trop tard. Ce qui est fait est fait.

Baissant les yeux sur les sous-verres, il sourit.

— *"When thou hast done, thou hast not done, for I have more."* (Quand Tu auras fini, Tu n'auras pas fini, car j'en ai encore.)

Le général leva les yeux et croisa le regard de Betsy. À sa grande surprise, il venait de citer le poète anglais John Donne. Pourquoi ?

Elle vit ensuite ce qu'il fixait. Un des fameux sous-verres de l'Off the Record, où figuraient des caricatures de dirigeants politiques.

Le général Whitehead scrutait celle d'Eric Dunn. Il disait non pas *When thou hast done*, mais bien *When thou hast Dunn.*

Eric Dunn.

La secrétaire Adams écoutait Beecham interroger Irfan Dahir, tout en se concentrant de plus en plus sur son téléphone.

S'en saisissant enfin, elle envoya un message à Scott Cargill.

*Du nouveau ?*

Rien.

— Que voulez-vous dire ? demanda Betsy. Qu'est-ce qu'Eric Dunn "a encore" ? Je dois savoir. Ellen doit savoir.

Le général Whitehead soupira.

— D'abord, la volonté de revenir au pouvoir.

— Comme tous les politiciens, non ?

Betsy montra les sous-verres sur la table. Caricatures amusantes de présidents, de secrétaires d'État et de dirigeants étrangers.

Le président de la Russie. Le leader suprême de la Corée du Nord. Le Premier ministre de la Grande-Bretagne. Tous reconnaissables pour quiconque regardait les nouvelles de fin de soirée.

— C'est vrai, acquiesça le général. Mais dans le cas d'Eric Dunn, c'est beaucoup plus profond. Il y a aux États-Unis des éléments mécontents de l'orientation prise par le pays et qui cherchent à instrumentaliser Dunn. Ils voient en lui l'unique rempart contre l'érosion du modèle américain. Pas parce qu'ils apprécient sa vision, mais bien parce qu'il est facilement manipulable. Pour parvenir à leurs fins, ils doivent d'abord le réinstaller au pouvoir.

— Comment ?

Le général hésita, chercha, soupesa chacun de ses mots.

— Qu'arriverait-il si un désastre survenait en sol américain ? Un attentat terroriste si horrible qu'il marquerait plusieurs générations. Pendant que l'administration actuelle est au pouvoir ?

— On en imputerait la responsabilité à Doug Williams. On exigerait le départ de son administration.

— Et si le président ne survivait pas à une telle offensive ?

Betsy sentit dans sa poitrine un poids si lourd qu'elle avait peine à respirer.

— À quoi voulez-vous en venir ? Un tel désastre se prépare ?

— Je ne sais pas.

— Mais vous avez peur.

Pour toute réponse, Whitehead pinça les lèvres. Sous les efforts qu'il faisait pour dissimuler sa frayeur, ses jointures virèrent au blanc.

Déjà, les médias de la droite radicale accusaient le renseignement américain et, par extension, la nouvelle administration d'être responsables des explosions survenues dans les autobus, de ne pas avoir su les prévenir. Les médias plus modérés brandissaient eux aussi le spectre d'un nouvel attentat. Plus dévastateur. En sol américain.

Et dans un tel cas…

— Vous pensez que, pour réintégrer le pouvoir, l'ex-président serait prêt à laisser des terroristes mettre la main sur une bombe, peut-être même une arme nucléaire, et à s'en servir ? demanda Betsy.

— À mon avis, Eric Dunn n'accepterait pas sciemment une chose pareille. Seulement, je pense qu'on le manipule. Les Russes, mais aussi des éléments plus proches de nous.

— Au sein de son parti ?

— Oui, probablement, mais ça va bien au-delà des allégeances partisanes. Certains haïssent la diversité des États-Unis et les changements qu'elle a entraînés. Ils craignent pour leur gagne-pain, leur mode de vie. Ils se considèrent comme des patriotes. Vous avez vu les manifestations. Des fanatiques, des néonazis, des fascistes.

— Je les ai vues, général, et j'ai du mal à croire que des personnes qui brandissent des pancartes soient derrière tout ça.

— Elles ne sont qu'un symptôme visible. La maladie est plus enracinée. Les puissants et les riches tiennent à préserver leurs acquis. Et ils veulent davantage.

*Car j'en ai encore.*

— Ils ont trouvé le véhicule parfait en Eric Dunn.

— Le cheval de Troie, fit Betsy.

Whitehead sourit.

— Excellente analogie. Un homme creux. Un récipient vide dans lequel ces hommes et ces femmes ont déversé leurs ambitions, leurs indignations, leurs haines et leurs inquiétudes.

Un détail dans le visage du général, dans le ton de sa voix, frappa Betsy.

— Vous aimiez Eric Dunn ?

— Je ne l'aimais pas et je ne le détestais pas. Il était mon commandant en chef. Je pense qu'il a autrefois été un homme décent. Comme la plupart d'entre nous. Rares sont ceux qui grandissent avec l'espoir de détruire leur pays.

— Mais ce que vous dites, c'est qu'ils n'ont pas ce sentiment. Tout le contraire, en fait. Ils se voient comme des patriotes soucieux de sauver leur pays.

— Le pays qui leur appartient de droit. C'est leur vision des choses. Nous et Eux. Ils sont aussi radicalisés que les membres d'Al-Qaïda. Ce sont des terroristes de l'intérieur.

“Cet homme a-t-il perdu la raison ? se demanda Betsy. A-t-il reçu trop de coups sur la tête ? Voit-il des conspirations là où il n’y en a pas ?”

Betsy ne savait pas ce qu’elle devait espérer. Valait-il mieux que le chef d’État-Major des armées soit un fou délirant ou un type lucide qui formulait une vérité effroyable ?

Une véritable menace pesait sur le pays. De l’intérieur.

Betsy fit glisser son doigt sur son verre de soda au gingembre suintant et regretta qu’il ne contienne pas plutôt du whisky.

— Et Beecham ? Quel est son rôle dans tout ça ?

Whitehead pinça les lèvres.

— Ne vous arrêtez pas en si bon chemin, dit-elle. Il faut que je sache. Son rôle ?

— Je ne sais pas. J’ai essayé de me renseigner par des voies détournées, mais je n’ai encore rien trouvé.

— Mais ça ne vous empêche pas d’avoir des soupçons.

— Ce que je sais, c’est que du côté du Renseignement, Tim Beecham était responsable de l’analyse du programme nucléaire iranien. Il sait beaucoup de choses sur la circulation des armes dans cette région. Il connaît des gens.

— Shah ?

— Pourquoi l’administration Dunn a-t-elle consenti à la remise en liberté de Shah ? demanda le général.

— Aucune idée.

— En quelques mois, l’administration s’est retirée du pacte, laissant l’Iran libre de mener son programme nucléaire, et a permis la libération d’un Pakistanais qui fait le trafic d’armes nucléaires.

— Il y a un lien entre les deux ? demanda Betsy.

— Oui, dans la mesure où les deux aggravent le risque de prolifération nucléaire. Mais à quelle fin ?

— Une fois de plus, vous posez la question à la mauvaise personne. Donnez-moi une autre citation de John Donne et je pourrai vous aider.

Whitehead eut un sourire fugace.

— En tout cas, la constante derrière les deux décisions, c’est Tim Beecham.

— Vous vous rendez compte de ce que vous dites ?

— J'en ai bien peur.

Le général Whitehead donnait effectivement l'impression d'avoir peur.

— Mais ce n'est pas tout.

— *Car j'en ai encore*, dit Betsy tout doucement.

Et elle attendit.

— C'est ce qu'on appelle un "problème vicieux". Le Moyen-Orient représente depuis toujours une poudrière, mais relativement stable. Puis le président Dunn décide de retirer toutes nos troupes d'Afghanistan, sans conditions et sans engagement de la part des talibans. Le président Williams a hérité de cette décision.

Betsy étudia le militaire. Son impression initiale avait-elle été la bonne ? Avait-elle affaire à un va-t-en-guerre avec la tête de Fred MacMurray ?

— Je sais que c'est controversé, mais il fallait bien que nous nous retirions, tôt ou tard, dit-elle. Que nous rapatriions nos troupes. À mes yeux, c'était une de ses rares bonnes décisions.

— Je souhaite de tout cœur voir nos militaires en sécurité, croyez-moi. Et je suis d'accord : le moment était venu. Là n'est pas la question.

— Quelle est la question, alors ?

— On a agi sans plan d'ensemble, sans rien obtenir en contrepartie. On n'a rien prévu pour assurer la préservation des gains, de la stabilité acquise de haute lutte, de nos capacités en matière de renseignement, d'antiespionnage et de contre-terrorisme. Le plan Dunn a créé un vide que les talibans se sont fait une joie de remplir.

Betsy se cala sur sa chaise.

— Vous voulez dire qu'après plus de deux décennies de combats, les talibans sont de retour au pouvoir en Afghanistan ?

— Ils vont l'être. Et on assistera à la résurgence d'Al-Qaïda, mais aussi des Pathans. Vous les connaissez ?

— Ceux qui ont enlevé Gil ?

— Le fils de la secrétaire Adams, oui. Ils forment une grande famille d'extrémistes qui ont des entrées dans toutes les organisations, légitimes et autres. C'est grâce à notre appui que le gouvernement, qui se disait démocratique, restait en place. Quand on se retire de l'équation, sans plan…

Il ouvrit les mains.

— Les rats accourent. Les acquis se perdent. Les droits disparaissent.

— Les femmes, les filles…

— Qui ont cru pouvoir travailler et étudier sans risque ? fit Whitehead. Elles seront punies. Mais il y a autre chose encore.

Betsy commençait à prendre John Donne en grippe.

— Je vous écoute.

— Les talibans auront besoin d'appuis. D'alliés dans la région. Et, pour jouer ce rôle, qui de mieux que les Pakistanais, prêts à tout pour éviter que l'Afghanistan ne se tourne vers l'Inde ?

— Mais le Pakistan est notre allié. Ce serait donc une bonne nouvelle, non ? Je sais qu'il y a beaucoup de forces qui s'affrontent, mais…

— Le Pakistan joue un jeu compliqué, dit le général Whitehead. Où a-t-on trouvé Oussama ben Laden ?

— Au Pakistan, répondit Betsy.

— Au Pakistan, mais pas n'importe où. Pas dans une grotte à flanc de montagne, au milieu de nulle part. Dans une enceinte massive et luxueuse, aux limites de la ville d'Abbottabad. À l'intérieur du pays, loin des frontières. Ne venez pas me dire que les Pakistanais ignoraient qu'il était là. J'essaie de trouver le tissu conjonctif qui unit ces forces entre elles, dit Whitehead. Il y a une seule possibilité. On a convaincu Dunn que, sur le plan politique, le retrait des troupes d'Afghanistan constituait un gain…

— Oui. Nous en avions tous assez de cette guerre.

— Je suis d'accord. Dunn est assez perspicace pour vouloir éviter que l'Afghanistan ne sombre dans le chaos. Tous les gains, tous les sacrifices se révéleraient inutiles… Ça ferait désordre. Alors que fait-il ?

Betsy réfléchit, puis sourit sans amusement.

— Il se tourne vers les Pakistanais.

— Ou les Pakistanais se tournent vers lui, très discrètement. Promettent d'avoir l'Afghanistan à l'œil. Mais ils exigent quelque chose en contrepartie. Quelque chose de terrifiant.

— Ouf, fit-elle. Ça me change de ce que vous avez dit jusque-là. Bon, qu'ont-ils exigé ?

Le général la dévisagea, la mettant au défi de voir la même chose que lui.

— Bashir Shah, dit-elle. Ils ont libéré le chien de guerre.

— Il est la cheville ouvrière de toute cette affaire. Le Pakistan éviterait à l'administration Dunn de commettre une bourde politique. Même si les talibans revenaient, le Pakistan exercerait un contrôle sur les organisations terroristes. En contrepartie, il exigeait des États-Unis qu'ils acceptent la remise en liberté de Bashir Shah.

— Et Dunn ignorait qui était Shah ou ne voulait pas le savoir, dit Betsy. Son seul souci, c'était de se faire réélire.

— Et quand il ne l'a pas été…

— Les responsables de cet accord ont paniqué, dit-elle. Ils paniquent encore. Ils doivent à tout prix le réinstaller au pouvoir.

Le chef d'État-Major des armées hocha la tête. D'un air triste et solennel, il étudia l'institutrice d'âge mûr aux allures de ménagère des années 1950.

— Vous devez mettre un terme à vos démarches, dit-il à voix basse. On a affaire à de sinistres personnages qui font des choses non moins sinistres.

— Je ne suis pas une enfant, général Whitehead. Ne me parlez pas comme si j'en étais une.

Il sourit faiblement.

— Excusez-moi. Vous avez raison. Je n'ai pas l'habitude d'aborder ces sujets avec des civils. Avec qui que ce soit, à vrai dire.

Sans bouger la tête, le général tourna les yeux vers un homme qui venait de s'asseoir et que Betsy jugea vaguement familier. Son arrivée causa des remous, les autres clients préférant s'écarter de lui.

Le regard de Whitehead se porta de nouveau sur Betsy.

— Ces gens sont des tueurs, dit-il encore plus bas.

— Je sais, dit Betsy en revoyant la dévastation dans la paisible rue de Francfort. Dites-le sans détour. Le cauchemar, c'est quoi ?

— On a libéré Bashir Shah en sachant qu'il vendrait des secrets et des matériaux nucléaires à des pays étrangers. Il a de solides alliés au sein des forces armées et du gouvernement pakistanais. Tous s'en mettraient plein les poches. Mais…

— Laissez-moi deviner. Il y a autre chose encore.

— Le vrai cauchemar, ce serait que Bashir Shah vende des armes nucléaires à des terroristes.

La déclaration brutale plana au-dessus de la table au revêtement usé. Une table qui avait surpris beaucoup de secrets, d'intrigues, d'horreurs. Mais rien qui se compare au scénario évoqué par le général.

— Vous imaginez ? demanda-t-il tranquillement. Une organisation comme Al-Qaïda ou Daech qui aurait des bombes nucléaires à sa disposition ? Voilà le cauchemar.

— C'est donc ça ? demanda Betsy d'une voix à peine audible. Les physiciens ? Les autobus qui explosent ?

Elle étudia l'homme.

— Et le rôle de Tim Beecham ?

— Je l'ignore. Tout ce que je sais, c'est qu'il a été mêlé à des décisions qui semblent sans rapport, mais qui sont en réalité étroitement liées. Retirer les États-Unis de l'accord sur le nucléaire avec l'Iran, sortir les troupes d'Afghanistan sans accord préalable et, ce faisant, garantir le retour des terroristes dans le sillage des talibans, libérer Shah… À mon avis, c'est pour cette raison que vous ne trouvez rien sur Beecham. Il y a des documents, des courriels, des messages, des notes prises à l'occasion de réunions qui prouvent ce que j'avance. Et qui doivent rester cachés.

— Ça ne s'arrête pas à Beecham ?

— Loin de là. Si Tim Beecham est impliqué, je le soupçonne d'être une marionnette. Un instrument. Il y a derrière tout ça des personnages beaucoup plus puissants.

— Qui ?

— Je ne sais pas.

Cette fois, elle le crut. Mais il y avait autre chose encore. Elle le voyait bien. Betsy Jameson resta silencieuse pendant une éternité. Jusqu'à ce que le général Whitehead dise enfin :

— Ma crainte, c'est que les physiciens aient été tués non pas au début d'un projet, mais à la fin.

— Flûte.

## 19

La porte de la maison de Bad Kötzting était entrouverte.

Scott Cargill sut ce qu'il allait trouver avant même d'entrer. La puanteur âcre de tirs d'armes automatiques filtrait par la porte, mêlée à une odeur reconnaissable entre toutes : celle, métallique, du sang.

Agrippant son arme, il fit signe à sa seconde de passer par-derrière. Puis il entra silencieusement, prudemment.

Dans le couloir, il tomba sur le cadavre de la femme. Et celui de l'enfant.

Les contournant avec précaution, il jeta un coup d'œil dans le salon.

Vide.

De retour dans le couloir sombre, il entra dans la cuisine. Où il découvrit le cadavre d'une femme d'âge mûr. Elle serrait encore dans son poing une arme policière réglementaire. Elle avait les yeux grands ouverts. Vitreux.

Il se pétrifia. Tendit l'oreille.

C'était tout récent.

Les tireurs étaient-ils encore dans la maison ? Il ne le croyait pas.

Et Aram Wani ? Le poseur de la bombe ? L'avait-on tué, lui aussi ?

Cargill gravit les marches en brandissant son arme. Entra dans chacune des petites chambres. L'odeur de la violence n'était pas montée jusque-là. Il ne détectait que le parfum de la lotion pour bébé.

En redescendant, il vit une ombre traverser le seuil de la porte de devant, restée ouverte.

Il s'immobilisa.

L'ombre s'immobilisa.

Cargill entendit un petit bruit. Un sanglot.

Il franchit les dernières marches d'un bond et atterrit au rez-de-chaussée, juste à temps pour apercevoir le dos d'un jeune homme qui fuyait.

Il s'élança à sa suite en lançant un ordre à sa seconde. Sans savoir si elle l'entendrait.

Aram Wani courut. Conscient que sa vie en dépendait. Même s'il lui était désormais égal de vivre ou de mourir.

Fuir était instinctif. Rien de plus. Et pourtant, il courait, fuyait la mort. L'homme armé. L'homme qui avait assassiné sa femme et son enfant.

Aram Wani courut.

Scott Cargill poursuivit le jeune homme. Courut de toutes ses forces. Dans le cadre de ses fonctions comme chef de poste de la CIA en Allemagne, il n'avait pas eu à courir depuis longtemps.

Dans le cas présent, il courut de toutes ses forces. Ses genoux se propulsaient vers l'avant, ses pieds martelaient les pavés. Ses poumons aspiraient avidement l'air froid.

Il courut.

Wani effectua un virage en dérapant.

Cargill ralentit légèrement pour éviter de tomber en changeant de direction. Se demanda s'il réussirait à atteindre Wani sans le tuer. Assez pour l'immobiliser. L'appréhender. L'interroger. Faire la lumière sur le réseau à l'origine des attentats.

Et, peut-être, comprendre ce qui se passait.

Passé le tournant, il s'arrêta brusquement.

— Oh, merde.

Les parents d'Anahita furent arrêtés et placés en détention. Au moment où on les emmenait, Ellen obligea le cortège à s'arrêter.

— Une dernière question, monsieur Dahir. Qu'est-ce que le problème de la secrétaire ?

— C'est un problème mathématique, madame la secrétaire d'État.

— Quel genre de problème ?

À Francfort, elle regardait fixement le moniteur.

— Il s'agit d'établir quand arrêter.

— Arrêter quoi ?

— De chercher une maison, un conjoint, un emploi, répondit-il. Une secrétaire. Savoir quand vous avez trouvé la bonne personne. La meilleure. Tant qu'on continue de se demander s'il y a quelque part une personne plus qualifiée, aucun progrès n'est possible. Il faut prendre une décision, même imparfaite. À l'époque de la révolution, à Téhéran, j'ai vu trop de choses. Trop de choses contraires à ce qu'on m'avait appris sur l'islam. Mais quand partir ? L'Iran était mon chez-moi. Mes proches et mes amis y vivaient. J'aimais mon pays. Quand est-ce que c'est trop ? Quand devrais-je prendre la décision de partir, sachant qu'elle serait définitive ?

— Et quand l'avez-vous fait ? demanda Ellen.

— Lorsque je me suis rendu compte que le nouveau régime était aussi mauvais, voire pire que l'ancien. Et que, en restant, je le deviendrais moi aussi.

Du coin de l'œil, elle vit Tim Beecham qui se tortillait. De toute évidence, il était pressé d'en finir avec cette conversation.

— Il existe une équation à ce sujet ? demanda-t-elle à Dahir.

— Oui. Sauf que, comme souvent, on a beau faire tous les calculs qu'on veut, même des calculs utiles, on en revient toujours à l'instinct.

Il marqua une pause et braqua sur ceux d'Ellen ses yeux foncés et tristes.

— Et au courage, madame la secrétaire d'État.

"Le problème de la secrétaire", songea Ellen.

Elle comprit.

Une fois les Dahir emmenés et l'écran vide, Anahita se tourna vers Ellen.

— Ils n'ont rien fait de mal. Oui, il a menti, il y a des décennies. Depuis, c'est un fier Américain, un citoyen modèle. Vous savez très bien que mes parents n'ont rien eu à voir dans tout ça.

— Non, répondit Ellen. Ce que je sais, c'est que ce message a été envoyé par quelqu'un depuis la maison de votre oncle. Une personne qui vous connaît, même si vous ne la connaissez pas.

Le front d'Anahita se dégagea.

— C'est donc dire que vous me croyez et que vous les croyez, eux aussi.

— Je n'irais pas jusque-là. Mais vous avez sauvé la vie de Gil. Et vous avez essayé d'en sauver d'autres. Je crois que vous n'êtes pas impliquée. En ce qui concerne vos parents…

Elle se demanda si elle devait poursuivre, décida que oui.

— Gil a de l'affection pour vous, et il vous fait confiance, lui qui est plutôt méfiant.

— Il a de l'affection pour moi ? Il vous l'a dit ?

— Ce n'est pas l'enjeu le plus important en ce moment, vous ne pensez pas ?

En sortant du bunker du consulat de Francfort, la secrétaire Adams songea à Gil. Il avait été si furieux quand elle l'avait interrogé sur sa source. Si déterminé à taire son identité. À ne rien lui dire. Si déterminé à protéger cette personne.

Puis, à voix basse, il avait dit :

— Mais il y a peut-être un autre moyen…

Juste avant de demander si Anahita était là.

Ellen avait conclu qu'il avait posé la question parce qu'il avait du sentiment pour la jeune femme. À présent, elle s'interrogeait.

Se pouvait-il que la source de Gil soit la femme petite et frêle qui marchait légèrement en retrait, sentait la rose et protestait de son innocence ? De son ignorance ? Mais dont la famille était mouillée jusqu'au cou ? Au point, peut-être, d'être complètement submergée ?

Un message urgent, marqué d'un drapeau rouge, apparut sur le téléphone d'Ellen.

Scott Cargill, enfin.

Ellen l'ouvrit et constata qu'il venait de Tim Beecham, et non de Cargill.

*Reçu infos d'agents à Téhéran. Il y a une fille. Zahara Ahmadi. 23 ans. Étudiante en physique.*

Ellen se tourna vers Boynton, dont elle avait une fois de plus oublié la présence.

— Je dois parler au président sur une ligne sécurisée.

*C'est elle ?* répondit-elle ensuite à Beecham.

*Nous le croyons. On la dit moins radicale.*

*Vous croyez ou vous savez ?*

*Pas moyen d'être sûrs, à moins de l'arrêter.*

*Non. Ne faites rien. J'ai une autre idée.*

Elle se tourna vers Anahita.

— Vous devez envoyer un message à votre cousine.

— J'ai une cousine ?

— Oui.

— Une cousine ? répéta Anahita.

— Concentrez-vous. Vous devez entrer en contact avec elle.

Anahita sortit de sa torpeur.

— Moi ? Mais comment ? Vous venez de m'apprendre son existence.

Ellen ne releva pas.

— Puisqu'elle vous a écrit, vous pouvez lui répondre. Cargill va vous aider.

Ellen se souvint alors qu'il était parti à la recherche de l'homme qu'on soupçonnait d'avoir posé la bombe.

— Nous avons l'adresse IP de l'expéditeur à Téhéran, madame la secrétaire d'État, dit Boynton. Nous pouvons l'utiliser.

Ellen réfléchit.

— Non. Cet ordinateur est sans doute surveillé par les Iraniens.

Elle se ravisa. Dans ce cas, les autorités iraniennes ne tarderaient pas à découvrir le message envoyé au département d'État. Elles croiraient que c'est l'oncle qui l'avait envoyé. Au moins au début. Et il protégerait peut-être sa fille. Au moins au début.

Il fallait faire parvenir un message à Zahara Ahmadi, et vite.

— Le président sera avec vous dans trois minutes, annonça Boynton.

— Merci, répondit Ellen. Emmenez Mme Dahir au service de Cargill. On y cherche le moyen d'entrer en contact avec la cousine. Qu'on me soumette d'autres scénarios dans dix minutes.

Ils étaient de retour au rez-de-chaussée. Où les attendaient un soleil radieux et une jolie vue du cimetière.

Ellen consulta de nouveau son téléphone. Toujours pas de nouvelles de Bad Kötzting.

— Un peu plus sanglant que je l'aurais souhaité, tout ça, dit l'homme au bord de la piscine.

Quinquagénaire, il était mince et en bonne condition physique. Il avait profité de sa résidence surveillée pour parfaire sa forme.

— Mais au moins, c'est fait.

— Oui, monsieur. Et ça jouera peut-être en notre faveur, dit l'adjoint venu lui faire part des nouvelles.

— Comment ? demanda Bashir Shah.

— Nous aurons droit à toute leur attention.

— Nous l'avions déjà, non ?

Il fit signe à l'adjoint de s'asseoir. Ainsi, il n'aurait pas à se voiler les yeux contre les rayons aveuglants du soleil.

— Deux erreurs ont été commises. Je ne veux pas que ça se reproduise.

Même si le ton de Shah était cordial, l'adjoint, déjà terrifié à l'idée de parler à son patron du kamikaze qui ne s'était pas suicidé, en fin de compte, se tétanisa. Son corps rigide. Blindé. Celui de son patron était tendu, pareil à un ressort. Un prédateur prêt à bondir.

— Vous savez de quels échecs je veux parler ? demanda Shah.

— Le kamikaze est encore vivant, même si nous…

Shah brandit la main.

— Et ?

— Le fils n'a pas été tué.

— Oui. Le fils s'en est sorti. Pourtant, on a déployé de gros efforts pour s'assurer que Gil Bahar serait à bord de cet autobus. Pourquoi en est-il descendu ?

— C'est l'autre chose, monsieur. Notre source nous a envoyé une vidéo.

Shah regarda les images filmées à l'intérieur de l'autobus 119 de Francfort. Après, il se tourna vers son adjoint.

— Il a reçu un coup de fil. On l'a prévenu. Qui était-ce ?

— Sa mère.

Shah prit une profonde inspiration. C'était à la fois la réponse qu'il attendait et celle qu'il ne voulait pas entendre.

— Et comment la secrétaire d'État a-t-elle su pour la bombe ?

Sa voix était dure, à présent. Avec des accents de colère.

— Qui l'a avertie, elle ?

L'adjoint regarda autour de lui, mais les autres s'étaient éloignés.

— Je ne sais pas, monsieur. Quelqu'un au sein du département d'État, sans doute. Une agente du Service extérieur.

— Et comment cette personne a-t-elle su, elle ?

Ce fut au tour de l'adjoint d'avoir l'air fâché.

— Nous le saurons bientôt, monsieur. Il y a, commença-t-il en fermant les yeux et en récitant une courte prière, autre chose.

— J'écoute.

— Ils sont au courant pour vous.

— Ellen Adams sait que les physiciens nucléaires travaillaient pour moi ?

— Oui, monsieur, dit l'adjoint.

Il se demanda comment il serait tué. Arme à feu ? Couteau ? Serait-il jeté en pâture aux alligators ? Pas ça, mon Dieu.

Son patron sourit. Et hocha la tête.

Bashir Shah se leva.

— Je dois me changer. Je prends un verre avec des amis au club. À mon retour, je veux des réponses.

L'adjoint vit Shah contourner la piscine et entrer dans la vaste demeure de Palm Beach qu'un ami proche lui prêtait.

Le consul général américain de Francfort avait mis son cabinet de travail à la disposition de la secrétaire Adams.

Assise au bureau de celui-ci, elle voyait le visage mécontent du président des États-Unis sur l'écran du téléphone sécurisé. Pendant un bref instant, elle eut la sensation vertigineuse de tenir Williams dans le creux de sa main.

Si seulement…

Le moment passa, et le visage encore plus renfrogné de Tim Beecham apparut de l'autre côté de l'écran divisé. Il donnait l'impression d'être écrasé contre celui du président.

Bien que surprise qu'il ait été invité à prendre part à l'appel, Ellen décida de n'en rien laisser paraître et de ne pas poser de questions. Elle n'y pouvait rien, de toute façon. Elle devrait manœuvrer avec prudence. Choisir ce qu'elle allait dire. Ce qu'elle allait taire.

— Bon, commença le président. Il y a de nouvelles catastrophes ?

— Rien, monsieur le président, répondit Ellen. En fait, nous avons accompli des progrès considérables.

Elle informa le président en ayant soin de ne raconter que ce que Beecham savait déjà.

— Ce serait donc cette Zahara Ahmadi qui aurait envoyé l'avertissement, dit Williams. Que savons-nous d'elle, Beecham ?

— Je viens de recevoir un rapport. Elle étudie la physique à l'université de Téhéran.

— Comme son père, constata le président.

— Pas tout à fait. Elle s'intéresse à la physique statistique.

— La théorie des probabilités, n'est-ce pas ? fit Williams.

“Heureusement que j'ai appris à cacher ma surprise, se dit Ellen. Ce coup-ci, je serais carrément tombée de ma chaise.”

Doug Williams était peut-être plus futé qu'elle l'avait cru.

— Oui, monsieur le président. Le plus intéressant, c'est qu'elle est membre d'une organisation étudiante jugée progressiste. Qui milite en faveur de plus d'ouverture. De l'établissement de liens avec l'Occident. Le seul bémol, c'est qu'elle semble plutôt religieuse.

— Je suis moi-même plutôt religieux, dit le président Williams. C'est assez pour éveiller des soupçons ?

— En Iran, oui, monsieur.

— Elle appartient à une mosquée ? demanda Ellen.

— Oui.

— Celle de son père ? demanda-t-elle.

— Non. La sienne est rattachée à l'université. Nous nous efforçons d'établir si l'imam est radical.

— Qu'est-ce que vous en pensez, Ellen ? demanda le président Williams.

— Nous sommes raisonnablement certains que les Iraniens sont derrière les attentats, monsieur le président. Depuis le début, ce sont les suspects les plus probables. Ils considéraient les physiciens pakistanais comme des menaces. Si c'est bien Zahara Ahmadi qui a envoyé l'avertissement à mon agente, son intention était sûrement de prévenir les explosions. Quant à savoir pourquoi… Je ne peux rien dire avant de lui avoir parlé. Des gens cherchent le meilleur moyen de lui transmettre un message.

Elle dut faire cet aveu devant Beecham. C'était le service du DRN qui effectuait ce travail, après tout, et il avait pris part à cette décision.

Qu'il soit au courant de l'existence de Zahara et des efforts visant à entrer en contact avec elle était à tout le moins problématique. Mais le mal était fait.

— Comment a-t-elle su pour les bombes ? demanda le président.

Il hésita.

— Son père ? Le physicien ?

— Nous pensons que c'est possible, monsieur le président, dit Beecham.

— Vous voulez dire que c'est son père qui lui en aurait parlé ? demanda Williams. Qu'il aurait lui aussi voulu tout arrêter ?

— Non. M. Ahmadi est un radical, un fervent du régime. Mais elle a peut-être surpris des propos ou vu quelque chose dans les papiers de son père.

— Pures spéculations. Ça ne nous avance à rien. Quelle crédibilité pouvons-nous accorder à ces informations ? demanda le président Williams en se penchant vers l'écran, tant que son visage fut déformé. Ellen ?

— Depuis notre arrivée au pouvoir, j'ai tenté d'entrer en contact avec le ministre des Affaires étrangères de l'Iran. Nos relations ont subi des torts considérables, mais c'est un homme instruit et cultivé qui semble comprendre qu'il aurait intérêt à conclure une entente avec nous.

— Ils ont tué des innocents à bord de ces autobus, dit le président Williams. Difficile d'y reconnaître la marque d'un homme de culture qui cherche la paix.

— En effet, acquiesça Ellen. Le hic, c'est que, puisque nous avons compris d'où est venu l'avertissement, les Iraniens ne devraient pas tarder à faire le lien eux aussi. Le père saura peut-être protéger Zahara pendant un moment, mais peut-être pas. Si elle est arrêtée…

— Nous devrions donc les prendre de vitesse ? demanda Williams. Comment ?

— Si l'agente du Service extérieur fait parvenir un bref message à mes agents sur le terrain, dit Beecham, ils réussiront peut-être à approcher la jeune femme. À le lui remettre. À lui faire comprendre que nous sommes au courant et que nous la protégerons.

— Mais comment pouvons-nous lui faire une promesse pareille ? demanda Williams. Nous ne pouvons quand même pas l'enlever. Non ?

Il semblait plutôt emballé par cette éventualité.

— J'ai une autre idée, dit Ellen.

Elle aurait préféré ne pas en parler devant le directeur du renseignement national, mais elle n'avait pas le choix. La situation évoluait trop rapidement.

— Je veux aller à Téhéran.

Doug Williams ouvrit la bouche, la referma.

— Pardon ? fit-il enfin.

— Téhéran. Air Force 3 est paré. En principe, je m'envole pour le Pakistan. Mais le plan de vol peut changer en cours de route. On peut se poser en secret à Téhéran.

— À bord d'Air Force 3 ? fit Williams. Ce mastodonte est un peu voyant, non ?

Beecham gardait le silence, mais ses yeux semblaient sur le point de sortir de leurs orbites.

— Oui. Mais on peut se poser et repartir avant que les médias soient au courant. En Iran, la presse n'est pas exactement libre. Avec un peu de chance, je ramènerai Zahara Ahmadi avec moi.

— Ah bon ? C'est ça, votre plan génial ? s'écria Williams. Et si les Iraniens vous retenaient, vous ? Ce serait un moyen de me débarrasser de ma secrétaire d'État complètement cinglée, remarquez.

— Trop d'impondérables, dit Beecham. Ils risquent de ne pas vouloir d'elle.

— Je les comprends. Et s'ils passaient à l'acte, quelqu'un, ici, risquerait de noter son absence. Pas tout de suite, mais tôt ou tard…

— OK, fit Ellen. J'ai compris. Je continue de croire que je devrais rencontrer le ministre des Affaires étrangères de l'Iran pour discuter de cette question. Afin d'établir un rapport, voire un lien de confiance. On réussirait peut-être à distraire les Iraniens assez longtemps pour faire passer un message à Zahara Ahmadi. On dirait qu'ils ne savent pas encore que quelqu'un a tenté d'empêcher les explosions.

— Tim ? fit le président.

Le DRN secoua la tête.

— Si la secrétaire fait ce qu'elle propose, les Iraniens sauront que nous savons qu'ils sont derrière les attentats. Nous commettons toujours une grave erreur en leur laissant voir ce que nous savons. Et ce que nous ne savons pas.

— S'ils ont tué ces physiciens, les Iraniens sont peut-être déjà au courant de la situation, riposta Ellen. Ils savent peut-être ce que Shah projette. Et peut-être même où il se trouve.

Elle soutint le regard du président Williams.

— Le jeu en vaut la chandelle ?

Il hocha la tête.

— C'est d'accord. Mais pas à Téhéran. Retrouvez-vous plutôt à Oman. C'est un pays neutre. Je téléphone au sultan. S'il est d'accord, je vous fais signe. Entre-temps, Tim, vous et Ellen allez préparer un message pour la fille.

— Monsieur, je ne…, commença Beecham.

— Ça suffit ! lança sèchement Williams. Je vois bien que vous ne vous aimez pas beaucoup, mais vous semblez obtenir des résultats. Comme Lennon et McCartney. Alors continuez. Débrouillez-vous. Je veux un *Abbey Road* d'ici la fin de la journée. Bonne chance à Oman, Ellen. Et prévenez-moi dès que vos gens auront retrouvé le poseur de la bombe en Allemagne.

— Comptez sur moi, monsieur, dit Ellen.

L'écran du président s'éteignit. Ellen Adams et Tim Beecham se retrouvèrent face à face.

— Je suis McCartney, dit Ellen.

— Pas de problème. Lennon était un meilleur musicien, de toute façon.

Ellen allait discuter, mais elle se dit qu'ils avaient des dossiers plus importants à régler.

— Je pense que nous avons intérêt à unir nos forces, fit-elle.

Elle vit Beecham esquisser un mince sourire.

— *"He just do what he please"*, fredonna-t-elle tout bas.

Ellen décida de descendre au service de Cargill pour obtenir une mise à jour, mais, sur place, elle comprit que quelque chose n'allait pas.

La salle, habituellement grouillante d'activité, était silencieuse. Les occupants rompirent leur immobilité pour tourner vers elle des visages sur lesquels se lisait le choc.

— Quoi ? demanda-t-elle. Que s'est-il passé ?

Un analyste supérieur s'avança.

— Ils sont morts, madame la secrétaire d'État.

Ellen se sentit gagner à son tour par le froid et l'immobilité.

— Qui ?

Elle connaissait déjà la réponse.

Scott Cargill. Sa seconde. Et Aram Wani.

Abattus tous les trois dans une ruelle de Bad Kötzting.

# 20

Betsy décrocha après la première sonnerie.

— Comment ça va ?

— Pas très bien, répondit Ellen.

Elle semblait épuisée. Rien d'étonnant à cela. Il était dix-huit heures passées à D.C., plus de minuit à Francfort.

Ellen, cependant, semblait non seulement crevée, mais aussi découragée.

— Raconte, dit Betsy.

Elle se redressa sur le canapé du bureau d'Ellen. Elle avait essayé de faire une sieste avant de s'attaquer une fois de plus au cas de Timothy T. Beecham. Elle s'en voulait de n'avoir rien à apprendre à Ellen.

En écoutant la voix de son amie, privée de toute sa vigueur, Betsy décida de ne rien dire à propos de l'homme qui l'avait suivie. D'ailleurs, le général Whitehead s'en était occupé. Et Ellen avait peut-être oublié le bref échange qui s'était terminé par ces mots : *Quel garde du corps ?*

— Parle-moi d'abord de ce garde du corps, dit Ellen.

Betsy sourit.

Ellen n'avait pas oublié. Évidemment.

— Une simple plaisanterie. Un beau jeune homme m'a fait une cour assidue. C'est du moins l'impression que j'ai eue. Il n'a quand même pas cherché à croiser le regard de la jolie jeune femme assise à côté de moi dans l'avion.

— Bien sûr que non, dit Ellen en laissant entendre un rire forcé. Tu as abusé de lui, au moins ?

— Désormais, mes abus se limitent au gâteau au fromage et au chardonnay.

— Oh mon Dieu. Je suis envieuse, dit Ellen.

— J'ai rencontré le général Whitehead. Il m'a fait part de son opinion sur les événements. Et la suite possible.

— Raconte.

Betsy s'exécuta.

— Il pense que les Pakistanais, avec l'appui des Russes, ont convaincu Dunn de consentir à la libération de Shah. Dans le cadre d'une entente.

— Quelle entente ?

Dans la voix d'Ellen, l'appréhension était palpable.

— Dunn retirerait nos troupes d'Afghanistan sans imposer de conditions aux Afghans, et les Pakistanais assureraient la stabilité de leur voisin. En contrepartie, ils ont exigé que les États-Unis les autorisent à remettre en liberté le plus dangereux trafiquant d'armes du monde. Et Dunn est trop bouché pour avoir compris à quoi il consentait.

"Trop bouché, songea Ellen, ou trop myope. Il ne voyait que sa cote de popularité. Et les dollars."

— Et Beecham ? demanda-t-elle.

— Il a pris part aux deux décisions, répondit Betsy.

— Iago chuchotant à l'oreille d'Othello.

— Je préfère le voir dans la peau de Lady Macbeth, dit Betsy.

— Des preuves ?

— Aucune, pour l'instant. Et ce n'est pas tout.

"Car j'en ai encore", songea Betsy.

— Le général Whitehead pense que Beecham n'est pas seul. Des personnes qui se voient comme des patriotes complotent pour renverser un gouvernement qu'elles jugent illégitime et remplacer le président élu par Dunn. Parce qu'il va faire leurs quatre volontés.

Betsy ne pouvait pas la voir, mais la secrétaire d'État hochait la tête. Que la révélation ne soit pas choquante était en soi choquant.

Ellen était seule dans sa chambre d'hôtel de Francfort. Il serait bientôt une heure et elle était trop fatiguée et trop agitée pour dormir. Même si elle en avait désespérément besoin.

Elle attendait un message l'autorisant à se rendre à Oman. Ensuite, elle communiquerait avec son homologue iranien. Elle avait déjà fait quelques approches en privé.

Si l'Iran était responsable des explosions et des poseurs de bombe, le pays avait aussi fait assassiner Aram Wani à Bad Kötzting. Et, du même coup, Scott Cargill et sa seconde.

La secrétaire d'État était impatiente de dire un petit mot aux Iraniens.

— Je dois savoir à qui je peux faire confiance, dit Ellen. Et de qui je dois me méfier. Preuves à l'appui.

Betsy nota des accents de peur dans la voix familière.

— Sois prudente, Elizabeth Anne Jameson.

— Ne t'en fais pas. Bert Whitehead a chargé une Ranger de veiller sur moi. Je ne lui ai pas encore téléphoné.

— Promets-moi de le faire.

— Promis. À ton tour, maintenant. Raconte.

Ellen Adams raconta. Révéla tout à sa meilleure amie, sa conseillère.

— Je suis désolée, dit Betsy quand Ellen eut terminé. Ce sont donc les Iraniens qui ont abattu Scott Cargill et sa seconde.

— Et le poseur de la bombe. C'est ce que je crois. Je vais rencontrer le ministre des Affaires étrangères iranien. À Oman.

— Tu es folle ? s'écria Betsy en se redressant. Tu ne peux pas faire ça. Ils vont te tuer. Ou t'enlever.

Des rires incongrus retentirent à l'autre bout de la ligne.

— Doug Williams a évoqué cette possibilité en autorisant le déplacement.

— Quel trou du cul.

— Non. Il plaisantait. Tout se passera très bien. Nous ne sommes pas exactement en bons termes avec les Iraniens, mais ils ne sont pas stupides. Ils n'ont aucun intérêt à me faire du mal ou à m'enlever. J'ai d'abord proposé Téhéran…

— Pour l'amour du ciel !

— Afin de convaincre Tim Beecham que je suis aussi idiote qu'il le pense, dit Ellen. Et j'étais sûre que Williams rejetterait la possibilité d'une rencontre à Oman si l'idée venait de moi.

— Attends, attends. Tu t'es livrée au même genre de manipulations avec mon premier mari. C'est comme ça que…

— Non. Je ne l'ai pas choisi pour toi.

— J'aimerais être du voyage.

— J'aimerais que tu sois là.

— Qui t'accompagne ?

— En plus de Boynton et de la Sécurité diplomatique, j'ai décidé d'emmener Katherine et Anahita Dahir, l'agente du Service extérieur. Elle parle farsi. Je veux pouvoir compter sur quelqu'un qui comprend ce que dit vraiment le ministre des Affaires étrangères.

— Tu peux lui faire confiance ? Après ce que tu as découvert sur sa famille ?

Ellen hésita.

— Non. Pas entièrement. Si je tiens à l'avoir près de moi, c'est en partie pour ça. Mais elle nous a déjà été utile. La CIA a établi comment faire passer un message à Zahara Ahmadi, et on a besoin d'Anahita. Sa cousine se méfiera d'un agent américain, mais elle fera peut-être confiance à Anahita. Les Iraniens surveillent probablement l'ordinateur de M. Ahmadi. On doit joindre Zahara avant la police secrète iranienne.

— Tu es sûre que c'est elle qui a envoyé le message ?

— Non, mais c'est l'explication la plus probable.

Ellen poussa un long soupir.

— J'ai approuvé l'opération. On va aborder Zahara Ahmadi dès qu'elle sortira de la maison pour se rendre à ses cours.

Betsy savait depuis longtemps qu'elle était bravache, tandis qu'Ellen était brave. Elle se réjouissait de ne pas avoir à prendre ce genre de décision.

— Avant que je raccroche, parle-moi de Gil. Comment va-t-il ?

— Je viens d'appeler l'hôpital. Il dort, et le médecin de service m'a dit qu'il se portait beaucoup mieux. Je vais passer le voir en route vers l'aéroport.

— Toujours rien sur la source ?

— Non. Rien.

Il y eut un silence. Betsy n'aurait su dire si Ellen avait hésité intentionnellement ou si c'était un effet de la fatigue. Elle décida de ne pas poser la question. Plus vite elle raccrocherait, plus vite son amie pourrait dormir.

— Sois prudente, Ellen Sue Adams.

La révélation tira Betsy de sa sieste une heure plus tard.

L'homme qu'elle avait vu dans le sous-sol de l'hôtel Hay-Adams. Et que le général avait aussi remarqué. Celui qui avait causé tout un brouhaha.

Elle ne l'avait pas vu depuis des années. Il était alors beaucoup plus jeune. Il avait presque l'air d'un ingénu.

Cet après-midi-là, à l'Off the Record, il était méconnaissable. "En fait, se dit Betsy en se levant pour aller prendre une douche rapide, il avait l'air d'une scie à chaîne."

À Francfort, le téléphone sonna à trois heures, tirant Ellen d'un sommeil agité.

Elle pouvait se rendre à Oman.

Elle se leva en vitesse et, moins de deux heures plus tard, le ministre des Affaires étrangères avait accepté de la rencontrer à la résidence officielle du sultan, dans le vieux Mascate.

— Je peux vous consacrer une heure, madame la secrétaire d'État, avait-il dit.

Il parlait un anglais châtié, même s'il préférait souvent recourir à un interprète.

Cette fois, cependant, il s'adressa à elle directement. De façon plus simple. Plus aisée. Plus discrète.

Après avoir appelé Charles Boynton et lui avoir demandé de prévenir Anahita Dahir, Ellen réveilla Katherine.

— On part pour Oman, dit-elle. Habille-toi modestement.

— Bon. Je n'apporterai pas mes cuissardes.

Sa mère rit.

— L'avion part dans quarante minutes. Les voitures dans vingt.

— Compris. Anahita ? demanda Katherine.

Les deux jeunes femmes semblaient avoir noué une amitié. Ellen ne savait trop quoi en penser.

— Elle nous accompagne.

Et effectivement, vingt minutes plus tard, les véhicules blindés étaient là.

— On peut faire un crochet par l'hôpital ? demanda Ellen.

Bientôt, elle était au chevet de Gil. Il dormait, son visage meurtri apaisé.

— Gil ? chuchota-t-elle.

Elle s'en voulut, mais elle s'en voulait déjà pour tant d'aspects de la situation. "Un de plus, un de moins", se dit-elle.

Il se secoua et ouvrit des yeux bouffis.

— Quelle heure est-il ?

— Quatre heures passées.

— Qu'est-ce que tu fais là ?

Il s'efforçait de se redresser et elle l'aida en glissant un oreiller derrière son dos.

— Je pars pour Oman. J'ai rendez-vous avec le ministre iranien des Affaires étrangères. Les Iraniens sont derrière les explosions.

Gil hocha la tête.

— C'est logique. Ils ne veulent pas que Shah vende des secrets nucléaires ou les services de scientifiques à d'autres pays de la région.

— Ta source…

— Je t'ai déjà dit que je n'allais pas…

Elle brandit la main.

— Je sais. Je ne te demande pas son nom.

Elle baissa la voix.

— La dernière fois, tu allais me dire quelque chose. Tu as laissé entendre qu'il y avait peut-être un autre moyen d'en apprendre davantage de ta source. Sur Shah.

— Je ne peux pas t'en dire plus, chuchota-t-il.

— Mais comment comptes-tu t'y prendre ? Tu es à l'hôpital.

— J'ai trouvé une solution. Fais ton travail et laisse-moi faire le mien. C'est moi qui ai vécu l'explosion. Je n'oublierai jamais leurs visages. Disons que je suis une partie intéressée. Fais-moi confiance.

— Ce n'est pas une question de confiance. Je ne veux pas te perdre, c'est tout.

Elle se décida. Par curiosité.

— J'emmène Anahita à Oman. Elle est là, dehors.

Ellen épia la réaction de Gil. Si Anahita était sa source…

Gil resta impassible.

— Salue-la de ma part, d'accord ? se contenta-t-il de dire.

— Je n'y manquerai pas. On devrait être de retour dans la journée. Je passerai te voir.

— Bonne chance.

Dans le noir, vingt-cinq minutes plus tard, Air Force 3 fonçait sur la piste et amorçait un vol de sept heures jusqu'à l'État du Golfe.

Dès que l'avion eut atteint son altitude de croisière, Ellen se rendit dans son bureau pour se préparer. Elle y trouva un magnifique bouquet de fleurs. Ses favorites. Des pois de senteur. Des fleurs délicates et parfumées.

Se penchant pour les humer, Ellen remarqua un mot.

— C'est vous qui les avez commandées ? demanda-t-elle à son chef de cabinet au moment où Boynton entrait avec un steward qui apportait du café et un déjeuner léger.

Boynton posa les dossiers et considéra le bouquet.

— Non, mais elles sont jolies. L'ambassadrice américaine, probablement.

— Je me demande comment elle a su que c'étaient mes fleurs préférées.

— Elle ne laisse rien au hasard, dit Boynton, qui ignorait que sa patronne avait des fleurs préférées.

Il faut dire qu'il avait été très occupé à déterrer d'autres détails concernant la nouvelle secrétaire d'État.

— Elle a fait des recherches, je suppose.

— Merci, dit Ellen au steward, qui lui avait servi une grande tasse de café noir.

Elle déplia le mot et sentit la tasse de café glisser. Elle la retint de justesse. Mais pas avant que quelques gouttes tombent et lui brûlent la cuisse.

— Qu'est-ce qu'il y a ? demanda Boynton en s'approchant.

— Qui a envoyé ces fleurs ?

— Je vous l'ai déjà dit, madame la secrétaire d'État. Je ne sais pas.

La réaction d'Ellen semblait le laisser sincèrement perplexe.

— Il y a un problème ?
— Trouvez d'où elles viennent.
— Entendu.

Il sortit en vitesse et Ellen posa le mot sur son bureau. En essayant de le manipuler le moins possible.

C'était une version numérisée du mot qu'elle avait remis à Betsy, son amie et conseillère, avant son départ pour D.C. Celui dans lequel elle lui demandait de faire des recherches sur Tim Beecham. Et de ne laisser voir ce mot à personne, sous aucun prétexte.

Et voilà qu'il refaisait surface. À bord d'Air Force 3, en route vers Oman, glissé dans un bouquet de pois de senteur, soudain beaucoup moins adorable.

Le document ne contenait rien d'autre. Pas de signature. Mais elle sut qui l'avait envoyé. Qui était l'auteur des messages qu'elle recevait depuis des années. Les vœux d'anniversaire. Les cartes de Noël. Le mot de condoléances à la mort de Quinn.

Elle choisit une ligne sécurisée et, le cœur battant, téléphona à Betsy.

## 21

Le bar était bondé.

Il était vingt-deux heures passées, et la ville était sortie s'amuser.

Betsy regarda autour d'elle, laissant ses yeux s'acclimater à la pénombre. Elle se dirigea tout droit vers le bar, le dernier endroit où elle avait vu Pete Hamilton. Il n'y était plus, mais elle fut quand même tentée de jeter un coup d'œil en dessous. Après tout, c'est là qu'il avait semblé destiné à finir.

— Qu'est-ce que je vous sers ? demanda le barman.

"Une cuve de chardonnay", songea la meilleure amie d'Ellen Adams.

— Un soda au gingembre *light*, répondit la conseillère de la secrétaire d'État. Avec une cerise au marasquin, si possible, ajouta Betsy.

Pendant qu'elle attendait, son téléphone vibra.

— Qu'est-ce que tu fais encore debout ? Il doit être..., commença-t-elle avant d'être interrompue.

— Une comparaison entre dans un bar, dit Ellen d'une voix tendue.

— Quoi ? C'est drôle, je viens justement d'entrer dans un bar.

— Une comparaison entre dans un bar, Betsy !

L'esprit de Betsy se grippa. Une comparaison... Une comparaison...

— Desséché comme un désert. Ellen, poursuivit-elle à voix basse, que se passe-t-il ? Où es-tu ? C'est quoi, ce bruit ?

— Ça va ?

— Oui. Je suis à l'Off the Record. Tu savais qu'ils ont déjà un sous-verre avec ta caricature ?

— Écoute-moi bien, Betsy. Où est le mot que je t'ai remis avant ton départ ?

— Dans ma poche.

Elle y glissa la main. Ne trouva rien.

— Attends. Je me souviens, maintenant. J'ai sorti la feuille et je l'ai mise sur ton bureau en arrivant. Pour être sûre de ne pas l'égarer.

Betsy se figea.

— Pourquoi ?

— Parce que j'en ai une copie sous les yeux.

— À Francfort ? Comment…

— Non. À bord d'Air Force 3.

— Merde.

En repassant ses faits et gestes de la journée, Betsy sentit son esprit s'emballer.

— J'ai laissé la feuille sur ton bureau, puis je suis entrée chez Boynton. Je me suis servie de son ordinateur pour faire des recherches sur Beecham.

— Quelqu'un est entré pendant que tu y étais ?

— Oui. Barb Stenhauser. Seigneur, Ellen.

"Mon Dieu, songea Ellen. Comme si le DRN ne suffisait pas… La cheffe de cabinet du président, maintenant ?"

— Pourquoi l'aurait-on prise juste pour t'en envoyer une copie numérisée ?

— Cette personne l'a transmise à Shah. Il l'a fait mettre dans un bouquet de pois de senteur déposé dans l'avion.

— Les fleurs que Quinn avait l'habitude de t'envoyer ? Un avertissement ?

— Une façon de me narguer. Il veut que je sache qu'il est tout près. Si près qu'il peut faire ce qu'il veut. M'atteindre n'importe où.

— Mais alors il a quelqu'un à Francfort, quelqu'un qui a accès à ton avion. Ellen…

— Je sais.

Les candidats étaient nombreux. Un membre de l'équipe de la sécurité. Un steward. Voire le pilote.

“Ou, songea Ellen en se tournant vers la porte, mon propre chef de cabinet, le quasi invisible Charles Boynton.”

— Mon Dieu, fit Betsy. Si Stenhauser… Ça voudrait dire que Williams…

— Non, répondit Ellen. Je le crois capable de beaucoup de choses, mais pas de s'acoquiner avec Bashir Shah. Ce que je sais, c'est que nous avons besoin de certitudes. En ce moment, nous soupçonnons tout le monde. Ça ne peut pas durer.

— Je suis d'accord, mais comment faire ?

— Des faits, des preuves, une fois de plus. Du concret. Tu es sûre que personne d'autre n'est entré dans mon bureau ?

— Certaine…

— Quoi ? fit Ellen.

— Quelqu'un aurait pu y entrer pendant que j'étais avec le général Whitehead, j'imagine. Donc, Shah sait que tu soupçonnes Beecham.

Ellen Adams se sentit s'immobiliser, devenir très calme. Comme la plupart des femmes, elle réagissait très bien dans les moments de crise, malgré la croyance populaire. Et là, on avait indubitablement affaire à une crise.

— Le temps presse. Ils doivent se demander comment réagir. Tu as trouvé quelque chose ?

— Non. Toujours rien. D'où ma présence ici.

— Dans le bar ?

— Où je sirote un soda au gingembre…

— … avec une cerise au marasquin ? demanda Ellen.

— La meilleure partie. Écoute-moi bien, Ellen. Quand je suis venue, cet après-midi, j'ai aperçu Pete Hamilton.

— L'ancien attaché de presse de Dunn ?

— Lui-même.

— Jeune, idéaliste. Un attaché attachant, fit Ellen. Il a bien vendu les mensonges de Dunn.

— Il s'est montré convaincant, acquiesça Betsy.

— Probablement parce qu'il avalait lui-même les salades qu'il vendait. Le propagandiste est son premier client.

C'est une phrase qu'elle répétait aux jeunes journalistes embauchés par son empire médiatique. Elle leur rebattait aussi les oreilles avec le conseil de la nonne tibétaine Thubten Chodron : “Ne croyez pas tout ce que vous pensez.”

— Hamilton faisait du bon travail, dit Ellen. Mais alors il a été remplacé par le fils de Dunn.

— Quel imbécile, dit Betsy. A-t-on su pourquoi ils s'étaient débarrassés d'Hamilton ?

— Ils ne se sont jamais expliqués, mais la rumeur veut qu'il ait été alcoolique. Et qu'on ne pouvait pas lui confier des secrets d'État. Pourquoi veux-tu le rencontrer ?

— Il me faut quelqu'un de l'intérieur de l'administration Dunn. Quelqu'un qui m'aide à trouver les informations dont j'ai besoin. Tous les autres ont peur de parler. Hamilton ? Peut-être pas.

— Difficile de croire en la parole d'un ivrogne aigri. Mais il va peut-être mieux.

Betsy se souvint de la voix tonitruante, belliqueuse, revit les clients qui s'écartaient.

— Peut-être pas, admit-elle. Mais je ne suis pas à la recherche d'une citation à reproduire dans le journal. Juste de quelqu'un qui me fournisse les preuves dont nous avons besoin. D'ailleurs, j'ai une nouvelle obsession. Je veux savoir ce que représente le *T* de “Timothy T. Beecham”.

— Essaie de me rapporter plus que ça, s'il te plaît.

Betsy rit, aussitôt imitée par Ellen. Après la journée qu'elle avait connue, elle se serait crue incapable de rire, mais Betsy savait toujours la dérider.

— Sois prudente, lui recommanda Ellen. Tu as bien dit que le général Whitehead t'avait donné les coordonnées d'une Ranger, hein ? Appelle-la. Si Shah a lu mon mot, il sait que tu es sur la piste de Beecham. Si tu t'approches trop…

Elle s'interrompit. L'idée était insupportable. Mais elle ne put s'empêcher de la verbaliser.

— Je le crois capable…

— … de me faire du mal ?

— Pour ma paix d'esprit, ou ce qu'il en reste. S'il te plaît ?

— Promis. Mais je dois d'abord prendre contact avec Pete Hamilton. Une Ranger risquerait de lui flanquer la frousse. Tu es en route vers Oman ?

— Oui.

— Embrasse Katherine de ma part. J'espère au moins qu'elle n'a pas apporté ses cuissardes en cuir.

Ellen rit de nouveau, puis elle réfléchit. Elle avait supposé que sa fille voulait plaisanter, mais peut-être que…

— Oh… Ellen ?

— Oui ?

— Sois prudente.

Ellen raccrocha et considéra les pois de senteur. Si délicats, si gaiement colorés. Si subtilement parfumés. Ces fleurs lui rappelaient toujours la gentillesse de Quinn.

Elle saisit le bouquet et allait le jeter dans la corbeille quand, se ravisant, elle le remit sur son bureau.

Shah n'allait pas lui enlever ses fleurs préférées.

"Et, mon Dieu, faites qu'il ne m'enlève pas Betsy."

— Ouais, c'était lui, dit le barman interrogé par Betsy. Pete Hamilton. Il passe tous les quinze jours environ. Au cas où.

— Quoi ?

— Au cas où quelqu'un voudrait lui parler. Lui proposer du travail, peut-être.

— Ça arrive ?

— Non, jamais.

Le barman toisa cette femme qui ressemblait à la mère de Beaver.

— Il est parti ?

— On l'a invité à partir. À son arrivée, il était déjà ivre ou défoncé. Il a commencé à harceler les clients et on lui a montré la porte.

Il regarda Betsy.

— Qu'est-ce que vous lui voulez ?

— Je suis sa tante. Après son départ de la Maison-Blanche, la famille a perdu sa trace. Sa mère est malade et je dois lui parler. Vous savez où il habite ?

— Non. Pas exactement. Quelque part dans Deanwood, je pense. Je n'irais pas là-bas, à votre place. Pas à la nuit tombée.

Betsy paya sa consommation et réunit ses affaires.

— Malheureusement, sa mère est très malade. Il faut que je le retrouve.

Le barman la rattrapa à la porte.

— Ne traînez pas dans ce quartier, dit-il en lui tendant une carte de visite. Il me l'a laissée il y a quelques mois, au cas où quelqu'un chercherait un spécialiste des relations publiques.

Elle baissa les yeux sur le bout de papier sale, visiblement le produit d'une imprimante maison.

— Merci.

— Si vous le voyez, dites-lui de ne plus remettre les pieds ici. C'est gênant.

Le taxi s'arrêta devant l'adresse indiquée sur la carte de visite. Deanwood, dans le nord-est de D.C., se trouvait à vingt minutes et à un monde de distance de l'hôtel Hay-Adams. Et de la Maison-Blanche.

Betsy se campa devant la porte de l'immeuble. Pas d'interphone. Seulement un trou à l'endroit où il y en avait eu un.

Elle essaya la porte. Comme la poignée était brisée, elle était déverrouillée. En entrant, Betsy fut frappée par une puanteur forte, presque visible.

Urine. Excréments. Aliments pourris. Et, lui sembla-t-il, une chose en décomposition.

Elle gravit l'escalier branlant jusqu'au dernier étage et frappa.

## 22

— Allez vous faire foutre.

Betsy plaqua un mouchoir sur son visage dans l'espoir de bloquer les odeurs.

— Monsieur Hamilton ?

Silence.

— Pete Hamilton ? Je… hum… suis à la recherche d'un spécialiste des relations publiques.

— À minuit ? Allez vous faire foutre.

— C'est urgent.

Silence. Le grincement d'une chaise sur un sol en bois.

— Comment m'avez-vous trouvé ?

La voix était juste de l'autre côté de la porte, à présent.

— Le barman de l'Off the Record m'a donné votre adresse. Je vous y ai vu aujourd'hui.

— Qui êtes-vous ?

En route, Betsy s'était demandé comment elle allait répondre à cette question.

— Je m'appelle Elizabeth Jameson. Betsy pour les intimes.

Pour qu'il fasse montre de l'honnêteté dont elle avait besoin, elle devait donner l'exemple. Éviter de commencer par un mensonge.

Elle entendit un, deux, trois tours de verrou, puis le mouvement du pêne. La porte s'ouvrit enfin.

Betsy se prépara à encaisser une vague de puanteur. Après deux ou trois respirations, elle se rendit compte que l'appartement ne sentait pas mauvais. En fait, elle y reconnut un parfum d'après-rasage subtil, agréablement viril.

Et des arômes de cuisson. De biscuits aux brisures de chocolat, plus précisément.

Elle s'attendait à trouver en face d'elle un homme aux yeux injectés de sang. Couvert de vomissures séchées. Habillé de sous-vêtements sales et distendus. Elle s'était blindée en conséquence. Une bonne partie de son enfance l'avait préparée à une telle apparition.

En l'occurrence, Betsy Jameson fut prise au dépourvu.

Le Pete Hamilton aux yeux clairs qui se tenait devant elle était rasé de près et portait un survêtement qui avait vraisemblablement été repassé. Ses cheveux foncés étaient encore mouillés par l'eau de la douche.

Il était à peine plus grand qu'elle et semblait enduit d'une couche de graisse de bébé. Non pas épaisse, mais douce. Il avait le visage joufflu du bébé Gerber. Qui aurait échoué dans un immeuble d'habitation.

— Vous êtes la conseillère.

— En effet. Et vous êtes l'ancien attaché de presse.

Il fit un pas de côté.

— Entrez donc.

Derrière la porte, elle découvrit un petit salon aux murs d'un bleu-gris apaisant. Les lattes du sol donnaient l'impression d'avoir été sablées et revernies.

Il y avait un canapé-lit, prêt à accueillir quelqu'un pour la nuit, et un fauteuil qui semblait confortable. Sur la table, près de la fenêtre, un ordinateur portable ouvert et des papiers. Un verre d'eau et un biscuit.

Dans un coin, une cuisinette.

— Qu'est-ce que vous voulez ? demanda l'homme. Pas un spécialiste des relations publiques, je présume.

— Si, en fait. Plus précisément, j'ai besoin de vous.

Il la regarda et sourit.

— Laissez-moi deviner. C'est à propos des explosions dans les autobus.

Il inclina la tête.

— Vous ne me considérez tout de même pas comme un suspect ?

Il la gratifia de son sourire angélique, celui qui avait fait des ravages sur le podium, à l'époque où il colportait les mensonges de Dunn. Il était désarmant, ce sourire, et Betsy eut du mal à maintenir ses défenses.

Entre le visage de chérubin et l'arôme des biscuits aux brisures de chocolat, Betsy se rendit compte que ce n'était pas gagné. Puis elle se souvint des visages des parents endeuillés, à Francfort, et se blinda aussitôt.

— Je vous crois capable de me donner un coup de main, monsieur Hamilton.

— Et pourquoi voudrais-je vous aider ?

Betsy considéra l'appartement, puis regarda Hamilton dans les yeux.

— Vous pensez que je hais cet endroit et que je rêve de le quitter ? fit-il. C'est modeste, d'accord, mais c'est chez moi. Je fais partie d'une communauté. D'êtres brisés, mais décents. Je me sens à ma place, ici.

— Mais vous aimeriez avoir le choix, non ? répliqua-t-elle. Je pense que c'est ce dont vous rêvez. Comme nous tous. Choisir de vivre ici, mais ne pas y être forcé. Je vous l'ai dit, je vous ai vu cet après-midi à l'Off the Record. Vous sembliez ivre ou défoncé. Perdu, pitoyable.

— Vous avez vraiment besoin d'un spécialiste des relations publiques, fit-il.

Elle sourit.

— Pourquoi ce numéro d'ivrogne ?

Comme il ne répondait pas, elle se dirigea vers la table et baissa les yeux sur les notes placées à côté de l'ordinateur. Elle eut à peine le temps d'y jeter un coup d'œil avant qu'il les couvre de sa main aux doigts écartés.

— Allez-vous-en, je vous prie.

— Vous écrivez un livre sur Dunn.

— Non. Partez, s'il vous plaît. Je ne peux rien faire pour vous.

Elle sonda le regard sombre de l'homme.

— Vous n'êtes pas du tout à votre place, ici.

Il grogna.

— Vous, les démocrates élitistes, vous êtes tous les mêmes. Vous faites semblant d'être du côté des opprimés, mais, en réalité, vous les méprisez.

Betsy haussa les sourcils.

— Vous m'avez mal comprise. Vous avez dit que vos voisins étaient des gens décents. Vous n'êtes donc pas à votre place parmi eux. Vous êtes indécent. Je vous offre la possibilité de nous aider à identifier les responsables des explosions, peut-être de prévenir d'autres attentats. Et vous ne vous souciez que de votre livre, de votre revanche.

— De ma revanche ? Non, c'est une simple question de justice. Je cherche des faits, des preuves.

— De quoi ?

— De ce qu'ils m'ont fait. Je veux démasquer les responsables.

— Madame la secrétaire d'État, fit Charles Boynton, qui se tenait juste à l'extérieur du salon d'Air Force 3. À Téhéran, tout est prêt. On n'attend que votre signal. Vous voulez que je communique avec M. Beecham ?

— Non. Ce ne sera pas nécessaire.

— Mais…

— Merci, Charles. Vous pouvez demander à Mme Dahir et à Katherine de venir me rejoindre ?

Après le départ du chef de cabinet, la secrétaire Adams choisit une ligne sécurisée.

De toute évidence, l'agente en poste à Téhéran fut étonnée d'entendre la voix de la secrétaire d'État.

— Vous êtes en place ?

— Oui, madame la secrétaire d'État. La maison des Ahmadi est en vue. La jeune femme devrait sortir pour se rendre à l'université d'un instant à l'autre.

— Et vous êtes raisonnablement sûrs de ne pas avoir été repérés par les services de sécurité iraniens, votre collègue et vous ?

Au bout du fil, la femme laissa entendre un faible rire.

— Aussi sûrs qu'on puisse l'être. C'est d'ailleurs pour cette raison que nous devons agir vite. Plus nous attendons, plus nous risquons d'être repérés.

Ellen songea à Scott Cargill. À l'autre agente du renseignement. Abattus quelques heures plus tôt à Bad Kötzting.

Quel courage, chez ces gens ! Elle-même volait au-dessus de la mêlée, un café chaud et des pâtisseries à portée de main. Sans oublier le parfum des pois de senteur.

— Allez-y. Que Dieu vous bénisse.

— *Inshallah.*

— Je peux utiliser vos toilettes ? demanda Betsy.

En sortant, elle trouva Hamilton en train de préparer du thé. Les biscuits étaient posés sur le comptoir. Il les désigna d'un geste.

Obéissant au signal, elle s'empara de l'assiette et prit un biscuit en se dirigeant vers le fauteuil. Le lit était redevenu un canapé.

— Je vous sers ? demanda-t-il en la rejoignant.

Il désignait la théière.

— Vous avez trouvé ce que vous cherchiez ? dit-il en lui tendant une tasse.

— Non, en fait, répondit-elle en l'acceptant.

Pas de médicaments. Que de l'aspirine. Elle n'avait pas été surprise. Cet homme n'avait rien à voir avec le toxicomane aviné qu'il jouait en public.

— J'ai besoin de quelqu'un de l'intérieur, monsieur Hamilton. De quelqu'un qui sait des choses, qui sait où trouver les informations. De quelqu'un qui soit disposé à parler.

— À propos des explosions ? Je ne sais rien de tout ça.

— À propos des sales petits secrets de l'administration Dunn.

Il accueillit la réponse en silence.

— Pourquoi est-ce que je le ferais ? demanda-t-il enfin.

— Parce que vous essayez vous-même de les mettre au jour.

— Non, je tente seulement de trouver des preuves se rapportant à mon affaire.

— Vous permettez ? dit-elle en désignant les biscuits. Ils sont délicieux.

— Vous avez faim ? Je vous prépare un sandwich ?

Elle sourit.

— Non. Merci quand même.

Elle se pencha vers lui.

— Qu'est-ce qu'ils vous ont fait ?

Comme il ne disait rien, elle décida de l'aider.

— Puisqu'ils vous ont congédié sans raison, ils ont dû inventer un prétexte. Alors ils ont fabriqué des courriels et des messages montrant que vous étiez toxicomane.

Elle l'observait en parlant. Il avait baissé les yeux.

"Ce n'est pas tout, se dit-elle. Car j'en ai encore."

— Ils ont laissé entendre que vous faisiez du trafic.

Il leva les yeux et poussa un long soupir.

— C'était faux.

— Mais vous vous droguiez ?

— Qui ne le faisait pas ? J'étais jeune. Les drogues, c'étaient nos martinis à nous. Mais je…

— … n'inhalais pas ?

Il sourit.

— Je ne trafiquais pas. Jamais je n'aurais fait ça. Et je m'en tenais strictement à l'herbe. Mais à les entendre, j'étais un toxicomane qui menaçait l'administration, qui risquait de vendre des secrets d'État pour financer sa dépendance. Un danger pour la sécurité nationale.

Il posait sur elle un regard implorant. Non, pas sur elle. Betsy se rendit compte qu'il s'adressait à ses accusateurs par son entremise. Pendant une audience à huis clos. Alors qu'ils déposaient les pièces à conviction.

Sa stupéfaction. Ses démentis. Ses supplications. Ses larmes. Ils devaient le croire. Ils ne l'avaient pas cru.

Le plus cruel, c'était qu'ils le croyaient, bien sûr.

— Pourquoi vous ont-ils traité de cette manière ?

Il lui apporta son ordinateur, tapa sur quelques touches et fit apparaître un fichier avec une photo.

— Je n'ai pas trouvé d'autre raison que celle-là. La photo a paru trois jours avant mon licenciement.

Un article de journal. Non. D'un magazine à potins de D.C. On y voyait Pete Hamilton. Beaucoup plus jeune que l'homme que Betsy avait sous les yeux. Il riait en compagnie de correspondants de la Maison-Blanche. À l'Off the Record.

*Pete Hamilton, attaché de presse de la Maison-Blanche, visiblement dans la confidence*, disait la légende.

Betsy leva les yeux.

— C'est tout ? Vous avez été congédié pour avoir frayé avec des journalistes ? Ce n'est pas pour ça qu'on vous payait, justement ?

— À la Maison-Blanche, la loyauté passait avant tout le reste. On renvoyait quiconque formulait la moindre critique.

— Vous riiez. Impossible de savoir pour quel motif.

— Aucune importance. C'étaient des journalistes de CNN. Le président a cru que je riais d'une blague à ses dépens. La graine était semée. La mauvaise herbe pousse vite. Ils devaient me virer.

— Bon, d'accord, à la limite. Mais on vous a présenté comme une menace pour la sécurité nationale. Un trafiquant. On vous a détruit.

— J'ai servi d'exemple. C'était au début de l'administration. On a voulu montrer ce qui arrivait à ceux qu'on soupçonnait d'être déloyaux. J'ai eu de la chance : on n'a pas mis ma tête sur un pieu.

— C'est tout comme. Plus personne ne voulait vous engager.

— Oui. On n'a pas fait de déclaration, on ne m'a publiquement accusé de rien. Rien qui me permette de me défendre ou de les traîner devant les tribunaux.

— "On ?" Eric Dunn, vous voulez dire ?

Elle le vit hésiter.

— J'espère que non, mais je n'en sais rien. Il était au courant de presque tout ce qui concernait l'administration.

— Et maintenant ?

Elle jeta un coup d'œil à la table et aux dossiers.

— Vous vous efforcez de laver votre réputation. De prouver que tout ça n'était qu'une machination.

— J'ai mis du temps à me fâcher contre eux. Au début, j'étais en état de choc. Après, je me suis dit que j'avais eu ce que je méritais. Je croyais encore en Eric Dunn. Aux buts de son administration. Puis, en voyant l'ampleur des torts que j'avais subis, j'ai fini par me fâcher.

— Vous avez la mèche longue.

— Oui, mais il y a une bombe au bout. Une grosse.

— Et cette mise en scène à l'Off the Record ? Vous avez seulement fait semblant d'être ivre ou défoncé. Pourquoi ?

— Dites-moi ce qui vous amène, madame Jameson. Sachez que, malgré ce qui m'est arrivé, je reste un conservateur pur et dur. J'ai beau ne plus être un partisan de Dunn, je pense que votre homme à la Maison-Blanche est un imbécile.

Betsy le surprit en éclatant de rire.

— Si vous suiviez encore la politique, vous sauriez que je ne vais pas vous contredire. La secrétaire d'État Adams non plus, d'ailleurs.

Elle prit un air grave.

— Notre homme est peut-être un imbécile, mais il n'est pas dangereux.

— Un président doublé d'un imbécile est par définition dangereux.

— Ce que je veux dire, c'est qu'il ne projette pas ouvertement de renverser le gouvernement en soutenant et peut-être même en armant des terroristes. Vous voulez savoir ce qui m'amène ? Nous pensons qu'Eric Dunn et quelques-uns de ses loyaux partisans sont impliqués dans les explosions et dans ce qui risque d'arriver ensuite.

Pete Hamilton la regardait fixement. "Peut-être surpris, se dit-elle, mais pas stupéfait."

— Qu'est-ce qui vous le fait croire ?

— C'est lui qui a autorisé la libération de Bashir Shah, le trafi…

— Je sais qui c'est. Il n'est plus en résidence surveillée ?

— Et il s'est volatilisé.

— Et vous soupçonnez Shah d'être derrière ces explosions ?

— Non. Rien n'a encore été rendu public, mais il y avait à bord de chacun des autobus un physicien nucléaire recruté par Shah.

Le visage de l'homme effraya Betsy. Il avait encore l'air d'un chérubin, mais d'un chérubin qui aurait avalé un monstre.

— Que savez-vous ? demanda-t-elle. Vous savez quelque chose. Vous avez entendu quelque chose.

— Vous m'avez demandé pourquoi j'allais jouer les ivrognes à l'Off the Record. J'y vais pour leur montrer que je suis inoffensif. Que je suis si amoché qu'on n'a pas à se soucier de moi. Et ça marche. Je reste là à me parler tout seul, les yeux vitreux, tandis qu'ils bavardent entre eux. J'entends des choses. S'ils tiennent absolument à faire de moi une épave, autant que ça me serve.

Betsy considéra cet homme-enfant et se rendit compte qu'elle était peut-être en présence d'un Mozart moderne. D'un génie précoce.

— Et qu'avez-vous entendu, au juste ?

— Des rumeurs. À D.C., les gens complotent sans arrêt, exagèrent toujours. Promettent monts et merveilles. Mais là, c'est différent. Silence radio, ou presque. Sans les foutaises et les fanfaronnades politiques habituelles. J'ai essayé d'en savoir plus, mais j'ai un problème. Je sais où et comment chercher. J'ai passé ma vie à écouter, à entendre des choses. Je sais où ils gardent leurs dossiers confidentiels. Ce qui me manque, c'est l'accès. Je suis incapable de franchir la cybersécurité de la Maison-Blanche.

Betsy sourit.

Peu après sept heures, Zahara Ahmadi sortit de chez elle et entreprit le court trajet jusqu'à l'université de Téhéran.

Un hijab rose encadrait son visage et descendait jusqu'à ses pieds.

Sa mère ne portait que du noir, et son père avait insisté pour que ses filles, par respect, optent pour des hijabs foncés. Mais, à ses vingt ans, une fois à l'université, Zahara, qui adorait son père, s'était autorisé cet unique acte de rébellion.

Ses hijabs étaient colorés et gais. Parce que, avait-elle expliqué à son père, l'islam la rendait heureuse. Allah lui apportait la paix et la joie.

Bien que la sachant sincère, son père n'approuvait pas son choix. M. Ahmadi craignait que sa fille aînée, qu'il adorait, n'ait pas pour Dieu une vénération, une crainte et un respect suffisants. Et pour le gouvernement, encore moins.

Il savait de quoi l'un et l'autre étaient capables, en cas de mécontentement.

Pendant le trajet familier, Zahara Ahmadi se rendit compte qu'on la suivait. Dans la vitrine d'une boutique, elle constata qu'ils étaient deux. Un homme et une femme. Tous deux habillés en noir de la tête aux pieds, la femme en burqa.

Zahara savait reconnaître les agents du VAJA, les membres du renseignement. Depuis qu'elle était toute petite, elle en voyait chez elle, où ils rendaient visite à son père. Ils s'asseyaient dans son bureau en désordre et lui posaient des questions. Lui transmettaient des ordres. Il notait tout et s'exécutait.

Non pas, savait-elle, parce qu'il y était forcé, mais par conviction.

Elle n'avait jamais eu peur de ces gens. Zahara les voyait comme les voyait son père. De simples prolongements d'un gouvernement résolu à protéger ses citoyens contre un monde hostile. Mais c'était différent, à présent. Depuis la dernière visite. Depuis la conversation qui, portée par la bouche d'aération, était montée jusqu'à sa chambre.

Elle accéléra.

Les rues étaient désertes, exception faite des marchands qui commençaient à étaler leurs produits.

L'homme et la femme accélérèrent à leur tour. Leurs pas se rapprochaient.

Elle alla plus vite.

Ils allèrent plus vite.

Elle se mit à courir.

Ils coururent derrière elle. Gagnèrent du terrain. Plus vite elle courait, plus la panique montait en elle.

Elle s'était toujours crue courageuse. Elle mesurait à présent sa naïveté.

Zahara entra dans une ruelle, ses robes d'un rose vif joyeux voletant derrière elle. La distinguant. Faisant d'elle une cible impossible à rater.

— Arrêtez ! cria l'un de ses poursuivants. Nous ne vous voulons pas de mal.

Évidemment. Qu'allaient-ils dire ? "Stop ! Nous voulons vous tuer ! Vous torturer ! Vous faire disparaître !"

Zahara ne s'arrêta pas. Au coin, cependant, elle entra en collision avec l'homme. Si violemment qu'elle serait tombée si la femme ne l'avait pas retenue.

Zahara se débattit, mais l'homme la tenait fermement, une main sur sa bouche, tandis que la femme glissait la main dans la poche de sa burqa.

— Non, fit Zahara, suppliante. Pas ça.

Sa voix assourdie par la main.

On lui brandissait un objet devant le visage.

— Zahara ? fit une voix.

Lentement, la jeune femme cessa de lutter et regarda le téléphone qui s'adressait à elle en farsi avec un fort accent. C'était la voix d'une jeune femme. Une voix américaine.

— C'est Anahita, ta cousine. Ces personnes sont là pour t'aider.

Dans le bureau d'Air Force 3 qui filait vers Oman, la secrétaire Adams, Katherine et Anahita fixaient le téléphone.

Attendaient une réponse. Les secondes s'égrenaient.

— Anahita ? fit une voix métallique.

Les femmes se sourirent, se détendirent.

— Qu'est-ce qui me dit que c'est vraiment toi ?

Ayant prévu cette question, on avait demandé à Irfan Dahir de confier à sa fille un secret que seuls son frère cadet et lui pouvaient connaître.

D'un geste, Ellen encouragea Anahita à répondre.

— Mon père appelait le tien "petite tête de linotte", et ton père traitait le mien d'"abruti" parce qu'il étudiait l'économie plutôt que la physique.

Un soupir de soulagement et même d'amusement résonna dans le haut-parleur.

— C'est vrai. Je donne ce surnom à ma petite sœur. Parce qu'elle étudie le théâtre.

— J'ai une autre cousine ? fit Anahita en regardant la petite boîte posée sur le bureau comme si elle contenait la famille dont elle rêvait depuis toujours.

— J'ai aussi un frère. Une vraie tête de linotte, celui-là.

Anahita rit.

Ellen lui fit signe d'aller plus vite.

Anahita hocha la tête.

— J'ai reçu ton message, mais je n'ai pas réussi à arrêter les bombes. Ces personnes sont là pour t'aider, au cas où tu aurais des ennuis. Elles peuvent te faire sortir du pays.

— Je ne veux pas partir. L'Iran est mon chez-moi. J'ai fait ça pour rendre service. Pas pour nuire à l'Iran. Tuer des innocents n'est pas une façon d'avancer.

— Je sais, mais il ne faudrait pas que tu tombes dans les mains de la police secrète. Nous devons savoir comment ton père a appris pour les physiciens. Tu connais Bashir Shah ? Qu'est-ce qu'il prépare ? Si…

Elles entendirent un cri, puis des bruits de lutte.

Et la communication fut coupée.

## 23

— Je regrette, madame la secrétaire d'État, dit le ministre iranien des Affaires étrangères. Des autobus transformés en bombes ? Je ne vois pas du tout de quoi vous voulez parler.

— Vous m'étonnez, monsieur le ministre Aziz. Le président Nasseri vous cacherait-il des choses ?

Ils étaient assis dans l'immense salle de réception du palais, à l'entrée duquel le sultan les avait accueillis en personne.

L'homme grand et gracieux avait guidé Ellen jusqu'à la salle dominant le golfe d'Oman en discutant poliment des arts et de la culture du pays.

Puis il les avait laissés seuls.

La pièce était entièrement recouverte d'un marbre blanc quasi aveuglant. Par la porte à deux battants qui s'ouvrait sur la large terrasse, Ellen pouvait presque apercevoir l'Iran de l'autre côté du golfe. S'il l'avait voulu, le ministre des Affaires étrangères aurait pu faire le trajet en bateau.

Elle se pencha vers l'avant, et Aziz se redressa. Jusque-là, elle avait suivi à la lettre les recommandations des attachés culturels.

Dans les rencontres avec le ministre des Affaires étrangères iranien, les contacts physiques étaient à proscrire.

Elle devait utiliser son titre officiel.

Ses cheveux devaient être recouverts d'un voile de modestie.

Ne lui tournez jamais le dos, lui avait-on dit, et ne consultez jamais votre montre. Cent autres petits détails qui lui éviteraient de commettre un faux pas.

Bien qu'elle ait réussi à ne pas offenser l'homme, le respect des bienséances ne l'avait menée nulle part. Elle n'avait aucune envie de compromettre une relation déjà en difficulté ; elle n'avait pas non plus de temps à perdre.

— S'il y avait quelque chose à savoir, dit-il, je vous assure que je serais au courant.

Ces mots prononcés par l'entremise de son interprète.

Ellen avait demandé au ministre des Affaires étrangères s'ils pouvaient partager le même.

— C'est une grande marque de confiance, madame la secrétaire, avait dit Aziz dans un anglais irréprochable lorsqu'ils s'étaient parlé au téléphone.

— Laissez-vous entendre que votre interprète risque de déformer mes paroles ? demanda-t-elle d'une voix amusée.

— Alors nous lui ferons arracher la langue par des aigles. C'est bien ce qu'on dit dans vos médias à notre sujet, non ? Que nous sommes des barbares ?

— Nous avons nos propres faussetés, admit Ellen. Il y a de nombreux aspects de nos cultures et de nos réalités respectives que nous ignorons. L'heure est peut-être à l'honnêteté.

Elle marqua une pause.

— Et à la transparence.

Elle faillit exiger de savoir ce qui était arrivé à Zahara Ahmadi, mais elle s'en abstint. Inutile de jeter de l'huile sur le feu.

Ils restèrent assis l'un face à l'autre, le soleil éclatant réfléchi par le vaste océan de marbre blanc dans le palais Al Alam, le port de Mutrah, dans le vieux Mascate, devant eux.

Naturellement, Ellen se garda bien de dire que la jeune conseillère campée derrière elle parlait farsi.

Anahita avait reçu l'ordre de tenir sa langue et surtout de ne rien dire en farsi. Elle devait se contenter d'écouter, et plus tard elle répéterait à Ellen ce que le ministre avait effectivement dit.

Aziz avait considéré Anahita et s'était adressé à elle en farsi. Lui avait demandé d'où elle venait.

Anahita avait gardé un air absent.

Il avait souri.

Ellen n'aurait pas juré que son vis-à-vis était convaincu, mais, à mesure que la réunion avançait, elle se rendit compte qu'il avait oublié Katherine, Anahita et Charles Boynton, assis discrètement derrière elle, préférant se concentrer sur elle seule.

— Vous affirmez que le président Nasseri vous informe de tout ce qui compte, dit Ellen, et pourtant, vous n'êtes pas au courant pour les bombes ? Celles que votre gouvernement a posées ?

Cet homme l'intriguait. De toute évidence, il croyait aux buts de la révolution ; en même temps, il semblait d'avis que l'isolement affaiblissait l'Iran.

Au moyen de signaux subtils, il avait laissé entendre qu'il ne faisait plus confiance aux Russes, voisins et alliés de l'Iran, et qu'il serait peut-être ouvert à la signature d'une entente avec les États-Unis. Pas au rétablissement de relations diplomatiques complètes, loin de là. Mais à un léger réchauffement. Ce qui, dans le contexte du retrait des États-Unis de l'accord sur le nucléaire ordonné par Dunn, aurait pour l'Iran l'effet d'un séisme.

Aziz avait également laissé entendre que le nouveau président américain devrait dans un premier temps composer avec un énorme déficit de confiance. L'Iran hésiterait à conclure un nouvel accord assorti d'un droit de surveillance qui risquerait de le faire passer pour affaibli et vulnérable.

La secrétaire Adams sentit ainsi la mince, la très mince brèche créée par une Russie imprévisible et prédatrice et des États-Unis moins portés sur la confrontation.

Son travail consistait à déceler des intérêts communs, si infimes soient-ils. Des intérêts qui, avec le temps, déboucheraient peut-être sur une véritable entente. Dans cette éventualité, l'Iran cesserait d'être une menace de tous les instants ; les États-Unis et leurs alliés cesseraient d'être la cible d'attentats.

Mais il y avait encore loin de la coupe aux lèvres. Et les explosions toutes récentes avaient creusé le fossé entre les pays. Mais elles avaient aussi offert à Ellen l'ouverture dont elle avait besoin.

— Vous préférez donc ne pas aborder le meurtre des physiciens pakistanais, dit-elle en choisissant une datte bien charnue dans le plateau de fruits et de gâteries offert par les cuisines du sultan. Sans parler du meurtre de tous les innocents qui étaient dans ces autobus.

— Je veux bien en parler, mais pas en être accusé. Pourquoi mon pays aurait-il voulu tuer ces Pakistanais ? De façon aussi sanglante ? C'est insensé, madame la secrétaire d'État. En revanche, l'Inde…

Il ouvrit ses mains expressives pour inviter Ellen à considérer son point de vue.

— Ahhh, fit-elle en se calant dans son fauteuil et en ouvrant ses propres mains. Maintenant, en ce qui concerne Bashir Shah…

Elle vit l'homme assis en face d'elle se changer en marbre. Et les rayons du soleil faire briller les gouttes de sueur qui perlèrent à son front.

Son sourire s'était estompé, et ses yeux ne trahissaient plus le moindre amusement. Il la regarda d'un air mauvais, le vernis de politesse s'effritant peu à peu.

— Peut-être, fit-elle, aurions-nous intérêt à poursuivre en privé.

Dès que les autres furent sortis, Ellen se pencha vers le ministre Aziz, qui se rapprocha aussi d'elle.

— *Havercrafte man pore mārmāhi ast.*

Elle prononça les mots lentement, doucement, méticuleusement. Et vit les sourcils gris de l'homme se nouer.

— Vraiment ? fit-il.

Ce fut au tour d'Ellen de froncer les sourcils.

— Qu'est-ce que j'ai dit ? Ma conseillère a fait des recherches et m'a recommandé cette phrase. Je l'ai répétée en route.

— Votre hovercraft est plein d'anguilles. Ce n'est pas vrai, au moins ?

Les lèvres d'Ellen esquissèrent un sourire qu'elle s'efforça visiblement de contenir. Y renonçant enfin, elle éclata de rire.

— Je suis désolée. La vérité, c'est qu'il n'y a pas une seule anguille dans mon hovercraft.

Le ministre rit à son tour.

— À votre place, je n'en serais pas si sûr. Que vouliez-vous dire, madame la secrétaire d'État ?

— L'expression que je cherchais est "jouer cartes sur table".

— Je suis d'accord. L'heure est à la franchise.

Elle soutint le regard de son vis-à-vis et hocha la tête.

— Nous avons reçu depuis l'ordinateur d'un de vos plus éminents physiciens nucléaires à Téhéran un message nous prévenant que des autobus allaient exploser. Malheureusement, l'agente du Service extérieur qui l'a reçu a jugé qu'il s'agissait d'un courrier indésirable et l'a ignoré jusqu'à ce qu'il soit trop tard.

— Dommage, fit-il.

Si le ministre des Affaires étrangères avait été surpris par la candeur d'Ellen, il était trop rompu à l'art de la diplomatie pour le laisser voir.

Le temps pressait, et il y avait beaucoup de sujets à aborder. Elle avait réussi à obtenir le tête-à-tête qu'elle avait espéré. À présent, elle devait foncer vers la ligne d'arrivée.

— Le physicien en question et les membres de sa famille ont été arrêtés par votre police secrète.

— Nous n'avons pas de police secrète.

Réponse machinale donnée à l'intention des anguilles potentiellement à l'écoute.

Ellen l'ignora.

— Le gouvernement des États-Unis considérerait comme une faveur la libération de ces personnes et celle des deux Iraniens cueillis en même temps.

— À supposer que nous les ayons en détention, je doute qu'ils puissent être relâchés. Vous laissez les espions et les traîtres courir les rues, chez vous ?

— Quand les avantages dépassent les inconvénients, oui.

— Et quels seraient les bénéfices pour l'Iran ?

— Les remerciements du nouveau président américain. Une reconnaissance de dette privée.

— Nous avons eu droit aux remerciements de son prédécesseur. Du lourd, en plus. Il s'est retiré du traité sur le nucléaire et a laissé à l'Iran la marge de manœuvre nécessaire pour perfectionner son programme d'énergie nucléaire à des fins pacifiques. Sans ingérence étrangère.

— C'est vrai. Il a également autorisé la libération de Bashir Shah. Shah est le cobra dans votre hovercraft, non ?

Aziz la considéra. Et elle soutint son regard. Attendit. Attendit.

— Que voulez-vous vraiment, madame la secrétaire d'État ?

— Je veux savoir comment vous avez été mis au courant pour les physiciens nucléaires pakistanais et ce que vous savez des projets de Shah. Et je veux la libération des personnes dont je vous ai parlé.

— Pourquoi accéderions-nous à toutes ces demandes ?

— Vous voulez vous faire des amis ? Soyez-en. Pourquoi avez-vous accepté de me rencontrer ? Parce que vous savez que la Russie est instable, changeante. Votre pays est de plus en plus isolé. La République islamique d'Iran a besoin d'amis ou, au minimum, de moins d'ennemis. Avec l'aide du Pakistan, Shah est sur le point de doter de capacités nucléaires au moins un autre pays de la région. Voire des organisations terroristes. C'est pour cette raison que vous avez fait supprimer ces scientifiques. Mais il y a d'autres physiciens. Vous ne pourrez pas tous les éliminer. Vous avez besoin de notre aide pour tout arrêter. Et nous avons besoin de vous.

Quelques minutes plus tard, la secrétaire Adams et le ministre Aziz se séparèrent. Le ministre iranien des Affaires étrangères fonça à l'aéroport pour amorcer son court vol de retour ; Ellen, pour sa part, demanda au sultan la permission de rester un peu plus longtemps au palais.

Devant la balustrade, d'où elle contemplait le port ancien et légendaire, la secrétaire d'État américaine passa un coup de fil.

— Barb ? Je dois parler au président.

— Il est pris en ce…

— Tout de suite.

Un peu à l'écart, Barb Stenhauser vit le président Williams répondre.

— Comment ça s'est passé, Ellen ?

Sa voix dénotait une anxiété considérable.

— Je dois me rendre à Téhéran.

— Oui. Et moi, j'ai besoin de quatre-vingt-dix pour cent d'appuis dans les sondages.

— Non, Doug. Ça, c'est un souhait. Moi, je vous parle d'une nécessité. Le ministre Aziz a pratiquement admis que ce sont les Iraniens qui sont derrière les attentats, et je pense que nous avons de bonnes chances de sauver nos agents et d'obtenir des renseignements sur Shah, mais il ne va pas accéder à toutes nos demandes. Il ne peut pas. Seul le président Nasseri a ce pouvoir. Et encore. Il faudrait peut-être l'aval de l'ayatollah.

— Vous n'obtiendrez jamais une audience avec le Guide suprême.

— Pas si je n'en fais pas la demande, non. J'aurai plus de chances si je me montre prête à aller vers eux.

— Tout ce que vous montrez, c'est que vous êtes au pied du mur. Pour l'amour du ciel, Ellen, avez-vous perdu la tête ? De quoi aurons-nous l'air si un des premiers pays où vous vous rendez à titre de secrétaire d'État est un ennemi juré qui a bombardé des pétroliers, abattu des avions et abrité des terroristes ? Qui vient d'assassiner des civils innocents.

— Il suffit de ne rien dire. Je serai à Téhéran pendant quelques heures à peine. Je prendrai un jet privé. Sait-on seulement que je suis à Oman ?

— Non. Pour justifier votre absence, nous avons dit que vous étiez dans un spa de luxe en Corée du Nord.

Ellen pouffa.

— Vous avez songé à des rencontres virtuelles ? demanda le président. On ne doit surtout pas donner l'impression de pactiser avec l'ennemi.

À l'autre bout du bureau, il voyait la rangée de moniteurs où figuraient les commentateurs. Les grands spécialistes autoproclamés. Qui, pour la plupart, se demandaient si l'administration Williams était impliquée dans ce gâchis. Comment avait-elle pu ne pas être au courant des attentats ? Qu'ignorait-elle d'autre ?

Sur les ondes de Fox News, l'ex-secrétaire d'État soutenait que, avec son parti au pouvoir, jamais un tel désastre ne se serait produit. Mais avec un Bureau ovale aussi faible, qui sait ce qui risquait d'arriver, désormais, en sol américain ?

— Je me rends bien compte que les apparences sont contre nous, concéda Ellen. Mais nous avons enfin une chance d'arrêter Shah. Je dois me rendre sur place. Faire montre de bonne volonté.

— Sait-on seulement si les Iraniens ont cette information ?

— Non, avoua Ellen. Mais ils en savent plus que nous. Ils étaient au courant pour les physiciens. Ce que je ne comprends pas, c'est pourquoi ils ont senti le besoin de faire sauter des autobus. Pourquoi ne pas abattre les scientifiques ? C'est beaucoup plus simple.

— Pour frapper l'imagination ? risqua Williams. Ils ont déjà fait pire.

— Quand même, ça n'a pas de sens. Les réponses sont à Téhéran, au même titre que Zahara Ahmadi et nos agents. Ils ont été arrêtés par la police secrète. Nous devons tout faire pour les sortir de là et découvrir ce que savent les Iraniens sur les intentions de Shah. S'ils ignorent ce que Shah prévoit et où il se trouve, ils connaissent peut-être des gens qui savent.

— Pourquoi est-ce qu'ils nous en parleraient ?

— Parce qu'ils veulent que nous l'arrêtions.

— Pourquoi, dans ce cas, n'ont-ils rien dit avant ? S'ils voulaient notre aide, pourquoi ne se sont-ils pas adressés à nous ?

— Franchement, je ne sais pas. C'est pour cette raison que je dois me rendre à Téhéran.

— Et si ça se retourne contre nous ? Si les Iraniens publient des photos où on vous voit vous incliner devant le grand ayatollah ou le président Nasseri ? S'ils décident de vous arrêter ? De vous accuser d'espionnage ? Alors quoi ?

— J'ai compris, dit Ellen d'une voix soudain glaciale. Je sais que vous ne négocieriez pas ma libération.

— Ellen…

— J'ai votre autorisation ou pas ? Le sultan a l'amabilité de mettre un de ses avions à ma disposition, et les Omanais attendent notre réponse. Je dois foncer là-bas avant que les Iraniens changent d'idée et se tournent vers les Russes.

— Bon, très bien, allez-y. Mais en cas de pépin…

— Je me débrouille toute seule. J'ai agi de ma propre initiative. Je ne vous ai pas consulté.

“Lâche”, songea-t-elle en raccrochant.

“Cinglée”, songea-t-il en raccrochant.

— Allez chercher Tim Beecham, lança-t-il sèchement.

— Oui, monsieur le président.

Pendant que sa secrétaire d’État sortait, Doug Williams se tourna vers les moniteurs et sentit les murs du Bureau ovale se mettre à tourner. Comme une centrifugeuse. Séparant le liquide du solide.

Ne laissant derrière qu’un magma d’incompréhension.

# 24

— Ça y est, je suis dans le système, dit Pete Hamilton. Qu'est-ce que vous voulez savoir ?

Betsy l'avait installé dans le bureau de Boynton et lui avait confié l'identifiant et le mot de passe donnant accès aux informations classées secrètes. Mais pas avant d'avoir verrouillé la porte principale de l'enfilade de bureaux de la secrétaire d'État de même que les portes des bureaux d'Ellen et de son chef de cabinet.

Elle n'était pas allée jusqu'à pousser le canapé contre la porte, mais elle y songeait.

— Tout ce qui concerne Tim Beecham.

Hamilton la considéra, ses doigts suspendus au-dessus du clavier.

— Seigneur Jésus. Le directeur du renseignement national ?

— Oui. Timothy T. Beecham. Pendant que vous y êtes, trouvez ce que représente le *T.*

Deux heures plus tard, au moment où le soleil commençait à poindre, Hamilton repoussa sa chaise.

— Vous avez quelque chose ? demanda Betsy en se campant derrière lui. Quoi ?

Hamilton se frotta le visage à deux mains. Il avait les yeux rougis, les traits tirés.

— Voilà tout ce que j'ai trouvé sur Beecham.

— En deux heures ?

— Oui. Quelqu'un tient à ce que nous n'en sachions pas plus. Aucune trace de ses rapports, de ses messages électroniques, de ses notes de réunion, de son agenda. Quatre années de documentation évanouies. Rien. Rien de ce qui, aux termes de la loi, doit être conservé. Tout a disparu.

— Les documents ont été effacés ?

— Ou stockés ailleurs. Dans un autre service, où personne ne songera à les chercher. Ça pourrait être n'importe où. Ou encore, les informations sont enfouies si profondément que je n'ai pas réussi à les trouver.

— Pourquoi ?

— C'est pourtant évident, non ? On a des choses à cacher.

— Continuez de creuser.

— Inutile. J'ai touché le fond.

Betsy hocha la tête en réfléchissant.

— Bon, très bien. Jusque-là, nous nous en sommes tenus à Beecham. On doit peut-être regarder ailleurs, le contourner. Trouver une porte dérobée.

— Shah ? Les talibans ?

— Les nœuds papillon.

— Pardon ?

— Tim Beecham porte des nœuds papillon. Je me souviens d'avoir lu un article à ce sujet dans le cahier mode du journal local d'Ellen.

— Et alors ?

— Les articles de journaux sont sûrement archivés quelque part. Il y a un service des coupures de presse, non ? Sous l'administration Dunn, Tim Beecham n'était pas le directeur du renseignement national. C'était un conseiller de haut rang. Il n'est sûrement pas mentionné dans beaucoup d'articles. En fait, je parie qu'il a tout fait pour l'éviter. Mais un article sur la mode ? Un article positif dans un journal connu pour ses attaques en règle contre l'administration Dunn ? Ils ont dû sauter sur l'occasion.

— Les nœuds papillon ?

— On a épinglé Al Capone pour évasion fiscale, dit Betsy en se penchant sur l'écran. Pourquoi ne coincerait-on pas Beecham à cause de ses nœuds papillon ? Le nœud coulant autour de son cou. Ils ne se sont pas donné la peine de classer "secret" un article portant sur les nœuds papillon. Déterrez cet article et vous allez trouver le reste.

Pete Hamilton comprit. Les nœuds papillon seraient peut-être la passerelle donnant accès à des renseignements incriminants, celle qu'on avait omis de brûler.

— Je vais chercher du café, dit Betsy.

— Et des pâtisseries, lança Pete Hamilton dans son dos. Des brioches à la cannelle.

En sortant du bureau de Boynton, laissant derrière elle le crépitement des touches de l'ordinateur, Betsy se rappela la promesse qu'elle avait faite de téléphoner à la Ranger du général Whitehead pour lui demander sa protection.

C'était ridicule. Dans le confort familier des bureaux de la secrétaire d'État, au cœur du département d'État, impossible de croire que leurs vies puissent être en danger. Mais elle songea alors que les passagers des autobus s'étaient sans doute bercés de la même certitude.

D'abord, cependant, du café et des brioches à la cannelle.

En descendant à la cafétéria, Betsy trouva un certain plaisir dans le fait qu'ils avaient au moins découvert ce que représentait le *T* dans "Timothy T. Beecham". Bizarre, ça aussi.

L'Iranienne d'âge mûr dépêchée par le gouvernement à Téhéran recula d'un pas pour mieux examiner Ellen.

— Ça ira, dit-elle en anglais.

Elles étaient dans la chambre de l'avion du sultan, garé dans un hangar de l'aéroport international Imam Khomeini de Téhéran. La femme se tourna ensuite vers les autres personnes réunies dans la spacieuse cabine. Katherine Adams et Anahita Dahir étaient pareillement vêtues et totalement méconnaissables sous une burqa qui les couvrait de la tête aux pieds.

Avant de monter à bord de l'avion privé du sultan à Oman, la secrétaire Adams avait téléphoné au ministre Aziz et posé des questions sur la tenue traditionnelle. Il avait aussitôt compris pourquoi.

Dans le terminal d'Oman, elle avait pris Anahita à part.

— Je pense qu'il vaut mieux que vous restiez ici. Si les Iraniens découvrent qui vous êtes, ce qui semble probable, vous risquez d'avoir des ennuis. Peut-être même d'être arrêtée pour espionnage.

— Je sais, madame la secrétaire d'État.

— Vous savez ?

Anahita sourit.

— J'ai vécu toute ma vie dans la crainte de ce qui arriverait si les Iraniens repéraient ma famille. Me jeter volontairement dans la gueule du loup… Ça semble inconcevable. Mais hier, j'ai compris ce que le secret et la crainte ont fait à mes parents. La vie qu'ils ont menée, dans la terreur perpétuelle. J'en ai assez d'avoir peur. J'en ai assez de me faire toute petite pour éviter qu'on me remarque. Fini, tout ça. D'ailleurs, peu importe ce qui arrive, ça ne peut pas être pire que ce que j'ai imaginé.

— Je n'en suis pas si sûre, dit Ellen.

— Vous n'avez aucune idée de ce que j'ai imaginé. J'ai grandi en entendant des histoires où il était question des démons qui sortent la nuit. Les *khrafstras.* Ceux qui me faisaient le plus peur étaient les *Al.* Ils sont invisibles. Si on sait qu'ils existent, c'est seulement à cause des horreurs qui se produisent.

Il s'en produisait effectivement.

Ellen se souvint de l'expression d'Anahita lorsqu'elle avait appris que Bashir Shah était derrière les explosions.

— Shah est un *Al* ?

— Si seulement… C'est l'Azhi Dahaka. Le plus puissant des démons. Il commande une armée d'*Al*, sème le chaos, la terreur. La Mort. Azhi Dahaka est fait de mensonges, madame la secrétaire d'État.

Les deux femmes se regardèrent.

— Je comprends, dit Ellen.

Elle s'écarta et regarda Anahita monter à bord de l'avion pour Téhéran.

Peu avant l'atterrissage, Ellen passa un coup de fil à l'hôpital de Francfort pour dire un mot à Gil.

— Comment ça, “il est parti” ? demanda-t-elle.

— Je regrette, madame la secrétaire d'État. Il a dit que vous étiez au courant.

“Encore des mensonges”, songea Ellen en regardant par le hublot l’Iran. La Perse. Elle se demanda si, en observant bien, elle verrait l’Azhi Dahaka courir vers Téhéran à la rencontre de l’avion. Ou était-il occupé ailleurs ? S’avançait-il plutôt vers les rivages des États-Unis, plus puissant à mesure que les mensonges s’accumulaient ?

— Mais ses blessures ? dit-elle au médecin-chef.

— Ne mettent pas sa vie en danger. Et il est adulte. Il avait le droit de signer son congé.

— Vous savez où il est allé ?

— J’ai bien peur que non, madame la secrétaire d’État.

Elle essaya ensuite le numéro privé de Gil, mais c’est une autre personne qui répondit, une infirmière. Gil lui avait confié son appareil, expliqua-t-elle.

“Pour qu’on ne puisse pas le suivre”, comprit Ellen.

— Il vous a dit autre chose ? demanda-t-elle.

— Non.

— Il y a quelque chose de plus, non ?

Elle l’avait deviné au ton de la femme.

— Il m’a demandé de lui prêter deux mille euros.

— Et ?

— J’ai retiré l’argent hier.

Preuve, comprit Ellen, que Gil avait le projet de partir depuis un moment. Pourtant, il ne lui avait rien dit.

— Pourquoi lui avoir avancé cette somme ?

— Parce qu’il était coincé, répondit-elle. Et qu’il est votre fils. J’ai voulu l’aider. J’ai mal fait ?

— Non, pas du tout. Je vais veiller à ce que vous récupériez votre argent. Si vous avez de ses nouvelles, prévenez-moi, s’il vous plaît. *Danke.*

Au moment où elle raccrochait, son téléphone sonna.

— Un complément circonstanciel mal placé entre dans un bar…

Betsy ! Ellen était toujours soulagée d’entendre sa voix.

— … qui appartient à un homme avec un œil de verre appelé Ralph. Quoi ? Tu as trouvé quelque chose ?

— Sur Tim Beecham, rien du tout. Tout est très profondément enterré. En soi, c’est révélateur, non ?

— Nous devons trouver quelque chose, Betsy. La preuve qu'il est derrière tout ça. Il va prétendre que c'est un coup monté. Que quelqu'un tente de l'incriminer. Je dois alerter le président, mais il me faut du concret.

— Je sais, je sais. Nous essayons. Et je pense avoir trouvé une porte dérobée. Grâce à toi.

— À moi ?

— À ton journal de Washington, plutôt. Vous avez publié un article sur les hommes d'influence qui portent le nœud papillon.

— Ah bon ? On devait être cruellement en manque de sujets.

— En l'occurrence, c'est probablement un des papiers les plus importants jamais publiés par tes médias. Tous les documents concernant Beecham ont été enfouis dans un autre dossier, où on ne risquerait pas de les trouver. En fait, on ne saurait même pas par où commencer. Sauf qu'ils ont aussi archivé l'article sur les nœuds papillon, la seule entrevue que Beecham a accordée du temps où il travaillait pour Dunn. J'ai du mal à croire qu'on l'ait classé secret. Pete Hamilton vérifie au moment où on se parle.

— Quand vous le trouverez, vous trouverez le reste.

— Je l'espère.

Betsy entendit un long soupir.

— Tu me tiens au courant ?

— Bien sûr. Au fait, on a trouvé quelque chose sur Beecham. Tu sais ce que représente le fameux *T* ? Tu n'en reviendras pas.

— Quoi ?

— Son nom complet est Timothy Trouble Beecham.

— Il a Trouble pour second prénom ? fit Ellen en se retenant difficilement de rire. Qui donne un nom pareil à un enfant ?

— Soit c'est le nom d'un ancêtre, soit ses parents ont pressenti quelque chose…

"Qu'ils avaient donné naissance à un *Al* ", songea Ellen.

— Oh, et j'ai appelé la capitaine Phelan, la Ranger, dit Betsy. Elle est en route.

— Merci.

— Où es-tu ?

— Je me pose à Téhéran.

— Tu me…
— Oui. Toi aussi.
L'avion fit le tour de l'aéroport international Imam Khomeini. Ellen fredonna un air à moitié oublié, son souffle embuant le hublot.
Puis la secrétaire d'État américaine s'aperçut qu'il s'agissait d'une chanson des Horslips.
— "*Trouble, trouble*, chanta-t-elle tout bas. *Trouble with a capital T…*"
Dès que l'avion s'immobilisa dans le hangar, l'Iranienne monta à bord avec les burqas réclamées par la secrétaire d'État.
Quelques minutes plus tard, le petit groupe descendit les marches, les femmes d'abord, Charles Boynton ensuite.
Les Occidentales veillèrent à ne pas trébucher sur le long voile ajouré à la hauteur des yeux qui les enveloppait de la tête aux pieds.
En Iran, les femmes ne portaient normalement pas la burqa complète – c'était surtout le cas en Afghanistan –, mais elles étaient tout de même assez nombreuses pour que ces trois-là n'éveillent pas de soupçons. Un observateur, un préposé aéroportuaire ou un chauffeur, ne se douterait jamais que la secrétaire d'État américaine venait de débarquer en Iran.
Ellen descendit la dernière marche et foula le sol iranien. C'était le premier haut dirigeant des États-Unis à le faire depuis le président Carter en 1978.

— Nom de Dieu, s'écria Pete Hamilton en quittant l'écran des yeux pour se tourner vers Betsy. Ça y est. J'y suis.
— Où ça ? demanda Denise Phelan en posant sa brioche à la cannelle.
— Laissez-moi d'abord prévenir votre patron, dit Betsy, tout sourire.
Elle composa le numéro du général et lui apprit la nouvelle.
— Les nœuds papillon, fit le chef d'État-Major des armées en riant. Décidément, vous êtes une femme dangereuse. J'arrive.

— L'avion de la secrétaire d'État ne s'est pas posé à Islamabad comme prévu, monsieur Shah, dit l'adjoint.

— Alors où est-elle ?

— Nous pensons qu'elle est à Téhéran.

— Impossible. Elle n'est quand même pas à ce point téméraire. Vérifiez.

— Bien, monsieur.

Bashir Shah sirota sa limonade en regardant dans le vide. Avec le temps, il avait presque fini par s'attacher à Ellen Adams. Il en était venu à la connaître assez intimement, à partager avec elle un lien singulier.

— À quoi tu joues ? chuchota-t-il pour lui-même.

Il la connaissait assez bien pour savoir qu'elle n'agissait jamais sans réfléchir. Mais peut-être l'avait-il assez secouée pour lui faire commettre une erreur.

Ou encore, ce n'en était pas une.

L'erreur, c'était peut-être lui qui la commettait. L'idée était si incongrue, si inattendue qu'il comprit : il était le plus secoué des deux. Un petit, un léger doute s'était infiltré en lui. Infime, mais indélogeable.

L'adjoint revint quelques minutes plus tard et trouva Shah en train de rectifier la disposition des couverts sur la table, dressée pour les invités.

— Téhéran, monsieur.

Bashir Shah absorba l'information en contemplant l'océan au-delà de la terrasse. Vue très différente de celle dont il avait bénéficié pendant ses années de résidence surveillée à Islamabad, où son monde avait été circonscrit par un jardin luxuriant.

Il ne se laisserait plus jamais emprisonner, si confortable que soit la geôle.

— Et le fils ?

— En plein là où vous l'aviez prédit.

— Pas prédit. Ce n'étaient pas de simples conjectures. Ni une affaire de libre arbitre. Il n'avait pas le choix.

On pouvait au moins compter sur un des membres de cette foutue famille pour aller là où on le poussait.

— Faites préparer mon avion.

— Mais, monsieur, vos invités seront là dans…

Un regard de Shah dissuada l'homme de poursuivre. Il se hâta d'aller téléphoner.

— Il ne peut pas annuler, dit la femme à l'autre bout du fil. Pour qui se prend-il ? C'est un honneur de recevoir l'ex-prés…

— M. Shah vous présente ses plus sincères excuses. Une urgence…

Bashir Shah monta dans la limousine blindée et tourna le dos à l'océan Atlantique. Il avait vu assez d'eau. Il avait envie, comprit-il, d'un jardin.

## 25

Gil Bahar avait quitté l'hôpital de Francfort tout de suite après le départ de sa mère.

La jeune infirmière lui avait donné l'argent pendant qu'il s'habillait. Les économies de toute une vie, soupçonnait-il.

— Je vais revenir. Je vais vous rembourser.

— Ma petite sœur aurait dû se trouver à bord de cet autobus. Elle l'a manqué. Je sais que vous essayez de prévenir un autre attentat. Prenez l'argent. Et filez.

Dans la voiture qui l'emmenait à l'aéroport, Gil ouvrit le sac. Il contenait les euros. Ainsi que des médicaments et des bandages.

Il prit un des analgésiques, réserva les autres.

Quelques heures plus tard, au moment où sa mère tentait de le joindre dans sa chambre d'hôpital à Francfort, il descendit de l'avion et regarda autour de lui.

Peshawar. Au Pakistan.

Sentant son estomac se nouer et son cœur s'emballer, il se demanda pendant un instant s'il ne risquait pas de perdre connaissance à cause du sang qui transitait de sa tête à son tronc. Comme s'il cherchait à échapper au souvenir de cet autre sang. De ces autres têtes.

Gil n'avait pas remis les pieds à Peshawar depuis son enlèvement. Depuis qu'il avait compris avec horreur qu'il n'avait pas été kidnappé par Al-Qaïda ni par Daech, ce qui aurait déjà été horrible. Non, il était tombé aux mains des Pathans.

Moins connus que d'autres djihadistes, sans doute parce qu'on préférait ignorer leur existence, éviter de prononcer leur nom, les Pathans constituaient une famille élargie dont l'influence s'étendait à Al-Qaïda, aux talibans et même aux forces de sécurité. C'étaient des fantômes. Et personne ne voulait être présent lorsqu'ils se matérialisaient.

Mais quand on avait retiré le sac qui lui recouvrait la tête et que ses yeux s'étaient acclimatés à la lumière, il s'était découvert dans un camp de Pathans, à la frontière du Pakistan et de l'Afghanistan.

Gil Bahar avait compris qu'il était mort. Et que son agonie serait atroce.

Il avait plutôt réussi à s'évader. Il avait couru le plus vite possible, le plus loin possible. Et voilà qu'il courait le plus vite possible, le plus loin possible afin de revenir sur les lieux.

Il tenta de se détendre pendant que les douaniers l'étudiaient avec soin. Ils ne voyaient pas beaucoup de touristes.

— Je suis étudiant, expliqua-t-il. Je prépare mon doctorat. Sur la route de la soie. Saviez-vous que…

Un bruit sourd annonça l'estampillage de son passeport, et on lui fit signe de passer.

Hors de l'aéroport, dans la chaleur, la poussière et l'agitation d'une ville de près de deux millions d'habitants, Gil marqua une pause. Des hommes minces se ruèrent sur lui.

— Taxi ?

— Taxi ?

Gil porta la main à son front dans l'espoir de se protéger de la lumière aveuglante et choisit un chauffeur, qui voulut lui prendre son sac. D'un geste, Gil le repoussa.

À bord de la voiture cabossée, il se détendit. Gil ne parla qu'une fois la ville dans le rétroviseur.

— *Salam alaikum*, Akbar.

— Ton accent s'améliore, grosse merde.

— Tête de linotte, tu veux dire ? Ou tête de con ?

— Dans ton cas, il faut quelque chose d'anal, répliqua Akbar, qui entendit Gil rire. Et la paix soit avec toi, mon ami.

Akbar quitta la grand-route et le taxi bringuebala sur des pistes de plus en plus cahoteuses. La route de la soie était loin d'être lisse, ainsi qu'Alexandre le Grand, Marco Polo, Gengis Khan et d'autres l'avaient appris à leurs dépens.

Assis au bureau de Charles Boynton, où il lisait des messages texte et des courriels, le chef d'État-Major des armées affichait une mine sombre.

— Jusque-là, rien de très compromettant, dit-il. Il est question de Shah, mais seulement au passage. On dirait presque que Beecham ignore qui il est.

Le général Whitehead considéra les autres. Le bureau du chef de cabinet de la secrétaire d'État sentait le café et la brioche à la cannelle. Betsy Jameson et Pete Hamilton se tenaient debout face à lui, tandis que la capitaine Phelan occupait une position stratégique près de la porte.

On avait baissé les stores, tiré les rideaux. Première initiative du général à son arrivée. Pour empêcher des personnes munies de lunettes de visée à longue portée de voir à l'intérieur et non pour voiler les rayons du soleil.

Ils s'enfonçaient de plus en plus profondément dans les dossiers secrets concernant Timothy Trouble Beecham. La contrepartie, c'est qu'ils couraient de plus en plus de risques.

— Si quelqu'un a consacré autant d'efforts aux dossiers de Beecham, ce n'est sûrement pas pour rien, dit Whitehead en cédant sa place à Hamilton, qui se remit au travail. On a dû mettre des semaines à tout camoufler. Il y a sûrement un secret là-dedans, dit-il en hochant plusieurs fois la tête.

— Je vais le trouver, dit Hamilton en parcourant des pages et en déroulant des menus.

— Il a vraiment "Trouble" pour second prénom ?

— Oui, apparemment, dit Betsy. Je le comprends de ne pas s'en servir. Moi qui pensais que c'était *T* pour Traître…

Bert Whitehead se tourna vers l'ordinateur d'un air dégoûté, comme si l'appareil était l'incarnation du collaborateur. Il posa les yeux sur Betsy.

— Où est la secrétaire d'État Adams en ce moment ?

— Bon, ça suffit, déclara Hamilton avant que la conseillère

réponde. Mes yeux sont trop fatigués. J'ai peur de commettre une erreur. Il faut que je me repose.

Il éteignit l'ordinateur.

— Je peux vous relayer, proposa Betsy.

— Non. Vous avez besoin de repos, vous aussi. Vous n'avez pas fermé l'œil de la nuit. D'ailleurs, je sais quels fichiers j'ai déjà consultés. J'ai un système. Vous risquez de mettre la pagaille. Donnez-moi une heure, et je serai frais et dispos.

— Il a raison, dit Whitehead en se tournant vers la capitaine Phelan. Nous savons qu'il est important de se reposer. D'avoir l'esprit vif, n'est-ce pas, capitaine ?

— Oui, monsieur.

Le général prit sa casquette sur le bureau et posa sur Hamilton ses yeux perçants, interrogateurs. Puis il se dirigea vers la porte.

— Vous êtes sûre de pouvoir lui faire confiance ? chuchota-t-il à l'intention de Betsy. Il a travaillé pour Dunn.

— Vous aussi.

— Ah non. J'étais au service du peuple américain et je le suis encore. Mais lui ?

Il désigna Hamilton, qui avait croisé les bras sur le clavier et posé la tête dessus.

— Je n'en suis pas sûr.

Il se tourna vers Betsy et sourit soudain.

— Les nœuds papillon. Vous êtes une femme remarquable. Lorsque tout sera terminé, j'espère que vous accepterez de souper avec ma femme et moi. Et pas à l'Off the Record.

— Avec plaisir, répondit Betsy en souriant à son tour.

"Lorsque tout sera terminé", songea-t-elle en regardant la capitaine Phelan marcher avec le général dans Mahogany Row et monter dans l'ascenseur. Ils parlaient à voix si basse que personne ne pouvait les entendre.

*Lorsque tout sera terminé.*

Idée séduisante.

— Fermez la porte, dit Pete Hamilton lorsque Betsy rentra dans le bureau de Boynton.

Parfaitement alerte, il rentra le mot de passe dans l'ordinateur.

— Mieux, verrouillez-la.

— Pourquoi ?

— S'il vous plaît.

Elle obéit et vint le rejoindre. Les doigts de l'homme volaient au-dessus des touches. On aurait dit les bruits de pas d'une personne qui courait. Dans une poursuite effrénée.

Il s'arrêta pour laisser Betsy s'asseoir et lire ce qu'il avait découvert et emprisonné dans le rectangle noir de l'écran.

— Vous avez trouvé ? demanda-t-elle en s'asseyant.

La pâleur de l'homme l'alerta. Ce n'était pas ce qu'ils attendaient. C'était bien pire.

Elle dut lire deux fois, trois fois. Puis elle fit dérouler la page. Remonta. Incapable de regarder Hamilton en face.

— C'est pour cette raison que vous avez éteint l'ordinateur ? demanda-t-elle.

Il hocha la tête en regardant la note de service à l'écran.

On y autorisait sans conditions la libération de Bashir Shah par les Pakistanais.

Plus bas, ils lurent dans un silence hébété la deuxième note de service. Recommandant avec vigueur le retrait des États-Unis du traité nucléaire conclu avec l'Iran.

Dans une troisième, on expliquait pourquoi il n'était ni nécessaire ni souhaitable d'assortir de conditions le retrait des troupes d'Afghanistan.

Les notes étaient marquées comme hautement prioritaires et classées top secret. Et signées par le chef d'État-Major des armées. Le général Albert Whitehead.

— Flûte.

— Madame la secrétaire d'État, dit à voix basse le chef du détachement de la Sécurité diplomatique, vous avez un appel.

— Merci, répondit-elle sur le même ton. Pas maintenant.

— C'est votre conseillère, madame Jameson.

Ellen hésita. Elle quitta des yeux le président Nasseri.

— Dites-lui que je vais la rappeler dès que possible, je vous prie.

Le président Nasseri avait accueilli la secrétaire Adams et son petit entourage dans l'entrée du principal immeuble gouvernemental, où il avait ses bureaux. Ellen lui demanda la permission de retirer les burqas avant le début de la rencontre. Tenant à le voir et à ce qu'il la voie.

— Mais avant, monsieur le président, permettez-moi de vous présenter les personnes qui m'accompagnent. Charles Boynton, mon chef de cabinet.

— Monsieur Boynton.

— Monsieur le président.

— Ma fille, Katherine.

— Ahhh, la patronne de presse. Vous tenez de votre mère, dit Nasseri avec un sourire charmant. J'ai une fille. J'espère qu'elle me succédera un jour, avec l'assentiment du peuple.

"Avec l'assentiment du Guide suprême, plutôt", songea Ellen.

— Je l'espère aussi, dit Katherine. Je serais ravie de voir une femme à la tête de l'Iran.

— Et moi d'en voir une à la tête des États-Unis. On verra lequel de nos pays y arrivera le premier. Peut-être ma fille et vous y parviendrez-vous toutes les deux. À moins que votre mère… ?

Il se tourna vers Ellen en s'inclinant légèrement.

— Dites-moi, président Nasseri. Qu'ai-je donc fait pour vous offenser ?

Il rit. C'était exactement la bonne réponse. Elle avait pris note de la remarque tout en ayant soin de se dénigrer avec tact.

Le moment était venu de tomber la burqa et de cesser de tourner autour du pot. Sauf qu'il restait une personne à présenter. Ellen pivota vers la femme qui se tenait debout sur sa gauche.

— Et voici Anahita Dahir, agente du Service extérieur au département d'État.

Anahita s'avança presque imperceptiblement. Sa burqa cachait son visage, mais pas la tension qui semblait émaner de son corps. Ellen, près d'elle, voyait le tremblement du lourd tissu.

— Monsieur le président, dit-elle en anglais avant de passer au farsi. Ma famille s'appelait autrefois Ahmadi.

Elle leva le menton et le regarda. Il soutint son regard. Un gardien fit le geste de s'avancer, mais le président l'arrêta d'un geste.

Sans comprendre le farsi, Ellen avait entendu le mot "Ahmadi" et comprit ce qu'Anahita avait fait.

La secrétaire d'État se rapprocha encore de son agente.

— Je sais qui vous êtes, dit le président en anglais. La fille d'Irfan Ahmadi. Votre père a trahi l'Iran. Il a trahi ses frères et ses sœurs dans la révolution. Il a trahi son propre frère et sa propre sœur. Et comment a-t-il été traité par les États-Unis ? Selon mes sources, lui et votre mère sont en prison. Son crime ? Être iranien. Ils n'avaient pas peur de nous. Ils avaient peur de vous, dit-il en se tournant vers Ellen.

La rencontre dégénérait plus vite qu'Ellen l'avait prévu. Soudain, le périple sud-coréen avait des allures de triomphe.

Elle ouvrit la bouche dans l'intention de nier, puis elle se souvint de l'Azhi Dahaka. Qui se nourrit de mensonges.

"Qu'il est facile, songea-t-elle, de nier la vérité par crainte de nourrir un mensonge encore plus grand." Elle prit alors conscience du danger que représentait l'Azhi Dahaka. Pas parce que c'était une créature lancée à la poursuite des bonnes gens. Il n'y avait pas de poursuite. La créature était déjà là. À l'intérieur de chaque être. Fabriquant, dictant des mensonges.

Le traître suprême.

— C'est vrai, dit-elle.

Pendant un bref instant, les mots décontenancèrent le président. Réduit au silence, il la dévisagea, comme s'il cherchait à comprendre ce qui avait poussé la secrétaire d'État américaine à faire un tel aveu.

— Et il avait raison d'avoir peur, continua-t-elle. Pas parce qu'il est iranien, mais parce qu'il a menti à ce sujet. Mais ce n'est pas la raison de cette visite.

— Pourquoi êtes-vous venue alors ?

— Peut-être nous autoriserez-vous à retirer les burqas maintenant ?

Le président Nasseri hocha sèchement la tête en direction de la femme qui les avait accueillies à l'aéroport avec les vêtements. Elle les emmena dans un bureau adjacent, où elles purent se changer et se rafraîchir.

Ellen fut soulagée de se débarrasser de la burqa, sous laquelle elle avait eu la sensation de suffoquer.

— Ça va ? demanda Katherine à Anahita, calme malgré son teint gris.

— Il savait beaucoup de choses sur nous, dit-elle. Mon père soutenait qu'il y avait des espions, mais j'ai toujours cru que c'était de la paranoïa.

Elle se dirigea vers la fenêtre qui dominait la vieille ville.

Katherine lui prit la main.

— C'est légitime.

— Légitime ? fit Anahita.

— De te sentir chez toi ici. C'est ce que tu ressens, non ? Malgré ta petite prise de bec avec Nasseri.

Anahita sourit à Katherine et soupira.

— C'est si évident ? Comment peut-on être heureuse et effrayée en même temps ? Une partie de moi a peur justement parce que je suis heureuse. C'est fou, non ? Toute ma vie, j'ai eu peur et honte de l'Iran. Et me voilà en train de parler au président, rien de moins. En farsi. Et, dit-elle en regardant par la fenêtre, je me sens bien ici. J'ai l'impression d'être chez moi.

Elle se tourna vers Ellen.

— Ça n'a pas de sens.

— Tout ne doit pas forcément en avoir, dit Ellen. Certains des aspects les plus importants de nos vies échappent à la raison.

— Voici mon secret, dit Katherine en serrant la main d'Anahita. Il est très simple : "On ne voit bien qu'avec le cœur. L'essentiel est invisible pour les yeux."

Elle sourit à sa mère.

— Quand j'étais petite, papa et maman me faisaient la lecture tous les soirs. Mon livre préféré était *Le Petit Prince.*

Ellen sourit. Comme ces temps-là étaient simples. Avec Quinn, Gil et bébé Katherine. À l'instar d'Anahita, Ellen Adams n'aurait jamais pu prévoir que la vie allait la conduire en ce lieu. L'Iran. En terrain ennemi. Et encore moins à titre de secrétaire d'État. La jeune Ellen ne l'aurait pas cru.

Sans en avoir la preuve, la secrétaire Adams savait qu'Anahita était loyale envers les États-Unis. Ironiquement, Anahita l'en avait convaincue en déclarant se sentir chez elle en Iran.

Une espionne, une traîtresse n'aurait jamais fait un tel aveu.

Le président américain et le Service du renseignement des États-Unis n'accepteraient sans doute pas ce raisonnement. Le petit prince, oui.

Hélas, leur sort n'était pas entre ses mains à lui.

Ellen croisa leurs regards et jeta un coup d'œil à la femme qui attendait près de la porte.

— Désolée, chuchota Anahita. Je n'aurais pas dû dire ce que j'ai dit au président Nasseri. Je l'ai mis en colère.

— Non, dit Ellen à voix basse. Si on vous pose des questions, continuez de dire la vérité.

— S'il est au courant pour mon père, il sait que Zahara est ma cousine.

— Oui.

Ellen dut alors décider si elle était prête à courir un risque. Elle prononça les mots suivants sur un ton normal. Afin que tous puissent les entendre.

— Il ne sait peut-être pas que c'est elle qui vous a envoyé l'avertissement. Ils ne savent peut-être qu'une chose : le message reçu au département d'État venait de la résidence des Ahmadi.

— Qu'est-ce qui va arriver à Zahara ? demanda Anahita.

— Ils disent qu'ils vont la juger pour espionnage et trahison, répondit Ellen.

— Et que font-ils aux espions et aux traîtres ? demanda Katherine.

— Ils les exécutent.

Silence.

— Et s'ils découvrent la vérité sur Anahita ? demanda Katherine en foudroyant sa mère du regard. Que vont-ils lui faire ?

Ellen prit une profonde inspiration.

— Évitons de spéculer et tenons-nous-en à ce que nous savons.

Dans ses tripes, cependant, elle savait. Et elle s'interrogea sur la gravité de la bourde qu'elle avait commise en emmenant l'agente avec eux. Et sur le fiasco qu'elle venait de créer en parlant d'une voix normale.

Puis la secrétaire d'État, vêtue d'une robe occidentale modeste, un hijab couvrant ses cheveux et encadrant son visage, s'assit en face du président dans une salle de conférences anonyme au cœur d'un immeuble anonyme, conçu et construit par les Soviétiques dans les années 1980. Du moins Ellen le soupçonna.

Elle partait donc du principe que les Russes avaient caché des micros dans la pièce et écoutaient tout. Au même titre que le service du renseignement et la police secrète de l'Iran. Pour ce qu'elle en savait, des membres du service du renseignement de son pays écoutaient aussi. Y compris Timothy Trouble Beecham.

Décidément, tout le monde était à l'écoute. Et pas uniquement Big Brother.

— Vous m'avez demandé ce que je suis venue faire ici. Je présume que le ministre Aziz, fit-elle en saluant l'homme plus âgé d'un geste de la tête, vous a raconté. Nous savons que vous êtes responsables des bombes qui ont explosé dans les trois autobus.

Le président Nasseri voulut répliquer, mais elle brandit la main.

— Laissez-moi terminer, je vous prie. Nous en déduisons un certain nombre de choses, et notamment que vous teniez à stopper ces physiciens à tout prix. Nous savons aussi que c'est Bashir Shah qui les a recrutés. Vous avez donc obtenu d'un de ses proches des informations sur ces scientifiques.

— Il y a aussi de nombreuses choses que vous ne savez pas, dit Nasseri.

— Je suis là pour ça, monsieur le président. Pour écouter et apprendre.

Avant qu'il puisse poursuivre, le président Nasseri se leva, aussitôt imité par Aziz et toutes les autres personnes présentes, sauf les Américains.

En se retournant, Ellen vit un vieil homme entrer dans la pièce. Il portait une longue barbe blanche et des robes noires flottantes.

Ellen se leva à son tour devant le Guide suprême de la République islamique d'Iran, le grand ayatollah Khosravi.

— Mon Dieu, murmura Anahita.

# 26

Gil Bahar agrippa la poignée de la portière d'une main et plaça l'autre sur le plafond dans l'espoir de se stabiliser, tandis que le vieux taxi cabossé peinait sur des pistes auxquelles on ne pouvait décemment donner le nom de routes.

Après plus d'une heure de ce traitement, Akbar se rangea sur le côté.

— On doit faire le reste à pied. Ça ira ?

Gil était visiblement souffrant.

— Laisse-moi me reposer une minute.

Akbar lui tendit une bouteille d'eau et un peu de pain, que Gil accepta avec gratitude. Il jeta un coup d'œil à sa réserve d'analgésiques. Plus que deux comprimés.

Il contempla ensuite le terrain accidenté devant lui. Il savait où ils allaient, et la pente escarpée et les rochers dentelés étaient le cadet de ses soucis.

Il avala un comprimé, puis retira son pantalon pour changer le pansement imbibé de sang sur sa jambe.

— Laisse-moi faire, dit Akbar.

Il prit le rouleau des mains tremblantes de Gil et, avec beaucoup de soin et une extrême adresse, nettoya la plaie et y appliqua de la poudre antiseptique avant de refaire le pansement.

— Vilaine blessure.

— Je l'ai échappé belle, dit Gil, incapable de cacher sa douleur.

D'ailleurs, Akbar et lui avaient traversé ensemble trop d'épreuves pour sentir le besoin de dissimuler leurs souffrances.

Quelques minutes plus tard, le médicament ayant commencé à faire effet, Gil se leva. Malgré sa pâleur, il avait recouvré ses forces.

— Tu peux attendre ici, si tu veux, dit-il en regardant droit devant lui.

— Non, je t'accompagne. Sinon, comment est-ce que je saurai s'il te tue ?

— Et s'il te tue, toi, pour m'avoir emmené jusqu'ici ?

— Que la volonté d'Allah soit faite.

— *Alhamdulillah*, dit Gil.

Dieu soit loué.

Les deux hommes se mirent en route. Dans le sentier rocheux, Akbar dénicha une branche et tendit cette canne de fortune à Gil, qui clopinait derrière lui en récitant des prières musulmanes pour se donner de la force. Et du courage.

— Elle ne répond pas, dit Betsy d'une voix proche du grognement.

Elle avait demandé à Denise Phelan de monter la garde dans le couloir. Devant la surprise de la Ranger, Betsy avait expliqué qu'ils devaient examiner des documents hautement confidentiels et que personne d'autre ne devait être dans la pièce.

Naturellement, la capitaine Phelan avait jeté un coup d'œil à Pete Hamilton, porte-parole disgracié d'Eric Dunn.

— Je l'ai désigné comme adjoint, dit Betsy en soutenant le regard de la militaire.

De la foutaise, bien sûr. Autant dire qu'elle avait donné à Hamilton un anneau décodeur ou une ceinture utilitaire. Ou le marteau de Thor.

Elle vit l'hésitation de la Ranger. Qui se laissa peut-être même convaincre. Qui proférerait une telle ânerie si elle ne contenait pas un soupçon de vérité ?

Même si la capitaine était dans le couloir, Hamilton et elle, supposant que le bureau était sur écoute, chuchotaient.

Denise Phelan était l'aide de camp du général Whitehead. On l'avait donc chargée non pas de veiller sur eux, mais bien de les espionner. Ils devaient aussi présumer que des micros avaient été posés dans les autres bureaux.

Betsy était encore ébranlée. L'idée que la taupe soit Whitehead et non Beecham, que ce soit le général qui collaborait avec Bashir Shah… Que le chef d'État-Major des armées soit de mèche avec des terroristes et leur fournisse des informations…

C'était si abyssal qu'elle ne chercha même pas à comprendre. Elle y reviendrait. Pour le moment, elle devait prévenir Ellen.

Incapable de la joindre au téléphone, Betsy lui envoya un texto.

— Je pense qu'il y a une faute de frappe, murmura Pete Hamilton en voyant ce qu'elle avait écrit.

*Un synonyme entre dans une taverne.*

— Où ça ?

— La phrase au grand complet. Vous ne vouliez pas écrire *Whitehead est la taupe ?* Tous les mots sont mal écrits.

— C'est le code que nous utilisons en cas de pépin, expliqua-t-elle en désignant l'ordinateur. Allez, on doit finir d'éplucher les documents.

Hamilton s'assit à la place de Boynton et se remit au travail.

Ellen se tourna vers le clerc.

À son passage, les gardiens s'inclinèrent en posant leurs paumes sur leur cœur.

— Madame la secrétaire d'État.

— Votre Éminence, répondit Ellen.

Elle hésita, consciente que le président Williams avait dit vrai. Si une photo la montrait en train de conférer avec le chef d'un État terroriste et, pire encore, de s'incliner devant lui, le prix à payer serait terrible.

Ellen Adams esquissa quand même le geste. Certaines choses comptaient plus que les apparences. Les milliers de vies qui pesaient dans la balance, par exemple. Qui dépendaient de l'issue de cette rencontre.

Sa tête avait franchi deux ou trois centimètres à peine lorsque le grand ayatollah Khosravi tendit la main. Sans la toucher.

Sans même vraiment s'approcher d'elle. Le sens du geste était sans équivoque.

— Non, dit-il de la voix légèrement flûtée d'un homme de plus de quatre-vingts ans. Ce n'est pas nécessaire.

Ellen se redressa et sonda les yeux gris de l'homme. Empreints de curiosité et de gravité. Elle n'était pas dupe. Elle avait devant elle l'homme qui, au fil des ans, avait presque certainement approuvé d'innombrables assassinats. Et, quelques heures plus tôt à peine, le massacre de centaines de personnes afin d'en éliminer trois. Des hommes, des femmes et des enfants innocents.

Mais elle répondit à la courtoisie par la courtoisie.

— Qu'Allah soit avec vous, dit-elle en plaçant ses mains sur son cœur.

— Et avec vous.

Le grand ayatollah ne la quittait pas des yeux. La toisait pendant qu'elle le toisait.

Derrière le clerc, un mur de jeunes gens s'était formé. Ellen, qui avait pris un petit moment pour effectuer des recherches et s'entretenir avec des spécialistes de l'Iran moderne, savait qu'il s'agissait des fils de l'ayatollah et de quelques conseillers.

Elle savait aussi que le grand ayatollah Khosravi n'était pas que le guide spirituel de l'Iran. Sous des dehors d'humble clerc, il avait profité de ses quelque trente années à titre de Guide suprême pour consolider discrètement son pouvoir.

L'ayatollah Khosravi était à la tête d'une sorte de gouvernement fantôme. Ses gens prenaient les décisions importantes concernant l'avenir de l'Iran. Tout changement d'orientation, même minime, venait obligatoirement de lui. La main sur le gouvernail était la sienne. Et non celle de Nasseri.

Le grand ayatollah portait les robes noires flottantes et la cape réservées à sa fonction ainsi qu'un immense turban noir doté de son propre code. Le fait qu'il soit noir plutôt que blanc indiquait que Khosravi était un descendant direct du prophète Mahomet. Et la taille du turban affirmait son statut élevé.

Le grand ayatollah faisait penser à l'anneau extérieur de Saturne.

Il agita sa main aux veines saillantes et tous se rassirent. Khosravi prit place à côté de Nasseri, face à Ellen.

— Vous êtes venue, madame la secrétaire d'État, en quête d'informations que vous nous croyez capables de vous fournir, dit-il. Et vous pensez que nous accepterons de le faire.

— Je pense que, dans ce cas particulier, nos besoins coïncident.

— C'est-à-dire ?

— Arrêter Bashir Shah.

— Mais nous l'avons arrêté, dit le grand ayatollah. Ces physiciens ne peuvent plus accomplir leur mission.

— Quelle mission ?

— Fabriquer des bombes nucléaires. Je croyais que c'était évident.

— Pour qui ?

— Aucune importance. Qu'un autre pays de la région se dote de la bombe atomique ou d'une capacité nucléaire irait à l'encontre de nos intérêts.

— D'autres physiciens peuvent prendre leur place. Vous ne pourrez pas éliminer tous les physiciens de la planète.

Khosravi haussa les sourcils et sourit très légèrement. Sa façon d'affirmer que, au besoin, il tuerait tous les physiciens du monde. Sauf les siens.

La secrétaire Adams savait aussi qu'il ne s'était pas déplacé pour rien. Le Guide suprême de la République islamique d'Iran ne serait pas là s'il ne voulait pas aussi quelque chose. S'il n'avait pas besoin de quelque chose.

Elle croyait savoir de quoi il s'agissait. Malgré l'apparente robustesse de l'homme, des rumeurs en provenance du renseignement américain laissaient entendre que sa santé déclinait. Khosravi tenait à ce que son fils Ardashir lui succède. Les Russes favorisaient l'ascension de leur propre candidat. Un fantoche qu'ils pourraient manipuler.

L'indépendance de l'Iran serait dès lors purement factice. En réalité, le pays serait un satellite de la Russie.

Bref, on assistait à une lutte de pouvoir larvée. Et ce survivant des politiques moyen-orientales, byzantines et souvent brutales, était bien décidé à l'emporter. Sa présence prouvait qu'il n'était plus sûr d'y parvenir.

Il avait donc décidé de jouer un double jeu. C'était dangereux, et le simple fait qu'il soit disposé à tenter le coup témoignait de sa situation désespérée et d'une vulnérabilité qu'il n'admettrait jamais.

C'était inutile. Elle l'avait fait pour lui. En affirmant d'emblée que leurs besoins coïncidaient. Elle vit qu'il comprenait. Ni l'un ni l'autre ne voulaient que la Russie sorte victorieuse de ce bras de fer. Et ils étaient tous deux plus désespérés et plus vulnérables qu'ils voulaient le laisser voir.

C'était à la fois mieux et pire qu'Ellen l'avait espéré. Mieux parce qu'elle avait peut-être une chance de réussir ; pire parce que les pays désespérés et vulnérables, comme les humains dans la même situation, ont parfois des initiatives inattendues et désastreuses.

Faire exploser un autobus bondé pour tuer une seule personne, par exemple.

— Comment avez-vous su pour les physiciens de Shah, Votre Éminence ? demanda-t-elle.

— L'Iran a des amis partout dans le monde.

— Un État qui compte tant d'amis ne recourt pas aux assassinats de masse. En plus de tuer tous les passagers à bord des autobus, vous avez traqué et éliminé le poseur de bombe qui s'était échappé. Lui et sa famille. Et deux hauts gradés américains.

— Vous voulez parler du chef du renseignement en Allemagne et de son adjointe ? demanda le grand ayatollah.

Ne pas plaider l'ignorance : voilà sa façon d'indiquer à Ellen que l'intervention était assez importante pour qu'il l'ait pilotée ou, à tout le moins, suivie de près.

— Comment réagiriez-vous si tous vos avertissements restaient lettre morte ? Croyez-moi, nous n'avions aucune intention de faire du mal à tous ces gens. Et nous ne l'aurions pas fait si vous aviez répondu à nos supplications. Vous êtes aussi coupables que nous. Peut-être davantage.

— Pardon ?

— Voyons, madame la secrétaire d'État. Je sais bien qu'il y a eu un changement de régime…

— D'administration.

— … dans votre pays, mais il n'y a tout de même pas eu de rupture de la chaîne de communication. Voulez-vous dire qu'un simple clerc comme moi en saurait plus que la secrétaire d'État d'une grande nation comme la vôtre ?

— Comme vous le savez, je viens d'arriver en poste. Et si vous m'éclairiez ?

L'ayatollah se tourna vers le jeune homme assis sur sa droite. Son fils et successeur pressenti. Ardashir.

— Nous avons alerté votre département d'État à propos des physiciens il y a des mois, déclara Ardashir.

Il avait lâché cette bombe d'une voix douce, presque neutre.

— Je vois, fit Ellen en absorbant l'information. Et ?

Il leva les mains.

— Et rien. Nous avons fait plusieurs tentatives en pensant que nos messages n'arrivaient pas à destination. Vous vous doutez bien qu'il était impossible de passer par les canaux officiels. Nous pouvons vous montrer les messages, si vous voulez.

— Ce serait utile.

Elle n'avait pas vraiment besoin de confirmer l'existence des messages ni de prendre connaissance de leur formulation précise. Ce qu'elle voulait, c'étaient les noms des personnes à qui ils avaient été envoyés. Dont, soupçonnait-elle, Tim Beecham.

Elle tentait désespérément de reprendre pied, même si elle avait visiblement perdu l'avantage.

— Quand il nous est apparu évident que l'Occident se désintéressait de la question, poursuivit Ardashir, nous avons, à regret, pris l'affaire en main.

— Rien ne vous obligeait à tuer des innocents.

— Si, pourtant, madame la secrétaire d'État. Notre source nous a seulement confirmé l'embauche de trois physiciens nucléaires chargés de fabriquer des armes atomiques pour Shah. Nous ne connaissions pas leurs noms. Nous n'avions que leurs itinéraires.

— Les autobus, dit Nasseri. Nous vous avons demandé si votre réseau avait d'autres informations. Nous vous avons suppliés. À la fin, nous n'avons pas eu le choix.

— Nous avons dû montrer à Bashir Shah et à l'Occident que nous ne tolérerions pas ce genre de menace contre la République islamique d'Iran, ajouta Ardashir. Nous ne laisserons aucun pays de la région se doter de l'arme nucléaire, en particulier dans le contexte de la fatwa que mon père a décrétée contre toutes les armes de destruction massive.

— Oui, dit Ellen. Et pourtant, vous avez vos propres physiciens nucléaires. Je crois que vous venez d'arrêter le responsable de votre programme d'armement nucléaire. M. Behnam Ahmadi.

— Non.

— Non à quoi ?

— Non. M. Ahmadi dirige le programme d'énergie nucléaire, pas d'armement nucléaire, dit Ardashir. Et non, nous ne l'avons pas arrêté. Des agents lui ont demandé de les suivre pour répondre à des questions. Mais sa fille, la jeune femme ? Elle est en état d'arrestation. Elle sera jugée et, si elle est reconnue coupable, elle sera exécutée.

Il se tourna vers Anahita.

— C'est vous qu'elle a contactée, non ? La cousine ?

Anahita ouvrit la bouche, mais Ellen lui saisit la main. Elle avait encouragé la jeune agente à ne pas mentir, mais il valait mieux éviter de fournir plus d'informations que nécessaire.

La révélation qu'on venait de lui faire – l'Iran avait tenté de prévenir les États-Unis des projets de Shah, et ces messages avaient été ignorés – représentait un désastre diplomatique, politique, moral. La nouvelle ne justifiait pas l'opération menée par les Iraniens et ne les disculpait en rien, mais elle compliquait singulièrement tous les calculs.

Ellen chercha quelque chose à dire.

— Les États-Unis sont maintenant prêts à agir…

La remarque fut accueillie par des rires dans les rangs iraniens, mais le Guide suprême y mit un terme d'un geste presque imperceptible, et il consacra à Ellen toute son attention.

— … un peu tardivement, il est vrai.

Les Iraniens, constata-t-elle, s'attendaient à ce qu'elle contre-attaque. Évoque la longue liste des transgressions iraniennes.

La tentation fut grande. Mais si elle cédait à ce désir, si légitime soit-il, les deux parties s'enliseraient dans les vieilles polémiques de toujours. Où rien ne se règle et où tout finit sous une couche de boue et de bile.

— Je regrette que vos messages n'aient pas été entendus, Votre Éminence. Au nom du gouvernement des États-Unis, je vous présente nos excuses et nos plus profonds regrets.

Elle entendit un halètement. Non pas de la part des Iraniens, dont la surprise était pourtant manifeste.

Il était venu de Charles Boynton, son chef de cabinet.

— Madame la secrétaire d'État, siffla-t-il.

Ellen imagina les personnes qui les écoutaient, des Russes au Service du renseignement des États-Unis, s'étouffant en entendant la secrétaire d'État américaine présenter des excuses au grand ayatollah d'Iran.

C'était un risque calculé. Ellen était parfaitement consciente qu'elle se tenait sur le fil du rasoir. Cherchait un moyen terme entre la vérité et la discrétion tout en envoyant un message subtil au grand ayatollah.

Il avait assez d'expérience pour savoir que le faible fanfaronne, nie, ment et se débat.

Le puissant admet son erreur et se libère de son joug.

Seul un être redoutable peut se permettre la contrition. Loin d'afficher de la faiblesse, la secrétaire d'État américaine avait fait preuve d'une force et d'une détermination extraordinaires.

Le grand ayatollah comprit.

Il inclina la tête. Sa façon d'accepter les excuses de la secrétaire d'État, mais surtout de reconnaître qu'elle lui avait repris l'avantage.

— Vous voulez de l'information sur Shah, et nous voulons l'arrêter, dit Khosravi. Je pense comme vous que nos besoins coïncident, madame la secrétaire d'État. Hélas, nous avons peu de choses à vous offrir. Nous ne savons pas où est Shah. Tout ce que nous savons, c'est qu'il vend des secrets nucléaires, ainsi que les services de scientifiques et du matériel.

Il s'arrêta pour s'éponger le nez avec un mouchoir de soie.

— Si nous lui avons mis des bâtons dans les roues cette fois-ci, nous pensons qu'il ne s'arrêtera pour de bon que si nous le capturons. Vous avez libéré le monstre. Vous en êtes responsables.

— Il devrait être remis en résidence surveillée ?

— Ce n'est pas ce que je recommanderais, madame la secrétaire d'État.

Ellen comprit parfaitement le message. Ce que les Iraniens attendaient des États-Unis.

— D'où est venue l'information concernant Shah et les physiciens nucléaires ?

— D'une source anonyme, répondit le fils de l'ayatollah.

— Je vois. Celle qui vous a aussi parlé de Zahara Ahmadi ?

Le grand ayatollah fit signe à un gardien de la révolution campé près de la porte. Celui-ci ouvrit. Une jeune femme vêtue d'un hijab rose vif entra.

Anahita voulut se lever, mais Ellen la retint en posant une main sur sa jambe.

Le geste ne passa pas inaperçu.

Derrière Zahara se tenait un homme d'âge mûr. Son père, le physicien nucléaire Behnam Ahmadi.

En apercevant le grand ayatollah, ils se pétrifièrent. Sidérés. Ils ne l'avaient sans doute jamais vu en personne, sauf peut-être de très loin.

M. Ahmadi se plia aussitôt en deux, la main sur le cœur.

— Votre Éminence.

Zahara l'imita, mais pas avant d'avoir jeté un coup d'œil à Ellen, en qui elle avait manifestement reconnu la secrétaire d'État américaine, puis à Anahita.

Les cousines se ressemblaient tellement qu'il était impossible que Zahara ne reconnaisse pas Anahita. Elle parvint néanmoins à ne rien dire. Elle s'inclina plutôt devant le Guide suprême, les yeux baissés en signe de modestie et d'humilité.

— Nous parlions justement de vous, dit le président Nasseri.

Discrètement, Khosravi lui avait fait signe de prendre les choses en main.

— Peut-être, mademoiselle Ahmadi, pourriez-vous nous dire qui vous a parlé des bombes dans les autobus.

— Vous.

Dans la pièce, tous les sourcils se dressèrent. Ceux de Nasseri plus que les autres.

— Non.

— Pas directement, mais par l'entremise du conseiller scientifique que vous avez envoyé voir mon père. C'est lui qui a parlé à mon père des physiciens. Tout ce que vous saviez, c'était qu'ils seraient à bord de ces autobus à un moment précis. J'ai entendu la conversation. Ma chambre est juste au-dessus du bureau de mon père.

Elle avait parlé sans regarder son père. Son ton machinal montrait qu'elle avait prévu la question et préparé sa réponse. De toute évidence, elle cherchait aussi à protéger son père.

— Pourquoi avez-vous décidé de prévenir les Américains ? demanda Nasseri.

Dans la salle, l'ambiance était électrique. Les réponses de la jeune femme décideraient de son avenir. Si elle avouait, elle n'en aurait aucun.

— Parce que, Votre Éminence, dit-elle en se tournant vers le grand ayatollah, je ne crois pas qu'Allah, le miséricordieux, le compatissant, approuverait le meurtre d'innocents.

Et voilà. Un dessein déclaré. Un destin scellé.

— Tu prétends donner des leçons au grand ayatollah à propos d'Allah ? fit Nasseri. Tu connais la volonté d'Allah ?

— Non. Ce que je sais, c'est qu'Allah ne voudrait pas que des hommes, des femmes et des enfants innocents soient assassinés. Si j'avais entendu que, pour protéger l'Iran, vous projetiez de ne tuer que les physiciens, je n'aurais rien dit.

Elle se tourna vers son père, dont les yeux étaient encore rivés au sol.

— Mon père ne savait rien.

— Je n'en suis pas si sûr, mon enfant, dit le grand ayatollah. Comment penses-tu que nous avons appris ce que tu as fait ?

La pièce devint parfaitement immobile. On aurait dit un tableau vivant. Tous regardaient le père et la fille.

— *Baba ?*

Silence.

— Papa ? C'est toi qui les as prévenus ?

Levant les yeux, il bredouilla quelques mots.

— Plus fort, ordonna le président Nasseri.

— Je n'avais pas le choix. Mon ordinateur est sous surveillance. Toutes mes recherches, tous mes messages. Tôt ou tard, on aurait trouvé l'avertissement. J'ai dû protéger ton frère et ta sœur. Ta mère aussi.

— Il a donné la preuve de sa loyauté, dit Nasseri.

Ellen nota néanmoins l'expression de dégoût du grand ayatollah et du ministre Aziz. La loyauté envers l'État passe avant tout, certes, mais trahir sa famille en dit long sur le tempérament d'une personne. Rien de bon, en l'occurrence.

M. Behnam Ahmadi survivrait peut-être à sa fille, mais pas sa réputation.

Zahara se détourna de lui.

La secrétaire Adams se détourna de lui.

Le grand ayatollah et toutes les personnes réunies dans la pièce se détournèrent de Behnam Ahmadi.

La situation évoluait rapidement, les morceaux se mettant en place en même temps qu'ils se disloquaient.

Ellen devait réfléchir rapidement. Et agir de même pour sauver ce qui pouvait l'être.

— Nous devons regarder vers l'avenir et non vers le passé, dit-elle dans le but de détourner l'attention de la jeune femme.

Elle y reviendrait plus tard.

— Les États-Unis sont prêts à agir, mais j'ai besoin d'informations sur Shah. L'endroit où il se trouve. Ses projets. Leur état d'avancement. Je dois savoir qui est votre source.

Ellen soutint le regard de l'ayatollah, tenta de lui faire passer un message. De lui faire comprendre qu'elle était consciente que les Russes les avaient presque certainement sur écoute. Qu'une bonne partie des paroles prononcées dans cette pièce l'avait été à leur intention. Même s'il disposait de l'information, il ne pouvait rien lui dire, elle en était consciente. Mais peut-être pourrait-il lui donner un signe.

Quelque chose. N'importe quoi.

Il savait forcément d'où était venu le renseignement sur Shah. Assez exact pour laisser croire que la source était proche de Shah, mais pas assez proche pour connaître l'ensemble de ses projets.

Si le grand ayatollah refusait de révéler l'identité de sa source, c'est presque assurément parce qu'elle était russe. Mais pas un représentant de l'État. Dans ce cas, Khosravi n'aurait pas hésité à lui communiquer un nom. Après tout, il n'aurait fait que répéter un secret que le renseignement russe possédait déjà.

"Donc, se dit Ellen, la source est russe. Mais ce n'est pas la Russie. Il reste une seule autre possibilité."

Le grand ayatollah soutint son regard.

— Vous avez lu *Le Petit Prince* à vos enfants. J'ai fait la lecture aux miens, moi aussi.

La concentration d'Ellen était totale. Ses nerfs aux aguets. Il venait de confirmer qu'il avait entendu ce que Katherine, Anahita et elle avaient dit dans la pièce où elles avaient retiré leurs burqas.

Y compris l'aveu volontaire de la secrétaire d'État, sachant qu'elles étaient sans doute sur écoute. C'était bien Anahita qui avait reçu le message de sa cousine.

Risque calculé. Ellen saurait bientôt si elle avait vu juste.

Tout ce que dirait le Guide suprême serait chargé de plusieurs couches de sens.

Le clerc se tourna vers ses fils.

— Votre livre préféré a toujours été la version perse des *Fables de Bidpaï*.

Il souleva son bras droit infirme avec le gauche, et Ellen se souvint qu'il avait été grièvement blessé dans une explosion, des années plus tôt, et qu'il avait perdu l'usage de ce membre. Il le serra contre lui, comme on serre un enfant, et se tourna vers Ellen.

— Vous connaissez la fable du chat et du rat ?

— Non, dit-elle. Je regrette.

Elle avait remarqué l'emploi du mot "perse", rappel de l'ancien nom du pays.

— Un gros chat, disons un lion, se fait prendre dans le piège d'un chasseur.

La voix de l'ayatollah était grave, rassurante. Son regard perçant.

— Un rat sorti de son trou est témoin de la scène. Le lion supplie le rat de ronger les cordes et de le libérer, mais le rat refuse.

Le clerc sourit.

— C'est un vieux rat rusé qui craint que le lion le mange, une fois libéré, parce que c'est ce que font les lions. Le chat, cependant, supplie. Vous savez ce que fait le rat ?

— Il…, commença Nasseri.

Aziz, cependant, l'arrêta.

— Je crois que la question s'adresse à la secrétaire d'État américaine, monsieur le président.

Ellen réfléchit. C'était, soupçonnait-elle, le message, le code. Mais elle ne voyait pas.

— Non, Votre Éminence.

Réponse qui lui valut, à sa grande surprise, un air d'approbation.

— Le rat rusé ronge la corde, mais pas jusqu'au bout. Il en laisse un brin intact. Il aurait suffi d'un dernier coup de dents pour le couper. Mais le chat est encore captif. Ils entendent le chasseur s'approcher. S'approcher encore.

Dans la pièce, les autres disparurent, et il ne resta plus que le Guide suprême de la République islamique d'Iran et la secrétaire d'État américaine.

Le grand ayatollah Khosravi baissa la voix et sembla parler directement dans l'oreille d'Ellen.

— Le rat attend que le lion soit distrait par l'approche du chasseur et, au dernier instant, il coupe le brin de corde qui reste, libérant le chat. Juste avant que le chat se rende compte qu'il est délivré, le rat regagne son trou. Le lion libéré se réfugie dans un arbre.

— Et le chasseur ? demanda Ellen.

— Il rentre bredouille.

L'ayatollah haussa les épaules sans que ses yeux foncés quittent ceux d'Ellen.

— Ou encore, dit Ellen, il a été mangé par le lion parce que c'est ce que font les lions.

— Possible.

Le grand ayatollah se tourna vers le gardien de la révolution.

— Arrêtez-la.

Ellen se figea. Le gardien fit un pas vers Zahara.

— Pas elle, fit Khosravi. La fille du traître. Celle qui a reçu le message.

Anahita se leva avec difficulté. Ellen bondit et se rangea devant elle.

— Non !

— Vous ne vous imaginiez tout de même pas, madame Adams, dit le ministre Aziz, tandis que le gardien de la révolution lui arrachait Anahita des mains, que nous allions laisser une espionne, une traîtresse, entrer en Iran et rencontrer les plus hauts dignitaires du pays sans en subir les conséquences. Nous savons reconnaître les rats.

— Je suis désolé, dit le grand ayatollah qui, s'étant levé, quitta la pièce.

# 27

Du haut des postes de guet disséminés dans la montagne, des AK-47 se braquèrent sur Gil et Akbar qui s'approchaient lentement du camp des Pathans. Sans voir les combattants, ils les savaient présents.

Ayant revêtu la tenue traditionnelle des Pachtounes, les deux hommes écartaient les bras, et Gil laissa tomber la branche qui lui servait de canne pour éviter qu'on ne la prenne pour une carabine.

À côté de lui, Akbar respirait lourdement sous le double effet de l'ascension sur le sentier accidenté et de la peur. Le boitillement de Gil s'était accentué et il grimaçait à chaque pas.

Malgré tout, ils continuaient d'avancer.

Un gardien armé s'approcha et, derrière lui, une silhouette familière se profila. La mitrailleuse était braquée sur les nouveaux venus. Gil et Akbar s'immobilisèrent.

— *As-Salam Alaikum*, dit Gil Bahar.

Que la paix soit avec vous.

— *Wa-Alaikum-as-Salam*, répondit le commandant du camp des Pathans, dont l'autorité ne faisait aucun doute.

Et aussi sur vous.

Il y eut un moment de tension. Le jeune homme qui tenait l'arme, attendant des instructions, la serra davantage. Tournant le dos au commandant, il ne vit pas le léger sourire qui éclaira son visage mangé par la barbe.

— Tu n'as pas l'air bien, mon ami, dit le commandant.

— Mais mieux, j'espère, que la dernière fois que je t'ai vu.

— Tu as encore la tête sur les épaules.

— Grâce à toi.

Le gardien baissa son arme au moment où le commandant de la guérilla le contournait et, serrant Gil dans ses bras, l'embrassa trois fois.

Celui-ci recula d'un pas et étudia l'homme, qu'il tenait à bout de bras.

Il avait pris du poids. Du muscle aussi. À un peu plus de trente ans, il n'avait plus grand-chose à voir avec le garçon au visage juvénile que Gil avait d'abord rencontré. Mais c'était vrai aussi de Gil.

Le visage du commandant était buriné et rongé par les soucis, barbu, ses longs cheveux repoussés de son visage. Il portait l'uniforme du combattant afghan. Mélange de la tenue islamique et de celle du soldat occidental.

— Comment vas-tu, Hamza ?

— Je suis vivant.

Le commandant regarda autour de lui. Puis, posant sa grande main sur l'épaule de Gil, il ajouta :

— Suis-moi. Il se fait tard, et on ne sait jamais qui risque de surgir des ténèbres.

— Moi qui croyais que les ténèbres t'appartenaient…

— Je ne possède rien.

Hamza écarta le rabat de la tente pour laisser passer Gil. Akbar resta à l'extérieur.

— Oui. Je constate que tu es resté l'homme simple que j'ai laissé derrière, dit Gil en balayant des yeux les boîtes remplies d'explosifs et de grenades voisinant des cageots en bois sur lesquels étaient estampillés les mots *Avtomat Kalashnikova.*

AK-47. Sur toutes les boîtes, des inscriptions en russe.

Hamza ordonna aux hommes présents dans la tente de sortir et, devant le samovar, servit deux tasses de thé.

— Par chance, les Russes ne fabriquent pas que des instruments de mort, dit-il en soulevant son verre de thé sucré.

Il prit ensuite une mine grave.

— Tu n'aurais pas dû venir.

— Je sais. Je te demande pardon. Si j'avais pu faire autrement…

D'un geste, Hamza désigna la jambe de Gil, qui avait recommencé à saigner.

— Que s'est-il passé ? Tu as essayé de l'arrêter ?

— La physicienne nucléaire ? Non. Mme Bukhari a pris l'avion du Pakistan jusqu'à Francfort, comme tu l'avais annoncé, et je l'ai suivie. J'espérais remonter jusqu'à Shah grâce à elle et voir ce qu'il prépare. Mais l'autobus qu'elle a pris a explosé.

Hamza hocha la tête.

— J'en ai entendu parler. On n'a pas dit pourquoi ni qui a fait le coup, mais je me suis posé des questions.

Il dévisagea Gil.

— Qu'est-ce que tu fais ici ?

— Je regrette, Hamza. Mais j'ai besoin de plus d'informations.

— Je n'ai rien d'autre à te donner. J'en ai déjà trop dit. Si quelqu'un savait…

Gil s'appuya contre le grand coussin posé sur le sol où il était assis et grimaça légèrement.

— Nous savons toi et moi que, Shah vivant, tu ne seras jamais en sécurité. Il sait forcément que quelqu'un l'a trahi. Tôt ou tard, il remontera jusqu'à toi. Et alors…

— Un scientifique pakistanais d'âge mûr réussirait à grimper jusqu'ici et à contourner mes hommes ? Non, je pense être en sécurité.

— Tu sais très bien ce que je veux dire. Et tu sais qui il va envoyer.

Gil jeta un coup d'œil aux cageots derrière lui.

— Je suis désolé.

— Je n'ai rien à voir avec Shah. J'ai seulement fait passer une rumeur concernant ces physiciens.

— C'est vrai. Mais quelqu'un t'en a parlé.

Hamza secoua la tête, et Gil regarda autour de lui.

— J'ai besoin de plus d'informations.

— Tu dois partir. Il est trop tard, maintenant. Mais demain, à la première heure.

Hamza se leva.

— Je n'ai rien d'autre à te dire. Il y a des années, je t'ai aidé à t'évader. Ne me le fais pas regretter. Allah voulait peut-être que tu sois décapité. Ne m'oblige pas à faire Sa volonté.

Gil ne broncha pas.

— Tu ne penses pas un mot de ce que tu dis, répliqua-t-il. Tu m'as laissé partir parce que nous avons étudié le Coran ensemble pendant des mois. Tu m'as initié à la parole du prophète Mahomet. Tu m'as appris que le véritable islam prône la coexistence pacifique. C'est pour cette raison que tu voulais arrêter Shah. Et tu n'as pas changé d'avis.

Pendant sa captivité, Gil, à force d'écouter les gardiens, avait assimilé quelques mots, quelques expressions. Il avait commencé à leur parler en pashtoune. Jusqu'au jour où le plus jeune, celui qui lui apportait ses repas, lui avait répondu.

Après quelques mois, le jeune homme s'était assis et, à la demande de Gil, lui avait enseigné des expressions en arabe, la langue du Coran. Ils parlaient de l'islam. Ils lisaient le Coran ensemble, et Gil s'initiait aux enseignements du Prophète. Peu à peu, il était tombé amoureux du Prophète et de l'islam comme mode de vie.

Et avec le temps, pendant leurs entretiens, les opinions d'Hamza se nuancèrent, et il comprit que les clercs radicaux avaient déformé les mots et leurs sens à leurs fins.

Une nuit, peu après la décapitation du journaliste français, Hamza avait tranché les liens qui retenaient les poignets et les chevilles de Gil et l'avait libéré. Secrètement, ils étaient restés en contact. Les liens qui les unissaient demeuraient intacts, forts.

— Je sais que tu ne tueras pas des innocents, dit Gil. D'autres combattants, oui, mais Allah ne souhaite pas la mort d'innocents. C'est pour cette raison que tu m'as parlé de Shah et des physiciens. Un fusil, passe encore, ajouta-t-il en se tournant vers les cageots remplis d'AK-47, mais les armes de destruction massive qui tuent au hasard… J'ai besoin d'informations. Il faut arrêter tout ça.

Sur le grand coussin posé par terre, Gil se pencha en serrant les dents à cause de la douleur dans sa jambe.

— Si les clients de Shah fabriquent et font exploser des armes nucléaires, les morts se compteront par milliers. Que dira alors Allah ?

— Tu te moques de mes croyances ?

Gil sembla sidéré.

— Pas du tout. Je les partage. C'est pour cette raison que je suis là, que j'ai gravi cette foutue montagne. S'il te plaît, Hamza, aide-moi. Je t'en supplie.

Ils se dévisagèrent. Ayant environ le même âge, ils avaient grandi dans des mondes différents, mais la foi les avait réunis, avait fait d'eux des frères. Des âmes sœurs. Peut-être en prévision de cette rencontre, de cet instant.

Hamza n'était pas le vrai nom du garçon. Il l'avait adopté en se joignant aux combattants. Le mot signifiait "lion".

Et si Gil était le vrai prénom de l'autre, c'était un diminutif. La plupart supposaient qu'il s'appelait Gilbert. Mais, à la faveur de la nuit, tandis que le prisonnier et son geôlier parlaient du Coran, Gil avait révélé son secret.

Il s'appelait Gilgamesh.

— Oh mon Dieu !

Le rire d'Hamza avait frôlé l'hystérie.

— Gilgamesh ? D'où tes parents ont-ils sorti un nom pareil ?

— Mon père a étudié la Mésopotamie ancienne à l'université. Il avait l'habitude de lire de la poésie à ma mère. L'*Épopée de Gilgamesh* était son œuvre préférée.

Gil ne raconta pas à Hamza que, sur un mur de sa chambre d'enfant, il y avait une affiche du Louvre. On y voyait une statue volée des siècles plus tôt dans l'ancienne cité mésopotamienne de Dur-Sharrukin. C'était une représentation de Gilgamesh, le héros du récit épique. Il serrait un lion contre sa poitrine. Leurs esprits, leurs destins entremêlés.

Au cours des guerres récentes, le site avait été détruit par Daech. L'apparent pillage avait donc permis la préservation de nombreux artefacts.

Les sauveurs, avait à la longue compris Gilgamesh, prennent parfois des formes inattendues. Il arrive souvent que, dans un premier temps, on ne les considère pas comme tels. Bien au contraire. Il arrive que les sauveurs soient peu recommandables, et les monstres, séduisants. Le pire a quelquefois l'apparence du mieux. Comme les clercs radicaux. Comme les leaders politiques sans scrupules.

Et voilà que, au crépuscule, les deux hommes, Gilgamesh et le Lion, se faisaient face sous une tente. Avec une décision à prendre.

# 28

— Qu'est-ce qu'on fait, maman ? On ne peut quand même pas laisser Ana derrière.

Katherine suivait sa mère, qui faisait les cent pas dans le bureau où on les avait renvoyées en leur demandant de remettre leurs burqas. Et de se préparer à quitter le pays.

C'était la pièce où elles avaient retiré les burqas mille ans plus tôt.

— Je ne sais pas, dit Ellen.

C'était la vérité, et les Iraniens et les Russes qui écoutaient presque certainement n'avaient pas dû être surpris par cet aveu.

La secrétaire Adams s'arrêta un instant et considéra la burqa d'Anahita. Abandonnée sur le canapé, elle prenait la forme d'un corps humain aplati. Comme si la femme s'était éclipsée si soudainement qu'il n'était resté d'elle que son ombre.

Ellen se remémora les terribles images d'Hiroshima et de Nagasaki après le largage des bombes atomiques qui avaient vaporisé tant d'êtres humains, ne laissant derrière qu'une silhouette sombre.

"Mon Dieu, pria-t-elle. Mon Dieu, aidez-moi."

La secrétaire Adams regarda une fois de plus la burqa d'Anahita et se surprit à chercher un point d'appui. Dans l'espoir d'interrompre sa chute.

Elle était désespérée, à présent. Comment arrêter Shah et faire sortir d'Iran son agente et Zahara Ahmadi ?

Sa visite n'avait rien arrangé. En fait, la situation s'était considérablement détériorée.

Du moins en surface.

Ellen recommença à faire les cent pas en longeant les murs de la pièce, tel un fauve en cage. Elle avait le sentiment d'avoir en main les éléments dont elle avait besoin. Le grand ayatollah lui avait fourni l'information et les outils requis. Au moment précis où, en arrêtant Anahita, il prenait l'agente en otage et liait les mains de la secrétaire d'État.

Que manigançait-il ?

L'arrestation de l'agente du Service extérieur des États-Unis avait été une surprise. Un choc. Une agression. Une provocation. À première vue, un geste insensé.

Pourquoi donc le grand ayatollah Khosravi avait-il agi ainsi ? Et qu'attendait-il d'Ellen, à présent ? Elle n'avait pas beaucoup d'options. Elle ne pouvait pas partir sans Anahita Dahir et sans informations sur Bashir Shah. Il s'en rendait sûrement compte.

Et pourtant, il la chassait d'Iran. Les mains vides.

Elle s'immobilisa devant la fenêtre et observa la capitale iranienne.

La fable du chat et du rat avait forcément un sens caché. C'était plus qu'une simple allégorie. Mais, dans cette histoire, qui était le chat et qui était le rat ?

Pourquoi l'un aiderait-il l'autre ? Parce qu'ils avaient, dans l'immédiat, un objectif commun. Vaincre le chasseur. Vaincre Bashir Shah.

Pourquoi, dans ce cas, arrêter Anahita Dahir ?

Pourquoi ?

Tout ce que disait et faisait l'ayatollah, cet homme rusé, avait un sens, visait un objectif précis.

— Maman, fit Katherine, dont la voix trahissait une angoisse croissante, fais quelque chose.

— Je fais quelque chose. Je réfléchis.

On cogna à la porte.

— Madame la secrétaire d'État, dit Steve Kowalski, le chef de la Sécurité diplomatique. Vous avez reçu un message de votre conseillère.

Ellen faillit lui ordonner de les laisser seules, de la laisser réfléchir. Mais alors elle se souvint que Betsy avait téléphoné. Et voilà qu'elle textait. Une urgence, sans doute.

Elle réclama son appareil.

— Qu'est-ce qui se passe ? demanda Katherine.

Déjà blafarde à cause du stress de cette journée interminable, Ellen perdit le peu de couleur qui lui restait en lisant le message de Betsy.

*Un synonyme entre dans une taverne.*

Un problème. Un problème de taille.

*Un boxeur dyslexique est mis OK,* tapa Ellen.

Réponse indiquant que c'était bien elle et qu'elle avait compris : il se passait quelque chose de terrible.

La réplique arriva aussitôt. De toute évidence, Betsy avait fixé son écran dans l'attente de la réplique d'Ellen.

*Le traître n'est pas Beecham. C'est Whitehead.*

Ellen se laissa choir sur une chaise. Elle avait fini de tomber en chute libre. Elle avait touché le fond.

*Tu es sûre ?* faillit-elle répondre. Mais Betsy n'aurait pas envoyé ce message sans être absolument certaine de ce qu'elle avançait.

*Ça va ?* répliqua-t-elle plutôt.

*Oui, mais la Ranger de Whitehead est devant la porte.*

Ellen sentit son cœur se contracter. C'est elle qui avait demandé à Betsy de contacter l'officière. Et voilà que…

*Preuves ?*

*Notes de service. Whitehead a approuvé la libération de Shah. Approuvée et soutenue.*

Ellen expira. Il avait donc menti.

Elle se rappela le petit coup d'œil qu'il avait jeté à Tim Beecham lorsque celui-ci était sorti du Bureau ovale passer un appel. Ellen en avait conclu que le chef d'État-Major des armées se méfiait du directeur du renseignement national.

À présent, elle voyait ce geste et une centaine d'autres détails pour ce qu'ils étaient vraiment. Subtils, mais aussi sournois. Sans bruit, Whitehead discréditait, assassinait Tim Beecham. Mort induite par un millier de regards rusés.

*Que sait-il ?* écrivit Ellen.

*Tout ce que je sais.*

À peu près tout, donc. Sauf ce qui était arrivé en Iran. Et encore. Il écoutait peut-être.

Ellen comprit que Whitehead, en raison de son habilitation de sécurité, avait sans doute participé à l'enfouissement des renseignements sur Beecham, sachant que les apparences joueraient contre le DRN. Du coup, lui-même se disculpait. Ce projet ne s'était pas réalisé en un jour. Au contraire, sa mise en œuvre avait pris des mois, voire des années. Toute la durée de l'administration Dunn, caractérisée par le chaos interne et l'absence de supervision.

Et pourtant, le général Whitehead avait raté une référence à lui-même. Une référence particulièrement incriminante. Détail qu'Ellen jugea bizarre. Après tant d'efforts, rater ce message radioactif ?

Idée chassée très vite par une autre.

Bert Whitehead ? Un traître ? Lié à Bashir Shah ? Fournissant de l'information à des terroristes ? Pourquoi le chef d'État-Major des armées ferait-il une chose pareille ?

Il avait trahi son pays. Il avait été mêlé à un massacre. Il avait menti à qui mieux mieux.

Le général Albert Whitehead, chef d'État-Major des armées, était l'Azhi Dahaka.

Fred MacMurray était le diable.

Le général Whitehead savait que la réussite de Shah entraînerait la mort de milliers, voire de centaines de milliers d'innocents qui se changeraient en ombres.

Le téléphone d'Ellen annonça la réception d'un autre message. De Gil.

*Je dois y aller,* écrivit-elle à Betsy. *Sois prudente.*

À bien y regarder, elle constata que le message de son fils provenait d'une source qu'elle ne connaissait pas. Les mots *De la part de Gil* figuraient dans la barre d'objet. Au lieu des messages texte laconiques dont il avait l'habitude, Gil avait envoyé un courriel à sa mère.

Non, comprit-elle, il avait écrit à la secrétaire d'État américaine.

Elle lut jusqu'au bout, puis ses doigts lâchèrent l'appareil.

Gil était en Afghanistan, près de la frontière pakistanaise. Dans un territoire contrôlé par les Pathans. Où il avait déjà été retenu prisonnier. Doux Jésus.

Il avait l'information dont ils avaient besoin.

Les trois physiciens pakistanais assassinés dans l'explosion des autobus étaient des leurres. Des diversions. Des scientifiques médiocres que Shah avait engagés à seule fin qu'ils soient massacrés. Pour laisser croire à l'Occident que le danger était écarté. Ou que, à tout le moins, il avait du temps.

Alors que, en réalité, il n'en restait plus.

Selon la source de Gil, les vrais physiciens nucléaires avaient été recrutés des années plus tôt. Des scientifiques de premier plan, officiellement en congé sabbatique, mais en réalité à la solde de Shah, qui les avait loués à une tierce partie, presque certainement Al-Qaïda. Pour mettre sur pied un programme d'armement nucléaire à l'intérieur de l'Afghanistan.

Ellen se leva si brusquement que sa chaise se renversa. Elle réfléchit à toute vitesse. *Appelle-moi*, écrivit-elle.

De toute évidence, Gil avait emprunté le téléphone d'une personne de confiance. Un certain Akbar quelque chose. L'appareil n'était pas sur écoute. Le sien était sécurisé. Mais il y avait presque certainement des micros dans la pièce. Elle devrait choisir soigneusement ses mots.

Ils disposeraient de deux minutes, peut-être trois, avant que l'appel soit intercepté.

— Règle le minuteur de ton téléphone sur deux minutes, chuchota-t-elle à Katherine.

Katherine ne posa pas de questions, pour une fois. Elle avait compris que le temps était compté.

Ellen décrocha avant même la fin de la première sonnerie.

— Dis-moi où.

— Où sont les physiciens de Shah ? Je ne sais pas au juste. Quelque part le long de la frontière entre le Pakistan et l'Afghanistan. Pas dans un camp ni dans une grotte. Dans une usine désaffectée, probablement.

C'était une longue frontière, un territoire immense, mais Gil n'en savait pas plus.

— Taille ?

Elle essayait de parler tout bas et d'employer des formulations vagues.

— Aucune idée. Des bombes sales cachées dans des sacs à

dos, ou encore des engins plus gros, capables de raser quelques pâtés de maisons ou une ville entière. Ou tout ce qu'il y a entre les deux.

Katherine brandit un doigt. Une minute s'était écoulée. Il leur restait une minute.

— Au pluriel ?

— Oui.

— Où ?

Il mit à répondre un temps qui donna à Ellen l'impression d'une éternité.

— Aux États-Unis.

— Où ?

— Des villes. Je ne sais pas lesquelles. On fabrique d'autres bombes. Je pense que c'est la mafia russe qui fournit la matière première à Shah.

"Logique", songea Ellen, dont l'esprit s'emballait. Établissait des liens. Pas le gouvernement de la Russie. Du moins pas officiellement. Mais le président russe et ses oligarques entretenaient des liens avec la mafia russe, et le chef d'État avait lui-même touché une part des milliards de dollars résultant des trafics en tous genres, des armes aux êtres humains.

La mafia russe était dénuée d'idéologie et sans scrupules. Sans freins. Mais très bien pourvue, par contre, en armes, en contacts et en argent. Elle vendait de tout. Du plutonium à l'anthrax. Des esclaves sexuelles mineures aux organes humains.

Au besoin, elle coucherait avec le diable et lui préparerait son déjeuner le lendemain matin.

Shah avait eu besoin d'une tierce partie pour informer les Iraniens de l'existence des trois physiciens. Qui de mieux qu'un informateur travaillant à la fois pour la mafia russe et le renseignement iranien ?

La mafia russe était le lien entre l'Iran et Shah. Le spectre qui allait et venait entre eux.

— Maman…, fit Gil.

— Oui ?

— La rumeur veut qu'elles soient déjà sur place dans les villes. Les bombes. C'est pour cette raison que Shah a fait tuer les physiciens en Europe. Pour détourner l'attention des

États-Unis. Nous faire croire que la prochaine attaque, l'attentat majeur, se produirait aussi en Europe.

Katherine agitait le doigt. Le temps était écoulé.

Il restait une question à poser.

— Quand ?

— Bientôt. C'est tout ce que je sais.

Ellen raccrocha.

— Merde, marmotta-t-elle.

Betsy reçut un texte.

L'esprit embrouillé par le manque de sommeil, elle avait octroyé à Pete Hamilton quelques heures de repos. Recroquevillé sur le canapé du bureau de Charles Boynton, il dormait comme une souche, tandis que Betsy, allongée sur celui d'Ellen, regardait fixement le plafond.

Son corps était épuisé, mais son esprit bourdonnait encore. Bert Whitehead. La taupe. Le chef d'État-Major des armées, un général quatre étoiles, ancien combattant ayant pris part aux sanglantes guerres en Afghanistan et en Irak, était un traître.

Puis le message arriva.

*Incapable de fermer l'œil. Du nouveau sur Beecham ? Je dois prévenir le président.*

Pendant un moment, Betsy crut que c'était Ellen qui lui écrivait depuis Téhéran, mais elle se rendit vite compte qu'il s'agissait de Whitehead.

*Rien*, écrivit-elle, les doigts tremblants à cause de l'épuisement et de la rage. *J'essaie de dormir. Je vous suggère de faire de même.*

Puis, avant même d'avoir eu le temps de s'allonger de nouveau, elle reçut un autre message. D'Ellen, celui-là. Qui lui faisait suivre le courriel de Gil.

— Diantre, fit-elle après l'avoir lu.

L'avion de Bashir Shah se posa au milieu de la nuit, puis on le conduisit chez lui, à Islamabad. Il passa par le jardin, qui donnait accès à la porte de derrière, rarement utilisée.

Il avait quitté les États-Unis une journée plus tôt que prévu. Une journée plus tôt que nécessaire.

Une journée avant que le monde soit transformé à jamais.

— Ellen Adams est-elle encore à Téhéran ? demanda-t-il à son lieutenant.

— Oui, à notre connaissance.

— Ça ne suffit pas. J'ai besoin de savoir. Qui elle a rencontré, ce qu'on lui a dit.

Quinze minutes plus tard, au moment où Shah se mettait au lit, son lieutenant lui apporta l'information.

— Elle a rencontré le président Nasseri.

— Et ?

Shah voyait bien qu'il y avait autre chose, mais que l'homme hésitait à lui en parler.

— Et le grand ayatollah.

— Khosravi ?

Shah foudroya du regard le lieutenant, qui hocha la tête, les yeux écarquillés.

— On ne lui a rien dit.

— Rien ?

— Non. Et une personne de son entourage, l'agente du Service extérieur, a été arrêtée pour espionnage.

Shah s'assit au bord du lit en cherchant à se représenter la scène. C'était insensé.

— Le grand ayatollah lui a raconté une histoire où il était question d'un chat et d'un rat. Une fable. Qu'il lisait à ses enfants.

— Ça ne m'intéresse pas. Je dois être au courant des moindres gestes de cette femme.

“Que mijote Khosravi ? se demanda Shah en se brossant les dents. Et Ellen Adams ?”

*J'aurais dû la tuer quand l'occasion s'est présentée.*

*Par chance, son fils sera bientôt mort, et elle saura que c'est moi qui ai fait le coup. Que c'est à cause d'elle qu'il est mort.*

Il cracha dans l'évier, puis se dirigea vers son ordinateur pour lire la vieille fable perse du chat et du rat. Une histoire d'alliances improbables, constata-t-il. C'était évident. Mais il était aussi question de chasse. Et de détournement d'attention.

Bashir Shah ferma lentement le couvercle de l'ordinateur. Comme chasseur, savait-il, il était beaucoup trop aguerri pour se laisser duper. Il liquiderait à la fois le chat et le rat.

— Il faut y aller, dit Akbar. Maintenant.

— Tu rigoles ? fit Gil. La nuit est tombée. Les montagnes grouillent de moudjahidines. Si les combattants d'Hamza ne nous tuent pas par erreur, eux le feront sûrement. J'ai hâte de sortir d'ici, moi aussi, mais il faut attendre l'aube.

Gil examina de plus près son compagnon. De toute évidence, Akbar était agité, nerveux.

— Pourquoi es-tu si pressé de partir ?

Akbar regarda derrière lui. Ils occupaient une tente à eux seuls. Hamza leur avait fait servir à boire et à manger, et Gil, le corps meurtri, se préparait à dormir.

— J'ai un mauvais pressentiment, dit Akbar.

Il s'enveloppa dans la couverture de laine et s'appuya au poteau de la tente. Pour la centième fois, il toucha du bout du doigt le long couteau caché dans les plis de ses vêtements.

# 29

— Madame la secrétaire d'État, dit Charles Boynton.

Le chef de cabinet entra après avoir frappé.

— L'avion du sultan d'Oman est prêt. Les Iraniens vous prient instamment de partir.

Incertaine, la silhouette dégingandée s'encadrait dans l'embrasure de la porte.

La secrétaire d'État et sa fille regardaient par la fenêtre. On aurait dit qu'elles venaient d'avoir la peur de leur vie.

— Qu'est-ce qu'il y a ? demanda Boynton avant de refermer la porte.

Ellen avait fait suivre le message de Gil à Katherine et à Betsy en ajoutant quelques-uns des détails qu'il lui avait fournis au téléphone. Elle avait songé à l'envoyer aussi au président Williams et à Tim Beecham, mais elle hésitait.

Le général Whitehead n'était pas seul. Il avait sans doute des collaborateurs aux échelons les plus élevés de la Maison-Blanche, peut-être même au sein du cabinet. Si elle envoyait ce message et qu'il était intercepté, ils sauraient que le complot avait été découvert. Plutôt que de se laisser capturer, ils risquaient de devancer la mise à exécution.

Non. Ellen devait en parler au président en privé. En personne.

Mais elle n'avait pas terminé sa mission en Iran. Elle avait besoin de plus d'informations. Quelqu'un approvisionnait Shah en matériaux nucléaires, probablement un membre de la mafia russe, ainsi que Gil l'avait dit.

Et quelqu'un avait parlé des physiciens aux Iraniens.

Sans doute, une fois de plus, une source iranienne infiltrée dans la mafia russe. Cette personne avait divulgué l'information pour que Nasseri et le grand ayatollah agissent exactement comme le voulait Shah. En assassinant les physiciens.

La source était forcément au courant du grand projet de Shah. Savait peut-être même où l'homme se trouvait. Et cet informateur était probablement encore en Iran. Si seulement on pouvait le repérer…

— Qu'est-ce qu'il y a ? répéta Boynton. Madame la secrétaire d'État ?

— Maman ? fit Katherine.

Ellen porta la main à sa bouche et, inclinant la tête, contempla le plafond. Essaya, essaya très fort de comprendre.

Si elle avait saisi, le grand ayatollah aussi. Il comptait sur son aide pour arrêter Shah. Et elle avait besoin de la sienne pour stopper les attentats terroristes.

Khosravi savait-il qui était la source ? Le cas échéant, il ne pouvait rien lui dire. Du moins ouvertement. On épiait leurs moindres paroles, leurs moindres gestes.

Il avait donc dû trouver un autre moyen de lui communiquer l'information.

D'où l'histoire du chat et du rat. Où il était question d'intérêts communs. Mais aussi de détournement d'attention. De distraction. Regarder d'un côté, tandis que quelque chose d'important se produit de l'autre.

— Ont-ils dit que nous devions partir ? demanda-t-elle à Boynton. Ou que moi je devais le faire ?

La question sembla le laisser perplexe.

— Ça ne revient pas au même ?

— Faites-moi plaisir, je vous prie. Essayez de vous rappeler les mots exacts du fonctionnaire.

Boynton réfléchit.

— Il a dit : "Veuillez informer la secrétaire d'État Adams qu'elle doit quitter l'Iran, par ordre du grand ayatollah."

— C'est assez clair, dit Katherine.

— Je n'en suis pas si sûre, dit Ellen.

Elle se tourna vers son chef de cabinet.

— Retenez-les.

Il laissa entendre un rire inattendu.

— Dans le défilé ? Comme dans les westerns ?

Devant la mine grave de sa patronne, le visage du chef de cabinet s'affaissa.

— Gagnez du temps, précisa la secrétaire Adams.

— Mais comment ? demanda-t-il d'une voix proche du couinement.

— Débrouillez-vous.

Elle dut presque le faire sortir de force.

En refermant, elle entendit son chef de cabinet lancer au fonctionnaire iranien que la secrétaire d'État et sa fille en avaient pour une minute.

— Un léger contretemps. Des problèmes de femmes. Ça existe ici aussi ?

"Nous disposons peut-être de moins de temps que je l'aurais espéré", songea Ellen.

Elle s'efforça de calmer son esprit. D'oublier que le général Whitehead était la taupe.

D'oublier les révélations de Gil. D'oublier que les bombes nucléaires étaient presque certainement arrivées dans des villes américaines. Prêtes à exploser. D'une minute à l'autre.

Chaque battement de son cœur lui faisait l'effet du tic-tac d'une horloge. Elle inspira à fond, expira à fond. "Visualise le prochain coup, se dit-elle. Chasse la friture, les interférences. Essaie de voir clairement…"

— Maman ?

Silence. Puis les yeux d'Ellen se rouvrirent.

Son cœur s'accéléra. Cogna contre sa cage thoracique. Tel Big Ben marquant le passage de précieux instants. Fonçant tête baissée vers le carillon de minuit.

Son esprit galopait au rythme de son cœur. Elle y était presque. Presque.

Et puis elle comprit. Ce qu'avait voulu dire le grand ayatollah.

Elle traversa la pièce et ouvrit brusquement la porte. Boynton et le pauvre fonctionnaire iranien s'interrogeaient sur le type d'arbre qu'aurait été le Prophète, s'il avait été un arbre.

Ellen se dit que, sans son interruption, Boynton aurait risqué de se faire arrêter à son tour, sans doute pour blasphème.

— Charles !

Il se tourna vers elle, tel un poisson accroché à un hameçon.

— Oui ?

— Venez.

Il ne se le fit pas dire deux fois.

— Je dois partir, dit-elle dès que la porte fut refermée. Immédiatement

— Oui, c'est ce que j'ai dit.

— Mais vous restez.

— Pardon ?

— Katherine et vous.

Ils la regardèrent, ahuris.

— On ne peut pas abandonner Anahita, expliqua Ellen à voix bien haute.

Ceux qui les écoutaient ne devaient pas perdre un seul mot.

— Je dois rentrer aux États-Unis et rendre compte de la situation au président Williams. Lui demander des directives. Vous devez rester en Iran jusqu'à mon retour. Entre-temps, je vous suggère de faire un peu de tourisme.

Ils la dévisageaient tous deux, visiblement persuadés qu'elle avait perdu la raison.

— Vous serez suivis. Alors autant vous promener à gauche et à droite. Laissez croire que vous mijotez quelque chose. Visitez Persépolis. Ou, mieux encore, allez voir l'art préhistorique du Baloutchistan.

— Qu'est-ce que tu racontes ? demanda Katherine.

— Je me suis renseignée à ce sujet pendant le voyage, expliqua Ellen. Des archéologues ont trouvé des dessins dans des grottes. Vieux de onze mille ans. Certains y voient la preuve que des Iraniens ont migré vers les Amériques, il y a des milliers d'années.

— Quoi ? fit Katherine, complètement déboussolée.

Boynton, lui, prit le parti de la discrétion.

— Les dessins montrent des chevaux semblables à ceux des peuples autochtones d'Amérique du Nord. Votre intérêt serait tout à fait légitime.

— Ah bon ? fit enfin Boynton. Vraiment ?

— Bien sûr. Au nom de la croyance voulant que nous formions un seul peuple. Enfin, peu importe comment, il s'agit uniquement d'entraîner ceux qui vous suivent dans une joyeuse cavale.

— Joyeuse ? répéta Boynton.

— Morose, si vous préférez.

Pendant que Boynton se documentait sur l'art rupestre, Katherine baissa la voix.

— Et les bombes, maman ? Celles dont Gil t'a parlé ? Nous n'avons pas de temps à perdre.

— Et je n'en perds pas.

Katherine croisa le regard de sa mère et y lut de la détermination.

— Le site est à près de vingt heures de route, dit Boynton en levant les yeux de son téléphone.

— Je suis sûre qu'on pourra vous offrir un vol vers un aéroport des environs, dit Ellen en reprenant une voix normale.

Aussi normale que possible, dans les circonstances.

— Vous dormirez en route. Ceux qui s'intéressent à vos mouvements perdront encore plus de temps et d'efforts à vous suivre.

— Nous aussi, protesta Boynton.

Katherine se tourna vers sa mère, dont les yeux, bien que rougis, brillaient. De génie ou de folie ? Katherine n'aurait su le dire. Le message de Gil et la pression qui s'exerçait sur sa mère, chargée de prévenir un désastre, l'avaient-ils fait basculer dans la déraison ?

— Anahita ? fit Katherine. Et Zahara ? Qu'est-ce que tu veux qu'on fasse pour les aider ?

— Et les deux agents iraniens qui ont été arrêtés en même temps ? ajouta Charles.

— Je vais consulter le président Williams. Ces décisions dépassent ma compétence. Je reviendrai le plus vite possible. Faites un maximum de tapage à propos de ces grottes. Vous serez sûrement suivis, et on fera moins attention à moi.

En parlant, elle tapa un mot à l'intention de Katherine.

*Vas-y. Fais-moi confiance. Je sais ce que je fais.*

Il faisait nuit noire lorsque la secrétaire Adams monta à bord de l'avion du sultan. Dans la vaste cabine, elle retira la burqa et voulut la rendre à la femme du gouvernement.

— Gardez-la, dit l'Iranienne dans un anglais châtié. Je crois comprendre que vous allez revenir.

Pendant que l'avion s'élançait sur la piste pour la première portion de son long voyage de retour, Ellen se pencha vers l'avant, comme pour arriver plus vite à Washington.

Elle emportait une dernière image de sa fille qui, en compagnie de Boynton, montait dans une voiture. Début de leur propre expédition.

Elle espérait avoir bien compris le récit du grand ayatollah à propos du chat et du rat. Elle était relativement sûre qu'il avait fait arrêter Anahita Dahir afin que quelqu'un de l'entourage d'Ellen reste derrière.

En expulsant publiquement la secrétaire d'État, mais en autorisant sa fille et son chef de cabinet à rester, il avait confirmé que l'interprétation d'Ellen était juste.

Il avait donc trouvé un moyen de détourner l'attention. Il voulait leur transmettre un message, mais Ellen était trop étroitement surveillée.

Le Guide suprême devait la faire sortir du pays et s'assurer qu'un membre du contingent américain reste sur place afin de rencontrer la source et d'obtenir l'information dont ils avaient besoin.

Lorsque l'avion eut atteint son altitude de croisière, Ellen reçut un message texte de Katherine.

*Avion à l'aéroport. Étions attendus.*

Ellen baissa la tête, soulagée.

On les attendait. C'était donc ce qu'avait voulu Khosravi.

En guise de réponse, elle envoya l'émoji avec un pouce levé. Confiante, sûre d'avoir bien saisi les intentions du Guide suprême de la République islamique d'Iran.

Mais…

Elle repoussa une réflexion traîtresse.

Mais…

L'homme était un terroriste. Un ennemi juré des États-Unis. Il avait financé un grand nombre d'attentats contre l'Occident.

Et elle venait de mettre le sort de sa fille et de sa nation entre ses mains. Au nom d'une fable à propos d'un chat et d'un rat ?

Elle devait présumer que le vieux clerc rusé ne lui avait pas tendu un piège et qu'elle n'était pas tombée dans le panneau.

Ce fut sa dernière pensée avant de succomber enfin à l'épuisement.

Boynton se signa lorsque la porte du petit avion turbopropulseur se referma.

Ils réussirent à dormir un peu pendant le vol jusqu'à la province du Sistan-et-Baloutchistan. Au moment où ils amorçaient la descente, Charles, de son habituel ton de Bourriquet humain, confia à Katherine qu'elle se trouvait non loin de la frontière du Pakistan. À ses yeux, la situation avait empiré.

“Mais, songea Katherine en plissant les yeux dans l'espoir d'apercevoir des terres dans les ténèbres ambiantes, il ignore que des bombes nucléaires sont déjà aux États-Unis. Il ignore donc ce qu'est le pire.”

Un monsieur grisonnant du nom de Farhad vint à leur rencontre et annonça qu'il leur servirait de chauffeur et de guide. Ils montèrent dans sa voiture cabossée qui empestait la fumée de cigarette, et Farhad s'engagea dans le désert.

Il parlait l'anglais couramment, avec un léger accent musical. Il avait l'habitude, dit-il, d'emmener des archéologues occidentaux jusqu'au site. Il en était visiblement très fier. Ils étaient seulement tous les trois dans la voiture et il n'y avait aucun autre véhicule en vue. Nulle trace des omniprésents gardiens et observateurs. Tous semblaient s'être désintéressés d'eux.

Charles Boynton donnait lui aussi l'impression de se désintéresser de tout. Dans l'aube naissante, il contemplait l'infini paysage de sable et de collines rocailleuses.

En conduisant, Farhad leur parla de la découverte de pictogrammes et de pétroglyphes datant de l'âge du bronze. Ils représentaient des animaux, des plantes et des humains.

— Certains ont été dessinés avec de la teinture végétale, expliqua-t-il. D'autres avec du sang. Il y en a des milliers.

Malgré ses trésors d'art rupestre, la région, ajouta-t-il, était essentiellement boudée par les touristes.

— À part les spécialistes, aucun voyageur étranger ne vient jamais jusqu'ici.

Il évoqua avec passion la nécessité de protéger les grottes.

Il se tourna vers Katherine, assise près de lui, tandis que Boynton ronflait sur la banquette arrière. Tête renversée, bouche ouverte.

— C'est pour ça que vous êtes là, non ? Pour protéger ce qui est important ?

Le regard de l'homme était si intense qu'elle hocha la tête. Sans trop savoir à quoi elle acquiesçait.

Ils arrivèrent au lever du jour. Après avoir réveillé Boynton, non sans difficulté, ils montèrent sur un plateau et Farhad servit un déjeuner composé de café dans un thermos, de figues bien charnues, d'oranges, de fromage et de pain.

Katherine prit une photo de Boynton et de Farhad. Le chef de cabinet, toujours en complet-veston, donnait l'impression d'avoir atterri là après avoir ouvert une porte cachée à Foggy Bottom.

Subitement. Pour son plus grand malheur.

Katherine envoya l'image à sa mère en annonçant qu'ils étaient arrivés aux grottes et qu'elle la préviendrait dès qu'elle aurait du nouveau.

Perchée sur les rochers, au moment où le soleil se levait, Katherine balaya des yeux le paysage ancien, inchangé depuis des milliers, voire des millions d'années. Et s'émerveilla. D'autres s'étaient assis au même endroit et, en peignant des silhouettes sur la pierre, avaient témoigné de leur vie. De leurs croyances. De leurs idées. Et même de leurs sentiments.

— Je peux ? demanda-t-elle à Farhad.

Il hocha la tête, et elle suivit les lignes du bout de l'index.

— Un aigle, expliqua-t-il. Et là, ajouta-t-il en montrant les traits au-dessus, le soleil.

Sans savoir pourquoi, Katherine sentit une boule se former dans sa gorge et ses yeux se mouiller. Comme quand elle entendait une pièce musicale qui la remuait au plus profond d'elle-même. Ou lisait dans un livre un passage qui l'émouvait. Ces dessins de chevaux et de chasseurs, de chameaux et d'oiseaux qui s'élèvent dans le ciel en zigzaguant. De joyeux levers de soleil. Ils étaient si humains.

Les créateurs de ces motifs avaient foulé le même sol, senti le même soleil sur leur peau. Et éprouvé le besoin de rendre compte de leurs rites. Leurs vies n'étaient pas si différentes de celle de Katherine. Pas différentes du tout, en fait.

Pas si différentes non plus de ce qu'elle faisait avec les journaux et les réseaux de télévision qu'elle dirigeait. Là, inscrites dans la pierre, leurs nouvelles. Les événements de la journée.

"C'est vraiment réconfortant", se dit-elle tandis que, en avalant son café, ses fruits et son fromage, elle assistait au lever du soleil. Elle avait bien besoin de réconfort.

Elle avait terriblement peur de ce que Shah préparait. Du dispositif qu'il avait déjà mis en place dans des villes américaines. Elle avait terriblement peur qu'ils ne parviennent pas à l'arrêter.

Elle se demandait pourquoi sa mère les avait envoyés à cet endroit, ce qu'elle attendait d'eux. Et pourtant, en suivant la course du soleil, Katherine éprouva une paix profonde, inattendue.

Ces affirmations de la vie avaient traversé des millénaires.

Si des vies arrivaient vite à terme, la vie, elle, persistait.

— Venez, dit Farhad. Les plus belles sont à l'intérieur.

En indiquant ce qui avait l'apparence d'une mince fissure dans la pierre, il se leva et leur tendit à chacun une lampe. Ils se mirent en route.

— Merde, merde, merde, marmotta Boynton.

Dans la grotte, Katherine enleva la poussière rouge de son veston et regarda autour d'elle en décrivant un lent arc de cercle avec la lampe. Pas de dessins.

— Ils sont plus loin, expliqua Farhad. C'est pour cette raison que leur découverte est récente.

Il passa devant, tandis que Boynton et Katherine échangeaient des regards.

— Je devrais peut-être rester ici, proposa Boynton.

— Vous devriez peut-être venir avec moi, répliqua Katherine.

— Je n'aime pas les grottes.

— Quand en avez-vous visité une pour la dernière fois ?

— On voit bien que vous ne passez pas beaucoup de temps à la Maison-Blanche, murmura-t-il.

Le rire de Katherine résonna dans les cavernes et revint vers eux sous la forme d'un gémissement bas.

Elle sortit son téléphone. Pas de réception. Elle fut tentée de filmer leur progression sur vidéo, mais la batterie était faible. Elle éteignit l'appareil et le garda à la main, à la façon d'un talisman.

Ils suivirent Farhad dans un tournant, constatèrent qu'il s'était immobilisé. Il se retourna.

— Je pense que c'est assez loin.

Il tenait une arme à la main.

— Qu'est-ce que vous faites ? parvint à articuler Katherine.

— J'attends.

Puis ils entendirent, venus de plus loin dans la grotte, des bruits de pas. À cause de l'écho, impossible de dire combien de personnes s'approchaient. On aurait dit qu'elles étaient des centaines. Katherine, au mépris de la raison, s'imagina que les silhouettes anciennes dessinées avec du sang sur les parois avaient pris vie. Et, ayant quitté la pierre, s'avançaient.

Ils se tournèrent en direction du son, et Katherine nota que l'arme de Farhad était à présent braquée vers les ténèbres. Vers ce qui se rapprochait inexorablement.

Vite, elle posa sa lampe sur le sol et fit signe à Boynton de l'imiter. Ensemble, ils s'éloignèrent de la lumière pour se fondre dans le noir.

Ils avaient à peine fait trois pas qu'ils virent ceux qui émergeaient des profondeurs de l'antique caverne. Au début, ils crurent avoir affaire à un essaim de lumières sautillantes.

Mais, en se rapprochant, les silhouettes derrière les lumières se précisèrent.

C'était Anahita. Zahara et son père, M. Ahmadi. Et les deux Iraniens, les agents américains qui avaient transmis le message à Zahara. Ils avaient avec eux deux gardiens de la révolution qui braquaient leurs armes non pas sur leurs prisonniers, mais bien sur Farhad, Katherine et Boynton.

Ils s'arrêtèrent à cinq mètres les uns des autres.

Katherine se demanda si sa mère avait commis une terrible erreur.

Était-ce la fin ? Son sang serait-il projeté sur les parois ? Rejoindrait-il celui de ses lointains ancêtres ? Dans quelques siècles, un archéologue en viendrait-il à la conclusion que les éclaboussures imitaient la carte des constellations ?

Tout indiquait que l'article lu par sa mère disait vrai, en fin de compte. Les Iraniens des temps anciens et les Américains finissaient au même endroit. Sauf que ce n'était pas en Oregon ; c'était ici, sur les parois de cette grotte.

Katherine soutint le regard d'Anahita, empreint de terreur, lui aussi. Visiblement, l'agente du Service extérieur s'était fait la même réflexion.

C'était la fin.

Katherine activa la fonction "Vidéo" de son téléphone. Quoi qu'il leur arrive, il resterait un témoignage.

— Mahmoud ?

L'agente iranienne arrêtée en même temps que Zahara regardait vers eux.

Farhad baissa très légèrement son arme.

— J'avais entendu dire qu'on t'avait arrêtée.

— Oui, répliqua-t-elle sans sourire. Quelqu'un nous a trahis.

Elle se tourna vers les gardiens de la révolution.

— Baissez vos armes. C'est avec eux que nous avons rendez-vous.

— Mahmoud ? fit Katherine. Je croyais que vous vous appeliez Farhad.

— Quand je suis guide, c'est mon nom.

— Et qui êtes-vous, maintenant ?

— Votre sauveur.

L'agente secoua la tête.

— Un ego ambulant. Il est informateur pour le ministre du Renseignement et de la Sécurité.

— Le renseignement iranien, dit Boynton.

— Mahmoud travaille aussi pour la mafia russe, expliqua la femme avec un dédain évident. C'est pour cette raison que nous sommes là, non ?

Ils étaient toujours à cinq mètres les uns des autres. Malgré la cordialité et la bonne entente de surface, la tension était palpable. On aurait dit des carnivores prêts à bondir.

La lampe de Katherine, posée sur le sol, projetait sa lumière sur les parois brutes de la grotte. Illuminant les exquis dessins.

Gracieux, voluptueux. Incommensurablement plus beaux que ceux de l'extérieur. Ils possédaient un mouvement, une fluidité, ces hommes de sang qui, montés sur leurs chevaux et leurs chameaux de sang, plongeaient leurs lances dans une créature, semblable à un chat, qui criait et se débattait.

Une chasse. Une mise à mort.

# 30

Hamza les retrouva aux limites de son campement.

Le matin était clair et frais, mais, l'après-midi venu, la chaleur serait suffocante. Ainsi va la vie, à cette altitude, à cette latitude. Vivre dans une telle atmosphère exigeait une grande faculté d'adaptation.

Pendant qu'Hamza l'étreignait, Gil le sentit qui glissait quelque chose dans la poche de sa veste. Il crut que c'était un téléphone, mais l'objet était trop gros et trop lourd.

— Je pense que tu vas en avoir besoin, murmura Hamza. Bonne chance.

— Merci. Pour tout.

Ils se dévisagèrent, tous deux conscients de ce que l'autre avait fait. Et des conséquences. Puis Gil suivit Akbar dans l'étroit sentier de montagne qui les ramènerait au vieux taxi, resté en bas. De là, ils regagneraient le Pakistan, puis Gil prendrait l'avion… pour aller où ?

Chez lui ? À Washington ? Où une des bombes exploserait presque assurément ?

Y retourner ou non ? Il pesa le pour et le contre en boitillant dans le sentier.

Akbar, qui connaissait bien le terrain, savait exactement où il frapperait. Là où le sentier s'effaçait. Lorsqu'ils seraient loin du territoire protégé par les sentinelles d'Hamza et où il n'y aurait pas de témoins.

Il tâta le téléphone dans sa poche. Une photo du cadavre lui vaudrait un supplément. Assez pour s'offrir une voiture neuve.

Aussitôt après l'atterrissage d'Air Force 3, la secrétaire Adams fut emmenée à bord d'un SUV blindé qui roula à vive allure dans les rues de Washington. Les gyrophares allumés. Des véhicules de l'escorte bloquant les intersections.

Et pourtant, le trajet entre Andrews et la Maison-Blanche lui sembla durer une éternité.

Ellen consultait sans arrêt son téléphone. Elle était sans nouvelles de Katherine depuis que celle-ci lui avait envoyé une photo de son maussade chef de cabinet aux côtés d'un vieil Iranien en tenue traditionnelle. *Arrivés. Tu as raison. Ça vaut largement le coup d'œil. Mais personne ne nous a suivis,* avait écrit sa fille.

Quelques heures s'étaient écoulées. Depuis, plus rien.

Ellen vérifia une fois de plus, envoya un message.

*Du nouveau ? Ça va ?* Puis un cœur en émoji.

Dès que le SUV se rangea devant la porte latérale de la Maison-Blanche, Ellen bondit. Des Marines ouvrirent. Des fonctionnaires s'arrêtèrent pour la saluer.

— Madame la secrétaire d'État.

Elle affecta un air posé, tout en courant presque dans les larges corridors. Elle avait texté Betsy pour lui demander de la rejoindre avec Pete Hamilton dans l'antichambre du bureau présidentiel.

Les deux femmes se firent un grand câlin, et Betsy présenta à Ellen l'ex-attaché de presse d'Eric Dunn.

— Merci de nous aider, dit Ellen.

— J'aide mon pays.

Ellen sourit.

— Ça me va.

— Je préviens le président, madame la secrétaire d'État, dit la secrétaire de Williams de sa voix lente et traînante du sud du pays.

Ellen n'aurait pas été étonnée de la voir lui proposer un thé glacé bien sucré.

Malgré son calme, la femme réagit vite, avec une économie de mouvements montrant qu'elle était parfaitement consciente des enjeux.

"Enfin, peut-être pas parfaitement", se dit Ellen en jetant un énième coup d'œil à son téléphone.

Rien.

La porte s'ouvrit, mais ils s'arrêtèrent après deux pas dans le Bureau ovale. En regardant droit devant eux.

Elle avait demandé une audience privée, un tête-à-tête avec le président Williams, mais elle vit deux hommes se lever du canapé.

Ils se tournèrent à l'unisson, d'un mouvement qu'on aurait dit synchronisé.

Tim Beecham et le général Bert Whitehead.

Ellen ne se donna pas la peine de cacher sa surprise et son irritation. S'avançant, elle ignora les deux hommes et s'adressa directement à Williams.

— Je croyais vous avoir demandé un entretien privé, monsieur le président.

— Je sais. Mais je n'ai pas signifié mon accord. Si vous avez des informations sur Shah, plus vite tous seront au courant, plus vite nous pourrons élaborer un plan. Tim a retardé son départ pour Londres afin d'être avec nous. Nous vous écoutons.

Il remarqua alors les deux personnes qui accompagnaient Ellen. Il connaissait Betsy Jameson, mais l'autre… Visiblement, le président feuilletait l'album de photos que tous les politiciens gardent dans leur tête.

Puis la lumière se fit dans son esprit. Son expression se transforma. D'abord heureux d'avoir reconnu l'homme, il devint perplexe. Parce qu'il l'avait reconnu, justement.

— Vous ne seriez pas…

— Pete Hamilton, monsieur le président. Ancien attaché de presse du président Dunn.

Williams se tourna vers la secrétaire d'État.

— À quoi jouez-vous ?

Ellen s'approcha de lui.

— Je suis rentrée pour vous dire quelque chose, monsieur le président. En privé.

S'il nota l'insistance dans la voix d'Ellen, il n'en tint aucun compte.

— À propos de Shah ? demanda-t-il. Vous êtes au courant de ses projets ?

Pas d'autre solution. Ellen Adams carra les épaules.

— C'est à propos de la taupe, du traître au sein de votre Maison-Blanche. Celui qui a approuvé la fin de la résidence surveillée de Shah. Celui qui, avec Shah et des éléments du gouvernement pakistanais, cherche à doter les talibans et Al-Qaïda d'engins nucléaires dont ils entendent se servir contre les États-Unis.

À chacun des mots, le président écarquillait un peu plus les yeux. À la fin, on aurait dit une caricature d'un homme terrifié.

— Quoi ?

— Vous l'avez trouvée ? demanda Whitehead en s'approchant de Tim Beecham. La preuve dont nous avons besoin ?

Williams se tourna vers le chef d'État-Major des armées.

— Vous saviez ?

Ellen fit également face au général Whitehead. Sa colère, sa fureur était irrépressible. Ses sentiments ne laissaient aucun doute. Elle tremblait de rage.

Pendant un moment, elle fut incapable de parler, mais son expression apprit au général tout ce qu'il devait savoir.

Whitehead prit un air surpris. Puis il fronça les sourcils.

— Attendez. Vous ne pensez quand même pas que…

— Je sais, dit Ellen en le foudroyant du regard. J'ai les preuves.

Elle fit signe à Betsy, qui posa les sorties d'imprimante sur le bureau Resolute. Mme Cleaver avait planté le premier clou. Elle se retourna et, en foudroyant Whitehead du regard, revint à sa place.

Le général voulut s'approcher du bureau et des papiers, mais Williams l'arrêta d'un geste, et le militaire obéit.

Le président saisit les documents. Les parcourut, le visage de plus en plus affaissé. Sa bouche s'ouvrit, ses yeux se voilèrent, pleins d'incompréhension. C'était le moment précis où l'on perd pied dans l'escalier. L'instant où l'on se rend compte que la chute est inévitable. Et que les conséquences seront terribles.

Dans le Bureau ovale, le silence était total. Excepté le tic-tac de l'horloge sur le manteau de la cheminée.

Le président Williams laissa tomber les papiers et se tourna vers Whitehead.

— Salaud.

— Non, ce n'est pas moi ! Vous vous trompez. Je ne sais pas ce que disent ces papiers, mais ce sont des mensonges.

Il regarda autour de lui, affolé ; puis ses yeux se posèrent sur Tim Beecham, qui le dévisageait avec horreur et consternation.

— C'est vous, lança Whitehead en s'avançant. C'est vous qui êtes derrière tout ça.

Il fit un pas de plus. Beecham, en reculant, trébucha sur un fauteuil et tomba.

— Gardes ! fit Williams.

Toutes les portes s'ouvrirent d'un coup.

Des agents du Service secret entourèrent le président, tandis que d'autres brandissaient leurs armes, à la recherche du danger.

— Arrêtez-le.

Les agents regardèrent le président, puis l'homme qu'il montrait du doigt. Un général quatre étoiles. Un héros de guerre. Et, pour plusieurs, leur héros personnel.

Le chef d'État-Major des armées.

Après une légère hésitation, l'agent principal s'avança.

— Votre arme, général.

— Je n'en ai pas, répondit Whitehead en écartant les bras.

Pendant qu'on le fouillait, il se tourna vers le président.

— Ce n'est pas moi. C'est lui.

D'un geste de la tête, il désigna Beecham, qui se relevait.

— Je ne sais pas comment il a fait, mais c'est Beecham.

— Pour l'amour du ciel, s'écria Ellen. Laissez tomber. Nous avons les preuves. Les notes de service, les notes de réunion. Les pièces que vous croyiez avoir cachées. Vous avez consenti à la libération de Shah. Pour déstabiliser la région. Mettre toute cette machine en marche.

— Je n'ai jamais…, commença Whitehead. Libérer Shah, c'était de la folie. Jamais je ne…

Betsy l'interrompit.

— Nous avons trouvé les notes de service dans les renseignements sur Beecham.

— Quoi ? dit le directeur du renseignement national. Où ?

— Le général Whitehead a tenté de vous incriminer, expliqua Betsy. Il s'est arrangé pour vous faire passer pour un traître, notamment en retirant des archives officielles des documents datant de la période Dunn. Il les a enterrés de manière à laisser croire que vous aviez des choses à cacher.

— J'ai retrouvé les documents, dit Pete Hamilton. Cachés dans les archives privées de l'administration Dunn.

— Il n'y a pas d'archives privées, dit le président Williams. Toute la correspondance et tous les documents sont automatiquement versés dans les archives officielles. Secrets, peut-être, mais présents tout de même.

— Non, monsieur le président, dit Hamilton. Les acolytes de Dunn ont eu soin de créer des archives parallèles. Ils n'ont pas pu effacer les documents, mais ils les ont dissimulés derrière un mur presque impénétrable. Seules des personnes de l'intérieur y ont accès, à condition de posséder le mot de passe. J'avais le mot de passe, mais pas d'accès.

— Et moi, enchaîna Betsy Jameson, j'avais l'accès, mais pas le mot de passe.

— Vous avez modifié toutes les références à vos interactions avec Shah et les Pakistanais pour faire croire qu'il s'agissait de M. Beecham, dit Hamilton à Whitehead. Sauf deux, que vous avez manquées. Et nous les avons trouvées.

Whitehead secouait la tête. Le portrait même de l'ahurissement. Ellen, cependant, savait qu'il était un menteur doué, un acteur doué. Il n'aurait pas pu s'en tirer autrement.

Elle s'était laissé flouer par ce Fred MacMurray, le meilleur ami universel. On ne l'y reprendrait plus.

— Puis, lentement, vous avez lancé des insinuations, dit-elle. Laissé entendre qu'on ne pouvait pas se fier à Beecham. Vous avez été très habile. Je vous ai cru.

— Le jeune homme qui m'a suivie depuis Francfort, puis dans le parc et dans le bar, dit Betsy. Celui dont je vous ai parlé. Vous lui avez dit un mot. Je vous étais si reconnaissante d'avoir réglé le problème comme par magie. Je comprends maintenant pourquoi. C'était un homme à vous.

— Non.

— C'est à ce moment que vous avez obtenu la numérisation du message que m'avait donné Ellen ? demanda Betsy. Vous n'avez pas éconduit ce type. Vous lui avez donné l'ordre de se rendre dans le bureau de la secrétaire d'État et de le fouiller pendant que j'étais avec vous dans le bar. Vous lui avez dit de chercher quelque chose de personnel. Que vous pourriez transmettre à Shah pour faire peur à Ellen.

— C'était votre idée ou celle de Shah ? demanda Ellen.

— Ce sont de pures fabulations.

Mais les dénégations du militaire, à mesure que les mailles du filet se resserraient, étaient de moins en moins énergiques.

— Cette Ranger est-elle encore avec toi, Betsy ? demanda Ellen.

— Oui, je l'ai laissée dans le couloir.

Ellen se tourna vers le président.

— Il y a une Ranger de l'armée…

— La capitaine Denise Phelan, précisa Betsy.

— Elle est avec lui. Il faut l'arrêter, elle aussi.

— Pour l'amour du ciel, fit Whitehead. Vous dépassez les bornes. La capitaine Phelan est une ancienne combattante décorée. Elle a risqué sa vie pour son pays. Ne lui faites pas ce coup-là. Elle n'est pour rien dans cette affaire.

— Contrairement à vous ? fit le président Williams. Vous avouez donc ?

Comme le général Whitehead gardait le silence, le président fit signe à un agent.

— Arrêtez la capitaine Phelan.

Whitehead inspira à fond, conscient, comprit Ellen, qu'il n'y avait pas d'échappatoire. Il était coincé, pris au piège. Phelan passerait sans doute aux aveux en échange d'une peine réduite.

— Pas si vite, dit Beecham, visiblement perdu. Je veux être sûr de bien comprendre. Vous avez cru que je trahissais mon pays ? ajouta-t-il à l'intention d'Ellen. Que j'étais de mèche avec Bashir Shah ? Sans preuves ? Sur la foi des insinuations de cet homme ?

— Oui, Tim. Je suis désolée, dit la secrétaire Adams.

— "Je suis désolée" ? fit Beecham en criant presque, incrédule. "Je suis désolée" ?

— Peut-être que si vous étiez moins détestable…, commença Betsy.

Ellen comprima les lèvres. Avec force.

— Pourquoi ? fit le président Williams, qui n'avait pas quitté Bert Whitehead des yeux. Pour l'amour du ciel, général, pourquoi ?

— Je n'ai rien fait. J'aurais été incapable d'une telle chose.

Les sourcils froncés, il réfléchissait. Le stratège n'avait pas renoncé : il cherchait encore un trou dans le filet.

Mais il n'y avait pas d'issue. Il aurait beau se tortiller, il était coincé, et il en était conscient.

— L'argent, dit Beecham. C'est toujours l'argent. Combien avez-vous touché pour assassiner des hommes, des femmes et des enfants ? Fournir une bombe nucléaire à l'ennemi ? Combien, général Whitehead ?

Il se tourna vers le président.

— Je vais demander à mes agents de fouiller dans les comptes à l'étranger. Je parie qu'on y trouvera l'explication.

Les yeux de Whitehead s'attardèrent sur Ellen, se posèrent brièvement sur Betsy, puis revinrent vers la première.

— La capitaine Phelan n'a rien eu à voir là-dedans, répéta-t-il doucement à l'intention d'Ellen.

— Et vous, espèce de salaud, vous avez tenté de m'impliquer dans cette affaire ?

Peu à peu, Beecham passait de la rage à l'hystérie.

— J'ai passé ma vie au service de ce pays, et vous me salissez ?

Ce fut au tour de Whitehead d'exploser. Avec une vitesse surprenante, il se rua sur Beecham et, d'un geste fluide, l'entraîna sur la moquette. À califourchon sur le directeur du renseignement national, il frappa à coups de poing répétés le visage de Beecham, qui criait et tentait vainement de se protéger.

Le Service secret ne mit qu'un instant à réagir, mais le général, ancien membre des Forces spéciales, eut le temps d'infliger des dommages considérables.

Deux agents saisirent le président et l'obligèrent à se plier en faisant rempart de leurs corps, tandis que deux autres fonçaient sur Whitehead. D'un coup de crosse au visage, l'un d'eux l'obligea à lâcher Beecham. Le général se retrouva par terre, sonné.

Ils s'agenouillèrent sur lui, leurs armes braquées sur sa tête.

Instinctivement, Ellen avait passé un bras protecteur autour de Betsy. L'avait écartée. Comme une mère l'aurait fait avec son enfant en freinant brusquement.

En retrait, Doug Williams rectifia sa mise.

On releva Whitehead, le visage ensanglanté.

— C'est terminé, Bert, dit Williams. Vous n'avez rien à gagner en gardant le silence. Nous devons savoir ce que prépare Shah. Où est la cible ?

Silence.

— Qui achète la technologie nucléaire ? Les talibans ? Al-Qaïda ? Où en sont leurs projets ? Où travaillent-ils ?

Silence.

— Où sont les bombes ? rugit le président. Dites-nous !

Il s'avança vers Whitehead, comme pour l'attaquer.

Un agent aida Tim Beecham à se lever, le déposa sur une chaise et lui tendit une serviette. Il avait le nez fracturé, et du sang s'écoulait sur la moquette blanche.

Whitehead se tourna vers Ellen.

— J'ai fait ma part.

— Oh mon Dieu, fit Betsy. Il avoue. Jusque-là…

— Quoi ? demanda Ellen en regardant fixement Bert Whitehead. Vous devez nous dire ce que vous avez fait.

— "*When thou hast done, thou hast not done,* récita-t-il en se tournant vers Betsy, *for I have more.*"

Les mots restèrent en suspens dans un silence horrifié. C'est le président des États-Unis qui le rompit.

— Emmenez-le. Interrogez-le. Nous devons savoir ce qu'il sait. Et Tim, faites-vous soigner.

Une fois le calme rétabli dans le Bureau ovale, Doug Williams s'assit lourdement et examina les sorties d'imprimante. Les notes de service incriminantes.

— Jamais je n'aurais imaginé…

Levant les yeux, il invita Ellen et Betsy à s'asseoir. Puis il se remit debout. Avec lenteur. Tel un homme défait.

Il se dirigea vers Pete Hamilton, prit le jeune homme par le bras et l'entraîna vers la porte.

— Merci pour votre aide. Laissez-moi quelques jours. Puis j'aimerais vous revoir.

— Je n'ai pas voté pour vous, monsieur le président.

Williams sourit d'un air las et dit à mi-voix :

— Je ne suis pas sûr que ces deux-là l'aient fait.

D'un geste de la tête, il désigna la secrétaire d'État et sa conseillère.

Son visage ne dénotait toutefois aucun amusement. Qu'une inquiétude accablante.

— Bonne chance, monsieur le président. Si je peux faire autre chose…

— Merci. Et surtout, gardez le silence.

— Je comprends.

Hamilton sorti, Williams revint à son bureau.

— Vous êtes rentrée de Téhéran dans le but de me parler du général Whitehead ?

Pendant qu'il s'entretenait avec Hamilton, Ellen avait une fois de plus consulté son téléphone. Rien. Toujours rien de la part de Katherine. Ou de Gil.

Elle était en voie de passer de l'inquiétude à la panique.

Elle devait se concentrer. Se concentrer vraiment.

— Ça va ? demanda Betsy en lui prenant la main.

— Katherine et Gil… Rien.

Betsy serra sa main dans la sienne au moment où Ellen se tournait vers le président.

— Vous deviez savoir pour le général Whitehead, monsieur le président, et un message risquait d'être intercepté.

— Vous pensez que d'autres sont impliqués, en plus de la Ranger ?

— C'est possible.

— C'est une tentative de coup d'État ?

Le président était blême. “Mais, au moins, se dit-elle, il est disposé à faire face au pire.”

— Je ne sais pas.

Puis elle s'interrompit.

Et si c'était le cas ? Si ces bombes nucléaires faisaient des centaines, des milliers, voire des centaines de milliers de victimes et éviscéraient de grandes villes américaines, ce serait le chaos. La fureur.

L'ordre revenu, on exigerait, à bon droit, des comptes. Des réponses. Mais des cris de vengeance ne tarderaient pas à se faire entendre. Contre les terroristes, bien sûr, mais aussi contre l'administration qui avait échoué à prévenir le désastre.

Dans la frénésie, on oublierait que tout avait débuté pendant la présidence d'Eric Dunn.

Ellen se dit que Dunn, malgré ses folies, n'était pas un fou. Qu'il ne prenait pas activement part au complot. Qu'il laissait le sale boulot à d'autres, à ceux qui profiteraient du désastre. D'une guerre. D'un changement d'administration. Les sangsues et les sous-fifres qui avaient proliféré auprès de Dunn et qui se trouvaient encore parmi eux.

Une tentative de coup d'État, en fin de compte.

Doug Williams devina la perplexité de la secrétaire d'État.

— On va faire parler Whitehead, dit-il.

— Je n'en suis pas sûre, dit Ellen. Mais il y a autre chose. Une autre chose dont je devais vous parler en privé.

Le président se tourna vers Betsy.

— Elle est déjà au courant, dit Ellen. Ma fille et mon fils aussi. Mais personne d'autre. En fait, c'est Gil qui a trouvé l'information.

La porte du Bureau ovale s'ouvrit, et Barb Stenhauser, entrant en coup de vent, s'arrêta au bout de quelques pas pour considérer les taches de sang.

— On vient de me prévenir. C'est donc vrai ?

— Sortez, Barb, dit-il. Je vous rappelle dès que nous aurons terminé.

Ahurie, Stenhauser resta plantée là. Par ce qu'elle avait entendu dans le couloir à propos du général Whitehead et par ce qu'elle venait d'entendre de la bouche du président.

Ses yeux passèrent de Williams à la secrétaire Adams, puis à Betsy Jameson. Son regard était froid. Glacial.

— Que se passe-t-il ?

— S'il vous plaît, Barb, dit le président.

Son ton laissait clairement entendre qu'il ne se répéterait pas.

Une fois Stenhauser sortie, Williams se pencha vers l'avant et dit :

— Racontez-moi, madame la secrétaire d'État.

Et Ellen s'exécuta.

# 31

— Reposons-nous ici, proposa Akbar.

S'arrêtant, il s'approcha du bord et jeta un coup d'œil dans le cañon en contrebas.

Gil s'immobilisa, heureux que son compagnon se soucie de lui et de sa jambe. La descente, bien que plus facile pour les poumons, se révélait plus ardue pour sa jambe blessée. Ces secousses, ces dérapages…

— Non, dit-il malgré tout. Nous devons continuer. Rapidement. Il faut que je contacte ma mère.

— Que t'a dit Hamza ? Tu semblais énervé.

— Tu le connais. Une vraie prima donna.

Akbar rit.

— Oui. Même qu'il est connu pour ça. Comme tous les Pathans, d'ailleurs.

— J'étais énervé parce qu'il n'a pas pu ou voulu me confier un secret. Je pense qu'il sait des choses sur Shah, mais il refuse d'en parler. C'était mon dernier espoir. Maintenant, je dois descendre et apprendre à ma mère que je n'ai rien.

— Tu ne lui as pas écrit hier quand tu m'as emprunté mon téléphone ?

— Si, mais j'espérais qu'Hamza aurait changé d'idée ce matin et que j'aurais quelque chose d'utile à lui communiquer. Et pourtant non.

Akbar étudia son compagnon. Son ami. Mais pas, comprit-il, son ami intime.

— Dommage. Faire tout ce chemin pour rien…

Akbar étira le bras, invitant Gil à passer le premier.

— Toi d'abord.

— En fait, il vaut mieux que je reste derrière. Si ma jambe cède, je vais atterrir sur toi.

— Qui est la prima donna, maintenant ?

À contrecœur, Akbar ouvrit la marche. La mise à exécution de son projet serait plus difficile dans la mesure où Gil le verrait venir. Un coup de couteau dans le dos, c'était plus facile. Comme du reste une poussée par-derrière.

Et il ne serait pas hanté par le souvenir d'un visage stupéfié. Akbar supposa cependant que l'image disparaîtrait dès qu'il serait au volant de sa nouvelle voiture.

Ils longeaient la paroi rocheuse. Dans un virage du sentier étroit et jonché de pierres d'éboulis, Akbar s'arrêta et, les bras tendus, voulut agripper Gil.

Celui-ci, déconcerté, hésita un instant. Mais seulement une fraction de seconde.

En s'écartant, il cogna sa jambe blessée sur une saillie rocheuse. Il poussa un cri, et sa jambe plia. Instinctivement, il attrapa Akbar par ses robes et l'entraîna dans sa chute.

Avant d'atterrir, il lâcha Akbar et s'éloigna en rampant, sa main droite palpant la poche de ses robes. À la recherche de l'arme qu'y avait cachée Hamza.

— Qu'est-ce que tu fais ? cria-t-il à Akbar qui, à quatre pattes, s'avançait vers lui.

Gil écarquilla les yeux. Akbar laissa répondre le couteau à la longue lame incurvée qu'il tenait à la main.

— Merde, fit Gil en fouillant encore plus frénétiquement le fond de sa poche.

Mais les robes volumineuses lui résistèrent.

Gil prit une poignée de cailloux et de gravillons et les lança au visage d'Akbar, qui ralentit à peine.

Gil battait des jambes, mais Akbar, adepte du combat au corps à corps après des années passées avec les moudjahidines, prit la botte de Gil et la tordit. Celui-ci poussa un cri de douleur et de terreur, son corps tout entier retourné sur le côté. Tel un veau aux pattes ligotées.

Il était sans défense. Il rua et cria en attendant que la lame lui tranche la gorge, puis il constata avec horreur ce qu'Akbar projetait. Il l'entraînait vers le bord du précipice. Ainsi, on croirait qu'il était tombé après avoir perdu pied. Qu'il avait été victime d'un accident et non d'un meurtre.

— Non, non !

Il glissait vers l'abîme. Ses lourdes bottes l'entraînaient. Au ralenti, comme dans les cauchemars où il voulait courir, mais s'en révélait incapable.

Les bras tendus devant lui, Gil cherchait frénétiquement un objet auquel s'agripper. Quelque chose, n'importe quoi.

Mais il était déjà trop tard. Il avait franchi le point de non-retour. D'un instant à l'autre, la glissade s'accélérerait et il se balancerait au-dessus du vide.

Et alors…

Ses doigts raclèrent le sol, ses ongles déchirés laissant des traînées de sang.

Puis un coup de feu retentit. Un seul. Et du coin de l'œil, Gil aperçut une forme, une ombre qui basculait dans le vide.

Les problèmes de Gil n'étaient pas terminés pour autant. Il glissait toujours. Il se débattit encore plus frénétiquement, tenta de s'accrocher ici et là.

Puis une main le saisit par le chignon du cou, interrompit sa lente glissade. Le remonta.

Une fois en sécurité, il resta vautré par terre, haletant, pleurant. Secoué de tremblements incontrôlables. Il finit par lever la tête, le visage maculé de poussière et de larmes boueuses.

— Qui est la prima donna, maintenant ? fit Hamza.

— Oh, merde, oh, merde. Comment tu as su ?

— Je n'étais pas certain. Mais je me suis toujours méfié de ce petit salaud. Uniquement motivé par l'appât du gain. Il vendait sur le marché noir des armes confisquées, et elles se retrouvaient dans les mains de ceux à qui on les avait confisquées. C'était un trou du cul.

— Pourquoi tu ne m'as rien dit ?

— Comment je pouvais savoir que tu étais resté en contact avec ce tas de merde ?

— Pour qui travaillait-il ? demanda Gil.

Mais il connaissait la réponse.

— Shah ? Nom de Dieu. Si Akbar était à sa solde, Shah sait que je suis venu ici. Que je t'ai parlé.

Hamza hochait la tête.

— Il va savoir que c'est de toi que je tiens les informations.

— Pas nécessairement. Par ici, fit Hamza en contemplant le paysage aride, les allégeances sont fluides. Akbar pouvait travailler pour à peu près n'importe qui. Partout où irait le fils de la secrétaire d'État américaine, Akbar le savait, il y aurait des informations à vendre.

— Mais c'était plus que des informations. Quelqu'un l'a payé pour me tuer.

— On dirait, oui.

— D'où l'arme, dit Gil en posant la main sur sa poche.

— Ouais. Et elle t'a été très utile… Je t'ai entendu. Tu lui as menti. Tu lui as dit que je ne t'avais rien révélé. Pourquoi ? Tu te doutais de quelque chose ?

Gil s'approcha du bord et jeta un coup d'œil au corps écartelé et désarticulé en contrebas. S'était-il douté de quelque chose ? Il secoua la tête.

— Non, dit-il. Seulement, je suis d'un naturel prudent. Moins de gens sont au courant…

À son tour, Hamza baissa les yeux sur le cadavre qu'il venait de créer.

— J'ai été surpris de le voir avec toi au camp.

La phrase sembla familière à Gil. Il mit quelques instants à comprendre.

— "J'avais rendez-vous avec lui à Samarra."

Quand Hamza inclina la tête, Gil dit :

— C'est une citation tirée d'un vieux récit mésopotamien. À propos de l'impossibilité de déjouer la mort.

— Toi, tu l'as déjà déjouée deux fois. Je me demande où elle va te donner rendez-vous.

Se penchant, Hamza ramassa quelque chose sur le sentier.

— C'est tombé de sa poche.

Il tendit à Gil le téléphone et les clés de voiture. Il garda le couteau à la longue lame incurvée.

— À ta place, je resterais loin de Samarra.

En descendant la montagne de son pas boitillant, Gil eut la curieuse sensation que la Mort ne le suivait pas, qu'elle était restée derrière. Qu'elle avait rendez-vous avec Hamza. Et que lui, Gil, avait guidé la Mort jusqu'à lui.

En jetant un dernier coup d'œil à son ami, il comprit que celui-ci se faisait la même réflexion.

En communiquant les informations à Gil, Hamza le Lion avait donné sa vie. Et la Mort, incarnée par Bashir Shah, la faucherait.

Gil vérifiait sans cesse le téléphone d'Akbar. Au camp, la réception était bonne. Mais au milieu des vallées et des cavernes ? Rien.

Dans la voiture, il mit le cap sur la frontière poreuse et les routes creusées d'ornières du Pakistan.

Il projetait de rentrer à Washington. Sa seule envie, c'était de retrouver la maison. D'être sur place pour donner un coup de main. Mais il repasserait d'abord par Francfort pour rembourser la gentille infirmière et trouver Anahita.

Depuis son enlèvement, il avait laissé la peur ériger un mur autour de lui, et il avait observé le monde de l'intérieur de cette forteresse. En sécurité, souverain et seul. Mais c'était terminé. Pendant qu'il glissait vers l'abîme, la forteresse s'était écroulée. Cette fois, si la chance lui en était donnée, il ne laisserait pas la peur le priver des précieux moments qu'il pourrait passer avec la jeune femme. Le jour où la Mort le trouverait, il aurait de l'amour et non de la crainte dans son cœur.

En prenant place à côté de sa cousine dans la grotte, Anahita nota que Zahara s'était assise le plus loin possible de son père. Katherine Adams avait pris place de l'autre côté de Zahara ; ensemble, elles la soutenaient.

Dès que les armes furent baissées, Farhad, ou Mahmoud, les avait guidés dans un passage latéral presque invisible qui débouchait sur une caverne. Là, il leur avait dit de poser leurs lampes au centre du cercle de pierres, à l'endroit où le sol avait été noirci par un feu allumé des dizaines de milliers d'années plus tôt.

Ils s'assirent sur des rochers roulés là par des mains mortes et réduites en poussière depuis des lustres.

Une catastrophe avait-elle poussé ces gens à abandonner leur foyer ? se demanda Anahita. Était-ce un lieu de célébration ?

Un espace rituel ? Un refuge ? Des gens s'étaient-ils cachés là, au fond des grottes, en croyant être en sécurité ?

Comme Anahita et les autres en ce moment.

Les y avait-on découverts quand même ?

Elle examina les peintures qui tapissaient les murs et même le plafond. Sous le doux vacillement des lampes au kérosène, les silhouettes semblaient en mouvement. La chasse, perpétuelle, battait son plein. Dans une des séquences, on aurait dit que la créature semblable à un chat qu'elles poursuivaient s'était retournée. Que c'était elle qui les chassait à présent.

Avait-elle effectivement bondi sur ces hommes, ces femmes, ces enfants ?

Anahita se rendait compte que son imagination lui jouait des tours. C'était mauvais. La réalité était déjà assez terrifiante.

À travers le faisceau des lampes, elle regarda son oncle au bout du cercle. Il ne lui avait pas adressé la parole, mais il l'avait regardée d'un air furieux, comme si elle était l'ennemie. Comme si, à cause d'elle, sa fille avait bravé un interdit.

Et, par là même, l'avait forcé, lui, à braver un interdit.

En revanche, M. Ahmadi avait parlé d'abondance à Zahara, l'avait suppliée à répétition de lui pardonner. De comprendre pourquoi il l'avait dénoncée. Il avait pleuré, avait cherché à lui prendre la main. Chaque fois, se dérobant, elle avait suivi Anahita et Katherine, le laissant à sa terrible souffrance.

Le physicien nucléaire était assis, la tête enfouie dans les mains, et Anahita se rappela les paroles d'Einstein : "Je ne sais pas comment sera menée la troisième guerre mondiale ; mais la quatrième se fera avec des pierres et des bâtons."

Einstein faisait toutefois preuve d'un certain manque de franchise : il savait pertinemment, comme tous les membres du cercle des physiciens, ce qui ramènerait l'humanité à l'âge de pierre.

Et, parmi eux, nul mieux que le père de plusieurs de ces bombes. M. Behnam Ahmadi.

— "Maintenant, je suis devenu la mort", récita Anahita tout bas en faisant écho à Robert Oppenheimer, qui citait la *Bhagavad-Gîtâ.* Le destructeur des mondes.

"Peut-être, songea-t-elle en observant son oncle, devrions-nous nous habituer à vivre dans des grottes."

Katherine se tourna vers Charles Boynton, qui s'était plaqué contre elle. Pour la protéger ? se demanda-t-elle. Mais elle connaissait la réponse. C'était pour qu'elle le protège.

Pour un peu, Katherine le trouverait attachant, cet homme.

— Le Bureau ovale ? fit-elle en balayant la grotte des yeux.

Il sourit.

— La ressemblance est troublante.

Farhad se racla la gorge et tous les yeux se tournèrent vers lui.

— Mon officier traitant au ministère du Renseignement et de la Sécurité m'a ordonné de conduire les Américains ici. Et de leur dire tout ce que je sais.

Katherine ferma les yeux. Sa mère savait ou avait pressenti que c'était la volonté de l'ayatollah. Mais elle avait dû trouver un moyen de les faire sortir de Téhéran et de s'arranger pour qu'ils soient seuls : ainsi, on pourrait leur fournir les informations nécessaires pour arrêter Shah sans que personne se doute de rien.

Sans que les Russes soient au courant, en tout cas.

La destination était sans importance, à condition qu'ils ne soient pas suivis.

Mère futée. Ayatollah futé.

Farhad contempla les ténèbres environnantes, puis revint vers la petite assemblée.

— Je ne m'attendais pas, fit-il en les désignant d'un geste, à une telle foule.

— Ça change quelque chose ? demanda Katherine.

— Peut-être. Si certains d'entre vous ont été suivis.

Visiblement, il avait peur. Ses yeux se portaient à gauche et à droite.

— Que faites-vous ici ?

— On nous a ordonné de les emmener ici, répondit le plus ancien des gardiens de la révolution. Et de les laisser. Sauf lui, ajouta-t-il. Il rentre avec nous.

Le gardien regardait M. Ahmadi, qui avait levé la tête.

— Pourquoi l'emmener, dans ce cas ? demanda Boynton.

Contre toute attente, le gardien sourit.

— On vous a dit pourquoi vous étiez là, vous ?

— Bon, fit Katherine, les nerfs en boule. Plus vite vous nous raconterez, plus vite nous pourrons sortir d'ici.

Son malaise s'accentuait. Si on avait dit à cet homme visiblement impatient de leur raconter ce qu'il savait, pourquoi leur avait-il d'abord servi à déjeuner ? Pourquoi avait-il perdu du temps en leur préparant un repas ?

Il donnait à présent l'impression de tergiverser. Voire d'attendre. Sinon Anahita et les autres, alors qui ?

— Où les vrais scientifiques travaillent-ils ? demanda Katherine.

— Les vrais scientifiques ? fit Boynton. De quoi parlez-vous ?

Elle n'entendait pas perdre un temps précieux à expliquer le message de Gil. Elle réservait sa redoutable attention au seul Farhad.

— Il y a une usine abandonnée au Pakistan, près de la frontière avec l'Afghanistan, répondit Farhad d'une voix à la limite du chuchotement.

Dans le cercle, tous se penchèrent vers l'avant. Katherine, son imagination s'emballant, crut voir les silhouettes sur les murs se retourner. Se pencher. Sensibles à l'odeur du gros gibier. Du sang chaud.

— Depuis plus d'un an, poursuivit Farhad, la mafia russe vend de l'équipement et des matières fissiles à Shah, puis elle les achemine à cet endroit.

— Il a déjà fabriqué trois bombes, dit Katherine.

Farhad la dévisagea, surpris qu'elle soit au courant. Il hocha la tête.

— Merde, fit Boynton.

— Où sont-elles ? demanda Katherine.

— Aucune idée. Tout ce que je sais, c'est qu'elles ont été acheminées aux États-Unis par porte-conteneurs, il y a deux semaines.

— Merde, répéta Boynton. Il y a des bombes nucléaires aux États-Unis ?

Il bondit sur ses pieds et se campa devant Farhad, l'air menaçant.

— Où ? Vous savez, non ? Où sont-elles ?

Farhad leva la tête, et Boynton, se ruant sur lui, le renversa sur le sol en terre battue. Bien que considérablement plus gros et plus jeune que Farhad, le bureaucrate ne résista pas longtemps. Farhad était rompu à l'art du combat au corps à corps. En fait d'adversaire, Charles Boynton ne connaissait que le distributeur de Foggy Bottom. Qui l'avait chaque fois vaincu.

En un tournemain, Boynton fut victime d'une prise d'étranglement.

— Ça suffit, dit Katherine. On n'a pas le temps.

Elle repoussa Farhad, qui posa sur elle des yeux furieux. Pendant un moment, Katherine se dit qu'il allait l'attaquer. Puis il libéra Boynton qui, d'un pas titubant, s'éloigna en se frottant la gorge.

— Asseyez-vous, ordonna Katherine.

Les deux hommes obéirent. Reprenant sa place, elle se pencha vers Farhad.

— Vous avez visité l'usine ?

Une fois de plus, il regarda autour de lui avant de hocher légèrement la tête.

— J'y ai livré des caisses. Je ne sais pas ce qu'elles contenaient.

— Où est-ce ?

— Dans le district de Bajaur, près de Kitkot. La vieille cimenterie. Mais vous n'arriverez jamais jusque-là. Il y a des talibans partout.

— Qui sait où sont les bombes ? Dans quelles villes et où ? demanda Katherine.

— Shah le sait.

— Mais encore ? Il y en a forcément d'autres. Il ne les a quand même pas expédiées lui-même.

— Quelqu'un à l'usine saurait. C'est sûrement là qu'on a réglé les détails de la livraison. Et il y a des gens aux États-Unis qui ont déposé les engins aux endroits choisis. Mais je ne sais pas qui. Je ne sais que ce que j'ai entendu.

— C'est-à-dire ?

— Une simple rumeur. Bashir Shah est un mythe. On raconte toutes sortes d'histoires fantastiques à son sujet. Qu'il a plusieurs centaines d'années. Qu'il peut vous tuer d'un seul regard.

— Qu'il est l'Azhi Dahaka, dit Anahita.

Sous l'effet de la terreur, le teint de Farhad vira au gris, et il hocha la tête.

— Parlez-nous des faits et non des mythes, dit Katherine. Vite, vite !

Elle constata que les flammes des lampes, dont on avait soulevé les cheminées de verre, chancelaient. Et elle sentit une brise légère. Les poils de ses avant-bras se dressèrent.

"C'est à cause de la mention de Shah, se dit-elle. Mon imagination me joue des tours."

Seulement, les flammes vacillaient vraiment. D'autres avaient noté le phénomène.

— Dites-moi, fit-elle d'une voix moins forte mais plus intense.

Farhad écarquilla les yeux. Les gardiens de la révolution avaient brandi leurs carabines. Ils se tournèrent vers les ténèbres derrière eux en serrant leurs armes de toutes leurs forces.

Le premier coup de feu atteignit Farhad en pleine poitrine.

Katherine tendit les bras, fit tomber Zahara et Boynton du haut de leurs roches, puis roula sur le sol en terre battue dans l'espoir de se mettre à l'abri des balles qui pleuvaient et ricochaient en tous sens.

Elle vit Boynton ramper jusqu'à Farhad, saisir son arme et se pencher sur lui, au moment où le mourant disait quelque chose. Avant de tousser du sang dans le visage du chef de cabinet.

Il se tourna vers Katherine, les yeux terrifiés.

Farhad était mort. Et d'autres, y compris un des gardiens de la révolution, avaient été fauchés.

— Zahara ! cria M. Ahmadi au milieu des coups de feu.

Le dernier gardien avait pris position dans une crevasse et tirait dans les ténèbres.

Ils devaient s'éloigner de la lumière, savait Katherine. Ou, mieux, l'éloigner d'eux.

Elle se blinda.

Anahita, ayant observé Katherine, devina ses intentions et se prépara.

Lorsque le gardien tira la salve suivante, les deux femmes bondirent dans le cercle de pierres et, saisissant les lampes, les lancèrent en direction des ténèbres. D'où venaient les tirs ennemis. Puis elles se plaquèrent au sol.

Le gardien, atteint, était affalé contre la paroi, mais l'agente, s'étant portée à sa hauteur, avait saisi l'AK-47.

Les lampes explosèrent en heurtant le sol, illuminant subitement les agresseurs.

— *Poimet !* cria l'un d'eux en russe.

L'agente ouvrit le feu. Ce fut le dernier mot de l'homme. "Merde."

Boynton tirait aussi en direction des assaillants, et des projectiles volaient en tous sens.

Pour échapper au barrage de coups de feu, Katherine trouva un abri bien relatif derrière des rochers où, allongée sur le sol, elle se couvrit la tête avec les bras. Lorsque la fusillade prit fin, elle regarda autour d'elle.

Une fumée âcre saturait l'air. En se dissipant, elle révéla une scène de carnage.

— *Baba ?*

Katherine et Anahita virent Zahara ramper jusqu'à son père, étendu sur le dos, bras et jambes écartés. Fauché par une rafale de mitrailleuse en tentant d'atteindre sa fille.

— *Baba ?*

Zahara était agenouillée près de son père.

Katherine voulut s'approcher, mais Anahita la retint.

— Laisse-lui un moment.

Farhad était mort, tout comme les deux gardiens de la révolution et les deux agents iraniens.

— Charles, dit Katherine en s'approchant de Boynton.

Les jambes du chef de cabinet avaient cédé sous son poids, et il était assis par terre. On aurait dit un enfant. Un enfant avec un fusil.

— Ça va ? Vous êtes blessé ?

S'agenouillant, elle lui prit l'arme avec précaution.

Il la dévisagea, la lèvre inférieure et le menton tremblants.

— Je pense que j'ai tué quelqu'un.

Elle lui prit la main.

— Vous n'aviez pas le choix.
— Il est peut-être seulement blessé ?
— Possible.

Avec un peu de salive, Katherine humecta un mouchoir et nettoya le sang de Farhad sur le visage de Boynton.

— Il a dit quelque chose, fit le chef de cabinet en se tournant vers Farhad, dont les yeux levés semblaient contempler les magnifiques œuvres d'art peintes sur le plafond de la caverne. “Maison-Blanche.”
— Quoi ?
— Il a dit “Maison-Blanche”. Qu'est-ce que ça signifie ?

## 32

Les yeux brillants du président Williams dénotaient la concentration. Il absorbait les révélations.

À chacun des mots d'Ellen, il avait serré les poings, si fort à la fin que Betsy crut qu'il se mettrait à saigner. Et que ses ongles, en s'incrustant dans sa chair, laisseraient des stigmates.

Les scientifiques assassinés à bord des autobus étaient des leurres.

Les véritables physiciens nucléaires, beaucoup plus accomplis que les premiers, travaillaient pour Bashir Shah depuis au moins un an.

Remis en liberté, Shah avait accéléré la mise au point d'un programme d'armement nucléaire à l'intention des talibans et d'Al-Qaïda. En Russie et au Pakistan, certains éléments étaient au courant.

Ils avaient réussi à fabriquer au moins trois bombes, déjà installées dans des villes américaines. Prêtes à exploser à tout moment.

Mais les Américains ne savaient pas où. Ne savaient pas quand. N'avaient aucune idée de la puissance des engins.

— Vous avez terminé ? demanda le président.

Dès que la secrétaire d'État eut hoché la tête, il appuya sur un bouton et Barb Stenhauser apparut.

— Dites à la vice-présidente de monter à bord d'Air Force 2, de se rendre à la base de Cheyenne Mountain à Colorado Springs et d'y attendre de nouvelles instructions.

— Oui, monsieur le président.

Manifestement sous le choc, Stenhauser obéit sans poser de questions.

Le président se tourna vers Ellen.

— Vous tenez tous ces renseignements de votre fils ?

Ellen se prépara à encaisser des insinuations, voire des accusations en bonne et due forme. Comment Gil pouvait-il être au courant de tous ces détails, s'il n'était pas impliqué ? S'il n'avait pas été radicalisé pendant sa captivité ? Tout le monde savait qu'il s'était converti à l'islam. Et qu'il aimait le Moyen-Orient, malgré les événements.

Comment pouvait-on prêter foi à ces informations ?

— C'est un homme courageux, dit Doug Williams. Veuillez lui présenter mes remerciements. Maintenant, il nous faut plus de détails.

— Je pense que le grand ayatollah a tenté de m'en donner.

— Pourquoi ?

— Parce qu'il se préoccupe de sa succession et de l'avenir de l'Iran. Il veut éviter que le pouvoir passe aux mains d'un adversaire ou des Russes. Et il ne veut pas que les États-Unis s'ingèrent dans les affaires de son pays. Il entrevoit un terrain d'entente. Ténu, mais quand même. Un espace où le chat et le rat travaillent de concert.

— Pardon ?

— Peu importe. Une simple fable.

Le président hochait la tête. Nul besoin d'entendre l'histoire pour en comprendre la morale.

— Si nous arrêtons Shah, nos deux pays gagnent.

— Mais l'ayatollah ne pouvait pas se permettre de me fournir l'information au vu et au su de tous. J'ai laissé là-bas ma fille Katherine et Charles Boynton, en espérant l'avoir bien compris. L'ayatollah a fait arrêter une de mes agentes du Service extérieur, Anahita Dahir.

— Celle qui a reçu l'avertissement ? demanda le président en notant le nom.

— Oui.

"Inutile, dans l'immédiat, de lui parler de l'histoire familiale de la jeune femme", raisonna Ellen.

— Ensuite, il m'a expulsée d'Iran, poursuivit-elle.

— Je vais prévenir nos ressources à l'ambassade de Suisse à Téhéran de la détention illégale d'une de nos agentes du Service extérieur.

— N'en faites rien, s'il vous plaît.

La main de Williams resta en suspens au-dessus du téléphone.

— Pourquoi pas ?

— Je pense que l'ayatollah l'a fait pour transmettre l'information aux autres.

— Pourquoi pas à vous ?

— Je suis trop voyante. Il a dû me faire sortir d'Iran. Il savait que quiconque m'épiait…

— Les Russes…

— Les Pakistanais, Shah… Me suivrait. Croirait que j'avais été humiliée…

— *Hm*, fit Williams en grimaçant.

— … sans se soucier du fait que j'aie laissé ma fille et Boynton derrière pour tenter d'obtenir la libération de l'agente.

— Vous dites qu'ils sont restés derrière pour obtenir une information de la part du grand ayatollah. Laquelle ?

— Je ne sais pas.

— Vous n'êtes même pas sûre de ce que vous avancez. Vous risquez gros, Ellen.

"Je risque tout", songea-t-elle sans le dire.

— L'heure est grave.

— Boynton, dit le président. Votre chef de cabinet. Celui qui a perdu son combat contre un gâteau Twinkie ?

— Je crois que c'était un gâteau Ho Ho.

— Au moins, personne ne le soupçonnera d'être un espion. Il a appris quelque chose ?

Ellen inspira à fond.

— Je suis sans nouvelles depuis des heures.

Doug Williams se mordit la lèvre supérieure et hocha sèchement la tête.

— Nous devons savoir où sont ces bombes. Et où on les fabrique.

— Je suis d'accord, monsieur le président. Je ne pense pas que le général vous le dise, même si, à mon avis, il est au courant.

— Au besoin, nous allons lui faire cracher le morceau.

Ellen, qui avait été horrifiée par la brutalité des "interrogatoires renforcés", se trouvait à présent devant un grave dilemme moral. Si la torture était susceptible de faire parler le général et de sauver des milliers de vies, se dit-elle, va pour la torture.

Elle baissa les yeux sur ses mains aux doigts entrelacés et blanchis, posées sur ses genoux.

— Quoi ? demanda Betsy.

Le regard d'Ellen croisa celui de son amie.

Betsy signifia qu'elle comprenait en laissant entendre un petit grognement.

— Tu ne peux pas t'y résoudre, hein ? La fin ne justifie pas les moyens…

— La fin est définie par les moyens, répondit Ellen en se tournant vers Doug Williams. Il y a de meilleurs moyens que la torture, des moyens plus rapides. Nous savons que, sous la torture, les gens sont prêts à dire n'importe quoi pour que ça s'arrête. Et pas nécessairement la vérité. D'ailleurs, Whitehead va résister trop longtemps. Il faut faire fouiller sa maison. Il n'a sûrement pas gardé les renseignements dans son bureau du Pentagone, et je doute qu'ils soient dans son ordinateur. Je parie qu'il a conservé des notes quelque part.

Williams décrocha le téléphone.

— Où est Tim Beecham ?

— À l'hôpital, monsieur. Son nez a été fracturé. Il devrait sortir bientôt.

— On n'a pas le temps. Envoyez-moi son adjoint. Tout de suite.

— J'aimerais accompagner les agents, dit Ellen en se levant.

— D'accord, dit Williams. Tenez-moi au courant. Je communique avec nos alliés. Leurs services du renseignement savent peut-être quelque chose sur les scientifiques à la solde de Shah.

Le cortège, sirènes hurlantes, fonçait vers Bethesda. Pendant tout le trajet, Ellen consulta son téléphone sans arrêt.

Sa terreur était presque insupportable. Et si elle ne recevait plus de nouvelles ? Et si elle avait envoyé ses enfants vers la mort ? Et n'apprenait jamais ce qui leur était arrivé ?

Peut-être devrait-elle entrer en contact avec Aziz à Téhéran. Le ministre des Affaires étrangères pourrait envoyer des gens dans les grottes du Baloutchistan. Voir si…

Elle hésita.

Elle devait donner plus de temps à Katherine. Une intervention d'Aziz risquait de tout compromettre.

Elle s'efforça de se concentrer sur la tâche qui l'attendait. Trouver l'information cachée par le général Whitehead.

— Il t'a dit quelque chose ? demanda-t-elle pour la centième fois. Quelque chose d'utile ?

Betsy s'était creusé les méninges.

— Rien, sauf ce poème de merde. Qui ne sert à rien.

La façon de Whitehead de citer une fois de plus John Donne lui avait glacé les sangs.

Le cortège s'immobilisa devant une maison de style Cape Cod avec une clôture à piquets, des lucarnes et une large véranda où trônaient des rocking-chairs.

Que la maison soit si typiquement américaine, au point de frôler le stéréotype, décupla la fureur d'Ellen. Elle sentait la bile monter en elle.

Des agents martelèrent la porte de devant, tandis que d'autres envahissaient la cour arrière.

Ils allaient défoncer lorsqu'une femme ouvrit. Ses cheveux gris étaient coiffés de façon simple mais chic. Elle portait un pantalon et un chemisier de soie.

"Élégante, se dit Ellen, mais sans prétention."

— Quoi ? demanda la femme. Que se passe-t-il ?

Son ton était presque péremptoire.

— Où est Bert ? demanda-t-elle lorsqu'on l'écarta.

Elle chercha son mari derrière les agents. Puis ses yeux se posèrent sur la secrétaire d'État américaine.

La femme agrippait le collier d'un gros chien, à la fois excité et perplexe. À l'intérieur, on entendait un enfant pleurer.

— Que se passe-t-il ?

— Poussez-vous, ordonna un agent en lui donnant une bourrade.

Ellen fit signe à Betsy, qui prit Mme Whitehead par le bras et l'entraîna vers l'enfant qui pleurait.

Déjà, les agents avaient pris possession de l'intérieur. Sortaient des livres de la bibliothèque, retournaient des chaises et des fauteuils. Décrochaient des tableaux. La maison, gracieuse et confortable à peine quelques instants plus tôt, était déjà sens dessus dessous. La pagaille s'accentuait à vue d'œil.

Betsy suivit la femme du général dans la cuisine, et Ellen chercha le bureau où le directeur adjoint du renseignement et ses agents les plus chevronnés concentraient leurs recherches.

La pièce était grande et claire, avec d'énormes fenêtres s'ouvrant sur le jardin, où l'on voyait une balançoire maison. Une épaisse planche retenue par des cordes à la branche d'un chêne.

On avait abandonné sur la pelouse un ballon de football pour enfant.

Les murs du bureau étaient tapissés de tablettes chargées de livres et de photos encadrées, qui furent démontées une à une et jetées par terre.

Pas de médailles ni de citations.

Que des photos d'enfants et de petits-enfants. De Bert Whitehead et de sa femme. D'amis. De camarades.

Pendant que le tourbillon se poursuivait, la secrétaire s'adossa à un mur, perdue dans ses réflexions.

Qu'est-ce qui pousse un homme à se comporter ainsi ? À trahir son pays ? À assassiner des compatriotes ? Une bombe avait presque certainement été placée à D.C. Presque certainement dans la Maison-Blanche.

Le président en était conscient, lui qui avait envoyé au loin la vice-présidente et les principaux membres de son cabinet, sauf Ellen. L'explosion et ses retombées se feraient sentir à des kilomètres à la ronde. Incinéreraient, irradieraient tout, y compris les humains, sur leur passage.

Qu'était-il donc arrivé à Bert Whitehead ? La réponse, c'est qu'il conspirait avec des terroristes. Mais quelle était donc la question ?

Ellen trouva Betsy et les autres dans la cuisine, où des agents interrogeaient Mme Whitehead et sa fille.

Elle resta une minute ou deux près de la porte à écouter les agents du renseignement bombarder les femmes de questions, tandis que l'enfant pleurait dans les bras de sa mère.

— Vous pouvez nous laisser, s'il vous plaît ? fit Ellen.

Les agents, contrariés, jetèrent un coup d'œil de son côté et bondirent sur leurs pieds.

— J'aimerais dire un mot en privé à Mme Whitehead et à sa fille.

— Impossible.

— Vous savez qui je suis ?

— Oui, madame la secrétaire d'État.

— Bien. J'ai quitté Francfort, où mon fils est hospitalisé, et j'ai voyagé toute la nuit, dit-elle en étirant un peu la vérité, à seule fin d'être ici. Je pense que vous pouvez nous accorder quelques minutes.

Ils se regardèrent, visiblement mécontents, puis ils obtempérèrent.

Avant de s'asseoir, Ellen regarda l'enfant en larmes et dit à la fille :

— Vous voulez sortir ? Un peu d'air frais, peut-être ?

— Maman ?

Mme Whitehead hocha presque imperceptiblement la tête. Lorsque la fille et l'enfant furent sortis, Ellen s'assit et étudia la femme. Visiblement, la colère en elle livrait une guerre féroce à la peur et à la confusion.

Soudain, elle comprit.

— Vous n'êtes pas madame Whitehead, n'est-ce pas ?

Elle vit Betsy hausser les sourcils, mais son amie sut tenir sa langue.

— Je le suis à la maison.

— Professeure Martha Tierney. Vous enseignez la littérature anglaise à Georgetown.

Le visage de la femme figurait sur un des livres jetés sur le sol du bureau. Une photo d'écrivaine prise quelques années plus tôt. Le livre s'intitulait *Des rois et des hommes désespérés*, d'après un poème de John Donne. Il s'agissait d'une biographie du poète métaphysique.

— Pourquoi votre mari cite-t-il sans cesse : "Quand Tu auras fini, Tu n'auras pas fini" ?

— "Car j'en ai encore", compléta la professeure Tierney. C'est un jeu de mots. Je suis une spécialiste de Donne.

Bert aussi, par le fait même. Il faut croire que ces vers lui plaisent.

— Oui, mais pourquoi ?

— Je n'en sais rien. Je ne l'ai jamais entendu en parler. Mais vous n'êtes pas là pour discuter de poésie, madame la secrétaire d'État. Dites-moi ce qui se passe ? Où est mon mari ?

— Si le fait de vivre près de vous a fait de lui un spécialiste de Donne, dois-je comprendre que vous êtes une spécialiste de la sécurité ?

— Je veux un avocat, dit la professeure Tierney. Et je veux parler à Bert.

— Je ne suis pas policière et vous n'êtes pas en état d'arrestation. Je vous demande seulement de m'aider. Et d'aider votre pays.

— Avant, je dois savoir de quoi il s'agit.

— Non. Vous devez répondre à nos questions, c'est tout.

Ellen baissa la voix et le ton.

— Je sais que c'est un choc. Je sais que c'est terrifiant. Dites-nous ce que vous savez, s'il vous plaît.

La professeure Tierney hésita, puis hocha la tête.

— Je vais faire de mon mieux. Dites-moi seulement comment va Bert.

— Votre mari a-t-il déjà mentionné Bashir Shah ?

— Le trafiquant d'armes ? Oui. Récemment. Il était furieux à l'idée qu'il ne soit plus en résidence surveillée.

— Il vous en a parlé ? fit Ellen.

— C'est un secret d'État ? demanda la professeure Tierney.

Ellen réfléchit.

— Non, je suppose que non.

— Dans le cas contraire, il ne m'aurait rien dit.

— Il était donc surpris par la libération de Shah ?

— Abasourdi. Il y a longtemps que je ne l'avais pas vu aussi furieux.

Ellen fut presque tentée de la croire, mais, bien sûr, c'était justement ce qu'escomptaient les traîtres. La volonté des autres d'accepter le pire, mais de rejeter le désastreux.

Si le général Whitehead était furieux, ce n'était pas parce que Shah était libre, mais bien parce qu'on était au courant.

— Où votre mari conserve-t-il ses documents personnels ? demanda Ellen.

— Dans un coffre-fort, derrière la bibliothèque la plus rapprochée du bureau, répondit la professeure après une hésitation.

Ellen se leva.

— La combinaison ?

— Laissez-moi faire. Je vais ouvrir.

— Non, il nous faut la combinaison.

Les deux femmes se dévisagèrent jusqu'à ce que la professeure s'avoue vaincue.

— Les dates de naissance de nos enfants, expliqua-t-elle.

Ellen revint quelques minutes plus tard.

— Viens, dit-elle à Betsy.

Dans la voiture qui les ramenait à D.C., Betsy demanda :

— Et alors ? Le coffre-fort ?

— Rien, à part les extraits de naissance des enfants. Ils seront analysés au cas où ils contiendraient quelque chose, mais…

Betsy nota qu'Ellen n'était pas repartie les mains vides. Elle tenait le livre de la professeure Tierney.

*Des rois et des hommes désespérés.*

"Et des femmes qui le sont tout autant", songea Betsy.

Gil n'obtint un signal qu'après avoir franchi la frontière du Pakistan. Se rangeant sur le côté, il tapa vite un message destiné à sa mère.

Il était dangereux de se trouver dans un véhicule immobilisé au bord de la route. Il ne traîna donc pas. Le message envoyé, il fonça vers l'aéroport, encore à quelques heures de route.

— J'y vais, dit Anahita.

— Je t'accompagne, dit Zahara. Mon père. Je dois…

Ils étaient près de la voiture dans laquelle Farhad avait emmené Katherine et Boynton sur les lieux. Mais les clés n'étaient nulle part en vue. Ils se rendirent compte que Farhad les avait encore sur lui.

Katherine, qui avait perdu son père subitement, comprit. Elle hocha la tête.

— Dépêchez-vous. Dieu sait qui d'autre risque de débarquer ici. De toute évidence, quelqu'un avait prévenu les Russes.

— Sûrement Farhad, dit Boynton. Il jouait un double jeu.

Katherine tendit à Anahita l'arme que Boynton avait prise au mort.

— Faites vite.

Les cousines aux mouvements et aux silhouettes si semblables gravirent ensemble la pente qui conduisait à l'entrée de la grotte. À l'intérieur, elles coururent dans les couloirs désormais familiers vers la lueur diffusée par les lampes brisées.

Elles n'étaient pas encore très loin lorsque Zahara ralentit, puis s'arrêta en levant la main. Anahita se rangea près d'elle. Tendue, les sens frémissants.

Puis elle entendit à son tour.

Des voix. Des voix russes.

— Merde, marmotta-t-elle. *Fuck, fuck, fuck.*

Elle jeta un coup d'œil à l'entrée de la grotte, derrière elles. Puis en direction de la faible lueur et des voix brutales et colériques.

Elles n'avaient pas le choix. Elles avaient besoin des clés.

Accroupie, Anahita s'avança doucement vers la caverne ouverte. Des ombres sombres et difformes s'agitaient dans le passage qui s'étirait de l'autre côté. Elle se tourna vers Zahara, qui regardait fixement le cadavre de son père. Il gisait à l'endroit où il était tombé, en partie caché par les rochers.

— Vas-y, murmura Anahita. Mais fais vite.

Elle n'aurait su dire ce que Zahara devait faire, mais l'heure n'était pas à la discussion.

À plat ventre, Ana rampa jusqu'au cadavre de Farhad et, se forçant à regarder, palpa ses poches et mit la main sur les clés.

Avec d'infinies précautions, elle les sortit le plus silencieusement possible.

Les serrant dans son poing, elle se tourna vers Zahara. Sa cousine, ayant embrassé son père sur le front, reculait à quatre pattes.

Elles avaient atteint l'entrée du passage qui conduisait à la sortie lorsqu'un cri retentit. Et que le faisceau d'une lampe de poche les frappa de plein fouet.

Les cousines détalèrent. Sans regarder derrière elles. Sans se donner la peine de se cacher. Elles foncèrent vers l'étroite fissure par où entrait un rayon de soleil, semblable à la lame d'un couteau.

Elles entendaient des bruits de bottes, des ordres hurlés à tue-tête.

En se faufilant dans l'ouverture, Anahita cria à Katherine et Boynton :

— Il y en a d'autres ! Ils nous ont vues !

— Ils arrivent ! hurla Zahara en dévalant la pente.

Katherine fonça à leur rencontre et prit les clés de la main d'Anahita.

— Montez !

Elles ne se firent pas prier. Au moment où la voiture se mettait en route, des coups de feu résonnèrent. Anahita baissa la vitre et tira à son tour. N'importe comment. Elle n'avait jamais tenu une arme. Et encore moins tiré. Mais ce fut suffisant pour que les deux hommes qui avaient jailli de la grotte se mettent à couvert.

Katherine accéléra et ils s'éloignèrent en vitesse. Quand Anahita regarda derrière, les hommes avaient disparu.

Mais pas pour longtemps, savait-elle. Comme Katherine. Comme eux tous.

Ils les poursuivraient.

Boynton, qui avait mis la main sur les vieilles cartes qui jonchaient la banquette arrière, essayait de comprendre où ils étaient et où ils devaient aller.

— Mon téléphone est à plat, annonça Katherine en s'efforçant de garder la vieille voiture sur la route. Il faut prévenir maman de ce qu'a dit Farhad à propos des physiciens de Shah. Charles ?

— Je m'en occupe, répondit Boynton en tentant de se dépêtrer de la carte.

Zahara s'en saisit, tandis que la voiture vibrait et bondissait.

La batterie du téléphone de Charles était au rouge. Il lui restait trois minutes. Il écrivit rapidement, mais prit de précieux instants pour s'assurer qu'il n'y avait pas de fautes de frappe. Ce n'était pas le moment de commettre des erreurs.

Il envoya le message et exhala, soulagé.

— Où va-t-on ? demanda Ana.

Au loin, un nuage de poussière les suivait. Le véhicule était silencieux. Ils n'avaient qu'une vague idée d'où ils étaient, savaient encore moins où ils allaient.

— Arrêtez-vous, s'il vous plaît, dit Ellen.

L'agent de la Sécurité diplomatique qui tenait le volant obéit.

— Madame la secrétaire d'État ? fit Steve, assis devant, en se tournant vers elle.

En silence, elle lut et relut les deux messages qu'elle avait reçus presque simultanément.

D'abord, Gil, avec le téléphone d'Akbar, lui annonçait qu'il rentrait à Washington en passant par Francfort.

Puis Charles Boynton.

Ellen prit une profonde inspiration, puis elle se pencha pour dire un mot au chauffeur.

— La Maison-Blanche. Le plus vite possible.

— Bien.

La sirène retentit de nouveau et, gyrophares allumés, ils roulèrent à tombeau ouvert.

— El ? fit Betsy. Que se passe-t-il ?

— Katherine et Boynton ont obtenu l'information. Nous savons où sont fabriquées les bombes.

— Dieu soit loué. Sait-on où elles ont été placées ? Dans quelles villes ?

— Non, mais nous trouverons les informations en raflant l'usine. Gil a écrit lui aussi. Il revient ici. Même si je lui ai dit de ne pas le faire.

Betsy hocha la tête.

— Ils sont en sécurité, au moins.

— *Hm*, fit Ellen.

D'après le message de Boynton, ils étaient loin d'être en sécurité.

— Tu te renseignes sur l'art rupestre de Saravan ? C'est dans la province du Sistan-et-Baloutchistan, en Iran.

— Pourquoi ? demanda Betsy en se mettant au travail.

— Parce que j'y ai envoyé Katherine et Boynton.

— Pour les mettre hors de danger ?

— Pas exactement.

Lorsque Betsy eut la carte de l'Iran sur l'écran de son téléphone, Ellen jeta un coup d'œil et traça mentalement une ligne le long de la frontière entre l'Iran et le Pakistan. Puis elle envoya un message à son fils.

Gil entendit le timbre sonore et se rangea sur le côté pour lire la réponse de sa mère.

Il consulta vite la carte.

— Merde.

Il hésita un instant à peine, puis envoya sa réplique.

Lorsque Gil répondit, Ellen apercevait le dôme du Capitole. Elle fit suivre le message à Boynton en y ajoutant quelques mots. Puis elle se cala sur la banquette et réfléchit.

La batterie de l'appareil de Boynton n'en avait plus que pour une minute lorsque le message de sa patronne arriva.

— Du papier et un crayon, vite ! fit-il.

Puis, arrachant la carte des mains de Zahara, il griffonna quelques mots avant que son téléphone rende l'âme pour de bon.

— Pakistan, lança-t-il aux autres. On va au Pakistan !

— Vous êtes fou ? fit Zahara. Je suis iranienne. Ils vont probablement nous tuer.

— C'est vrai, dit Ana en désignant le nuage de poussière qui les suivait, comme si Taz, le Diable de Tasmanie des dessins animés, était à leurs trousses.

Charles se pencha vers l'avant pour dire un mot à Katherine.

— Votre frère est au Pakistan. Il peut venir à notre rencontre. Il a des amis et des contacts là-bas. J'ai le nom de la petite ville. Ce n'est pas loin de la frontière. Il suffit de traverser.

Katherine jeta un coup d'œil dans le rétroviseur. Le tourbillon gagnait du terrain.

Pendant que Zahara et Anahita cherchaient le meilleur moyen d'aller jusqu'à la frontière, Charles Boynton se rassit et regarda droit devant lui.

Un détail le tracassait. Un détail qu'il avait oublié. Puis il se souvint. Vite, il sortit son téléphone, cliqua et cliqua encore, mais n'arriva à rien.

Il avait oublié de répéter à la secrétaire d'État ce que Farhad avait dit en rendant son dernier souffle.

*Maison-Blanche.*

# 33

Ellen et Betsy avaient à peine franchi la porte du Bureau ovale que déjà le président demandait :

— Vous avez trouvé quelque chose ?

— Pas chez Whitehead, mais Katherine et Charles Boynton savent où Shah a installé les physiciens. Ils sont relativement certains que nous y découvrirons des informations sur l'emplacement des bombes.

— Dieu merci. Où est-ce ?

— Au Pakistan. Près de la frontière afghane.

Elle lui fournit tous les détails.

— Ça ne devrait pas être trop difficile à repérer, dit-il. Une cimenterie abandonnée dans le district pakistanais de Bajaur, juste en dehors de Kitkot, répéta-t-il pour s'assurer qu'il avait bien noté.

Quand Ellen hocha la tête, il appuya sur l'interphone.

— Faites venir le général Whitehead…

Il s'arrêta.

— Monsieur, le général…, commença Stenhauser.

— Oui, j'oubliais. Dites au commandant des Forces spéciales de me rejoindre dans la salle de crise. Tout de suite. Et convoquez Tim Beecham aussi. Il est sorti de l'hôpital ?

— Je viens de recevoir un message, monsieur le président. Il se rend à Londres pour assister à la rencontre des services du renseignement. Je le rappelle ?

— Non, dit Ellen.

Le président Williams se tourna vers elle.

— Il est important qu'il participe à ces pourparlers.

Le président plissa les yeux, mais dit dans l'interphone :
— Non, Barb. Laissez-le aller.
Il ramassa ses papiers sur son bureau et dit :
— Venez avec moi.
— Je regrette, monsieur le président, mais j'aimerais que vous m'autorisiez à me rendre au Pakistan. Pour un tête-à-tête avec le Premier ministre. Je pense qu'il est grand temps que nous nous expliquions.
— Comme vous vous êtes expliquée avec les Iraniens, Ellen ?
— Nous avons obtenu l'information.
— Vous avez aussi réussi à faire arrêter votre agente et à vous faire expulser du pays.
— Nous avons eu l'information, répéta-t-elle. Rien de joli ni de conventionnel, mais du concret.
— Pouvons-nous nous y fier ?
— Vous me demandez si nous pouvons nous fier à ma fille ?
— Pour l'amour du ciel, Ellen, revenez-en. Avec Gil, j'ai fait n'importe quoi. Je suis désolé. J'aurais dû essayer d'obtenir sa libération.
Ellen attendit.
Ces mois, ces jours, ces heures, ces minutes. De seconde insoutenable en seconde insoutenable, elle s'était préparée à la nouvelle de la décapitation de son fils. À la voir. À la revoir. Elle aurait eu beau tenter de les éviter, les images auraient été affichées à la une de tous les journaux. Dans tous les sites Web.
La mère de Gil aurait été sidérée par cette vision. L'image aurait été imprimée sur sa rétine jusqu'à la fin de ses jours.
Et l'homme qui aurait pu sauver Gil, la sauver, elle, était "désolé" ?
Elle ne dit rien, par crainte de trop en dire. Essaya de reprendre son souffle. Elle regardait le président des États-Unis. Voulait lui faire du mal. Comme il avait fait du mal à son fils. Et à elle.
— Imaginez que votre fils ait été décapité, dit-elle.
— Mais Gil ne l'a pas été.
— Il l'a été, chaque jour et chaque nuit, dans mon esprit.
Doug Williams n'y avait pas songé. Une image s'imposa alors à lui. Son fils à genoux sur le sol. Crasseux. Effrayé. La longue lame sur sa gorge.

Williams hoqueta et, se tournant vers Ellen, soutint son regard.

— Je suis désolé, murmura-t-il après de longues, de très longues secondes.

Et elle comprit qu'il regrettait sincèrement. Ce n'étaient pas des excuses politiques opportunes, destinées à faire oublier une bévue. Les mots étaient remontés avec difficulté du plus profond de lui.

Il était désolé.

Il eut la sagesse de ne pas implorer le pardon d'Ellen. Il ne l'obtiendrait pas et il ne le méritait pas.

— Je ne doute ni de votre fils ni de votre fille. Ce qui me préoccupe, ce sont leurs sources.

— Des gens ont donné leur vie pour nous transmettre ces informations. Ce sont nos seules pistes et il faut y donner suite. Je dois me rendre à Islamabad et y arriver en grande pompe, offrir la plus grande démonstration de pouvoir dont nous sommes capables. Je servirai au moins de distraction pendant que vous planifierez et exécuterez l'intervention.

— Je ne veux même pas savoir ce que vous entendez par “distraction”, dit le président.

Ils marchaient à présent dans le large couloir, et Ellen devait presque courir pour suivre le président et ses longues enjambées.

— Mais…, commença-t-elle.

Williams s'arrêta, se retourna et la dévisagea.

— Quoi encore ?

Elle prit une profonde inspiration.

— En chemin, je veux m'arrêter voir Eric Dunn.

— En Floride ? Pour quoi faire ?

— Déterminer ce qu'il sait.

— Vous soupçonnez l'ex-président d'être derrière tout ça ? demanda Williams. Écoutez, je n'ai aucun respect pour cet homme, mais je n'arrive pas à croire qu'il autoriserait l'explosion d'engins nucléaires dans des villes américaines.

— Moi non plus, mais il sait peut-être quelque chose sans s'en rendre compte.

Betsy se remémora alors les paroles prononcées à propos du président Reagan lors des audiences sur l'affaire Iran-Contra.

*Que ne savait-il pas ? Et quand a-t-il su qu'il ne le savait pas ?*

Ce qu'Eric Dunn ne savait pas aurait suffi à remplir des archives.

Dès qu'elles eurent la bénédiction de Williams et furent en route vers Air Force 3, Betsy jeta un coup d'œil au livre qu'Ellen avait encore avec elle.

*Des rois et des hommes désespérés*, de la professeure Tierney. La biographie de John Donne.

Betsy se cala sur son siège et réfléchit à la confrontation à venir. "*When thou hast Dunn*, songea-t-elle, *thou hast not Dunn.*"

Elle fut propulsée vers l'avant, comme si quelqu'un l'avait poussée dans le dos.

— Seigneur Jésus, El. Je comprends ce qu'a dit Whitehead. Ce qu'il dit depuis le début. "Dunn" et non *"done"*. Un jeu de mots. De John Donne. Repris par Whitehead. C'est pour cette raison que tu as pris le livre et que nous allons voir Eric Dunn. C'est ce que Bert Whitehead veut que nous fassions.

— Oui.

— C'est forcément un piège. Il veut nous faire perdre notre temps. Soit Eric Dunn ne sait rien, soit il sait des choses, mais ne parlera pas. Whitehead nous manipule, joue dans nos têtes. Nous fait la guerre psychologique.

— Possible, dit Ellen.

Se penchant vers l'avant, elle demanda aux agents de la Sécurité diplomatique de faire un crochet par la résidence de Tim Beecham à Georgetown.

— On ne nous a pas dit qu'il était en route vers Londres ? demanda Betsy.

— Si, répondit Ellen.

Sans rien ajouter.

Sur place, la gouvernante confirma que le DRN était absent et que Mme Beecham et ses deux fils adolescents étaient partis à la résidence d'été, dans l'Utah.

Au moment où l'avion décollait pour la Floride, Ellen demanda à Betsy :

— Pourquoi Bert Whitehead est-il encore à D.C. ?

— Parce qu'il est détenu dans une salle d'interrogatoire de la Maison-Blanche. C'est une raison valable, non ?

— Et pourquoi Tim Beecham est-il absent ?

— Parce qu'il a rendez-vous à Londres avec les autres chefs du renseignement. Où il va recueillir des informations. Tu as toi-même dit qu'il était important qu'il y soit.

— C'est important.

— À quoi penses-tu, au juste ?

Ellen ne répondit pas. Elle était plongée dans ses réflexions. Perdue, en fait.

Dès que l'avion eut atteint son altitude de croisière, la console du bureau d'Ellen annonça la réception d'un message encrypté. Le président en vidéo. Ellen tapa sur l'écran, et le visage de Doug Williams apparut.

Ellen se tourna vers Betsy, qui sourit et quitta le compartiment. C'était une communication top secrète. À laquelle même la conseillère de la secrétaire d'État ne pouvait assister.

— Je suis là, monsieur le président, dit Ellen.

— Bien. Nous sommes réunis.

D'un geste, il désigna les généraux assemblés autour de la table.

Débuta alors la réunion la plus difficile de leur vie.

Ils devaient déterminer comment introduire des Forces spéciales américaines dans cette cimenterie abandonnée pour stopper la fabrication d'armes nucléaires et, plus important encore, établir où avaient été cachées les bombes achevées.

Pour ce qui lui fit l'effet de la centième fois de la journée, on braqua un fusil d'assaut sur Katherine Adams.

Elle se rendit compte que ce n'était même plus choquant.

Pendant les vingt-quatre derniers kilomètres de leur course effrénée jusqu'à la frontière entre l'Iran et le Pakistan, Katherine avait répété dans sa tête ce qu'elle dirait. Elle et les autres, surtout Charles Boynton, en avaient discuté.

Comment franchir la frontière. Et empêcher leurs poursuivants de le faire.

— Vous prétendez être la fille de la secrétaire d'État américaine ? dit le douanier pakistanais.

Anahita traduisit et Katherine hocha la tête. Il avait son passeport et celui de Boynton. Les deux autres n'avaient ni passeport ni papiers.

Pour une raison que Katherine préféra ne pas approfondir, le douanier semblait trouver leurs passeports plus suspects que l'absence de documentation des deux autres.

— Pourquoi voulez-vous entrer au Pakistan ? demanda-t-il. Que comptez-vous y faire ?

— C'est une question de sécurité, répondit Boynton. Je sais que votre Premier ministre serait très fâché d'apprendre que la fille et le chef de cabinet de la secrétaire d'État américaine ont été blessés ou tués parce que vous nous avez refusé l'entrée. Ce serait un cauchemar politique. Pour lui comme pour vous.

— Mais, dit Katherine au douanier de plus en plus déboussolé et affolé, imaginez combien il sera content de vous quand nous lui dirons que vous nous avez sauvé la vie. Comment vous appelez-vous ?

Anahita nota le nom.

Boynton désigna le nuage de poussière qui s'approchait.

— Ce véhicule est rempli de membres de la mafia russe. Ce sont ces gens-là que vous devez arrêter. Les États-Unis sont vos alliés. Pas la Russie.

L'autre douanier apparut et montra un téléphone à son collègue. Ce qui y figurait confirmait leurs identités, apparemment.

Charles Boynton fut tenté de demander à l'homme s'il pouvait lui emprunter l'appareil. Plus il y réfléchissait, plus il lui semblait crucial d'informer la secrétaire d'État des derniers mots éructés par Farhad et pour ainsi dire écrits avec du sang.

*Maison-Blanche.*

Mais même si le douanier acceptait de lui prêter son appareil, Charles Boynton n'aurait pas pu s'en servir pour envoyer un message au téléphone privé et sécurisé de la secrétaire d'État. Il n'en continua pas moins de regarder l'appareil d'un air de convoitise, comme un affamé contemple une entrecôte.

— Et elles ? fit le douanier en montrant du doigt Anahita et Zahara. L'Iran n'est pas notre ami. Elles n'ont pas de papiers. Je ne peux pas les laisser passer.

Là résidait le danger. Qu'on autorise le passage de Katherine et de Boynton, mais pas celui des autres.

— Qu'est-ce qui vous dit qu'elles ne sont pas pakistanaises ? demanda Katherine. Elles sont sans papiers !

— Elles ne sont pas pakistanaises.

— Elles le sont peut-être. De toute façon, nous n'irons nulle part sans nos amies. Alors décidez-vous. Elles sont iraniennes ou pakistanaises ? Vous jouez les héros en nous laissant passer ou vous vous créez des ennuis sans fin en nous refoulant ?

— On nous a affectés à un poste éloigné le long de la frontière avec l'Iran, madame, dit l'autre douanier, dans un bon anglais, en leur rendant leurs passeports. Qu'est-ce qu'il y a de pire, à votre avis ?

— Vous avez aussi une frontière avec l'Afghanistan, non ? fit Boynton. Je parie que travailler là-bas n'a rien d'une partie de plaisir.

L'homme haussa les épaules.

— Vous seriez étonnés.

Il constata qu'ils ne le seraient pas.

— Vous transportez de l'alcool ? Du tabac ?

Ils secouèrent la tête.

— Des armes à feu ?

Il regardait l'arme posée sur les genoux d'Anahita.

Ils secouèrent la tête et il les laissa passer. Non pas par amour des États-Unis, mais bien par crainte du Premier ministre. Et de la frontière avec l'Afghanistan.

En s'éloignant, ils l'entendirent marmotter les mots *"Fucking Americans"*, mais sans rancœur et presque avec admiration. Presque.

Katherine s'en moquait.

La région et, à vrai dire, toute la frontière étaient un creuset de factions, de loyautés tribales. De griefs centenaires. D'allégeances complexes, mixtes ou divisées. Presque personne ne portait les États-Unis dans son cœur. Mais les Russes n'étaient pas particulièrement aimés non plus.

Katherine accéléra et, avant de négocier un virage, vit le nuage de poussière s'immobiliser à la frontière.

Sur la banquette arrière, des marmonnements se firent entendre.

Zahara tenait un chapelet et, à chaque perle, murmurait :

— *Alhamdulillah.*

Anahita joignit sa voix à celle de sa cousine.

Les perles étaient usées et légèrement lustrées, les doigts de M. Ahmadi ayant répété les mêmes prières plusieurs fois, tous les jours de son existence. Zahara avait risqué sa vie pour récupérer le chapelet. Souvenir de l'homme qu'elle aimait. Malgré ce qu'il avait fait. Une seule mauvaise action n'efface pas une vie de dévouement.

— *Alhamdulillah.*

En traversant à vive allure les villages et les petites villes jusqu'au lieu de leur rendez-vous avec Gil, Boynton et Katherine se joignirent à elles jusqu'à ce que le tacot pourri se sature du mot chuchoté, répété à l'infini. Apportant avec lui une sensation s'apparentant au calme.

*Alhamdulillah.*

Allah soit loué.

"Dieu soit loué", songea Katherine. Il ne leur restait plus qu'à trouver Gil.

Ellen vit le commandant des Forces spéciales penché sur une carte topographique 3D de la région de Bajaur au Pakistan. Avec savoir-faire, il la faisait tourner, la manipulait, cherchait, explorait.

— En 2008, dit-il en zoomant, il y a eu une bataille à Bajaur. Des forces pakistanaises ont délogé les talibans de la région. Au terme de combats extrêmement brutaux. Les Pakistanais se sont battus courageusement, avec acharnement. Je suis désolé d'apprendre que les talibans sont de retour.

Il leva les yeux, et son regard croisa celui du président.

— À l'époque, nous avions des conseillers sur place. Des agents du renseignement et des militaires. Bert Whitehead était l'un d'eux. Au grade de colonel, à ce moment-là. Il connaît bien la région. Il devrait être ici, monsieur le président.

— Le général Whitehead est requis ailleurs, dit le président Williams.

Les hommes et les femmes en uniforme réunis dans la salle échangèrent des regards. De toute évidence, les rumeurs étaient parvenues à leurs oreilles.

— C'est donc vrai ? dit l'un d'eux.

— Ne perdons pas de temps, fit le président Williams. Nous devons atteindre cette usine. Comment ?

"Est-ce là que tout a commencé ? se demanda Ellen. Là qu'une infime fissure s'est creusée dans les convictions du colonel Whitehead, tandis que des combats impitoyables se déroulaient dans les montagnes, les vallées et les grottes ?"

Le général en avait-il trop vu, au fil des ans ? Avait-on trop exigé de lui ? L'avait-on forcé à se taire au moment où des atrocités étaient commises ?

Avait-il vu trop de jeunes hommes et femmes mourir, tandis que quelques privilégiés s'en mettaient plein les poches ? Avec le temps, la fissure dans la psyché du colonel Whitehead s'était-elle lentement étendue ? S'était-elle, dans celle du général Whitehead, changée en abîme ?

Sortant son téléphone, Ellen fit une recherche sur la bataille de Bajaur, qu'on avait appelée l'opération Cœur de lion.

Se pourrait-il que le lion ait échappé au piège, mais qu'il y ait laissé son cœur ?

Rangeant son appareil, elle se concentra de nouveau sur la salle de crise, à Washington. Elle n'était pas particulièrement versée dans les tactiques militaires. Son travail consisterait à aplanir les difficultés lorsque les Pakistanais se rendraient compte que les États-Unis avaient, sans permission, mené une opération militaire clandestine à l'intérieur de leurs frontières et qu'ils avaient capturé, voire tué des citoyens pakistanais.

"Avec un peu de chance, se dit-elle, Bashir Shah comptera au nombre des victimes." Elle en doutait toutefois. Comment tuer un Azhi Dahaka ?

Elle étudia la carte, le terrain quasi inexpugnable. Là où elle et le président Williams voyaient des villages, des chaînes de montagnes et des rivières, les généraux percevaient d'autres réalités. Des avantages à exploiter et des pièges mortels à éviter. Des sites d'atterrissage pour les hélicoptères et les parachutistes.

Des endroits où des soldats seraient fauchés avant même de toucher le sol.

— Il faudra du temps, monsieur le président, dit le plus haut gradé.

— Nous n'en avons pas.

Williams se tourna vers la secrétaire Adams à l'écran. Elle hocha la tête. Il devait parler.

— Je vous ai dit que des terroristes utilisaient cette usine pour doter les talibans d'un programme nucléaire, ajouta le président. Mais ce n'est pas tout.

"Car j'en ai encore", songea Ellen.

— Nous disposons de renseignements selon lesquels trois bombes auraient été fabriquées et cachées dans des villes américaines.

Les généraux, jusque-là penchés sur la carte, levèrent les yeux et regardèrent droit devant eux. Bouche bée.

On aurait dit qu'un abîme s'était creusé, séparant les personnes réunies dans la pièce du reste du monde. Espace infranchissable entre savoir et ne pas savoir.

— Nous devons prendre cette usine, dit le président Williams. Pour arrêter ces scientifiques, mais surtout, dans l'immédiat, pour déterminer où sont les bombes.

— Je dois appeler ma femme, dit un officier en fonçant vers la porte. Il faut que les enfants et elle quittent D.C.

— Mon mari et mes filles, dit une autre en se dirigeant aussi vers la sortie.

Williams fit signe aux officiers qui gardaient la porte. Ils la bloquèrent aussitôt.

— Personne ne sortira d'ici avant que nous ayons mis au point un plan. Nous avons une seule carte à jouer, et nous devons l'abattre au cours des prochaines heures.

Ellen observait la scène, son esprit emballé. Elle s'efforça de modérer ses transports, sachant où sa réflexion aboutirait. Cette éventualité ne lui plaisait pas du tout.

Elle avait déjà franchi la moitié du chemin, mais elle avait été trop effrayée pour aller jusqu'au bout. Elle devait s'y résigner à présent.

— Madame la secrétaire d'État, l'aéroport international de

Palm Beach nous autorise à atterrir, annonça le pilote. Nous serons au sol dans sept minutes. Je vais devoir interrompre les communications.

— Non, lança-t-elle sèchement avant de corriger son ton. Je regrette, mais j'ai besoin de temps. Au besoin, faites une nouvelle approche.

— Impossible. Je n'ai pas l'autorisation de…

— Alors obtenez-la. Il me faut encore cinq minutes.

Silence.

— Bien, madame.

Tandis qu'Air Force 3 virait sur l'aile, Ellen prononça ses premiers mots de la réunion.

— Je dois vous parler, monsieur le président. En privé.

— Mais nous sommes au milieu de…

— Tout de suite, s'il vous plaît.

Après avoir rompu la communication avec le président et confirmé au pilote qu'il pouvait se poser, Ellen jeta un coup d'œil aux palmiers et à l'océan qui miroitait sous le soleil. Elle se rappela alors la balançoire rustique et le ballon de football. Les photographies aussi. Et la clôture aux piquets blancs.

Et elle songea aux pères et aux mères derrière la barrière à Francfort, des photos de leurs enfants disparus à la main. Qui regardaient, à plat sur l'asphalte, les couvertures rouges dont les coins se soulevaient.

Elle songea à Katherine et à Gil, quelque part au Pakistan.

Et elle songea aux rois et aux hommes désespérés. Se demanda si elle venait de commettre la plus grande erreur de sa vie. Voire la plus grave erreur jamais commise.

# 34

Le cortège de la secrétaire d'État s'arrêta devant les hautes portes dorées du domaine floridien d'Eric Dunn.

Même s'il les attendait et que son service de sécurité privé avait vu le cortège venir de loin dans l'interminable allée, on les fit patienter.

La secrétaire d'État sourit et se montra cordiale, même quand les gardiens, essentiellement des membres de la milice privée de Dunn, exigèrent ses papiers. Ils mirent un long moment à les lui rendre. À l'insu des gardiens, le genou d'Ellen tressautait, tandis que Betsy puisait sans compter dans son répertoire de jurons.

Sur la banquette, Steve Kowalski, chef de la Sécurité diplomatique d'Ellen et vieux routier du service, se tourna vers Mme Cleaver, qui combinait et conjuguait des mots qui n'auraient jamais dû s'accoupler. La progéniture née de la transformation de noms en verbes et de verbes en d'autres formes d'expression de la pensée était à la fois grotesque et hilarante. Gymnastique langagière que l'agent n'aurait pas crue possible. Et il avait été Marine.

S'il admirait la secrétaire Adams, il adorait visiblement sa conseillère.

Pendant le trajet entre l'aéroport et les portes dorées, elles avaient visionné une conférence de presse donnée par Eric Dunn alors qu'elles étaient dans les airs. Il l'avait convoquée en sachant qu'elles étaient en route.

À première vue, cette conférence de presse n'avait eu qu'un seul but : salir la réputation du fils de la secrétaire d'État. Dunn ne s'était pas contenté d'insinuations : il avait carrément accusé Gil Bahar d'avoir été mêlé aux explosions de Londres, Paris et Francfort. De s'être radicalisé. D'avoir l'oreille de sa mère et peut-être d'avoir retourné la secrétaire d'État contre les États-Unis. Un pays, vociféra Dunn en gesticulant, affaibli par le changement de gouvernement. Un pays où les radicaux, les socialistes, les terroristes, les avorteurs, les traîtres et les imbéciles étaient aux commandes.

— Vous pouvez entrer, dit le gardien.

Il portait un insigne qu'Ellen avait vu dans des rapports sur la droite alternative américaine.

— Le Service secret n'assure plus la sécurité de l'ex-président ? demanda Ellen, tandis que le SUV s'approchait de la résidence semblable à un château.

— En principe, oui, répondit Kowalski. Mais Dunn met ses propres gens à l'avant-plan. Il est convaincu que le Service secret fait partie de l'État profond.

— S'il veut dire profondément loyal envers les États-Unis et la présidence, et non envers la personne qui l'occupe, il a raison, dit Ellen.

Avant d'entrer, elle consulta son téléphone une fois de plus. Pas de message de Katherine, de Gil ni de Boynton. Pas de message du président.

Confiant l'appareil au chef de son dispositif de sécurité, elle sortit de la voiture ; Betsy et elle se tinrent devant l'énorme porte à double battant et attendirent qu'elle s'ouvre.

Attendirent. Et attendirent.

Avec consternation, le barman vit Pete Hamilton traverser une fois de plus la salle plongée dans la pénombre et se hisser sur un tabouret de l'Off the Record.

— Je croyais t'avoir dit de ne jamais remettre les pieds ici, dit-il pendant que Pete s'installait.

Mais il y avait chez le jeune homme quelque chose de différent. Il semblait moins dissipé. Ses yeux étaient plus clairs. Ses vêtements, plus propres. Ses cheveux, bien peignés.

— Qu'est-ce qui t'est arrivé ?

— C'est quoi, cette question ?

Le barman inclina la tête et, à sa grande surprise, se rendit compte qu'il se faisait du souci pour Pete Hamilton. Quatre années d'un déclin lent et douloureux… Il plaignait ce jeune homme.

La politique se révèle parfois brutale. Ici, à D.C., elle était impitoyable. Et ce garçon avait été cloué au pilori. Embroché et grillé sur les flammes.

Mais voilà que, contre toute attente, Pete Hamilton semblait redevenu lui-même. De nouveau en forme. Après une journée seulement. Étonnante, tout de même, la magie d'une douche et de vêtements propres.

Le barman faisait ce travail depuis trop longtemps pour être dupe. C'était un simple vernis.

— Scotch, dit Pete.

— Je te sers une eau minérale, répliqua le barman.

Il déposa un quartier de citron vert dans le verre et posa celui-ci sur un sous-verre à l'effigie de la secrétaire Adams.

Pete sourit et regarda autour de lui.

Personne ne faisait attention à lui, mais il avait conscience de commettre une erreur en étant là. On lui avait conseillé de rentrer directement chez lui, et il lui restait du travail à faire, des preuves à accumuler contre Whitehead et ses complices à la Maison-Blanche.

Mais il avait tenu à entendre ce qu'on racontait dans les entrailles du pouvoir.

Sans surprise, le principal sujet, l'unique sujet à vrai dire, était Bert Whitehead et la rumeur voulant que le chef d'État-Major des armées ait été arrêté.

Quant au motif, la rumeur restait nébuleuse.

L'essaim principal s'était formé autour d'une jeune femme arrivée depuis peu. Une femme que Pete n'avait encore jamais vue dans le bar, mais qu'il reconnut grâce aux quelques instants qu'il avait passés le jour même dans l'antichambre du Bureau ovale. C'était l'adjointe de la cheffe de cabinet du président Williams.

Elle croisa son regard et le gratifia d'un large sourire. Il le lui rendit. "C'est peut-être mon jour de chance", se dit-il en s'approchant, son verre à la main.

Il ne lui vint pas à l'idée de se demander ce que l'adjointe de Barb Stenhauser faisait dans le bar au milieu de la pire crise qu'ait connue le pays.

Pas plus qu'il ne songea qu'elle l'avait peut-être – peut-être – suivi jusque-là.

Pas plus qu'il ne songea que ce jour serait pour lui très, très malchanceux.

Le président Williams avait quitté la salle de crise pendant une demi-heure pour donner une conférence de presse à l'horaire prévu.

Une annulation aurait semblé bizarre. La conférence de presse avait duré seulement dix minutes. Il avait occupé le reste du temps à autre chose.

Les journalistes avaient posé quelques questions plutôt vagues à propos du général Whitehead. Les nuages s'amoncelaient, mais l'orage n'avait pas encore éclaté. On n'entendait encore que de lointains roulements de tonnerre.

— Où en êtes-vous ? demanda le président en rejoignant les généraux réunis autour de la carte.

Ils avaient élaboré deux plans.

— Nous avons des doutes à propos des deux, monsieur, dit le commandant des Forces spéciales. Avec un si court préavis, c'est le mieux que nous ayons pu faire. Si nous avions plus de temps…

— Oubliez ça, trancha Williams. En fait, nous en avons de moins en moins.

Il écouta les propositions.

— Les chances de réussite ?

— Vingt pour cent pour le premier, douze pour le second. Si les talibans sont aussi bien retranchés qu'on le dit, nous avons la quasi-certitude que nos soldats ne réussiront même pas à toucher le sol.

— Nous pourrions raser l'usine à coups de bombes, dit l'un des généraux.

— C'est tentant, admit le président. Mais s'il y a d'autres bombes, nous risquerions de les faire exploser. Et nous détruirions les informations concernant les engins nucléaires cachés ici, aux États-Unis. En ce moment, c'est la priorité.

— Il n'y a aucun autre moyen d'obtenir cette information ?

— S'il y en avait un, nous l'utiliserions.

Le président se pencha sur la carte.

— C'est peut-être ridicule, mais je crois discerner une autre possibilité. Supposons que nous nous posions ici.

Il montra un endroit que les généraux n'avaient pas considéré.

— C'est un secteur trop accidenté, dit l'un des généraux.

— Il y a un plateau. Juste assez grand pour accueillir deux ou trois hélicoptères.

— Comment savez-vous qu'il y a un plateau ? demanda un autre en s'approchant.

— Je le vois.

Le président Williams manipula l'image 3D et zooma. Effectivement, il y avait une haute plaine, petite mais bien visible.

— Excusez-moi, monsieur le président, mais à quoi bon ? Nos soldats ne parviendraient jamais à se rendre à l'usine, à dix kilomètres de là.

— Pas la peine. Il s'agit d'une simple diversion. Avec l'aide de frappes aériennes, ils occuperont les combattants talibans, tandis que la vraie force investira l'usine.

Les autres le regardèrent comme s'il avait perdu la raison.

— Mais c'est de la folie, dit le vice-chef d'État-Major des armées. Les soldats seront fauchés aussitôt.

— Pas si nous créons une diversion. Pas si les talibans sont occupés ailleurs. C'est possible, non ?

Il sondait le regard des généraux.

— Dans les heures précédant le raid, nous faisons circuler des rumeurs dans notre réseau d'informateurs : nous avons eu vent de la présence de talibans dans le secteur et nous préparons un assaut. Nous aurons toute leur attention. Le raid se produira assez loin de l'usine pour qu'ils ne se doutent pas qu'elle est le véritable objectif. En même temps, ce sera crédible dans la mesure où on est au cœur d'un secteur contrôlé par les talibans. En fait, je vais m'entretenir avec le Premier ministre Bellington du Royaume-Uni. On laissera croire qu'il s'agit de représailles exercées par le SAS à la suite des explosions. C'est crédible et ça va détourner l'attention de nous.

Il regarda les généraux, qui se consultaient du regard.

— C'est possible ? demanda-t-il.

Silence.

— C'est possible ! cria-t-il.

— Laissez-nous une demi-heure, monsieur le président, dit le commandant par intérim.

— Vous avez vingt minutes, dit Williams en se dirigeant vers la porte. Ensuite, je veux des Forces spéciales dans les airs. Vous réglerez les détails pendant que les soldats seront en vol.

Il ferma la porte et s'y adossa, les yeux clos. Il s'enfouit le visage dans les mains.

— Qu'est-ce que j'ai fait ? bredouilla-t-il.

— Les rois et les hommes désespérés, chuchota Betsy pendant qu'elles traversaient le vaste hall, ébahies par un décor qui aurait été splendide dans un véritable palais et non dans un monument à la surcompensation.

— Le président vous attend sur la terrasse, dit son adjointe.

En fait, il y avait une succession de terrasses italianisantes qui descendaient jusqu'à une piscine de dimensions olympiques au milieu de laquelle trônait une fontaine. Installation impressionnante, mais nulle pour la natation.

Le tout était entouré de pelouses et de jardins manucurés. Et, au fond, l'océan. Puis, plus rien…

Pour Eric Dunn, soupçonnait Ellen, le monde s'arrêtait aux limites de sa propriété. Au-delà de sa sphère d'influence, rien n'avait d'importance.

Mais cette sphère, elle devait le reconnaître, demeurait considérable.

Elle n'avait pas beaucoup de temps à consacrer à cette rencontre. Mais si Dunn s'en apercevait, il se ferait un malin plaisir de la prolonger.

— Madame Adams, dit-il en se levant et en s'avançant, la main tendue.

Il était imposant. Immense, en fait. Ellen l'avait rencontré à maintes reprises, mais uniquement dans des occasions mondaines. Elle l'avait trouvé amusant, voire charmant. Même s'il n'avait aucun intérêt pour les autres et qu'il sombrait facilement dans l'ennui chaque fois qu'il n'était pas le centre d'attention.

L'empire de Dunn avait grandi, s'était écroulé, s'était relevé, et les médias d'Ellen avaient réalisé des portraits de l'homme. Chaque fois, il était apparu plus téméraire. Plus bouffi. Plus fragile.

Telle une bulle dans une baignoire, il pouvait éclater à tout moment et libérer une bouffée malodorante.

Puis, contre toute attente, il s'était lancé en politique et avait accédé à la plus haute fonction du pays. Mais non, savait Ellen, sans l'aide de particuliers et de gouvernements étrangers qui comptaient bien tirer profit de sa présence. Et ne s'en étaient pas privés.

C'était l'ombre redoutable dont s'accompagnait la lumière projetée par la démocratie. Les citoyens étaient libres d'abuser de leurs libertés.

— Et qui est cette petite dame ? demanda Dunn en se tournant vers Betsy. Votre secrétaire ? Votre partenaire ? Je suis ouvert d'esprit, vous savez, à condition que vos ébats ne fassent pas peur aux chevaux.

Pendant qu'il riait, Ellen laissa entendre un son guttural, sa façon de dire à Betsy de ne pas broncher. Toute réaction alimenterait cet homme creux.

Elle présenta Betsy Jameson, son amie de toujours et sa conseillère.

— Et que conseillez-vous à Mme Adams ? fit-il en désignant deux fauteuils déjà avancés.

— La secrétaire Adams fait ce qu'elle veut, dit Betsy d'une voix si suave qu'Ellen fut terrifiée. Moi, je suis là pour le sexe.

Ellen cligna des yeux. "Dieu, si tu m'entends, viens me chercher, maintenant", songea-t-elle. Après un moment de silence, Eric Dunn éclata de rire.

— Bon, Ellen, fit-il en revenant à son personnage à la familiarité joviale. Qu'est-ce que je peux faire pour vous ? Rien à propos des explosions, j'espère. C'est le problème des Européens.

— Nous avons obtenu des renseignements… préoccupants.

— Encore de la merde sur moi ? fit-il. N'y faites pas attention. Que des fausses nouvelles.

Ellen fut cruellement tentée de mentionner la merde qu'il venait de colporter à propos de son fils, mais il attendait justement qu'elle tombe dans le panneau. Elle fit plutôt comme si elle n'était pas au courant.

— Pas directement, non. À propos du général Whitehead.

— Bert ?

Il haussa les épaules.

— Je n'ai jamais été un fan. Mais il suivait mes ordres. Comme tous mes généraux.

Cherchait-il à provoquer une réaction de la part d'Ellen, à l'obliger à lui rappeler qu'ils n'étaient pas "ses" généraux ? Se pouvait-il qu'il croie vraiment le contraire ?

— Aurait-il pu outrepasser vos ordres ?

Dunn secoua la tête.

— Jamais de la vie. Sous mon administration, rien ne se faisait sans que je sois au courant, sans que je donne mon approbation.

"Affirmation qui risque de lui retomber sur la gueule", songea Betsy.

— Pourquoi avez-vous autorisé la remise en liberté de Bashir Shah ? demanda Ellen.

Il se cala sur le fauteuil, qui grinça.

— Ah, c'est donc ça. Il m'a dit que vous me poseriez la question.

— "Il" ? fit Ellen. Le général Whitehead ?

— Non. Bashir.

Si elle réussit à retenir sa langue, Ellen fut impuissante à contrôler son flux sanguin. Son sang descendit vers son ventre, s'y accumula, laissant son visage d'une pâleur de mort.

— Shah ?

— Bashir, oui. Il m'a dit que vous seriez contrariée.

Avant de réagir, Ellen attendit d'être sûre de pouvoir garder un ton poli.

— Vous lui avez parlé ?

— Bien sûr. Pourquoi pas ? Il a tenu à m'exprimer sa gratitude.

C'est un entrepreneur et un génie. Nous avons beaucoup de choses en commun. Vous ne lui avez pas déjà assez nui ? C'est un homme d'affaires pakistanais accusé à tort, notamment par vos médias, d'être un trafiquant d'armes. Il m'a expliqué. Les Pakistanais m'ont expliqué. Votre problème, c'est que vous confondez énergie nucléaire et armes nucléaires.

Betsy bredouilla quelques mots inintelligibles.

Dunn se tourna vers elle, le visage soudain cramoisi. La bulle sur le point de remonter à la surface et de crever.

— Qu'est-ce que vous avez dit ?

— Que vous étiez… un fin renard.

Dunn la dévisagea un instant avant de revenir vers Ellen.

Qui faillit se détourner. La force de l'homme était indéniable. Ellen n'avait jamais rien vu de pareil.

La plupart des politiciens de haut niveau sont charismatiques. Dans le cas de Dunn, c'était davantage. Être dans son orbite procurait une expérience extraordinaire. On sentait une force d'attraction, une promesse. Une excitation. Celle du danger. C'était comme jongler avec des grenades.

C'était grisant. Et terrifiant. Elle-même s'en rendait compte.

Ellen Adams n'était nullement attirée par ces qualités. En fait, elle trouvait l'homme répugnant. Mais elle devait reconnaître à Eric Dunn un magnétisme incomparable et un instinct animal. Son génie, c'était sa capacité à trouver des failles chez les autres. À infléchir leur volonté. Et, quand ils résistaient, à les briser.

Il était horrible et dangereux.

Mais elle ne reculerait pas. Ne courrait pas se mettre à l'abri.

Elle ne plierait pas. Et elle ne céderait sous aucun prétexte.

— Au sein de votre administration, qui a suggéré qu'on libère Shah ?

— Personne. C'était mon idée. À l'occasion d'un sommet, j'ai rencontré les Pakistanais en secret. Pour limiter les dégâts. La question a été soulevée. Ils se sont plaints des ingérences de l'administration précédente. Ils étaient soulagés de voir enfin un vrai leader au pouvoir. Ils avaient eu toutes sortes d'ennuis avec l'ancien président. Un homme faible et stupide. Ils ont parlé de Shah. Au Pakistan, c'est un héros. Mais l'ancien président avait écouté de mauvais conseils et obligé les Pakistanais à l'arrêter. La mesure avait causé un tort terrible à nos relations. J'ai tout arrangé.

— En autorisant la libération de Shah ?

— Vous l'avez rencontré ? C'est un homme raffiné, intelligent. Rien à voir avec l'idée que vous vous en faites.

Ellen fut tentée de discuter, mais ce n'était pas le moment. Elle ne demanda pas non plus comment Shah avait exprimé sa gratitude. C'était inutile.

— Où est Shah en ce moment ? demanda-t-elle plutôt.

— Je devais dîner avec lui hier, mais il a annulé.

— Pardon ?

— Je sais. Quel culot. Se décommander alors qu'il avait rendez-vous avec moi.

— Il était ici ? Aux États-Unis ?

— Oui. Depuis janvier. Je me suis arrangé pour qu'il habite la maison d'un ami. Pas très loin d'ici.

— Il avait un visa de séjour ?

— Oui, je suppose. J'ai mis un avion à sa disposition juste avant de m'installer ici.

— Vous avez l'adresse ?

— Il n'est plus là, je vous préviens. Il est parti hier.

— Où ça ?

— Aucune idée.

D'un regard, Ellen intima à Betsy l'ordre de ne pas saisir la perche qu'il lui tendait. Regardant droit devant elle d'un air consterné, Betsy n'était toutefois pas en état de donner libre cours à ses sentiments. Ni d'humeur à le faire. Elle jeta plutôt un coup d'œil à son téléphone. Elle avait reçu de Pete Hamilton un message marqué comme prioritaire.

*HLI.*

Comme il s'agissait visiblement d'une faute de frappe, elle répondit par un point d'interrogation et se replongea dans la conversation.

— Monsieur le président, si vous savez où est Shah, ou si vous connaissez quelqu'un qui le sait, dites-le-moi. Maintenant.

Saisi par le ton de la secrétaire d'État, Eric Dunn prit un air grave. Les sourcils noués, il l'étudia.

— De quoi s'agit-il ?

— Nous pensons que Shah est mêlé à une conspiration visant à doter Al-Qaïda d'armes nucléaires.

Elle ne pouvait pas aller plus loin.

Dunn la dévisagea et, pendant un instant, elle s'imagina qu'elle l'avait sidéré au point de le convaincre de donner un coup de main. Mais alors il éclata de rire.

— Génial ! Il a dit que c'est ce que vous prétendriez ! Vous êtes paranoïaque. Dans le cas où vous sortiriez cette accusation, il m'a suggéré de vous demander si les fleurs vous avaient plu. Je n'ai rien compris. Il vous a envoyé des fleurs ? Il y a de l'amour dans l'air, à ce que je vois.

Dans le silence qui s'ensuivit, Ellen n'entendit que le bruit de sa propre respiration. Elle se leva.

— Merci pour votre temps.

Elle lui tendit la main. Lorsqu'il la prit, elle tira vers elle l'homme immense, si près que leurs nez se touchaient presque et qu'elle pouvait sentir son haleine. Qui avait l'odeur de la viande.

— Je croyais que, malgré votre cupidité et votre ineptie, vous aimiez votre pays, murmura-t-elle. Si Al-Qaïda a une bombe, c'est ici qu'elle va exploser. En sol américain.

Elle recula et, avant de poursuivre, regarda le visage de Dunn, qui venait de s'affaisser.

— Vous avez répété jusqu'à plus soif que vous approuviez tout ce qui se passait à la Maison-Blanche. Vous voudrez peut-être revenir sur cette affirmation ou encore nous aider à tout arrêter. Si un désastre se produit, il sera déposé devant votre grande porte dorée. Je vais y veiller personnellement. Si vous savez où est Shah, vous devez nous le dire.

Elle vit la peur dans les yeux de Dunn. Celle du désastre imminent ou celle d'être tenu responsable ? Elle ne savait pas et s'en moquait complètement.

— Dites-nous. Maintenant.

— Je vais vous dire où il habitait. Mon adjointe va vous donner son adresse. Mais c'est tout.

Elle savait de façon presque certaine que ce n'était pas tout.

*… car j'en ai encore.*

— Quel rôle le général Whitehead a-t-il joué dans la libération de Shah ?

— Il s'en est vanté ? C'était mon idée.

Ellen le regarda d'un air mauvais. Il ne pouvait s'empêcher de s'arroger le mérite de tout, même d'un désastre.

La secrétaire d'État Adams et Betsy Jameson attendirent dans le hall que l'adjointe de Dunn leur apporte l'adresse de la villa de Palm Beach où Shah avait résidé.

— Vous savez que le président Dunn est un grand homme, j'espère, dit-elle à Ellen en lui tendant le bout de papier.

Ellen faillit lui demander si elle avait prononcé ces mots à la demande de Dunn.

— Peut-être, répondit-elle plutôt. Dommage qu'il ne soit pas aussi un homme bon.

Fait intéressant, la jeune femme ne discuta pas.

De retour dans le SUV, Betsy désigna le bout de papier dans la main d'Ellen.

— On y va ?

— Non. Le Pakistan nous attend.

Elle récupéra son téléphone et envoya l'adresse au président Williams qui, elle le savait, prendrait des mesures immédiates.

— Monsieur le président, dit le Premier ministre du Royaume-Uni d'une voix claire et professionnelle. En quoi puis-je vous être utile ?

— Content que vous posiez la question, Jack. Je compte répandre une rumeur voulant qu'en guise de riposte aux explosions votre SAS planifie un assaut contre une région pakistanaise contrôlée par les talibans.

Silence.

Le Premier ministre ne raccrocha pas, ce qui était déjà tout à son honneur.

Williams serrait le combiné. Les jointures exsangues.

— Qu'est-ce que vous complotez, Doug ?

— Il vaut mieux que vous ne soyez pas au courant. Je peux compter sur vous ?

— Vous savez que mon pays risque de se retrouver dans la mire de tous les terroristes.

— Je ne vous demande pas de lancer un assaut. Contentez-vous simplement de ne pas nier la rumeur. Pendant quelques heures.

— La perception est la réalité. Que le Royaume-Uni soit responsable ou non, les terroristes croiront qu'il l'est. Ils veulent y croire.

— La réalité, c'est que vous êtes déjà dans leur mire. Vingt-six morts, Jack.

— Vingt-sept. Une fillette est morte il y a une heure.

Il y eut un long silence.

— Bon, très bien. Allez-y. Si on m'interroge à ce sujet, je ne démentirai pas.

— Personne ne doit être au courant. Même pas les membres de votre garde rapprochée, dit Williams. Je sais qu'une réunion urgente des responsables du renseignement se tient à Londres.

Il entendit Bellington prendre une profonde inspiration pendant qu'il réfléchissait.

— Vous me demandez de mentir à mes collaborateurs ?

— Oui. Et je vais faire pareil. À commencer, si vous me donnez votre accord, par mon directeur du renseignement national. Tim Beecham est à Londres pour assister à cette réunion. Je vais lui parler de l'assaut du SAS. Il va en parler à vos gens. Eux vont s'adresser à vous.

— Et je dois mentir.

— Éviter de dire la vérité. Soyez cachottier. Soyez vague. C'est votre point fort, non ?

Bellington rit.

— Vous avez parlé à mon ex-femme ?

— Alors, Jack ?

Williams constata qu'il avait reçu un message urgent de la secrétaire d'État. Il attendit, attendit la réponse de Bellington.

— La gamine avait sept ans. L'âge de ma petite-fille. C'est d'accord, monsieur le président. Je vais garder les loups aux abois pendant quelques heures.

— Merci, monsieur le Premier ministre. Je vous dois un verre.

— Excellent. La prochaine fois que vous serez ici, Doug, nous irons au pub boire une bière et manger un morceau. Peut-être regarder un match de foot.

Les deux hommes prirent un moment pour se représenter la scène. Souhaitant que ce soit possible. Mais conscients que cette époque était révolue pour l'un comme pour l'autre. À tout jamais.

Après avoir raccroché, Williams lut le message d'Ellen et ordonna au FBI et à la Sécurité intérieure de foncer à la villa de Palm Beach.

Il leur demanda aussi de dresser la liste des avions privés qui avaient quitté Palm Beach la veille, d'identifier les passagers et d'établir leurs destinations. Ensuite, il mit en branle la diffusion des rumeurs concernant le SAS.

Sur son bureau, l'interphone résonna.

— Monsieur le président, annonça le vice-chef d'État-Major des armées, les Forces spéciales ont décollé.

Le président Williams consulta sa montre. Dans quelques heures, des militaires survoleraient le secteur pakistanais contrôlé par les talibans et s'y poseraient à la faveur de la nuit.

Le raid était en cours. L'offensive avait débuté.

# 35

Pendant le trajet jusqu'à Islamabad, Ellen dormit d'un sommeil agité. Elle se réveilla souvent et vérifia chaque fois ses messages.

Tous les appareils – les hélicoptères Chinook et les avions de ravitaillement en vol – avaient décollé d'une base secrète au Moyen-Orient, et les commandants revoyaient les derniers détails des assauts.

Au moment où Air Force 3 se posa au Pakistan, tôt en soirée, les Rangers avaient été divisés en deux unités.

Ellen consulta sa montre. Dans trois heures vingt-trois minutes, les soldats toucheraient terre. L'unité de diversion d'abord. Puis, vingt minutes plus tard, l'équipe du raid contre l'usine.

Un autre message confirmait que Bashir Shah avait quitté la Floride pour une destination inconnue. La villa était vide. Personne. Aucun document. Et l'on n'avait trouvé son nom sur aucune liste de passagers.

Décevant, mais peu surprenant.

On suivait la piste de tous les vols privés, et la recherche incluait désormais les vols commerciaux.

Bashir Shah, tel un spectre, s'était volatilisé.

Ellen jeta un coup d'œil à son bureau, où se trouvait encore le bouquet de pois de senteur. Elle constata avec satisfaction que les fleurs se fanaient. S'étiolaient. Mouraient.

Le steward avait proposé de les enlever, mais Ellen avait tenu à les garder. Voir mourir ce rappel de Shah lui procurait une satisfaction bizarre.

Médiocre substitut de Shah lui-même, mais c'était mieux que rien.

— Avant qu'on arrive, je veux te montrer quelque chose, dit Betsy.

Bien que sans autres nouvelles de Pete Hamilton, elle avait décidé de partager le message avec Ellen.

— *HLI ?* fit Ellen. Qu'est-ce que ça veut dire ?

— Je pense que c'est une faute de frappe.

Ellen fronça les sourcils.

— Mais il y a un drapeau. On ne souligne pas une faute de frappe au moyen d'un drapeau. On s'assure de l'exactitude d'un message important, non ?

— Normalement, oui. Mais il était peut-être pressé par le temps.

— Il a expliqué ?

— Je lui ai demandé de préciser, mais il n'a pas répondu.

Elles examinèrent les lettres. Hamilton avait-il voulu écrire *HIL ?* Dans ce cas, qu'est-ce que ça signifiait ? Hill, comme dans Capitol Hill ? Y avait-on caché les bombes ? Tout de même, c'était insensé. Pourquoi omettre le second *L ?* Et pourtant, Hamilton avait indiqué que le message était urgent.

— Préviens-moi dès qu'il aura répondu.

Ellen s'examina dans la glace. Pas de burqa, cette fois. Une tenue classique, modeste. Manches longues, tailleur-pantalon. Un magnifique foulard de soie offert par son homologue pakistanais à l'annonce de sa nomination au poste de secrétaire d'État. Avec ses motifs de plumes de paon, c'était un article exquis.

Elle s'en voulut presque de ce qu'elle s'apprêtait à faire. Mais elle n'avait pas le choix. Elle s'inspirerait des courageux militaires qui se préparaient à s'acquitter de leur devoir.

— Tu es prête ? Tu préfères rester ici ? Dormir un peu ? demanda-t-elle à Betsy.

Son amie était visiblement fatiguée et stressée, même si elle s'efforçait de le cacher pour le bénéfice d'Ellen.

— Tu rigoles ? J'ai déjà enseigné *La Tempête* à des élèves du secondaire. Ce qui nous attend ici, en comparaison, c'est une sinécure. Seigneur, j'aimerais mieux être parachutée dans un territoire occupé par Al-Qaïda que devant une classe de gamins de treize-quatorze ans.

— “*Oh ! le splendide nouveau monde*, récita-t-elle en regardant son amie, *qui contient un tel peuple !*”

— On s’en sortira très bien, dit Ellen.

*“L’enfer est vide – et tous les diables sont ici !”* se dit-elle.

Pas loin d’ici, en tout cas. Elle espérait que Shah serait dans l’usine, qu’il ne se doutait de rien. Elle consulta une fois de plus sa montre.

Plus que trois heures vingt minutes…

Les hélicoptères Chinook volaient en échelon.

Lorsqu’ils décollèrent, le soleil se couchait. Le nez incliné vers le bas, ils s’élancèrent, emmenant les Rangers qui débarqueraient sur le plateau et le défendraient.

La capitaine examina leurs visages déterminés. La plupart avaient une vingtaine d’années. Des soldats déjà aguerris. La mission serait toutefois plus difficile que tout ce qu’ils avaient connu jusque-là. Et certains, sinon la plupart, n’en reviendraient pas.

Son commandant, au moment de lui confier cette mission, en était conscient. En examinant le plan, elle-même s’en était rendu compte. Mais la mission était si cruciale qu’elle n’avait ni protesté ni hésité.

— Ça fait drôle de penser que Katherine et Gil sont au Pakistan, eux aussi, dit Betsy au moment où elles s’apprêtaient à descendre d’Air Force 3. Mais loin. Ce serait merveilleux de les avoir avec nous.

Elle marqua une pause, laissa à Ellen le temps de dire qu’ils pourraient venir. Qu’ils viendraient. Elle garda le silence.

— Tout de même, dit Betsy, j’aime mieux les avoir ici qu’à Washington.

— Moi aussi.

C’était, savait Ellen, le premier instinct de quiconque serait au courant pour les bombes. Faire sortir la famille de D.C.

Des grandes villes susceptibles d'avoir été choisies comme cibles.

Dehors, une fanfare exécutait des manœuvres en jouant une marche militaire.

— Tu as vu ça ? demanda Betsy en brandissant son iPad.

Se penchant, Ellen vit un extrait de la conférence de presse donnée par le président Williams.

Un journaliste l'avait interrogé sur les commentaires faits par l'ancien président Dunn à propos du rôle joué par Gil Bahar dans les explosions.

— Je vais réagir une fois, et une fois seulement, dit le président en regardant la caméra en face. Gil Bahar a risqué sa vie et a failli la perdre en essayant de sauver les hommes, les femmes et les enfants à bord de cet autobus. C'est un jeune homme extraordinaire. Il honore sa famille et son pays. Quiconque tente de souiller son nom et sa réputation, ou de s'en prendre à sa mère, est à la fois mal intentionné et mal informé.

Ellen haussa les sourcils en se demandant pourquoi elle n'avait encore jamais remarqué que Doug Williams avait une belle voix.

— Toujours rien de la part de Pete Hamilton ? demanda-t-elle.

Betsy vérifia et secoua la tête.

— Madame la secrétaire d'État, c'est l'heure, dit l'adjointe.

Ellen se regarda dans la glace une dernière fois. Elle prit une profonde inspiration. Se redressa. Carra les épaules. Menton levé. Tête haute.

"On s'en sortira très bien", se répéta-t-elle en plongeant dans la chaude soirée au milieu des acclamations et des drapeaux américains qu'on agitait. Elle entendit l'hymne national, qui la remuait chaque fois.

— "*Twilight's last gleaming*", chanta-t-elle.

*Que Dieu nous aide.*

La seconde vague décolla, les hélicoptères remplis de leur précieuse cargaison. Les fils et les filles de parents qui seraient terrifiés de savoir ce que leur pays exigeait de leurs enfants.

Serrant leur carabine M4, les jeunes, assis de part et d'autre de l'allée, se regardaient.

Ils étaient le fer de lance. Des Rangers. Des troupes d'élite. Dix ans plus tôt, on avait parachuté des SEAL au Pakistan, cette fois pour éliminer Oussama ben Laden. Et ils avaient réussi.

Ces soldats savaient que leur mission était au moins aussi importante, peut-être davantage.

Et aussi dangereuse, peut-être davantage.

— Il y a forcément eu une erreur, dit Charles Boynton lorsque la voiture s'arrêta avec une secousse dans le minuscule village pakistanais. C'est une cabane immonde.

— Vous vous attendiez à quoi ? demanda Katherine. Au Ritz ?

— Il y a de la marge entre le Ritz et…

Il désigna d'un geste la structure en bois, qui s'affaissait d'un côté.

— Y a-t-il seulement l'électricité ?

— Pour votre brosse à dents électrique ? ironisa Katherine en sortant.

Elle dut toutefois s'avouer qu'elle était un peu surprise et déçue, elle aussi.

— Non, fit Boynton en brandissant son téléphone. Pour ça. Je dois le charger pour envoyer un message à votre mère.

*Maison-Blanche. Maison-Blanche.*

Katherine allait lancer une réplique narquoise, mais elle se ravisa. Elle avait faim, elle était fatiguée, et elle avait compté sur cette escale pour se remettre d'aplomb. Visiblement, cet espoir serait déçu.

“Maison-Blanche. Maison-Blanche”, songea Boynton. Pourquoi n'avait-il pas envoyé ce message avec le reste ? Parce que des gens avaient tenté de le tuer. Parce qu'il avait abattu un homme.

Parce qu'il avait provisoirement perdu la raison et qu'il était obsédé par l'idée de transmettre à sa patronne l'information concernant les vrais physiciens et l'endroit où ils se trouvaient. Avant d'être tué à son tour.

*Maison-Blanche.* Jusque-là, il n'avait cessé de se demander ce que les mots signifiaient. Ou plutôt, il avait refusé l'évidence.

À la Maison-Blanche, quelqu'un collaborait avec Shah. Or le général Whitehead n'était pas à la Maison-Blanche. Il était au Pentagone.

Peut-être Farhad n'avait-il pas fait la différence.

Dans son cœur, cependant, Boynton savait que c'était faux. Si Farhad avait craché les mots "Maison-Blanche" en rendant son dernier souffle, ce n'était pas pour rien.

Katherine frappa à la porte, qui trembla. Puis, contre toute attente, elle s'ouvrit, et Gil apparut.

— Dieu merci, dit-il.

Pendant qu'elle enlaçait son frère, Katherine remarqua qu'il regardait derrière elle.

Anahita Dahir.

Puis elle sentit qu'on la repoussait, et Anahita fonça vers Gil, qu'elle serra fort dans ses bras.

— Je ne m'attendais pas à ça, fit une voix derrière Katherine.

En se retournant, Katherine aperçut Ana.

L'instant d'après, elle constata que c'était Boynton, et non Ana, qui étreignait Gil en… sanglotant.

Puis Charles se dégagea et dit :

— Un téléphone ? Vous avez un téléphone ?

— Oui…

— Donnez-le-moi.

Quelques instants plus tard, Boynton appuya sur la touche "Envoyer".

Là. Il avait fait ce qu'il fallait. Et pourtant, le sens des mots persistait. Restait coincé, comme un barbillon, dans son esprit.

*Maison-Blanche.*

— Quelle bonne surprise, madame la secrétaire d'État.

Le Premier ministre du Pakistan, Ali Awan, lui tendit la main. À vrai dire, il n'avait pas l'air particulièrement enchanté.

— J'étais dans le coin, répondit Ellen en le gratifiant d'un sourire chaleureux.

Le sourire d'Awan était forcé. C'était un désagrément, mais quand la secrétaire d'État américaine s'invitait à souper à l'improviste, on ne pouvait pas s'y soustraire.

Il l'avait accueillie à la porte de sa résidence officielle dans l'enclave ministérielle. Des projecteurs illuminaient les élégants immeubles blancs et les jardins luxuriants.

De majestueux palmiers se dressaient un peu partout, et Ellen, passionnée d'histoire, s'imagina combien de ses semblables, au fil des siècles, s'étaient tenus au même endroit, émerveillés comme elle.

La soirée était chaude et odorante. L'air humide charriait les parfums suaves et épicés des fleurs. Le cortège de la secrétaire d'État avait roulé dans les rues chaotiques et exubérantes de la capitale pakistanaise et emprunté l'avenue de la Constitution avant de s'arrêter dans cette vénérable enclave, havre de paix au sein d'une ville à l'activité trépidante.

Compte tenu de ce qui se préparait à quelques centaines de kilomètres de là, une atmosphère aussi sereine fit à Ellen une sensation extrêmement bizarre.

Elle leva les yeux sur les étoiles en songeant aux Rangers qui sillonnaient le ciel nocturne.

Les hélicoptères s'approchaient de la zone d'atterrissage. Parmi les montagnes et les canyons, le plateau n'apparaîtrait que lorsqu'ils seraient tout près.

Les pilotes en mode vision nocturne espéraient, ne pouvaient qu'espérer que les talibans et leurs batteries antiaériennes ne les repéreraient pas avant. Bien que les Chinook aient été considérablement modifiés, les pilotes savaient que la furtivité des hélicoptères était loin d'être totale.

Personne ne disait mot. Les pilotes scrutaient les ténèbres, tandis que les soldats, entassés dans le ventre des appareils, contemplaient les étoiles, perdus dans leurs pensées.

Après les cocktails, composés au grand soulagement d'Ellen de jus de fruits et sans le moindre alcool, les invités prirent place autour d'une table ovale, magnifiquement dressée pour l'occasion.

Ellen avait confié son téléphone à son chef de la Sécurité diplomatique, Steve Kowalski, comme le dictait le protocole. De toute façon, elle préférait ne pas l'avoir à la main, car elle craignait de ne pas pouvoir se retenir de le consulter toutes les deux minutes.

En face d'elle, Betsy avait engagé la conversation avec un jeune officier de l'armée. Ellen se tourna vers le Premier ministre, assis à sa gauche.

On avait convoqué à la hâte des hommes et des femmes, y compris, constata Ellen avec soulagement, le général Lakhani, secrétaire militaire d'Awan, assis de l'autre côté du Premier ministre.

Le ministre des Affaires étrangères, assis non loin, espérait que la nouvelle secrétaire d'État se montrerait aussi inepte que son prédécesseur.

Ellen se rendit compte que le récent fiasco sud-coréen lui procurait un avantage inattendu. Il prouvait, aux yeux de certains, qu'elle était complètement incompétente. Et donc aisément manipulable.

C'était exactement ce que devaient penser les personnes présentes. Au cours des prochaines heures cruciales, en tout cas.

— J'espérais que M. Shah serait des nôtres.

Autant confirmer d'emblée son penchant pour l'indiscrétion.

On entendit un léger fracas métallique, deux ou trois représentants du gouvernement ayant laissé échapper leurs couverts. Le Premier ministre Awan, lui, resta de marbre.

— Voulez-vous parler de Bashir Shah, madame la secrétaire d'État ? J'ai bien peur qu'il ne soit le bienvenu ni chez moi ni dans les autres immeubles du gouvernement. Certains le considèrent comme un héros, mais nous savons la vérité.

— Qu'il est un trafiquant d'armes ? Qu'il vend de la technologie et du matériel nucléaires à quiconque a les moyens de s'en offrir ?

Le visage d'Ellen était le portrait même de l'innocence, et elle avait pris un ton neutre, comme si elle cherchait simplement à confirmer une rumeur.

— Oui.

Le ton du Premier ministre était sec. Sans son sang-froid exceptionnel, il aurait frôlé la grossièreté. L'homme avait indiscutablement servi une mise en garde : au Pakistan, on ne mentionnait pas le nom de Bashir Shah en société polie, et certainement pas en présence d'étrangers.

— Le poisson est délicieux, soit dit en passant, dit Ellen afin d'offrir à Awan un répit.

— Je suis ravi qu'il vous plaise. C'est une spécialité régionale.

Ils faisaient de gros efforts pour rester cordiaux et détendus. Ellen soupçonnait le Premier ministre d'être aussi impatient qu'elle de mettre un terme à la comédie. Au cours de ses recherches, elle s'était entretenue avec des spécialistes du Pakistan et des officiers du renseignement qui avaient étudié le turbulent État. Elle en était venue à la conclusion que M. Awan était profondément déchiré.

Il avait été parmi les premiers partisans de Shah, mais lui avait par la suite tourné le dos en public. Nationaliste pakistanais, M. Awan était persuadé que le seul espoir qu'avait son pays de survivre à côté de l'Inde, son voisin géant, consistait à devenir plus fort, toujours plus fort. Du moins en apparence.

Tel un poisson-globe, le Pakistan s'était donné des airs plus grands, plus intimidants. En stockant des matières fissiles.

Grâce à Bashir Shah. Mais le physicien nucléaire avait attiré en même temps une attention à la fois inopportune et dangereuse. Encore un fou qui jonglait avec des armes. Sauf que, dans son cas, il s'agissait non pas de grenades, mais bien d'engins nucléaires.

— Vous ne sauriez pas où il se trouve, monsieur le Premier ministre ? Je me suis laissé dire qu'il habite près d'ici.

Des agents américains surveillaient à présent la résidence, mais Shah s'y était peut-être introduit avant.

— Shah ? Aucune idée.

M. Awan s'était résigné à aller jusqu'au bout de cette conversation, son invitée visiblement décidée à parler de ce sujet à la fois désagréable et périlleux.

— Votre ancien président a demandé la fin de sa résidence surveillée, et nous avons obtempéré. Depuis, M. Shah est libre de ses mouvements.

— Vous ne le considérez pas comme une menace ?

— Pour nous ? Non.

— Pour qui, alors ?

— À la place de l'Iran, je me ferais du souci.

— Merci d'aborder la question. J'espère, monsieur le Premier ministre, que nous pourrons, en travaillant de concert, convaincre l'Iran de réintégrer le traité sur le nucléaire et de renoncer aux armes nucléaires que le pays possède peut-être déjà. Dans le cas de la Libye, nous avons obtenu de bons résultats.

Elle eut droit à la réaction qu'elle espérait et escomptait. M. Awan haussa les sourcils, et son secrétaire militaire, le général Lakhani, se pencha devant le Premier ministre pour dévisager Ellen, comme si elle venait de dire une ânerie monumentale.

C'était en plein ce qu'elle avait fait.

Voilà qu'une occasion en or leur tombait du ciel, presque au sens propre. Il ne fallait surtout pas la laisser passer. Ils pouvaient prendre la nouvelle secrétaire d'État par la main. Se proposer comme professeurs, comme mentors. Et, dans les faits, lui inculquer la vision que le Pakistan avait de la région. Eux, comme dans les westerns, étaient les bons et portaient le chapeau blanc, tandis que l'Inde, Israël, l'Iran, l'Irak et les autres, coiffés du chapeau noir, n'étaient pas dignes de confiance.

En même temps, Ellen savait que d'autres éléments au sein du gouvernement et même de l'armée du Pakistan, dont, selon toute vraisemblance, certaines personnes qui se trouvaient autour de la table, voyaient dans le retrait des États-Unis de l'Afghanistan une occasion d'accroître l'influence et la domination de leur pays sur la région.

En faisant essentiellement de l'Afghanistan une nouvelle province du Pakistan.

Les Américains partis, les talibans, à qui le Pakistan avait assuré un asile sûr pendant des années, reprendraient le pouvoir en Afghanistan. Accompagnés de leurs alliés, qui formaient en un sens leur bras militaire international : Al-Qaïda.

Al-Qaïda voulait du mal à l'Occident. Voulait en particulier se venger des États-Unis, à cause de l'assassinat d'Oussama ben Laden. L'organisation l'avait promis et, à présent, avec l'aide de Bashir Shah et de la mafia russe, et grâce au retrait des Américains de l'Afghanistan et à la résurgence des talibans, elle était en mesure de frapper de façon plus spectaculaire et plus destructrice qu'elle l'aurait cru possible.

Une organisation terroriste pouvait agir là où les gouvernements sont incapables de le faire. Un gouvernement est sujet à des sanctions et à des examens rigoureux de la part de la communauté internationale.

Mais pas une organisation terroriste.

M. Awan, un homme bon, sinon un grand homme, n'avait rien d'un djihadiste. D'un radical. Les attentats terroristes l'écœuraient. Mais il était réaliste. Il ne pouvait pas contrôler les radicaux du Pakistan. Les Américains partis d'Afghanistan, les talibans de retour et Shah en liberté, le mouvement devenait irrépressible.

En privé, le Premier ministre pakistanais avait exprimé sa consternation lorsque le président américain avait, à l'occasion d'une rencontre au sommet, exigé la remise en liberté de Shah. M. Awan avait tenté d'exposer les conséquences d'un tel geste, mais Dunn avait fait la sourde oreille.

Malgré de copieuses doses de flatteries, le président américain, pourtant sensible aux courbettes, n'en avait pas démordu. C'était le seul échec d'Awan. Visiblement, quelqu'un avait parlé à Dunn d'abord, l'avait encensé davantage. Il devinait sans mal de qui il s'agissait.

À présent, Bashir Shah était lâché dans le monde, et le Premier ministre Awan marchait sur la corde raide, lui qui devait garder les Américains proches de lui et les éléments radicaux de son pays encore plus proches.

Al-Qaïda ? À ce propos, Awan préférait ne pas regarder de trop près.

Sa survie à la fois politique et physique en dépendait.

Il s'était fait du souci quand Dunn avait perdu les élections, mais tout laissait croire que la nouvelle secrétaire d'État était aussi ignorante, aussi arrogante. Et donc aussi malléable.

Décidément, le poisson lui semblait de plus en plus exquis.

## 36

L'atterrissage fut pénible.

Le vent qui s'engouffrait dans les canyons rendait les hélicoptères presque incontrôlables. Les pilotes des deux Chinook réussirent à les maintenir en vol stationnaire assez longtemps pour permettre au peloton de Rangers de sauter, puis de courir se mettre à couvert.

Au moment où les appareils s'élevaient, une rafale poussa l'hélicoptère de tête vers la paroi rocheuse.

— Merde, merde, merde, marmotta la pilote qui, avec l'aide du copilote, s'efforçait de rectifier son positionnement. Le rotor, cependant, heurta la pierre. L'appareil fut secoué.

Elle sentit le manche trembler, frémir. Et l'appareil s'incliner.

Consciente du sort qui attendait l'équipage, la pilote se tourna vers son copilote et son navigateur. Ils soutinrent son regard, hochèrent la tête.

Elle éloigna l'appareil des troupes au sol. Et de l'autre hélicoptère.

Le silence se fit dans la cabine de l'appareil qui, entraîné au-dessus du vide, disparut de la vue.

— Oh mon Dieu, fit la pilote.

Une boule de feu apparut.

Quelques secondes plus tard, des traînées blanches surgirent des positions talibanes.

— Couchez-vous ! hurla la capitaine des Rangers.

Lorsque la salade fut servie, un quatuor à cordes interprétait le *Concerto pour deux violons* de Bach.

C'était une des œuvres favorites d'Ellen, qui l'écoutait presque tous les matins pour amorcer sa journée en douceur. Elle se demanda si c'était une coïncidence, se dit que non. Qui, dans la pièce, s'était arrangé pour qu'on joue ce concerto ?

Le Premier ministre ? Il donnait l'impression de tout ignorer d'un éventuel message secret. Le ministre des Affaires étrangères ? Peut-être.

Le secrétaire militaire, le général Lakhani ? D'après ce qu'Ellen avait lu dans des notes d'information confidentielles, Lakhani était le candidat le plus probable. Un homme avec un pied dans l'establishment et l'autre dans le camp des radicaux.

Seulement, quelqu'un avait dû informer le général. Et Ellen savait qui.

La personne qui lui avait offert les pois de senteur.

Celle qui lui envoyait des cartes pour l'anniversaire de ses enfants ; celle qui avait sans doute empoisonné son mari.

Qui avait signé l'arrêt de mort par explosion de tant d'hommes, de femmes et d'enfants.

Bashir Shah posa l'assiette de verdure et de fines herbes devant la secrétaire Adams.

C'était le moment. Il éprouva une drôle de sensation, y reconnut l'excitation. Il y avait longtemps que cet homme cynique n'avait pas connu une telle émotion, un tel frisson.

Il n'avait jamais rencontré Ellen Adams en personne, mais il l'avait étudiée de loin. En se penchant, il fut cette fois si proche qu'il sentit son eau de toilette. Clinique, savait-il. *Aromatics Elixir*. Peut-être même provenait-elle du flacon qu'il lui avait offert à Noël. Il la soupçonnait de l'avoir plutôt jeté à la poubelle.

Il était conscient de courir un risque stupide, mais qu'était la vie sans risque ? Et que pouvait-il lui arriver ? Si on le découvrait, il dirait que c'était une petite plaisanterie. Il avait eu envie de s'habiller en serveur. Une lubie. Au pire, on pourrait lui reprocher d'être entré sans permission. On ne porterait pas d'accusation, Shah en était certain.

Une partie de lui, la partie téméraire, souhaitait être découverte. Il aurait donné cher pour voir la tête que ferait Ellen Adams en comprenant à qui elle avait eu affaire. En comprenant qu'il s'était approché, avait été tout près d'elle. Et qu'elle ne pouvait absolument rien y faire. Grâce aux Américains eux-mêmes, il était un homme libre.

Il pourrait la tuer sur-le-champ. Lui casser le cou. Enfoncer dans sa chair un des couteaux tranchants qui se trouvaient sur la table. Mettre du poison ou du verre pilé dans son assiette.

Il exerçait sur elle un pouvoir de vie et de mort.

Il glissa plutôt un mot dans sa poche de veston. Il ne la tuerait pas, mais il s'en faudrait peut-être de peu.

Oui, il jouerait encore un peu avec elle. Observerait sa réaction lorsque les bombes exploseraient. Lorsqu'elle comprendrait que son échec avait causé la mort de milliers de personnes. Et provoqué un séisme au sein de son pays.

En respirant le parfum subtil d'Ellen, il se demanda s'il n'avait pas conçu un béguin macabre pour cette femme. S'il n'était pas victime d'une sorte de syndrome de Stockholm inversé. Ne disait-on pas que la haine et l'amour étaient proches parents ?

Non, ses sentiments, savait-il, étaient purement fétides. Cette femme avait ruiné sa vie. Il lui rendrait la pareille, voilà tout. Sans se presser. Il la déposséderait de tout ce qu'elle avait de précieux. Son fils avait échappé à une tentative d'assassinat, mais il y aurait d'autres jours, d'autres occasions.

En ce moment, il s'amusait comme un fou. Il se permit même de lui adresser la parole.

— Votre salade, madame la secrétaire d'État.

Ellen Adams se retourna.

— *Shukria*, dit-elle en ourdou.

— *Apka khair maqdam hai*, répondit le serveur en la gratifiant d'un sourire chaleureux.

“Il a de beaux yeux”, se dit-elle. Brun foncé et aimables. Les yeux de son père à elle. D'où sans doute l'impression qu'il lui donna d'être vaguement familier.

Il avait aussi une odeur agréable. Celle du jasmin.

Le serveur passa ensuite au Premier ministre, qui le remercia sans le regarder. Le secrétaire militaire semblait de bonne humeur, presque jovial. Il dit quelque chose au serveur, qui lui sourit poliment avant de poursuivre son service.

Pourquoi le général Lakhani était-il si heureux ? Ellen ne put s'empêcher d'y voir un mauvais signe.

Pendant que la musique de Bach continuait de jouer en sourdine, Ellen se rendit compte que la danse était beaucoup plus compliquée qu'elle l'avait escompté.

Où en étaient les Rangers ? L'opération de diversion avait sans doute débuté. L'autre équipe avait-elle atteint l'usine ?

— Vous avez évoqué la possibilité de convaincre l'Iran de renoncer à son programme d'armement, dit le Premier ministre Awan en ramenant Ellen dans le présent. Je crois, madame la secrétaire d'État, que le grand ayatollah est beaucoup trop rusé pour cela. Il n'a surtout pas envie de devenir un nouveau Mouammar Kadhafi.

Ellen faillit dire "Rappelez-moi de qui il s'agit", mais elle se dit que c'était aller trop loin. Jamais le Premier ministre Awan ne la croirait capable d'une telle ignorance. Il l'examinait de près, l'observait. L'analysait. Elle sentait sur elle l'intensité de son regard.

Elle décida de rester coite et de le laisser s'interroger sur l'étendue de sa naïveté. Elle lutta aussi contre l'envie de consulter sa montre, geste qui serait considéré comme le comble de la grossièreté et risquerait de signaler qu'elle était sur le qui-vive.

Ce qui était la plus stricte vérité.

Une fois de plus, elle songea aux forces d'assaut. Au déroulement de l'opération. À la fureur de ses hôtes lorsqu'ils se rendraient compte de ce qui se passait pendant qu'ils mangeaient une salade aux herbes fraîches en écoutant du Bach.

— On a persuadé le colonel Kadhafi de céder ses armes nucléaires, expliqua le secrétaire militaire, tandis que M. Awan continuait d'observer Ellen. Puis la Libye a été envahie, Kadhafi a été renversé et tué. Dans la région, tout le monde a retenu la leçon. Tout pays doté d'armes nucléaires est en sécurité. Personne n'osera jamais l'attaquer. Tout pays sans capacité nucléaire est vulnérable. Renoncer à ses armes nucléaires, c'est du suicide.

— L'équilibre de la terreur, dit Ellen.

— L'équilibre des pouvoirs, madame la secrétaire d'État, dit le Premier ministre avec un sourire affable.

Un adjoint se pencha et chuchota quelques mots à l'oreille du général Lakhani, qui se retourna, considéra l'homme et lui répondit. Celui-ci s'éloigna.

Le secrétaire militaire s'adressa alors tout bas à M. Awan.

"Ça y est", comprit Ellen. Elle s'obligea à se détendre. À respirer. Respirer. De l'autre côté de la table ovale, Betsy avait elle aussi noté l'échange.

Le Premier ministre écouta, puis il se tourna vers Ellen.

— Nous venons d'apprendre que les Britanniques prévoient une attaque, ce soir, contre des positions talibanes, à l'intérieur du Pakistan. Vous êtes au courant ?

Par chance, Ellen fut sincèrement étonnée par la nouvelle.

— Non.

Awan braqua sur elle son regard d'une singulière intensité et hocha la tête.

— Vous dites la vérité.

— C'est logique, remarquez, reprit Ellen avec lenteur. S'ils croient Al-Qaïda derrière les attentats de Londres et des autres villes…

Elle avait choisi ses mots sans se presser, mais son esprit acéré tournait en accéléré, examinait toutes les possibilités.

Se pouvait-il que le Premier ministre ait dit vrai ? Les Britanniques, peut-être à la suite d'une suggestion issue de la rencontre sur le renseignement à laquelle assistait Tim Beecham, avaient-ils décidé de lancer leur propre assaut ? Se pouvait-il qu'on assiste à un embouteillage dans le ciel pakistanais ?

L'autre possibilité, c'était qu'il n'en était rien. Que le président Williams soit à l'origine d'une rumeur fabriquée de toutes pièces. Le cas échéant, c'était une manœuvre brillante. Seulement, Ellen aurait donné cher pour savoir laquelle des deux éventualités était la bonne.

— Ce qui n'est pas logique, lança sèchement M. Awan d'un ton qui mit fin à toutes les conversations, c'est qu'on ne nous ait pas prévenus. On parle ici d'une attaque sur notre territoire souverain. Sait-on où, exactement ?

— Mon adjoint se renseigne, dit le général Lakhani, l'air beaucoup moins jovial.

Au même moment, l'adjoint en question, de retour, se pencha de nouveau sur le général.

— À voix haute, ordonna celui-ci. Tout le monde doit entendre. Où l'attaque doit-elle se produire ?

— Elle est déjà en cours, général. Dans la région de Bajaur.

— Où ont-ils la tête ? demanda le Premier ministre. Une autre bataille de Bajaur ? Comme si la première n'avait pas été assez sanglante.

Il avait été présent. Officier de grade intermédiaire, il avait failli y laisser sa peau. Et voilà qu'il mangeait de la salade en écoutant de la musique pendant qu'une nouvelle bataille faisait rage. Que Dieu lui pardonne, il était soulagé d'être ici plutôt que là-bas. Il eut une pensée pour les commandos britanniques aux prises avec les talibans et Al-Qaïda dans leur forteresse en montagne.

La bataille de Bajaur. Opération Cœur de lion. Le traumatisme n'était jamais loin. C'était l'une des nombreuses raisons de la haine du Premier ministre Awan pour la guerre et de son désir d'un Pakistan en paix et en sécurité.

Il constata que son secrétaire militaire semblait soulagé, ce qui était absurde. Comment pouvait-il se réjouir d'une offensive clandestine des Britanniques à l'intérieur des frontières du Pakistan ? Le général aurait dû fulminer.

"Que mijote-t-il ?" s'interrogea le Premier ministre. Il se demanda aussi, en se sentant vaciller sur la corde raide, s'il tenait vraiment à le savoir.

Le Premier ministre Awan ne se faisait pas d'illusions au sujet du général Lakhani, qu'il avait nommé à son poste uniquement pour apaiser les éléments les plus radicaux de son parti. La présence d'un secrétaire militaire en qui il ne pouvait pas avoir confiance représentait un problème constant.

À ce moment, le chef de la Sécurité de la secrétaire Adams se pencha à son oreille et lui tendit son téléphone.

— Je vous prie de m'excuser, monsieur le Premier ministre. Un message urgent.

— Les Britanniques ? demanda-t-il, toujours piqué au vif par une insulte à l'honneur national.

— Non. Mon fils.

— On y est presque, monsieur, dit le pilote. Plus que quatre-vingt-dix secondes.

Le colonel donna l'ordre, et les troupes d'assaut s'alignèrent devant la porte.

Par les vitres, ils voyaient au loin le ciel embrasé par des tirs d'artillerie, les explosions gigantesques nées du pilonnage des positions talibanes par des bombardiers américains.

Sur le plateau, les Rangers avaient engagé l'ennemi. La diversion avait débuté.

— Quarante-cinq secondes.

Les yeux se tournèrent vers la porte qui allait bientôt s'ouvrir. Ils avaient leur propre mission à accomplir. Rapidement, à la vitesse de l'éclair, sécuriser l'usine avant que les personnes présentes à l'intérieur aient le temps de se disperser. Ou de détruire des documents.

De déclencher un engin nucléaire.

— Quinze secondes.

La porte s'ouvrit d'un coup, provoquant un violent appel d'air froid.

Ils accrochèrent leurs filins au câble supérieur et se blindèrent.

Ellen lut le bref message texte. De la part non pas de Gil, mais de Boynton.

Farhad, l'informateur qui travaillait à la fois pour le renseignement iranien et la mafia russe, avait été tué par les Russes. Avant de mourir, il avait prononcé deux mots.

“Maison-Blanche.”

Les tirs d'artillerie en provenance des positions talibanes étaient brutaux. Plus lourds que prévu. La capitaine, ayant reconnu le feu d'armes russes, transmit l'information au QG. Elle signala que ses soldats et elle tenaient bon. Et ripostaient.

Elle allait demander où était l'appui aérien promis lorsque retentit au-dessus de sa tête un rugissement puissant, aussitôt suivi d'explosions cataclysmiques. Les avions de chasse américains avaient entrepris de bombarder le versant de la montagne.

Les violents tirs d'artillerie de l'adversaire s'interrompirent un instant.

Puis reprirent de plus belle.

Accroupie derrière un rocher, la commandante consulta sa montre. En principe, l'autre peloton était dans l'usine. Ils devaient mobiliser les tirs ennemis pendant vingt minutes de plus.

*Tenir. Tenir. Quoi qu'il arrive, tenir.*

Dans son peloton, elle seule savait pourquoi ils étaient là. En cas de capture, aucun de ses soldats ne pourrait révéler la vraie nature de la mission, même sous la torture.

Mais jamais elle ne laisserait l'un d'eux être capturé.

Le président Williams se trouvait dans la salle de crise principale, au dernier sous-sol de la Maison-Blanche, entouré de ses conseillers des domaines du renseignement et de la sécurité. Ils étaient là depuis une heure. Pas de fenêtres. Une atmosphère étouffante. Mais personne ne s'en rendait compte ; personne ne s'en souciait.

Complètement absorbés par les moniteurs, ils observaient et écoutaient les Rangers qui s'apprêtaient à descendre en rappel sur l'usine.

— Quinze secondes, dit la voix du pilote, d'une limpidité étonnante.

Le président Williams se blinda, serra les bras de son fauteuil.

Le chef du commandement des opérations spéciales conjointes était à côté de lui, tandis que, dans une pièce voisine, le vice-chef d'État-Major des armées supervisait le travail des troupes sur le plateau.

— Nous avons perdu un des hélicoptères, monsieur le président, dit celui-ci.

— Les Rangers ? demanda le président en s'efforçant de dissimuler son inquiétude.

— Ils sont sur le terrain. Mais les trois membres de l'équipage des opérations spéciales sont perdus.

Williams hocha sèchement la tête.

— Les autres tiennent bon ?

— Oui, monsieur. Ils attirent sur eux les tirs des batteries ennemies, ils attirent l'attention.

— Bien.

— Allez, allez, allez ! ordonna-t-on.

Dans la salle de crise, à des milliers de kilomètres de l'action, le président des États-Unis se pencha vers l'avant.

Il pouvait suivre l'intervention grâce aux caméras à vision nocturne montées sur les casques des Rangers. Était sur place sans y être, en somme.

Avec une petite poussée, Doug Williams amorça la descente en rappel de l'hélicoptère en compagnie du commandant de l'opération. Le président regarda les autres descendre dans un calme surnaturel. C'était presque paisible.

Un bruit et un grognement se firent entendre lorsque ses bottes touchèrent le sol.

Pas un mot. Les Rangers savaient exactement ce qu'ils avaient à faire.

L'agent frappa à la porte de Pete Hamilton et jeta un coup d'œil au palier crasseux.

L'odeur était pestilentielle. Il se tourna vers son partenaire, qui grimaçait.

— Hamilton ! cria-t-il en martelant la porte.

Ils l'avaient suivi jusque-là depuis l'Off the Record. Hamilton était rentré environ une heure plus tôt, mais, depuis, il n'avait répondu à aucun message.

L'agent principal, un vieux routier du Service secret, regarda autour de lui. Quelque chose clochait. Une personne au service de la Maison-Blanche répond aux messages texte, aux courriels, aux coups de fil. À trois heures du matin, peut-être pas… Mais on était au milieu de l'après-midi.

Il sentit les poils de sa nuque se dresser.

Ses outils à la main, il ne mit que quelques secondes à déverrouiller, ainsi que l'annonça un léger déclic. Sortant son revolver, il fit signe à son partenaire.

*Prêt ?*

*Prêt.*

Du bout du pied, il ouvrit.

Et s'arrêta.

Le dessert fut posé devant Ellen, cette fois par un serveur différent.

Le souper d'Islamabad, pas particulièrement joyeux, devint carrément sinistre après l'annonce du raid mené par les Britanniques dans le district de Bajaur.

Le général Lakhani s'était excusé, mais le Premier ministre était resté. Preuve peut-être de l'importance que M. Awan accordait à son invitée américaine. "Plus vraisemblablement, se dit Ellen, c'est sa façon d'indiquer qui est aux commandes. Et qui devrait se contenter de savourer son délicieux *gulab jamun.*"

La secrétaire Adams se rendit compte que la rumeur au sujet du raid du SAS était effectivement une ruse. C'étaient les Forces spéciales américaines qui avaient débarqué dans Bajaur et affrontaient Al-Qaïda. Sous peu, sans doute dans quelques minutes, les Pakistanais sauraient de quoi il retournait. Et qui étaient les instigateurs du raid. Des raids.

Elle fit tourner les boules de gâteau dans le sirop. Un subtil parfum de rose et de cardamome monta du bol en délicate porcelaine à la cendre d'os.

Le président Williams ne lui avait pas donné de nouvelles depuis qu'elle lui avait fait suivre l'avertissement de Boynton.

*Maison-Blanche.*

Simple confirmation de ce qu'ils savaient déjà. Il y avait un traître au sein de la Maison-Blanche. Proche du président.

Le téléphone d'Ellen annonça alors la réception d'un message marqué d'un drapeau rouge.

Les agents dépêchés chez Pete Hamilton l'avaient trouvé chez lui. Tué par balle.

Ils avaient suivi ses mouvements jusqu'à l'Off the Record, où l'homme avait engagé la conversation avec une jeune femme, partie peu après lui. On s'efforçait d'identifier cette femme.

— Ça va ? demanda M. Awan en notant sa pâleur.

— Je pense que le poisson ne me réussit pas, finalement. Vous permettez, monsieur le Premier ministre ?

— Bien sûr.

Il se leva en même temps qu'Ellen, qui fit signe à Betsy de la suivre. Tous les convives se levèrent et regardèrent les deux femmes sortir en vitesse, entraînées vers des toilettes par une adjointe.

Cette soirée interminable et éprouvante tirait à sa fin. Quand l'invitée d'honneur sentait le besoin de vomir, se dirent les autres, c'est généralement signe que tout est terminé.

Ils se trompaient.

Après avoir heurté le sol, au sens propre, les Rangers coururent vers l'usine. Sous les regards du président et des autres observateurs, ils ouvrirent une brèche dans le portail et envahirent les lieux.

— Rien à signaler !

— R.A.S. !

— R.A.S. !

Ils étaient entrés depuis sept secondes.

Jusque-là, aucune résistance. Pas un seul coup de feu.

— C'est normal ? demanda le président au chef du commandement des opérations spéciales conjointes.

— Il n'y a jamais rien de "normal", monsieur le président, mais nous nous attendions à ce que les installations soient défendues.

— Et le fait qu'elles ne le soient pas ?

— Veut peut-être dire que nous les avons pris complètement par surprise.

L'homme, pourtant, semblait déconcerté.

Le président Williams faillit insister, mais décida plutôt de regarder. Il serait bien assez tôt fixé.

Le temps s'étirait, donnait parfois l'impression d'être sur le point de se rompre. Le président Williams n'aurait jamais cru qu'une minute pouvait être aussi élastique. Ni aussi longue.

De lourdes bottes martelaient l'escalier en béton, deux marches à la fois, les carabines M16 prêtes à faire feu. Un groupe monta, un autre descendit, un autre encore fonça dans le vaste espace rempli d'équipements industriels.

Vingt-trois secondes.

— R.A.S. !

— R.A.S. !

— R.A.S. !

— Qu'est-ce que c'est ? demanda le président en montrant un des écrans.

Le commandant reçut l'ordre de s'approcher. Ils ne tardèrent pas à être fixés.

— Merde, fit le président.

— Merde, fit le chef du commandement des opérations spéciales conjointes.

— Merde, fit le commandant sur le terrain.

C'étaient des cadavres, tous vêtus d'une blouse de laboratoire. Les physiciens gisaient sur le sol. Derrière eux, le mur était criblé de trous de projectiles et éclaboussé de sang.

— Il faut les identifier, ordonna le commandant. Cherchez leurs papiers.

Des mains gantées fouillèrent les cadavres.

— Quand est-ce arrivé ? demanda le chef du commandement des opérations spéciales conjointes au commandant de la force d'élite.

— Je dirais qu'ils sont morts depuis un jour, peut-être plus.

Shah avait éliminé ses propres gens. Ils ne lui servaient plus à rien. Il avait obtenu ce qu'il voulait, savait Williams. Les bombes avaient été assemblées et vendues à Al-Qaïda, désormais sous la protection des talibans.

Shah faisait le ménage.

— Trouvez les documents, ordonna le président. Il nous faut ces informations.

— Oui, monsieur !

*S'il vous plaît, mon Dieu. S'il vous plaît, mon Dieu.*

— Il y a aussi des cadavres en haut, dit une autre voix. À l'étage.

— Et en bas. Seigneur Jésus, un vrai massacre.

— Attention aux engins explosifs improvisés, ordonna le commandant, tandis que ses hommes et lui retournaient les lieux à la recherche de documents. D'ordinateurs. De téléphones. De n'importe quoi.

Le président Williams porta les mains à son visage en regardant les images. Les yeux écarquillés. La respiration haletante.

— Nous devons savoir où sont les bombes, répéta-t-il.

Quatre-vingt-dix secondes. Toujours rien.

Deux minutes et dix secondes. Toujours rien.

— Rien à signaler, dit le commandant. On continue de chercher. Aucun signe d'objets piégés.

Le chef du commandement des opérations spéciales conjointes se tourna vers le président.

— C'est bizarre.

— Mais positif, non ?

— Oui, je suppose.

L'homme semblait inquiet.

— Dites-moi.

— J'ai l'impression que le responsable attend que nos soldats s'avancent plus profondément dans l'usine avant de les piéger.

— Que pouvons-nous faire ?

— Rien.

— Il ne faudrait pas les prévenir ? demanda le président en désignant l'écran.

— Ils sont déjà au courant.

Les personnes réunies dans la salle de crise se tournèrent vers les écrans, la mine sombre, tandis que les Rangers s'avançaient, à la recherche des informations vitales. Parfaitement conscients de ce qui les attendait sans doute.

— Monsieur le président.

Williams sursauta, tant il était concentré, et se tourna vers la porte, où se tenait le vice-chef d'État-Major des armées. Il se cramponnait au cadre, visiblement mal en point. Derrière lui s'agglutinaient les hommes et les femmes qui avaient suivi les événements sur le plateau.

Williams se leva. Leurs visages n'annonçaient rien de bon.

— Oui, général ?
— Ils ont disparu.
— Disparus ? répéta Williams.
— Ils sont tous morts. Le peloton au complet.
Il y eut un lourd silence.
— Tous ?
— Oui, monsieur. Ils ont tenté de retenir les insurgés, mais ceux-ci étaient trop nombreux. On dirait qu'ils avaient été prévenus.
Williams se tourna vers le chef du commandement des opérations spéciales conjointes, complètement hébété. Puis il revint vers l'homme près de la porte.
— Je vous écoute, général, dit le président, qui se blinda en se redressant.
*Car j'en ai encore…*
— Quand il est apparu clairement que les forces des Pathans et d'Al-Qaïda allaient les écraser et qu'il n'y avait pas d'issue possible, la capitaine responsable de l'opération a ordonné à ses soldats d'utiliser les terroristes comme boucliers et de se battre jusqu'au bout.
— Oh mon Dieu, fit Williams qui, les yeux fermés et la tête baissée, tenta d'imaginer…
C'était impossible.
Il prit une profonde inspiration et hocha la tête.
— Merci, général. Les corps ?
— J'ai envoyé des hélicoptères de transport pour tenter de les récupérer, mais…
Le général semblait physiquement malade.
— Merci. Je veux leurs noms.
— Oui, monsieur.
Ils auraient le temps de pleurer plus tard. Le président se tourna de nouveau vers l'usine, où les autres Rangers s'enfonçaient de plus en plus profondément dans ce qui était presque assurément un piège.
Mais il leur fallait cette information.
Dans quelles villes américaines se trouvaient des engins nucléaires sur le point d'exploser ?

Betsy s'assura qu'il n'y avait personne dans les toilettes des femmes, puis elle verrouilla la porte.

Elles avaient beau être seules, rien ne prouvait qu'elles n'étaient pas sur écoute.

— Quoi ? chuchota-t-elle. Qu'est-ce qui s'est passé ?

Ellen s'assit sur le canapé recouvert de soie et regarda fixement son amie, qui s'installa près d'elle.

— Pete Hamilton a été assassiné, murmura-t-elle. Son ordinateur, son téléphone et ses papiers ont disparu.

— Ohhhhh, fit Betsy en se pliant en deux.

Au moment où le visage animé du jeune homme lui apparut, tous les os de son corps se liquéfièrent. Elle l'avait recruté, l'avait convaincu de leur donner un coup de main.

Si elle n'avait pas…

— À quand remonte son dernier message ? demanda Ellen.

Se ressaisissant, Betsy vérifia, répondit.

— Depuis, plus rien ? Pas d'explication ?

Betsy secoua la tête. Soudainement, *HLI* avait moins l'air d'une faute de frappe que du dernier message urgent d'un jeune homme qui craignait pour sa vie.

— Mais ce n'est pas tout, dit Ellen, mortellement pâle. Les membres de la force de diversion… Les Rangers…

— Oui ?

Ellen prit une profonde inspiration.

— Ils ont tous été tués.

Betsy dévisagea son amie. Elle aurait voulu se détourner. Fermer les yeux. Se retirer dans les ténèbres pendant un instant. Mais elle ne pouvait pas abandonner Ellen, même pas pendant un précieux instant. Elle saisit plutôt la main de son amie.

— Tous ?

Ellen hocha la tête.

— Trente Rangers et six membres d'équipage des opérations spéciales.

— Oh mon Dieu, soupira Betsy avant de poser la question qu'elle redoutait.

— Et les autres ? À l'usine ?

— Pas de nouvelles.

On frappa à la porte et la poignée fut secouée.

— Ça va, madame la secrétaire d'État ? demanda une voix de femme.

— Un instant, dit Betsy. Ce ne sera pas long.

— Vous avez besoin d'aide ?

— Non, répondit sèchement Betsy, qui se reprit aussitôt. Merci. Donnez-nous seulement un peu de temps. Un estomac irrité, rien de plus.

En ce moment, c'était la plus stricte vérité.

Elles regardèrent le téléphone qu'Ellen serrait dans sa main. Attendant avidement un autre message de la Maison-Blanche.

"Maison-Blanche", songea Ellen. Le dernier message de Boynton. Les mots qu'avait prononcés l'agent double en poussant son dernier soupir.

— Je veux revoir le message de Pete Hamilton.

Autre message de la part d'un homme sur le point de rendre l'âme. Pas *Maison-Blanche*, mais c'était tout comme.

*HLI.*

Juste à ce moment, un nouveau message marqué urgent apparut sur le téléphone d'Ellen. De la Maison-Blanche.

Sous le regard du président, les Rangers dans l'usine terminaient leur deuxième fouille. Doug Williams se tourna vers le chef du commandement des opérations spéciales conjointes.

— Ramenez-les à la maison.

— Oui, monsieur.

Ellen Adams entra dans la cabine, s'agenouilla et vomit, tandis que Betsy parcourait sur l'écran du téléphone les quelques lignes envoyées par le président Williams.

*Usine vide. Physiciens et techniciens morts. Pas de documents. Pas d'ordinateurs. Aucune idée de l'endroit où les bombes ont été envoyées. Preuves de la présence de matières fissiles sur les lieux. Signature en cours d'analyse. Aucune information sur les destinations.*

Rien.

Betsy savait qu'elle aurait dû se rendre auprès d'Ellen. L'aider. Lui tamponner le visage avec un linge humide.

Pratiquement paralysée, elle ne parvint qu'à fermer les yeux. Posant dessus ses mains tremblantes, elle sentit ses joues humides sous ses paumes.

Pete Hamilton était mort. Le peloton de Rangers chargés de faire diversion avait été réduit à néant.

Les physiciens étaient morts, l'usine vide.

Tout cela n'avait servi à rien.

Ils n'avaient toujours aucune idée, absolument aucune idée de l'emplacement des engins nucléaires, ni du moment où ils allaient exploser. Sauf que c'était sans doute pour bientôt.

## 37

— Madame la secrétaire d'État ?

Cette fois, c'était la voix de l'agent Steve Kowalski, chef de l'équipe de la Sécurité diplomatique d'Ellen.

— Vous avez besoin d'aide ?

— Non, non, merci. Nous nous aspergeons le visage d'eau froide.

Elles l'avaient fait. Seulement, Ellen avait laissé le robinet couler pour couvrir ce qu'elle allait dire à Betsy.

— Je pense savoir ce qu'a voulu dire Pete Hamilton, murmura-t-elle.

— Pardon ?

— Le message. *HLI.*

— Ce n'était pas une faute de frappe causée par la panique ?

— Je ne crois pas. Il y a des années, quand Eric Dunn est arrivé au pouvoir, Alex Huang est venu me voir.

— Ton correspondant en chef à la Maison-Blanche ? fit Betsy.

— Exactement. Il avait noté sur le Web des rumeurs en provenance de conspirationnistes, parmi les plus marginaux. De vagues allusions à une salle virtuelle, à un site simplement appelé HLI. Il avait jeté un coup d'œil et conclu que c'était une plaisanterie ou une lubie de types d'extrême droite qui prenaient leurs désirs pour des réalités. Des rêveurs. Quoi qu'il en soit, ça n'existait pas.

— Tu es sûre que c'était HLI ? Comment peux-tu te souvenir d'un tel détail des années plus tard ?

— À cause de ce que désigne ce sigle. De ce que pourrait signifier l'histoire, si elle se vérifiait.

— C'est-à-dire ?

— HLI. *High level informant.* Un informateur haut placé. À la Maison-Blanche.

— Mais imaginaire, non ? Un personnage fictif qui… quoi ? Transmettait des secrets à l'extrême droite ? demanda Betsy. La Zone 51 ? Les extraterrestres parmi nous ? Les vaccins utilisés comme mouchards ? La Finlande n'existe pas ? Ce genre de choses ? Des inventions qu'on attribuait à ce site ?

— Huang l'a d'abord cru. Bizarre, mais probablement inoffensif. Il a même interrogé Pete Hamilton à ce sujet, à l'occasion d'un point de presse à la Maison-Blanche. Pete a dit n'être au courant de rien, et Huang a conclu que c'était simplement un autre égarement conspirationniste. Mais je lui ai demandé de creuser.

— Pourquoi ?

— Parce que la plupart des égarements sont superficiels. Celui-là avait des racines plus profondes.

— Dans le Web clandestin ?

— Je ne sais pas.

— Mais Alex Huang a fini par mettre fin à ses recherches ?

Betsy avait toujours trouvé amusant le titre de "correspondants" donné aux journalistes qui couvrent le gouvernement, comme s'il s'agissait d'une contrée étrangère. Un pays à l'intérieur du pays, doté de ses propres règles de comportement. De sa gravité et de son atmosphère étouffante. De ses frontières en constante mutation.

L'animal emblématique de ce pays était la rumeur. La Maison-Blanche en était infestée. Les vieux routiers qui avaient survécu à de multiples changements d'administration devaient leur longévité à leur capacité à distinguer les rumeurs fondées des autres. Et, détail peut-être plus important encore, à reconnaître les rumeurs sans fondement, mais utiles.

— Oui. Mais il n'a pas pu aller bien loin. Et c'est ce qui lui a semblé le plus étrange. La plupart des marchands de théories conspirationnistes souhaitent un maximum de publicité. Ils veulent que le "secret" se répande. Mais pas ceux qui étaient au courant pour HLI. En fait, ils tenaient désespérément à ne pas ébruiter son existence.

— Un grand silence, dit Betsy.

Ellen hocha la tête.

— Huang a laissé tomber et il a démissionné peu après.

— Pour aller où ? Dans un autre journal ?

— Je pense qu'il s'est installé dans le Vermont. Peut-être pour travailler dans un journal là-bas. Une vie plus paisible. Être correspondant à la Maison-Blanche, ça use.

— Bon, je vais essayer de le retrouver.

— Pourquoi ?

— Simple suivi. Si HLI existe vraiment et qu'il est mêlé à tout ça, on doit approfondir. Par égard pour Pete.

Ce n'étaient pas des paroles en l'air. Betsy se sentait une obligation envers le jeune homme.

— D'accord, mais pas toi, dit Ellen. Je vais demander à quelqu'un d'autre de s'en occuper.

— Pourquoi ?

— Parce que Pete Hamilton, à force de poser des questions, a réussi à se faire tuer.

— Parce que tu t'imagines que si ces bombes explosent, très chère, on ne va pas tous être passés par les armes ? répliqua Betsy. Je m'en charge. C'était quoi, ce sigle, déjà ?

Ellen esquissa un faible sourire.

— Ce que tu peux être bête…

Elle ferma le robinet.

— Prête ?

— "Allons, on retourne au charbon", chère amie, dit Betsy en vérifiant son rouge à lèvres dans la glace.

En sortant des toilettes, elles tombèrent sur le visage furieux du Premier ministre pakistanais.

Ali Awan se tenait dans le splendide couloir, les mains derrière le dos. Tous les participants à la soirée, y compris les membres du quatuor à cordes, s'étaient massés derrière lui.

Et tous regardaient Ellen Adams d'un air mauvais.

— Quand comptiez-vous me mettre au courant, madame la secrétaire d'État ?

Il brandit un téléphone où figurait un message tout récent indiquant la vraie nature des raids menés par les opérations spéciales.

Ellen était à bout de patience.

— Quand comptiez-vous me mettre au courant, monsieur le Premier ministre ? demanda-t-elle, si furieuse que sa colère était incandescente. Oui, ce soir, nos Forces spéciales ont, à un coût terrible, attaqué les talibans et Al-Qaïda dans le district de Bajaur, tandis qu'une force investissait une cimenterie à l'abandon. Nous, et non les Britanniques. Oui, c'était au cœur du territoire pakistanais. Vous voulez savoir pourquoi ?

Elle fit deux pas vers Awan et se retint de justesse de l'agripper par son *kurta* brodé.

— Parce que c'est là que sont les terroristes. Et pourquoi sont-ils là ? Parce que vous leur avez offert un refuge. Vous avez permis à des ennemis de l'Occident et des États-Unis d'agir à l'intérieur des frontières de votre pays. Vous vous demandez pourquoi nous ne vous avons rien dit à propos des raids de ce soir ? Parce que nous ne pouvons pas vous faire confiance. Vous avez non seulement laissé Al-Qaïda exploiter des bases au Pakistan, mais aussi permis à Bashir Shah de fabriquer des bombes dans une usine abandonnée. Vous.

Elle fit un pas de plus vers lui.

— Êtes.

Un pas de plus.

— Responsable.

Tout contre lui à présent, elle regardait le visage luisant de sueur du Premier ministre.

— Et comment pouvons-nous vous faire confiance, désormais ? dit-il en se ressaisissant. Vous nous avez menti, madame la secrétaire d'État. Vous êtes venue ici à seule fin de nous distraire.

— Bien sûr. Et je le referais.

— Vous avez porté atteinte à notre honneur national.

Se penchant vers l'avant, elle dit tout bas :

— Votre honneur, vous pouvez vous le mettre où je pense. Ce soir, plus de trente membres de nos Forces spéciales ont perdu la vie dans l'espoir de prévenir un désastre annoncé. Par votre faute.

— Je…

Le Premier ministre était déstabilisé, au propre comme au figuré.

— Vous quoi ? Vous ne saviez pas ? Ou vous ne vouliez pas savoir ? Vous avez remis Shah en liberté. Qu'est-ce qui allait arriver, à votre avis ?

— Nous n'avions…

— Pas le choix ? Vous voulez rire ? Un grand pays comme le Pakistan capitule devant un fou américain ?

— Un président américain.

— Et comment comptez-vous vous justifier auprès du président actuel ?

Elle le foudroya du regard.

Le Premier ministre Awan semblait en état de choc. Ayant glissé sur la corde raide, il s'y accrochait d'une seule main. De toutes ses forces. Au-dessus de l'abîme.

— Venez.

En l'agrippant, Ellen le propulsa ni plus ni moins dans les toilettes des femmes. Betsy les suivit et verrouilla la porte avant que quiconque ait eu le temps de réagir.

— Monsieur le Premier ministre ! cria son chef de la sécurité. Écartez-vous.

— Non, fit Awan. Attendez. Je ne risque rien.

Il regarda Ellen.

— Non ?

— S'il n'en tenait qu'à moi…, répondit-elle en prenant une grande inspiration. J'ai besoin de renseignements. Shah a engagé des physiciens nucléaires qui ont fabriqué des bombes dans cette usine du district de Bajaur.

— Des bombes ?

Elle l'étudia. Se pouvait-il que M. Awan ne sache rien ? Devant la mine consternée de l'homme, elle se dit que c'était possible. Peut-être avait-on enfin atteint une limite morale qu'il n'accepterait pas de franchir.

— On a découvert des traces de matières fissiles dans l'usine.

— Des armes nucléaires ?

Il essayait de se faire une idée de la situation. Il était passé de la consternation à l'horreur.

— Oui. Que savez-vous ?

— Rien. Oh mon Dieu.

Se détournant, il se mit à faire les cent pas dans le luxueux espace en contournant les poufs recouverts de soie. Une main sur le front.

— Allez, allez. Vous savez sûrement quelque chose, dit Ellen en le suivant. Selon nos sources, les bombes ont été vendues à Al-Qaïda et acheminées vers leurs cibles.

— Où ?

— C'est justement ça, le problème, dit Ellen en tendant la main pour obliger Awan à lui faire face. Nous ne savons pas. Trois villes américaines sont visées. Mais nous ne savons ni où ni quand. Aidez-nous, monsieur le Premier ministre, parce que sinon, que Dieu m'en soit témoin…

La respiration du Premier ministre était devenue rapide et heurtée, tant que Betsy craignit qu'il perde connaissance. Il avait peut-être eu des soupçons, mais, visiblement, la révélation lui avait causé un choc violent.

Il se laissa tomber lourdement sur un des poufs.

— Je l'ai mis en garde. J'ai tenté de le mettre en garde.

— Qui ?

S'asseyant près de lui, elle se pencha.

— Dunn. Mais ses conseillers n'en démordaient pas. Shah devait être libéré.

— Lesquels ?

— Je l'ignore. Tout ce que je sais, c'est qu'il les écoutait et qu'il a refusé de bouger.

— Le général Whitehead ?

— Le chef d'État-Major des armées ? Non, il était opposé à l'idée.

"Bien sûr, se dit Betsy. En public." Elle songea alors à Pete Hamilton. À l'excitation qu'il avait manifestée en découvrant les documents incriminant le chef d'État-Major des armées enfouis dans les archives privées.

Whitehead était-il la source de haut rang ? Sans doute. Mais il n'avait peut-être pas agi seul. Il représentait le Pentagone. Et s'il y avait aussi eu une source à l'intérieur de la Maison-Blanche ?

— Où est Shah en ce moment ? demanda Ellen à Awan.

— Je ne sais pas.

— Qui sait ?

Silence.

— Qui sait ? insista Ellen. Votre secrétaire militaire ?

M. Awan baissa les yeux.

— Possible.
— Convoquez-le.
— Ici ? fit-il en balayant les toilettes des yeux.
— Dans votre bureau alors. N'importe où. Mais vite.
Awan sortit son téléphone et composa un numéro. Il attendit, attendit.
Le Premier ministre fronça les sourcils. Il envoya un message, fit un autre numéro.
— Trouvez-moi le général Lakhani. Tout de suite.
Pendant ce temps, Ellen écrivit au président Williams pour lui suggérer de faire rentrer Tim Beecham de Londres.
La réponse fut immédiate. Beecham rentrerait à Washington à bord d'un avion militaire.
*Je veux que vous rentriez aussi, ajouta le président.*
Ellen hésita avant de répondre.
*Accordez-moi encore quelques heures, s'il vous plaît. Je trouverai peut-être des réponses ici.*
Elle appuya sur la touche "Envoyer". La réplique fut presque immédiate.
*Une heure. Après, vous filez vers Air Force 3.*
Ellen allait ranger son téléphone, mais elle se ravisa. Elle avait encore une question à poser.
*Le matériel qui a servi à tuer les physiciens ?*
*Russe.*
Elle se tourna vers le Premier ministre.
— Les Russes sont-ils très présents au Pakistan ?
— Pas du tout.
Elle le dévisagea. Et il la dévisagea. Bizarrement, le calme de la secrétaire Adams était plus perturbant que ses cris.
Et où diable était le général Lakhani ? C'est lui qui les avait conduits dans ce merdier ; à lui de faire face au courroux de cette femme.
— Je sais que vous m'avez prise pour une incompétente, dit-elle à la grande surprise d'Awan, pour une idiote que vous pourriez manipuler à votre guise.
— C'est l'impression que vous avez donnée, madame la secrétaire d'État. Volontairement, je m'en rends compte maintenant.

— Vous savez ce que je pensais de vous, moi ?

— Que j'étais un incompétent et un idiot que vous pourriez manipuler à votre guise ?

En entendant ces mots, Betsy se dit qu'il était difficile de ne pas apprécier cet homme. Mais qu'il était beaucoup plus difficile de lui faire confiance.

— Peut-être un peu, admit Ellen. Surtout, j'ai songé que vous étiez un homme bon placé dans une situation impossible. Je n'ai pas changé d'idée. Mais l'heure de la vérité a sonné. Vous devez choisir. Là, maintenant. Les djihadistes ou nous ? Prendrez-vous le parti de vos alliés ou celui des terroristes ?

— Si je vous choisis, Ellen, si je vous aide…

— Vous risquez d'être leur prochaine cible, je sais.

Elle le considéra non sans une certaine compassion.

— Mais si vous optez pour les terroristes, ils finiront par vous éliminer. Dès que vous ne leur serez plus utile. Vous êtes sur la ligne, Ali. Ce soir, vous l'avez peut-être franchie. Tout indique que Shah fait le ménage, et vous comptez désormais parmi les déchets. Votre seul espoir est de nous aider à le trouver.

Elle le vit débattre avec lui-même.

— Voulez-vous vraiment que le Pakistan tombe aux mains des terroristes et des fous ? Aux mains des Russes ?

"Des rois et des hommes désespérés", songea Betsy. Seulement, les désespérés, c'étaient eux, désormais.

— J'ignore où est Shah, dit Awan. Sincèrement. Le général Lakhani pourrait peut-être vous renseigner, mais je doute qu'il accepte. Vous avez évoqué les Russes. Ce ne sont pas nos alliés, mais certains éléments pakistanais sont associés à la mafia russe.

— Y compris le général Lakhani ?

L'air profondément malheureux, le Premier ministre hocha la tête.

— Je crois que oui.

— Il sert d'intermédiaire entre la mafia russe et Shah ? Pour le trafic d'armes ?

Il hocha la tête.

— Y compris des matières fissiles ?

Il hocha la tête.

— Et entre Shah et Al-Qaïda ?

Il hocha la tête.

— Et il abrite des terroristes ?

Il hocha la tête.

Ellen faillit demander à Awan pourquoi il n'avait rien fait pour l'arrêter, mais ce n'était pas le moment. S'ils survivaient à la crise, elle y reviendrait. En même temps, elle savait que le gouvernement américain s'était, au fil des ans, acoquiné avec sa large part de démons. C'était parfois un mal nécessaire. Ce genre de marché était rarement paritaire.

Sous les yeux de la secrétaire d'État, le Premier ministre Ali Awan fit son lit. Lâchant la corde raide, il se jeta dans le vide.

— Si Bashir Shah dispose de matières fissiles, c'est qu'il est en contact avec la tête dirigeante de la mafia russe.

— Qui est-ce ?

Devant l'hésitation d'Awan, Ellen insista :

— Le plus dur est fait, Ali. Encore un petit effort.

— Maxim Ivanov. Personne ne l'admet ouvertement, mais rien n'arrive sans l'aval du président de la Russie. Personne ne pourrait mettre la main sur des armes et des matières fissiles sans son approbation. Il a accumulé des milliards.

Ellen avait eu des doutes et elle avait même chargé l'équipe d'enquêteurs de ses principaux journaux d'étudier les liens d'Ivanov avec la mafia russe. Après dix-huit mois d'efforts, on n'était arrivé à rien. Personne ne parlait. Ceux qui auraient pu le faire disparaissaient avant.

Le président russe fabriquait les oligarques. Il leur donnait argent et pouvoir. Il les contrôlait. Et eux contrôlaient la mafia.

La mafia russe était le fil conducteur entre tous les éléments. L'Iran. Shah. Al-Qaïda. Le Pakistan.

Un timbre sonore annonça un nouveau message marqué d'un drapeau rouge. Le président Williams.

On avait identifié la matière fissile observée dans l'usine. De l'uranium 235. Provenant d'une mine de l'Oural du Sud et déclaré manquant deux ans plus tôt par le chien de garde nucléaire de l'ONU.

Ellen absorba l'information. Puis, mobilisant son courage, elle composa une réponse.

Elle avait une dernière question pour le Premier ministre Awan.

— HLI, ça vous dit quelque chose ?

— HLI ? Non, rien du tout. Désolé.

La secrétaire Adams s'était levée. Elle prit congé après avoir remercié son hôte. Avant de partir, elle lui recommanda de ne parler à personne de leur conversation.

— Motus et bouche cousue, dit-il. Ne craignez rien.

Elle le crut.

Dans le Bureau ovale, le président Williams regardait son téléphone.

— Merde, marmotta-t-il.

La nuit, déjà horrible, venait de déraper encore.

Selon le message de la secrétaire d'État, la mafia russe était presque sûrement impliquée. Et donc, par le fait même, le président de la Russie.

Doug Williams était relativement certain d'être assis sur une bombe nucléaire. Et il était terrifié. Il n'avait pas plus qu'un autre envie de mourir.

Mais, par-dessus tout, il ne voulait pas échouer.

Il avait ordonné l'évacuation de la Maison-Blanche, où ne restait que le personnel indispensable.

Des spécialistes passaient les lieux au peigne fin, à la recherche de traces d'uranium 235, mais le président Williams savait qu'il était possible de masquer la présence de l'isotope. Et il savait que la Maison-Blanche comportait de nombreuses, de très nombreuses cachettes.

Une bombe sale pouvait être casée dans une mallette. Or, dans le vieil immeuble tout en coins et en recoins, ce n'étaient pas les mallettes qui manquaient.

Williams relut le message d'Ellen Adams.

Elle ne rentrerait pas à Washington. Du moins pas tout de suite. Elle prendrait plutôt Air Force 3 pour se rendre à Moscou. Pouvait-il lui obtenir un rendez-vous avec le président russe ?

Pendant un moment, le président Williams se dit que le traître en leur sein était sa secrétaire d'État. Que c'était pour cette raison qu'elle se tenait le plus loin possible des bombes nucléaires.

Il rejeta l'idée. C'était, savait-il, le plus grand danger. Sous l'effet de la panique, s'en prendre les uns aux autres. Se soupçonner mutuellement.

Ils ne réussiraient qu'à condition de rester unis.

Il était peut-être assis sur une bombe nucléaire, mais le sort d'Ellen Adams n'était pas beaucoup plus enviable. Sa secrétaire d'État se préparait à affronter l'Ours russe.

Valait-il mieux être incinéré ou taillé en pièces ?

Le président croisa les bras sur le bureau Resolute et y appuya la tête. Fermant brièvement les yeux, il imagina un pré couvert de fleurs sauvages et un ruisseau miroitant sous le soleil. Son golden retriever, Bishop, courait en bondissant dans l'espoir d'attraper des papillons insaisissables.

Puis Bishop, s'immobilisant, leva les yeux au ciel. Un nuage en forme de champignon était apparu.

Le président Williams se redressa, s'essuya le visage avec ses mains et téléphona à Moscou.

"Mon Dieu, se dit-il, faites que je ne commette pas d'erreur."

En route vers l'aéroport, Ellen mit la main dans sa poche pour prendre son téléphone. Instinctivement. Elle oubliait sans cesse qu'elle le confiait au chef de la Sécurité diplomatique après chaque usage.

Mais…

— Qu'est-ce que c'est ?

— Quoi ? demanda Betsy.

Elle était à la fois énervée et épuisée. À plat. Elle se demanda pendant combien de temps elles tiendraient encore le coup.

Puis elle songea à Pete Hamilton. Et aux Rangers sur le plateau.

Elles tiendraient le temps qu'il faudrait. Telle était la réponse.

En brandissant un bout de papier entre le pouce et l'index, Ellen dit :

— Steve ?

Assis sur la banquette avant, il se retourna.

— Oui, madame la secrétaire d'État ?

— Vous avez un sac pour les pièces à conviction ?

Alerté par le ton d'Ellen, il les regarda de près, elle et l'objet qu'elle tenait à la main. D'un compartiment entre les sièges, il tira un sachet en plastique.

Il y glissa la feuille, mais pas avant que Betsy ait pu lire ce qui était écrit en caractères élégants, minutieux et égaux.

*310 1600.*

— Qu'est-ce que ça veut dire ? demanda Betsy.

— Je ne sais pas.

— D'où ce papier sort-il ?

— De ma poche.

— D'accord, mais qui l'y a mis ?

Ellen se repassait justement le film de la soirée. Le papier n'était pas là quand elle avait enfilé le veston à bord d'Air Force 3, une éternité plus tôt. Toutes sortes de personnes avaient pu, par la suite, le glisser dans sa poche. La plupart des invités s'étaient toutefois tenus à distance respectueuse. Ni le Premier ministre ni le ministre des Affaires étrangères, lui semblait-il, ne s'étaient assez approchés.

Le général Lakhani non plus.

Alors qui ?

Des yeux s'imposèrent à son esprit. Des yeux brun foncé. Une voix à l'accent léger. Celle d'un homme penché sur elle. Si proche qu'elle avait senti son eau de Cologne.

Jasmin.

— Votre salade, madame la secrétaire d'État.

Puis il avait disparu. On ne l'avait pas revu.

Mais il avait eu le temps de mettre le papier dans sa poche. Ellen en était certaine.

Et elle était sûre d'autre chose.

— C'était Shah, dit-elle.

D'une voix presque inaudible.

— Shah ? répéta Betsy, complètement réveillée à présent. Il a chargé quelqu'un de te le donner ? Comme les fleurs ?

— Non. Shah lui-même. Le serveur qui m'a apporté ma salade. C'était Shah.

— Il était là ce soir ? Oh mon Dieu, Ellen.

— Vite, Steve. Mon téléphone.

Elle ne perdit pas une seconde.

— La secrétaire Adams à l'appareil. Je dois parler au responsable du renseignement.

Après avoir lutté pendant une interminable minute pour persuader le standardiste de nuit de l'ambassade américaine à Islamabad qu'elle était bien la secrétaire d'État, Ellen raccrocha et appela l'ambassadeur.

— Il me faut l'adresse de Bashir Shah, expliqua-t-elle. Que des agents du renseignement et de la sécurité m'y retrouvent. Armés jusqu'aux dents.

— Oui, bredouilla-t-il, encore égaré dans les brumes du sommeil. Un instant, madame la secrétaire d'État. Je vous communique l'adresse.

Aussitôt dit, aussitôt fait. Bientôt, ils étaient dans une banlieue verdoyante d'Islamabad. Pendant qu'ils attendaient le personnel de l'ambassade, Betsy se mit en quête d'Alex Huang, l'ancien correspondant de la Maison-Blanche qui avait repéré HLI.

Ellen passa un autre coup de fil. Au Premier ministre Awan, qu'elle informa de la situation.

— Shah était ici ce soir ? fit-il, ahuri. Sûrement un coup du général Lakhani. Je l'ai vu en train de plaisanter avec un serveur et je me suis demandé…

— Moi aussi. Du nouveau sur le général ?

— Non. Nous y travaillons. Il est peut-être avec Shah.

— Ai-je votre permission d'entrer chez Shah ?

— Vous le ferez de toute façon, n'est-ce pas ? répondit-il.

— Absolument. Mais je vous offre la possibilité de faire ce que commande l'honneur.

— Très bien. Je vous y autorise. Cela dit, je ne suis pas sûr que nos tribunaux me reconnaîtraient ce pouvoir.

Il observa une pause.

— Merci de me faire confiance.

Elle ne lui faisait pas entièrement confiance. Pas encore. Elle décida quand même de se jeter à l'eau.

— Les nombres 310 et 1600 veulent-ils dire quelque chose pour vous ?

Il les répéta, réfléchit.

— Le nombre 1600, n'est-ce pas l'adresse de la Maison-Blanche ?

Ellen blêmit. Comment avait-elle pu ne pas y penser ? 1600 Pennsylvania Avenue.

— Si.

Mais l'autre nombre ? 310 ? Une heure ? La bombe éclaterait à la Maison-Blanche à trois heures dix du matin ?

— Je dois y aller.

— Bonne chance, madame la secrétaire d'État.

— À vous aussi, monsieur le Premier ministre.

Après avoir raccroché, Ellen répéta à Betsy ce qu'Awan avait dit à propos des chiffres.

— Possible, concéda la conseillère. Une des bombes serait à la Maison-Blanche. C'est ce qu'on soupçonne depuis le début. Mais s'il y a trois bombes, pourquoi l'avertissement de Shah porterait-il sur une seule ? À mon avis, c'est plus simple. Je pense que l'avertissement ressemble aux autres.

— De quoi parles-tu ?

— Des autobus. Les données que ton agente a décryptées.

Ellen examina les chiffres plus attentivement.

— Des autobus ? Al-Qaïda aurait placé des bombes dans des autobus portant le numéro 310, quelque part aux États-Unis ? Lesquels vont exploser à 1600 ?

— À seize heures. Je pense que oui. Les explosions de Londres, Paris et Francfort, en plus de permettre d'éliminer les physiciens utilisés comme leurres, ont peut-être aussi servi de répétition générale.

— On n'a aucun moyen de savoir de quelles villes il s'agit. Seize heures ? Mais dans quel fuseau horaire ?

Betsy examina le bout de papier. Puis elle remarqua un détail.

— Ce n'est pas 310, Ellen. C'est 3, 10. Avec un espace entre le 3 et le 10. Trois autobus portant le numéro 10 vont exploser à 16 heures, dans tel ou tel fuseau horaire.

— Ça n'a pas de sens non plus, dit Steve en se retournant. Excusez-moi, mais je n'ai pas pu m'empêcher d'entendre.

Visiblement sonné, il avait le teint blafard.

— Si on sait que trois autobus portant le numéro 10 vont

exploser quelque part aux États-Unis, on n'a qu'à envoyer une alerte à tous les services de transport pour qu'ils procèdent à des fouilles en règle. Compliqué mais possible. Et on a encore le temps.

Ellen poussa un soupir.

— Vous avez raison. On fait sûrement fausse route.

Ils regardèrent les chiffres. Les yeux troublés et privés de sommeil d'Ellen n'avaient pas noté le petit espace entre eux, mais il était là. Impossible à rater, une fois qu'on l'avait vu.

*3 10 1600.*

Ils n'avaient toujours aucune idée de ce que cela voulait dire. Il était donc encore plus vital de trouver Shah.

En regardant la maison sombre, Ellen sentit la terreur monter en elle, telle une eau glacée. Gagner sa bouche, son nez. Au risque de la submerger.

Elle ne savait pas. Elle ne savait pas. Elle ne savait pas ce que signifiait ce message.

Autobus. Maison-Blanche.

Ou encore, c'étaient des chiffres choisis au hasard. Bashir Shah s'amusait à ses dépens. Lui faisait perdre un temps précieux.

Ce qu'Ellen savait, c'est qu'elle était beaucoup trop fatiguée pour élucider le mystère elle-même, à supposer qu'elle en soit capable. L'espace entre les chiffres lui avait échappé. Qu'avait-elle raté d'autre ?

— Envoie-moi la photo que tu as prise.

Betsy s'exécuta, et Ellen la réachemina.

— Au président ? demanda Betsy.

— Non. Il ne s'en tirera pas mieux que nous. Et s'il y a une source de haut rang à la Maison-Blanche, elle ne doit surtout pas voir ce message. Je l'ai fait plutôt suivre à la personne qui a déchiffré le premier code.

Ensuite, elle écrivit à Doug Williams pour lui dire que la bombe nucléaire à la Maison-Blanche, s'il y en avait une, risquait d'exploser à trois heures dix.

Williams consulta l'horloge.

Il était vingt heures passées. Ils avaient encore sept heures.

## 38

Gil et Anahita s'étaient aventurés dans la petite ville, où ils avaient déniché de la nourriture et des bouteilles d'eau pour tout le monde.

En rapportant les plats épicés dans des filets, ils avaient bavardé, à l'aller comme au retour.

Ils avaient commencé, avec hésitation, par le récit de leurs vingt-quatre dernières heures.

Anahita écouta attentivement Gil lui décrire sa rencontre avec Hamza et l'agression commise par Akbar. Totalement absorbée, elle posa des questions, manifesta de la compassion. Il s'informa ensuite de ce qu'elle avait vécu.

Anahita le connaissait assez bien pour savoir qu'il s'agissait d'une demande commandée par la politesse. D'une forme de réciprocité. Anahita avait souvent entendu sa propre mère dire que n'importe qui peut poser la première question. C'étaient la deuxième et la troisième qui comptaient.

Du temps où ils étaient ensemble, Gil l'avait souvent interrogée sur sa journée pendant qu'ils paressaient au lit après avoir fait l'amour. Mais il avait rarement posé une deuxième question. Et jamais une troisième. Malgré son intérêt pour la journée d'Anahita, il lui avait rarement demandé comment elle allait. Voire jamais, à bien y penser.

Ana avait compris le peu d'intérêt qu'il avait pour elle. Et elle avait appris à ne fournir aucun renseignement personnel. À quoi bon se confier à quelqu'un d'indifférent ? Et pourtant, elle ne pouvait s'empêcher d'avoir du sentiment pour lui. Comme Othello, elle aimait non pas sagement, mais trop bien.

Othello, cependant, avait été aimé de retour. Sa tragédie, c'était qu'il n'en avait rien su.

Pendant qu'ils déambulaient dans les ruelles sombres de la petite ville pakistanaise, enveloppés du chaud parfum des plats épicés, elle avait donné à Gil des réponses superficielles. Les grands titres, en somme. Ce qu'elle aurait confié au premier venu. Pas assez pour le laisser entrer dans ses pensées et ses sentiments.

La porte, cependant, n'était pas verrouillée. Anahita, de l'autre côté, brûlait d'envie de lui ouvrir. La clé, c'était la deuxième question. Et la troisième permettrait à Gil de franchir le seuil, d'accéder au cœur d'Ana.

— Quelle horreur, dit-il à la fin du récit de la jeune femme.

Puis il sombra dans le silence.

Malgré elle, Anahita attendit. Un pas. Deux pas. Trois pas dans la ruelle, en silence.

Elle sentit Gil lui prendre la main. Elle reconnut le geste. Prélude à une intimité qu'il n'avait pas gagnée et qu'il ne méritait plus. Elle s'arrêta un moment, le temps d'éprouver la sensation de cette chair chaude et familière contre la sienne. De la sentir un moment, par cette soirée chaude et humide, en elle.

Puis elle se dégagea.

Gil ouvrit la bouche dans l'intention de dire quelque chose, mais alors il reçut un message.

— C'est ma mère. Bashir Shah lui a donné un bout de papier sur lequel il y a des chiffres. Elle veut savoir si tu y comprends quelque chose.

— Moi ?

— C'est une sorte de code. Comme tu as déchiffré l'autre, elle te croit capable de répéter l'exploit.

— Laisse-moi voir.

En retournant l'appareil pour lui permettre de lire le message, il dit :

— Ana…

— Laisse-moi regarder, dit-elle d'une voix affairée, tranchante.

*3 10 1600.*

Ses jeunes yeux notèrent tout de suite l'espace entre les chiffres. L'agente du Service extérieur était déjà complètement absorbée par sa tâche.

Cette fois, elle se montrerait plus rapide. Elle avait mis beaucoup trop de temps à saisir l'importance du message de sa cousine Zahara et plus encore à en comprendre le sens.

Ce retard avait coûté la vie à une centaine de personnes. Ça ne se reproduirait plus. Elle ne se laisserait pas distraire. Pendant le reste du trajet jusqu'au refuge, elle retourna les chiffres dans sa tête.

*3 10 1600.*

À destination, elle les recopia sur des bouts de papier qu'elle distribua aux autres.

— Ces chiffres viennent de Bashir Shah, expliqua-t-elle. On doit les décrypter.

— C'est à propos des bombes sales ? demanda Katherine.

— Ta mère pense que oui.

En partageant le repas, leurs têtes penchées sur la table éclairée par des lampes à huile, ils échangèrent des idées, des réflexions. Des spéculations.

1600. La Maison-Blanche ?

Trois autobus numéro 10 ?

Ils mirent peu de temps à arriver aux mêmes théories que la secrétaire Adams, et notamment à la possibilité que les chiffres soient une ruse, l'idée qu'un fou se faisait d'une plaisanterie. Ils devaient toutefois supposer qu'ils signifiaient quelque chose.

Gil regarda Ana, assise en face. Le visage de la jeune femme était illuminé par une flamme douce. Ses yeux pétillants, intelligents. Sa concentration totale.

En marchant, il avait voulu lui demander ce qu'elle avait ressenti en assistant à l'interrogatoire de ses parents. Avait brûlé de le faire, en réalité.

Brûlé de l'entendre parler de ce qu'elle avait senti à Téhéran. Au moment de son arrestation. De tout ce qui s'était produit, de ses réactions.

Quand elle lui avait décrit, au moyen de phrases laconiques, l'attaque dans les cavernes, il avait été pris de vertige à l'idée de la perdre.

Il avait voulu lui demander ce qui était arrivé ensuite. Et ensuite. Et ensuite. S'asseoir sur le pas d'une porte pour l'écouter. Pour toujours. Se perdre dans le monde d'Anahita. S'y retrouver.

Il avait plutôt gardé le silence.

Son père lui avait appris qu'il est impoli de poser des questions personnelles, sauf pour un reportage. Il devait attendre que ses amis, les femmes en particulier, s'ouvrent d'eux-mêmes. Selon son père, poser des questions était considéré comme une violation. L'expression d'une curiosité malsaine.

Mais sa mère n'avait pas demandé le divorce pour rien. Son père n'avait pas accumulé les échecs amoureux pour rien.

Et sa mère n'avait pas épousé Quinn Adams pour rien. Il lui demandait comment elle se sentait. Écoutait ses réponses. Posait d'autres questions. Pas parce qu'il était curieux, même s'il l'était sans doute, mais parce qu'il s'intéressait à elle.

Au lieu de communiquer, Gil avait manifesté son intérêt de la seule façon qu'il connaissait. Il avait pris la main d'Anahita. Mais elle s'était détachée. En silence.

Deux SUV noirs s'immobilisèrent derrière la voiture de la secrétaire Adams, et des agents en tenue d'assaut en jaillirent.

Après que les membres de la Sécurité diplomatique, armes en main, eurent vérifié leur identité, les portières s'ouvrirent, et Ellen et Betsy purent sortir.

— Vous savez de quelle maison il s'agit ? demanda Ellen.

— Oui, madame la secrétaire d'État, dit l'agent responsable. C'est celle de Bashir Shah. Nous la surveillons. Nous n'avons pas vu Shah.

— En tout cas, nous avons des raisons de croire qu'il est à Islamabad. Nous devons le capturer. Vivant.

Son regard croisa celui de l'agent.

— Vivant.

— Je comprends.

— Vous connaissez les lieux ?

— Oui. J'ai étudié la maison au cas où nous devrions intervenir un jour.

Ellen hocha la tête en signe d'appréciation.

— Bien.

Elle considéra la maison plongée dans l'obscurité.

— Il y a peut-être aussi des documents importants. Où figure sa prochaine cible, par exemple.

— La prochaine ?

— Il est responsable des bombes qui ont explosé à Londres, Paris et Francfort. Et nous pensons qu'il y en a d'autres. Nous devons savoir où.

L'agent principal prit une profonde inspiration. La mission, qui consistait à investir la maison d'un physicien de renom et à l'appréhender, était soudain devenue beaucoup, beaucoup plus compliquée.

— On ne peut pas s'annoncer et demander la permission d'entrer, dit la secrétaire Adams. Quelqu'un risquerait de détruire les documents. La surprise doit être totale.

— C'est notre spécialité, madame, dit l'agent en jetant un coup d'œil au haut mur qui entourait la maison. J'imagine que l'enceinte est gardée.

— Je suppose que oui. Ça pose problème ?

— Non, madame. Nous avons l'habitude des situations troubles.

— *Trouble with a capital T*, dit-elle. Je viens avec vous.

— Je ne crois pas, dit-il.

— Non, fit Steve Kowalski au même moment.

— Je ne vais pas me mettre dans vos jambes, mais je dois consulter ces documents.

— Je ne peux pas l'autoriser, madame la secrétaire d'État. Pas uniquement pour votre sécurité. Vous risquez de nous nuire, de compromettre toute l'opération.

— Je ne dis pas que c'est moi qui vais commander l'assaut, dit-elle en se tournant vers le responsable de sa sécurité. Vous avez entendu nos conversations, Steve. Vous savez ce qui est en jeu. Et combien de personnes ont perdu la vie en tentant de récupérer cette information.

Kowalski voulut encore protester.

— Vous savez aussi bien que moi qu'on ne sera en sécurité nulle part, tant et aussi longtemps qu'on n'aura pas mis la main sur Shah et les renseignements. S'il réussit, ces bombes ne seront pas la fin. Le mouvement va se poursuivre. Je vous propose donc un partage des tâches. Vous, vous cherchez Shah et vous sécurisez les lieux, tandis que j'examine les papiers.

Elle regarda tour à tour Steve et le chef de l'équipe d'assaut.

— Je n'entrerai pas avant d'avoir votre feu vert. D'accord ?

Ils acceptèrent à contrecœur.

Ellen se tourna vers Betsy.

— Reste là.

— OK.

Ils se dirigèrent vers les hautes portes qui défendaient la maison, Betsy sur leurs talons.

— *Trouble, trouble…*

Au signal de Steve Kowalski, les deux femmes traversèrent la cour au pas de course. En s'approchant de la maison sombre, Ellen sentit les poils de ses avant-bras se dresser.

— *Trouble with a capital T.*

Pas de résistance. Pas de gardiens. La secrétaire Adams eut le sentiment angoissant de savoir ce que cela voulait dire.

— Attendez, attendez, fit Zahara Ahmadi en levant les mains pour réclamer le silence.

À propos des chiffres, ils échafaudaient des théories, plus extravagantes les unes que les autres.

— Ce Bashir Shah a divulgué au gouvernement de mon pays de l'information sur les physiciens nucléaires, non ? fit Zahara.

— Oui, les Iraniens, confirma Boynton.

— Parce qu'il voulait que nous les tuions. Et que le blâme soit rejeté sur nous.

— Oui, dit Katherine. Où veux-tu en venir ?

— Qui dit qu'il ne fait pas la même chose ici ? Qu'il ne nous manipule pas ?

— C'est probable, dit Boynton. Sauf que, cette fois, nous sommes au courant.

— Ce n'est pas la seule différence, dit Zahara. Je pense que nous avons trop mis l'accent sur Shah. Nous sommes tombés dans son piège. Pourquoi a-t-il donné ce message à la secrétaire Adams ?

— Parce que c'est un mégalomane égocentrique qui ne peut s'empêcher de nous mener en bateau ? risqua Boynton.

— Il est tout ça, admit Gil, mais c'est aussi un homme d'affaires. Si le projet échoue, il aura des comptes à rendre à ses clients, et je doute qu'il en ait envie. Je pense qu'il a juste un peu peur de l'échec. Le temps se fait court, et nous sommes plus proches qu'il l'aurait cru possible.

— Je le pense aussi, dit Zahara. C'est une police d'assurance. Pour un peu, il sauterait sur place en agitant les bras pour qu'on le remarque.

— Au lieu de regarder là où il faudrait, dit Katherine.

— Quoi ? demanda Boynton.

— Ses clients, répondit Anahita. Shah est le trafiquant d'armes. L'intermédiaire. Il fait fabriquer les bombes, mais ce n'est pas lui qui les utilise. Ce n'est pas lui qui choisit les cibles et le moment.

— Exactement, dit Zahara. Mais il est probablement au courant.

— Oui, confirma Anahita. Il s'est peut-être même occupé de la livraison.

— Mais ce sont ses clients qui décident où et quand, dit Katherine.

Les yeux grands ouverts, elle s'efforçait de comprendre où les autres voulaient en venir.

— Nous avons examiné ces chiffres du point de vue de Shah. Nous devons plutôt adopter celui…

— … d'Al-Qaïda, dit Zahara.

Anahita se tourna vers sa cousine.

— Nous avons raisonné en Occidentaux. Ce que tu dis, c'est que nous devons examiner ces chiffres dans une perspective musulmane.

— Pas musulmane, corrigea Zahara. Djihadiste. Que veulent dire ces chiffres dans leur monde ? Quelle importance peuvent-ils avoir ? Al-Qaïda et d'autres organisations terroristes s'inspirent fortement de la mythologie, et non uniquement de la religion. Ils ressassent leurs griefs et les torts qu'on leur a faits, les anciens comme les nouveaux. Ils grattent la plaie pour l'empêcher de guérir. À quelle blessure les chiffres renvoient-ils ?

*3 10 1600.*

— Un cadavre !

En s'approchant de l'homme qui gisait à plat ventre dans le sous-sol de la maison de Shah, l'agent aperçut des fils, pratiquement dissimulés sous le corps.

— Des fils, dit-il en s'écartant.

Aussitôt entrés dans la cour, ils avaient compris que les lieux seraient déserts. Pas la moindre résistance. Or un homme comme Shah se serait entouré d'une armée privée.

Non, il n'y avait personne. Aucun être vivant, en tout cas.

Ellen et Betsy se trouvaient dans le bureau de Shah, au rez-de-chaussée, où elles examinaient ses papiers. Après un balayage, l'endroit avait été déclaré sûr.

— Vous devez sortir, madame la secrétaire d'État, dit Steve. On a trouvé un cadavre au sous-sol. Relié à des explosifs.

— Shah ? demanda Betsy, même si elle connaissait la réponse.

Steve les guidait vers la sortie.

— On ne sait pas. Les agents veulent désamorcer la bombe avant de procéder à l'identification du mort.

Ellen était presque certaine de savoir qui était le mort du sous-sol. Cinq minutes plus tard, on confirma qu'il s'agissait du général Lakhani, secrétaire militaire du Pakistan.

Cette nuit-là, l'Azhi Dahaka n'avait pas chômé. Il avait fait du ménage en répandant le sang et la terreur.

Lorsque la maison fut déclarée sans danger, Betsy voulut rentrer poursuivre l'examen des documents, mais Ellen la retint.

— Il n'y a rien là-dedans. Il a tout pris. Ce qu'on pourrait trouver risque de nous envoyer sur une fausse piste. Nous devons partir.

— Moscou ? demanda Betsy.

À la voir, on avait l'impression qu'elle aurait préféré retourner dans la maison et braver la bombe.

— Moscou.

C'était, savait Ellen, le terminus. Après Moscou, il n'y aurait plus d'endroit où aller. Elles n'auraient plus qu'à rentrer à la maison. Pour attendre.

Il restait tout de même une avenue à explorer. À bord d'Air Force 3, Betsy continua de chercher le journaliste disparu. Celui qui avait déterré HLI.

Quelque part au-dessus du Kazakhstan, elle le découvrit.

# 39

Il était neuf heures dix quand Air Force 3 se posa en pleine tempête de neige à l'aéroport international Sheremetyevo de Moscou.

Le ciel donnait l'impression d'avoir encaissé un coup de poing. Des nuages meurtris bloquaient le soleil hivernal, faible dans le meilleur des cas. Betsy se rappela les paroles de Mike Tyson.

"Tout le monde a un plan jusqu'au premier coup de poing dans la face."

Elle se sentait sonnée, voire assommée. Et si elles avaient un plan, elle l'avait depuis longtemps perdu de vue.

Ni Ellen, ni Betsy, ni les membres de la Sécurité diplomatique n'avaient pris de manteau. De gants. De chapeaux. On avait passé un rapide coup de fil à l'ambassade américaine, et quelques SUV les attendaient sur le tarmac. Mais nul n'avait songé à réclamer des vêtements plus chauds.

En prenant une profonde inspiration, Ellen descendit de l'avion avec un parapluie comme seule protection contre les éléments. Celui-ci fut promptement retourné par un vent venu de Sibérie qui avait traversé toute la Russie et pris de la vitesse, accumulé de la neige et de la glace avant de la frapper de plein fouet. Elle resta en haut de l'escalier, interdite. Incapable de respirer. Incapable de bouger, sauf pour cligner des yeux afin de repousser la neige qui lui cinglait le visage.

Ayant donné le parapluie désormais inutile à l'agent qui la suivait, elle tendit le bras dans l'intention de se stabiliser. Sa main agrippa le métal froid de la rampe, qu'elle lâcha aussitôt, par crainte que sa chair chaude y reste collée et qu'elle doive y laisser sa paume entière.

— Ça va ? cria Steve pour être entendu au-dessus des violents assauts du vent.

"Ça va ?" Difficile, en fait, d'imaginer une pire journée. Mais alors elle songea aux Rangers. Aux passagers des autobus. Aux mères, aux pères et aux enfants avec leurs photos.

À Pete Hamilton et à Scott Cargill.

— Bien ! cria-t-elle.

Du coin de l'œil, elle vit Betsy hocher la tête en signe d'assentiment.

L'année dernière, Betsy lui avait offert pour Noël le dernier livre de sa poète préférée, Ruth Zardo. Le mince recueil avait pour titre *Je vais BIEN.*

BIEN, c'est-à-dire : Bête ; Inquiet ; Emmerdeur ; Névrosé.

La secrétaire Adams serra les dents pour s'empêcher de grelotter et se tourna vers les personnes qui l'attendaient en bas. Elle se força à sourire, comme si elle venait d'atterrir sur une île des Antilles pour des vacances.

Le président Williams avait exigé, elle le savait, que la rencontre reste confidentielle. De la discrétion. Pas de flaflas. Et surtout pas de médias.

Qu'une rencontre en privé entre sa secrétaire d'État et le président de la Russie.

Du haut des marches, elle salua les journalistes et leurs appareils photos. Il suffisait de demander à Ivanov de faire une chose pour avoir la quasi-certitude qu'il ferait exactement le contraire. "Peut-être, songea Ellen au moment où elle était parcourue d'un autre frisson, devrais-je lui interdire de m'indiquer où se trouve Bashir Shah."

Même chose pour l'emplacement des bombes.

Elle amorça la descente en espérant atteindre le plancher des vaches avant de mourir de froid. Vers le milieu de l'escalier, elle éprouva de la difficulté à avancer. Ses jambes et ses pieds, dans ses chaussures à talons bas, commençaient à geler, et elle ne sentait plus son visage.

À chaque pas, elle glissait sur les marches couvertes de neige et de glace. Elle se demanda si Ivanov l'avait fait exprès.

Dégager l'escalier, ce n'était quand même pas la mer à boire, non ? Espérait-il qu'elle allait se casser le cou ?

Eh bien, c'était hors de question, décida-t-elle au moment où son pied se dérobait une fois de plus. Elle réussit de justesse à maintenir son équilibre.

Ellen constata que les véhicules attendaient plus loin que nécessaire. Et donc la chaleur aussi. Pour un peu, elle aurait franchi les dernières marches d'un bond et couru vers eux. Dans l'espoir de les atteindre avant de se changer en sculpture de glace.

Elle s'obligea plutôt à ralentir et à s'arrêter sur la dernière marche pour attendre Betsy, quelques pas derrière, ainsi que le lui apprirent les mots marmottés par son amie :

— *Fuck, fuck, fuck.*

Si Betsy tombait dans l'escalier glacé, Ellen interromprait sa chute. Betsy, après tout, amortissait les siennes depuis toujours.

Au terme d'une descente digne de celle de l'Everest, elle posa enfin ses pieds sur le tarmac couvert de neige.

Elle se força à saluer les personnes venues l'accueillir et à sourire. Du moins, elle espérait sourire. L'autre hypothèse, c'était que son visage s'était lézardé.

Tous ces gens portaient de lourds parkas à la capuche de fourrure remontée. Elle n'aurait su dire si elle avait sous les yeux des hommes ou des femmes. Des ours polaires ou des mannequins.

En route vers la voiture, elle perdit pied, mais Steve la saisit par le bras. Dans le véhicule, elle se mit à trembler de manière incontrôlable. Elle se frictionna les bras, puis plaça ses mains devant la bouche de chaleur.

— Ça va ? demanda-t-elle à Betsy.

La question avait pris la forme d'un bafouillage incompréhensible.

À cause de son visage gelé et de ses dents qui claquaient, Betsy en était réduite à répondre par grognements. Dont la nature obscène ressortait malgré tout, exploit remarquable dans les circonstances.

— Quelle heure est-il ? demanda Ellen à Steve lorsque sa bouche eut retrouvé son élasticité.

— Neuf heures trente-cinq, répondit-il, les mots déformés par ses lèvres gelées.

— Et à D.C. ?

Il consulta sa montre.

— Deux heures…, commença-t-il avant d'être secoué par un spasme de froid, deux heures trente-cinq du matin.

— Mon téléphone, je vous prie.

Ellen envoya un bref message au président Williams. Ses doigts tremblaient tellement qu'elle dut y revenir plusieurs fois pour corriger les fautes. Et corriger l'autocorrecteur qui avait remplacé le mot "bombes" par un mot qui ne devait surtout pas figurer dans un message destiné au président des États-Unis.

Doug Williams lut le message.

Il était dans le Bureau ovale.

L'équipe qui avait fouillé la Maison-Blanche de fond en comble n'avait découvert aucune trace d'uranium 235 ni de radiation. On avait tenu à lui préciser que ce n'était pas concluant. On n'avait rien trouvé, voilà tout.

Le Service secret, au fait de la situation, avait demandé, exigé son départ. L'avait supplié de quitter les lieux. Comme Williams lui-même, les agents savaient que l'engin nucléaire, à supposer qu'il y en ait un dans la Maison-Blanche, exploserait le plus près possible du président.

Il refusa de bouger.

— C'est un geste vide de sens, monsieur, lança une agente fatiguée, tendue et exaspérée.

— Vous trouvez ? répliqua Williams en étudiant la femme. Vous côtoyez des présidents depuis assez longtemps pour savoir que rien – les gestes, les mots, les actions, les inactions – n'est sans impact. Quelle est la pire éventualité ? Mourir ici ou donner aux terroristes la satisfaction d'avoir forcé le président à abandonner sa propre maison ?

Il sourit.

— Croyez-moi, j'aimerais m'en aller. Depuis quelques heures, je me rends compte que je ne suis pas un homme courageux. Mais je ne peux pas partir. Je regrette.

— Nous non plus, dans ce cas.

— Vous devez partir. C'est un ordre. Vos morts seraient vides de sens. Je sais que vous avez pour tâche d'assurer ma sécurité. De prévenir une attaque. Ou même de prendre une balle à ma place. Mais une bombe, c'est autre chose. Si elle explose, vous ne pouvez rien faire pour moi. Ma mort servira à montrer au monde que nous ne nous laisserons pas intimider. Vos morts à vous ne rimeraient à rien. Vous devez partir. Et je dois rester.

Ils refusèrent, bien sûr. Mais l'agent responsable fit une concession au commandant en chef. On réaffecta les pères et les mères de jeunes enfants à l'extérieur des murs. Où ils seraient peut-être plus en sécurité.

Le chef d'État-Major des armées ne sortit de la salle de bains privée que lorsque le président fut seul dans le Bureau ovale.

Campés devant la fenêtre, les deux hommes contemplèrent la pelouse du côté sud.

— Si je peux me permettre, monsieur le président, vous êtes un homme très courageux.

— Dites ça à mon caleçon.

— C'est un ordre, monsieur ?

Williams rit et se tourna vers le chef d'État-Major des armées. Jamais, jusqu'au jour de sa mort, Williams n'oublierait l'expression de l'homme qui s'était tenu dans l'embrasure de la porte, lorsqu'il avait compris que tous les Rangers étaient morts sur le plateau. Dont l'aide de camp du général Whitehead, à qui celui-ci avait personnellement confié le commandement de la mission. Un assaut, une diversion dont Whitehead lui-même avait eu l'idée.

Des heures plus tard, la mine horrifiée du vice-chef d'État-Major devait se voir encore. Elle marquerait son visage jusqu'à la fin de ses jours, soupçonnait Williams.

Il était deux heures quarante-cinq.

Dans vingt-cinq minutes, donc.

Au milieu des bourrasques de neige, Ellen voyait défiler les immeubles à l'architecture brutaliste datant de l'ère soviétique d'après-guerre. Voyait des gens qui marchaient tête baissée. Arc-boutés contre le blizzard. Se rendant péniblement au travail. Sans se donner la peine de regarder passer le cortège.

Bien que ne portant pas le gouvernement du pays dans son cœur, Ellen Adams aimait beaucoup le peuple russe. Du moins les représentants qu'elle avait rencontrés. Des gens résilients, mais aussi dynamiques, débordants de vie et toujours prêts à rire. Généreux et accueillants. Disposés à partager un repas, une bouteille. Aux yeux d'Ellen Adams, la fortitude du peuple russe était indéniable. Elle trouvait honteux de constater que les Russes, après avoir combattu les nazis et le fascisme, voyaient celui-ci revenir en force de l'intérieur.

Si sa mission échouait, craignait Ellen, le même phénomène risquait de se produire aux États-Unis. C'était peut-être déjà commencé, en fait.

On avait marqué une victoire contre le despote en le battant à la faveur d'élections irréprochables. Mais c'était une victoire fragile. Le travail d'Ellen ne consistait toutefois pas à convaincre l'électorat. Elle devait s'assurer qu'il y aurait de nouvelles élections, le moment venu.

Elle consulta sa montre. Neuf heures cinquante-cinq. Heure de Moscou.

Deux heures cinquante-cinq à Washington.

Elle distingua au loin les remarquables bulbes du Kremlin. Dans la bourrasque, ils apparaissaient et disparaissaient tour à tour. Ellen et Betsy s'étaient réchauffées, assez en tout cas pour ne plus grelotter, même si leurs chaussures étaient trempées et souillées de la gadoue huileuse du tarmac.

Ellen rêvait d'une longue douche brûlante. Mais c'était exclu.

Betsy consulta son téléphone. Elle avait retrouvé l'ancien correspondant de la Maison-Blanche dans un petit village du Québec appelé Three Pines. Il avait changé de nom, mais c'était bien lui.

Elle lui avait envoyé un message en lui demandant son aide.

Malgré l'heure tardive, il répondit. Il avait entrepris une vie nouvelle, expliqua-t-il. Il était tombé amoureux et vivait à présent avec la propriétaire d'une librairie du nom de Myrna. Il travaillait à la boutique un jour par semaine et consacrait le reste de son temps à des activités bénévoles dans le village.

Il faisait du déneigement et des livraisons. En été, il tondait des pelouses.

Il était heureux. Qu'on le laisse tranquille.

Il n'avait pas posé de questions sur l'objet de la requête, mais Betsy comprit au ton de sa réponse qu'il avait deviné.

Mieux valait éviter toute ambiguïté.

*HLI*, écrivit-elle avant d'appuyer sur la touche "Envoyer".

Depuis, silence, même si Betsy croyait sentir la terreur frissonnante de l'homme par le truchement de l'appareil, comme s'il s'agissait d'une application qu'elle venait d'ouvrir.

— Madame la secrétaire d'État.

Ellen fut accueillie à la porte du Kremlin par une adjointe subalterne du président Ivanov. Elle leur sourit et les fit entrer. À l'intérieur, on demanda aux membres de la sécurité de céder leurs armes.

— Désolé, madame, dit Steve Kowalski, mais c'est impossible. Nous bénéficions d'une exemption diplomatique.

Il lui fit voir sa documentation.

— *Spasibo.* Normalement, oui. Mais comme il s'agit d'une visite de dernière minute, nous n'avons pas eu le temps de remplir les formulaires.

— Quels formulaires ?

En surface, Steve Kowalski affichait un calme absolu, mais Ellen voyait une veine palpiter sur sa tempe.

— Vous savez comment sont les démocraties, répondit l'adjointe en souriant. Des formalités, toujours des formalités.

— Ça nous change de ce qui se faisait dans le bon vieux temps, dit Betsy.

La remarque lui valut un regard glacial.

— C'est bon, dit Ellen, tout doucement, à l'intention de Steve.

— Non, madame la secrétaire. S'il arrive quelque chose…

— Vous serez à mes côtés. Et il n'arrivera rien.

Il était dix heures deux.

— Allons-y. Plus vite on aura terminé, plus vite on pourra partir d'ici.

Plus que huit minutes.

Doug Williams s'assit sur le canapé du Bureau ovale. Le général en face de lui.

Ils se connaissaient depuis des années. Le président avait rencontré la femme et le fils du général, qui avait servi au sein de l'armée de l'air en Afghanistan. Williams se disait qu'il aurait dû pousser le général à sortir, mais, à la vérité, il était content d'avoir de la compagnie.

Chacun tenait à la main un verre de scotch. Ils avaient descendu le premier en trinquant à leur santé, et ils sirotaient le second.

Williams se demandait si c'était mesquin de sa part, mais il avait ordonné à Tim Beecham de rentrer de Londres. L'idée que le directeur du renseignement national s'offre un déjeuner britannique complet au Brown's Hotel pendant que lui-même était assis sur une bombe nucléaire était insupportable.

Beecham ne serait pas là avant quelques heures, mais le président Williams en tira malgré tout une certaine satisfaction.

Pendant que les deux hommes bavardaient, Williams ne put s'empêcher de penser qu'ils auraient dû aborder des sujets d'une importance historique, d'une portée politique ou personnelle vitale. Ils parlèrent plutôt des chiens.

Le chien du général était un berger allemand appelé Pine. Cadeau, expliqua-t-il au président, d'un ami proche qui vivait dans un petit village du Québec. Un été, le général avait rendu visite à son ami, haut gradé de la Sûreté du Québec. Ils s'étaient assis sur le banc du parc du village, dans l'ombre des trois pins géants. En écoutant les oiseaux, la brise et les enfants qui jouaient, le général s'était senti en paix avec le monde pour la première fois depuis des décennies.

Tellement que le chien portait le nom du village.

Williams parla de Bishop, le golden retriever dont le nom venait non pas d'un évêque, mais bien d'une université que le président avait fréquentée et beaucoup appréciée. Probablement parce qu'il y avait rencontré sa défunte épouse. Bishop avait l'habitude de s'asseoir ou de dormir sous le bureau Resolute, mais le président avait demandé à un majordome de la Maison-Blanche de l'emmener le plus loin possible.

Et de veiller sur lui. Au besoin.

Plus que cinq minutes.

— Madame la secrétaire d'État.

Campé au centre de la pièce, Maxim Ivanov resta immobile, obligeant Ellen à s'avancer vers lui. Ces petits gestes mesquins, conçus comme des insultes, la laissaient complètement indifférente. Autrefois, elle aurait peut-être senti la moutarde lui monter au nez, mais plus maintenant.

— Monsieur le président.

Ils se serrèrent la main, et Ellen présenta Betsy. Ivanov présenta son adjointe principale. Et non, remarqua Ellen, sa conseillère. Cet homme ne recevait de conseils de personne. Pas deux fois, en tout cas.

Ivanov était beaucoup plus petit qu'Ellen s'y attendait. Mais sa présence était imposante. On avait la sensation d'être à proximité d'une charge explosive dont le détonateur était retenu par une bande élastique tendue à se rompre.

Presque rien ne séparait le président russe du chaos total. C'était un de ses nombreux points communs avec Eric Dunn. Ce qui était différent et sautait immédiatement aux yeux, c'est qu'Ivanov était l'archétype du genre.

Un tyran impitoyable, rompu à l'art de l'oppression à la fois subtile et cruelle.

Eric Dunn reconnaissait d'instinct les failles des autres, mais ce n'était pas par calcul. Il était beaucoup trop paresseux pour s'imposer de tels pensums. Mais cet homme ? Il calculait tout, avec une froideur qui ferait grelotter la Sibérie.

Mais Ivanov n'avait pas vu venir Ellen Adams, n'avait pas escompté son apparition. La secrétaire d'État américaine l'avait pris au dépourvu en montant à bord d'Air Force 3 pour débarquer à Moscou. Au Kremlin. Dans son antre.

Pour sa part, Ellen s'aperçut que le regard glacé de l'homme masquait une rare confusion. Et, en même temps, la peur. La colère aussi.

Il n'aimait pas ce qu'il voyait. Il n'aimait pas Ellen. Ne l'avait jamais aimée. Et, en ce moment, moins que jamais.

Elle comprit aussi que, face à elle, l'homme reprenait confiance. Et elle savait pourquoi.

Elle était dans un état déplorable. Ses cheveux en bataille bouffaient d'un côté et étaient aplatis de l'autre. Elle s'était arrangée dans l'avion, mais le blizzard avait anéanti tous ses efforts. Ses vêtements étaient mouillés, souillés. À chacun de ses pas, ses chaussures produisaient un bruit de succion.

On n'avait pas affaire à la redoutable représentante d'une superpuissance. Cette secrétaire d'État américaine faisait plutôt penser à un rat naufragé. Pitoyable. Faible. Comme le pays qu'elle représentait. C'est du moins ce que croyait Ivanov. Ce qu'elle voulait qu'il croie.

— Café ? proposa-t-il par la voix de l'interprète.

— *Pozhaluysta*, répondit Ellen.

Volontiers.

Elle aurait pu demander à se rafraîchir avant sa rencontre avec le président Ivanov, mais elle avait choisi de ne pas le faire. Les hommes comme lui et Eric Dunn sous-évaluaient et dépréciaient toujours les femmes. En particulier les femmes ébouriffées.

Pour elle, c'était un tout petit avantage. Et elle devait se garder de commettre la même erreur en sous-estimant Ivanov. On le faisait toujours à ses dépens.

Le temps pressait. Maintenant que la première impression était donnée, elle pouvait poser la question.

— Vous permettez, monsieur le président, que nous nous rafraîchissions, ma conseillère et moi ?

— Mais bien sûr.

Il fit signe à l'adjointe, qui les guida vers les toilettes.

Installations rudimentaires, mais dotées de tout le nécessaire. Et, surtout, privées.

Avant toute chose, Ellen en profita pour passer un coup de fil.

Il restait quatre-vingt-dix secondes.

Le téléphone du président sonna. Il y jeta un coup d'œil. Ellen Adams.

— Vous avez de nouvelles informations ? demanda-t-il en se laissant malgré lui gagner par l'espoir.

— Non, je suis désolée.

— Je comprends, fit-il.

Dans la voix du président, elle nota la déception et la résignation. Pas de délivrance en vue. La cavalerie ne débarquerait pas.

*3 10 1600.*

Cinquante secondes.

— Nous venons d'arriver au Kremlin et je…

Les mots d'Ellen s'éteignirent.

— Je ne voulais pas que vous soyez seul.

— Je ne le suis pas.

Il lui dit qui l'accompagnait.

— J'en suis heureuse, dit-elle. Je… Ce n'est pas le bon mot…

— J'ai compris.

Plus que trente secondes. Betsy s'approcha. Leurs deux cœurs cognaient.

Dans le Bureau ovale, Doug Williams se leva. Le général aussi.

Vingt secondes.

Les deux femmes se regardèrent.

Les deux hommes se regardèrent.

Dix secondes.

Williams ferma les yeux. Le général ferma les siens.

Un pré couvert de fleurs sauvages. Par une belle journée ensoleillée.

Deux.

Un.

Silence. Silence. Un grand silence.

Ils attendirent. Un décalage de quelques secondes, voire d'une minute, était possible.

Williams ouvrit les yeux et vit le général le regarder. Ils ne dirent rien. N'osèrent pas.

— Oh mon Dieu ! s'écria Anahita. Je pense avoir compris. Ce que veut dire "3 10 1600".

— Quoi ? demanda Boynton.

Les autres s'agglutinèrent autour d'Anahita.

— Je pense à ce que tu as dit sur le point de vue des djihadistes, lança-t-elle à l'intention de Zahara. Nous, quand on dit "9/11", tout le monde comprend. Et si "3/10" représentait la même chose pour Al-Qaïda ?

— Pourquoi ? demanda Katherine. Qu'est-ce que ça voudrait dire ?

— Oussama ben Laden est né le 10 mars. 3/10. Le 10 du troisième mois.

Anahita retourna son téléphone pour leur faire voir l'information qu'elle avait glanée.

— Vous voyez ? C'est son anniversaire. Aujourd'hui. Al-Qaïda a juré de venger sa mort aux mains des Américains. Les bombes vont exploser aujourd'hui. Pour marquer le coup. C'est symbolique.

— Une vengeance, dit Boynton.

Katherine regardait le téléphone en hochant la tête.

— C'est vrai. Il est né le 10 mars 1957. Et "1600" ?

— C'est l'heure de sa mort, répondit Zahara.

— Non, dit Katherine. Selon ce qui est écrit ici, il a été tué à une heure du matin.

— Au Pakistan, dit Gil. Soit seize heures sur la côte est des États-Unis.

— On le sait parce qu'on a travaillé à Islamabad en relevant de D.C., expliqua Anahita, dont le regard croisa celui de Gil. Il faut prévenir ta mère.

— Tiens, fit Gil en lui tendant son appareil. Tu as déchiffré le code. À toi l'honneur.

Ellen parcourut le message, le lut immédiatement à l'intention du président.

Doug Williams souffla.

— Il semble qu'il nous reste encore treize heures, général. Tout est à recommencer.

Informé de la signification du code, le général hocha la tête.

— On doit trouver ces foutues bombes. Et on le fera.

Il s'adressa à Ellen, toujours au bout du fil.

— Merci, madame la secrétaire d'État. Et bonne chance.

— À vous aussi. On se retrouve à la Maison-Blanche. Je rentre aussitôt que j'aurai terminé ici.

— Vous auriez intérêt à prendre votre temps, dit Doug Williams. Demain, c'est déjà assez tôt.

## 40

Pendant qu'elles retouchaient leur mise, Betsy informa Ellen qu'elle avait retrouvé le journaliste.

— Il a peur, dit-elle. Il a quitté le journal, mais aussi le pays. Et il a changé de nom.

— Il sait peut-être quelque chose, dit Ellen.

— Je pense que oui.

— Il faut qu'on lui parle.

— Tu veux le kidnapper ? fit Betsy.

Elle semblait presque emballée par l'idée.

— Seigneur, Betsy. Je pense qu'on peut le laisser "inkidnappé", celui-là.

— Ce n'est pas un mot.

— Là n'est pas la question. On doit trouver quelqu'un qui soit capable de le raisonner. Tu peux voir s'il a de la famille, des amis ? Quelqu'un que nous pourrions charger d'aller lui parler, vite ?

À la sortie des toilettes, Ellen tendit son téléphone à Steve. Il sonda le visage de la secrétaire d'État. Songeant à ce qui avait pu se produire à Washington.

— Tout va bien, dit-elle.

Le soulagement de l'homme était palpable.

— Je commençais à craindre que vous soyez partie, madame la secrétaire d'État, dit le président Ivanov à leur retour. Votre café refroidit.

— Je suis sûre qu'il est délicieux.

Elle en but une gorgée. Il l'était effectivement. Riche et fort.

— J'avoue être curieux de ce qui vous amène, dit Ivanov,

qui se cala dans son fauteuil en écartant largement les jambes. Vous arrivez du Pakistan après avoir fait un crochet par Téhéran. Avant, vous avez rencontré le sultan à Oman, et avant ça, vous étiez à Francfort. Vous avez été très occupée.

— Et vous m'avez suivie de près, dit Ellen. Je me réjouis de votre intérêt.

— Un passe-temps comme un autre. Et vous voilà, dit-il en la dévisageant. En fait, je crois connaître le but de votre visite, madame la secrétaire d'État.

— J'en doute, monsieur le président.

— On parie ? Un million de roubles que c'est à propos des bombes qui ont explosé en Europe. Vous êtes venue prendre conseil. Quant à ce qui vous laisse croire que je peux vous aider… J'avoue être un peu dépassé.

— Oh, je crois qu'il y a très peu de choses qui vous dépassent. Mais vous avez en partie raison. On partage la mise ?

Le sourire de l'homme s'estompa. Quand il reprit la parole, son ton était dur, tranchant.

— Dans ce cas, laissez-moi préciser.

Pour Maxim Ivanov, la seule chose qui comptait plus que d'avoir raison, c'était de ne pas avoir tort. Et il ne supportait surtout pas d'entendre dire qu'il avait tort. En particulier de la bouche d'une femme d'âge mûr ébouriffée et mal fagotée. Qu'il considérait comme une néophyte dans un jeu que lui-même maîtrisait à la perfection.

Chaque rencontre avec un représentant d'un autre État était pour lui une guerre qu'il devait gagner. Pas de match nul possible.

— Oui ? fit Ellen en inclinant la tête, comme si elle le trouvait amusant.

— Vous avez découvert que les scientifiques tués dans ces explosions ne sont pas ceux que Bashir Shah a chargés de travailler sur les bombes nucléaires qu'il vend à ses clients. Vous êtes venue me demander de vous aider à déterminer où sont ces bombes.

— Vous êtes bien renseigné, monsieur le président. Et une fois de plus, vous avez en partie raison. Je suis effectivement là pour une bombe, mais pas une bombe nucléaire. De ce côté, nous avons les choses bien en main. C'est une visite de courtoisie. Je suis venue vous aider à désamorcer une situation explosive plus près de chez vous.

Ivanov se pencha vers l'avant.

— Ici ? Au Kremlin ?

Il regarda autour de lui.

— Oui, en quelque sorte. Comme vous le savez, mon fils travaille pour l'agence Reuters. Il m'a envoyé un article qu'il s'apprête à publier et j'ai pensé, en signe de respect, vous l'apporter. En personne.

— Moi ? Pourquoi moi ?

— Parce que vous êtes concerné, Maxim.

Ivanov se cala dans son fauteuil et sourit.

— Encore à propos de mes présumés liens avec la mafia russe ? Une telle organisation n'existe pas. Dans le cas contraire, je l'éliminerais immédiatement. Je ne tolérerais jamais qu'on sape l'autorité de la fédération de Russie ou qu'on porte préjudice à ses citoyens.

— C'est très noble de votre part. Je suis sûre que les Tchétchènes seront heureux de l'entendre. Mais non. Rien à voir avec la mafia.

Betsy restait parfaitement immobile, le visage impassible, même si elle n'était au courant de rien. Pendant le vol, Ellen avait passé un moment devant son ordinateur, mais sans communiquer avec Gil. À quoi s'était-elle donc occupée ?

Comme Ivanov, Betsy était curieuse de voir où Ellen voulait en venir. Mais à en juger par le visage de l'homme et par son corps tendu, il était légèrement plus curieux qu'elle.

— Alors…, fit-il.

— Alors…

Ellen fit signe à Steve, qui lui apporta son téléphone. Après quelques clics et balayages, elle retourna l'appareil.

À défaut de l'écran, Betsy voyait le visage d'Ivanov. Soudain, il vira au rouge, puis au violet.

Ses yeux gris se plissèrent au-dessus de ses lèvres pincées. Il émanait de lui une fureur pour Betsy inédite. La sensation était celle d'une brique qu'elle aurait reçue en plein visage. Soudain, elle eut peur.

Ils étaient au plus profond de la Russie. Du Kremlin. Les membres de la Sécurité diplomatique d'Ellen avaient été désarmés. Serait-il si difficile de les faire disparaître ? D'annoncer que la secrétaire d'État et son entourage étaient morts dans l'écrasement d'un avion qui effectuait un vol intérieur ?

Elle se tourna vers Ellen, dont le visage était indéchiffrable. Mais, sur sa tempe, un infime frisson la trahissait. La secrétaire d'État américaine avait peur, elle aussi.

Elle ne reculerait pas pour autant.

— C'est quoi, cette merde ? hurla Ivanov.

— Quoi donc ? demanda Ellen.

Le ton de la secrétaire d'État ne dénotait plus le moindre amusement. Il était empreint d'une froideur, d'une dureté que Betsy ne connaissait pas à son amie.

— Ce n'est pas la première fois que vous voyez ce genre de photos, n'est-ce pas, Maxim ? Vous vous en êtes vous-même servi. Un petit balayage vers la droite et vous verrez une vidéo. Quoique, à votre place, je m'en abstiendrais. C'est assez horrible. Elle est beaucoup moins flatteuse que celle qui vous montre à cheval, torse nu. D'ailleurs, selon Gil, le cheval figure dans une autre vidéo.

Betsy était de plus en plus curieuse.

Ivanov foudroyait Ellen du regard, incapable de parler. Plus vraisemblablement, les mots se massaient dans sa gorge, où ils créaient un embouteillage.

Ellen voulut récupérer l'appareil, mais Ivanov tendit la main et le lança violemment contre le mur.

— Allons, allons, Maxim. Pas de crise de nerfs. Ça ne vous avancera à rien.

— Espèce de grosse salope stupide !

— Salope, à la rigueur, mais stupide ? Je m'inspire de vos méthodes. Combien de personnes avez-vous fait chanter ? Combien de personnes avez-vous détruites au moyen d'images de pédophilie truquées ? Quand vous vous serez calmé, nous pourrons parler entre adultes.

Betsy remarqua avec soulagement que Steve et les autres agents de la Sécurité diplomatique s'étaient rapprochés. Kowalski tendit son téléphone à Ellen. Il fonctionnait toujours.

— Vous avez de la chance, dit-elle en laissant l'appareil en équilibre sur son genou, comme pour narguer Ivanov. Si vous l'aviez cassé et que j'étais incapable de joindre mon fils, il aurait publié l'article. Vous avez cinq minutes pour désamorcer cette bombe.

Elle désigna le téléphone.

— Sinon, elle explose.

— Vous ne feriez pas ça.

— Non ? Pourquoi ?

— Vous détruiriez tout espoir de paix entre nos pays.

— Ah bon ? On parle bien du genre de paix qui débute par une, non, deux, non, trois bombes nucléaires ?

Il voulut répondre, mais elle lui intima le silence d'un geste.

— Assez tergiversé, dit-elle. Le temps est compté.

Elle se pencha vers lui.

— Vous êtes non seulement le patron de la mafia russe, mais aussi son créateur. Vous êtes le père de ce monstre obscène qui vous obéit au doigt et à l'œil. La mafia russe a accès à de l'uranium russe. Comment ? Par votre entremise. Dans ce cas précis, on a affaire à de l'uranium 235 provenant d'une mine de l'Oural du Sud. Fissile. On a retrouvé sa signature dans l'usine pakistanaise que les Forces spéciales des États-Unis ont attaquée hier soir. La mafia russe a vendu l'uranium à Bashir Shah, qui a chargé des physiciens nucléaires de le transformer en bombes sales. Shah a vendu ces bombes à Al-Qaïda. Qui les a introduites aux États-Unis. Avec votre bénédiction. Je dois savoir où est Shah et où sont cachées les bombes.

— De l'invention pure et simple.

Elle saisit le téléphone et composa un message. Son doigt resta en suspens au-dessus de la touche "Envoyer". La détermination d'Ellen ne laissait aucun doute. Le dégoût que lui inspirait le personnage en face d'elle non plus.

— Allez-y, dit Ivanov. Personne ne va croire une histoire pareille.

— Quand vous avez trafiqué des photos similaires pour discréditer vos opposants, on y a cru, non ? C'est votre tactique préférée. La bombe à neutrons de l'assassinat politique. Des accusations de pédophilie avec photos à l'appui. Effet garanti.

— On me respecte trop, dit Ivanov, qui avait malgré tout serré les genoux. Personne n'y croira. Personne n'osera y croire.

— Ah, nous y voilà. La peur. Vous avez imposé un régime de peur. Mais la peur ne garantit pas la loyauté. Elle crée plutôt des ennemis en puissance. Et voici, dit Ellen en brandissant le téléphone, le détonateur, l'amorce de la révolution. La pédophilie… Croyez-moi, Maxim. Elles ne s'oublient pas facilement, ces images. Mais vous avez probablement raison. Laissons faire et voyons ce qui arrive.

Sans lui laisser le temps de réagir, elle appuya sur la touche "Envoyer".

— Stop ! hurla-t-il.

— Trop tard. C'est parti. Gil va recevoir le message. Dans trente secondes, il va publier l'article. Dans une minute, le texte sera reproduit par les fils de presse de Reuters dans le monde entier. Dans trois, les autres agences reprendront l'histoire. Trente secondes encore et les réseaux sociaux s'en empareront. Vous serez le sujet de l'heure. D'ici quatre minutes, votre carrière et votre vie, telles que vous les connaissez, seront terminées. Même ceux qui affirmeront ne pas croire un mot de ce qu'on raconte éloigneront leurs enfants de vous et enfermeront leurs animaux à clé.

Ivanov posa sur elle un regard empreint d'une haine sans fard.

— Je vais vous poursuivre.

— Bien sûr. Je ferais pareil. Hélas, les torts seront irréparables. Mais vous savez, monsieur le président, tout n'est peut-être pas perdu. Il me reste peut-être encore quelques secondes pour joindre Gil et lui dire de tout arrêter.

— Je ne sais pas où sont les bombes.

Ellen se leva. Betsy l'imita en serrant les poings pour empêcher ses mains de trembler. Tant qu'elles ne seraient pas à bord de l'avion, Ellen et elle seraient à la merci de cet homme. Et la Russie d'Ivanov était sans merci.

— C'est la vérité ! cria-t-il. Arrêtez tout.

— Pourquoi ? Vous ne m'avez rien donné. D'ailleurs, je ne vous aime pas. J'assisterai à votre chute avec plaisir.

Elle se dirigea vers la porte.

— Et les perspectives de paix seront bien meilleures lorsque vous cultiverez des roses dans le jardin de votre datcha.

— Je sais où est Shah.

Elle s'arrêta. Resta parfaitement immobile. Puis se retourna.

— Dites-moi. Tout de suite.

Ivanov hésita.

— Islamabad, dit-il. Il était là, sous votre nez.

— Une fois de plus, vous vous trompez. Il était là, mais il est parti. En laissant derrière lui le cadavre du secrétaire militaire. Relié à une bombe prête à exploser. Vous étiez au courant ? Vous avez dû mettre du temps à faire du général votre marionnette. Tout est à recommencer. Mais je doute que le Premier ministre Awan soit aussi enclin qu'avant à fermer les yeux. Tout ça grâce à Shah. Plutôt instable, comme allié, non ?

Elle le regarda d'un air mauvais.

— Où est-il ? fit-elle en élevant la voix. Dites-moi.

— Aux États-Unis.

— Où ?

— En Floride.

— Où ?

— À Palm Beach.

— Vous mentez. Sa villa est sous surveillance. Personne n'y est entré.

— Il n'est pas là, dit Ivanov.

Il souriait à présent.

— *Tic-tac*, monsieur le président. Où, à Palm Beach ?

Déjà, cependant, Ellen et Betsy connaissaient la réponse. Quand même, entendre les mots sortir des lèvres pincées du président russe leur causa un choc.

# 41

— Je refuse d'y croire, dit le président Williams. Tout ce que nous avons, c'est la parole d'un tyran. Eric Dunn est un crétin arrogant, un idiot qui sert bien les intérêts de l'extrême droite, sans parler de ceux d'Ivanov et de Shah, mais il ne protégerait pas sciemment un terroriste. Ivanov ment. Il s'est payé votre tête.

Exaspérée, Ellen exhala et se tourna vers Betsy. Elles rentraient à bord d'Air Force 3.

— Il n'a pas tort, dit Betsy. Tu as vu l'expression d'Ivanov. Il t'aurait écorchée vive. Rien ne prouve qu'il disait la vérité, malgré ton chantage et les photos. À cause d'eux, en fait. À ce stade, il serait prêt à tout pour te détruire.

Une main sur le micro, Ellen entendait encore la voix métallique du président des États-Unis, qu'on aurait dit emprisonné dans l'appareil.

— Quel chantage ? Quelles photos ?

Relevant la main, Ellen expliqua.

— Merde ! Vous avez fait quoi ? L'enfant…

— … a été généré par ordinateur. Il n'existe pas, dit Ellen.

— Dieu merci. Mais vous avez trafiqué des photos et fait chanter un chef d'État ? s'écria Williams.

— C'est la tête d'une organisation criminelle qui a contribué à faire entrer des bombes nucléaires aux États-Unis. Alors oui. Et au besoin, j'irai plus loin. Vous vous attendiez à quoi ? À ce que je le torture ? Une simulation de noyade, peut-être ? Vous avez raison : il a pu mentir en disant que Shah est chez Dunn. Il y a un seul moyen d'en avoir le cœur net.

— Vous ne me suggérez pas d'envoyer quelqu'un sonner chez lui, je présume.

— Non. Je vous suggère de charger des commandos d'envahir la résidence d'un ex-président et d'enlever un de ses invités.

— Seigneur Jésus, soupira Williams. Écoutez-moi bien, Ellen. Ivanov est rusé. Si c'est une tentative de coup d'État, nous risquons de faire son jeu. Même si nous trouvons Shah et les bombes, et que nous réussissons à les désamorcer, nous serons renversés. Pour avoir violé la loi, mais aussi pour avoir attaqué un rival politique. Attaqué au sens propre, avec des armes et le reste. Mon Dieu ! Si j'autorise un raid du domaine, Eric Dunn risque même d'être blessé. Et ensuite ?

Il y eut un long silence. Puis le président Williams demanda :

— Vous pensez que Dunn est un agent de la Russie ?

Ellen prit une profonde inspiration.

— Peut-être pas intentionnellement. Mais à son insu ? C'est possible. De toute façon, ça revient au même. Si Dunn reprend le pouvoir, il sera un fantoche. En pratique, les États-Unis deviendront un satellite de la Russie. Maxim Ivanov sera aux commandes. Un de ses fidèles deviendra Premier ministre du Pakistan, et il veillera à ce que le prochain grand ayatollah de l'Iran soit un partisan de la Russie. Ivanov sera alors le dirigeant omnipotent qu'il prétend être.

— Merde ! s'écria Betsy.

— À qui le dites-vous, fit Williams. Notre seul espoir, je pense, c'est de demander à Dunn si Shah est chez lui et, le cas échéant, de le supplier de nous le céder. S'il accepte, pas de problème. Sinon, on pourra au moins dire qu'on a essayé.

— Excusez-moi, monsieur le président, mais auriez-vous perdu la tête ? Avez-vous oublié à qui on a affaire ? Avec n'importe quel autre ex-président, ce serait peut-être envisageable, mais aucun autre ex-président ne recevrait Bashir Shah chez lui. Nous ne pouvons pas courir ce risque. Prévenir Dunn, c'est alerter Shah. Notre seul espoir, c'est l'effet de surprise.

— Hier soir, dans le district de Bajaur, il ne nous a pas bien servi.

— Vous avez raison.

C'était tragique, mais aussi préoccupant. Pour dire le moins. Les insurgés semblaient attendre les Rangers de pied ferme.

“Maison-Blanche”, avait dit Farhad. *HLI*, avait écrit Pete Hamilton, qui se doutait sûrement du sort qui l'attendait.

Ils avaient l'un et l'autre tenté de communiquer la même idée. *Traître.*

Quelqu'un avait informé Shah des raids à venir, et Shah avait alerté les talibans. Qui avaient tué les Rangers.

Cette personne était sans doute au courant pour les bombes. C'était sans doute elle qui en avait introduit une dans la Maison-Blanche. Ils devaient découvrir de qui il s'agissait. Ellen décida de courir un risque.

— Il y a une chose que je ne vous ai pas dite, monsieur le président.

— Vous n'avez tout de même pas enlevé Ivanov ?

— Non, quoique…

— Qu'est-ce que c'est ?

— Avant d'être tué, Pete Hamilton a envoyé à Betsy un message. Trois lettres. *HLI.*

Elle attendit. Silence.

— Ça me rappelle vaguement quelque chose, dit Williams. HLI. Mais je ne vois pas. Qu'est-ce que ça signifie ?

— *High level informant.* Source de haut rang.

— Ahhh, fit-il en riant. C'est donc ça. Il y a quelques années, c'était une plaisanterie qui circulait au Congrès. Un journaliste qui posait des questions. À propos d'une conspiration ourdie par l'extrême droite.

À l'entendre, on aurait dit que c'était une idée ridicule.

— Ouais. Très drôle.

Nouveau silence.

— Aujourd'hui, ce n'est plus très amusant, admit-il.

— Vous croyez ? Pete Hamilton est mort parce qu'il avait découvert le pot aux roses. Son dernier geste a été d'envoyer ce message. Soit dit en passant, je ne pense pas qu'il s'agisse d'une simple conspiration fomentée par l'extrême droite. C'est beaucoup plus vaste.

— Vous croyez à l'existence d'une source de haut rang ?

— Oui.

— Pourquoi ne m'avoir rien dit avant ? demanda-t-il.

— Je ne pouvais pas risquer de mettre la puce à l'oreille de cette personne. Qui compte parmi vos proches.

— Vous voulez parler de ma cheffe de cabinet ?

— Oui. Peu de gens occupent un rang plus élevé que Barb Stenhauser. Et n'oublions pas son adjointe qui, selon nos recherches, est la jeune femme qu'on a vue au bar avec Hamilton. Elle a disparu. Avouez que c'est étrange.

— Ce que je dois admettre, c'est que toute personne assez futée et assez patiente pour mettre au point un stratagème pareil aurait prévu des boucs émissaires. Vous ne pensez pas ?

Ellen garda le silence.

— Et vous ne trouvez pas que ma cheffe de cabinet est une cible facile ? Trop facile, peut-être ?

— Possible. La seule façon d'en avoir le cœur net, c'est de remonter jusqu'au site appelé HLI, dit Ellen. Obtenir le nom de cette personne. Et pour y arriver, on doit contacter Alex Huang.

— Qui ?

— Le correspondant qui posait des questions.

— Comment le savez-vous ?

— C'était mon correspondant. Il a démissionné sans aller jusqu'au bout de cette affaire. À l'époque, il a dit que HLI n'était rien du tout, en fin de compte. Une machination fabriquée de toutes pièces par des conspirationnistes. Ils pouvaient inventer les complots les plus farfelus et les attribuer à ce mystérieux HLI.

— Ça se tient.

— Et je n'y ai plus pensé jusqu'à ce que Pete Hamilton meure en nous transmettant cette information. L'informateur iranien est mort en prononçant les mots "Maison-Blanche". On ne peut pas en faire abstraction.

— Où est-il ? demanda Williams. Ce journaliste ?

— Betsy l'a trouvé. Il a changé de nom et se cache dans un village du Québec appelé Three Pines. Mais il refuse de parler. Je veux envoyer là-bas quelqu'un qui soit capable de le convaincre. Quelqu'un en qui il ait confiance. Puisque nous avons trouvé Huang, Shah ne tardera pas à le faire.

— Et s'il refuse de nous dire ce qu'il sait ? demanda Williams.

On l'enlève, lui aussi ? Pourquoi pas ? Qu'est-ce qui nous empêche d'envahir un autre pays souverain, un autre allié ? Je suis sûr que le Canada serait d'accord.

Se sentant déraper, Williams se ressaisit. Pour sortir vivant de cette journée, trouver les bombes et les désamorcer, il devait garder la tête froide.

— Bon, fit-il. Shah est notre cible principale, notre priorité. Si nous le capturons, le reste devient inutile. Mais pour parvenir jusqu'à lui, je dois autoriser une opération clandestine. En plein jour. Contre des ressortissants américains. Dont un ancien président des États-Unis. Au cas où il y aurait le moindre doute, c'est illégal.

— Ouais, dit Betsy. Mais poser des bombes nucléaires aussi, probablement.

— Vous et moi avons relativement peu de chances de survivre physiquement à cette journée, Doug, dit Ellen. Politiquement… N'en parlons même pas. Faire de la prison devrait être le cadet de nos soucis. Si Shah sait où sont les bombes et qu'il nous reste, fit Ellen en consultant l'horloge sur son bureau d'Air Force 3 – une horloge atomique, ironiquement –, dix heures pour les trouver et les désamorcer, je suis pour qu'on contrevienne à toutes les lois qu'il faudra. Et, au besoin, nous en paierons le prix.

— La note risque d'être salée, Ellen.

Le président semblait moins fatigué que vidé. Et résigné.

— Je mets tout en branle. Mais vous avez intérêt à ce que ça marche. Vous avez intérêt à ce que Shah soit là.

Air Force 3 s'approchait de la base aérienne d'Andrews, tandis qu'Eric Dunn s'approchait du premier tertre de départ. Et que des commandos s'approchaient de sa villa.

Le départ du président Dunn avait été devancé, avait expliqué le secrétaire du club à l'adjointe contrariée de Dunn, en raison d'une panne informatique.

L'ayant vu quitter l'enceinte, les commandos des opérations spéciales prirent position.

Ils apercevaient les gardiens de sécurité, des miliciens privés munis de fusils d'assaut et lestés de tant de bandes de munitions que, en plus de produire un bruit de ferraille en marchant, ils avaient peine à tenir debout.

Par comparaison, les membres de la force Delta misaient sur la clandestinité et la vitesse. Ils avaient des couteaux, des pistolets, des cordes et du ruban adhésif. Rien de plus.

Tout commando qui se respecte sait que le succès d'une mission dépend davantage des ressources humaines que du matériel. L'entraînement et le caractère du soldat comptent bien plus que les armes à sa disposition.

Les membres de la milice d'extrême droite, eux, valorisaient les Uzi plus que la stabilité mentale.

Les agents du Service secret qui auraient normalement dû assurer la protection de l'ex-président avaient été marginalisés au profit de la force privée retenue par Dunn. Et ce matin-là, ayant reçu une consigne discrète du QG, ils s'étaient retranchés encore plus loin que d'habitude.

Après avoir observé les miliciens privés, le chef de l'opération clandestine ne mit qu'une minute à établir son plan d'attaque.

À son signal, ses soldats escaladèrent le mur et, tels des chats, se laissèrent tomber de l'autre côté. Puis ils foncèrent sans bruit vers la villa. Des balayages avaient permis de déterminer où se trouvaient ses occupants. S'ils avaient une bonne idée duquel des invités était Shah, ils ne pouvaient être certains de rien.

Les ordres étaient clairs. Pas de victimes. Pas de blessés. Il fallait capturer le type et sortir, ni vu ni connu.

C'était une tâche quasi impossible, mais toutes les missions confiées à ces troupes d'élite l'étaient.

Tandis qu'un groupe fouillait l'étage, un autre s'occupa du rez-de-chaussée et un troisième, du sous-sol. Pendant ce temps, deux agents s'avancèrent sans bruit dans le jardin, où un homme était assis sur le patio.

— Négatif, rapporta le soldat en reculant silencieusement.

Il passa ensuite à l'objectif secondaire.

— Négatif.

— Négatif.

— Négatif.

Un après l'autre, ils rendaient des comptes, tandis que le président Williams à la Maison-Blanche d'une part, Ellen et Betsy à bord d'Air Force 3 de l'autre, regardaient les images fournies par les caméras corporelles. Respirant à peine. Si Shah n'était pas là…

— Négatif, signala le dernier commando.

— Il n'est pas ici, annonça le second de la mission.

Il y eut un silence.

— Il y a des gens dans la cuisine, dit le commandant.

— Des membres du personnel, répondit un soldat. Un cuisinier, un plongeur et un serveur. Confirmé.

— Mes balayages indiquent la présence de quatre personnes. L'une d'elles devait être dans la chambre froide.

La pièce était revêtue de métal, et une personne se trouvant à l'intérieur n'apparaîtrait pas sur les images.

— Vérifiez de nouveau.

Deux commandos coururent sans bruit jusqu'à l'escalier du fond, puis descendirent au sous-sol. Ils se glissèrent dans une pièce de côté juste à temps pour éviter une aide qui remontait avec son déjeuner.

Près de la cuisine, ils reconnurent le parfum inimitable de la coriandre et du pain frit. Et entendirent une voix qui s'exprimait doucement en anglais avec un léger accent.

— C'est ce qu'on appelle un *paratha*, dit l'homme en déposant un triangle de pain dans la poêle en fonte. Lorsque c'est presque prêt, on ajoute les œufs.

La force Delta entra dans la cuisine. Le cuisinier venait à peine de noter la présence des intrus et l'homme de se retourner lorsqu'on lui mit un ruban gommé sur la bouche et un sac sur la tête.

— On le tient.

Un des commandos le prit sur son épaule ; les deux soldats firent demi-tour et détalèrent. Quelques secondes après leur arrivée, ils avaient disparu, si vite que ni le cuisinier ni le plongeur n'avaient eu le temps de réagir.

Ils montèrent les marches au pas de course, tandis que le captif battait des pieds, gigotait et gémissait. Le soutien technique guidait les commandos, leur disait où il y avait des gens.

Ils entrèrent dans une pièce, laissèrent passer des membres du personnel et des gardiens de sécurité qui, alertés par des cris, convergeaient vers la cuisine.

L'intervention n'avait duré que quelques minutes.

Douze minutes plus tard, un hélicoptère civil décolla d'un aéroport privé et mit le cap sur le nord.

Air Force 3 s'était posé, mais Ellen et Betsy restèrent à bord pour assister à l'opération.

— Mon Dieu, faites que ce soit bien Shah, et non un pauvre cuisinier, dit Ellen en voyant l'hélicoptère décoller.

— Retirez sa cagoule, ordonna le président.

Le commandant de la force Delta obéit.

Apparut alors le visage du serveur d'Islamabad.

Apparut alors le visage d'un physicien nucléaire notoire.

Apparut alors le plus dangereux trafiquant d'armes du monde.

Bashir Shah.

— C'est lui, soupira Ellen. Nous avons capturé l'Azhi Dahaka.

Au bout du fil, Doug Williams riait, son soulagement confinant à l'hystérie. Puis il se tut brusquement.

— Azhi qui ? Ce n'est pas Shah ?

— Si, si. Excusez-moi. C'est bien Shah. Félicitations, monsieur le président. Vous avez réussi.

— Nous avons réussi. Ils ont réussi, dit le président dans les écouteurs du commandant de l'opération. Mes félicitations. J'espère pouvoir vous parler un jour de l'importance de votre exploit.

— Je vous en prie, monsieur le président.

En entendant ces mots, Shah écarquilla les yeux. Le ruban gommé l'empêchait d'ouvrir la bouche, mais son regard était éloquent. Il était relativement sûr de savoir où on l'emmenait.

Et ce qui l'y attendait, hormis le président des États-Unis.

Doug Williams pencha la tête et porta la main à son visage, où il découvrit une repousse rugueuse.

Avant d'aller prendre une douche et de se raser dans sa salle de bains privée, il chercha "Azhi Dahaka". Il eut un peu de mal à cause de l'orthographe du nom, mais il finit par trouver.

Un dragon à trois têtes semant la destruction et la terreur, né de mensonges et créé pour dévaster le monde. Un serpent tyrannique qui profite du chaos pour se manifester.

Bashir Shah, en somme.

En s'aspergeant le visage d'eau et en se regardant dans la glace, Doug Williams se demanda à qui appartenaient les deux autres têtes.

Ivanov, certes. Mais la troisième ? Qui était la source de haut rang ?

C'est seulement sous la douche, avec l'eau qui éclaboussait ses cheveux, son visage et son corps tout entier, au moment où il se sentit redevenir humain, qu'il découvrit une piste.

Ce qu'Ellen avait dit à propos du journaliste. Celui qui, comme tant d'autres avant lui, était parti au Canada dans l'espoir d'y trouver la sécurité. Elle avait évoqué un village du Québec. Le président avait l'impression que c'était la deuxième fois qu'on lui en parlait en peu de temps.

Alors qu'il s'essuyait, il se souvint. Des instants horribles pendant lesquels on avait attendu la déflagration.

Le général avait parlé de son chien. Pine.

Pin. Trois pins. Three Pines.

Sortant en vitesse de la salle de bains, une serviette nouée autour de la taille, Doug Williams téléphona au chef d'État-Major des armées, écouta, puis appela sa secrétaire d'État, qui fonçait chez elle prendre une douche rapide et se changer avant de se rendre à la Maison-Blanche.

— Vous avez envoyé quelqu'un au Québec parler à ce journaliste ? demanda-t-il.

— Pas encore. Nous cherchons une personne en qui il aurait confiance.

— Laissez tomber. Je crois avoir trouvé.

Il était neuf heures. S'ils avaient raison, les bombes exploseraient à seize heures.

Sept heures. Il leur restait sept heures.

Ils avaient Shah. Et ils étaient peut-être en voie de découvrir la troisième tête de l'Azhi Dahaka.

— Comment va Pine ?

— Très bien, dit le général au téléphone. Mais ses oreilles sont un peu grandes.

— Ah bon ?

Armand Gamache baissa les yeux sur Henri, son berger allemand aux oreilles si grandes qu'elles le feraient trébucher si elles pendaient. Dans les faits, elles étaient toujours dressées. Le chien affichait en permanence un air étonné.

— J'entends des roulements de tonnerre du côté de Washington. Tout se passe bien, là-bas ?

— *Hm*, c'est justement la raison de mon appel. Vous connaissez un certain Alex Huang ?

— Bien sûr. Mais pas personnellement. Je lisais ses articles sur la Maison-Blanche. Il a pris sa retraite, non ?

— Il a démissionné. Il vit à Three Pines.

— Je ne crois pas. Il n'y a personne de ce nom, ici.

— Non, mais vous avez un Al Chen. Américain. Arrivé il y a deux, trois ans ?

— Deux ans, oui.

La voix de Gamache trahissait une certaine méfiance.

— Vous voulez dire que ce serait lui, Huang ? Pourquoi aurait-il changé de nom ?

— C'est la raison de mon appel. J'ai un service à vous demander.

Ellen entra sous la douche. Enfin.

Elle ferma les yeux et laissa l'eau chaude lui éclabousser le visage et cascader le long de son corps épuisé. Elle se sentait meurtrie, même si elle n'avait pas subi de lésions. Ses blessures n'étaient pas visibles. Elle savait toutefois qu'elle ne se remettrait jamais de la stupeur, de la douleur et de la terreur des derniers jours.

Les plaies étaient internes. Éternelles.

Mais ce n'était pas le moment d'y penser. On n'avait pas atteint le fil d'arrivée. Restait le sprint final.

Betsy et elle s'étaient arrêtées prendre une douche et enfiler des vêtements propres. Un arrêt au stand pour elle. Pour Betsy ?

En sortant de la douche, Ellen sentit l'odeur du café et du bacon fumé à l'érable.

— Tu prépares à déjeuner ? fit-elle en entrant dans la cuisine claire et gaie. Le monde est sur le point d'être vaporisé et tu fais frire du bacon ?

— Et je réchauffe les brioches à la cannelle que tu aimes tant.

Effectivement, Ellen détectait aussi leur parfum.

— C'est de la torture ? Je ne peux pas rester. Je dois filer à la Maison-Blanche.

— J'ai tout emballé. On mangera dans la voiture.

— Betsy…

Sa conseillère lui coupa la parole en brandissant une spatule.

— Non, il n'en est pas question, fit-elle en dévisageant son amie.

— Tu ne m'accompagnes pas.

— Mon cul. On est amies depuis la maternelle. Tu m'as sauvé la vie je ne sais plus combien de fois, tu m'as soutenue affectivement, financièrement. À la mort de Patrick…

Betsy prit une grande inspiration, haleta, vacilla au bord de cette blessure sans fond.

— Tu es ma meilleure amie. Je ne vais pas rester derrière.

— J'ai besoin de toi ici. Pour Katherine. Pour Gil. Pour les chiens.

— Tu n'as pas de chiens.

— Non, mais tu vas en adopter, non ? Si…

Les yeux de Betsy commençaient à piquer. Son souffle devint heurté.

— Tu. Ne. Vas. Pas. Me. Laisser. Derrière.

— J'ai besoin de toi, dit Ellen.

"S'il te plaît, se dit-elle d'un ton implorant. Dis-le. Prononce les derniers mots. « À mes côtés. J'ai besoin de toi à mes côtés. »"

— Viens là. Promets-moi de faire ce que je te demande. S'il te plaît. Pour une fois dans ta vie. Je vais t'appeler en vidéo. Mais si tu n'es pas ici, je te jure que je vais raccrocher.

— Je serai là.
— Je vais laisser un numéro près du téléphone du couloir. Appelle-moi au besoin.
Betsy hocha la tête.
Ellen la serra fort dans ses bras.
— Le passé, le présent et le futur entrent dans un bar…
Betsy rendit son câlin à son amie et voulut parler, mais rien ne sortit de sa bouche. Ellen recula, embrassa Betsy sur la joue, se retourna et s'éloigna.
En fonçant vers la porte et le véhicule qui l'attendait, Ellen passa devant les photos encadrées des enfants, des anniversaires, de Thanksgiving et de Noël. De son mariage avec Quinn.
De Betsy et d'elle enfants. Betsy crottée et morveuse, Ellen impeccable. Les deux moitiés d'un tout splendide.
Ellen Adams sortit de chez elle et monta dans le SUV qui l'emmènerait à la Maison-Blanche. Où l'attendaient le président et un engin nucléaire.
— … à titre indicatif, répondit enfin Betsy en regardant le véhicule s'éloigner.
Puis lentement, très lentement, elle se laissa tomber à genoux. Le parfum d'Ellen l'enveloppait doucement, subtilement. Pour la protéger. *Aromatics Elixir.*
Elle se plia, se fit toute petite. Ferma les yeux. Se balança.
Betsy Jameson n'avait pas seulement peur ; elle était dans un état de terreur.

L'inspecteur-chef Gamache, qui dirigeait la section des homicides de la Sûreté du Québec, entra dans la librairie.
— Toujours pas arrivé, dit Myrna.
— Quoi donc ?
— L'exemplaire de *La toile de Charlotte* que vous avez commandé pour votre petite-fille. Vous avez l'air distrait.
— Un peu. Al est là ?
— Il pellette chez Ruth.
— Pour l'enfermer ou la laisser sortir ?
Myrna rit.
— La laisser sortir. Une fois n'est pas coutume.

— Merci, dit Armand.

Par cette journée d'hiver claire et cristalline, il se dirigea vers la petite maison de Ruth Zardo, tout près du parc du village. Il vit des nuages de neige s'élever au-dessus des hautes bordures, vit la lame étincelante d'une pelle.

— Al ?

Un homme de près de cinquante ans, le visage rougi par l'effort et le froid, s'interrompit et s'appuya sur le manche de sa pelle.

— Qu'est-ce que je peux faire pour vous, Armand ?

— Un mot ?

Al considéra son voisin. Le visage d'Armand lui permit de deviner l'objet de sa démarche. Quelques heures plus tôt, une certaine Betsy lui avait téléphoné du département d'État. Il avait refusé de lui parler. Il avait une vie nouvelle, avait-il expliqué. Une bonne vie. Une vie paisible.

Enfin.

Tout de même pas entièrement paisible. Une ombre planait sur elle, chaque jour et chaque nuit. Al Chen avait toujours su que ce moment viendrait, celui où l'ombre ferait place à la créature elle-même.

Chen poussa un long soupir, son souffle prenant la forme d'une colonne de vapeur.

— D'accord, dit-il en enfonçant la pelle dans la neige. Parlons.

Les deux hommes se dirigèrent vers le bistro, leurs bottes crissant sur la neige tassée. Ils plissaient les yeux pour les protéger des rayons du soleil réfléchis par les amoncellements profonds.

Devant, Gamache vit le bistro. Et Chen, la fin de sa vie de quiétude.

À l'intérieur, ils s'assirent au coin du feu et commandèrent des cafés au lait.

— Merci, dit Gamache lorsque les boissons furent servies.

Puis il se tourna vers Al et l'étudia un instant avant de s'adresser à lui d'une voix à peine audible.

— Je sais qui vous êtes et pourquoi vous êtes venu ici. Vous vous cachez, n'est-ce pas ?

Comme Al ne disait rien, Armand poursuivit.

— Et je sais pourquoi vous restez, dit-il en jetant un coup d'œil à la porte qui reliait la librairie au bistro.

Se penchant vers Chen, il parla encore plus bas.

— Mais s'il vous trouve ici, il fera descendre les feux de l'enfer. Sur vous, mais aussi sur Myrna et sur qui bon lui semblera.

— Je ne sais pas de qui vous voulez parler, Armand. Qui est ce "il" ?

— La personne de qui vous vous cachez. Vous voulez m'obliger à le dire ? Nous vous avons trouvé. S'il le veut, il vous trouvera aussi. Je ne sais pas combien de temps il nous reste. Pas beaucoup, à mon avis.

— Je ne peux pas y retourner, Armand. J'ai failli y laisser ma peau.

Les mains d'Al tremblaient, et Armand se souvint de l'homme qui était arrivé deux ans plus tôt.

Il tressaillait au moindre bruit. Il était incapable d'entrer dans une pièce bondée. Il frémissait chaque fois qu'on le regardait et plus encore lorsqu'on lui adressait la parole. On avait eu toutes les peines du monde à le faire sortir de sa chambre du gîte d'Olivier et de Gabri. C'est Myrna qui y était arrivée grâce à sa voix chaude et mélodieuse. Et à ses gâteaux au chocolat.

Le soupçonnant d'aimer les livres, elle l'avait invité dans sa boutique, un soir d'été, après la fermeture. Par la suite, tous les trois jours, elle lui ouvrait la porte et le laissait bouquiner en privé. Il achetait toutes sortes de livres, parfois neufs, le plus souvent d'occasion.

Puis, à force de cajoleries, elle l'avait persuadé de s'asseoir sur le patio, à l'arrière, où il sirotait une bière en regardant couler la rivière Bella Bella. Ils parlaient. Ou restaient silencieux.

Puis elle l'avait convaincu de s'asseoir à l'avant, d'où il pouvait observer la vie du village, paisible mais jamais immobile.

Petit à petit, Al Chen était sorti de sa coquille.

Et il était désormais un membre à part entière de la petite collectivité. À qui il cachait toutefois des choses.

— Myrna sait qui vous êtes vraiment ?

— Non. Elle sait seulement que j'ai un passé dont je ne veux pas parler.

— Je ne lui dirai rien. Mais vous devez retourner là-bas. Dire ce que vous savez de ce site Web. HLI.

Al secoua la tête.

— Non. Je ne peux pas.

— Écoutez, insista Gamache. Bashir Shah a été capturé. Il est en route vers Washington, en détention. Mais ils doivent savoir qui est la source de haut rang. Vous comprenez, non ?

— Ils ont capturé Shah ? Vraiment ? Ce ne sont pas des paroles en l'air ?

— Ils le tiennent. Mais vous êtes conscient du danger qu'il représente. De ce dont ils sont capables, ses complices et lui. Le président Williams doit savoir qui est la source de la Maison-Blanche.

On n'avait rien dit à Armand à propos des bombes, et c'était inutile. Il avait entendu parler des autobus qui avaient explosé en Europe, évidemment. Et des rumeurs concernant d'autres explosifs étaient parvenues jusqu'à ses oreilles. Des engins plus puissants. Cachés quelque part.

— Si vous ne pouvez pas retourner là-bas, dites-moi. Qui est la source de haut rang ? Qui est-ce ?

Au lieu de crier, Gamache avait encore baissé le ton. D'expérience, il savait que les gens tendent à dresser leurs défenses quand on crie. Mais quand on leur parle doucement, ils s'approchent parfois, à la manière d'un animal blessé et effrayé.

Al Chen secoua de nouveau la tête, mais cette fois, c'était différent. Gamache comprit qu'il ne refusait pas de parler. Il exprimait son désaccord.

— Ce n'est pas un "il".

— Elle ?

— Eux. Voilà ce que j'ai trouvé. HLI n'est pas une seule personne. En fait, c'est possible, puisqu'il faut bien qu'il y ait une tête dirigeante, mais j'ai compris qu'il s'agit d'un groupe, d'une organisation.

— Quel est son but ?

— Faire des États-Unis un pays conforme à l'image que ses membres en ont. D'après ce que j'ai déduit, l'organisation se compose de mécontents.

— De quoi ?

— Du gouvernement, de l'orientation prise par le pays. Des changements dans la culture. De l'érosion de ce qu'ils considèrent comme les vraies valeurs américaines. On ne parle pas d'honnêtes conservateurs qui ont la nostalgie du bon vieux temps et souhaitent revenir en arrière. Ce sont des extrémistes de la droite radicale. Des fascistes. Des suprémacistes blancs, des miliciens. Ils ont le sentiment que les États-Unis ne sont plus les États-Unis. Ils n'ont donc pas l'impression d'être déloyaux. Tout le contraire, en fait. Ils veulent redresser la barre.

— En coulant le navire ?

— En y faisant le ménage. À leurs yeux, c'est un devoir patriotique.

— Des militaires ?

Chen hocha la tête.

— Des hauts gradés. Respectés. Des membres du Congrès. Des sénateurs.

— Mon Dieu, murmura Gamache.

Il se cala dans son fauteuil en contemplant les flammes.

— Qui ? Il nous faut des noms.

— J'aimerais les connaître. Je vous les donnerais. Mais je ne sais pas.

— Des partisans de l'ancien président ?

— Seulement en surface. Ce sont des gens qui haïssent tous les gouvernements. Le sien y compris.

— Mais il y a parmi eux des représentants, des politiciens.

— Pour faire tomber un système énorme, mieux vaut le pourrir de l'intérieur.

Gamache hocha la tête.

— HLI est un site qu'on trouve dans le Web clandestin, n'est-ce pas ? Un site où ces gens échangent des informations.

— Il est… au-delà du Web clandestin.

Gamache haussa les sourcils.

— J'ignorais l'existence d'une telle chose.

— Le Web est comme l'univers. Il ne se termine jamais. Il est rempli de merveilles et de trous noirs. C'est là que j'ai trouvé HLI.

— Il me faut l'adresse.

— Je ne l'ai pas.

— Je ne vous crois pas.

Ils se dévisagèrent, et Gamache sentit la peur et la colère dans les yeux d'Al Chen. Et Chen nota l'irritation et l'impatience dans ceux de Gamache. Mais il perçut aussi autre chose.

Au fond des yeux de l'inspecteur-chef, il y avait de la compassion et de la compréhension. Cet homme connaissait la peur.

Al Chen prit une profonde inspiration, regarda vers la librairie où Myrna triait des livres récemment reçus, puis il prit Gamache au dépourvu.

Il déboutonna sa chemise.

Là, au-dessus de son cœur, du tissu cicatriciel.

— J'ai dit à Myrna que c'était une version abrégée de la citation préférée de ma mère.

— Elle vous a cru ?

— Je n'en suis pas sûr. Elle a accepté de me croire.

— Qu'est-ce que c'est ?

— L'adresse de HLI.

Gamache inclina la tête et examina la cicatrice, puis sonda les yeux de Chen.

— Je n'ai jamais rien vu de tel.

— Vous avez de la chance. Cette adresse va vous conduire au bord du trou noir, mais pas à l'intérieur. Pour ça, il faut un code d'accès.

— Qui est ?

Chen secoua la tête.

— Je ne l'ai jamais eu. Je ne suis pas allé plus loin. Ces gens se sont lancés à mes trousses. Et j'ai abouti ici.

Il regarda les fenêtres à meneaux, où le gel faisait comme des gravures, les trois pins qui dominaient le village et se tendaient vers le ciel.

— Nous avons besoin du code d'accès, dit Gamache. Vous savez qui l'a ?

— Tous les membres de HLI, manifestement. Et probablement Bashir Shah.

— Vous permettez ?

Gamache brandit son téléphone. Lorsque Chen hocha la tête, il prit une photo de la courte séquence de chiffres, de lettres et de symboles.

À première vue, rien à voir avec une adresse électronique. Avec un site normal. Dans ce monde-ci, à tout le moins.

— Qui vous a fait ça ?

— Moi. Un soir que j'étais ivre et défoncé.

— Pourquoi ?

— Je pense que vous savez, Armand.

Al reboutonna sa chemise et ils quittèrent ensemble le bistro. Malgré son lourd parka, Alex Huang sentit la morsure du froid. Rien ne pourrait le réchauffer. Le froid venait de l'intérieur. Mais peut-être renouerait-il à présent avec la sensation de chaleur, se sentirait-il à nouveau pleinement humain.

Avant de le quitter, Armand lui demanda :

— Votre mère avait vraiment une citation préférée ?

— Oui. *Noli timere.*

Armand tendit la main.

— *Noli timere.*

Huang recommença à déterrer la poète ingrate, et Armand rentra envoyer la photo à son ami. Le chef d'État-Major des armées. La photo d'une adresse et du dégoût de soi d'un homme. D'une adresse gravée dans sa chair à titre d'accusation, de rappel quotidien de sa lâcheté.

*"Noli timere"*, songea Armand en appuyant sur la touche "Envoyer". N'aie pas peur.

À partir de ce jour, Al Chen, alias Alex Huang, verrait peut-être ses cicatrices autrement. Comme un alléluia, une bénédiction. Il comprendrait peut-être qu'il avait inscrit ces lettres, ces chiffres et ces symboles horribles au-dessus de son cœur pour ne jamais les perdre. Et pour ensuite courir vers ce village, où il avait effectivement perdu son cœur.

Armand contempla la magnifique journée et murmura :

— N'aie pas peur. N'aie pas peur.

Il avait peur quand même.

## 42

La partie tirait à sa fin.

Toutes les personnes réunies dans cette pièce en étaient conscientes.

Il était quatorze heures cinquante-sept, heure de D.C. Elles avaient jusqu'à seize heures, soit une heure trois minutes, pour trouver les bombes et les désamorcer. On avait énormément avancé depuis le premier message codé qu'Anahita Dahir avait reçu à son poste au département d'État, une éternité plus tôt.

Mais était-ce suffisant ?

Dans chaque grande ville, des équipes étaient prêtes à intervenir. Depuis le début de la crise, toutes les agences de renseignement du monde épluchaient les communications d'Al-Qaïda et de ses alliés. Jusque-là, rien.

Le seul espoir, c'était le scientifique pakistanais d'âge mûr assis sur une chaise droite dans le Bureau ovale. D'un regard mauvais, il observait le président des États-Unis derrière le bureau Resolute.

— Dites-nous où sont les bombes, monsieur Shah, fit Williams.

— Pourquoi le ferais-je ?

— Vous ne niez pas ?

Shah, amusé, inclina la tête.

— Nier ? J'ai passé des années en résidence surveillée à cause de vous, Américains. J'ai pensé à ce moment. J'en ai rêvé. J'ai observé ce qui se passait ici, aux États-Unis. Je vous ai vus bousiller votre démocratie. C'était très divertissant. La meilleure téléréalité qui soit, même si ça n'a rien à voir avec la réalité, n'est-ce pas ? La politique, dans votre prétendue démocratie, n'est qu'une illusion, une mise en scène destinée au peuple.

— Voulez-vous dire que les bombes ne sont pas réelles ? demanda Ellen.

— Oh non. Elles sont réelles.

— Dans ce cas, vous allez exploser, vous aussi, à moins que vous ne nous disiez où elles sont. Il nous reste, dit-elle en consultant sa montre, cinquante-neuf minutes.

— Vous avez donc déchiffré le code que j'ai glissé dans votre poche. Oui. Cinquante-neuf minutes. Cinquante-huit, maintenant, et tout ce qu'on voit ici aura cessé d'exister. Le chaos ou la dictature ? Que vont choisir les Américains, à votre avis ? Mus par la peur d'un nouvel attentat, dans un état de terreur, ils vont faire le jeu des terroristes. Piétiner leurs propres libertés. Accepter, voire applaudir la suspension de leurs droits. Camps d'internement. Torture. Expulsions. On imputera à la pensée libérale – l'égalité des femmes, le mariage gay, les immigrants – la responsabilité de la mort de la vraie Amérique. Mais grâce à l'intervention musclée de quelques patriotes, l'Amérique blanche, anglo-saxonne et croyante de leurs grands-parents sera restaurée. Et s'il faut massacrer quelques milliers de personnes pour y arriver… C'est la guerre, après tout. Le phare de l'Amérique s'éteindra. La mort par suicide. Franchement, l'Amérique crachait déjà du sang.

— Où sont les bombes ? hurla le président Williams.

— J'ai été témoin de pas mal de coups d'État, mais jamais d'aussi près, dit Shah en se penchant vers l'avant. Ils ont tous une chose en commun. Vous voulez savoir laquelle ?

Williams et Ellen le foudroyèrent du regard.

— Je vais vous le dire. Ils sont… inattendus. Pour la victime du putsch, à tout le moins. Tous les chefs d'État sur le point d'être renversés, peut-être même abattus ou pendus, vous ressemblent, monsieur le président. Ils sont en état de choc. Consternés. Perplexes. Effrayés. Comment est-ce possible ? Si vous aviez été plus vigilant, vous auriez constaté le changement de marée. Vu l'eau monter. Noté le soulèvement. Vous êtes aussi coupable que n'importe qui.

Shah se cala sur la chaise, croisa les jambes et chassa de son genou une poussière imaginaire. Ellen, cependant, nota un léger frémissement de sa main. Un tremblement absent lorsqu'il lui avait servi sa salade.

C'était nouveau.

Cet homme avait peur, après tout. Mais de quoi ? De mourir ou d'autre chose ? Que pouvait craindre l'Azhi Dahaka ? Une seule chose.

Un monstre plus grand.

À en juger par le tremblement du scientifique, le monstre était tout près.

— Pendant que vous regardiez au loin, que vous scrutiez l'horizon à la recherche de menaces, poursuivit Shah, vous n'avez pas vu ce qui se passait sous votre nez. Ce qui prenait racine ici, en sol américain. Dans vos villes, vos usines, dans l'Amérique profonde. Parmi vos amis et vos proches. Le glissement vers la droite des conservateurs raisonnables. Le déplacement de la droite vers l'extrême droite. De l'extrême droite vers la droite alternative. Dans leur rage et leur frustration, tous ces gens se sont radicalisés, poussés par un Internet rempli de théories délirantes, de "faits" fabriqués de toutes pièces et de politiciens suffisants qu'on autorisait à vomir des mensonges.

"J'ai assisté de loin à ce qui se passait sous votre nez, mais que vous n'avez pas su voir. Le malheur qui se change en indignation. Les prétendus patriotes avaient tout ce qu'il fallait : de la colère, de la volonté et des appuis financiers. Bref, le détonateur. Ce qui leur manquait, je pouvais le leur fournir.

— Une bombe, dit Williams.

— Une bombe nucléaire, ajouta Ellen.

— Exactement. Tout ce qui me manquait à moi, c'était la liberté, et votre président idiot mais utile me l'a offerte. Dès lors, j'ai pu réunir les deux éléments.

Il écarta les mains.

— Les terroristes internationaux d'Al-Qaïda d'un côté et les patriotes maison de l'autre.

Il réunit ses mains.

— Et voilà. Oui, j'ai eu des années pour contempler cet instant. Temps et patience, temps et patience. Tolstoï voyait en eux les guerriers les plus redoutables, et il avait raison. Rares sont ceux qui possèdent les deux. Je suis du nombre. Il est vrai que je comptais assister au spectacle depuis ma maison d'Islamabad. Au lieu de quoi je suis aux premières loges.

— Je dirais plutôt que vous êtes sur la scène, lança Ellen.

Il se tourna vers elle.

— Comme vous. J'exerce une profession lucrative mais dangereuse. Je ne me fais pas d'illusions à ce sujet. J'ai envisagé de multiples façons de m'éteindre. Franchement, je n'en vois pas de meilleure que de mourir instantanément dans une boule de feu. Je suis prêt. Et vous ?

Il se tourna vers le président.

— D'ailleurs, si je vous disais où sont les bombes, mes clients me réserveraient une fin moins rapide et moins lumineuse.

— Vous avez sans doute raison, dit le président Williams. Heureusement pour vous, nous vous tenons, et ils ne peuvent pas vous atteindre. À moins qu'il n'y ait une source de haut rang parmi nous.

Le physicien se remit vite de sa surprise, mais Ellen eut le temps de comprendre de qui Bashir Shah avait peur. Qui était le monstre encore plus grand que lui. La source de haut rang.

— Une source de haut rang ? Je ne vois pas du tout de quoi vous voulez parler, dit Shah.

— C'est dommage, fit Williams. Pas pour vous, bien sûr. Mais peut-être pour d'autres.

Le sourire de Shah se figea.

— C'est-à-dire ?

Plus que cinquante-deux minutes.

— Eh bien, commença Williams, vous avez laissé pas mal de cadavres dans votre sillage. Dans certains cas, c'était pour effacer vos traces et, dans d'autres, pour lancer des avertissements. J'ai le pressentiment que vos amis risquent de faire de même lorsqu'ils découvriront que nous vous avons arrêté. À qui Al-Qaïda et la mafia russe risquent-ils de s'en prendre pour vous rappeler le prix de la trahison ?

Ellen se pencha et dit quelques mots à l'oreille de Shah. Elle détecta l'odeur du jasmin et de la sueur.

— Laissez-moi vous donner un indice. À qui vous en êtes-vous pris lorsque mes agences de presse ont commencé à s'intéresser à vos ventes d'armes sur le marché noir ? Qui a empoisonné mon mari ? Qui a terrorisé mes enfants ? Qui, hier encore, a tenté de tuer mon fils et ma fille ?

— Ma famille ? Vous vous attaqueriez à ma famille ?

Elle se releva.

— Non, monsieur Shah. C'est l'une des nombreuses différences entre nous. Nous ne ferons pas de mal aux vôtres.

Il souffla.

— Hélas, nos agents au Pakistan et ailleurs cherchent en ce moment des renseignements sur l'emplacement des bombes. Nos alliés aussi. Nous ne ferons pas de mal aux membres de votre famille, mais nous ne pourrons pas les protéger non plus. Qui sait ce qu'on raconte à Al-Qaïda au sujet des raisons de votre présence à la Maison-Blanche ? Qui sait ce que pensent Ivanov et la mafia russe ?

— On ira peut-être jusqu'à laisser entendre que vous nous avez aidés, enchaîna le président Williams. Que vous êtes un agent américain. La démocratie. La liberté d'expression. Divertissant, n'est-ce pas ?

— Ils savent que je ne les trahirais jamais.

— Vous en êtes sûr ? À Téhéran, le grand ayatollah m'a raconté une fable persane. Celle du rat et du chat. Vous la connaissez ?

Shah hocha la tête.

— Une autre histoire risque de vous intéresser. La grenouille et le scorpion.

— Gardez-la pour vous.

— Le scorpion veut traverser une rivière, mais il ne sait pas nager, poursuivit Ellen. Il a besoin d'aide. Il demande donc à la grenouille de le prendre sur son dos. La grenouille dit : "Si je t'aide à traverser, tu vas me piquer et je vais mourir." Le scorpion se moque d'elle. "Mais non, je te jure : nous nous noierions tous les deux." La grenouille accepte et ils traversent ensemble la rivière.

Shah s'était détourné, mais il écoutait avec attention.

— À mi-parcours, le scorpion pique la grenouille, dit Ellen. En rendant son dernier souffle, la grenouille demande : "Pourquoi ?"

— Et le scorpion répond : “Je ne peux pas faire autrement, c’est dans ma nature”, compléta le président Williams.

Il se pencha sur le bureau.

— Nous savons qui vous êtes. Nous connaissons votre nature. Vos prétendus alliés aussi. Ils savent que vous n’hésiterez pas un seul instant à les trahir. Dites-nous où sont les bombes, et nous protégerons votre famille.

Barb Stenhauser entra alors dans le Bureau ovale. Elle se dirigea vers le président Williams.

— Tim Beecham est de retour. Il attend dans l’antichambre. Je le fais entrer ?

— S’il vous plaît, Barb.

— Et le président Dunn est au téléphone. Il n’a pas l’air content.

Williams consulta l’horloge. Cinquante minutes.

— Dites-lui de rappeler dans une heure.

Katherine Adams, Gil Bahar, Anahita Dahir, Zahara Ahmadi et Charles Boynton étaient assis en silence autour de la table branlante. La seule lampe se trouvait dans un coin, et leurs visages étaient plongés dans l’ombre.

C’était sans doute préférable. Car chacun sentait la terreur monter en lui. Inutile de la voir aussi.

Boynton toucha son téléphone et l’heure apparut. Minuit dix, heure du Pakistan. Cinquante minutes avant le moment de l’élimination d’Oussama ben Laden.

Cinquante minutes avant que des centaines, voire des milliers de personnes soient tuées. Y compris la mère de Katherine et de Gil.

Et ils n’y pouvaient absolument rien.

Bashir Shah se tourna vers la porte au moment où Tim Beecham entrait dans le Bureau ovale.

Le DRN s’arrêta brusquement et regarda l’homme assis bien droit sur une chaise. Beecham avait une sale mine ; ses yeux au beurre noir et l’attelle sur son nez n’arrangeaient pas la situation.

— Vous l'avez ?

Personne ne faisait attention au DRN. Tous les yeux étaient rivés sur Shah.

— Où sont les bombes ? répéta le président.

— Tout ce que je peux vous dire, c'est qu'elles sont à Washington, New York et Kansas City. Protégez ma famille, s'il vous plaît.

— Où dans ces villes ? insista Williams, tandis qu'Ellen passait des coups de fil.

— Je ne sais pas.

— Bien sûr que si, dit Beecham.

Il essaya vite de prendre la situation en main en fonçant vers Shah.

— Vous vous êtes occupé de la livraison.

— Seulement à des agents dans chacune des villes.

— Leurs noms !

— Je ne sais pas. Comment voulez-vous que je m'en souvienne ?

— Sur les boîtes, ce n'était quand même pas marqué "Bombes nucléaires", dit Beecham. De quoi s'agissait-il, en principe ?

— Du matériel médical. Destiné à des laboratoires de radiologie.

— Merde, fit Beecham en saisissant un téléphone. Si quelqu'un détectait des radiations, il y avait une explication. C'était quand ?

— Il y a quelques semaines.

— Une date ! cria Beecham. Il me faut une date !

Il lança les mots suivants dans le combiné.

— Beecham à l'appareil. Passez-moi la Sécurité intérieure. Des livraisons internationales à retrouver. Tout de suite !

— Le 4 février. Via Karachi.

Beecham relaya l'information.

Ellen, ayant rangé son téléphone, écoutait. Quelque chose clochait.

— Il ment.

Beecham se tourna vers elle.

— Qu'est-ce qui vous fait dire ça ?

— Il fournit les informations volontairement.

— Pour sauver sa famille, dit le président Williams.

Ellen secoua la tête.

— Non. Pensez-y. Sa famille est sûrement en sécurité. C'est lui-même qui l'a dit. Il a eu des années pour tout mettre au point. Il n'est pas du genre à risquer sa sécurité et celle de ses proches. Il se méfie d'Al-Qaïda et de la mafia russe autant que nous. Il se paie notre tête.

— Dans quel but ? demanda Beecham.

— À votre avis ? Pourquoi Shah fait-il ce qu'il fait ? Vous allez attendre jusqu'à la dernière minute, pas vrai ? Puis vous allez exiger quelque chose d'extraordinaire en échange de l'information dont nous avons besoin. Mais seulement au sujet de la bombe sur laquelle vous êtes assis. Vous allez laisser les autres exploser. Vous avez tout prévu. Y compris en allant chez Dunn. Toute personne raisonnable se serait réfugiée dans un château isolé des Alpes, où elle aurait attendu que ça se calme…

— Que ça explose, vous voulez dire ? fit Shah.

Il ne semblait ni anxieux ni effrayé. Il secouait la tête en souriant.

— Vous voulez dire qu'il avait l'intention de se faire emmener ici ? demanda Beecham.

— Vous êtes futée, dit Shah à Ellen. Vous, nettement moins, ajouta-t-il à l'intention de Beecham.

Il se tourna de nouveau vers Ellen.

— J'aurais sans doute dû vous empoisonner, vous aussi, mais j'ai pris beaucoup de plaisir à notre petite relation.

Barb Stenhauser apparut de nouveau.

— Le général est ici, avec la sécurité. Vous voulez…

— Faites-le entrer, dit le président Williams. Puis revenez.

Ellen sortit son téléphone et lança un appel vidéo.

Trente-six minutes.

On y était.

Betsy décrocha à la première sonnerie.

Elle entendait des voix, voyait le Bureau ovale. Mais pas Ellen. De toute évidence, elle tenait le téléphone devant elle. Betsy voulut parler, se ravisa.

Si Ellen n'avait rien dit, c'était forcément à dessein. Mieux valait garder le silence jusqu'à ce qu'elle se manifeste.

Au lieu de parler, Betsy appuya sur la fonction "Enregistrer". La caméra se tourna vers la porte, et Betsy, surprise, écarquilla les yeux.

Surpris, Tim Beecham écarquilla les yeux.

Surpris, Bashir Shah écarquilla les yeux.

Le visage du général Whitehead était couvert d'ecchymoses et son uniforme était taché de sang, conséquence de sa bagarre avec Beecham. Il était flanqué de deux Rangers.

— Heureux de vous voir, général, dit Williams en se tournant vers les autres. Vous connaissez le chef d'État-Major des armées, je crois.

— L'ex-chef d'État-Major des armées, corrigea Beecham.

— Il y a effectivement un "ex" parmi nous, répliqua Whitehead, mais ce n'est pas moi.

Il fit signe aux deux officiers, qui se rangèrent de part et d'autre de l'ex-directeur du renseignement national.

## 43

— Qu'est-ce que ça signifie ? demanda Beecham.

— Du nouveau, Bert ? demanda le président Williams en ignorant Beecham.

— J'attends toujours.

— Vous attendez ? fit Beecham en regardant tour à tour les deux hommes. Vous attendez quoi ?

Trente-quatre minutes.

Ellen s'avança vers Beecham.

— Dites-nous.

— Quoi ?

— Où les bombes sont-elles, Tim ?

— Quoi ? Vous me croyez au courant ?

Il semblait abasourdi et effrayé.

— Monsieur le président, vous ne pensez tout de même pas que…

— Nous ne pensons pas, nous savons, répliqua Williams en posant un regard mauvais sur Beecham. C'est vous, la source de haut rang. Le traître. Celui qui a non seulement divulgué des informations secrètes, mais aussi collaboré avec nos ennemis, avec des terroristes, pour faire exploser des bombes nucléaires. C'est terminé. J'ai préparé un communiqué qui sera envoyé au Congrès et aux médias à seize heures une minute, aujourd'hui même. Si, par le plus grand des hasards, vous survivez, vous serez pourchassé. Vous avez échoué. Dites-nous où elles sont.

— Mon Dieu, non. Ce n'est pas moi, c'est lui, dit Beecham en désignant le général Whitehead.

Trente-trois minutes.

Williams contourna le bureau et fonça vers son DRN. Saisissant Beecham à la gorge, il le poussa jusqu'à ce que son dos heurte le mur.

Personne ne leva le petit doigt pour retenir le président.

— Où sont les bombes ?

— Je ne sais pas, bredouilla Beecham.

— Où sont les membres de votre famille ? demanda Ellen en traversant la pièce pour se camper à côté du président.

— Ma famille ? croassa Beecham.

— Je vais vous le dire, moi. Ils sont dans l'Utah. Vous avez sorti vos enfants de l'école et vous les avez envoyés loin des retombées radioactives. Vous savez où sont les membres de la famille du général Whitehead ? Moi, oui. Je les ai rencontrés. Sa femme, sa fille et son petit-fils sont ici, à D.C. Que fait-on en cas de danger ? On met ses proches en sécurité. Même Shah l'a fait. Comme vous. Puis vous vous êtes sauvé. Bert Whitehead est resté, lui. Ses proches également. Parce qu'il n'avait aucune idée de ce qui s'annonçait. J'ai alors commencé à comprendre qui était le véritable traître.

— Dites-nous ! insista Williams, qui dut faire un effort pour ne pas étrangler l'autre.

Trente minutes.

— Nous l'avons, monsieur le président, annonça Whitehead. Elle vient d'arriver. Je vous la fais suivre.

Williams lâcha Tim Beecham, qui se laissa glisser jusqu'au sol en se tenant le cou.

Le président courut à son bureau et, sans se donner la peine de lire le texte, cliqua sur la photo, puis grimaça.

— Qu'est-ce que c'est ? De la peau humaine ?

— Selon mon ami, c'est l'adresse Internet du site HLI.

— Gravée dans la peau de quelqu'un ? s'étonna Williams.

— Pas de n'importe qui, dit Ellen. Alex Huang.

— Huang ? répéta Barb Stenhauser.

Jusque-là, elle était restée en retrait, non loin de la porte. Elle s'avança pour jeter un coup d'œil à l'écran.

— Le correspondant de la Maison-Blanche ? N'était-il pas un des vôtres ? Il a démissionné il y a quelques années.

— Il a pris le maquis, expliqua Ellen en posant un regard haineux sur Shah, qui donnait l'impression d'assister à une représentation théâtrale. Il travaillait sur des rumeurs liées à ce qu'on appelait HLI. Il a cru que c'était un énième site conspirationniste et marginal destiné à l'extrême droite, puis il a creusé. Pete Hamilton a fait le même constat. Seulement, Pete n'a pas réussi à fuir.

— Et qu'est-ce qu'ils ont trouvé ? demanda le président Williams.

— Mon ami qui vit à…

Whitehead s'interrompit avant de révéler où habitait Huang.

Ellen jeta un coup d'œil à Shah, qui s'était penché vers l'avant.

— Selon Huang, HLI n'est pas un seul individu, poursuivit le général. C'est un groupe, une organisation. Des personnes qui occupent des postes élevés dans toutes les sphères du gouvernement. Y compris, que Dieu me vienne en aide, l'armée.

Il secoua la tête avant de poursuivre.

— Des élus. Des sénateurs. Des membres du Congrès. Et au moins un juge de la Cour suprême.

— Mon Dieu, fit Williams.

— Le voici, fit Shah. Le visage du coup d'État.

— Espèce de trou d…

Williams réussit à se dominer.

Vingt-huit minutes.

Le président se tourna vers la photo sur son écran.

— C'est quoi, ça ? Du charabia. Une série de lettres, de chiffres et de symboles sans suite.

Ellen se rapprocha en veillant à ce que son téléphone soit face à l'écran. Le président avait raison. Cette adresse ne ressemblait pas à celles dont elle avait l'habitude.

— Apparemment, dit Whitehead, elle permet aux membres d'accéder à un site au-delà du Web clandestin.

— Foutaise, dit Beecham qui, toujours affalé par terre, se tenait la gorge. C'est de l'invention pure et simple.

— Voyons voir, dit Williams.

Il entra la séquence et appuya sur la touche "Envoyer".

Rien.

L'ordinateur tourna, tourna. Tourna. Sembla réfléchir.

Vingt-six minutes.

"Allez, allez", songea Ellen. Pria Ellen.

À la table de la cuisine ensoleillée d'Ellen, Betsy observait.

"Allez, allez", pria-t-elle.

Dans le Bureau ovale, le président Williams regardait fixement l'écran. Le fin trait bleu qui pulsait, s'effaçait. Pulsait, s'effaçait.

"Allez", pria-t-il.

— Ça ne marche pas, dit Stenhauser d'une voix paniquée. Il faut sortir d'ici.

Elle s'avança vers la porte.

— Restez où vous êtes, Barb, ordonna le président.

— Il est quinze heures trente-cinq.

— Vous restez. Nous restons tous, dit-il.

Le général Whitehead fit signe à un des Rangers, qui se campa devant la porte.

*Allez, allez.*

Juste à ce moment, l'ordinateur cessa de chercher. L'écran passa au noir.

Personne ne clignait des yeux. Personne ne respirait.

Puis une porte apparut à l'écran.

— Merci, mon Dieu, murmura le président Williams après avoir pris une profonde inspiration.

Plaçant le curseur au centre de la porte, il se prépara à cliquer.

— Attendez, dit Ellen. Qu'est-ce qui nous dit que ce n'est pas un piège ? Qu'un clic ne va pas provoquer l'explosion des bombes ?

Le président consulta l'horloge.

— Il est quinze heures trente-huit, Ellen. À ce stade-ci, qu'est-ce que ça change ?

Elle inspira à fond et hocha la tête, aussitôt imitée par le général Whitehead.

— Nooon, murmura Betsy. Ne faites pas ça.

Williams cliqua.

Rien.

Il essaya de nouveau. Toujours rien.

— Il y a un heurtoir ? demanda Ellen. Une sonnette ?

Elle se sentait ridicule, mais personne ne rit.

— Non, dit Williams en déplaçant le curseur et en cliquant au petit bonheur. Merde, merde, merde.

Vingt minutes.

Whitehead consulta de nouveau le message envoyé par Gamache depuis le Québec.

— Merde, fit-il. Je n'ai pas lu le message jusqu'au bout. J'étais trop pressé d'arriver à la photo. Selon Huang, il faut un mot de passe pour y entrer.

— Quoi ? ! fit Williams. Et il ne dit pas lequel ?

— Non. Huang ne l'a pas trouvé et il a cessé de chercher quand il a compris qu'il était en danger.

Dix-huit minutes.

Ils se tournèrent vers Beecham.

— Qu'est-ce que c'est ? Le code ?

Whitehead se dirigea vers lui, le releva par les revers de son veston et le cogna contre le mur. Le portrait de Lincoln pencha fortement d'un côté.

— Parlez !

— Je ne sais pas. Pour l'amour du ciel, je ne sais pas. Posez la question à celui-là.

Beecham désigna Shah, qui souriait.

— Temps et patience. Je m'amuse bien. Pourquoi est-ce que je vous le donnerais ?

— Mais vous le connaissez ? dit Ellen.

— Peut-être bien que oui, peut-être bien que non.

— Qu'est-ce qu'on fait ? demanda Williams. Qu'est-ce que ça peut être ?

Ellen dévisageait Shah. Ses yeux sondèrent les siens jusqu'à ce qu'il se détourne légèrement.

— Al-Qaïda, dit-elle.

— Vous voulez que j'entre *Al-Qaïda* ? demanda Williams.

Il le fit sans laisser à Ellen le temps de répondre.

Rien.

— Ce que je veux dire, fit Ellen, c'est qu'Al-Qaïda n'a pas choisi cette journée au hasard. L'organisation veut souligner la naissance et la mort d'Oussama ben Laden. C'est symbolique. Et nous sommes tous conscients de la puissance des symboles. Trois, dix, mille six cents. Ces gens, fit-elle en désignant Beecham, se considèrent comme des patriotes. De vrais Américains. Quel code utiliseraient-ils ?

— La fête nationale de l'Indépendance ? proposa Williams. En chiffres ou en lettres ?

— Essayez les deux, dit Ellen.

— On n'a peut-être droit qu'à une ou deux tentatives de plus, dit Whitehead.

Williams brandit les mains en signe d'exaspération. Il écrivit *Independence Day* et appuya sur la touche "Retour".

Rien.

Il essaya avec des majuscules, sans majuscule, les chiffres. Un espace.

— Merde, merde, merde.

— Quinze minutes.

— Attendez, dit Ellen en se tournant vers Shah. Je me trompe.

Elle le scruta pendant une seconde. Deux. Temps et patience. Trois.

Les sons, les mouvements s'arrêtèrent pendant qu'elle scrutait l'Azhi Dahaka, qui soutint son regard.

— Essayez trois, dix, mille six cents.

Le président Williams obtempéra.

Rien.

Ellen noua les sourcils. De quoi pouvait-il s'agir ? En donnant les chiffres, elle était pourtant sûre d'avoir vu tressaillir Shah.

— Essayez trois, espace, dix, espace, puis mille six cents.

Dès que le président appuya sur la touche "Retour", on entendit un bruit. Un grincement. Et la porte s'ouvrit lentement, très lentement. Trois écrans apparurent, chacun montrant une bombe.

— Oh mon Dieu, dit le président des États-Unis.

Tous regardaient avec intensité.

— Crétin. Vous leur avez donné le code.

Tous se tournèrent vers Shah, puis vers la personne qui avait prononcé ces mots.

Le général Bert Whitehead braquait une arme à feu sur la tête du président.

# 44

Sans voir le Bureau ovale, Betsy Jameson comprit que quelque chose d'horrible venait d'arriver.

Ce qu'elle voyait, en revanche, c'était l'écran de l'ordinateur.

Ellen tenait le téléphone parfaitement immobile, droit devant la porte ouverte et les écrans qu'elle avait révélés.

— Enculé, dit le président Williams d'une voix râpeuse au moment où il était extirpé de son fauteuil.

Le canon de l'arme sur sa tempe.

Les Rangers firent un pas.

— Reculez, ordonna Whitehead.

— C'est pour cette raison que vous m'avez tenu compagnie, cette nuit, dit Williams. Vous saviez que la bombe n'allait pas exploser à trois heures dix.

— Bien sûr que je savais. Beecham, désarmez-les, dit Whitehead en désignant les Rangers, encore plus stupéfaits que les autres. Stenhauser, ils ont sur eux des menottes en plastique. Attachez-les aux pieds du bureau.

— Moi ? fit Stenhauser.

— Pour l'amour du ciel, vous croyez que je ne sais pas qui vous êtes ? Je vous ai recrutée et vous avez recruté votre adjointe. Je suppose que c'est elle qui a tué Hamilton. J'espère que vous vous êtes occupée d'elle aussi.

Ayant désarmé les Rangers, Tim Beecham proposa une arme à Stenhauser. Elle la considéra, parfaitement consciente des implications.

— Et puis merde, dit-elle en s'en emparant.

Lentement, elle se retourna et la braqua sur le chef d'État-Major des armées.

— Qui êtes-vous ?

Le général laissa entendre un grognement de dérision.

— À votre avis ?

Elle se tourna vers Shah.

— Vous le connaissez ?

Shah, qui ne perdait rien de la scène, secoua la tête.

— Non. Je ne vous connais pas non plus, remarquez. Les identités étaient jalousement protégées. Mais qu'il mette le président en joue est un indice, non ?

Bert Whitehead sourit.

— Vous voulez savoir qui je suis ? Je suis un vrai Américain. Un patriote. Je suis le HLI. La source de haut rang.

La troisième tête de l'Azhi Dahaka était le chef d'État-Major des armées, en fin de compte.

Le coup d'État militaire avait débuté.

Betsy écarquilla les yeux.

À cause des propos tenus, mais surtout des images qu'elle voyait sur l'ordinateur.

La porte ouverte avait révélé l'emplacement des bombes.

D'un côté de l'écran, des photos des engins eux-mêmes et, de l'autre, des images vidéo montrant leur emplacement en direct.

Douze minutes.

Elle reconnut l'immense hall de Grand Central Terminal à New York, en pleine cohue de l'heure de pointe. La bombe se trouvait dans l'infirmerie de la gare.

Elle vit aussi des familles faisant la queue pour entrer à Legoland, à Kansas City. La bombe se trouvait dans le service des premiers soins.

À la Maison-Blanche, cependant, l'emplacement de la bombe était moins net. L'image était si rapprochée qu'on distinguait mal. Bref, l'engin pouvait être n'importe où dans l'immense immeuble.

En revanche, Betsy avait sous les yeux des images provenant du Bureau ovale. Bert Whitehead avait pris le président en otage. Elles avaient donc eu raison, en fin de compte.

Onze minutes vingt-cinq secondes.

“Il faudrait faire quelque chose, se dit Betsy. Prévenir quelqu'un.”

Passer un coup de fil.

— Mon Dieu, souffla-t-elle. Moi. Ellen compte sur moi.

Mais qui appeler ?

Betsy était paralysée. Qui saurait désamorcer les bombes ? Même si elle avait eu la réponse à sa propre question, elle n'aurait pas pu se servir de son téléphone. Elle devait maintenir la connexion avec le Bureau ovale. Avec l'écran de l'ordinateur du président. Avec Ellen.

Mais il y avait un autre appareil. La ligne fixe du couloir. Betsy y courut et découvrit le numéro laissé par Ellen. Elle le composa.

— Madame la vice-présidente ?

Dix minutes quarante-trois secondes.

— Vous n'êtes pas le HLI, dit Beecham. C'est elle.

Il montrait Stenhauser.

— C'est elle qui a tout mis en branle. C'est elle, la source de haut rang.

— Taisez-vous, crétin, gronda Stenhauser.

— Ils savent, répliqua Beecham.

Face à la cheffe de cabinet, il ouvrit les yeux tout grands.

— C'est vous. Vous avez monté un coup contre moi. En cachant les documents me concernant. Pour laisser croire que j'étais derrière tout ça. En cas de problème, c'est moi qui plongerais. Vous êtes de mèche avec Whitehead.

— Il n'est pas dans le coup, dit-elle. Rien à voir.

— Bien sûr, fit Whitehead. C'était voulu. Vous pensez que je tenais à ce que tout le monde soit au courant ? Remontez dans le temps, Stenhauser. C'était vraiment votre idée, ou elle vous a été soufflée ? Il me fallait une façade, quelqu'un qui puisse approcher des sénateurs, des membres du Congrès. Des juges de la Cour suprême. Combien en avez-vous recruté ? Deux, trois ?

— Trois, dit Beecham.
— La ferme ! aboya Stenhauser.
— Oh mon Dieu, chuchota Ellen en prenant la mesure du complot. Pourquoi ? Comment avez-vous pu ? Permettre à des terroristes de poser des bombes nucléaires ici ? Aux États-Unis ?
— Aux États-Unis ? Ce ne sont plus les États-Unis ! cria Stenhauser. Vous pensez que Washington, Jefferson et les autres Pères fondateurs reconnaîtraient ce pays ? On vole les emplois des vrais Américains. On interdit la prière. On pratique des avortements à chaque heure de chaque jour. Les gays se marient. Les immigrants et les criminels entrent à flots. Et nous allons les laisser faire ? Assez ! Ça s'arrête. Maintenant.
— Ce n'est pas du patriotisme, c'est du terrorisme intérieur ! cria Ellen. Pour l'amour du ciel, vous avez contribué au massacre d'un peloton de Rangers.
— Des martyrs, dit-elle. Morts pour la patrie.
— Vous me dégoûtez, dit Ellen.
Elle se tourna vers le général Whitehead.
— Et c'est à vous qu'on doit tout ça ?
Six minutes trente-deux secondes.
— Je ne sais pas qui il est, dit Barb Stenhauser. Mais il n'est pas des nôtres. Jetez votre arme.
Elle fit un pas vers lui. Au même moment, le général, d'un geste fluide, détourna son arme du président Williams et la braqua sur Barb Stenhauser.
C'était l'occasion qu'attendait Williams. D'un coup de coude, il frappa Whitehead en plein plexus solaire, et le général se plia en deux.
Williams se précipita ensuite sur la secrétaire d'État, qu'il entraîna vers le sol.
Pendant la fusillade, Ellen se roula en boule en se couvrant la tête.

Betsy, horrifiée, entendit la scène.
Le téléphone d'Ellen était tombé face contre terre. Elle ne voyait rien, mais elle entendait les coups de feu. Les cris.

Puis le silence.

Betsy regardait fixement, bouche bée, les yeux écarquillés. Sans respirer.

— Ellen ? finit-elle par dire tout bas.

Puis elle cria :

— Ellen !

Une voix pleine d'autorité retentit alors.

— Monsieur le président, madame la secrétaire d'État, est-ce que ça va ?

"Sans doute un agent du Service secret venu rétablir l'ordre", se dit Betsy.

— Ellen ! Ellen !

L'image vide fut remplacée par le visage de son amie.

— Tu as passé le coup de fil ? demanda Ellen.

— Le coup de fil ?

— À la vice-présidente. Tu lui as dit où sont les bombes ?

— Oui. Les coups de feu…

— Des balles à blanc, dit la voix familière, mais tendue, du président.

Cinq minutes vingt et une secondes.

— Couchez-vous ! ordonna un homme d'une voix énergique. Les mains derrière la tête !

Ellen se tourna avec son téléphone, et Betsy vit Bashir Shah, Tim Beecham et Barb Stenhauser, à plat ventre, les mains derrière le dos. Une arme à la main, Bert Whitehead coupait les menottes des Rangers.

— Les bombes…, commença Williams.

— Betsy a alerté la vice-présidente, répondit Ellen. On s'en occupe.

— Mais celle qui est ici, dit Whitehead. Où est-elle ?

Ils consultèrent l'écran.

Quatre minutes cinquante-neuf secondes.

— Elle peut être n'importe où, lança Williams.

Il se tourna vers les captifs.

— Où est-elle ? Dites-nous ! Vous allez mourir, vous aussi.

— Trop tard, répliqua Stenhauser. Vous ne la désamorcerez pas à temps.

Williams, Adams et Whitehead échangèrent un regard.

— Où est l'infirmerie ? demanda Ellen.

— Aucune idée, répondit le président. J'ai du mal à trouver la salle à manger.

Le général Whitehead ouvrit grand les yeux.

— Je sais où elle est, dit-il en baissant le regard. Sous le Bureau ovale.

— Merde, fit le président.

Déjà, le général Whitehead fonçait vers la porte.

Quatre minutes trente et une secondes.

Le président des États-Unis et la secrétaire d'État descendirent les marches du fond deux à la fois, quelques pas derrière le Ranger et le chef d'État-Major des armées.

— J'espère que vous avez raison, dit Williams.

— J'en suis certaine. Les autres bombes étaient dans des infirmeries. Celle-ci aussi, forcément.

Elle était beaucoup moins sûre d'elle-même qu'elle le laissait voir.

Des agents du Service secret les suivaient de près. Dans le sous-sol, ils trouvèrent la porte de l'infirmerie verrouillée.

— J'ai le code, dit le président.

Il le tapa sur le clavier numérique, mais ses mains tremblaient tant qu'il dut s'y reprendre à deux fois. Pour un peu, Ellen lui aurait crié de se grouiller.

Elle consulta une fois de plus le compte à rebours.

Quatre minutes trois secondes.

La porte s'ouvrit avec un bruit sourd et les lumières s'allumèrent automatiquement.

— Vous avez vos outils ? demanda Whitehead au Ranger.

— Oui, monsieur.

Au centre de la pièce, ils regardèrent autour d'eux.

— Où est-elle ? demanda Williams en décrivant un cercle complet sur lui-même.

Ses yeux perçants balayaient la pièce.

— Le scanner, dit Ellen. Si on n'a pas découvert la bombe, c'est parce qu'on s'attendait à détecter des radiations autour de l'appareil.

Trois minutes quarante-trois secondes.

Le Ranger, spécialiste du déminage, ouvrit avec précaution le panneau de l'appareil.

L'engin était là.

— C'est une bombe sale, monsieur, dit-il. Puissante. De quoi anéantir la Maison-Blanche et irradier la moitié de Washington.

Il se pencha dessus et se mit au travail, tandis que Whitehead, se tournant vers Williams et Ellen, dit :

— Je vous suggérerais de courir, mais…

Trois minutes treize secondes.

Whitehead fit un pas de côté et passa un coup de fil. "Sans doute à sa femme", se dit Ellen.

Betsy regardait son téléphone. Elle voyait Ellen. Ellen la voyait.

Betsy trouva une mince consolation dans le fait qu'elle ne pleurerait pas longtemps son amie. Elle-même serait bientôt emportée par les radiations.

"Au moins, se dit Ellen, je peux me consoler à l'idée de savoir Katherine et Gil au loin."

Agglutinés dans la quasi-obscurité, Katherine, Gil, Anahita, Zahara et Boynton fixaient le téléphone posé au centre de la table. Des images en direct diffusées par un réseau de télévision de Katherine.

Si des bombes nucléaires explosaient, la nouvelle ferait l'objet d'un reportage en direct au bout de quelques minutes seulement.

En ce moment, le présentateur débattait avec un quelconque spécialiste de la question de savoir si la tomate était un légume ou un fruit. Et, selon le cas, de la place qu'occupait le ketchup dans les programmes alimentaires des écoles.

Deux minutes quarante-cinq secondes.

Gil sentit une main familière se glisser dans la sienne et il regarda Ana, qui tenait aussi celle de Zahara. Il prit la main de Katherine, qui s'empara de celle de Boynton.

Le cercle étroit regardait l'écran et le compte à rebours.

Pendant que le Ranger travaillait et que le général parlait au téléphone, Ellen sentit Doug Williams se placer près d'elle. Elle lui prit la main, et il la remercia en souriant.

— Je n'arrive à rien, dit le Ranger. Je n'ai jamais rien vu de tel.

Une minute trente secondes.

— Tenez, dit Whitehead en tendant son téléphone au Ranger. Écoutez.

Ils regardaient le Ranger travailler fébrilement.

Quarante secondes.

L'homme saisit un autre outil, le laissa échapper. Le général Whitehead se pencha pour le ramasser, puis le tendit au Ranger aux yeux exorbités.

Vingt et une secondes.

Il travaillait. Travaillait toujours.

Neuf secondes.

Betsy ferma les yeux. Huit. Williams ferma les yeux.

Sept.

Ellen ferma les yeux. Et sentit un grand calme l'envelopper.

# 45

Tous les réseaux diffusaient la conférence de presse en direct.

Sur l'écran du bureau de la secrétaire d'État, on voyait la salle de presse James S. Brady de la Maison-Blanche. Une foule de journalistes y attendait le président.

— Il ne t'a pas invitée à l'accompagner ? demanda Katherine à sa mère.

— À quoi tu t'attendais ? répliqua Betsy en prenant une gorgée de chardonnay.

— Il me l'a proposé. J'ai refusé.

Ellen regarda les membres de sa famille.

— Je préfère être avec vous.

— Trop gentil. Mais depuis quand tu bois dans un verre, toi ? demanda Gil en se tournant vers Betsy.

— C'est seulement parce qu'elle est ici, expliqua Betsy en montrant Anahita.

Ils étaient assis sur le canapé et dans des fauteuils, leurs pieds en chaussettes posés sur la table basse. Des bouteilles de vin et de bière occupaient une desserte, à côté d'un plateau de sandwichs à moitié vide. Gil décapsula une bière, tendit la bouteille à Anahita et en déboucha une autre pour lui.

— Qu'est-ce qu'il va dire ? demanda-t-il à sa mère.

— La vérité, répondit Ellen en se laissant tomber sur le canapé entre ses enfants.

Arrivés à D.C. au milieu de la nuit, ils avaient trouvé leur mère endormie, tout habillée.

"Gloire à la rapidité des transports militaires", se dit Ellen.

À son réveil, elle leur avait fait un résumé des événements. Les détails leur seraient révélés petit à petit. Temps et patience.

Katherine posa les yeux sur l'écran. Certains de ses journalistes assisteraient à la conférence, mais elle-même avait vécu la situation de l'intérieur. Elle avait donc envoyé à son rédacteur en chef un compte rendu personnel des événements en précisant que l'embargo ne serait levé qu'après le point de presse du président.

Malgré ce qu'ils savaient déjà, on mettrait des mois, voire des années à démêler l'écheveau. Et à démasquer tous les membres de HLI.

On avait arrêté deux juges de la Cour suprême et six membres du Congrès. On procéderait à de nouvelles arrestations dans les heures et les jours à venir. Dans les semaines et les mois à venir, sans doute.

— Hier, dans le Bureau ovale, commença Gil, tu savais que le général Whitehead bluffait ?

— Je me suis aussi posé la question, dit Betsy. Tu m'as laissé le numéro de la vice-présidente en me demandant de ne pas bouger. Pour que je sois là et que je passe le coup de fil. Tu savais sûrement quelque chose.

— J'espérais, mais je ne savais pas. Je me suis dit que si je ne pouvais pas téléphoner, tu t'en chargerais. Quand Whitehead a braqué son arme sur la tête de Williams, j'ai cru pendant un bref moment que c'était vraiment lui, le traître.

Aussitôt, elle fut de retour là-bas, revécut l'instant d'horreur où elle avait compris qu'ils avaient échoué. Que tout était perdu. À deux heures et demie, elle s'était réveillée, redressée dans son lit. Les yeux écarquillés. La bouche ouverte.

Ellen se demanda si la terreur disparaîtrait un jour. Elle la sentit la frôler, là, sur le canapé où elle était assise entre ses enfants. Sains et saufs. Son cœur cognait dans sa poitrine, et elle était en proie à un léger vertige.

“Je suis en sécurité, se répéta-t-elle. Je suis en sécurité. Tout le monde est en sécurité.”

Au moins autant qu'on pouvait l'être dans une démocratie querelleuse. Tel était le prix de la liberté.

— Le président savait-il que le général jouait un rôle ? demanda Anahita.

— Oui. Ils avaient tout manigancé. D'ailleurs, je me suis demandé pourquoi le Service secret n'était pas intervenu tout de suite. Williams avait ordonné aux agents de rester à la porte du Bureau ovale.

Ellen sourit au souvenir du désamorçage de la bombe. Bert Whitehead n'avait pas téléphoné à sa femme, en fin de compte. Il avait appelé l'escouade qui s'occupait de la bombe sale de New York.

Bénéficiant de plus de temps, ses membres avaient compris comment s'y prendre. Ils avaient vite expliqué au Ranger la marche à suivre.

La minuterie s'était arrêtée deux secondes avant l'explosion.

Lorsqu'ils avaient repris contenance, le général Whitehead s'était tourné vers Doug Williams. En se frottant le plexus solaire, le chef d'État-Major des armées avait demandé au président pourquoi il s'était senti obligé de frapper si fort.

—Désolé, dit Williams. Un surcroît d'adrénaline. Mais je me réjouis de penser que je pourrais vous mettre KO.

— Je ne vous conseillerais pas d'essayer, monsieur le président, dit le Ranger, toujours penché sur la bombe.

La secrétaire Adams et les autres virent les premiers journalistes s'asseoir dans la salle de presse James S. Brady.

— Maman ? fit Katherine.

— Excuse-moi, dit Ellen en réintégrant le présent.

— Comment as-tu su que le général Whitehead n'était pas la source ? demanda Katherine.

— J'ai d'abord pensé que c'était lui. J'ai cru les informations que contenaient les documents découverts par Pete Hamilton dans les archives cachées de l'administration Dunn. Puis certains faits ont commencé à me troubler. Au moment de son arrestation, il a agressé Tim Beecham, lui a administré une bonne raclée. Puis, juste avant qu'on l'emmène, il m'a dit : "J'ai fait ma part."

— Je m'en souviens, dit Betsy. J'en ai eu le frisson. J'ai cru qu'il voulait dire qu'il avait fait libérer Shah et préparé le dépôt des bombes en sol américain.

— Que son travail était terminé, reprit Ellen. C'est ce que j'ai cru aussi. Mais en y réfléchissant bien, je me suis dit qu'il voulait peut-être me faire passer un message. Le général Whitehead n'est pas du genre à perdre son sang-froid. Il a pris part à des combats, commandé des missions périlleuses. Je me suis demandé s'il avait vraiment perdu les pédales. S'il n'avait pas plutôt attaqué Beecham par exprès.

— Mais pourquoi ? demanda Gil.

— Parce qu'il soupçonnait Beecham d'être le traître, mais qu'il n'avait pas de preuves. Il a donc fait ce qu'il a pu pour l'éloigner pendant que nous discutions de stratégie. Il a réussi. Nous avons mis au point un plan pendant que Beecham était conduit à hôpital.

— C'est donc ça qu'il entendait par "J'ai fait ma part", dit Betsy. Que c'était à nous de jouer.

— Mais il y avait une autre raison ? fit Katherine.

— En effet, répondit sa mère. Quelque chose d'évident et d'encore plus simple. La famille de Bert Whitehead était encore à D.C. Contrairement à celle de Beecham.

Betsy posa alors la question qui lui brûlait les lèvres depuis un moment, mais qu'elle n'avait pas encore osé formuler.

— C'est le général Whitehead qui a mis au point le raid de l'usine ?

— Oui. J'ai fait part de mes doutes à Williams. Je lui ai dit que Whitehead était victime d'un coup monté. Je dois avouer qu'il a rejeté l'explication du "J'ai fait ma part". Ce qui l'a convaincu, c'est que la famille de l'un était encore à D.C., mais pas celle de l'autre. Devant l'incapacité du commandant des Forces spéciales et des généraux à élaborer un plan viable d'infiltration et d'exfiltration de l'usine, Williams s'est adressé à Whitehead. Il avait été un des observateurs américains de la bataille de Bajaur. Il connaissait le terrain.

— Et il a mis au point la diversion, dit Katherine.

— Le raid de la cimenterie aussi. L'un n'allait pas sans l'autre. Il a voulu diriger l'opération lui-même. Mais Williams a refusé. Il ne pouvait pas risquer qu'on sache que Whitehead avait été libéré. Beecham devait être sûr de nous avoir convaincus.

— Vous saviez donc déjà que c'était Beecham ? fit Gil.

— Nous le pensions, mais nous n'avions pas de preuves. Quand il a demandé la permission de se rendre à Londres, Williams a accepté. Pour l'éloigner, une fois de plus.

Betsy posa alors la question tant redoutée.

— Qui a dirigé la diversion ?

Ellen la regarda et, avec douceur, dit :

— Bert a désigné son aide de camp. Elle avait à son actif trois déploiements en Afghanistan. C'était une de ses plus brillantes officières.

— Denise Phelan ?

— Oui.

Betsy ferma les yeux. Elle croyait avoir épuisé sa réserve de soupirs, mais elle en poussa un de plus, un long soupir de tristesse pour la jeune femme qui s'était tenue debout dans cette pièce en souriant, des cafés à la main.

Elle revit aussi Pete Hamilton, absorbé dans sa tâche.

Creusant, creusant. De plus en plus profondément. Et il ne s'était pas arrêté après avoir déterré la fausse information concernant le chef d'État-Major des armées.

Il avait persisté. Était allé au-delà de l'Internet normal. Et même du Web clandestin. Dans la marge. S'était aventuré dans le vide sans fin, le vacuum. Où n'entrait pas la lumière. Et il avait découvert HLI.

Ce faisant, il avait creusé sa propre tombe.

Partis, tous les deux.

Bert Whitehead lança le bâton et le regarda disparaître dans un banc de neige. Pine bondit à sa suite. Enfonça sa tête sous la surface. Son postérieur dressé dans les airs. Sa queue agitée.

Ses énormes oreilles semblables à des ailes se dressaient au-dessus de la neige immaculée.

Non loin de Pine, l'autre berger dansa avec excitation, puis enfonça sa tête dans le banc de neige voisin. Sans raison apparente.

— Il faut admettre qu'Henri garde peu de choses dans sa tête, dit l'homme campé à côté de Whitehead. Elle sert surtout à soutenir ses oreilles. Tout ce qui compte vraiment, il le conserve dans son cœur.

Le rire de Bert prit la forme d'une bouffée de vapeur.

— Pas fou, ce chien.

Les deux hommes se tournèrent vers la maison des Gamache à Three Pines, où leurs femmes, assises devant le téléviseur, attendaient la conférence de presse du président.

— On rentre ? proposa Armand.

— Allez-y si vous voulez. Moi, je sais déjà ce que le président va dire. Inutile que je l'entende.

Il semblait épuisé, vidé. En compagnie de Pine, Bert et sa femme avaient pris l'avion pour Montréal, puis roulé jusqu'au paisible petit village québécois. Dans ce but précis.

Trouver la paix.

Les deux hommes firent le tour du parc en silence, leurs bottes crissant sur la neige. De vieilles maisons au revêtement en pierres des champs, en briques et en bardeaux leur faisaient face. De la fumée s'élevait des cheminées, et les fenêtres à meneaux diffusaient une chaude lumière.

Il passait à peine dix-neuf heures, mais déjà il faisait noir. Polaris, l'étoile Polaire, brillait au-dessus de leurs têtes. Permanente, elle restait immobile, pendant que le ciel nocturne tournait autour d'elle.

Les deux hommes s'arrêtèrent pour l'admirer. La présence d'un objet immuable avait quelque chose de réconfortant. Une constante dans un monde instable.

Malgré le froid qui leur grattait les joues, ils n'étaient pas pressés de rentrer. L'air était rafraîchissant. Tonifiant.

Seulement un jour s'était écoulé depuis les événements, mais ils avaient l'impression d'être à des années-lumière, dans un autre univers.

— Désolé pour Denise Phelan. Et les autres.

— Merci, Armand.

Le général le savait, l'inspecteur-chef connaissait bien la douleur qui accompagne la perte d'hommes et de femmes dont on est responsable. Et qui sont la plupart du temps d'une jeunesse à vous fendre le cœur.

Eux aussi gardaient le plus précieux dans leur cœur. Ces jeunes y vivraient en sécurité tant et aussi longtemps que battraient le cœur d'Armand Gamache et celui du général Whitehead.

— J'espère seulement que nous les avons tous attrapés, dit Whitehead.

Armand s'immobilisa.

— Vous en doutez ?

— Avec un type comme Shah, le doute persiste toujours.

— Quand vous avez pointé votre arme sur la tête du président, vous saviez déjà où étaient les bombes. Le président avait ouvert le site HLI, où figuraient les emplacements exacts, y compris celui de la Maison-Blanche. Pourquoi ne pas envoyer des démineurs la désamorcer ? Pourquoi avez-vous perdu un temps précieux en prenant le président en otage ?

— Parce que nous ne savions pas où était la bombe de la Maison-Blanche. On voyait des images du Bureau ovale, mais celle montrant la bombe était prise de trop près.

— Comment l'avez-vous trouvée, alors ?

— Simple déduction.

Armand regarda le chef d'État-Major des armées d'un air consterné.

— Une déduction ?

— Nous savions que les autres bombes avaient été posées dans des infirmeries. Mais c'est venu plus tard. Ce que nous n'avions pas, c'étaient les confessions de Beecham et de Stenhauser. Il ne suffisait pas de trouver les bombes. Il nous fallait les responsables et des preuves.

— Saviez-vous que la secrétaire Adams transmettait à sa conseillère des images en direct ? Que celle-ci allait faire suivre l'information ?

— J'ai vu ce qu'elle faisait avec son téléphone, espéré que…

— On l'a échappé belle, constata Armand. Pourquoi ont-ils fait ça ? Ils étaient désenchantés par l'état du pays, d'accord, mais des bombes nucléaires ? Les explosions auraient fait combien de victimes ?

— Combien de morts une guerre fait-elle ? Pour eux, c'était une autre révolution américaine.

— Avec Al-Qaïda comme allié ? s'étonna Gamache. La mafia russe ?

— De temps en temps, on doit tous pactiser avec des démons. Vous y compris, cher ami.

Armand hocha la tête. C'était la vérité. Il avait lui-même conclu des alliances de cette nature.

Leur promenade les entraîna devant le bistro, dont les fenêtres projetaient sur la neige une douce couleur semblable à celle du beurre. Ils voyaient des villageois installés près du feu dans l'âtre. Un verre à la main, ils parlaient avec animation. Les deux hommes devinèrent sans mal de quoi il était question. Ici comme partout dans le monde.

Ils passèrent devant la librairie plongée dans l'obscurité. Dans le loft, à l'étage, il y avait de la lumière. Elle vacillait légèrement. Myrna Landers et Alex Huang regardaient la conférence de presse.

— C'est très paisible, ici, constata Bert Whitehead en se tournant vers les montagnes et les forêts. Puis il leva les yeux sur le ciel étoilé.

— Pas toujours, dit Armand.

Il vit son compagnon pousser un long soupir.

— Pourquoi ne prenez-vous pas votre retraite ? Venez vivre ici. Vous n'aurez qu'à habiter chez nous, Martha et vous, en attendant de trouver une maison.

Bert fit quelques pas en silence.

— C'est tentant. Vous n'avez pas idée. Mais je suis américain. Notre démocratie a subi des blessures graves, mais elle vaut qu'on se batte pour elle. J'y suis chez moi, Armand. Comme vous êtes chez vous ici. Je ne quitterai pas mon poste avant d'être sûr que nous avons déterré tous les conspirateurs.

— Mesdames et messieurs, le président des États-Unis.

Doug Williams s'approcha lentement du podium. La mine grave.

— Avant de lire ma déclaration, j'aimerais que nous observions un moment de silence à la mémoire de ceux et celles qui ont donné leur vie pour éviter un désastre à notre pays, y compris six membres du personnel navigant des opérations spéciales et un peloton entier de Rangers. Trente-six femmes et hommes courageux.

Dans le bureau de la secrétaire d'État, on baissa la tête.

À l'Off the Record, on baissa la tête.

À Times Square, à Palm Beach, dans les rues de Kansas City, d'Omaha, de Minneapolis et de Denver. Par-delà les vastes prairies et les chaînes de montagnes, dans les villes, les villages et les métropoles, les Américains baissèrent la tête.

À la mémoire des vrais patriotes qui avaient consenti le sacrifice de leur vie.

— Je vais lire une déclaration, dit le président Williams en rompant le silence.

Il sembla réfléchir un moment.

— Puis je répondrai à des questions.

Les journalistes laissèrent entendre un léger murmure. Ils ne s'y attendaient pas.

Dans le bureau de la secrétaire d'État, ils écoutaient.

Le matin même, le président Williams avait invité Ellen dans le Bureau ovale afin de discuter de ce qu'il allait dire et ne pas dire au public américain. Il lui avait aussi proposé de se joindre à lui, mais elle avait décliné l'invitation.

— Merci, monsieur le président, mais, en ce moment, j'ai envie d'être avec ma famille. Je vais regarder la télé avec les autres.

— J'ai besoin de vos conseils, Ellen, dit-il en l'invitant à s'asseoir dans le fauteuil posé près de l'âtre.

— Cette chemise ne va pas avec votre costume.

— Non, non, il s'agit d'autre chose. J'essaie de déterminer si je vais ou non répondre à des questions.

— Je pense que vous devriez le faire.

— Mais vous savez qu'on va poser des questions délicates. Auxquelles il est presque impossible de répondre.

— Oui, fit Ellen. Dites la vérité. La vérité, nous pouvons l'encaisser. Ce qui nous tue, ce sont les mensonges.

— Vous savez qu'on me reprochera d'avoir laissé la situation dégénérer.

Il l'étudia de près.

— C'est pour me causer des ennuis que vous me faites cette suggestion ?

— Ma façon de vous rendre la monnaie de votre pièce pour la Corée du Sud.

— Oh, ça, fit-il en grimaçant. Vous êtes donc au courant ?

— Simple déduction. N'est-ce pas pour cette raison que vous m'avez choisie comme secrétaire d'État ? Non seulement je ne serais plus à la tête de mes médias, mais en plus je serais presque toujours à l'extérieur du pays. Bref, je cesserais d'être une épine à votre pied. Il ne vous restait qu'à vous arranger pour que j'échoue. Je serais humiliée sur la scène internationale, et vous pourriez alors me congédier.

— Pas mal, comme plan, non ?

— Et pourtant, me voici. Que va-t-il se passer en Afghanistan, Doug ? Dès que nous nous serons retirés, les talibans, et avec eux Al-Qaïda et d'autres terroristes, vont s'arroger le pouvoir.

— Oui.

— Tous les progrès obtenus dans le domaine des droits de la personne risquent d'être effacés d'un coup. Les femmes, les filles qui sont allées à l'école, se sont instruites… Ont trouvé du travail. Sont devenues institutrices, médecins, avocates, chauffeuses d'autobus. Vous savez ce qui va leur arriver, s'il n'en tient qu'aux talibans ?

— Eh bien, je pense que nous aurons besoin d'une secrétaire d'État forte et respectée partout dans le monde, capable de faire comprendre au gouvernement afghan, quel qu'il soit, que les droits de la personne doivent être respectés. Et que l'Afghanistan ne doit pas redevenir un asile pour les terroristes.

Il la regarda, si longtemps qu'elle se sentit rougir.

— Merci. Pour ce que vous avez fait pour empêcher les attaques. Vous avez tout risqué.

— Vous savez, dit-elle, que les conspirateurs ne sont pas les seuls à croire que nous nous sommes égarés. Ce sont les plus visibles, mais des millions d'Américains sont du même avis. De bonnes personnes. Des personnes honnêtes. Qui ne pensent pas nécessairement comme nous, mais qui, si nous en avions besoin, nous donneraient leur chemise.

Il hocha la tête.

— Je sais. Nous devons faire quelque chose. Leur rendre leur chemise. Leur donner la nôtre.

— Donnez-leur des emplois. Assurez l'avenir de leurs enfants et de leurs villes. Mettez fin aux mensonges qui nourrissent la peur.

Les mensonges qui avaient créé et nourri leur Azhi Dahaka intérieur.

— Nous avons beaucoup de comptes à rendre. Beaucoup de blessures à guérir, dit le président. Plus encore que je le pensais. Plusieurs de vos éditoriaux étaient dans le vrai. J'ai énormément à apprendre.

— En fait, je crois avoir dit que vous deviez vous sortir la tête d…

— Oui, oui, je m'en souviens.

Mais il souriait. Et dévisageait sa secrétaire d'État d'une façon qui la fit rougir.

Et voilà que, quelques heures plus tard, au moment où le soleil se couchait, elle se retrouvait dans son bureau en compagnie de sa fille et de son fils, de Betsy, de Charles Boynton et de l'agente Anahita Dahir. Laquelle deviendrait peut-être, à en juger par l'expression de Gil, beaucoup plus que son agente.

Ils virent Doug Williams présenter les démineurs qui avaient désamorcé les bombes nucléaires, puis décrire les événements consécutifs à l'explosion des autobus.

— C'est gentil ce qu'il a dit sur toi, maman, fit Katherine. Il a changé de ton.

Et aussi, remarqua Ellen, de costume.

Betsy se pencha et remit un objet à Ellen.

— Un modeste gage d'appréciation pour ce que vous avez fait au nom du service public, madame la secrétaire d'État.

C'était un sous-verre de l'Off the Record. À l'effigie d'Ellen Adams.

Après la conférence de presse, Gil proposa à Anahita d'aller prendre une bouchée.

Au restaurant, elle l'écouta lui parler du livre qu'on lui proposait d'écrire. Elle lui demanda ce qu'il en pensait. Combien de temps il mettrait à mener le projet à bien.

Comme tous les faits étaient connus, il n'aurait pas à craindre de trahir des secrets. Il était enthousiaste à l'idée de raconter ce qui s'était déroulé dans les coulisses. Il omettrait toutefois de mentionner Hamza le Lion. Le membre de la famille terroriste des Pathans qui était aussi son ami.

Gil proposa à Anahita d'écrire le livre avec lui.

Elle refusa. Elle avait encore son poste d'agente du Service extérieur au département d'État.

— Comment vont tes parents ? demanda-t-il.

— Ils sont de retour chez eux.

Gil hocha la tête. Et, par la fenêtre, Anahita regarda Washington, D.C., qui existait toujours.

— Comment se sentent-ils ? demanda-t-il.

Elle posa sur lui un regard stupéfié. Puis elle lui répondit.

— Et toi, comment te sens-tu ? demanda-t-il.

— Madame la secrétaire d'État ?

— Oui, Charles.

— Vous m'avez demandé de dresser un bilan des matières fissiles portées disparues en Russie.

Il se tenait à quelques pas du bureau d'Ellen.

La nuit était tombée depuis longtemps. Dans son propre bureau, Betsy prenait des notes et répondait aux questions du Service du renseignement des États-Unis concernant la vidéo qu'elle avait enregistrée.

— Et ? demanda la secrétaire Adams.

Il posait sur elle un regard pour le moins déconcertant. De toute évidence, son chef de cabinet n'était pas tombé sur une portée de chatons.

Elle prit la feuille et d'un geste invita Boynton à s'asseoir dans le fauteuil voisin du sien. C'était la première fois. En général, elle préférait qu'il reste à côté du bureau. Debout.

Mais le monde était nouveau, et ils avaient tout repris depuis le début.

Elle mit ses lunettes, regarda le papier, puis leva les yeux sur Boynton.

— Qu'est-ce que c'est ?

— Des matières fissiles sont portées disparues en Russie, mais également en Ukraine, en Australie et au Canada. Aux États-Unis aussi.

— Où sont-elles passées ?

La question était ridicule, elle s'en rendit compte aussitôt. On avait affaire à des matières "disparues", après tout.

Il y répondit quand même en se frottant le front.

— Je ne sais pas. En tout cas, ce serait suffisant pour fabriquer des centaines de bombes.

— Depuis combien de temps en a-t-on perdu la trace ?

Il secoua la tête.

— Dans nos propres entrepôts ?

Il fit signe que oui.

— Mais ce n'est pas tout, dit-il en montrant le bas de la page.

"Quand Tu auras fini, Tu n'auras pas fini, car j'en ai encore", se dit Ellen.

Elle baissa les yeux. Et, à mesure qu'elle lisait, elle laissa entendre un long halètement.

Sarin.

Anthrax.

Ebola.

Virus de Marburg.

Elle retourna la page. La liste se poursuivait. Toutes les horreurs connues. Toutes les horreurs conçues par l'humanité étaient présentes. Et absentes.

Disparues. Introuvables.

Ellen considéra la longue, la très longue liste.

— Notre prochain cauchemar est là, dit-elle tout bas.

— Je le crains, madame la secrétaire d'État.

# REMERCIEMENTS

Nous sommes toutes deux reconnaissantes de l'occasion qui nous a été donnée de travailler ensemble. Cette expérience a ajouté aux joies et aux surprises de notre amitié. Et nous avons toutes deux de nombreuses personnes à remercier.

Louise :

Comme tant d'autres choses, ce livre a débuté de façon inattendue.

Au printemps 2020, j'étais au chalet familial au bord d'un lac, au nord de Montréal. La pandémie faisait rage, et je vivais retranchée là lorsque j'ai reçu un message de mon agent : *Il faut que je te parle.*

Voilà qui, selon mon expérience, n'augurait rien de bon.

Nous étions au beau milieu d'une pandémie mondiale (en l'occurrence, on n'en était encore qu'au début), j'étais au bord d'un lac isolé, et un désastre allait frapper ma carrière littéraire.

Armée d'un sac de jujubes, j'ai téléphoné à mon agent.

— Ça te dirait d'écrire un thriller politique avec Hillary Clinton ?

— Hein ?

Il a répété. Moi aussi.

— Hein ?

La question m'avait prise au dépourvu, mais elle ne sortait pas de nulle part. Nous nous connaissons, Hillary et moi. En fait, nous sommes de bonnes amies (et, par miracle, nous le sommes restées).

Comme tant d'autres choses, notre amitié est née de façon inattendue.

Hillary était candidate à la présidence des États-Unis. Nous étions en juillet 2016, et sa meilleure amie, Betsy Johnson Ebeling, a donné à un journaliste de Chicago une entrevue portant sur leur relation. Dans l'interview, on a demandé à Betsy ce qu'Hillary et elle avaient en commun. Betsy a mentionné, entre autres choses, leur amour des livres et en particulier des romans policiers.

Le journaliste lui a alors posé la question qui a changé nos vies.

— Que lisez-vous en ce moment ?

Le destin a voulu qu'elles soient toutes deux en train de lire un de mes livres.

Tout excitée, Sarah Melnyk, ma remarquable attachée de presse de Minotaur Books, a communiqué avec moi.

La tournée de promotion de la nouvelle enquête de Gamache que j'allais entreprendre débutait à Chicago. Serais-je d'accord pour rencontrer Betsy auparavant ?

Franchement, la période qui précède ce genre de grand événement est plutôt stressante, et rencontrer une inconnue juste avant n'a rien d'idéal, mais j'ai accepté.

Une semaine plus tard environ, alors que j'étais en coulisse, j'ai entendu un bruit, je me suis retournée et je suis tombée amoureuse. Juste comme ça.

Je m'attendais à ce que l'amie d'Hillary soit une intimidante personne d'influence. J'ai plutôt découvert une femme délicate aux cheveux gris coupés au carré, au sourire le plus chaleureux et aux yeux les plus doux du monde. J'ai laissé mon cœur là-bas.

J'ai tout de suite aimé Betsy et je l'aime encore.

Quelques semaines plus tard, j'étais de retour à la maison, ma tournée de promotion terminée, quand Michael, mon mari bien-aimé, est mort de la démence. Pendant que j'essayais d'envisager une vie sans lui, les nombreuses cartes de condoléances que j'ai reçues m'ont procuré un grand réconfort.

Un jour, assise à la table de ma salle à manger, j'en ai ouvert une et je me suis mise à lire. Il y était question des contributions de Michael à la recherche sur la leucémie chez l'enfant. De son poste de directeur du service d'hématologie à l'Hôpital de Montréal pour enfants. De son travail à titre de chercheur principal au sein du Groupe international d'oncologie pédiatrique.

L'autrice du message parlait de la perte et du chagrin et m'offrait ses plus sincères condoléances.

C'était Hillary Rodham Clinton.

La secrétaire d'État Clinton, engagée dans une campagne brutale dont l'enjeu était le poste le plus important du monde, avait pris le temps de m'écrire.

Une femme qu'elle n'avait jamais rencontrée.

À propos d'un homme qu'elle n'avait jamais rencontré.

Une Canadienne qui ne pouvait même pas voter pour elle. C'était un message privé qui ne lui procurerait aucun avantage. Il avait uniquement pour but de consoler une inconnue frappée par un grand malheur.

Geste désintéressé que je n'oublierai jamais et qui m'a incitée à faire preuve de plus de bonté dans ma vie.

Je suis restée en contact avec Betsy. Quand est arrivé novembre, elle m'a invitée au centre Javits de New York pour assister à la victoire d'Hillary. Je n'oublierai jamais cette image : Betsy, assise à l'autre bout du vaste espace, fixait la scène. Du regard lointain de celle qui en a trop vu.

En février 2017, Hillary nous a invitées pour un week-end à Chappaqua, Betsy et moi. Ce serait notre première rencontre.

Et je suis de nouveau tombée amoureuse. Pour moi, la magie de ces quelques journées extraordinaires a consisté en grande partie à rester tranquillement assise et à observer les deux amies, qui se connaissaient depuis la sixième année. Étaient toujours restées proches. L'une deviendrait avocate, première dame, sénatrice et secrétaire d'État. Et, si on avait eu recours au suffrage populaire plutôt qu'au collège électoral, présidente des États-Unis. L'autre deviendrait enseignante au secondaire, puis militante communautaire. Et élèverait trois enfants avec Tom, son merveilleux mari.

Il était si évident que Betsy et Hillary étaient des âmes sœurs que j'ai presque eu le sentiment, à leur contact, de vivre une expérience spirituelle.

Cet été-là, Betsy, Tom, Hillary et Bill sont venus passer une semaine de vacances chez moi au Québec.

Déjà à l'époque, il était évident que le cancer du sein que Betsy combattait depuis des années allait l'emporter. Malgré tout, elle mordait dans la vie avec le soutien de l'énorme cercle d'amis proches qu'Hillary et elle avaient en commun.

Betsy est morte en juillet 2019.

Si vous avez lu *État de terreur*, vous savez qu'il s'agit d'un thriller politique, d'une radiographie de la haine et, en définitive, d'une célébration de l'amour.

Hillary et moi étions fermement décidées à rendre compte des profondes relations qui nous lient à d'autres femmes. De nos liens amicaux inébranlables.

Et nous tenions à ce que Betsy occupe une place prépondérante dans cette histoire.

Bien que plus douce et certainement moins mal embouchée que notre personnage, Betsy Ebeling possédait plusieurs qualités que nous avons données à Betsy Jameson. Sa lumineuse intelligence, sa féroce loyauté. Son courage. Son courage. Son courage. Son inépuisable réserve d'amour.

Alors oui, quand David Gernert, mon merveilleux agent, m'a demandé si j'avais envie d'écrire un thriller politique avec mon amie H, j'ai accepté, non sans certaines appréhensions.

Comme je venais de terminer la dernière enquête de l'inspecteur-chef Gamache, j'avais du temps. Mais, en dépit des similitudes entre les deux genres, je n'avais jusque-là écrit que des romans policiers. Un thriller politique de cette ampleur était si éloigné de ma zone de confort qu'il aurait tout aussi bien pu appartenir à une autre planète.

Mais comment aurais-je pu laisser la peur de l'échec me priver d'une occasion pareille ? Je devais au moins essayer. À l'endroit où j'écris, il y a une affiche où figurent les dernières paroles du poète irlandais Seamus Heaney.

*Noli timere.* N'aie pas peur.

La vérité, c'est que j'avais peur. Dans la vie, il s'agit souvent non pas d'avoir moins peur, mais bien de faire preuve de plus de courage.

J'ai donc fermé les yeux, pris une profonde inspiration et dit oui. J'étais d'accord. À condition qu'Hillary soit heureuse de se lancer dans l'aventure, elle aussi. Manifestement, le risque serait encore plus grand pour elle.

Je n'entrerai pas dans les détails de la construction de cette intrigue. Je me bornerai à préciser qu'elle est née de nos nombreux coups de fil au cours de ce printemps-là. Nous parlions alors de ce qui, du temps où elle était secrétaire d'État, tirait Hillary du sommeil à trois heures du matin. Il y avait trois scénarios cauchemardesques. Nous avons choisi celui-là.

C'est à mon ami Stephen Rubin, l'un des plus grands éditeurs de sa génération et de toutes les générations confondues, qu'on doit l'idée de ce roman à quatre mains. Merci, Steve !

Il a présenté l'idée à David Gernert, qui me l'a ensuite soumise. Merci, David, d'avoir piloté ce livre dans le labyrinthe et de t'être montré si sage, si positif, si chaleureux et si protecteur.

Je tiens à remercier ma propre maison d'édition, Minotaur Books/St. Martin's Press/Macmillan d'avoir pris ce que nous du Québec appelons le "beau risque". Don Weisberg, John Sargent, Andy Martin, Sally Richardson, Tracey Guest, Sarah Melnyk, Paul Hochman, Kelley Ragland, ainsi que celle qui a effectué le travail éditorial de *State of Terror*, la grande éditrice de SMP, Jennifer Enderlin.

Un grand merci aux artisans de la maison d'édition d'Hillary, Simon & Schuster, pour leurs idées et leur collaboration.

Merci à Bob Barnett.

Merci à mon assistante (et merveilleuse amie) Lise Desrosiers. Rien de tout cela ne serait possible sans ton soutien, ma très chère.

Merci à Tom Ebeling de nous avoir permis de créer pour le livre une version fictive de Betsy.

Merci à mon frère, Doug, avec qui je me suis confinée pendant l'hiver et le printemps 2020 et qui a subi mes accès d'angoisse et mes idées ridicules.

Merci à Rob et Audi, Mary, Kirk et Walter, Rocky et Steve.

Merci, Bill, pour tes commentaires et ton soutien. (Difficile de s'obstiner quand Bill Clinton, à la lecture d'une première version, vous dit : "Un président ne ferait probablement pas ça…")

Et pour cette édition en langue française, merci à l'équipe de Flammarion Québec, à mes fidèles traducteurs Lori Saint-Martin et Paul Gagné qui, surpris et enthousiastes, ont immédiatement plongé dans notre aventure.

Nous avons dû garder cette collaboration secrète pendant plus d'un an, mais de nombreux amis nous ont aidées sans le savoir en étant simplement présents, notamment des amis qu'Hillary et moi avons en commun et qui font partie de ma vie grâce à Betsy.

Hardye et Don, Allida et Judy, Bonnie et Ken, Sukie, Patsy, Oscar et Brendan.

Et Hillary… merci. Grâce à toi, ce qui aurait pu être un cauchemar s'est transformé en plaisir. Grâce à toi aussi, le livre est astucieux, et l'exercice s'est révélé facile et agréable, sauf quand je recevais cinq cents pages (je n'exagère pas) du manuscrit – numérisées. Avec, dans la marge, tes pattes de mouche.

Dieu merci, il y a les jujubes magiques.

Je repense aux rires qui ont parsemé le travail et aux longues pauses silencieuses à nous regarder sur FaceTime, alors que nous avions littéralement perdu le fil.

Et, bien sûr, je n'oublie pas mon cher Michael. Oh, comme il serait content et fier ! Il avait tant d'admiration pour la secrétaire Clinton. Il aurait été si heureux de l'appeler Hillary. Et de constater le genre de femme merveilleuse qu'elle est.

Michael adorait les thrillers. De fait, quand il est apparu clairement qu'il ne lui restait qu'un livre à savourer avant que la démence le dépossède de sa capacité à lire et à comprendre, j'ai choisi pour lui un thriller politique. Chaque jour, je l'imagine qui tient ce livre en souriant de toutes ses dents.

Tout ce que je vois, sens, respire et entends, je le dois au jour où je suis tombée amoureuse de Michael Whitehead.

Vous connaissez à présent la genèse d'un autre personnage.

*État de terreur* porte sur la terreur, mais, dans son centre, dans son cœur, c'est un roman sur le courage et sur l'amour.

Hillary :

J'étais dans la maison de Chappaqua, où ma famille et moi avons trouvé refuge pendant la pandémie, quand Bob Barnett, mon avocat et ami, m'a téléphoné. Steve Rubin avait proposé que Louise et moi écrivions un livre ensemble.

Malgré mon scepticisme, j'ai écouté Bob défendre l'idée en se fondant sur l'expérience d'autres clients à lui, mon mari et James Patterson, qui ont cosigné deux thrillers.

J'admire Louise en tant qu'écrivaine et je l'adore en tant qu'amie, mais la tâche me semblait insurmontable. Je n'avais écrit que des essais. À la réflexion, cependant, je me suis dit que ma vie tenait presque de la fiction, et que cela valait la peine d'essayer.

Louise et moi avons discuté et produit une sorte de long plan détaillé, qui a plu à nos éditeurs respectifs. Nous nous sommes donc lancées dans une collaboration à distance. Quelle joie que de créer des personnages, d'enrichir l'intrigue et d'échanger des versions ! Car, pendant que j'écrivais en 2020, je pleurais la mort de deux amies très chères et celle de mon frère Tony, toutes survenues en 2019.

Betsy Johnson Ebeling et moi étions amies depuis la classe de sixième année de Mme King à l'école Field de Park Ridge dans l'Illinois. Ensemble, nous avons essuyé six décennies de hauts et de bas, et Betsy me manque chaque jour.

Ellen Tauscher, ex-représentante de la Californie au Congrès et sous-secrétaire d'État au contrôle des armements et à la sécurité internationale pendant mon mandat comme secrétaire d'État (2009-2013), a été mon amie très chère pendant plus de vingt-cinq ans. Après l'élection de 2016, elle est souvent venue chez moi m'aider à comprendre "ce qui était arrivé".

Ellen est décédée le 29 avril 2019.

Puis mon frère cadet Tony est mort le 7 juin après une année de maladie. J'ai le cœur brisé en pensant à lui quand il était petit garçon et à ses trois enfants.

Et, le 28 juillet, Betsy a perdu sa longue lutte contre le cancer du sein.

Séparément, chacun de ces deuils aurait été éprouvant ; mis ensemble, ils ont été dévastateurs, et j'ai encore du mal à les accepter pleinement.

Le mari de Betsy, Tom, et la fille d'Ellen, Katherine, nous ont soutenues, Louise et moi, dans notre volonté de nous inspirer de leur femme et de leur mère respectives pour créer nos personnages fictifs.

Ils ne sont en rien responsables des différences que nous avons aussi créées.

Quand Louise et moi avons décidé de bâtir notre récit autour d'une secrétaire d'État, j'ai suggéré de prendre Ellen et sa fille dans la vie, Katherine, comme inspirations et de donner leurs prénoms aux personnages.

Et, bien sûr, Betsy servirait de modèle à la meilleure amie et conseillère de la secrétaire d'État, celle qui est toujours à ses côtés.

Je tiens à remercier à mon tour les personnes mentionnées par Louise, et je remercie aussi Oscar et Brendan, qui m'ont aidée de multiples façons, notamment en réglant un problème informatique survenu sur le tard.

Merci aussi à Heather Samuelson et Nick Merrill pour leur aide au chapitre de la vérification des informations.

Ce livre est le huitième que je publie chez Simon & Schuster et le premier mené à bien sans l'indomptable Carolyn Reidy, regrettée, mais pas oubliée. Heureusement, Jonathan Karp, qui continue de m'encourager, perpétue son héritage.

Je suis reconnaissante à toute l'équipe : Dana Canedy, Stephen Rubin, Marysue Rucci, Julia Prosser, Marie Florio, Stephen Bedford, Elizabeth Breeden, Emily Graff, Irene Kheradi, Janet Cameron, Felice Javit, Carolyn Levin, Jeff Wilson, Jackie Seow et Kimberly Goldstein.

Comme toujours, merci aussi à Bill, excellent lecteur et lui-même auteur de thrillers, pour son soutien indéfectible et ses suggestions toujours utiles.

Enfin, il s'agit d'une œuvre de fiction, mais l'histoire qu'elle raconte n'en est pas moins dans l'air du temps.

À nous de faire qu'elle reste dans le domaine de la fiction.

OUVRAGE RÉALISÉ
PAR L'ATELIER GRAPHIQUE ACTES SUD
ACHEVÉ D'IMPRIMER
SUR ROTO-PAGE
EN MARS 2022
PAR L'IMPRIMERIE FLOCH
À MAYENNE
POUR LE COMPTE DES ÉDITIONS
ACTES SUD
LE MÉJAN
PLACE NINA-BERBEROVA
13200 ARLES

DÉPÔT LÉGAL
1re ÉDITION : AVRIL 2022